長
京極夏彦

講談社文庫

文庫版

百器徒然袋
雨

京極夏彦

講談社

○目録

文庫版

百器徒然袋──雨
（ひゃっき つれづれ ぶくろ ──あめ）

神天《かみてん》の露と地の腴《あぶら》、及び饒多《あまた》の穀と酒を汝《なんじ》に賜え――。

百器徒然袋◎雨／目録

百器徒然袋◎雨

第一番

鳴釜《なりかま》

薔薇《ばら》十字《じゅうじ》探偵《たんてい》の憂鬱《ゆううつ》

◎鳴釜

白澤避《はくたくひ》怪図《くはいのづに》曰《いはく》
飯甑《はんそう》作《なす》レ声《こへを》鬼名《きをなづく》二
斂女《れんじよ》一有《とある》二此怪《このくはい》一則《とき》
呼《よべば》二鬼名《きのなを》一其怪《そのくはい》忽《たちまち》
自《おのづから》滅《めつす》
夢のうちにおもひぬ

——画圖百器徒然袋／巻之下

1

散散《さんざん》思案した挙《あ》げ句《く》に、大河内康治《おおこうちやすはる》は口の端《はし》を思い切り下げて、

「それじゃあ探偵を紹介しましょう」

と云った。

「探偵？」

こうした揉《も》め事に探偵とは、また頓狂《とんきょう》な取り合わせだと思ったから、僕は聞き違いかと考えて即座に問い返した。

大河内は探偵です探偵と、いつものように陰鬱《いんうつ》な調子で繰《く》り返した。

「——探偵と云えば、あの、そう、尾行《びこう》をしたり覗《のぞ》き見をしたりして、素行調査や身許《みもと》の確認をする族《やから》ではないんですか」

そう僕が重ねて問うと、違いますと云う。

興信所《こうしんじょ》だの調査会社とは違うのですよと再度云って、大河内は吊り上がった眼を細め、端を下げたままの口を窄《すぼ》めた。

それから自ら偏屈《へんくつ》者と称して憚《はばか》らぬこの男は、むうと唸《うな》り乍《なが》ら僕から視線を逸《そ》らし、机の上に置いてある手垢《てあか》に塗《まみ》れた布装の本を人差し指でこつこつと叩いた。それは彼が常に携行しているニーチェだかサルトルだかが著したと云う哲学書である。

大河内は一瞬その表紙に目を遣《や》り、そして思いついたように云った。

「そうだ、君、探偵小説と云うのがありますでしょう」

「探偵小説と云うと、あの、人殺しを興味本位に扱った如何《いかが》わしい娯楽小説のことですか」

別に如何わしいとは限らないでしょう、と大河内は云った。

「銃後《じゅうご》の文壇事情は兎《と》も角《かく》、最近は市民権を得ているのじゃないですか」

「そうなんですか？」

「そうなんじゃないのですか。生憎《あいにく》と僕はそうした類《たぐい》のものは読まないのですが、面白いと評価する者は多くいるでしょう。そうそう、この前の芥川賞《あくたがわしょう》を取った——松本某《まつもとなにがし》、あの人なんかは違うのですかな？」

「清張《せいちょう》ですか？　僕も受賞作の『或《あ》る「小倉日記《こくらにっき》」伝《でん》』なら読みましたけれど——探偵は出て来なかったと思いますけどね」

「そうですか。じゃあ違うのかな。それでは小栗《おぐり》某とか夢野《ゆめの》某とか知りませんかね？　君なんかは読むんじゃないのですか？」

「江戸川乱歩《えどがわらんぽ》とか、大下宇陀児《おおしたうだる》とか、そう云うのですか？」

その程度しか思い出せなかった。

「まあそうです。そう云う人達の書いた小説です。読みませんか」

「とんと読みませんねえ」

残念乍ら僕はその手の小説を好まなかった。読んだ記憶がない。覚えているのは精精横溝《せいぜいよこみぞ》正史《せいし》の掌編が数本で、しかもそれは探偵ではなく岡《おか》っ引《ぴ》きが登場する時代ものだったように思う。その場合は探偵小説ではなく捕物帖《とりものちょう》と呼ぶのだろう。もしかすると読んだのは岡本綺《おかもとき》堂《どう》だったのかもしれない。

僕が正直にそう告げると、大河内は腕を組んで、なんだ君も読まないのかと云って一層困ったような顔をした。そして、読んでなくとも知りませんかな君——と無理矢理に話を続けた。

「兎に角その手の小説に出て来るでしょう。名探偵とか云うのが」

「名——探偵ですか？　シャーロック・ホームズだとかの？」

ああそれそれ、ドイルだったかなと云って大河内は何度か頷《うなず》き、

「紹介しようと云うのはね、その類の人ですよ」

と云った。

「はあ。あの、天眼鏡《てんがんきょう》持ってパイプ咥《くわ》えているアレですか？」

「そうそう。正にそう云う名探偵です。紹介しましょう」

大河内はそう云ってから改めてこちらを向いた。

形容し難《がた》い表情である。機嫌が悪いと云うより、羞恥《てれ》ているように見える。

大河内はシャイな男なのだ。顔つきや肩の線などは、あの宮沢賢治《みやざわけんじ》に善《よ》く似ている。勿論《もちろん》僕は宮沢賢治に会ったことなどはないけれど、写真で見る限り彼はこんな顔だった筈《はず》だと思う。しかしそう見えているのはどうやら僕だけのようで、本人は指摘されたことなどないらしい。だから黙っているのだが、それでも似ていると僕は思う。髪型が違うだけだ。大河内の場合伸ばした髪の毛がやけに強《こわ》いので顔全体が細面《ほそおもて》に感じられてしまい、結果印象が随分違ってしまうのだろうと僕は分析している。坊主刈りにしたなら瓜二つである。

君は何を茫然《ぼうぜん》としているのですかと大河内は問うた。

「探偵と云うのは、この場合そんなに場違いですかな」

「はあ、まあ——」

それは場違いだろうと思う。

「だって大河内さん。名探偵と云うのは、慥《たし》か思惟《しい》推理の限りを尽くして、悪辣《あくらつ》非道な犯罪者の仕掛けたからくりを暴《あば》き立てる正義の人な訳でしょう。この場合は——そう云うのはないです。そもそも推理しなければならない謎はないです。何であれこの一件の場合、犯人と云うか加害者が誰かはもう判っているのですよ。だから法律家だとか交渉上手の商売人とか、そう云う人の方が——」

ううん、と大河内は再び腕を組んで黙ってしまった。困ったように首を左右に傾ける。端の下がった口許《くちもと》は見ようによっては笑顔にも見えるから不思議なものである。

「――推理はしないんです。彼は」

大河内は熟考《じゅっこう》の末にそう云った。

「推理しないって、それでは調査するだけなのですか。それなら名探偵と雖《いえど》も、先般のただの探偵と、何等《なんら》変わりがないことになる。頭脳を使うから名《めい》などと云う冠《かんむり》がつくのでしょう」

いや、そうじゃないでしょう、と大河内は否定した。

「一般の、浮気調査ばかりしているような連中だって頭は使ってるでしょう。思考するのは何も名探偵の特権ではない。反対に、幾ら名探偵が高邁《こうまい》な筋書きを思いついたところで、被害者だの犯人だのを目の前にして、そんな机上の空論を披瀝《ひれき》していられるような悠長《ゆうちょう》な時間は取れないんですよ、現実の事件の場合は。だいたいそれ程綿密《めんみつ》な推理などできるものではないのです。できたところで証明も何もできたものじゃないし、証明できても法的根拠は何もない――」

推理するだけ無駄ですと大河内は云った。

「頭の回転が早いとか洞察力《どうさつりょく》があるとか弁が立つとか――そう云うことは名探偵の条件ではないようです。そうであるに越したことはない、と云う程度でしょう」

「でも——それでは名探偵の名探偵たる所以《ゆえん》とは何なのです」

僕がそう問うと、大河内は自覚ですよ自覚、と答えた。

まったく以《もっ》て解らない。

僕の顔色を窺《うかが》ってから、彼の場合推理は疎《おろ》か調査も多分しないんだきっと——と、大河内は続けた。

「ちょ、調査もしないのですか？」

「しないでしょうねえ。あの人は」

何なのだ。それではいったい何をするのだ。

僕は不安になる。

大河内は湯飲みに茶を注いでひと口飲んだ。それから、しないんじゃなくてできないのか、と駄目押しのように呟《つぶや》いた。

僕は益々不安になった。

そして同時に少少落胆した。

僕が、わざわざ仕事を休んで千葉くんだりまで足を延ばし、平素それ程懇意《こんい》にしている訳でもない大河内に面会を求めたのには、それなりに深刻な理由《わけ》があるのだ。こんな間の抜けた探偵問答がしたかった訳では決してないのである。

——そう。

大河内とは、三年程前に東北のとある湯治場《とうじば》で知り合った。

老人と病人しかいないひなびた湯治場の貧しげな景色の中で、彼はひとりだけやけに浮いていた。聞けば何でも進駐軍の何とかと云う将校の視察のお供で来ているのだと云うことだった。その頃大河内は進駐軍相手の通事を職としていたのである。

僕はと云えば、その時は相当に落ち込んでいたのだった。

その、少し前。

電気配線の施工を生業《なりわい》としていた僕は、仕事中に大屋根から転げ落ちて強《したた》かに腰を打った。

怪我《けが》は治ったものの、後遺症が残った。医者には高所で細かい作業をするのは無理だろうと宣告された。配線工としては再起不能だったのである。だから一応療養のための長逗留と云う建前ではいたのだが、半ば自棄糞《やけくそ》になっていたことも事実である。

湯に浸かり乍《なが》ら、僕は脱落《ドロップアウト》することばかり考えていた。

今更《いまさら》別の職業に就く気がしなかったのである。

死んでやれとまでは考えなかったと思うが、どうにでもなれと云う感じではあったように思う。仕事も好きだったし、何よりも若かった。たった三年前のことだと云うのに、その頃の僕は今よりずっと青臭いことを考えていたのだ。

そんな時、僕は彼に出会った。

契機《きっかけ》は覚えていないのだが、何とはなしに、気がつくと僕は身の上話を滔滔《とうとう》と彼に語っていたのだった。

僕の話をすっかり聞き終えてから、大河内は自分も旧制高校時代に学舎の屋根から飛び降りたことがあるのだと云った。何かの抗議行動だと云うような説明をしていたようだが、ピンとこなかったことを覚えている。

怪訝《けげん》な顔をした筈だ。

そんな僕に大河内はぼそぼそと聴き取り難い喋《しゃべ》り方で何やら難解な哲学の話をした。何と云う人のどう云う考え方なのかは皆目《かいもく》解らなかったが、僕のささくれた気持ちは少しずつ癒《い》えて行った。

気の所為《せい》なのだろうが、少しばかり展望が開けた気もした。

大河内は一週間もしないうちに湯治場から引き上げたのだが、僕はその際に乞うて連絡先を聞き出したのだった。どうしてそんなことをしたのか今となってはよく解らないのだけれど、当時の僕は浮き世離れした大河内のような人間とのやり取りに何か救いを見出していたのだろう。

その後。

幾度か書簡の遣り取りをし、何度か会った。身の振り方に就《つ》いてどうにも煮え切らないでいた僕は、兎《と》に角《かく》誰かに相談がしたかったのだ。

その結果、僕は配線工から図面引きに転身することを決めたのだ。

そのためにはそれなりの知識を修得せねばならなかったのだが、幸い経営者の厚意もあって会社の方も退職することなく済んだ。使い物になるまでの間は雑用を熟《こな》し乍《なが》ら学ぶことが許されたのである。

だから、恩人と呼ぶのは大袈裟《おおげさ》だとしても、僕が社会復帰できたのは大河内のお蔭だと云ってもいいのかもしれない。僕が再出発する気になれたのも、彼と出会った経験に負うところが大きいからだ。

現在、大河内は通事を辞めて、片手間に家業の板金工場を経営し乍ら、細細と哲学書の翻訳をしている。一年以上会っていなかった。

我乍ら薄情なもので、あんなことでもなければ思い出していなかったかもしれない。

あんなこと——。

まったく以てあんなこととしか云いようがない。知ったところでどうすることもできない。ただ只管《ひたすら》に遣り場のない憤りを感じるだけの、箸《はし》にも棒にもかからない、酷《ひど》い話である。

——あれは。

姪《めい》の早苗《さなえ》が自殺を図ったと云う報せが僕の許に届いたのは、五箇月ばかり前、二月になったばかりの頃だった。

早苗は一番上の姉の娘である。姉と云っても末子の僕とは十五も齢が離れているから、僕あたりには姉弟《きょうだい》の自覚などはまるでない。きょうだいと云うならば、弟妹のいなかった僕は、寧《むし》ろ早苗に対して兄のような態度で接していたような気がする。僕にとっては、姉よりも姪に当たる早苗の方が年齢が近いと云うことになるのだ。

そんな訳で、僕等は幼い頃から善く一緒に遊んだものだった。

長じてからは流石《さすが》に遊んだりすることはなくなったけれど、母が存命中は実家に親類が集《つど》うことも多かったから、年に何度かは会う機会があった。八年前母が亡くなって、それ以降姉の家とは頻繁に行き来することがなくなり、暫《しばら》く疎遠になっていたのだが、昨年の春、風の便りに大層立派なお屋敷の奥向きに奉公したと云う話を聞いた。今風に云うならば住込《すみこみ》のメイドと云うところだろう。その話を聞いた時は、あの娘も大きくなったものだ、自分も齢を取る筈だと、呑気《のんき》なことを思ったものである。

だから、親類から報せを受けて、僕は大層愕《おどろ》いたのだった。

自殺などする訳がない――。

痩《や》せっぽちの小童《こども》だった。

でも――それは既に数年前の――場合によっては更に以前の――記憶の中の姿でしかない。

早苗は僕より五つ下の筈だから、ならば今年で十八歳になる勘定である。

もう子供ではない。嫁に行ってもおかしくない年頃である。

僕は取るものも取り敢《あ》えず駆けつけた。

早苗は眠っていた。

首吊《くびつ》り未遂だったようで、紐《ひも》が切れたのと介抱が早かったのと、幸いが重なったお蔭で命に別状はないようだった。ただ、見れば首筋に赤い跡が残っていて、それがやけに痛痛しかった――と云うか、生生《なまなま》しかった。

僕は、そして初めて子細を知った。

義兄が語り悪《にく》そうに語ったその話に依《よ》れば――早苗は昨年の秋、奉公先の御曹司《おんぞうし》とその悪い仲間達に乱暴されたのだそうだ。乱暴と云っても殴《なぐ》られた蹴《け》られたと云う乱暴ではない。

否、殴られも蹴られもしたことはしたのだろうが、要するに性的暴行を受けたのだ。

強姦――しかも輪姦《りんかん》なのだろう。

僕は物凄い衝撃《ショック》を受けた。

前述の通り、僕にとって早苗は痩せっぽちの仇気《あどけ》ない幼子でしかなかったからである。

たぶん僕は、早苗を性的な対象にはなり得ないもの――否、してはならないものとして規定していたのだ。血縁者と云うこともあったのだろうが、頑《かたく》なにそう思い込んでいたのだ。

それが、心ない暴徒の手で寄って集《たか》って陵辱《りょうじょく》されたと云うのである。

酷く悲しくなった。

その時、僕は暴行犯に対する憤りよりも先《ま》ず、遣り場のない虚しさを感じたのだった。幾ら頭を捻《ひね》っても慰める言葉もない。事故だと思って忘れてしまえ——などと云う月並みな言葉しか浮かばなくて、そんな言葉なら掛けぬ方がマシだと思った。

そう思った途端に、無性《むしょう》に肚《はら》が立って来たことを瞭然《はっきり》と覚えている。

このまま泣き寝入りして済ませることなどできようか——否、絶対にできない——。

僕が強くそう云うと、その時義兄は力なく首を振った。

当然——姉も義兄も激怒して、何度も抗議談判に出向いたのだそうだ。

考えてみれば僕などが口を挟むまでもなく、大事な娘を手込めにされて黙っている親が居る訳もないのである。

ところが、姉夫婦はその度《たび》にぞんざいに扱われ、剣もほろろに追い返されたのだそうである。

食い下がると僅かばかりの金が出されたと云う。詫び金ではない。施しだと云う。そうしたことを繰り返すうちに、まるで姉夫婦は金の無心のためにそこを訪れているような格好になったのだそうだ。

被害者の家族であるにも拘《かかわ》らず、金目当ての恐喝者紛《まが》いとして扱われる。

これは不本意である。

欲しいのは慰謝料などではないだろう。

誠意ある言葉なのだ。

姉夫婦は已《やむ》なく代理人を立てて謝罪を求めたのだそうである。

しかし暴行犯――何やら地位の高い官僚の息子とその悪友――どもは、謝罪するどころか、逆に激怒したのだと云う。

相手側はこともあろうに、それはあくまで合意の上の行為――つまり和姦なのだと云い張ったのだそうだ。

淫奔《いんぽん》な娘を奥向きに入れ、屋敷内の風紀を乱しておき乍《なが》ら、挙げ句の果てにあらぬ云い懸りを付けての強請《ゆす》り恐喝《たか》り、付け上がるのも大概にせよ、身の程を知れ――。

先方は代理人に向けてそう告げたと云う。

慥《たし》かに早苗が自主的に暴行現場に赴いたことは事実らしかった。拐《かどわか》されたのでも突如《いきなり》襲われたのでもない。早苗は首謀者と思わしき男――お屋敷の御曹司に呼び出されて自ら現場に行ったのだと云う。善く善く尋いてみれば、当時早苗はその男に対して淡い憧れを抱いていたらしく、そしてそのことは周知のことでもあったらしい。

それにしたって、だから和姦だ――は通らないだろう。単なる強姦ではない。輪姦なのだ。常識的に考えて和姦はあり得ないだろう。いくら意中の相手からの呼び出しであっても、真逆《まさか》そんな目に遭うと知っていてのこのこ行く訳もないのだから、そんな言説は体《てい》の好い云い逃れと云うものである。

早苗は、大勢に暴行を受けるなどと云う悲惨な結果が待っていようなどとは夢にも思わず、思慕の念を胸に秘め、喜んで出向いたのだろう。ならば、これは最も卑劣な裏切りではないか。それを合意の上などと——善くも云えたものだと思う。

僕は厳しくそう云ったのだが、姉も義兄もただ項垂《うなだ》れるばかりだった。その倦《う》み疲れた表情からも、姉夫婦が余程大変な思いをしたのだろうと云うことは容易に察せられたのだが、それを承知で尚《なお》、僕は釈然としなかったのだ。

身分が違うからどうしようもない——姉はそう云った。

封建時代でもあるまいに、民主主義の近代法治国家でそんな理不尽な横車が通るものだろうか。資本家だろうが労働者だろうが法の下には押並《おしな》べて平等である筈だ。雇用者と被雇用者は主従関係にある訳ではない。労働と労働に対する報酬は等価なのである。契約によって成り立っているだけで貴賤《きせん》の格差は一切ない。泣き寝入りしなければならぬ謂《いわ》れはないのだ。

いや、泣き寝入りどころの騒ぎではない。結局、当事者である早苗は、半年近くに亘《わた》る苦悶の果てに、自殺未遂に追い込まれたのだから。

半年——。

——何故半年も開いているのだ。

僕はそこで漸《ようや》く不自然さを感じ取ったのだった。

早苗は暴行されて衝動的に自殺を図った訳ではないのである。暴行事件が起きたのは昨日今日の話ではない。半年も経ってから自害を企てると云うのは、どうにも腑《ふ》に落ちなかった。

尋き難いところを質《ただ》すと、義兄は顔を赤くして、滝のように汗をかき乍《なが》ら、やっと僕に真相を告白したのだった。

早苗は妊娠していた。

事件から三月くらいは無益な押し問答が続き、遂《つい》には年を越してしまって、結果姉の一家は先方から誠意ある回答を貰うことを諦めたのだそうだ。犬にでも咬《か》まれたと思うよりないと——僕が考えたような月並みな言葉を本当に頼りにして——家族は全てを忘れ、遣り直す決意をしたのだそうだ。

告訴すると云う頭は最初《はな》からなかったらしい。

そんな矢先、早苗の妊娠が発覚したのだった。姉一家は再び恐慌状態に陥り、挙げ句早苗は自殺を図った——と云うのが真相だった。

知ったところで僕にはどうしようもなかった。

それから五箇月——。

先週早苗は女の子を出産した。

堕《お》ろしたくないと早苗が云ったのだ。

そんな、生れ乍《なが》らに不幸な星を背負った子供を産んでどうなる、仮令《たとえ》この世に生を受けても不幸になるだけではないか——と云うような、如何にも世間一般が宣《のたま》いそうな無難で無神経な意見は、身内からも少なからず出たのだそうである。

しかしこの場合、周囲がどんな助言をしたところで、詮《せん》もないことだろう。身内と雖《いえど》も所《しょ》詮《せん》我が身のことではない。世間体など気にされても気休めにもならない。

姉夫婦とてそれは同様なのである。勿論親ならではの心痛や葛藤《かっとう》と云うのはあるのだろうが、それにしても当人の苦渋《くじゅう》そのものまでは解るものではないだろう。血を分けた親と雖も、それればかりは本人でなくては解るまい。

誰より辛いのは早苗本人で、その早苗が何としても堕胎はしたくないと主張したのだから、それ以上口を挟める者は誰も居なかった訳である。

僕も何も云えなかった。云える立場でもない。

でも——納得もできなかった。

このままにするのは厭だった。

その可愛らしい赤ん坊の顔を見て、それを慈しむ姪の健気《けなげ》な姿を見て、僕はその思いを一《いっ》層強くしたのだった。

悔しいから一矢《いっし》報いてやろうとか、この時代に片親で子を育《はぐく》むのは大変だから養育費をふんだくってやろうとか、そんなことを考えた訳ではなかった。

経済的にも世間的にも、早苗は崖《がけ》ッ縁《ぷち》に立っているようなものではあったから、そうした思いもなかった訳ではないのだが、僕の中に芽生えたのはそうした打算を越えた、もっとずっと――青臭い感情だった。

余計な色に染まっていない無垢《むく》な小さきものは、頼りない母の腕の中で懸命に生きていた。その誕生を祝福しない者がこの世に存在すると云う現実が、どうやら僕には許せなかったのだ。

そして――。

僕は思案の末に大河内のことを思い出したのだ。

大河内と云う男は、婦人の人権問題に大変造詣が深い。

彼は通事時代にマックアーサーの打ち出した女性解放政策に触れ、何かしら思うところがあったらしく、職を退いて以降もあれこれ研鑽《けんさん》を重ねていたようなのである。表立って活動をしている訳ではないようだが、最近では婦人解放の運動家や思想家とも懇意《こんい》にしているらしい。最後に貰った手紙には、誰それと会いましたとか何やら云う研究会に参加しましたと云うようなことが認《したた》めてあった。

元元大河内は、僕なんかの理解の及ばない難しそうな男ではあったのだが、それがいつの間にか、すっかり婦人問題の権威になってしまっていた訳である。ならば何か妙案《みょうあん》でもあるかと、そう思い到った訳である。

一昨日、僕は面会を希望する旨の電報を大河内に打った。そのうち手紙でも来るかとのんびり構えていたところ、昨日会社宛《あ》てに承諾の電話が入ったのである。だから僕は早早《そうそう》に休暇願いを出し、今朝早く家を出たのだ。

そうして――僕はこの板金工場の事務室で、謂《い》わば身内の恥とも云うべき事柄をほぼ一方的に打ち明けたのだった。その結果、彼《か》の婦人問題の権威が発した言葉が、
それじゃあ探偵を紹介しましょう――。

と、云うものだった訳である。

これは明らかに筋違いだろう。

いったい何を探偵すると云うのだろうか。弁護士だとか司直の人間だとか云うのなら解らないでもないが、この一件に探偵の出る幕などない。のみならず周旋《しゅうせん》するのはただの探偵ではなく、三文小説に出て来るような名探偵の類だと彼は云う。重ねて、それが推理も調査もできない、あるのは自覚だけの名探偵と来た日には、もう何をか云わんやと云うところである。僕が落胆したとしてもおかしいとは誰も云うまい。

「それで――どうしろと云うのです」

僕はやや苛《いら》ついていた。

僕を馬鹿にしているのか、或《あるい》は話を聞いていなかったとしか思えない。もしも本気で云っているのなら、目の前の男の正気は僅かなりとも失われているに違いない。

「そうですねえ――」

大河内は再び腕を組んで、

「――これはねえ。多分そうするのが一番いいと思うのですよ」

と云った。

「ですから――どうしろと仰《おつしや》るのです？」

「その男に一枚咬《か》んで貰う、と云うことですよ」

「解りませんね。その方がどう云う方なのか、聞けども聞けども僕には皆目解らないのですが、いずれ探偵には違いないのでしょう。ならばその、姪を暴行した連中の身辺を探偵して、容疑を固めて告訴でもすると云うのですか？　十箇月以上も前の強姦事件に動かぬ証拠など出るものですかね」

出ないでしょうなと大河内は云った。

「それじゃあ探偵は無意味でしょう」

「と、云うよりですね、証拠と云うならその姪御さんの証言自体が何よりの証拠な訳ですよ。襲われたご本人がそうだ、と仰っているのであれば、これは動かし難いことです。犯人が幾ら俺は襲っていないと喚《わめ》いたところで、これは始まらない訳です。中には、襲われてもいないのに襲われたと云い張る狂言暴行事件のような例もあるにはあるのでしょうが、まあそれは滅多《めつた》にないことですよ」

「じゃあ」

「ですからね――」

大河内は手を翳《かざ》した。

「だからこそ、先方もそれを承知でいるからこそ、やっていないなんてことは一切云っていない訳でしょう？　何事もないとは云っていない。某かの行為があったのだと云うことは認めている。ただ、先方はそれが、あくまで合意の上の行為であると主張している訳です。そうなると見解の相違は暴行事件があったかどうかでは既にない。争点は強姦か和姦かと云う点に絞り込まれる訳ですね。するとですね――それが果たして強姦なのかどうなのかと云う、その、何より重要な点がですね、うん、暈《ぼや》けて判らなくなってしまう訳ですよ」

判らないことはありません――僕はむっとする。

「――どう考えたって手込めにされたとしか思えませんよ。他にどう理解しろと云うのです。姪がどう云う人間かは家族が一番善く知っています」

「それはそうでしょう。しかし、それは決定的な証拠にはなり得ない。強姦か否か、犯罪か否か、判断するのは大変に難儀なことなのですよ。第三者には判定の下しようがない」

「そうでしょうね」

それくらいしか云うことはない。

大河内は口の端を下げたまま渋い顔をした。

「これを、第三者が無理矢理判断しようとするとですね、その当時の具体的な状況を、双方から根掘り葉掘り聞かなければならなくなる。例えば衣服は脱いだのか、脱がされたのか、破られたのか。傷害に当たるような行為はあったのか。あったのだとしたら何処を何回殴られたのか、或は蹴られたのか。性行為自体に就《つ》いても微に入り細を穿《うが》って尋くことになるでしょうね」

「そんな――破廉恥《はれんち》な」

「破廉恥なことも聞かなくちゃあ判らない」

「そりゃあそうですが」

「有耶無耶《うやむや》な情報だけで判断するのは難しいことですよ。例えば――最初は酷く殴られた、しかしそのうち観念して、性行為自体は合意の上――なんて云うケエスもないではない。その逆もあるでしょう。恋人でも夫婦でも、ことが済むまでは仲睦《なかむつま》じくって何ごともなかったのに、後に喧嘩沙汰《けんかざた》になるような場合もありましょう。暴行傷害なのか強姦なのか線引きは微妙なところでしょう。それに、殴ったり蹴ったりと云う暴力行為が一切なかったとしたって、抵抗する女性を力ずくで犯せば強姦ですよ。まったく抵抗しなくたって、心中拒《こば》む気持ちのある者を犯したなら、これも強姦と見るべきですよ」

「抵抗しなくてもですか」

それはそうでしょうと、大河内は憮然《ぶぜん》とした表情で云った。

「だって、例えば屈強な男が怖い顔をして睨《にら》む。これはそれだけで脅迫だし、それで竦《すく》んでしまう女性だっているでしょう。抵抗なんてできやしない。また、借金のカタだとか、何やら弱みを握られただとか、これも脅迫でしょう。親切ごかして近づいて、騙して肉体関係を迫るとか、これ皆強姦です。強姦ばかりですよ。中には、あらゆる性行為は女性にとって強姦でしかないと云う人もいる」

「はあ」

それは——どうなのだろう。

「丸呑みにはできない発言ですが、まあ、気持ちは解ります」

大河内はそう云った。

「そうですかね」

「まあ——どれだけ男女平等と謳ってみたところでですよ、ことこれに限ってしまえば話は別ですからね。どれだけ条件を整えても、生理的な差違と云う奴だけは男女の間に厳然としてある訳ですよ」

「生理的な差違ですか？」

「そうです。女性が男性を強姦することは難しいのです。もしも女性の方が無理矢理に性的関係を迫ると云うような状況があったとしても、男の側がその気にならなければ行為自体は成立しない訳です。成立したなら、即《すなわ》ち男にその気があったと云うことでしょう？」

「まあ――そうでしょうね」

「まあ例外は幾らでも想定できる訳ですが、概《おおむ》ねそう云う仕組みにはなっている訳で――つまり強姦に限らずあらゆる性行為に於《おい》て、拒否することができるか否かと云う点で、男女は不平等なのですね。加えて、今の日本の社会に於てはですね、犯されたと云う事実自体、犯されると云う体験自体が、女性にとってはもう脅迫材料になってしまう訳ですよ。穢《けが》されたとか、傷物になったとか、そう云う表現をする訳でしょう？」

　その通りである。

「女性側からすると、こうした表現すら大変な負い目になる。世間から白い目で見られる訳でしょう。ですから犯された方は、被害者であるにも拘らず、何かインモラルな罪悪感を感じてしまう訳です。反対に、犯した方の罪の意識は希薄なんですね。社会の構造が歪《ゆが》んでる。社会に於《お》ける女性の居場所がない。女性は圧倒的に不利なんですね」

　僕は、陰陰滅滅《いんいんめつめつ》とした気持ちになって来た。語る程に聞く程に――熟熟《つくづく》男と云うのは愚劣《ぐれつ》で非道な生き物だと思えて来るからだ。躰《からだ》を穢した、娘を傷物にしたと憤ること自体、男の身勝手な視線に由来する偏見――と云う見方もある訳である。

　とは云うものの、そう思っている僕も男だし、語っている大河内も男なのだが――。

「しかし大河内さん。法律は平等でしょう。司法は女性であっても人権を保障してくれるのではないのですか？　法的手段に訴えたらどうなのです」

「この手の事件はまず以て告発されないんですね。法的に罰せられることが少ないから、それを犯罪だと思わぬ馬鹿が増える。悪循環です」

「何故告発しないのです？　主張する意思がないのですか？　そうなら女性の方にも問題がない訳ではないでしょう。実際主張することが困難な状況ではあるのでしょうが——だからと云って主張しようとする意識すらないと云うのも考えものでしょう」

「正確には——告発しない、のではなく、できないのですよ。できないからしないのか、しないからできるようにならないのか、その辺は難しい問題なのですけれども」

「できない——のですか？」

「理由は先程云った通りです。恥ずかしいからですよ。犯されたこと自体が恥になるからです」

「恥ずかしいから口を噤《つぐ》むと云うのは——建設的ではないです」

正当な主張をするのに、取り分け恥じ入ることはないと云うのが正論だろう。しかし大河内は顔を顰《しか》めた。

「仰る通りです。でも——例えば判断を司直に委《ゆだ》ねた場合は、先程云ったような事細かな事情を、被害者自身が公の場で発表しなければならなくなるのです。私は斯《か》くの如《ごと》く犯されましたと、声高らかに宣言しなくてはならない訳です」

「そんなこと——」

慥《たし》かにそれは酷《むご》い——ような気がする。単に人権が蹂躙《じゅうりん》されたと主張するだけなのだから、本来的には何ら酷いことではない筈である。それが酷いと思えてしまうことこそ、女性が社会的弱者だと云う証拠なのだろう。そして、僕もその社会を無批判に享受していると云うことか。

そうです——と大河内は云った。僕の顔色を読んだのか、或は一般論を想定して予《あらかじ》め用意されていた言葉なのかは判らなかった。

「それは矢張り酷いことですよ。誰だって厭なことを思い出すのは辛い。況《まし》て陵辱された記憶なんかを反復するのは、一層に辛いことでしょう。それだけじゃないです。元来被害者が加害者を告発することは恥ずかしいことでも何でもない筈なのに、今の世の中ではそれが恥になってしまいます。だから、正当な手続きを経《へ》て人権を主張する行為が世間に恥を晒《さら》すことと同義になってしまう——」

そう——。

一度暴行を受けただけで品性人格が卑しくなってしまうとか、肉体が穢《けが》れてしまうとか、そんなことはあり得ないのだ。そんな道理はない。穢れと云うのは社会的な概念であって、個人の肉体が物理的に変化する訳ではない。もし、それで人格が変わってしまったのなら、それは世間が偏見に満ちた眼で被害者を見るからだろう。

僕が神妙な顔をすると大河内は頷《うなず》いた。

「強姦事件と云うのはですね、肉体を傷つけるだけじゃあないのです。誇りや尊厳を搾取《さくしゅ》する行為なのです。ですから単なる暴行傷害と違って、実にデリケエトなものなのです。例えば勇気を振り絞って告発したところで、被害者を待っているのは厳しくも愚かしい現実です。世間全部を敵に回すくらいなら黙って隠してた方が余程マシだ。だから一向に状況は改善されない。馬鹿な男どもを根刮《ねこそ》ぎ撲滅《ぼくめつ》でもしない限り、このままでは駄目です」

「駄目ですか」

「駄目ですね。まあ、真に対等であろうとするのならば、それなりに覚悟が要る――と云うことでしょうね」

「覚悟ですか？」

そうです覚悟ですと大河内は繰り返した。

「毅然《きぜん》として立ち向かう姿勢と云うのは勿論必要なのですが、今の社会の中ではするだけ損でしょう。引き替えに捨てるモノが多過ぎる。正しい姿勢だからと云って、誰にでもそれを強《し》いると云うのは酷でしょう。女性達はただでさえ弱者なのですよ」

「だから――酷い目に遭う覚悟が要る、と云うことですか？」

「過酷な状況をただ受け入れる覚悟をしろと云っている訳ではありません。そうした状況認識をしたうえで、きちんと取り組む覚悟が要る、と云っているのです」

「どういう意味ですか」

ですからね——大河内は無表情に僕の顔を見た。

「ですから、女性達が一様に戸惑うことなく、そうした毅然とした姿勢を取れるように、社会の方から矯正して行かなくてはならない、と云うことです」

「なる程。それは道理です」

「しかしそれには時間がかかる。今日の明日でどうにかなるようなものではないし、法律を改正したって変わるものではない。慣習や社会通念を変革して行くと云うことは大変に根気のいる作業です。つまり——残念乍《なが》ら現状では被害者救済の道は断たれているに等しい、と云うことです」

僕は暗澹《あんたん》たる気持ちになった。

実のところ、今聞いたようなことは改めて云われなくても僕にだって解っていたことなのである。

しかしこうして逐一《ちくいち》解説されてしまうと、世の中とは何とまあ馬鹿馬鹿しい仕組みになっているのかと、そう思ってしまうのだった。しかし、斯《か》く云う僕自身、身内に被害者が出ていなければそんなことは考えてもみなかっただろう。

否、これがもし他人事だったならどうだろう。どこそこの娘は誰それに手込めにされたんだそうだよと、そうした噂話をしたとして——白地《あからさま》な軽蔑こそはないまでも、哀れみの言葉の端に若干《じゃっかん》の嘲笑《ちょうしょう》が混じりはしないだろうか。

話す方にその気はなくとも、聞く方はそう聞き取りはしまいか。それは災難だったねえ、可哀想《かわいそう》にねえ——と、そう受け答えをした時、その言葉の根底に加害者に対する憤りはあるか。それが単なる同情ならば、それは侮蔑《ぶべつ》と同義ではないのか。同情とは優越感の単なる裏返しなのだから。

そうすると——これが他人事だった場合、僕もまた無責任な一般大衆を演じて、被害者を蔑視《べっし》していたのかもしれないのである。僕は素直に、思ったことを告げた。

すると大河内は再び卓上の本をこつこつと中指で叩いて、いけません、いけませんねえ、と云った。

「一般大衆などと云うモノはこの世には存在しないんです。この世界には、ただ大勢の個人が居るだけだ。個人は、個人としての責任を果たしたくない時に、大衆と云う覆面《ふくめん》を被るのです。責任の所在を不明にし、不特定多数に転嫁《てんか》する卑怯な行為ですよ。例えば、個人で発言すれば袋《ふくろ》叩《だた》きになるような暴論でも匿名性《とくめいせい》と云う隠《かく》れ蓑《みの》に身を隠した途端一般論に化けてしまうことがあるでしょう。あれは固有名詞を隠蔽《いんぺい》することで個人が大衆に化けている訳です。そうすることで何の議論もされないまま、お粗末な駄弁が恰《あたか》も民意を得た正論であるかのような錯覚を与える訳ですね。君は一般大衆を演じるなどと云うが、そうしたものの云い方はその手の愚劣な連中のやり口となんら変わりのないものです。演じているのは君個人なんです。君がぶよぶよ膨らんで大衆になる訳じゃないでしょう」

それもその通りである。

僕は弁解がましく答える。

「そのですね、一般大衆を演じると云ったのは、ええと――不本意乍《なが》ら、と云うような意味でして。あの、僕は、僕自身の中にそうした差別的な――と云うか、偏見と云うか何と云うか、上手く云えないのですが、そうした厄介なモノをご多分に漏れず抱え込んでいてですね、まあその、そうした自分の愚かしい一面が顔を覗かせる度、頻《しき》りに反省したりもするのですが――まあ、そう申し上げれば善かったですかね」

そうですね。そう云って貰えれば一切異存はありませんと、大河内は教員染みた口調で云った。

「君がそうしたことに自覚的なのは好ましいことです。それはある意味で仕方のないことでもありますから、無自覚なのか、或は自覚的なのかが問題になるんです。自覚のあるなしは雲泥《うんでい》の差です。皆が君のように自覚的になれば世の中も少しは変わりましょう」

大河内は愉《たの》しそうに云った。

で――。

何だか煙に巻かれてしまった。

それで――。

――どうして探偵が出て来るのだろうか。

僕は相当に呆《ほう》けた顔をしたらしい。

大河内は眼を剝《む》いた。

「何か？」

「いいえ、その、ですから」

何故探偵かと君は云いたいのでしょう、と大河内は云った。

「そ――その通りですよ大河内さん。僕は、最前《さいぜん》よりそこのところを伺っているのです。ご高説は承りましたが、その――肝心な点に就いてはですね」

「そうですねえ――」

大河内は立ち上がって、机の周りをうろうろと歩き出した。

説明し難《にく》いことなのだろうか。それとも僕の理解力がないのか。

「――まあ、今お話しした通りの理由でですね、合法的に被害者を救済するのはまず不可能に近い。捨てるモノが多過ぎるから、残念ですがお勧めできないのです。悔しいですけれどね。それに掛引をするにしても――君の話を聞く限り今回の一件は単なる暴行強姦事件ではない訳でしょう。お子さんが――お生まれになったのでしょう？」

「生まれました」

「先方はそのことを知っているのですか？」

「さあ――」

わざわざ報せてはいない筈である。

「先方は大層なブルジョワですか？」

「首謀者の父親は高級官僚です。元士族なのかな。まあ、職業や家柄は関係ないとしても大金持ちではありましょう。でも氏素性《うじすじょう》や金回りはこの際関係ないです」

大河内は旧弊的《きゅうへいてき》な制度を嫌うような気がしたし、言動にどことなく反体制の匂いがするから、僕はそう表現した。

しかし元通事は眉《まゆ》を顰《ひそ》めて、

「何を云うのです。君、この場合は家柄も職業も財産も、悉《ことごと》く大いに関係あるのです」

と、云った。

「はあ、そうでしょうか」

「勿論ですよ。地位の高い人間は立身保身に腐心《ふしん》します。侍の家筋は名誉や血筋を偏重《へんちょう》する。財産のある者は相続分与に拘泥《こうでい》します。いずれも愚かしいことではありますが、そう云うものです」

「なる程」

「なる程ではありません。そんなことに感心してどうするのですか。君の姪御さんは、こともあろうにそうした厄介な家のどら息子の胤《たね》を不本意に宿し、のみならず産み落としてしまった——可能性がある訳でしょう」

「可能性ですが」

暴行犯は複数である。誰の子供なのかは判らないのだ。

「ですから、可能性で十分なのですよ。身に覚えがなくたって、お宅の息子が父親ですと捩《ねじ》込《こ》んで来る天一坊《てんいちぼう》気取りの詐欺師は存在しますからね。金が欲しくて欲しくて堪《たま》らない、金のためなら嘘も吐《つ》くしホラも吹くと云う人間は殊《こと》の外《ほか》多いのです。出自《しゅつじ》に劣等感《コムプレックス》を持っている人も、名誉欲に駆られてイカレてしまった族《やから》も山のように居る。だから、そうした連中の標的にされる類の人間と云うのは、殊更疑心暗鬼《ことさらぎしんあんき》になるものなのです。君の姪御さんの場合——先方は明らかに身に覚えがある訳だから、必要以上に警戒するのは当然です」

待ってくださいと僕は止めた。

「早苗が子供を盾《たて》にお家乗っ取りをするとでも？」

「する、と勘繰《かんぐ》られてもおかしくはないと云うことです——」

ぐるぐる歩き回っていた大河内は立ち止まり机に両手を突いた。

「——つまり民事交渉も直談判《じかだんぱん》も大変に不利だ」

「はあ」

「法的手段に訴えても力ずくで乗り込んでも、情に絡《から》めても正論をかましても——この場合はいずれも勝算ナシと云うことです」

どうにも分《ぶ》が悪い。

早苗の方に非は殆《ほとん》どないし、被害者であることはあまりにも明白なのに——恥辱を受けた上に子を生《な》して、そのお蔭で疑われたり煙たがられたりしている。可哀想過ぎる。

「何だか遣り切れません」

「だからこそ、僕はあの男を紹介すると云っているのです」

大河内は机を叩いた。

「あの男——と云うのは、その調査も推理もしないと云う、自覚だけはある名探偵——とか云う人のことですか」

その通り、と大河内はもう一度机を叩いた。

「その名探偵です」

「ですから僕はその理由をですね」

「そこです」

大河内は僕の発言を最後まで聞かずに答えた。

「僕の紹介するのは、先程から云っているように、まともな男ではない。誰が見たって奇人変人の類ですよ。彼は探偵と云っても調査も推理もしません。それどころか、普通の人間がやるようなことは何もしない」

「それでは——」

「ただ、その男は秘密を暴く力を持っている」

「秘密を暴く？」

そうです——大河内は何故か胸を張った。

「その男は名を榎木《えのき》津《づ》礼二《れいじ》郎《ろう》と云う。僕の高校の先輩です。彼は、他人の頭の中を覗くと云う特技を持っているのです」

「あ、頭の中を？」

どう云うことか。神通力だとか霊術だとかの類なのだろうか。

「し——信用できません」

「信用して戴いて結構」

「結構と仰られても——そんな話は頭っから信じられませんよ。大河内さんの言葉とも思えない」

そんなことを云われてもこればかりは事実なのですから仕方がありません——と大河内は云った。

「事実って——」

何がどう事実なのか解らない。頭の中を覗くと云うと、読心術のようなものなのだろうか。黙って座ればぴたりと中《あ》たる——と云うヤツだろうか。しかしそんな八卦《はっけ》見《み》のようなモノに大河内のような慎重そうな人間が騙されるとも思えなかった。

僕が一層不信な視線を投げかけると、大河内はふふん、と鼻を鳴らしてこう云った。

「君は先般世間を騒がせた目潰《めつぶ》し魔と絞殺魔の事件をご存知ですか？」

それは知っている。

早苗の自殺未遂のごたごたがあった頃、世間はその噂で持ち切りだったのだ。

僕の記憶が慥《たし》かなら、千葉と東京を跨《また》いで発生した大事件だった筈である。僕が頷くと、
大河内はアレを解決したのは彼なのですと自慢気に云った。

「解決？」

「そう。解決です」

「調査もなしで？」

「なしで。のみならず、去年の武蔵野《むさしの》連続バラバラ殺人も彼が解決したらしい」

「はあ——」

それも戦後最悪と云われた大事件である。

「彼には実績がある。勿論、その不可思議な特技を活用した結果の解決なんでしょうな。それに——まあ、彼の場合、そうした特技とは別に、先ず常識が通用しないと云う最大の武器を持っているのです。ですから、彼を一枚咬ませれば、きっと常人の思いも寄らない結末が訪れます。八方塞がりを打開するには持って来いですよ！」

大河内は不敵に笑って、そう結んだ。

2

熱心に僕の話を聞いて後、益田龍一《ますだりゅういち》と名乗った青年は実に情けない顔つきになって、

「それで——探偵に何をしろと仰るんですかぁ」

と問うた。

益田は探偵助手だそうである。

「はあ。それが僕も善く解らないのですが——こちらの先生は何でも推理や調査はなされないとか」

しませんねと益田は断定した。本当だったようである。

「それどころか依頼人の話も一切聞きません。お話をお伺いするのは専《もっぱ》ら僕ですから」

「はあ。畏《おそ》れ入りました」

他に言葉がない。

「ところで——」

益田は顎《あご》の尖《とが》った鋭角な顔を上げた。

「――うちの探偵がそこまでとんでもないと云うことをご承知で、それで何故うちに依頼する気になんかになられたんです？　お話をお伺いしている限り中中深刻な状況でいらっしゃるようですし、興味本位とかひやかしの類でも――ないですよね？」

「ひ、ひやかしなんかじゃないです。極《きわ》めて真面目です。頗《すこぶ》る本気です」

僕は汗を拭った。

暑い日だった。

「ただですね――何と申しますか」

僕は、大河内の云わんとしたことは概《おおむ》ね諒解したのだが、いざ依頼する段に及ぶと、これがまるで説明できない。サテ自分は何故ここにいるのだろう、と云う感じである。真逆《まさか》、お宅の探偵さんは奇人変人らしいから、ひとつ訳の解らない活躍をして欲しい――とは頼めないだろう。

繋ぐ言葉を滞《とどこお》らせている僕の様子を益田は意地の悪そうな眼で見た。のみならず若者は意地の悪そうな笑みまで湛えている。

「解った。うちの探偵が奇天烈《きてれつ》なのをいいことに、担ぎ出して話をぐちゃぐちゃにしてしまおうと云うんですね」

「え――」

冗談ですよ――と云い、益田は八重歯《やえば》を見せて笑った。

「――そろそろそう云う依頼があってもいい頃かなと思っていたところですから。榎木津さんもあれで割と有名になってますからね。良い意味でも悪い意味でも――妙な噂が立ちまくりで」

益田は長い前髪を掻《か》き上げた。文学青年のような髪型だが、その物腰からは深い懊悩《おうのう》など微塵《みじん》も感じられない。どちらかと云うと調子のいい幇間《ほうかん》タイプの若者である。おまけにけけけ、と云うような声で笑う。

僕の逡巡《しゅんじゅん》は不信感を伴って、後悔へと変わりつつあった。

「あのう」

僕は笑う益田に怯《おそ》る怯る声を掛けた。

「――その、榎木津さんと云う人は――どう云う」

「説明できません」

簡潔な回答である。

「説明して貰えないのでしょうか」

「説明したくてもできないんです」

「はあ。僕は紹介者から、榎木津さんは他人の頭の中を覗くと云う特技をお持ちなんだ――とか、お聞きしましたが」

ああ――と、益田はのんびりとした声を出した。

「まあ、そうらしいですね。うん。そうとしか思えないから」

「本当なんですか？　それはどう云う——霊術ですか？　他人の考えていることが判ると か、心を読むとか——それとも占い？」

「占いません。そう云うしち面倒臭いことはできない」

益田は顎を摩《さす》った。

「受け売りですけど。あの人は記憶を視るんです。特技じゃない。体質ですね。病気かな」

記憶を——視《み》る？

「それは読心術とどう違うのですか？　例えば今僕が何を考えているとか、そう云うことは判らない訳ですか？」

「そうそう。判らない。考えていることとか、気持ちとか感情とか、そう云うことはあの人には判らない。そう云うことは、寧《むし》ろ普通の人より判らないンすよ。他人が何を考えているのかなんてあの人には全く興味がないから、そもそも知ろうとも思わないんですよ。ただあの人の場合、好むと好まないとに拘《かかわ》らず、過去に相手が目撃した情景がそのまま視えてしまうんですね。どんな風に視えるのか見当もつきませんが」

それはつまり——。

「——僕が今朝食べたものだとか乗った電車から見た風景だとか、そう云うものは視えると？」

「そう。あなたは呑み込みが早い。それは視えるんですよ。お前は今日は芋を喰ったな目刺しを喰ったな、と。窓から風呂屋の煙突が見えるな、とか。でもそれだけっすよ」

「それだけ?」

「それだけ。その映像がその人にとってどんな意味を持つのか榎木津さんには判らないから。視えるだけ。音は聞こえないらしいし。尤《もつと》も音まで聞こえちゃ日常生活は送れないです。狂い死にします」

解ったような解らないような話である。

役に立つ——と云えば役に立つ能力《ちから》なのだろうと思う。益田の話を取り敢えず額面通りに受け取るならば、榎木津と云う男は、例えば殺人犯の前に立っただけで犯行を知ってしまうことになるのである。それなら捜査も推理も必要ないだろう。

勿論それだけで一件落着とは行かぬだろうが、指摘された人物が本当に真犯人なら、相当に無駄を省《はぶ》いた捜査ができるのではあるまいか。しかし、一方でそんな能力は何の役にも立たない場合も多い筈である。素人の僕にだってそれくらいは容易に想像できる。今回の件だって、それが果たして何の役に立つのかは甚《はなは》だ疑問である。とは云え——。

「でも——榎木津さんは数数の難事件を解決しているとか?」

そう聞かされている。

解決ねえ、解決かあと云って、益田は悪巫山戯《わるふざけ》でもするように、けけけけと笑った。

その時——。

「おい、益田君。そう云う態度は不遜《ふそん》じゃあないのか——」

笑ったりして不謹慎だぞ——などと云い乍《なが》ら、奥の方から紅茶を載せた盆を持った男が現れた。僕が訪れた時最初に応対した男である。

年齢は善《よ》く判らないが、どことなく書生風の、濃い眉《まゆ》と厚めの唇を持った男である。癖毛《くせげ》を短く刈って後ろに撫《な》でつけている。益田の方は眉も細くて唇も薄く、鼻も顎も尖っているから、とても同じ種類の生き物には見えない。

「別に不謹慎じゃないですよ和寅《かずとら》さん——」

ねえ——と益田は僕に同意を求めた。迂闊《うかつ》に返事はできないだろう。僕にはこの二人の力関係が把握《はあく》できていないのだ。最初、僕は和寅と呼ばれた男の方が益田より偉いのだろうと判断した。先輩格の探偵か何かなのだろうと考えた訳である。しかし茶を持って来たところをみるとただの給仕なのかもしれず、その割りに、ただの給仕だとすると益田に対する口の利《き》き方がぞんざいであるようにも思う。

和寅は憮然《ぶぜん》とした。

「だって益田君笑ってるじゃないか」

「笑うしかないですよ。それに笑った方が躰《からだ》にいいでしょ」

益田は再び乾いた笑いを発した。

和寅は丁寧に紅茶をテーブルに置いて僕に勧め、それから厚い唇を突き出して益田を睨んだ。

「私ゃ茶を淹《い》れ乍《なが》ら聞いていましたがね、こちらのお話は随分深刻そうなお話じゃないですかい。それを、まあ、茶化《ちゃか》して」

「茶化してないですよ。ただ僕ァ根が明朗快活なだけで」

「君は段段《だんだん》うちの先生に似て来るな。いや、先生の悪いところだけ見習っているように思うぞ。そりゃ心得違いだぞ」

「心得違いしてなきゃこんな商売できませんって」

ふん——と和寅は鼻を鳴らした。

「益田君。そもそも君は私の話を聞いてなかったんですかい？」

「聞いてましたとも。こう云っちゃなんですが、僕は耳掻《みみか》きが趣味なんですから。日に何度も耳掃除《そうじ》をする」

「じゃあ耳の掻き過ぎで鼓膜《こまく》が破れたな」

「僕の鼓膜は丈夫ですよ。まるで太鼓《たいこ》の革の如《ごと》し」

「それじゃあ尋きやすがね、君は今現在ここで、何をしている？」

「だからこちらの事情を伺ってるんですよ」

「私ゃ依頼人の話を伺っちゃ駄目だって云った筈ですがね——」

和寅はそう云った。

何なのだろう。こともあろうに依頼人の話を聞くなとは、いったいどう云う了見なのであろうか。益田はそれを受けて、和寅さんこそそれじゃまるで榎木津さんみたいじゃないですか――と云った。

僕が半ば呆気《あつけ》に取られていると、二人は一斉に僕の方に面《おもて》を向けた。

「あ、ええと、あのですね、その」

当然――僕は恐慌状態に陥る。この場合、どう受け止めたものか見当もつかない。

「皆さん、落ち着きましょう――」

益田は両手を広げ、忘年会の幹事が座を仕切るかのようにそう云った。

慥《たし》かに僕は一時に二人の男に凝《ぎょう》眸《ぼう》されて狼狽《ろうばい》したことはした。だが、落ち着きがないと云うならそれは寧ろ益田や和寅の方だった訳で、僕はと云えばそれは大いに戸惑いはあったものの、極めて沈着だったのだが――。

益田は和寅を牽制するかのような態度で、こう続けた。

「――子細は承りました。それで――先《ま》ずはあなたのご依頼内容を確認したいですね。僕にできることならお引き受けしますが、そうでないなら諦めてください。まあ、僕も助手とは云え、これでも元警察官ですから。榎木津と違ってちゃあんと捜査のイロハを心得てますんで。いい仕事しますよ」

「はあ。では——ええと、その榎木津さんと云う人には、その——」

「いずれにしろうちの先生は無理ですよ」

和寅が云った。榎木津と云う探偵はそんなに多忙なのだろうか。

僕の顔を見乍《なが》ら、和寅は保護者のような口調で説明した。

「先生、最近大変ご機嫌が斜めなんですよう。私も困ってるんです。伊豆で何があったかぁ知りませんがね。もうムスッとしちゃって扱い難いったらない。口も利いてくれやせん」

ありゃ歯が痛いだけですよ——と益田は云った。

「歯ぁ？」

和寅は尋き返す。益田は苦笑する。

「そう。奥歯が虫歯で。伊豆で足止め喰ってるうちに痛くて死ぬとか云い出して。現地の歯医者で抜いたんですけどね。これが藪《やぶ》だったんです、抜いた跡が痛むらしい」

そんなことひと言も云ってなかったけどなあ——と、ぼやくように云って、和寅は盆を持って立ち上がった。

「どっちにしたって先生は仕事しませんよう。理由はどうあれ機嫌は悪いし、普段からできるだけ仕事はしたくないって云い続けてる人なんだから。ですから私はね、電話であれ訪問であれ、お客様があった際にはそう云う特殊な事情をお話しして、仮令《たとえ》どんなご依頼であっても丁重にお断りしてくれと、あれだけ云ってたじゃないですかい」

「榎木津さんが仕事しないのは解ってますって。でも先にお話を伺っちゃったんですから、御免なさいね左様なら——ッて訳にゃいかないですよ。困ってらっしゃるんだから」

「だから詳しくお聞きする前にお断りしなさい——と再三再四云ってたんだ私は。小口の仕事受けたばっかりに私が何度も馘《くび》になりかけたことは君だって知ってるだろうよ。それなのに君は、私がお勝手に引っ込んでる間にちゃっかり話を聞いちゃうんだから始末に悪い。これがまた、間が悪いことに丁度薬罐《やかん》が吹いたんだ」

「だから。僕が受ける分には構わないでしょうに。僕で間に合うならそれでもいいでしょ。何も寝てる榎木津さんを起こす訳じゃないから和寅さんだって叱られることァない。大体わざわざお越し戴いて話も聞かずに帰したんじゃ評判悪くなりますって。事務所の経営状態を誰より気にしてたのは和寅さんじゃないんですかァ？」

和寅は益田を横目で睨みつけ、やがて、君もまだまだだな、と云った後、くくくッと鼻を鳴らして笑った。

「探偵は奉仕活動じゃないんですぜ。うちの先生はそう善く云うでしょうが。それに今、懐は温かいんだ。大層儲かったから。なんたってもう一軒ビルが建つ程お金が入っちゃったでしょうに。そんなだから仕事なんか半年か一年はしませんや——」

和寅はぎょろりとした眼で僕を見て、折角《せっかく》お越し戴いたのに残念でしたね、と云った。僕は顔から血の気が引いて行く。

「び、ビルがもう一軒ですか？　こ、こちらの探偵料って、そんなに高価《たか》いのですか？」

大河内からは無料《ただ》同然だと聞いていたのである。貧乏施工屋には一銭たりとも余裕はないのだ。正直に云うなら、僕がこの探偵事務所に相談することを決意した理由も、偏《ひとえ》に金がからないと云う話だったからに他ならないのだ。

高くない高くないと益田が眉尻を下げて云った。

「探偵料に相場はないです。前回は特別ですよ。何たって依頼人が大金持ちでして」

うちは客筋が良いんですと和寅が云った。益田はそれを受けて再びけけけと笑った。

どうもこの人達は、僕なんかとは住む世界が違うようだった。

「ほら、あなた、ついこの間伊豆の方で騒動があったの知りませんか？　宗教団体と地元の土建屋が激突って話――」

それなら新聞で読んだように思う。

慥《たし》か大人数の乱闘騒ぎがあり、怪我人数名と死亡者一名が出た――と載っていたのではなかったか。

僕の返事を待たずに益田は続けた。

「――あれはですね、報道こそされませんでしたけど、実は稀《まれ》にみる大事件だったんですよね。未だに何が起きたのか善く解らんのですけどね、僕には。何しろ東京警視庁捜査一課の刑事が二人、目黒署の刑事が一人飛ばされちゃったんですから」

木場《きば》の旦那《だんな》ァ飛ばされたんですかい、と和寅が尋いた。

「――懲戒免職《ちょうかいめんしょく》じゃなくて？」

「免職はないですよ。でも一昨日査問《さもん》会議にかけられて、木場さんは減俸降格の上、所轄署の一係に転属です。青木《あおき》君と目黒署の刑事は、慥《たし》か半年間の減俸の上、どこかの派出所に飛ばされた」

大騒ぎだよなあ、と和寅は云って、もう一度椅子に座った。

どうやら野次馬な男のようである。

「小説の先生はどうしたんですよ。何でも酷い目に遭ったんでやしょう？」

「ああ関口《せきぐち》さん。あの人はもう駄目かと思いましたけど、案外平気そうでしたよ。慣れてるんでしょうね。伊豆の病院から――もうすぐ帰って来るんじゃないですかね。まああの人は世の不幸を一身に背負ったような人だから。榎木津さんの談に依れば冤罪《えんざい》で服役とかした方が世の中のためだからローヤから出て来るなとか――」

誰のことだか何の話だか、皆目解らない。

それに、どれ程の大事件だったかは知らないが、所詮僕には関係ないことである。

和寅は、奥さんが可哀想だあそこは、などと云っている。それにしても僕はまるで無視されている。

「あのう」

僕が声を掛けると、益田は妙な顔をした。そして、

「あなたが明瞭《はっきり》と仰らないから話が横に逸《そ》れるんです」

と、思い出したかのように云った。

まあそれもそうなのかもしれない。それにしたって何をどう依頼したものだろう。

しかし、僕がぐたぐたと考えを巡らせているうちに益田は諒解しました、と決然《きっぱり》云った。

「な、何を諒解して戴けたのでしょう？」

この段階で諒解できる事項などひとつもないような気がする。益田は、僕はご婦人を虐《しいた》げる奴は嫌いなんです――と、はにかみ乍《なが》ら云った。

「今のお話だと、暴行犯人は一人じゃないのでしょう」

「そうですが――それが？」

「首謀者は判ってる訳ですね？」

「はい。通産省の官房次官の息子で櫻井《さくらい》哲哉《てつや》。今年の春大学を卒業して、今は――何をしているのか」

官僚の息子か――と益田は呟く。

「僕が公僕なら若干なり捜査の障害にはなりますね。圧力はかからなくとも遠慮が出ちゃいます」

「あ」

そう云うものなのだろうか。益田は悪巧みでもするように微笑んで、でも僕等は探偵だから平気ですと云った。

「で、共犯の連中の住所姓名は？」

「はあ。全員哲哉の学生時代の悪友らしいですね。四五人でいつも連《つる》んでいて、良からぬことばかりする。愚連隊《ぐれんたい》です」

「名前とか身許は？」

それは知らなかった。早苗にも判らないようだった。哲哉の周囲には常時数名の取り巻きがいたらしいが、顔触れは必ずしも一緒だった訳ではなく、それぞれの身許をメイドあたりが知っている訳もないだろう。その中の誰かであることはまず間違いないようだったが、真っ暗闇の納屋《なや》の中だったこともあり、顔は疎《おろ》か襲った人数すらも、早苗は覚えていなかったのである。

そうか暗闇ねえ――益田は眼を細めた。

「納屋じゃ暗いですよねえ。それに十一時過ぎでしょう」

「はあ。燈りは全くなかったようです。曇ってたようですし。どうも姪は哲哉に手紙を貰ったらしいんですよ。まあ深夜、裏の納屋で待っている――って程度の簡単なものだったらしいですが」

「その手紙は？」

「ないです。襲われた際になくしてしまった、と云っていました。矢張りあった方が良かったですか？　何か有利に？」

そう云うことはありませんと若い探偵助手は簡単に断言した。

「なりませんか。証拠だとか」

「そんなもん全然証拠になりません。なるとするなら強請《ゆす》りのネタですね。でも相手は開き直ってる。強請れば訴えられるだけ。訴えられれば泣きを見るのは姪御さん――圧倒的に不利ですね」

「じゃあ」

八方塞がりに変わりはない。

「ですからね――」

益田は再び意地の悪そうな顔をした。

「――善く考えてくださいよ。手強いのは、首謀者ひとり――と、云うより首謀者の父親である官房次官ひとりですよ。それ以外は惧《おそ》るるに足りないでしょ。しかして犯人は複数である――」

「ああ――」

慥《たし》かにそうなのだ。憎き暴徒は一人ではない。

「――では手下の連中を？」

「手下じゃないですよ。この場合全員共犯。全員を断罪すべきでしょ。ま、その櫻井ですか、そいつは名前も知れてるし、首領格だから、目立ってるってだけの話です。首謀者が誰だろうと、計画したのが誰だろうと、一蓮托生《いちれんたくしょう》で全員同罪です。複数犯の中に権力や財力を行使できる人間が一人いるっつうだけでしょ」

益田の云う通りだろう。姪を襲った連中は等しく姪の敵なのである。ならば何も攻め難い櫻井ばかりを攻めることはない。攻め易いところから攻めると云うのは理に適《かな》っているようにも思う。

「それでは——櫻井以外の連中を訴えると云うことですか？」

僕がそう云うと益田は少し首を揺すって、

「訴えちゃ駄目ですよう」

と答えた。

「しかし」

「しかしじゃないですよ。訴えちゃ駄目ですって。紹介者の人も云ってたんでしょう？　誰を訴えたところで、姪御さんもその娘さんも厭な思いをするのに変わりはないんです。心の傷だって、癒えるどころか深くなっちゃう。いいんですか？」

良くない。全然良くない。

僕は慌てて首を左右に振る。

益田は続けた。

「一方相手はと云えば、仮令《たとえ》罪に問われたところでそんなに重かァない訳です。下手すりゃ不起訴」

「不起訴——ですか」

「まあね。縦《よし》んば有罪になってもですね、そう云う手合いは金積んですぐ出て来ます。何にもなりゃしない」

そうなのですかと問うと、益田はこれでも元警察官ですから、と答えた。

「警察の方？」

そうは見えない。制服姿が想像できない。

地方警察の刑事でしたと益田は云った。

「今や誰も信用しませんけど。まあ、このように物腰は軽いですが、経験に基づく発言ですから内容には重みがあるんですよ。もっと云うとですね、そう云う場合は——出た後に報復されるかもしれない。いや報復する。します」

「そんな——酷い——」

「酷いってあなた、そうなんだから仕方がないですよ」

益田は前髪を搔き上げた。

善人なのか悪人なのか判別できない表情である。

「庶民にとって司直とはまず融通の利かないものですよ。法的手段に訴えるのはこの場合、どオッしたって得策じゃないのです。繰り返しますが僕は元警察官ですからその辺の裏や表は善く知ってます」

「じゃあ——非合法に——共犯の連中を強請るんですか？」

「強請りませんッ、てば。僕等は犯罪者じゃないんだから」

益田は眉を八の字にして、実に困ったような顔つきになった。

それまでの顔つきがあまりにも意地悪そうだったので、僕はてっきり、この少少エキセントリックな雰囲気の青年が、恐喝でも企《くわだ》てているものと勘違いをしていたようだった。

「それじゃあどうするんですか——」

八方塞がりの上に四面楚歌《しめんそか》である。四方八方塞がりと云う言葉があるのかどうか知らないが、あるなら正にそう云う感じである。

「——訴えられない、脅しもできないじゃあ」

「で、す、か、ら——」

益田は少少呆《あき》れたような顔つきになって、

「——謝罪させるんですよ、謝罪」

と云った。

「しゃ、謝罪ですか」

そう――。

僕が本来欲していたのは、金品を貰うことでも復讐することでもなかった筈だ。

それに――。

仮令《たとえ》相手が法的な裁きを受けることになったとしても、それで連中に重い懲罰が科せられたとしても、僕等には何の得もないのである。

失うものは多くとも得るものは少ないのだ。

それは、最初から承知のことだった。

僕が欲していたのは誠意ある回答であり、つまりは自分達の卑劣な行為に対する反省と悔《かい》悟《ご》の表明だったのである。誰の話を聞いてみても、それ以外の展開は望むべくもないことのようだし、寧ろ望むべきでないことなのだ。

どうやら僕は、怪《あや》しげな探偵事務所の雰囲気に呑まれて、所期の目的をすっかり忘れていたようだった。

「そうですよね。その通りですよ益田さん――」

慥《たし》かに眼から鱗《うろこ》が落ちた――と云う感じではあったのだが、善く考えてみればここに来るまで僕には訴えたり強請ったりするつもりなど微塵《みじん》もなかった訳で、つまり今の今まで僕の眼に嵌《はま》っていた鱗は、要するに狼狽して見開かれた僕の瞳に益田や和寅が貼り付けたようなものではあるのだけれど。

「その通りなんです」

益田は大きく頷いた。

「犯人が五人組だったとしてですよ、五人のうち四人までが罪を悔いて謝ってくれればですね、傷は塞がらないまでも、少しは気も晴れるってもんじゃないですか。こう云うことは気持ちの問題でしょ」

ねえ、と益田は和寅に振った。

未だにその身分が判然としない給仕然とした男は、唇を尖らせて、

「でもどこの誰だか判らないんでしょうに」

と云った。

それはそうである。だが。

益田はにやにやと八重歯を見せて笑い、

「だから、それを突き止めるのが——僕の仕事っすよ」

と云ったのだった。

なる程、益田は先程そこまで考えて、諒解しました——と云った訳である。

それならば、要は人捜しであり、犯人を特定するための調査でもある訳だから、これは立派に探偵の仕事である。僕の認識ともズレていない。

如何《いかが》です——と益田は尋いた。

「失せ物尋ね人の類《たぐ》いは、今日日《きょうび》占い師よりも探偵ですよ。勿論犯人が特定されたって、そいつらを悔い改めさせることができるかどうかはまた別の問題ですけどね。まあ算段がない訳でもないんですが——」

益田は不敵に北叟笑《ほくそ》む。

「いずれにしても犯人一人ひとりの顔を特定しておくに越したことはないでしょう。何をするにしてもそれを知らずに先の見通しは立たない訳ですから。それに」

「それに？」

「そのお子さんの父親は、その中の誰かなんでしょう」

益田はそう云った。

そう——。

その点に関しても僕は失念していたのだ。

早苗の産んだ子の父親は、複数の暴徒などと云う漠然としたものではなくて、暴徒の中の一人と云う個人に他ならないのである。

誰なのか特定はできないけれど——。

誰か一人ではあるのだ。

「どうします——」

益田は再び尋いた。

「――取り敢えず代金は後払いで結構です。探偵料と必要経費と云うことで――あ、必要経費に関しては明細を出しますし、領収書も付けます。ボッたりしませんからご心配なく。僕の場合、明朗会計がモットーですから安心です。僕は元地方公務員、しかも下っ端だった訳で、その頃の習性が抜けてない。小銭の出納《すいとう》に関しては矢鱈《やたら》細かい癖に利潤追求と云う概念には欠けている訳です。つまりセコイと云う――」

おいおいと和寅が云った。

「弊社《うち》は親方日の丸じゃなく民間だ。個人経営だぞ。不当に請求するのはいかんが、利潤追求の姿勢は忘れないで欲しいもんだがな」

「利益乗せるなら探偵料でしょ。そもそも利益拡大なんてこたァ経営者側で考えてくださいよ。僕ァ被雇用者ですからね、民間でも下っ端なんです。それに僕のこの習性は顧客にとっては寧《むし》ろ好ましいことだと思いますがね。良心的とすら云えるセコさ。でもって、その肝心の探偵料に就いては――そうですねえ、相手が特定できた段階でご相談、つうことで如何です？」

「それは――お願いします。是非お願いします」

僕は頭を下げた。

先生に叱られても知りませんよ私は――と、和寅は結んだ。

3

見直したと云うか、認識を改めたと云うか——僕は半ば感心し、益田の尖った顔を眺めると、

「流石《さすが》に探偵さん——仕事が速いですねえ」

と云った。

卓上には五枚の写真が並べてある。

大きさはまちまちで、陽焼けして色褪《あ》せているものも、そうでないものもある。

自信ありげな笑顔で写っているのは——櫻井哲哉である。

そう——ここに並べられているのは、早苗に狼藉《ろうぜき》を働いた憎むべき連中五人の肖像《ポートレイト》なのである。

依頼してから三日と経っていない。

迅速《じんそく》な仕事振りであった。

昨夜——帰りがけ職場にかかって来た益田からの電話を受けた時——。

僕は正直云って半信半疑で益田の言葉を聞いたのだった。

高高中二日《たかだか》で実行犯が特定できる訳はないのだ。一年近く経っていることでもあり、大体に於て罪人が自《おの》が罪科をそう簡単に告白する訳もないと思ったのである。僕は、早くとも一箇月はかかるだろうと踏んでいた。

それでも益田は大丈夫と云い張った。

僕は電話口で彼の意地の悪そうな表情と眼にかかる程の気障《きざ》な前髪を思い出して——どうせいい加減な仕事をしたのだろうと勝手に判断したのだった。

櫻井の取り巻き連中を割り出すだけならば、それはそう難しいことではない。それらしい頭数を十人から掻き集めておいて、きっとこの中の誰かでしょうね——とでも云うのだろうと、そう思った。

それでも、僕は取り敢えず——早苗に連絡を取った。

同行してくれるかどうか確かめるためである。

緻密な探偵作業を遂行するためには矢張り被害者本人から談話を採る必要があるのだろうし、今後は本人の諒解が必要な事項が発生することも予想された。だから次回訪れる際は早苗を連れて来ると、僕は益田に約束していたのである。

但《ただ》し、あくまで本人が同意したなら——と云う条件付で、である。早苗自身が厭がるのならこんなことをする意味がないからである。

ただ。

電話口で益田は——多分嬉嬉《きき》として——容疑者達の写真も用意できたんですよと僕に告げたのだった。そうなると、早苗同行の必要性は増すことになる。

尤も暴行を加えた者が誰なのか早苗自身が判らないのだから、写真など見たところで鑑定などできはしないのだが、当時屋敷に出入りしていた連中のことなら早苗もある程度覚えている訳で、ならば写真から何らかの手懸かりを見出す可能性もない訳ではない。

いずれにしろ、早苗の気持ち次第で決めようと思った。

予《あらかじ》め打診はしておいたとは云うものの、それでも姉夫婦は戸惑ったようだった。

そもそも姉も義兄も、探偵なんかに依頼すること自体に難色を示していたのである。

それは当然のことだと思う。幾ら守秘《しゅひ》義務を持った探偵と雖《いえど》も、赤の他人には違いがない。公にする訳ではないにしても、第三者に娘の恥を晒すことに変わりはないのだ。大河内の云った通り、それが恥でも何でもないことなのだと、そう理屈では解っていても——矢張りそれは恥と考えてしまうのが普通の感覚だろうと思う。

白状するなら僕自身も、早苗本人を探偵に引き合わせることに就いてはかなり当惑したのだ。厭なら止《よ》そうと思ったし、多分厭がるだろうと、僕は想像してもいた。否、想像していたと云うより、早苗が厭がってくれることを望んでいた——のかもしれない。

しかし、早苗は大方の予想を裏切って、進んで協力することを望んだのだった。

早苗は娘——梢《こずえ》と云う名前をつけたようだ——が生まれてから、少し変わったようだった。

考えてみれば——今の世の中、私生児を産むと云うこと自体大変に勇気の要る行為なのである。暴行されたことを公表するのと同じくらいに、否、それ以上にそれは過酷な選択だ。世間から差別的な視線を受けることに何ら変わりはないのである。暴行犯を告訴したなら、慥《たし》かに早苗は恥辱に塗《まみ》れることになるだろう。しかし人の噂も七十五日と云う。悪い噂はやがて止む。やり直すこともできるだろう。けれど子供を産んでしまった以上、何年も何十年も世間の目を憚《はばか》って生きて行かねばならなくなる。子供にも早苗にも、何ひとつ罪などないと云うのに——。

理不尽なことではあるが、それが現実なのだ。

早苗なりに大変な覚悟があったのだろう。

人生仕切り直すためにも何かしたいから——と、電話で早苗はそう云った。受話器から聞こえる姪の声は一皮剝《む》けたように大人になっていて、僕は少しだけ複雑な心境になった。

そして僕は悟った。

早苗はきっと自分のためにではなく子供のために覚悟したのだ。

その契機《きっかけ》が早苗にとってどれ程忌まわしいものであったとしても、それは早苗の都合であって子供自身には関係のないことである。

仮令《たとえ》どのような因果の胤《たね》であろうとも、生を受けた以上は生きる権利がある。幸福になる権利がある。どのような障害があろうとも、護り慈しんで育むことが母親としての義務であり責任である。

早苗は親になったのだ。

そして、僕も吹っ切ったのだった。

これは早苗の事件なのだ。

早苗がいいようにしよう。

そう思った。

そんな訳で僕は、早苗と、そして乳飲み子の梢を連れて、早早にこの薔薇《ばら》十字《じゅうじ》探偵社《たんていしゃ》を訪れたのである。

早苗に負われた梢は、きっと電車に揺られて疲れたのだろう、着くなり眠ってしまった。僕達が来るところを窓からでも見ていたものか、戸を開けた途端に和寅がすっ飛んで来て、手慣れた手つきで赤ん坊を抱き取ると、お布団で寝かせやしょうと云って奥に連れて行った。和寅は住込で、彼の部屋は畳《たたみじ》敷きになっているのだそうである。

益田の話だと、和寅は何故だか子守が得意なのだそうだ。

聞けば和寅と云う男は給仕でも探偵でもなく、榎木津の秘書兼お守り役を長年務めている男なのだそうである。

一方益田は見習い探偵ではあるが、入社したのは今年の春なのだと云う。ならばまだ半年も経っていないことになる。要するに、この二人は役割が違っているだけで上下関係にある訳ではなかったのだ。一応益田が後輩と云う格好になることはなるが、それでも茶を淹れるのは和寅の仕事なのである。

僕の疑問は氷解した。

おかしなもので、そうと解ってしまうと、その途端に探偵達の怪しげな所作もそれ程不自然なものには見えなくなった。外から見ただけでは解らないものである。

益田は早苗を見ると丁寧に挨拶した。

若い見習い探偵は――やや芝居染みてはいたのだが――最大限の敬意を払って早苗に接してくれたようだった。

単に調子がいいだけなのか、それとも女性に対して臆病なのか、将《はた》また肚《はら》に一物仕込んでいるのか、その辺りのことは僕には判らなかったのだが、それでも事務的に扱われたり褻《け》がらわしくあしらわれたりするよりも、それは遥かに好感が持てる接し方だっただろう。必要以上に危惧感を抱いていたこともあって、僕は随分安心した。

そして――即座に卓上に写真が並べられた訳である。

早苗は並べられた写真に一瞥《いちべつ》をくれて、額の辺りに嫌悪の色を浮かべた。櫻井以外も知った面面《めんめん》であるらしかった。

今の今まで漠然と、暴徒として一括《ひとくく》りになっていたものが、突如人格を持った個人——しかも見知った人物——になったのだから、無理もないことだと思う。

ご存知ですか——と益田は云った。

「向かって右から殿村健吾《とのむらけんご》、江端義造《えばたよしぞう》、櫻井哲哉、今井三章《いまいみつあき》、久我光雄《くがみつお》です。櫻井を除く四人は、事件前後に御屋敷に頻繁に出入りしていた筈です」

存じてます——と早苗は云った。

「毎日のようにお顔を見かけました。お話もしました。でも——」

真逆《まさか》この人達だったなんて——と云って早苗は口を押さえた。悲しいと云うより驚いている。

「久我さんなんて——とても温順《おとな》しそうな方でしたから」

「見かけに騙されてはいけません」

男はみんな狼です——と、益田は透《す》かしたことを云った。

「でも——何度も親切にして戴いたんですよ。私が難儀していると重いものを持ってくれたりして」

「重いものなんかは熊でも持てるんです。取り澄ました紳士だって夜具の上では野獣になる。上半身と下半身は別人ですよ」

益田は真面目になっても調子だけはいい。駄目押しに見習い探偵はけけけと笑った。

どうやら羞恥笑《てれわら》いのようだった。僕が何気なく見ると、益田はごほんと咳払いをして失敬と云った。

「――僕、決して茶化してません。今の笑いは、僕が生来お調子者だと云う証明です。気を悪くしないでください。ええと、早苗さんでしたかね。こいつらとはその、事件のあった後は？」

「会っていません。私、翌日からお屋敷には近づいてもいないんです。抗議に行ったのも父や母や、代理人ですから――」

「そうですか。付き纏いだとかはなかった訳ですよね？　事件後、ご自宅の近辺でこの中の誰かを見たとか、身辺で何か妙なことが起きたとか――そう云うこともない？」

「妙なことと云えば、差出人不明のお花が届いたくらいです。多分櫻井の指金《さしがね》だろうと、両親が捨ててしまいましたけれど――」

「はあ。花束くらいで誤魔化《ごまか》されて堪るもんかッつうことですね。そりゃ当然ですよ。こんな連中から花なんかが届いた暁《あかつき》にはご両親だって激怒しちゃうでしょう。白白しいこと極まりない。と云うよりも嫌がらせですな。こいつらァ殊勝な気持ちで花を贈るタマじゃないですから」

「しかし益田さん――」

どうやってこの四人を――特定したのだろう。

「——この人達に間違いないのですか？」

適当に選んだのではないのか。

益田はにやりと笑った。

「まず間違いないと思いますけどね。自信はありますよ。でも慎重になるに越したこたぁない。自慢じゃないが僕は小心者ですからね。ここは駄目元で姪御さんご本人の証言が採れればと思った訳で。どうです早苗さん。その、大変お聴き難いことなんですけど、覚えありませんか？　体格とかその——」

「ええ——」

早苗は眉根を寄せた。

「——真っ暗な納屋の中で突如《いきなり》何人もが覆い被さって来たのでまるで——でも」

「でも？」

「そう云えば、出て行く時に光が——あれは懐中電燈かしら。一瞬ですけど。そうですね、そう云われてみれば戸を閉めた男は久我さんだったような気もしますけど——」

ふん——益田は顎を突き出す。

「間違いないですね。この五人でしょう。決まり」

「ですからどうやって調べたんです？　そんなのコイツだと云って見せられれば、誰だってその気になりますよ。動揺してるんだし」

そりゃ簡単ですと益田は云った。

「櫻井の取り巻き連中はすぐに突き止められたんですよ。奴等は、概ね今年の春に大学を卒業していますが、それぞれ未だに付き合いがある。殆どが中流以上のボンボンですよ。貧乏人はまずいない。一流の企業に就職したりしてる奴もいるんですが、まあ所詮おぼっちゃまですから学生気分が抜けちゃいない。週末を待たず、何かある度に集まっちゃ酒飲んで管《くだ》巻いている。世の中嘗《な》めてます。オジサンめいた云い種《ぐさ》ですが、あんな連中に国の将来を託すのかと思うと、僕でさえ暗澹《あんたん》たる気持ちになります」

齢《とし》ですかねえ、と益田は云った。

その益田にも国が任せられるとは思えない。自分のことを棚に上げている。

「そんな奴等が総勢二十人はいる。櫻井本人はあまり顔を出さないようですが、まあ取材は簡単ですよ。具《つぶさ》に聴けばいい訳ですから。その中の誰が関わっているのか調べればいい」

「そこですよ。判らないでしょう簡単には」

「そうでもないっすよ」

答え方が軽い。

「潜入捜査得意ですから。やくざがらみや公安がらみの事件は御免ですけどね。僕はですね、まあアプレゲールを気取って、奴等の懐に飛び込んだんですね。このあたりに――」

益田は自《おの》が頸の辺りに手をやって指を動かした。

「——チーフかなんか、こう巻いて。進駐軍からかっぱらったような葉巻かなんか持ってね。格好つける。すぐに気を許しますよ。連中はそんなに賢くない。で、打ち解けたら馬鹿をやる訳です」

「馬鹿？」

「そう馬鹿。羽目を外した悪巫山戯《わるふざけ》。僕ァ得意なんです」

得意そうである。

ウケればこっちのものですねと益田は云った。

「僕はそこで、強姦自慢を始めた」

「ご、強姦自慢？」

「そう。勿論出任《でまか》せです。女なんて所詮はモノだな、と人権擁護団体が聞いたら卒倒するような講釈を一席ぶって、性欲魔人宛《さなが》らの武勇談を滔滔《とうとう》と語る訳です。権力志向を持った奴は性も制度化しようと思ってるし、出世欲の強い奴は猥談《わいだん》も好きですからね。奴等ァ若いし。僕が、喪服の人妻を籠絡《ろうらく》して仏壇の裏で押し倒したり、縫製工場の便所の脇で女子工員を組み伏せたり、バーでお高くとまったB G《ビジネスガール》に睡眠薬を飲ませたりしてこう、とっ替えひっ替え裏返し表返し——」

益田は実に愉しそうに話していたのだが、そこでハッと我に返って、僕と早苗を交互に見比べた。

「――ご、誤解しないでくださいよ。こりゃ話ですから。はなし。僕は状況設定嗜好《シチユエーションフエチ》ではありますが妄想型の人間ですから――その、実践に及ぶ訳じゃない。話したのは先達《せんだつ》て知り合った輸入業をしている某男性から聞いた体験談を元にして脚色した、作り話です」

どうも弁解染みている。

益田は半巾《ハンカチ》で額の汗を拭った。

勿論冷や汗である。そんなに暑くない。

「ま、まあその、そんな目で見ないでくださいよ。それで僕は、座が興に乗って来た辺りで、こう云ったんです――」

益田はそこでふ、と早苗を見て、あのうお気になさらないでくださいね、と小さくなって云った後、大声でこう云った。

「――俺も大抵のことをやって来たが輪姦だけはしたことがねえ」

御免なさい――と益田は頭を下げた。

「――こう云うの、矢っ張り気になりますよね。すいません」

「いいんです。そちらもお仕事でやられているのでしょうし」

早苗はそう云ったが、僕は怪しいと思う。好きでやっている。

益田は僕の心中を察したらしく、本当に僕は無実なんですよう、と云った。何に対して無実なのだか善く解らないが、あまりに情けない表情だったので僕は笑ってしまった。

この事務所で笑ったのは初めてだった。見れば早苗も笑っていた。

「で、まあこの、その時僕は性豪と云う設定ですからね、俺と一緒になって女を襲えるだけ骨のある奴が身の回りにいなかったんだ、俺の性遍歴の唯一の汚点だと、こうかました訳です。すると」

「すると？」

「はあ。まあ、簡単に引っ掛かった。それじゃあ俺達の方が上だ、俺達はちゃんと輪姦もしているからな、と、こう来た。馬ッ鹿でしょう。そんなことが自慢になるもんか――」

なる程。

人は罪と思えば口を噤《つぐ》むが、自慢と思えば吹聴する。連中にとってそれは罪ではなく、誉《ほま》れだった訳である。

益田は真顔に戻った。

「でもって、その場にはこの殿村と江端が居たんですがね、他の誰かが、去年の輪姦《まわし》、あれは慥《たし》かお前らがやったんだっけなあ、と云った訳ですよ。二人は自慢気に、そうだその通りだ――と明瞭《はっきり》と云った。哲哉さんに誘われて、今井と久我と五人でやったんだと自らの口で決定的なことを云った。僕はこの、毎日耳掃除を欠かしたことのない耳で、確《しか》と聞いたんです。連中が語ったところに依ると――ああ、御免なさい早苗さん」

「何です？」

「あの、僕は、その、話の肴《さかな》になっているのがあなただと知っていた訳でして――非常にその、なんと云うか」

「ええ」

早苗は少しばかり眼を伏せた。

「――構いません。でも――」

「でも？」

「益田さんが一寸《ちょっと》カマを掛けただけで、そんなに簡単に話をしてしまうと云うことは、益田さんならずとも、その人達は誰彼構わず話していると――云うことなんですよね」

「そうなりますね」

だからこの事件は過去のモノじゃない――と益田は云った。

「酷なことを云うようですが、あなたを襲ったことが奴等の間で幾度も語り種になっていることは事実です。襲った相手がどこの誰かは云わないまでも、下の名前は口にしていましたし、事情を知っていて察しの良い者が耳にすれば肴にされているのがあなただと断定することは容易《たやす》い。あなたが口を噤んでも噂は伝わって行く。あなた達家族が忘れようとしている忌まわしい事件も、奴等にとっては酒宴の艶笑話程度のものでしかないんです。奴等に罪悪感はない。お辛いでしょうが――それが現実です」

早苗は唇を噛んだ。

「それからはもう、仲間——櫻井一派の悪事自慢ですよ。ああなると、もう猥談の域を越えていて女性蔑視ですね。適当に話作ってネタで話してる分にはいいんでしょうが、実話と思って聞いてると胸糞が悪くなって来る。散散でした」

益田は口をへの字にした。

「奴等調子に乗っちゃって、もう一軒行こうなんて云うし。こっちは金持ってる振りしてますからね。厭とも云えない。適当に誤魔化してるうちに喧嘩が始まって、その混乱に乗じて逃げましたけど」

「喧嘩？　仲間割れですか？」

「それがそうじゃないんですよ。これがまた大変で。その飲み屋にね、オカマがいたんですよね。中年の」

「お。お釜？」

「煮炊きする釜じゃないですよ。そんなものは酒飲みません。ですから所謂《いわゆる》男色家——じゃあないのかな。女装してた訳でもないし、何と云うんですかね。僕には区別が善く判らないんだけど——同性愛者のヒトですよ」

「ああ」

僕は諒解したのだが、早苗は善く解らないようだった。

益田は察して説明を加えた。

「その、肉体は男性だけれども、精神が女性の人達ですかね。肉体も精神も男性だけれども雄雄しい男性に愛を感じる人達とか、外見的に限りなく女性に近づきたい可憐《かれん》な男性だとか、世の中には色んな人がいる訳です。そこにいたのは五十歳くらいのおじさん——お姐《ねえ》さんなのかなあ。と、三十歳くらいの若めの人で、まあ黙っていれば見た目はただのおじさん達なんですが、喋ってたんですよ。隅で。あらやだあたしなんかこんなよォ、いやァねホントにィ——かなんか。それを江端が耳聡《みみざと》く聞きつけて」

「はあ」

「ここにオカマ野郎がいやがるぞ——って叫んでですね。いきなり水を引っ掛けた。オカマの方は、ナニすんのよッかなんか云って。てめえ等見てると悪吐《むかつ》くんだよ——と、殿村が叫んで」

「殴った？」

「殴る蹴る。笑い乍《なが》ら。どうやら櫻井は常日頃そう云う人達を差別していて、男の風上にも置けないクズだとか豪語《ごうご》していたらしい。制裁だとか叫んでましたから、見つける度に乱暴してるんでしょうね」

酷《ひど》い——早苗が眉を顰《ひそ》めた。

「はあ。僕は這這《ほうほう》の体《てい》で逃げましたけどね」

「探偵さんは——助けてはあげられなかったんですか？」

益田も探偵と云うからには修羅場《しゅらば》のひとつも潜《くぐ》っているのではなかろうか。元警官なら武術の嗜《たしな》みもあろう。

しかし益田は泣いたような怒ったような顔をして幾度か首を揺すった。

「滅相《めっそう》もない。僕は見ての通りの貧弱な体格ですから、助ける術《すべ》なんてないですよ。殴られることはあっても殴るのは無理ですから」

「無理なんですか？」

「無理です。拳が痛い」

「探偵なのに？」

「探偵だから、です」

益田は強調した。

「探偵は警官と違って逮捕したり送検したりしませんし、犯罪を未然に防がなければならんような義務もないんです。義務がないどころかそんな権限はない。国家権力の庇護下にない代わりに武力行使に出る必要も一切ない。反対に警官はですね、時に戦わなきゃいかんのです。だから僕は警察辞めたんです。この前髪だって、ひ弱な感じを演出するために伸ばしているんですね。例えば何かで殴られた時に、こう靡《なび》いてですね——」

益田は倒れ込む真似をした。前髪がばさりと顔にかかった。そして起き上り様に、どうです弱そうに見えるでしょう——と自慢気に云って、髪を掻き上げた。

「これなら殴る方だって、あ、こいつは弱い——と思うから手加減すると云うものです。駄目押しで、哀れによよと泣き崩れたりしたならば握る拳も開き、上げた手を振り下ろす力も緩めるだろうと、こう云う計算ですね。先月は伊豆で酷い目に遭ったので、自分なりに身を護る方法を考えまして——」

妙な護身法である。

矢張り文学青年ではなかったらしい。

「そんな訳ですからね、僕は泣く泣くオカマの人を見捨てたんです。泣く泣くですが。どうなったのかなあ、あのオカマの人——」

警察でも呼んであげればよかったかなあ——と云って、益田は窓の外を見た。僕もつられて見たのだが、取り分け何もなかった。

ただ窓の前に大きな机があり、その上に三角錐《さんかくすい》が載っているだけである。何か書いてあるようだったが、逆光で読めはしなかった。

益田は居住まいを正して続けた。

「で——まあオカマの人の運命は判らないんですけど、翌日僕は東奔西走《とうほんせいそう》してこの写真を入手し、彼等の身許を調査確認したんです。こいつらは父親の代から櫻井家と関係を持っている、側近中の側近でした。今井と江端の父親は通商産業省の下級官僚ですし、久我と殿村は会社社長の息子で、これも櫻井の親父と繋がっている」

「なる程——」

「いずれも櫻井官房次官には頭が上がらない立場の人間の息子どもなんです。久我の父親の経営する会社なんかは現在経営難で、特許が下りるかどうかに会社の存亡がかかってるような具合らしいですし、江端の親父に到っては直属の部下です。そんなですからね、首謀者が櫻井哲哉である以上、息子達がどんな非道な振る舞いをしたとしても、親連中は何も云えやしないのですね。発言力なし。と、云うよりも、あの櫻井次官のご子息と友達だと云うだけで、息子どもに頭が上がらない。寧ろ親の方が積極的にご機嫌を伺うよう仕向けているような節がある」

「率先して悪事を？」

「悪事と云う自覚があって目を瞑っているのか、それとも悪事とも思っていないのか判然としませんけど、兎に角お坊ちゃまのご機嫌伺いをしろと親父どもは云ってるようですね」

酷《ひど》い話である。

「尤も、息子連中は親のためなんて意識はないと思いますけど。そんな親どもを軽蔑している。他の取り巻き連中も慥《たし》かに無頼《ぶらい》なんですが、要するに餓鬼なんです。まだどこかで保身を考えてるようなところがあるんですね。青い。でもその四人は、まあ餓鬼は餓鬼なんですが、もっと刹那《せつな》的なんですよ。泣きたくなる程自暴自棄だ。親の卑屈な態度が少なからず影響してるように思いますね——」

その餓鬼どもとそんなに齢の離れていない筈の見習い探偵は、やけに老成した台詞《せりふ》をのうのうと吐いた。先鋭的で突出した若者の部分と、まるで正反対の老獪《ろうかい》さが同居している。そのアンビバレンス加減が益田と云う男の特徴なのだろう。

「だから、と云う訳ではないのですがね、この五人を犯人と見ても、まず間違いはないだろう——と云うのが僕の結論です」

この判断は間違っていますかね——と、益田は尋いた。

間違ってはいないのだろうが、確認のしようもない。ただ二人は益田に告白しているそうだから、記憶違いなどがない限りは——。

——こいつらが犯人か。

そうなのだろう。

僕は写真を睨みつけた。

櫻井哲哉は、慥《たし》かに日本人離れした容貌の二枚目である。剣術を嗜《たしな》むと云うだけあって躰つきも逞しく、映画俳優のようだった。江端義造は腰巾着《こしぎんちゃく》然とした風貌の男で、雰囲気もちんぴら染みている。今井三章は髭剃り跡も青青としたごつい男である。写真では判らないけれど、多分大男なのだろう。殿村健吾は一重瞼《ひとえまぶた》の陰気そうな男である。久我光雄は貧相で、どうにも風采の上がらない三下《さんした》——と云ったタイプに見える。

——こんな。

こんな連中が早苗を玩《もてあそ》んだのかと思うと無性に肚が立って来た。

見るつもりはなかったのだが、僕は早苗の様子を盗み見るように窺った。

早苗も写真に見入ってはいたが、どうやら怒っているようには見えなかった。早苗は少し戸惑うような気配を漂わせて、

「この中に――」

と云った。

この中に梢の父親がいる――と云う意味か。

僕の怒りはすっと引いた。代わりに何とも形容し難い、せつないような、遣り場のない感情が胸の中に満ちた。こんなせつない話があるか。こんな遣る瀬ない話があるか。

そうなんです――と、益田は云った。

「認めたくないことですが、この五人のうちの誰かが――梢ちゃんの父親なんです。現状で特定することは不可能ですが」

「ふ――不可能でしょうか」

早苗が尋いた。

「不可能ですね。もう少し医学が進歩すれば判ることなのかもしれませんけど。今の医学では特定できないでしょう」

「血液を調べれば判るのではないのですか？」

「こいつらみんな同じ血液型なんですよ」

「ああ」

それでは無理と云うものである。

早苗は残念そうに下を向いた。こんな状況でも父親が誰なのか特定したいのだろうか。そうなら、その気持ちは僕には解らない。こんな連中、誰が父親でも同じことである。いっそ誰でもないと証明できた方が余程マシな気がする。その方が梢のためでもあると思う。

——否。

それでも父を知りたいと思うものなのだろうか。

そうなのかもしれない。

「確率は五分の一。と、云うより、こいつら全部が父親だと思ってください——」

益田は僕と正反対のことを云った。

「こいつらに謝罪させましょう。こいつらがあなたにしたことがどれだけ酷いことなのか知らしめてやりましょう。そりゃあ許されないことなんだと、きっちり認識させましょう。悔い改めさせなくちゃいけない。櫻井は難しいですが、他の四人はそれ程の人物じゃないですから。そうすれば父親の五分の四は改心する」

「櫻井は——無理ですか」

何日か前までは櫻井だけが対象だったのだ。

櫻井は諦めてください——と益田は云った。

「櫻井哲哉はですね、今、物凄くガードが固いんですよ。彼は結婚するらしい」

「結婚——」

早苗が顔を上げた。

「——するのですか」

「はい。しかも相手は政治家の娘ですよ」

益田は酷く嫌そうに云った。

「代議士の篠村精一郎《しのむらせいいちろう》っているでしょ。その十九歳になる娘さんですよ。美弥子《みやこ》さんと云う。乗馬長刀《なぎなた》お茶お花、そのうえ三箇国語を話すと云う、知る人ぞ知る国際派の才媛ですよ。容姿家柄才能いずれも申し分なし。当然狙ってた奴は星の数程いた筈なんですが、サテ、櫻井君どんな手を使って射止めたものか——」

それはもう決まった話なのですか——と、早苗が尋いた。

僕は不安になる。

もしかすると早苗は、未だ櫻井哲哉に未練を残しているとでも云うのだろうか。あんな目に遭わされても尚、消えぬ恋心などあるだろうか。

——真逆《まさか》。

そんなことはあるまい。

どれだけみて、く、れ、が良かろうと、地位や財産に恵まれていようとも、それはない。あんな仕打ちを受けたのだから、百年の恋とて一瞬で醒めようと云うものである。

そうですねえ――益田が答える。

「結納はもう済んでるようですね。まあ、猫を被ってるのか虎の威を借りてるのか判りませんが、櫻井も強《したた》かですよ。可哀想なのは美弥子さんですね。そんな馬鹿とは知らないんでしょうし――」

しかしまあ、これで利権に群がる政官民の醜い構図が完成した訳です――と、益田は解ったようなことを云った。

「こりゃおいしい関係ですからね。壊したかないでしょう。哲哉本人にとっても悪い話じゃない。ですからもう、必要以上に反応過敏になってる訳です。哲哉が夜遊びを自粛してるのもその所為《せい》ですよ。決して悔い改めたんじゃなくってですね、単にこの時期悪さをされると面倒だと親が止めてるに違いない。ま、あんな男だから清算しなきゃいけない腐った過去は山のようにあるんでしょうが、まあ我我庶民と違って過去を揉み消すのは慣れてるんでしょうな。早苗さんのご両親が酷い扱いを受けたのも、多分、その頃から縁談の話が立ち上がってたからなんでしょうね。立ち上げ時期に醜聞は避けたかったんでしょう――」

何ともムカッ肚の立つ話ではある。

益田は少し考えを巡らせたようだった。早苗を気にしている。

「——まあ、忘れましょう櫻井は。この縁談、一見良い話に思えますけどね。世の中そう甘いものじゃないですよ。だってそうじゃないですか。結婚できりゃいいってものじゃないですし。そもそも政略結婚なんてものは空《むな》しいもんですよう。それに、婿殿はあんな奴な訳ですからね。嫁の方は賢いんだし、放っておいても化けの皮はすぐ剝れますって。暴力夫間違いなし。浮気放蕩し放題の馬鹿亭主になるでしょ。んで放逐される。そうでないなら、才媛の尻に敷かれて一生へこへこ暮らすだけですよ。もう馬鹿に構うのは止しましょう。残りの四人にきっちり謝って貰うと——」

「おい益田君。簡単に謝罪謝罪と云うがね、謝罪ったって、どうやってさせる?」

背後から声がした。

和寅が漸《ようや》く茶を運んで来たのである。

垢抜けないが気の良さそうな探偵秘書は、あの赤ちゃんはいい子ですな、善く寝ていますと云って、日本茶を卓上に並べた。それから益田の横に確乎《しっか》りと腰を下ろした。

「そんなもん、謝れったって謝るもんじゃない。捕まえて来て拷問でもしますかい。それとも謝って下さいと頭下げて頼みますかい。それで縦《よ》んば謝ったとしたって、そんなものは口先だけかもしれないじゃないですかい。肚の底は知れやしない。口で云うだけなら幾らでもできるでやしょう。そんな口先だけの謝罪聞かされたって、こちらさんはちいとも嬉しくない。ねえ——」

和寅は早苗に向けてそう云った。

早苗はハアと力なく返事をした。

「——なあ益田君。だから、この一件は調べたって知ったたって、いずれ酷なことだって。いいことなんかありゃしない。こんな力ずくで悪さするような奴等は反省しないって」

和寅は誰より先に茶を飲み干してから、少少憎憎しい口調でそう云った。

益田はにやにやとその話を聞き、

「僕はねえ、中禅寺《ちゅうぜんじ》さんに頼んでみようかと思ってるんですよ」

と云った。

「本屋の先生に？」

和寅は頓狂《とんきょう》な声を上げ、駄目駄目——と、小馬鹿にするように続けた。見れば秘書兼給仕は太い眉を歪めて、実に妙な表情を見せている。大袈裟な反応である。いったいその本屋と云うのは何者なのだろう。それは誰なんですか——と、僕が尋くより一瞬早く、益田が切れ長の眼を細め不服そうに問うた。

「何で駄目なんですか」

「そりゃ駄目でしょうに。あの人は腰が重いから、一寸《ちょっと》やそっとじゃ動かないですよ。それに今は忙しいんでしょうし。そりゃあ、あの人なら破落戸《ごろつき》の二人や三人更生させることもできましょうがね」

そう、できるんですよ――と益田は嬉しそうに云った。

「中禅寺さんにみっちり絞って貰うってなあいいでしょ。奴等生まれ変わったような真人間になってってですね――あ、中禅寺さんと云うのはですね、中野で古本屋を営む神主で、うちの探偵――榎木津の友人なんですけど」

小言爺に説教して貰おうと云うのだろうか。

まあ今後、同じような悲劇を引き起こさないためには有効なことなのかもしれないが、果たしてそれが早苗のためになることなのだろうか。それに、この前来た時は何となく納得してしまったのだけれど、和寅の云う通り、謝罪させると云うのもどうなのだろう。

僕の中に再び苛立ちが芽生え始めた。

その時――。

「馬鹿かお前達は！」

部屋中に、高らかに声が響いた。

和寅が首を竦《すく》めた。

益田はへの字の口を開けた。

顔を上げると、奥の方に何者かがすっくと立ちはだかっていた。

長身の男である。米軍の海兵隊が着るような丸首半袖の襯衣《シャツ》を着て木綿のズボンを穿《は》き、
両手を広げ脚を開いて立っている。

「え——えの」

「そうだ！　僕だ。お待ちかねの榎木津礼二郎だこの馬鹿者！」

「あ、あなたが——」

「わはははは。マスヤマ。お前は愚かで下僕で偏執狂だ。何をうじうじくだらないことを。このバカオロカ！」

僕は暫《しば》し放心してしまった。何だか——この世のものとは思えない。物凄く非常識だ。まるで鑼《どら》でも叩いたかのように鳴り物入りで登場するや、高圧的な罵倒語を間抜けな口調で高らかに捲《まく》し立てる——その行為自体も凄いと云えば凄いのだが——男がつかつかと近づいて来るに連れ、僕はあることに気がついた。

どうやらこの男の場合、問題はその半ば常軌を逸した行動とその容姿の落差にこそあるのだ。

麗人——なのである。

栗色の髪の毛に大きな眼。鳶色《とびいろ》の瞳。色素の薄い上品そうな顔立ちを、凛凛《りり》しい眉がきりりと引き締めている。僕はこれ程整った顔の男を見たことがなかった。これぞ美男子だ、と云う顔なのである。

早苗も見蕩《みと》れている。もしかしたら呆れているのかもしれないのだが。

「カズトラもカズトラだこのたわけ者！　何だってお前はそう云ううんざりする程愚かなことを平気で云うのだ。僕はそこで聞いていて臓《はらわた》が煮えくり返ったぞ。沸騰だ沸騰！」

沸騰して蒸発だ、これが釜だったら底が抜けている――と、理解不能の言葉を垂れ流し乍《なが》ら、榎木津は大きな机の後ろに回り、大きな椅子にどっかりと腰を下ろした。

「せ、先生起きてたんですか」

「朝だから起きるに決まっているだろう。僕が起きなくちゃいつまでも朝が来ないじゃないか。陽が出なくっちゃ農民が困る」

和寅は一度僕を見て、それから豪《えら》くがっかりしたような顔をした。

「先生。何を怒ってるんですよう。私ゃそんなたわけてないじゃないですか。益田君の方が余程たわけてるでしょう。そんな、謝罪させるなんて現実的じゃあないですよう」

「何を云っておるのかね。たわけだたわけ。たわけで厭ならタワシだ。お前、何だってそんな超オロカな連中を持ち上げるのだ？」

「持ち上げてないですよう」

「持ち上げてるじゃないか。謝らせるのは無理だとか、謝らせても無駄だとか。強姦魔がそんなに偉いのか？」

「偉くはないですがね。それが現実でさあ」

「馬鹿者。この僕に平伏《ひれふ》さぬ者がどこの世界にいると云うのだ。この世に生きとし生ける凡百者《あらゆるもの》どもは悉《ことごと》くこの僕に帰依するのがこの世界の決まりだ！　僕は誰にも頭を下げないが僕に頭を下げぬ奴は誰もいない！」

ハァ、と和寅は溜め息を吐いた。

益田は、当然のように落胆している探偵秘書を底意地の悪そうな眼で盗み見て、ケケケと笑った。

「おい益田君。何が可笑《おか》しいか」

「和寅さん墓穴を掘りましたね。長い付き合いだってのに榎木津さんのことが解ってないなあ。額面通りに受け取って何度失敗したんですか。学習してくださいよ。ねえ」

「何がねえ、だ。このバカオロカ」

榎木津は机に脚を載せた。

「お前はカズトラの百倍くらい馬鹿だぞ」

「何でですか。僕はですね」

「黙れカマオロカ。いいか、そこの女の人はな、酷い目に遭ったんだろうに。隣の男の人は怒ってるんだろ——」

僕は矛先を向けられて一瞬どきりとする。

この調子ならどんな暴言を吐かれるか判ったものではない。

僕は堪えられるとしても、ただでさえ傷ついた早苗がこんな蛮人の野卑な言葉に晒《さら》されて、果たして無事でいられるだろうか。そうなったら——。

僕の胸の裡に、急激に後悔の念が湧き上がった。

僕は、わざわざ早苗を傷つけるためにここに連れて来たようなものである。矢張り連れて来るべきではなかったのだ。否、依頼したこと自体が間違いだったのだ。

榎木津は大きな眼を半分くらい閉じて、早苗の方を見た。

そして、

「真っ黒だ」

と云った。

「真っ黒じゃないか。いいかカマオロカ。そいつらは——」

榎木津は視線を益田に送る。

「——凄い馬鹿じゃないか！」

——記憶を——視ているのか？

僕は探偵のその端正な顔に見入った。

そんな非常識な能力《ちから》が本当にあり得るのか。この奇矯な男の眼には、いったい何が映っているのだろうか。

想像を絶している。

そんな非現実的な画像《ビジョン》は、一介の電気配線の図面引きの想像力でカバーできる範囲を越えている。

「あのなあカマオロカ」

「どうでもいいですけどそのカマオロカってのはなんです？　僕はオカマじゃないです」

「怪しいものだカマ下僕。その前髪は何だ。そう云っているうちにカマに違いない気がして来たぞ。よし。マスカマと命名しよう」

今度は益田が大きな溜め息を吐いた。

「お前がカマだろうがマゾだろうが知ったことではない。因《ちな》みに僕はカマを差別はしないがカマは嫌いだ」

あの人はその昔、蔭間《かげま》に迫られたことがあるんですぜ——と和寅が小声で云った。迫られそうな顔ではある。

「——その所為で嫌いになったんですぜ」

「煩瑣《うるさ》いカズトラ。要らないことを云うと小包にして北海道に送りつけるぞ。いいかマスカマ。そんな超馬鹿の害虫野郎を謝らせたってなァんにも面白くないじゃないか。和睦してどうする和睦して。何か得があるか？」

「じゃあどうすれば良かったってんです？　依頼を受けない方が良かったって云うんですか？」

榎木津はケッと舌を鳴らした。そして、

「悪い奴は退治するんだ」

と云った。

益田は憮然とした。

「それじゃ紙芝居じゃないですか。勧善懲悪ってのは絵空事《えそらごと》ですよ。嘘臭いなあ。まあ連中は慥《たし》かに悪いことをしたんですけどね。でも、それだって相対的なもんではあるですよ。法を犯したから悪だと断定することは僕にはできないです。絶対悪ってなぁあり得ないすからね、要は思いやりがあるかどうかでしょ。この場合、善悪と云うよりも、この早苗さんが深く傷ついてしまったってことこそ重視するべきでしょ。気持ちが鎮まればそれで」

「何を京極《きょうごく》みたいなこと云ってるんだお前」

京極ってェのはさっき話してた中禅寺さんのことで——と、和寅が解説した。

それはいったいどんな男なのだろう。横丁の小言爺ではないのだろうか。謎は深まるばかりである。

益田は究極に困ったと云うような顔をして、おまけにひ弱を演出するための前髪を垂らして榎木津の方を向いた。そして、

「だって榎木津さん。他に解決方法はないですよ」

と悲壮な声で云った。

「何が解決だ。それのどこが解決なんだ。何も解決していない！　悪人連中が悪の信念曲げて謝って、そこの人が悲しい想いを曲げて納得して、そっちの人が怒りを曲げて我慢して、何が解決だ。三方一両損じゃないいんだぞ。全員が少しずつ我慢したって、そんなのストレス溜りっ放しじゃないか。そのうえ一番悪い奴だけ我慢しないいんじゃないか」

「まあ、それはそうですが、だって、その」

だってじゃないだろう――と、榎木津は益田を睨み付ける。目つきだけは精悍である。

「睨まんでくださいよお」

「フン。それにお前、そのカマの怨みはどうする」

「カマ？」

「お前が見殺しにしたその不細工な人だ。乱暴されてるのはその人も一緒だぞ。その人に対しても謝らせるのか？」

だって頼まれてないですから――益田は泣きそうな声を出した。

「見殺しにしただろうが。カマが死んだらお前の所為だ。このカマ殺し。お前がカマだと宣言して代わりにタコ殴りにされれば良かったのだ。返す返すも役に立たない。下僕の癖に探偵気取るのは千八百年早い。京極みたいに八方丸く治めるような器用な真似をしようとするのは二千五百年早いぞ」

「そんなに生きられませんよ」

「死んでも無理だと云う意味だ。いいか良く聞け。僕が許すものが善で、僕が許さないものが悪だ。他に基準はない！」

「そんな無茶な」

「何が無茶なものか。公の基準など洟《はな》をかむ目安にもならんぞ。みんなの意見を平等に聞いていたら寝てるしかないし、ただ寝てるだけで不満爆発だ。絶対的判断基準は個人の中にしかないのだ。だから一番偉い僕の基準こそこの世界の基準に相応《ふさわ》しい。探偵は神であり神は絶対であって一切相対化はされない！」

榎木津は机を叩いた。

その時、僕は卓上に置かれている三角錐にでかでかと探偵と書かれていることに漸《ようや》く気づいた。

どう云うつもりなのか。

これが大河内の云っていた名探偵の自覚——のようである。

これ程解り易い自覚もあるまい。

益田は髪を垂らしたままぐったりと倦《う》み疲れて、

「榎木津さん、じゃあいったいどうすると云うんですよ——」

と泣き声を出した。

榎木津は小馬鹿にしたようにその様子を眺めた。

「眼には眼歯には歯と云う俳句があるだろう！　知らないのかお前は。いいか、悪は滅び神が栄えるのが世の習いだ。人間は害虫と共存はできないのだ。害虫との共存を考えたりするのは余程の馬鹿か物好きか京極くらいのものだ！　害虫は駆除し悪は殲滅《せんめつ》する以外に解決はない！」

「殲滅って榎木津さん、幾ら悪い奴だからって殺す訳には行かないじゃないですか。時代劇じゃないんですから。復讐は認められないです」

「解らない男だな君も。眼には眼をと云っただろうが。聞いてなかったのか」

「聞いてましたよ。だから」

「だからじゃないって。いいかバカカマ。そこの人だって酷い目には遭ったけれども殺された訳じゃないだろうが。こっちが殺されてもいないのに相手を殺しちゃったら、眼には歯歯には耳と云うことになる！」

道理ではある。

榎木津は、それにそんな悪い馬鹿は殺しちゃ損だぞ——と真顔で云った。

「まあ、どんな悪人でも殺せば殺した方が殺人罪になりますからね」

「そうじゃないってバカカマオロカ」

「段段呼び方が酷くなってますよ」

「まだ手加減しているんだ。呼ばれるだけ有り難いと思え。神の慈悲だ」

「どこが慈悲ですか。それに僕ァ正論を述べてます」

「セイロン？　紅茶か。あのな、善く考えてみろ！　だって殺しちゃったら相手は死ぬんだぞ。死んだら楽だろうが。その人は生きているから辛いのだ。死ねば大抵は楽だぞ。悩むこともないし焼けちゃえば骨だからな。法を犯してまで楽にしてやる義理はないぞ」

物凄い理屈だ。

正しいのか正しくないのか判断できない。

「善く解りませんよう」

「頭が悪いからだ。いいか、僕はもそもそした菓子と竈馬《かまどうま》と、それからすっきりしないのは大嫌いなのだ。お前は下僕なのだからご主人様が嫌だと云ったらハイ畏《かしこ》まりましたと云えば善いのだ」

この間みたいなのだけは二度と御免だ——と榎木津は云った。

そして白面の探偵は僕の方を見た。

僕は急に動悸が激しくなる。そして、先生に指されるのを惧《おそ》れて顔を背ける宿題を忘れた学生のように、傍若無人な探偵から目を逸らせた。横にいる早苗は眼を丸くしている。多分茫然としているのだろう。その真情は知れないが、その昔の、幼い頃の面差しを彷彿とさせる表情だった。

「だいたい君」

榎木津は憮然として云った。

「君だ君」

僕のことか。

僕は慌ててハイと答えた。

「君はそれで納得できるのか？」

「いや、その」

「いやその何だ。何でそう決然《きっぱり》ものが云えないんだ君達は。そのゥなんて恍惚《とぼ》けてる場合じゃないぞ依頼人。そちらのお嬢さんだって、そんなことがお望みじゃないでしょう」

「でも――」

僕が口籠ったのに、早苗は答えた。

「――でも私は暴力的な解決は望みません」

「わはははは。暴力は楽ですが暴力では何も解決しません。まあ、僕はむしゃくしゃしているので最後に一発くらいは殴らせて貰いますがそれは暴力ではない。天罰です」

和解でも妥協でも暴力的解決でもない解決があるのだろうか。

視線を移動させると、脱力した益田と頭を抱えた和寅が次次に視界に入って来た。なる程、大河内の云った通り榎木津は破壊的な変人である。そういえば僕等はまだ、挨拶すらされていない。

その時。

梢の泣き声が聞こえた。

「ああ——おしめかなおっぱいかな——」

早苗が腰を浮かせるより早く、和寅が勇み足で立ち上がった。どうやらこの妙ちきりんな状況から抜け出したくて仕様がなかったようである。梢の声はまさに天の助けと云ったところだろうか。

早苗が立って後を追ったが、結局一番早く和室の扉を開けたのは榎木津だった。

「おお！　赤ちゃんじゃないか！」

榎木津は畳の部屋に駆け込むと、笑い乍《なが》ら梢を抱き上げて高く掲げ、跳ねるようにして出て来た。榎木津はほら見ろ赤ちゃんだぞ偉いなあと意味不明の言葉を撒き散らして——。

喜んだ。

「可愛いじゃないか。おお愛《めご》い。天骨《てんこつ》の匂いを嗅いであげよう」

榎木津は満面に笑みを浮かべて梢の頭に鼻をくっつけ、くんくんと匂いを嗅いだ。

「うわははは。なんて愛いんだ」

「先生、ほら泣いてるじゃないですか。こっちに貸して」

「ああ、泣いているのか、偉いぞ、そうかあ」

「何がそうかぁですか。ほら、お母さんが困ってるじゃないですかい」

早苗も慥《たし》かに困っている様子だった。苦笑している。

探偵は梢を高だかと抱き上げ、今度は尻の辺りをくんくんと嗅いだ。

「ううむ、シッコをしている。そうかあ。出たのかあ。したんだな。偉いぞう」

どうやら——奇人は子供が相当に好きなようである。

相好を崩すとはこのことだろう。

和寅が再度引き渡しを要求した。榎木津は匂いが嗅ぎ足りないようで、如何にも惜しそうにして梢を早苗に渡した。

早苗は梢をあやして、失礼しますと断って和室に入り戸を閉めた。授乳の時間なのかもしれない。榎木津はとろんとした眼で暫く和室の扉を眺めていたが、やがてうふふ、と笑ってこちらを向いた。

「よし。今回は僕の仕切りだ！　いつも手伝わされるから京極の本屋にも手伝わせよう。そこの人！　一緒に来なさい。バカオロカも来い。面倒臭いから事情を説明しろ。神の裁きだ！」

榎木津礼二郎は朗らかにそう結んだ。

4

まるでどこか病んででもいるかの如《ごと》き不健康そうな顔を上げ、和服の男——中禅寺秋彦《あきひこ》は、

「探偵と探偵助手と依頼人が揃《そろ》って何の用だね」

と云った。

怖い顔だった。

それでも——僕は幾分ほっとした。僕が思い描いていたよりも、中禅寺と云う人物は遥かに普通の人だったからである。

榎木津は云い出したら聞かぬ——と和寅が云うので、取り敢えず早苗と梢を帰して、僕は全く訳の解らぬまま、強引な探偵に従って探偵事務所を出たのだった。

目的地——中禅寺と云う男の家——は中野であるらしかった。

そして——道道益田が与えてくれた情報から僕の想像力が組み上げた中禅寺像はと云えば、それはもう恐ろしいものだった。

益田は中禅寺を評して、日本一気難しいだとか鬼より怖い顔をするだとか叱られると大人でも失禁するだとか——それはもう、賛辞《さんじ》とも悪罵《あくば》とも判じ難い物凄いことを並べ立てたのである。

だから僕は、会うなり怒鳴られるとか、反対に口も利いてくれないとか、呪詛《じゅそ》の言葉を吐きかけられるとか——どうやら中禅寺と云う男は呪いまじないの類いを善くするらしいのである——そうした、非常に付き合い難い、山伏《やまぶし》の如き厳《いか》つい人物を想像していたのだった。

しかし。

疎《まば》らな竹藪に挟まれた地味な店構えの古書肆《こしょし》主人は、和装の、痩せぎすの、学者然とした男だった。どこか大正時代の文士のようでもある。慥《たし》かに、気安く冗談が云えるようなタイプでこそなかったが、際立って付き合い難い印象はなかった。

ただ——それも、榎木津のような男を事前に知ってしまったからそう見えただけなのかもしれなかった。榎木津を基準にしてしまったら大抵の者は常識人の枠組みに収まってしまうだろう。先入観を持たずに見たならば、中禅寺とて十分に変わり者ではあるのだろう。

その時中禅寺は——草色の和服に襷《たすき》をかけて、庭先で鍋だか釜だかを懸命に洗っていた。

榎木津はと云えば、とても挨拶には聞こえない叫び声を上げただけで何の断りもなくずかずか家の中に上がり込んだのだったが、そんな無法な闖入《ちんにゅう》者《しゃ》を目《ま》の当たりにしても中禅寺は驚くこともなく、平然と先の言葉を口にしたのだった。

多分珍しいことではないのだろう。

ならば中禅寺とて榎木津の同類と考えた方が良さそうである。そもそも紹介も説明もされていないと云うのに、中禅寺は僕のことを依頼人と看破している。疑っている様子もない。

普通ならその人は誰だと尋くだろう。

榎木津は勝手に座卓の前に座布団を敷いてどっかりと座ってしまった。僕は困惑して益田を見たが、益田も榎木津に倣《なら》って座布団を敷き、座った。已《やむ》を得ず僕は襖を閉めて、益田の背後の畳の上に怖《お》ず怖《お》ず座った。

「益田君。君、悪いが勝手に茶を淹れて、そちらのお客様に出してくれないか。それから君が敷く前に座布団を勧める」

中禅寺はこちらを向きもせずそう云った。益田は畏まりましたと云って立ち上がり、即座に座布団を出して僕に勧め、もう一枚を空席になっている床の間の前に敷いてから、奥の方に消えた。マスヤマも下僕が板について来たな——と榎木津は云った。

益田はマスヤマとも呼ばれているらしい。まったく混乱する。

中禅寺はやっと立ち上がり、額《ひたい》を手首のあたりで拭った。

蒸し暑いことは慥《たし》かだったが、見た目汗をかいている様子でもなさそうだった。

洗った釜を廊下の端に置いた後、手拭いで両手を拭き乍《なが》ら、主は漸《ようや》く庭から縁側にあがり、襷を外して益田の設《しつら》えた座に就いた。

背後の床の間には整然と書物が積み上げられている。壁面は殆《ほとん》どが書架である。この座敷に到るまでの屋敷内も、どこもかしこも本だらけだった。

本に埋まった家である。

中禅寺が落ち着くなり、榎木津は云った。

「おい。千鶴《ちず》さんはどうしたんだ。そうか本馬鹿亭主に愛想《あいそ》を尽かしたのか。つかしたんだな！　本馬鹿！」

「まだ京都から戻らないんですよ」

中禅寺は顔色ひとつ変えずにそう答えた。

本馬鹿と云うのは多分書痴《しょち》とか並み外れた愛書家とか云うような意味なのだろう。本好きが高じて奥方が逃げ出した——と榎木津は云っているのに違いない。慥《たし》かに幾ら商売とは云えこの有様は尋常ではない。

だから榎木津の本好きと云う指摘は正しいのだろうと思うが、家業が家業なのだし、愛想を尽かしたと云うのは云い掛かりだろうと思う。僕の見たところ中禅寺は女房に逃げられるような感じの男ではなかった。

想像するに、訪問者がある場合、奥さんがすぐにお茶を出してくれると云うのがこの家の常なのではないか。それを益田に頼んだりしたから榎木津は女房不在と判断したのだろう。

それにしても不在即家出と云うのは短絡である。

榎木津は小馬鹿にでもするように、

「だってお前、随分経つじゃないか――」

と云った。

そうなると僕にはもう推理のしようがない。何が随分経つと云うのか。いちいち想像しなければならないから面倒なこと甚《はなは》だしい。榎木津は続けて、この間雪《ゆき》ちゃんと一緒に伊豆まで帰って来たんじゃないのか――と問うた。

いっそう解らない。ただ、中禅寺の妻の不在は、どうやら伊豆の事件とやらに関わりがあることではあるらしい。すると、中禅寺と云う男もその大事件に関わっていたことになるのだろうか。いずれにしろただの古本屋ではないようである。

「送って来て、また戻ったんですよ」

「なんで」

「祇園祭《ぎおんまつり》があるから実家が忙しいんです」

くふうん、と榎木津は妙な声を出した。

「なんだ愛想を尽かしたんじゃないのか。雪ちゃんにしても千鶴さんにしても、どうして君達の奥さんはそう人が好いのだ。あの猿も今度こそ見捨てられると思ったのになあ。不思議だぞ」

榎木津はひと際大声でフシギだあ――と繰り返した。

「――それで何だ？　何してた？」

「釜を洗っていた。見れば解るでしょう」

「このカマ洗い男。暇なんだな」

どうにも榎木津の物云いは痙攣《けいれん》的だと思う。あまり考えて発言していないことは明白である。まるで意味が判らないか、見たまんまか聞いたまんまだ。

その、まるで文脈のない男と会話が成立している中禅寺も中禅寺だとも思うけれども。

中禅寺は真顔で、

「忙しいですよ――」

と答えた。

「――この通り、多忙過ぎてうっかり釜を焦がしてしまった」

「何の仕事だ？　お祓《はら》いか？」

益田に依れば、古本屋はまた加持祈禱《かじきとう》を副業にしてもいるのだそうである。榎木津の云うお祓いと云うのはそのことを指しているのだろう。中禅寺は実につまらなさそうな表情を作ると、華仙姑《かせんこ》の後始末を引き受けたんです――と云った。

「――顧客の全体像が明瞭に摑めないので――大変難儀だ」

「か、華仙姑って、あの噂の女占い師ですか？」

僕は――まだ自己紹介も済んでいないと云うのに大声を上げてしまった。

華仙姑と云えば今巷《ちまた》で評判の、正体不明の謎の霊媒師である。政治家だの財界人だの、大物の顧客を抱えているらしく、あることないこと至るところで風聞が広まっている。そうしたことにまるで興味のない僕だって噂くらいは聞いている有名人なのである。

この奇人達はそんなものとも知り合いなのだろうか。それが本当なのだとすると――これは河童を飼っているとか天狗と友達だとか、その類のことを告白されたようなものではないか。僕はもう一度、今度は小声で確認した。

「――それは、あの――華仙姑ですよね？」

ああ――と中禅寺はそっけない声を出して、

「その華仙姑です。尤もう引退しましたが」

と云った。

「引退？」

「そう――占いは廃業です。しかし残された常連客の中には、託宣依存症のようになってしまって社会生活に支障を来《きた》してる者もいるし、妙な暗示や後催眠にかけられた所謂《いわゆる》被害者もいる。暗示を解いたり自分で考える力を取り戻させたり――兎に角更生させたいと云う依頼があった。まあ占いの無効性を説くのは簡単ですが、真実を話す訳にも行かないですからね。難儀なことだ――」

「面倒見がいいぞお前」

榎木津はそう云った。中禅寺は懐から煙草を出して咥《くわ》え、

「仕事です。一件に付き幾価《いくら》で契約している」

と答えた。

「儲かるじゃないか」

「でも釜を焦がすような羽目になるからとんとんですよ」

「カマ――？　そうだ。カマだカマッ。おいマスカマ！」

榎木津は叫んだ。丁度茶を載せた盆を持ち、ぎこちない姿勢で座敷に入ろうとしていた益田は、呼ばれて目許と口許を歪ませた。

「その呼び方は嫌だなあ。本名は一向に記憶しない癖に、どうしてそうくだらない呼び方は継続して記憶できるんですか？」

「だってカマじゃないか。カマ下僕でもいいぞ。カマオロカ下僕偏執男でもいいんだ。お前なんか何でもいいや」

酷いなあ――と、益田は泣きそうな顔になって茶を並べた。

たぶん和寅がいない場合はこれも益田の仕事になるのだろう。榎木津は、カマはカマ、カエルはカエル――などと訳の解らないことを呟き乍《なが》ら、突如《いきなり》仰向けに倒れた。

「どうでもいいから京極に早く説明しろ。僕は一寸《ちょっと》寝るから。そうだ、君も寝るがいい。知った話を聞くのは退屈だ。寝ろ！」

榎木津は僕を指差し、もう一度寝ろッ、と命令して、どうやら本当に眠ってしまった。一挙手一投足一言一句が奇矯としか云いようがない。

予測もできなければ理解もできない。

益田はその寝顔を茫然と眺めて、深く長い溜め息を吐いてから座り直すと、それではまあ説明させて戴きます――と云った。

僕はやっと中禅寺に紹介された。

益田に依る一連の経緯の説明は、やや演出過剰の感は否めなかったものの、概ね正鵠《せいこく》を射ており、且つ無駄のないものだった。益田が語っている間中、中禅寺は偶《たま》に合いの手を容れる程度で殆ど口を利かなかった。

僕が感心したのは――と云うか、妙に納得したのは、益田が中禅寺に対し最後まで被害者である早苗の名前や身許を伏せていたことだった。どうやら身内同然であるらしい中禅寺にさえ、守秘義務を貫いた――と云うことなのだろう。

更に益田は、僕と早苗との関係もわざと曖昧にしたまま話を進めた。講釈中、僕はあくまで被害者と関わりのある善意の第三者として位置づけられたのだった。それはある意味事実ではあったのだが。

僕は、調子がいいだけの青年にも配慮はあるのだな――と感心し、見習いとは云え探偵の守秘義務を遵守《じゅんしゅ》したのか――と納得した訳である。

益田はひと通り語り終えると前髪を掻き上げた。

「――っつう訳ですが」

終わるなり中禅寺は片方の眉を吊り上げた。

「話は領解《わか》ったが――で、そこの熟睡男は僕に何をさせようと云うのだろうな。その点に就いてだけは一向呑み込めないのだが」

「はあ。お蔭様で僕も一向に解りません。殲滅だ、眼には眼をだ、とか宣ってましたけどね。さてどうするのやら――僕は中禅寺さんに共犯の四人を説教して貰おうと思ったんですけどね」

「御免だな」

中禅寺は間髪を容れずに云った。

「そんな説教のし甲斐のない連中と話をするのは厭だよ。厭と云うか、そう云うのは僕の仕事じゃないだろう。それに、僕がそんなことをしたって被害者の女性は嬉しくも何ともないだろうし」

「しかし、今後――奴等が同様の犯行を重ねることがなくなればですね、酷い目に遭って悲しむ女性も減るかと――」

「益田君」

僕は社会奉仕活動をしてる訳じゃないよ――と、中禅寺は云った。

「それに、そんな連中を二三人改心させたって性的な暴行事件の発生件数は減らないよ。これぱっかりは世の中ががらっと変わらなきゃどうにもならないことだろう。復讐などと云う非建設的なことを考えるのは余計に悪い。大変残念なことではあるが、こうなってしまった以上、今はその女性の前途を善意の第三者として温かく見守ってやることしかできないだろうね。そうですね――」

中禅寺は念を押すようにそう云って、僕を見た。

その通り――なのだろう。

「それに益田君、そいつらはもう女性を襲ったりしないと思うよ」

中禅寺はあっさりとそう云った。

「どうしてです?」

「だって君、考えてもみたまえ。彼等を扇動していた中心人物は、どう考えても櫻井某だろう」

「それは確実でしょうね」

「その櫻井が政略的結婚をするのだろう。まあ、櫻井自身は悪事の戦線から離脱するだろうな。残りの連中が率先して婦女暴行を繰り返すとは思えない。やりたくっても今度は親が止めるだろう」

それはそうだろう。

ご機嫌伺いの時代は終わったのだ。取り巻き四人の親どもも哲哉の結婚を成就させたいと思っているのに違いない。今の段階では悪行を自粛し醜聞を消し、慎《つつま》しくしていることこそが肝要である。

そうですよねえ、何しろ相手はあの篠村美弥子ですからね――と益田は唸《うな》るように云った。中禅寺は顎に手をやる。

「櫻井の結婚相手は――篠村代議士の娘なのか？」

「そうですが。それが？」

そりゃあ華仙姑の常連客だな――と、中禅寺は云った。

「そりゃどう云うことです？　篠村精一郎が華仙姑の許に通っていた――とでも云うんですか？」

「そう云うことだ」

「腐ってるなあ。客の中には政治家もいると云う噂は聞いてましたけど、本当だったんですねえ」

益田は悩ましげに前髪を揺すった。

尤も色仕掛け云云《うんぬん》と云う噂はデマゴギーだがね――と云って、中禅寺は己の背後に積んである本の山に手を伸ばした。本と同じ判型だったので気がつかなかったが、彼が手に取ったのは三河屋の掛け売り帳のような帳面だった。

「これは、例の薬屋の風呂敷包みから出て来た覚え書きなんだが――表向きは常備薬の顧客簿だね。ほら、ここに――」

中禅寺はぺらぺらと帳面を捲《めく》り、益田に示した。

「――篠村代議士の名前が出ている。薬屋は一年に十回近く通っている。ほぼ毎月に近い。今年になってからは八回も足を運んでいるから、余程のお得意様だったようだな」

益田は、ははあそうでしたか――と云って腕を組んだ。

「あのう」

不謹慎かもしれないが――興味が湧いた。語られているのは噂に名高い女占い師の秘密なのだ。誰だって一寸《ちよつと》知りたいと云うものだろう。

「その、薬とか云うのは――華仙姑と、その」

「詳しいことはお話しできません」

済んだことですし、別の事件ですから――と中禅寺は云った。

「――ただ、時期的なことや条件などを鑑《かんが》みるに、その篠村家と櫻井家の縁談は謀略である可能性が高いな。そうだとすれば――そりゃ僕の仕事だ」

おお――益田は声を上げた。

謀略とはどう云う意味だろう。

僕は推理を巡らせる。

詳しく話せないと突っ撥ねられてしまった以上、問い質《ただ》すことはできなかったが、想像するにその謀略を企てたのは櫻井十蔵《じゅうぞう》——哲哉の父なのではないのか。

中禅寺の言葉から類推するに——。

まず、篠村代議士が占いに凝っていたことは容易に知れる。彼は身の振り方や悩み事などを、逐一占い師——有名な華仙姑処女《おとめ》——に相談し、対処決定していたのではあるまいか。

つまり代議士は占い師の云いなりだった——と仮定する。

そして——その事実を櫻井官房次官が摑んだとしたらどうか。

通商産業省の官吏と代議士が癒着することでいったいどのような利権が生まれるのか、政治に疎《うと》い僕には見当もつかない。しかしそこはそれ、庶民には予想もつかぬ形で上手くことが運ぶような仕組みになっているのだろうと、漠然とは思う。いずれ官吏は代議士とどうしても太いパイプで結ばれたかったのだ——と仮定する。

そして——。

華仙姑と櫻井が結託したとしたらどうか。

全部が全部とは云わないが、占い師の何割かはインチキなのだと僕は思う。もしインチキなのだとすれば、営利目的で行っている以上、それは詐欺行為なのだろう。そして華仙姑が詐欺なら、金さえ積まれれば云うことを聞く筈だ。櫻井が華仙姑に金を渡し、自分に都合の良い託宣を下すように依頼したとしたなら——。

櫻井と華仙姑の利害関係は一致する。

これは立派な謀略だ。

「櫻井が――糸を引いていたと？」

益田が問うた。

どうやら僕の推理は当たっていたようだ。

しかし中禅寺は、少しだけ言葉を矯《た》めてから、

「その櫻井もまた騙されていた可能性はあるけれどもね――」

と答えた。

どうもややこしい話のようである。

その線はあるか、困ったな――と云って益田は首を傾げる。

「困ることはない。それはもう、どうでもいいことなんだよ益田君。いずれにしても華仙姑は自分が関わったことで多くの人の運命を恣《し》意的に捩《ね》じ曲げてしまったのではないかと――酷《ひど》く後悔し、反省もしている」

「でも、あの女《ひと》ばかりが悪い訳じゃないでしょう」

益田はそう云った。

「勿論そうも云ったさ――」

中禅寺は答えた。

「——なってしまったものは仕様がないからね。運命なんてモノは、そもそもない。いずれ行く末は決定されていないのだから。どうなろうと誰の所為でもない。それにそうなってしまった以上もう後戻りはできない訳だし、全部が全部悪く曲がったとも限らないのだから放っておけと云ったのだが——どうも彼女にしてみれば気が引けるようだね。まあ小口は良いのだが——この場合問題になるのは、例えば占いの結果が現在進行形で禍《わざわい》なり不幸なりを齎《もたら》している場合だろうな」

益田は膝に手を突いて前傾した。

「そんな例がまだあるんですか？　例えば？」

「そう、例えばある町工場の経営者は、さる書道家の認《したた》めた書を買って寝室に飾れば経営が上向きになる——と云う託宣を下された。そこでその通りにしたら——」

「儲かった？」

「儲かった。勿論仕掛けはあるんだが、そんなことは関係ないな。それで終わりならもう放っておけばいいだろ。禧《めで》し禧《た》しだ。ところが、これが終らなかったのだ——」

中禅寺は益田の淹れた茶を飲み干して渋そうな顔をした。

「——その親爺、調子に乗ってしまった。何枚も買う。のみならず他人に紹介して無理矢理《むりやり》買わせる。買い付けて売り捌《さば》く」

「あらあら」

「親爺さんはその書に霊験《れいげん》があると固く信じ込んでしまった訳だよ。加えて、少少欲に目も眩《くら》んでるんだな。そんな霊験あらたかなモノなら必ずや商売になるだろうと、高額で仕入れてさらに高く売りつけて──」

浅ましい──僕は、思わず感想を漏《も》らしてしまった。すると中禅寺は鋭い眼で僕を見据えて、浅ましくはないですよと云った。

「親爺さんは肚の底から信じてる訳だから、これは彼にしてみれば至極《しごく》真っ当な商売なんです。素晴らしいモノだから高額の値をつけるのは当たり前なんだ。少少高い買い物になっても、買った人は必ず幸福になる裕福になると思ってる訳だから、半ば親切心で行動しているとも云える。しかしこりゃ売れない。普通売れなきゃ諦めるんだが、一種の神秘体験を経験しているから、最早ひとつの信仰になっていて、中中考えを変えることができないんだね」

「で、中禅寺さんがこう、憑物落《つきものお》としぃ、と」

益田はやけに芝居がかった身振りで、見得でも切るようなポーズをとった。中禅寺は素っ気なくまあねと答えた。

「しかし中禅寺さん。そのケエスだと、まあ儲かるのはその書道家ですよね。するとその書道家が華仙姑にそうした託宣を下すように依頼した──っつうことですかね？」

「それがそうじゃないのだ──」

中禅寺は懐から手を出して顎を掻いた。

「書道家は書道家で、伝統的な書道に行き詰まりを感じて華仙姑に相談をしていたんだな。そこで華仙姑は、これこれこのような書を認めれば評判になること間違いなし——と逐一託宣をして、顧問料を取っていた。書道家も騙されてたんだよ」

「金は全部華仙姑に流れる仕組みですか——」

こう書けば売れると指導をし、一方でそれを買えば儲かると唆《そそのか》す。書いた方は本当に売れる訳だから信じてしまう——そう云う仕組みなのだろう。代金は両方から掠め取れる。巧妙だ。多分その工場の業績が向上したのも同じような仕掛けになっているのだろう。無限に顧客——被害者は増殖し、その数が多ければ多い程詐欺の手口は巧妙になり、成功率も上がると云う仕組みか。

何とも巧みな銭儲けの仕掛けである。然然《そうそう》思いつくものではない。霊媒と云うより守銭奴《しゅせんど》と云った方が良いだろう。

しかし中禅寺は、

「ところが益田君も知っての通り、華仙姑自身は金銭に執着がまったくないから、金は貯《た》まる一方だったようだよ——」

と云った。

本当に一筋縄では行かない捻くれた事件だったようである。

益田は再び意地の悪そうな顔になった。

「すると中禅寺さん。今回の——櫻井家と篠村家の縁談話に就いても同じようなことが云える訳ですよね。占い依存症だった篠村代議士に、そうだなあ、例えばこの方角に居を構えた桜の付く苗字の官僚の息子と娘さんを添わせれば良いことがあるぞぇぇ、とかなんか適当なこと云っておいて、櫻井の方には何か別のことをすりゃ素晴らしい縁談が降って湧くぞぇぇ、かなんか云って」

まあな——中禅寺は輪をかけて素っ気なく、一層不機嫌そうに云った。

「でもね、これは結婚話だからね。親が何と云おうと決めるのは本人だろう。その娘さんが許諾したのなら、傍《はた》が口出す問題じゃないよ。子供じゃないのだから判断くらいできるだろう。結婚の決断となれば人生を左右するような大きな選択な訳だし、もしかしたらその哲哉に惚れてしまったのかもしれないじゃないか」

「それはないでしょ」

だってさっきお話しした通りの物凄い素行なんすよ——と云った後、益田は僕に視線を寄越し、そうですよねえと云った。

僕は慌てて幾度も頷く。

櫻井哲哉は極悪非道だ。

少なくとも僕はそう思う。

中禅寺は片方の眉を吊り上げた。

「関係ないだろう。恋は盲目だよ」

「こ、恋じゃないでしょうに。謀略でしょうに。それで、もし惚れたんだとしたら、そりゃ騙しですよ。哲哉の素行を代議士側が知ってたら絶対破談でしょう。隠してるんですよ。可哀想じゃないですか美弥子お嬢様」

「見破れなかっただけだろう。人を見る目がなかったと云うことだよ。祝言《しゅうげん》までは聖人君子、蓋を開ければ放蕩亭主——なんて例は珍しくもない。善くある話じゃないか」

「しかし、占いで目が曇ってるとか」

「娘さんが華仙姑と接触した様子は——どうやらないようだな。ならば妙な入れ智恵はされてない筈だし——同様に櫻井の名も顧客名簿には見当たらないね。だから——そうだな、もしその縁談が華仙姑の託宣の結果であったとしても、その託宣は後に禍根を残すようなモノではなかったと云うことになるかな。誑《たぶら》かされた代議士自身が矢張り謀られた官吏とくっついたと云うなら話は別だが」

親父同士の結婚なら止めませんけどね——と益田は云った。

「——面白いから。しかしですね、中禅寺さん。ご高説はいつも乍《なが》ら正論で、反論の余地はないんですがね——」

益田は長長と横たわっている探偵のようなモノを厭そうに見た。

「——今回はコレがですね、仕切ると云ってるんですよ」

中禅寺は宇宙の終わりが三回続けて訪れたような凶悪な顔になって、矢張り横たわっている変人のようなモノを見た。

「うふふふふ」

それは、笑った。

「そうだ！　僕が仕切るぞ」

云うや否や、それは腹筋だけで歌舞伎の仕掛け舞台のように跳ね起きた。寝ていた所為か眼が半眼になっていて、そのうえ血の気が引いていて顔が真っ白だった。善くできた蠟《ろう》人形のようである。

中禅寺は眼を細めて作り物のようなその男の顔を睨んだ。

「起きたのか」

「起きたとも！」

蠟人形はふうと息を吐いて伸びをした。

「ううん。善く寝た。さあ仕切ろう」

「仕切るって僕は何をすればいいんだ」

中禅寺はやけに不服そうにそう云った。

肚の底から厭そうな顔である。

榎木津は悪戯な瞳を作って、にやりと笑った。

「ふふふん。僕は聞いていたぞ」

「だから何を」

「お前、また何やら小理屈を並べていたけどな。そう云う面白くないことばかりしてると躰に悪いと云うことはこの間学習しただろうが！　前回我慢した分、今回の配慮は無用だ！」

「無茶な男だなぁ――」

中禅寺は悩ましげに眉を顰《ひそ》め、更に頬を引き攣《つ》らせた。

「――前回の事件と云ったって知らない人は知らないだろう。そちらの方だって何の話だか解りはしない。解らないでしょう？」

中禅寺は僕に視線を向ける。当然解りはしない。

先程から僕の頭の中は類推の山である。

榎木津は高笑いする。

「解っていようが解っていまいが関係ないと云うことも解らないような奴は放っておけばいい！　電話開発の歴史を知らなくては電話がかけられないのなら殆どの人間は電話に触《さわ》れもしないぞ！」

益田は極論ですよ、と云ったが、中禅寺はそりゃあそうだな、と云った。

「そうだろう。いいか善く聞け馬鹿本屋。人間帳尻を合わせなくてはいけないのだ！　解るか？　我慢の次は爆発だ。そんなことは紀元前から決まっていることじゃないか！」

わははは、と榎木津は高笑いをした。爆発ねえ、と云って中禅寺は益田を見て、それから僕を見た。

見られても困る。僕は顔を背けた。

「で？　どう爆発するんだ？」

知りたいかと探偵が微笑むと渋面の古書肆は知りたくないと即座に云った。

「そうか。知りたいか」

「だから知りたくないんだよ」

「それでは今回の一件の仕組みを僕が直直《じきじき》に説明するから善く聞け！」

榎木津は威張った。

「先ず馬鹿の雁首《がんくび》を揃える。揃った馬鹿連中を僕が台覧《たいらん》して馬鹿の罪状を決める。そして馬鹿の度合いに見合った罰を与える。神の裁きだから天罰だ。どうだ、解り易かろう！」

「榎木津さん、罪状を決めるって、そんなのは裁判所の仕事じゃないですか。それに、如何《いか》なる場合も私的制裁は法律で禁じられてるんですから。そんなことしたら――」

益田が更に何か云いかけるのを榎木津は無言で制した。

「このカマオロカ！　いいか善く聞け、犯罪者と云うのは法律を守らなかった人のことだろう。そう云う人は法律が裁けばいいの。でもって、悪い奴は神が裁くしかない！　天罰だと云っておろうが！」

「悪い奴って？」

「だから僕の気に入らない奴のことだ」

榎木津はまた威張った。

「無法ですよねえ」

益田は縋《すが》るような視線で中禅寺に助けを求めた。

古書肆は腕を組んで渋面を作っている。榎木津は更に怪気炎を上げた。

「ふん。法律なんて所詮下下《しもじも》の人間が決めたお約束じゃないか。そんなモノは全然絶対ではないぞ。しかして僕の裁量は絶対だ。神の裁きには誰も悖《さから》えないのだ！」

確かに悖いたくはないな――中禅寺は大きく息を吐いた。

「――それじゃあ先ず櫻井以下五人を一堂に集めればいいのか」

「そう」

「場所は――暴行現場がいいのかな」

「そうそう――」

榎木津は口を閉じて笑った。

「――やれ」

「面倒臭いなあ」

中禅寺はぼやき乍《なが》ら懐から煙草を出した。

榎木津は透《す》かさず長い腕を伸ばし、煙草の箱を掠め取って一本抜いた。

「やるな？」

「唆《そそのか》すなあ最近──」

中禅寺はぼやくように云ってから煙草を奪い返して一本抜いた。

中禅寺さぁん──と益田が鼻にかかった泣き声で呼んだ。

「中禅寺さんまで何を云い出すんですか。真逆、協力するなんて云うんじゃないでしょうね？」

「僕だってこんな面倒なことしたくはないよ。それに、これを我が家に運び込んで寝かせたのは益田君、君じゃあないか。こんな暴戻《ぼうれい》なモノを連れて来ておいて今更何を云うんだ」

益田は物凄い勢いで手を振った。

「ち、違います。断じて違います。僕の方がこのおじさんに無理矢理連れて来られたんです。勘違いしないでください中禅寺さん」

「だって、こちらの方の依頼を受けたのは君なんだろうが」

中禅寺は煙草に火を点けてから僕を見た。僕は首を竦める。

慥《たし》かに全ての発端は僕にある。だからこの奇天烈《きてれつ》な状況を招いた責任と云う奴が、僕に全くない──とは云わない。云わないけれど、僕だって決してこんな展開を望んでいた訳ではないのだし、責任を取れと云われても──それはとても困る。

益田もしどろもどろである。

「そ——そりゃそうなんですが——い、いや、意地悪云わないでくださいよ」

「何が意地悪なものか。事実だろう」

「事実だから意地悪だと云ってるんですよ。この人を止められるのは中禅寺さんだけでしょう。止めて欲しかったんですよ僕は。中禅寺さんが最後の砦じゃないですか。あなたは薔薇十字団唯一の良心でしょう」

「僕はそんな不届きな団に入った覚えはない」

「さっきまで謝罪させたって無駄だとか云ってたじゃないですか」

「謝罪させるのは無駄だよ。櫻井の結婚に口を出すのも、まあ余計なお世話だろうな。でも、こちらの榎木津大明神はそう云うことを云ってるのじゃないよ」

「じゃ、じゃあどう云うことを」

「その男は自分が気に入らないからやっつけるんだと、ただそう吠えている訳だろ？」

なる程——そうなのだ。

僕はそう云われるまで気づかなかった。

金を貰っても謝罪されても意味がないし、法に訴えても良心に訴えても埒《らち》が明かない。

それは慥《たし》かにそうなのだが——意味もないし埒も明かないのは、僕や早苗を真ん中に置いて考えるからなのだ。

榎木津は自分が気に入らないから気に入るようにすると云っているだけなのである。思い起こすに——榎木津の発した言葉の中に早苗に対する同情や僕に対する同調は全くなかった。赤ん坊が可愛いと喜んだだけである。後はすっきりしないとか、馬鹿だとか殲滅だとか、物騒なことを云っていただけだ。

自分が唯一絶対の基準だとも云っていた。

つまり——。

いつの間にか事件の中心は、この奇矯な男の方に移ってしまっているのである。被害者である早苗と依頼人である僕を右に、加害者である櫻井一派を左に置いて、今や探偵こそが事件の中心に居座っているのだった。

榎木津は、榎木津が気が済むような決着をつけると、最初からそう云っている訳である。

榎木津は愉しそうな顔つきになり、

「そう。やっつける」

と云った。

益田はおろおろしている。

「や、やっつけるって——殴るんですか？」

「殴りたくなれば殴る。蹴りたくなったら蹴る」

「け、蹴るんですか」

「蹴るかもしれない。抓《つね》るかもな」

「抓る！」

「云っただろう。量刑は顔見て決める」

榎木津は一層愉しそうな顔をして、煙草の煙を吐き出した。

裁く気なのだ。

中禅寺さぁん、と益田が泣き声を発した。

「海猫の親類かお前は。泣く程複雑なことかこれが。あのな、ナキカマオロカ、まあ、僕の虫の居所にも依るが、ただ基本は眼には眼をだと云っとるだろうが。同じ目に遭わせてやればいいんだ。簡単だ。どうだ京極？」

「ハンムラピ法典かあんたは——」

中禅寺はそう云ってから眉を上げて、喫すなあと呟き乍《なが》ら視線を漂わせて暫く考え、縁側に置いてある洗い立ての釜を眺めて、

「あ——悪趣味なことを考えてしまった」

と云った。

榎木津は実に愉快そうな口調で、それだ、それで行こうじゃないか——と叫んだ。

5

どこかで見たことがあるような初老の代議士は、まるで不信感の塊《かたまり》のような態度になって、開口一番、

「いい加減な探偵でも雇ってあることないこと嗅ぎ出したのかな——」

と云った。

貫禄がある。恰幅《かっぷく》が好い。押しが強くて落ち着いている。これで成金趣味の鄙俗《いやら》しい身なりをしていたなら、この男は僕の抱いていた政治家の平均的な——偏見に満ちた、と云うべきか——イメージと寸分違わない人物だっただろう。

しかし残念乍《なが》ら篠村精一郎はどちらかと云うと質素で地味な服装であり、その上幾分知的な風貌だった。僕は寧《むし》ろ大学の学長と云うような印象を得た。政治家と云うのは偉そうだけどもっと下品だ。矢張り政治家に偏見を持っているのだ、僕は。

「何故そう思われます」

中禅寺は物怖《ものお》じしない毅然とした態度で答えた。

「それは君。儂《わし》は君の素姓を知らん。それが突如《いきなり》電話をして来て、華仙姑の使いだから会いたいと云われてもな。強請《ゆす》りとしか思えぬ」

「なる程。ご尤もです。しかし下手な探偵など頼んでも、先生が華仙姑処女《おとめ》の客だと云うことを嗅ぎ出すことは難しいのではありませんか。先生程のお方だ。秘密の保持は万全だった筈です」

その通りだ――と、篠村は答えた。

「――儂も立場がある。もしそんな事実があったとしたなら、絶対に知られないようにするのが当然だろう。だからこそ儂は君を信じられない。邪《よこしま》な推測で行動を起こすと身を滅ぼすぞ」

「そうでしょうか」

「儂くらいになると敵も多い。勝手に醜聞を造って怪文書を流し、脅しをかけて来るような手合いは多いのだ。まあ君のように直接乗り込んで来るような奴は滅多にいないがな――」

篠村は笑った。

「――だから多忙なところわざわざ予定を空け、秘書さえも外させてこうして会っておる。これはな、特例だよ君」

「真実だからこそ会って戴けたのだと思っておりましたが――」

中禅寺はまるで怯まない。

「――僕は政治家ではないので腹芸が得意ではありません。それに先生が何と仰ろうと僕は真実華仙姑の使いなのですから、これはどうにもなりません。隠されても話が進まないだけです。お忙しいのでしょうし、あまりお時間を割いて戴くのは恐縮です」

篠村は扇子を広げて無闇に扇いだ。

「だが」

「僕は先生が何年何月何日何時何分、何回華仙姑と会って、何をご相談されたのかも存じ上げております。お望みとあらばこの場で読み上げても一向差し支えないのですが」

「何が望みだ」

「ですからお話を聞いて戴ければ結構です。何があろうとお金は戴きませんし、外に漏らすことも致しません」

「信用できないな」

「流石《さすが》に用心深い対応をなさいますねえ。取り敢えず話だけでもさせては戴けませんか。こちらから改めてご連絡を差し上げてはいないと思われるのですが――いや、先生程のお方ならきっとご存知のことなのでしょうか。ご存知なんでしょうねえ」

「何のことだね」

「華仙姑は先般、突然占い師を廃業してしまったのですよ」

「廃業だと――？」

篠村は驚いたようだった。

中禅寺は北叟笑《ほくそえ》む。この驚きようは認めたようなものだ。

「ご存知ではなかったですか」

「知らんよ君。関係のないことだ。しかし――廃業したとは――突然な」

「そう――占いから足を洗うよう神の啓示を受けたのです。そして占い師華仙姑処女は、完全にこの世から消滅しました。ただ彼女にはひとつだけ心残りがあった」

「こ――心残りとは」

「お知りになりたいのですか？」

まあ一般的な興味の範疇で、と云うことだ――と篠村は云った。

「巷《ちまた》の噂に拠《よ》れば――その占い師の顧客には政財界の人間も多数おるそうではないか。まあ、根も葉もない風聞だとは思うがな。儂くらいになるとそうした庶民の噂にもだな、耳を傾けておかねばだな、その――」

「なる程。それではご存知――なのかどうかは存じませんが、華仙姑の占いは百発百中。過去には数多《あまた》の人間の行く末を覗き見、その未だ訪れぬ災厄を除いて参りました。悪しきモノを避《よ》け福を呼び込んだその数、凡《およ》そ三百有余人。悉く幸福《しあわせ》に導けたことが華仙姑の誇りでございました。しかし」

「しかし？」

「しかし引退するに当たってたったひとつだけ、微妙な託宣があったことを華仙姑は思い出し、悔やんでおりました。もしやそのお宅に禍《わざわい》が訪れはしまいか——と」

「び、微妙と云うのは——どう云うことだ」

「正に微妙。僅かな条件の違いで、吉凶が入れ替わる。託宣通りになされても、周囲に立ち籠める邪気の作用で結果が正反対になる可能性がある——福を呼び込む筈が、場合によっては取り返しのつかぬことになり兼ねないと云う兇《おそ》ろしい卦《け》です。良かれと思ってした託宣が、相談者の命取りになったのでは本末転倒」

「そ——それが儂の？　何時《いつ》のご託宣だ？」

引っ掛かった。

こう云うのを誘導尋問と云うのだろうか。

中禅寺は篠村の問いには答えず、強引に話を続けた。

「しかして華仙姑は廃業してしまいましたので、どうにもできないのですよ。廃業してしまえば神通力も失せますからね。そこで兄弟子である僕——十五代目果心居士《かしんこじ》に後始末を依頼して来た訳です」

「か、果心居士？」

「そうです。こちらが僕の従者の河川敷砂利彦《かせんじきじゃりひこ》」

「え？」

僕は何も聞いていなかったのでつい声を上げてしまった。僕は中禅寺にただついてこいと云われただけなのである。それが占い師の弟子の従者——しかも河川敷——とは、寝耳に水である。そもそもその名前はどこから出て来たものなのだろう。口から出任せもいいところだが、選《よ》りに選ってまた頓狂な名前にされたものである。

仕方がないので僕は渋渋、河川敷ですと云って挨拶をした。篠村は妙な名前だなあと云った。

「これは修行の身ですからわざと変な名前をつけるのです。それは兎も角そう云う事情で僕達はこちらにお邪魔した訳です。でも——」

中禅寺はゆっくりと僕を見た。

「——どうやら歓迎されていないようですから帰りましょうか河川敷君」

「え？　は、ええ」

中禅寺は問答無用で立ち上がった。

当然僕も立った。成り行きである。

すると篠村は、待ってくれと云わんばかりに手を伸ばした。

「そ、そう急ぐことはない。も、もう少し話を」

「先生もお忙しいのでしょう。実は我我も忙しいのです。これから漫才師に取り憑いた鼬《いたち》の霊を祓わなくちゃいけない。悪い鼬でしてね。噛むのです。そうだったね河川敷君？」

「は？　そ、そうです。あれは悪い鼬です」

僕は何を云っているのだろう。

解った、諒解したと篠村は云った。

「金は幾らでも払う。その鼬を後回しにしてくれ」

困ったなあ、漫才師の相方が嚙まれてしまうのにねえと云い乍《なが》ら中禅寺は再び座った。怖い顔をしている癖に妙に調子がいい。

「頼むよ果心居士君。儂は——駄目なんだ」

「駄目——と云いますと？」

「いや、どうも縁起を担ぐ質《たち》でな。理屈で解っていても、そう云う話を聞くと、もう落ち着かなくて敵《かな》わんのだ。だが立場上そんな素振りは見せられん。政敵もおるしな。儂の失脚を虎視眈眈《こしたんたん》と狙っている連中は大勢おる。弱点は晒す訳にいかん。そこで華仙姑様に相談したのだ。あの方は——儂に安心をくれた」

銀髪の紳士は口を半開きにした。

「あの方の予言は驚く程当たった。幾度も幾度でも当たった。だから儂は益々あの方を信用した。案ずるな、大事ないと云われるだけで、全て大丈夫だと云う気がしたものだ。自信がついたのだ。そして儂は安心して仕事ができるようになった——ただ」

篠村は伏せていた眼を上げた。

「——儂は判断だけはあくまで自分で下していた。決して占いに頼って政治をしていた訳ではないぞ」

それは十分に存じ上げております——そう云って中禅寺は僕の方を見て、未だ立ち竦んでいる僕に座るよう指示をした。

「先生は賢明なお方です。占いと云うものは本来、人知の及ばぬ不可知なるモノを予測する智恵。人知の及ぶ範囲のモノは己の叡智で判断するのが人の道と云うものです。そこを履き違えるのは、ただの馬鹿です」

その通りだと篠村は云った。

「だから、儂は云いなりになっていた訳ではない。仮令《たとえ》我が身に災厄が降りかかろうと、やらねばならぬこともある。国のため国民のために、血の涙を流さねばならぬ時もある。ただな——」

お気持ちお察し致します——と中禅寺は慇懃《いんぎん》に云った。

「先生のような方には僕等国民のために、これからも自信を持ってその辣腕《らつわん》を揮《ふる》って戴かなくてはなりません。講和から一年余、復興は目覚ましいと云うものの、我が国には解決すべき案件がまだまだ山積みでございましょう。解りました。鼬は後回しに致しましょう」

「解ってくれるか」

篠村は右手を差し出す。

「勿論です」

中禅寺はその手を両手で握った。

「おっと、失礼しました。一介の祈禱師の分際で、つい興奮のあまり先生と握手など——」

中禅寺は慌てて手を引っ込めて、握ったり開いたりした。

「身の程を弁《わきま》えませんで、申し訳ございません」

なあに一向に構わんよ——と、篠村は笑った。

「握手は政治家の仕事のうちだ」

「何とお心の広いお言葉。いいえいいえ。そうは仰られても、馴れ馴れしい行いに変わりはございません。失礼をば致しました。それでは——お話しさせて戴いても善うございましょうか」

「勿論だ。礼は尽くそう」

「滅相もない。念の為に申し上げておきますが、僕達は一切お金は戴きません」

「無償だと云うのかね？」

「勿論です。国のため民のために身を削って働いていらっしゃる先生のようなお方から、どうしてお金が戴けましょう。僕等はあくまで先生のお役に立ちたくて参上したのです。幾ら華仙姑の頼みでも、対象が先生でなかったなら、こんな手間のかかる仕事は引き受けませんよ。ねえ河川敷君」

「は、はあ」

もう少し気の利いた返事をするべきなのか。それとも朴訥《ぼくとつ》な印象になるからこの方がいいのか——僕は考えた挙げ句、素《す》で行くことに決めた。演技力など最初《はな》から期待されてはいない筈である。

「手間がかかることなのかな？」

「大変に——」

中禅寺は真顔のまま前に迫《せ》り出して、深刻そうに実はですね——と云った。

「——華仙姑が僕に託したのは、例のごえん——」

そこで中禅寺はたぶんわざと噎《む》せた。

「——えん」

「えん——縁談の一件か？」

篠村は眼を丸くした。

中禅寺が巧みなのか篠村が単純なのか、面白いように引っ掛かる。入れ食いである。

これで篠村の娘の縁談が華仙姑の占いに依るものだと云うことはほぼ明確になった。

「そうです。先生のご令嬢のご縁談の件です。着着とご用意が進んでいらっしゃるのでしょう？」

ううむと唸り、篠村は額に皺を寄せ考え込んだ。

「矢張りなあ。そう云えば華仙姑様のご託宣も、あの時は珍しく歯切れが悪かったようにも聞こえたが——うん、そう云われてみればそうだ。いや、儂の方があまり乗り気でなかったと云うのは確かなことだし、その所為でそう聞こえたのかとも思っておったのだがな。しかし——」

「先方は——矢張り櫻井様——でいらっしゃいますね？」

「そう。華仙姑様の出された条件には合致していたし、縁談が発生した時期が絶妙だった。何より党の役員の紹介であったから、疑うことをせなんだのだが」

「お嬢様は——何と？」

「あれは諦めたようだ」

「諦めた？」

「そう——親が決める結婚など不本意かとも思うたからな、厭なら断れと云ったのだ。しかしあれも気丈な娘でな。政治家の娘と生まれた以上は政治の道具にされても已《やむ》を得ぬ、等と吐《ぬ》かしおってな。儂の顔が立って、尚且《なおか》つそれ以降の代議士活動に利点が生じるなら自分に異存はないと云う。見合いで結婚するなら相手は誰でも一緒ですから——などと云いおってな」

ははあ——中禅寺は顎を摩った。

「それは——少少ややこしい展開ですね」

「ややこしい？　まあややこしいな。もう結納も恙《つつが》なく済んで、後は挙式を待つばかりだ。今の通産大臣は儂の同期だし、官僚には同級生も多い。今更破談にする訳には——」

「破談になさることはありません」

中禅寺は意外なことを云った。

篠村は怪訝《けげん》な顔をした。

「しかし君。その縁談が不幸を齎《もたら》すと云う話ではないのか」

「ないのです——」

中禅寺はきっぱりと云った。どう云う目算があっての発言か僕には察することができなかった。縁談を壊しに来たのではないのだろうか。

「——その縁談、もしや不幸を齎してしまう可能性もあるから、そこのところを吟味確認して、もし凶と出れば災厄を祓ってくれい——と、僕はそう頼まれた。先程手間がかかると申し上げたのは——そう云う理由からです」

「なる程。では吉と出るか凶と出るかは判らない訳か」

「それを先ず占います」

「どうやって」

「釜鳴《かまな》りの神事を執り行います」

中禅寺は澄ましてそう云った。

真面目なのか不真面目なのか。

僕はそんな神事が実際にあるかどうか知らなかったし、あったとしてもそれがどのような神事なのかは全く知らなかった訳だが——先日榎木津がカマカマ云っていたのを思い出し、て、思わず笑いそうになってしまった。

「釜鳴り——と云うと?」

「ご存知ありませんか? 一部の地方では大道芸などにもなっていますが、元来は神事です。釜は吉凶を判ずるために上古《いにしえ》より善く使われるモノなのです。先生は上田《うえだ》秋成《あきなり》をご存知でしょうか?」

勿論知っている——と云ってから篠村はぽんと手を打った。

「あの——吉備津《きびつ》の釜か。『雨月物語《うげつものがたり》』だな」

「流石にお察しが良い。そうです、その『雨月物語』です」

一般教養の範疇だよと云ってから、篠村は咳払いをした。

「いやはや恐れ入りました。猶《なお》幸《さいわい》を神に祈《いの》るとて、巫子祝部《かんなぎはふり》を召《めし》あつめて御湯《みゆ》をたてまつる——吉祥凶《よきさがあしきさが》祥《さが》を占う」

おお、と代議士は低い声を出す。

「そう云えば、あれも婚礼の吉凶を占う話であったな。しかし——君、あれは秋成の創作ではないのかね? ありゃ古典文学だろうに」

「雨月は創作ですが、あの占術は紛《まが》うことなき伝統神事です。例えば『本朝神社考《ほんちょうじんじゃこう》三』に次のような記述がある。備中《びっちゅう》の国、吉備津の宮裏《みやうら》に釜有り、祈る事有る毎に巫人湯を熼《あっく》して、而《しこう》して竹葉を浸して以て身に灌《そそ》ぐ、又神に詣《まい》る者事を試《こころ》みんと欲して、粢盛《しせい》を釜前に奠《まつ》る、祝唱し畢《おわ》って柴を燃《た》く、則《すなわ》ち釜鳴ること牛の如きときは即ち吉、若《も》し釜鳴らざるときは則ち凶《まが》しと云う――」

「なる程。あの話は作りごとではなかったのか」

篠村は妙に感心して幾度も頷いた。

僕も何となく思い出しはした。

雨月物語なら昔読んでいる。

慥《たし》か――件《くだん》の釜占いで凶と出てしまったにも拘らず祝言を上げてしまった神職の娘が、苦労の挙げ句病死、妻を病死に追いやった放蕩亭主が妻に祟られて――と、云うような話である。

掻《か》い摘《つま》んで並べると味も素っ気もない。実際読んだ時はじとじとと湿った怖さを感じたように思う。

文学と云うのは話の筋ではないのだなと、僕は関係のないことを思った。

――釜だ。

そして僕は漸《よう》く思い至った。

この場合、伝統的神事も古典文学もあまり関係ないのだろう。

これは——間違いなく、中禅寺が先日訪問した際に洗っていた釜を見て思いついた、悪趣味なことと云う奴に違いないのである。

ならば——。

どこまで本気なのだろう。全部冗談なのかもしれない。僕は、とても冗談を云いそうにもない顔をした古書《こしょ》肆兼祈禱師を見つめた。

釜に限らず鳴動は兆しです——中禅寺は語る。

「山も、建物も、何かある時は鳴動する。当然釜も竈《かまど》も鳴り響く。吉備津神社に限らず、伊勢神宮外宮《げくう》でも石清水《いわしみず》八幡宮でも北野《きたの》天満宮でも、釜は鳴ります。釜鳴りの記述は少し文献を当たれば幾らでも出て来る。いいえ、神社に限らず古来より釜は鳴って変事を報せるものなのです」

「釜が——な」

「何故釜は鳴るのか。そして何故吉凶を知らせるのか。『備中吉備津宮縁起《えんぎ》』に拠《よ》れば、主神である吉備津彦《きびつひこ》に敗れた吉備津冠者《かじゃ》こそ御釜殿《おかまでん》の釜を鳴らす神霊なのだと説明しています。一方で『備中吉備津宮御釜殿等由緒記《ゆいしょき》』では敗北したのは百済《くだら》の王子である温羅《うら》と云う名の鬼神だとされます」

「鬼神が——鳴らすのか？」

「そうです。一般にはこの温羅の方が有名ですね。桃太郎伝説に比定する向きもある。征伐された温羅は晒首《さらしくび》になっても吠え続け、御釜殿の下八尺に埋めてもその声は止まなかったと云う。阿曾女《あそめ》と云う女に竈の火を入れさせると漸く鎮まり、衆生《しゅじょう》の誓願成就《せいがんじょうじゅ》のため釜を鳴らすと誓約したのだと云います。しかし陰陽道《おんみょうどう》の場合は、釜を鳴らす鬼神の名は婆女《はにょ》とされていることが多いですね。陰陽頭《おんみょうのかみ》賀茂在盛《かものありもり》が長禄《ちょうろく》年間に著した『吉日考祕傳《きちにちこうひでん》』や応仁《おうにん》年間に東福寺の僧が記した『碧山日録《へきざんにちろく》』などにその名を見ることができます――」

篠村は眼を丸くしていた。勿論僕も少少驚いている。

勿論、怪しげな祈禱師の饒舌《じょうぜつ》に――である。

「――婆女と云うからには鬼神と雖も女なのでしょうね。飯を炊くのは女性の仕事だ――と、まあ多くの人は思っているのでしょうから、釜に依り憑く鬼神が女でも別段不都合はない――と云いたいところですが、釜は本来湯を沸かすためのもので、飯を炊いたりするようになったのは後世になってからのことです。煤避《すすよ》けの鍔《つば》を周囲に巡らせる現在の形になったのは竈が発達したからですね。そもそも釜は自立性に乏しい形ですからね。脚をつければ鼎《かなえ》になるし、安定した塗竈《ぬりかまど》が進歩するまでは自在鉤《じざいかぎ》のようなものが必要になる――だから釜と竈は切っても切れぬ関係にあります。実際、釜の語源は竈だとも云いますし、釜が鳴るように竈もまた鳴る。『延喜臨時祭式《えんぎりんじさいしき》』などには鎮竈鳴祭の文字を見ることもできます。古くは竈鳴りもカマナリと読んでいた程です」

「カマナリなあ」

「つまり本来鳴り騒ぐべきなのは釜ではなく竈なのです。何故なら竈——火所はイエの中で最も神聖な場所だったからです。竈から立ち上る煙は一直線に天に上って行く。竈は天界と地上のひとつの接点、聖なる場所でもあるのです。家——建物のことではなく、生活の場としての家、もしくは一戸一戸の家計のことをカマドと云いますでしょう」

「慥《たし》かにそう云うな」

「竈は家の中心だった。それが鳴り騒ぐことがどれだけの意味を持っていたか——それはもうご説明するまでもないでしょう。しかし」

「しかし？」

「しかし現実的に音を鳴らすのは竈ではなかったんです。鳴るのは多く釜や甑《こしき》で、結局竈の神性が釜に仮託されることになったのだと僕は考えています」

「むう」

唸るのが関の山である。

篠村もひとかどの政治家である以上、その辺の親爺などより遥《はる》かに弁が立つ筈である。しかしこの場合は、精精《せいぜい》鼻から息を漏らすくらいしか合いの手の入れようがないだろう。

中禅寺は雄弁に——。

煙に捲く。

「竈神は本邦では大戸比売命《おおへひめのみこと》——大年神《おおどしのかみ》の子である奥津姫命《おきつひめのみこと》とされますが、道教では少少違っています。道教の竈神は毎月晦日《みそか》の日に天に昇り、天帝《てんてい》に人間の罪をご注進する、告げ口する神に他なりません。これは庚申《こうしん》信仰として本邦に根づいた三尸虫《さんしちゅう》信仰等とも密接に関わるもので、我が国でも民間のレヴェルではある程度浸透しています。先程も申しました通り、一直線に天に繋がる煙を生み出す竈は、家と他界を結ぶ特殊な場でもあったのです。つまり竈の神は運命を左右する神でもあると云うことです。この神は一名壌子《じょうし》、または張単《ちょうたん》などと呼び、美女の姿をしている男神で——」

　解った——篠村は手を翳す。

「——解ったよ果心居士君。釜を使った占いが実に奥の深い由緒正しいものであると云うことは十二分に諒解した。と、ところで——」

　篠村は切りがないと思ったのだろう。放っておけばいつまででも語っているに違いない。見れば中禅寺は少し笑っているように見えた。わざとやっていたのだ。

「——問題はその奥の深い占いの作法を、君が行えるのか、と云うことだ。君はその神事ができるのかね——」

　と、篠村は問うた。

　それが中中に面倒なのですよ——と中禅寺は云った。

「どう面倒なのだ」

「ええ。先ず人手が要る。当然ですが、神事を執り行う際にはお嬢様とそのお相手、それから先生と、先方の親御さんにはご列席戴きます。更に——若い男が数名——これが肝心なのですが——これだけの人間を一堂に集める必要があります」

若い男が数名と云うのは、奴等——櫻井一派のことだろうか。

それでいいのかね——と篠村は気の抜けたような声を出した。

「いや、それこそ難しいかと思いましてね。先生もご多忙なのでしょうし、先方も立派なご身分の方でしょうから、何かと調整が大変かと」

「いや——それは可能だ。儂が頼めば先方は否とは云わん。何を横にどけても時間の都合をつけるだろう」

「それは心強いお言葉です。しかし」

「何だ。何でも云ってくれ」

「はあ。しかし場所も日時も易《えき》で決めなくてはならないのですよ。どこで何時《いっ》やるかも、卦を見てみないと決められないしねえ。お忙しい方方にそこまで強要するのは気が引けるなあ。ねえ河川敷君」

「そ、そうですね」

まったく急に振って来るから冷や冷やする。

「大丈夫だ何とかする。それをやれば、それでもし凶の卦が出ても祓って貰えるのだな？」

「はい。鳴釜の呪法を修めまして、もし凶兆が出ましても、釜祓いを執り行いまして鎮めることができます。明代支那の文人、周履靖《しゅうりせい》が記した『占験録《せんげんろく》』には、釜が鳴る時——外に向けて鳴るならば財も喜びも内に来たるが、音が釜の内に籠る場合は財は散り、家は崩壊すると記してある。勿論これを治め鎮める法もございます。ただ釜を鎮めるためには、先程申し上げました通り若い男性が数名必要になるのです。持者《じしゃ》の役をやって貰わなければなりませんから——」

「持者とは？」

「簡単に云うなら巫子《みこ》ですね」

「巫女は女だろう」

「そうではありません。この場合は男性——降巫《いちこ》ですか。そうですね、三名——いや四名は必要です。調達できましょうか」

「そんなものは雇えば良い」

それはいけません——と中禅寺は云った。

「——秘密が漏洩《ろうえい》します。先生は常に政敵に監視されているようなものです。見ず知らずの者を雇い入れたりしては、折角僕等がこうして隠密裡《おんみつり》に行動している意味がない。身内です。信用できる身内が宜《よろ》しい」

なる程な——篠村は感心する。

「それでは秘書にやらせようか」

「失礼ですが秘書の方の年齢はお幾つですか？」

「齢――か？」

意外なことを尋かれたらしく、代議士は少し考えた。

「慥《たし》か四十八歳を筆頭に三十九まで、四人ばかりおるが」

「四十八ですか――」

中禅寺はひと目で落胆したことが解るような顔をした。

「――それは――いけませんでしょうな」

「何故」

「そのお齢で持者をさせるのは――少少酷《こく》だ」

「酷とは？」

中禅寺はそこで矯《た》めた。

「不惑《ふわく》を越して――女装はお辛いかと」

「じょ、女装？　何だねそれは」

「持者とは巫女の扮装をした男の巫覡《ふげき》のことです。つまり女の格好をした男が必要になるのです」

「何？」

篠村はやや腰を浮かせた。

「き、君、巫山戯《ふざけ》ておるのか！」

「巫山戯てはおりません。僕は至極真面目です」

「だが――女装などと――そんな不謹慎なこと」

「不謹慎ではありませんよ先生。本邦の歴史に於て女装は何も珍しいことではありません。まず歌舞伎があるでしょう」

「あれは伝統芸能だろう。特殊な例だ。古来より日本男児は雄雄《おお》しいものと決まっている。女の格好などせん！」

「おやおや――」

中禅寺は呆れたような顔をした。

「――先生ともあろうお方が、そのような紋切り型の陳腐な台詞をお吐きになるとは――なる程政治の世界と申しますのも、さぞや窮屈なものと拝察致します」

「な――なんだね？」

「ここは議会でも講演会場でもありません。旧弊で愚かしい差別主義者どものことなど意識される必要はございませんよ」

「な、何を云っておるのかな」

中禅寺は笑った。

「またまたお恍惚《とぼ》けになって。先生もお人が悪いなあ。先生程の識者が我が国の文化をご存知ないとも思えませんし、そんな台詞が全く民意を反映したものでないことも、先生なら十分ご存知でしょうに」

何を企んでいるのか——僕はまたもや中禅寺の意図を見失う。

「それは——まあな。その、そうだよ」

篠村はしどろもどろである。

「そうでしょう——」

中禅寺はやや身を低くした。

細かな動作も話法のうちなのだろう。

「雄雄しい男のお手本の如き戦国乱世の武将達が殊の外男色を好んだことは一般にも善く知られておりましょう。知識階級の先端に位置するような僧侶達もまた、破戒と知りつつも稚児美童を大いに好んだ。本邦の文化は——少なくとも西欧を始めとする諸外国と比較するに、驚く程同性愛に対して寛容でございましょう」

「そ、そうだな——」

篠村は取り繕うかのように云った。

「——た、武田信玄も織田信長もな。そ、そうだったからな」

篠村は、今更知らないとも、違うとも云えないのだろう。

何しろ相手の最終的な意図が摑めないのだから否定のしようもない。代議士は既に古書肆の幻術に嵌《はま》っているのである。

「仰る通りです。流石は先生だ。一方で、本邦に於いては女装或は男装の浸透度も著しく高い。それは芸能に留まらず、宗教儀礼に於ても同じことです。民間信仰でも、所謂《いわゆる》田遊び御田植え神事で男は一様に女装します。男性が女性に、女性が男性にトランスフォームしてしまう例を我我の歴史は沢山抱え込んでいる」

「歌舞伎もな。た、宝塚の少女歌劇団か？　あれもそうだしな」

あ、あべこべだがな――と、篠村は汗を拭いた。

中禅寺は大袈裟に首肯《うなず》く。

「ああ――そうですね。いや、将《まさ》にそうです。異性を演じる歌舞演劇は他国では中中受け入れられないそうです。もっと遥かに抵抗があるようですよ。あれも、思想的にどうであろうと根本的に許容できる土壌があったからこそ生き延びることができたのでしょう。開戦の頃は大層批判されたようですが――結局のところ民衆が欲したのですね。大層人気があるようですが、今はまだ東宝劇場が接収されているから大変ですね」

「もうすぐ接収解除になる筈だ」

「それは良かった――」

中禅寺は眼で笑う。

「僕の知人にも少女歌劇を愛好する在野の妖怪研究家がおりますから、彼も心から喜ぶでしょう。いや、有り難うございます。先生のような、民草《たみくさ》の娯楽文化にまで心配りをしてくださる政治家がいてくださって、本当に良かった」

「よ、ようかい？」

中禅寺は深深と頭《こうべ》を垂れた。

別に篠村が接収解除をしてくれた訳でもないだろうに。まったく以て煽《おだ》てるにも程があると云うものである。その上話が嘘臭い。少女歌劇を愛好する在野の妖怪研究家なんているのか。そもそも妖怪の研究家などいないと思うが。

しかし篠村はまあまあ頭を上げたまえ、などと云った。勘違いで貶《おとし》められたのなら抗弁もできるだろうが、褒められて礼まで云われている。こう臆面もなく煽てられては、どう返すこともできなかったのだろう。

中禅寺は顔を上げ、脱線してしまいまして申し訳ありませんと云った。

「同性愛と異性装は必ずしも等号で結ばれるものではありませんが、内在する性と身体との間に差異が生じてしまうと云う意味では無関係とも思えません。いずれにしろこの日本と云う国は、そうした人人に対して抵抗の少ない国だったことは間違いない。勿論日常的なものではなかったのでしょうが、例えば他国のように、同性愛者だから排除される、或は異性装趣味者だから蔑視されると云うことは、少なくとも最近まではなかったのです」

「我が国に差別はなかったと？」

「そうではありません。残念乍《なが》ら本邦に於ても差別のなかった時代と云うのはない。ただ本邦の場合、装いに於ける性の交換に寛容だったと云うだけのことです。だから、逆に被差別階層にいた者が社会に組み込んで貰うために異性装をする——と云うようなことならあったかもしれない」

「それが——その？」

「ええ。そもそも釜祓いと申しますものは、荒神《こうじん》祓い等と同様、盲僧《もうそう》や山伏などの民間宗教者——ムラやマチの外側にいる人人が行っていたものですからね。先程申し上げた持者と云うのも同様の民間宗教者で、多くは女装した男の絵姿で伝えられています。黒川道祐《くろかわどうゆう》が著し、蹴鞠《けまり》の名人難波宗建《なんばむねたけ》が編んだ『遠碧軒記《えんぺきけんき》』と云う書物に次のような記述があります。地《じ》しやと云《い》もの、男が女体にて白き単《ひとえ》の広袖《ひろそで》のものをうちかけて、数珠《じゅず》を首にかけ、下駄をはきてあり、釜祓の類か、または行者と見ゆ、鬚はありて男が女のまねしたるものなり——」

「しかし——君」

「古来より不吉な釜鳴りは女装した男によってのみ鎮めることができるのです。これが定められた作法です。これは本邦だけのことではないのです。先程申し上げた『占験録』にも、釜鳴——若男作女拝、女作男揖則止——と載っていますからね」

本当なのか。

のか？

中禅寺は——オカマとお釜の語呂合わせで適当に釜鳴りの神事を選択した訳ではなかった
今並べた御託は本当のことなのか。

これは冗談ではないのだ。

——ならば。

僕は一層この男が解らなくなった。

中禅寺は再び語り始めようと云わんばかりに大きく息を吸い込んだ。

「ですから——釜祓いに於いては——」

解った儂が悪かった——篠村は再び手を翳した。

「わ、儂は、そうだ。知っていて君を試したのだ果心居士君。君は——巫山戯てはいなかったようだ」

「当然ですよ先生」

中禅寺はあくまで慇懃な姿勢を崩さない。

「僕がもし巫山戯ていてですね、面白半分にこんなことを申し上げていたのであれば、その第一秘書の方に是非ともやって戴くよう進言しますよ。年配の立派な紳士が強制的に女装させられると云うのは滑稽ですからね。まあ、その秘書の方がそうしたご趣味をお持ちのご仁と云うなら話は別ですが——多分違うのでしょうから、矢張り嫌がられるでしょう？」

儂が命ずればやるかなあ——と篠村は云った。

それから頭を振る。

「いいや、やらないだろうな。やったとしても喜んでやることはない。女装しろと命じたところで、その、秘書と雖《いえど》も屈辱的な受け取り方をするだろう。秘書は——儂のようにものの解った人間ではないから——」

「いや、先生程の方の第一秘書ともなれば謹厳実直、先生に忠誠を誓っていらっしゃることは間違いない。先生の命令なら従われるのでしょうが、それも如何《いかが》なものかと」

「まあ——しかしそれじゃあ」

人材を確保するのは難儀か——と代議士は腕を組む。

「そうですね——これは先方に用意して戴くのが得策かもしれません。例えば櫻井様のご令息に信頼できるご友人はいらっしゃらないのですか？　絶対に秘密を漏らさないような、身許の確乎《しっか》りした、品行方正な方は——」

嫌味な男である。それは奴等のことだろう。

篠村は頷き、その線で前向きに善処しようと答えた。

どうやら——悪趣味な罠が仕掛けられたらしかった。

6

腹を抱えて散散大笑いをした挙げ句、中禅寺は涙を拭いて、

「こうしてみると探偵も中中大変な商売だな」

と云った。

「煩瑣《うるさ》い馬鹿本屋。仕方がないじゃないか――」

榎木津は怫然《ふつぜん》としてそう云うと煤《すす》で汚れた手で額を拭いた。

額に黒い筋がついて一層妙な顔になった。白い大きなマスクに黒眼鏡。作業服に手拭い。

誰が見たって怪しい格好なのだが、この男の場合もう怪し過ぎて誰も怪しまないだろう。

「――歯が痛いのだ」

中禅寺はまた笑った。

「先ずあんたが歯痛と云うのも愉快だがな、なあ榎さん、その格好はあんたが今まで数限りなく外《はず》し続けて来た探偵衣装《コスチューム》の、そのどれよりも探偵らしいぞ。これからそれを制服にしたがいい」

「煩瑣いなあ本当に」

榎木津はブツブツ不平を垂れ乍《なが》ら、石を積み上げて造った即席の竈の上に、ごとりと釜を載せた。

中禅寺が洗っていた釜である。

四方には注連縄《しめなわ》やら御幣《ごへい》やらが張り巡らされている。

怪しげな祭壇まで設《しつら》えられて、件《くだん》の納屋——暴行現場は、凡《およ》そ三時間強で鳴釜神事の斎場に作り替えられたのだった。

そう。

僕の許に益田から連絡があったのは、中禅寺と一緒に篠村代議士の許を訪れてから丁度一週間後のことだった。

明日の夜、鳴釜神事を執り行うことになった、被疑者は全員顔を揃えるからもし同席する意志があるなら来て欲しいと——益田はそう云った。

何でも同席できるのは三人で、中禅寺と榎木津は外せないから、もし僕が行くなら益田は行けないのだと云う話だった。

但し行く以上、肉体労働は覚悟した方がいいですよ——と、益田は忠告した。何をさせられるのかは知らないが行かないとも云えない。

僕は二つ返事で同行を希望したのだった。

中禅寺の思惑通りに——場所は櫻井の屋敷裏の納屋、女装するのは哲哉の取り巻きの四人、と云うことに決まったようだった。果たしてどんな手を使ったものか、或は先方が勝手に罠に嵌ったものか判りはしなかったが、首尾は上上と云うところなのだろう。どうせ占いの結果納屋が一番良いと云う卦が出たとか何とか、都合の良いことを打診したのに違いない。

そして——。

待ち合わせの場所に赴くと——そこには件《くだん》の怪しい格好をした榎木津が待っていた。僕は定刻通りに到着したのだが探偵は僕を見るなり遅い遅過ぎるぞと叫んだ。僕は感想を漏らす暇さえ許されず、怪しげな男の運転するトラックに引き摺り込まれて、憎むべき櫻井邸を訪れることとなったのである。

探偵の運転は極端に乱暴だった。

現場に着いたのは午後七時を過ぎた頃だった。

裏門にはこれまた相変わらずの和装で仏頂面《ぶっちょうづら》の中禅寺が立っていた。中禅寺は榎木津の格好を目にした途端に下を向いた。

笑っていたらしかった。

僕が到着した時点で、既に出席者は全員母屋に揃っていると云うことだった。僕は黒黒とした広大な屋敷を睨んだ。

——この中に——早苗の怨敵が居る。

そう思うと、複雑な気持ちになった。

それは怒りとも悲しみとも違う、形容し難い高揚感だった。

神事は真夜中丁度に執り行う予定になっていると云う。僕達はそれまでに納屋の中を片付け、斎場の設置をしなければならなかった訳で、その作業こそが益田の云う肉体労働だったようだ。僕は中禅寺の指示に従って黙黙と働いた。結構大変だった。榎木津はこれでは下僕同然だ、巫山戯るのもいい加減にしろと始終不平不満を云っていたが、その割りに手際も要領も良かった。一方中禅寺は手先は滅法器用そうだが全く力がないらしく、重い物はまるで持てないようだった。単に持ちたくなかっただけかもしれなかったのだが。

そうして竈は完成し、火が入れられた。

赤赤と燃える竈口の前に襷掛けの中禅寺と作業服の榎木津が屈み込んで火の案配を見ている。実に、実に怪しかった。

「暑いぞ。この暑いのにこんな狭いところで火なんか焚いたら物凄く暑いじゃないか。何を考えているんだお前は」

「それはイイとか云って喜んだのは誰だ。仕切りはあんたなんだろうが。僕はこんな悪趣味な仕事は不本意なんだ」

「へん。自分だって一寸《ちょっと》面白いと思ってる癖に」

「僕はそんなに不謹慎じゃないよ」

「それにしたって暑いじゃないか！　そこの君、何と云ったかな。富田林《とんだばやし》君だっけ？　四《し》万十川《まんとがわ》君だっけ？」

全然違う。

「僕は――」

「暑いと思うだろう赤城山《あかぎやま》君！」

「あ――」

二人は揃って振り向いた。

何だか凄く怖かった。

「――あの」

「あのなあ、暑い暑いってそんなに暑いのならマスクをとればいいだろう。歯が痛いって、醜く腫れ上がってでもいるのか？」

「腫れてなどいるものか。痛いだけだ。このマスクは必需品なのだ」

「ん――」

中禅寺は顎を摩った。

「なる程。あんた、相当悪趣味な仕上げをするつもりだな。決着は――じゃあ会場で？」

わははははその通りだと云って榎木津は立ち上がった。

「流石に察しがいいな。この榎木津礼二郎を敵に回しておいて、そんじょそこらの並大抵の罰で済むと思うかわはははは」

別に先方はこの男を敵に回してはいないのだ。榎木津の方が勝手に敵視しているだけである。

「いいかね、僕はこの小窓から覗くからな。あそこの、あの妙な木の前に馬鹿な人人を並ばせろ。郡山《こおりやま》君はここに居て、僕の指示を京極に伝えること」

「は？」

段取りが全く解らない。何の説明もない。

そもそもこの二人は、全くと云っていい程肝心なことを語り合わない。口に上るのは常にどうでもいい馬鹿話だけである。事前の打ち合わせも殆どないように思う。それでいて意思の疎通だけはあるようで、全体の進行に支障は生じていないようだった。そもそも、あの日も中禅寺は悪趣味なことを思いついた——と云っただけで、それがどんなことなのか一切語っていない。にも拘《かかわ》らず榎木津はそれで行こうと大いに賛同し、やけに喜んだのだった。

どうなっているのか。

もしかしたら榎木津には真実、例の不思議な能力——他人の記憶を視る力——があるのだろうか。そして中禅寺は真実、上古《いにしえ》の陰陽師や魔法使いのように、呪術やまじないを操れる男なのだろうか。

──そうなのかもしれない。

否。

そうでなくては──この罠は成功しないのではないか。

どれだけ大仕掛けな舞台を造ろうとも、思うように釜が鳴ったり鳴らなかったりしなければ──それから先がないではないか。

そもそも本当に釜が──しかも家庭で使用している普通の釜なんかが──鳴るものなのだろうか。鳴るなら何故鳴るのか僕には解らない。解らないが、鳴るとしたなら、それは所謂自然界で平素起こり得る物理現象と云うことになるだろう。それが自然現象なら、中禅寺と雖も自由にはできない筈である。ならば先の展開も自由にはできない。

吉と出るか凶と出るかは誰にも判らないことなのだ。これで吉の卦が出たりしたら、占い師の御墨付きを得た哲哉は、大手を振って結婚することになるだろう。

──それでいいのか？

それとも卦の善し悪しは関係のないことなのか。

この大きな仕掛けは、単に加害者五人を一堂に集めるためだけに仕組まれたものなのか。

相当に悪趣味な仕上げを考えているな──。

さっき中禅寺は榎木津に向けてそう云っていた。つまり仕上げは別の日に、別の形でするということなのだろうか。

まるで解らなかった。

発端は僕自身にある。なのに僕はもう、ただの傍観者になっている。

僕は、ただ流されるようにしてこんな所——早苗が陵辱された場所——にまで来てしまっただけな訳である。ここまで来て今更後戻りはできないにしても、こんなにも付和雷同でいいのだろうか——とは思う。

湯気が立ち始めた。釜に張った水が煮えて来たようだ。

そろそろ行くか——と云って中禅寺は立ち上がった。

襷を外して懐に仕舞い、羽織りを纏《まと》う。

「あまり騒がないでくれよ。雰囲気も大事なんだから」

中禅寺はそう云って納屋の戸を開け、夜の中に消えた。

榎木津は鼻歌を唄いながら小窓のところに立ち、窓の外を眺めている。時偶《ときたま》ヒャアとかモオとか妙な声を上げる。

「あのう」

「なあに」

まるで子供の反応である。

益田の話だとこの男、三十を優に越えているのだそうだ。そのうえ——到底信じられないことなのだが——帝大の法学部を修了していると云う話なのである。

加えて榎木津は大層な家柄の資産家の御曹司でもあるらしいのだ。更に加えてこの日本人離れした容姿であるから、本来ならとてつもなく凄い人の筈なのだ。

別の意味で凄い人ではあるのだが。

「その——ですね」

どう云う決着をつける気なのか。

「あのう榎木津先生、この後はですね」

「見なさい」

榎木津は窓の外を指差した。

僕は窓に取りついた。

必死で目を凝らしたのだが、暗くて善く視えなかった。

「奴等を——磐梯山《ばんだいさん》君の姪と同じ目に遭わせるぞ」

「磐梯山？」

僕のことらしい。

「そ、それはどう云う目で？　殴るのですか？」

「ふふふ。僕が気が済むようにするだけさ。ほら来た」

榎木津は眼を細めた。

燈《あかり》が見えた。

提燈《ちょうちん》である。

ぞろぞろと人の歩く気配がする。

声が聞こえた。中禅寺の声である。

「それではこれから鳴釜神事を執り行います。その前に——持者役の方方が果たして神意に適《かな》う方方なのか否か——神にお伺いを立てねばなりません」

どう云うことかな——と、篠村の声がした。

「ご不審はご尤もでございますが、もし凶の卦が出ました場合、この持者の方方によってその卦を鎮めることに相成ります。ご面倒をおかけ致しますが念には念を入れませんと——皆様、予め通達しておきました通り、精進潔斎《しょうじんけっさい》しておいて戴けましたでしょうか？」

暗闇に中禅寺の姿が浮かんだ。

その横には見覚えのある銀髪の紳士——篠村代議士が居た。

「その辺はどうなのかな櫻井君。色色と面倒をかけるが——大丈夫か」

背の高い男の景影《シルエット》が浮かぶ。

「それは勿論です篠村先生。この四人は息子の朋友の中でも取り分けできの良い選良《エリート》でしてな。二人は私同様通商産業省の官僚の息子で、残る二人の父親は名のある企業家だ。信用できる人物です。私が請け合います。ええと、慥《たし》か、酒煙草を控え、女色を断ち、斎戒沐浴《さいかいもくよく》して心静かに待つ——のでしたな。どうだ君達——約束は守ってくれたな？」

はいと返事が聞こえた。

「疑う訳ではございませんが——念の為に試させて戴きます。神事に間違いは許されませんので——それではお一人ずつこちらにどうぞ——その木の前に立って下さい。あの建物の中で弟子が神にお伺いを立てておりますので——」

榎木津が指定した大木の前に中禅寺が移動した。

その後ろから、巫女——白装束に緋《ひ》の袴《はかま》姿の人物が一人、ぎくしゃくとついて来て、大木の前で気をつけの姿勢をとった。中禅寺が提燈を巫女の顔の辺りに翳す。ちろちろと心許ない燈が照らし出したのは——。

どうやら江端のようだった。鬘《かつら》を被り、顔を真っ白に塗られている。おまけに口紅まで注《さ》している。正直云って——醜悪だ。

榎木津のことだから高笑いでも始めるのではないかと気が気でなくなって、僕はこっそり横を向き、探偵の様子を確認した。

僕の予想は裏切られた。探偵は黒眼鏡を外し、それまでに一度も見せたことのない精悍《せいかん》な顔つきになって、白塗りの男を注視していた。大きな瞳に覚束《おぼつか》ない小さな燈が反射している。

——何が視える?

僕は固唾《かたず》を飲んだ。

「――ふん。馬鹿が」

探偵は呟いた。

江端が横に除けて、次に引き出されて来たのは今井だった。

江端より上背があるから、一層不格好である。袴から毛脛《けずね》が覗いている。榎木津は塑像《そぞう》のように固まって長身の巫女を見つめた。

「――けッ。下司《げす》だ。吐き気がする」

続いて殿村が引き出される。榎木津はうらなりめいた陰気な女装男を睨みつけた。

「――何だアイツ。駄目だなこれは。全員有罪だ」

――何を視ているいる？

最後に久我が引き出された。下を向いている。恥ずかしいのか、照れているのか、そうした態度が影響しているのだろう、四人の中で一番みっともない感じがした。

「あ」

榎木津が小さく叫んだ。

「――何で明るいんだ？」

「明るい？」

榎木津はううん、と唸った。

「アイツは――まあ馬鹿と云うなら一番馬鹿だな。でも――」

榎木津は凛凛しい眉を顰めた。

「――おい山王丸《さんのうまる》君」

「え？　何です？」

「詔《みことのり》だ！　すぐ走って行って、今、木の前に立っているうすらみっともない男は駄目だと云え。あれは失格」

「失格？」

早く行け――榎木津はそう云ってから窓辺を離れて祭壇の後ろに隠れた。僕は高まる動悸を抑えて戸口に向かった。納屋の戸はガタガタと建付けが悪くて、すぐには開かなかった。

「あ――あのちゅ、いや、その果心居士様！」

――失格とは何だ。どう云う意味だ？

駆け寄る。

眼の端に櫻井哲哉の姿が入る。

――あいつはいいのか？

何故榎木津は主犯である哲哉を観ないのだろう。

哲哉の横には、実につまらなさそうな表情をして若い娘が立っているようだった。きっと篠村美弥子だろう。その横には篠村代議士と並んで、大柄な中年男が突っ立っている。これが――櫻井十蔵なのだろう。更に女装の四人が並んでいる。

「どうした河川敷君――」

中禅寺が大声を上げた。

「だ、駄目です。その――最後の人は失格と――」

――だから失格とはどう云う意味なんだ！

「神意が下ったか！　そうか、善く報せてくれた河川敷君。篠村先生、残念乍《なが》らこの人は戒律を破ったようです。持者は失格です！」

「なんだと！」

怒鳴ったのは櫻井官房次官だった。

「お、おい君！　どう云うことだね。私の顔に泥を塗りおって。いったい何をした！　おい哲哉。この男は何をした！」

久我は木にへばりつき、内股で横に逃げた。

「え？　ぼ、僕は何も――そんな――」

「おい久我。矢張り君に頼んだのは間違いだったようだな――」

哲哉が父親を制して出て来た。

「――僕が困っていると云ったら是非手伝わせてくれと頼むから、わざわざ仲間に加えてやったと云うのに――どう云うことだ。僕は美弥子さんに何と云って謝れば善いのだ！」

何もしていないのです――と云って久我は二歩三歩後ずさった。

三人の巫女がその退路を断ち、今井がその肩を捕まえた。

「おい久我。何をした！ 何と云う恥知らずな男なんだ。貴様は俺達三人の顔まで潰したのだぞ！ この期《ご》に及んで云い訳するな。正正堂堂己の非を認めるんだ！ 哲哉さんにいつも云われているだろう。男らしくしろ！」

女装して云う台詞ではない。顔は元元潰れているし、塗られているのは泥ではなく白粉《おしろい》である。哲哉にしたって、謝らなければならない相手は美弥子さんではなく——早苗なのである。

何だ何をしたと揉める男巫女どもを、中禅寺は鋭い視線で睨《ね》めつけた。軽蔑が籠っているように僕には思えた。

「お、おい、果心居士君、ど、どうなるのだ。どうする——」

篠村が慌てる。本当に信心深い——と云うか、縁起を担ぐ男なのであろう。表情が真剣だ。撫でつけた銀髪がほつれて額にかかっている。

一方娘の方は——。

——冷ややかな眼差《まなざ》し。

篠村美弥子は慌てる父親や焦る官房次官——義父になるかもしれぬ男、そして揉めている婿候補とその女装の友人どもを凍《い》てついたような醒《さ》めた視線で眺めていた。

——当たり前だ。

くだらない。

美弥子はそう思っているに違いない。

大の大人が、しかも年齢だけではなく社会的地位も高い紳士が、夜中にこんなところに集まって何をしていると云うのだ。しかも半数は女装しているのである。これで真剣になれと云う方がどうかしている。

――それにしても。

騒がれるだけのことはある。美形だ。小さな切れ長の眼。小振りな鼻と更に小さな朱唇。小さな顔に小振りな部品が、如何《いか》にも上品である。高価《たか》そうな衣服から靭《しなや》かに伸びた手足はすらりと長い。聞いていたより幼く感じるが、楚楚《そそ》とした立ち姿は流石にお嬢様である。

蕾《つぼみ》の如き唇が僅かに動いた。

馬鹿じゃない――。

僕にはそう読めた。

「お父様も櫻井様も――いい加減にしてくださいませんこと。わたくし明日は乗馬のお稽古がありますの。どのようなおつもりかは存じませんけれど、そもそもわたくしと哲哉様の結婚は、もう決定したことではありませんか。少なくともわたくしは決めております。何を今更、占いなどと――」

まあ美弥子――代議士は銀髪を撫でつける。

「そう云うな。儂はお前のことが心底大事だからこそ、このような子供染みたことをだな」

「子供染みていると云う自覚がおありだったのですか――」

呆れたような口調で美弥子は云った。

「――それならもうお止めください。お父様は子供ではございませんでしょう」

おい――代議士はただ狼狽する。

「当事者のお前がそんな風に云ってどうするのだ。哲哉君だって理解してくれたのだし、こうして父上も快く同席してくれているではないか。櫻井君、君も馬鹿馬鹿しいとお思いだろうが、その――」

篠村は汗を拭いた。威厳がすっかり消し飛んでいる。それもその筈で、今ここに居るのは国政を担う代議士ではなく、ただの迷信親父なのである。しかし、片や櫻井は厚顔無恥《こうがんむち》の典型と云った体《てい》である。こちらは決して己の立場を忘れていない。

「何を仰います篠村先生。お嬢様の行く末を案じられる篠村先生のお気持ちは、当方も十分に察しております――」

お嬢様の行く末と云うのは即ち己のドラ息子の嫁と云うことなのだが――櫻井はその辺りに疑問を感じないのだろうか。

要するに櫻井の息子は婿として信用に足る男なのか否かと云う判断を、こともあろうに釜に委《ゆだ》ねようと、篠村はそう云っているのであるが――。

どうやら櫻井はそこのところに関しては一切疑問を感じていないようだった。

「──何と申しましても美弥子様は、当家には勿体《もったい》無い程の才媛でございますからな。何かとご心配も多い筈。当方と致しましても、でき得る限りのことはさせて戴きたく──おい哲哉！　その男、久我か？　それを──どう致しましょう？」

官房次官は代議士にお伺いを立てた。

「ど──」

どうするのかな──と、代議士は結局祈禱師に縋《すが》った。

中禅寺は腕を組み、

「まあ──その方にはお帰り戴きましょう」

と云った。善く通る声である。

「帰して──良いのかな」

「致し方ありますまい。但し今宵のことはくれぐれも内密にして戴くと云うことで──」

そうだ帰れと哲哉が云い、今井が久我の尻を蹴った。久我は面白いように転げた。喋ったら累《るい》は己の親父に及ぶぞ──と、哲哉が吐き捨てるように云うと、久我は泣き乍《なが》ら木立の先の闇に消えた。

「大丈夫かあの男──」

篠村が残像を追うようにして呟いた。

絶対に他言は致しますまい——と櫻井は答えた。

それはそうだろう。益田の調査に依れば久我の父親は櫻井にまったく頭が上がらない立場であると云う。本来親の事情など無関係である筈の息子同士の関係に、そうした政治的な力関係が如実に影を落としていることは——哲哉が吐いた言葉からも明白に知ることができる。

親の方もそれは承知と云うことなのだろう。櫻井親子にとって公私の区別と云うものはないのだ。

だから。

だから滑稽なのだと、僕はその時気がついた。

今宵の集まりはあくまで私《プライヴエート》的な会合である筈である。占いに凝った迷信親父が、結婚を控えた娘とその相手の前途を大掛かりに占うと云う、何とも間抜けな——心暖まると云う見方もあるが——会合に他ならないのだ。こう云う場合、参加するにしても親馬鹿だ、困った親父だ、馬鹿馬鹿しいが仕方がないから付き合ってやろうとか、そう云う反応が正しい。

しかし——櫻井親子は、私的な場に公的な階層を直接的に持ち込んで終始対応しているのである。本来、この席に於いては息子の嫁とその困った親父である筈の篠村親娘が、櫻井親子にとっては立派な代議士先生とそのご令嬢でしかないのだ。茶番に見えるのはその所為なのである。

そうして各自の反応を見直してみると、正しくこの状況を観ているのは、どうやら一番若い美弥子だけのようだった。

僕は——何だか阿呆らしくなって来た。

篠村は只管《ひたすら》周章している。

果心居士君果心居士君と篠村は呼んだ。

中禅寺のことである。

「——果心居士君。これでは——今宵は中止か」

中禅寺は緩緩《ゆるゆる》と首を横に振った。

「今宵を逃せば——次はふた月後。それで宜しいですかな」

「そ、そんなには待てん。それでは結婚式が終わってしまう。それは拙《まず》いぞ」

「ならば——そうですね。持者は三人で行くしかありますまいな」

中禅寺は醜悪なる三人組を見た。笑う訳でも、蔑む様子もない。表情も全く変えない。肚の底では何を思っているものか。

「三人でも大丈夫なものなのか」

「まあ——」

中禅寺はここで漸く苦苦《にがにが》しい顔を作る。

「——大丈夫と云えば大丈夫でしょうが」

「三人だと——どうなるのだ？」

「良い卦が出たなら問題はありません。しかし悪い卦が出た折に、祓い除《の》ける力がやや落ちます」

祓い切れぬのか——篠村は鼻から息を漏らした。

代議士は大層狼狽している。

単純なものだと思う。

「それではなぁ——何とも心許ないなあ」

中禅寺は返事をせずにそっぽを向いた。

美弥子は嫌悪感を剝き出しにして戸惑う父親を見下した。

「そんなに心配なら——お父様。お式を延ばしたら如何？」

「いや、そ、それも拙かろう——櫻井君の立場もあろうし」

「私の立場などは宜しいのですが——しかしご心配には及びませんよ。式を延ばす必要などございません。まだ、その卦ですか？　その卦が凶と出るとは限りませんからな。いや、凶の卦など出ませんよ。そうだな哲哉」

「出ませんね——」

哲哉はきっぱりと云い切った。

「——僕が出させない。安心してください美弥子さん！」

出させないと云うのなら、最初から占ってみる必要などないと思う。

美弥子は溜め息を吐き、哲哉に背を向けて天を仰いだ。

星は出ていない。

多分あの夜と同じ――暗夜である。

「ど、どうかな果心居士君――その、卦の方は」

「判りませんね」

判らないから占うのである。

「以前にも申し上げましたが、占いは占い。振り回されてはなりません。賢明なる篠村先生ならもう十分ご承知のことでございましょうが、決めるのはあくまで先生でありお嬢様なのです。ですから、もし禍禍《まがまが》しき卦が出たとしてもその時はその時と――そう申し上げるよりございませんな」

ううむ、と篠村は腕を組んだ。

それを美弥子が横目で眺めている。

「しかしそれでは――」

「僕達はその決心を保証するだけ。陰気暗気を少しでも抑え、散らすのが役目です。ですからできる限りのことはさせて戴きます。戴きますが――」

中禅寺はそこで急に声を小さくした。

「——ま、持者役のお三方には少少負担かと思われますが」

「ふ、負担とは、負担とは何だ？」

耳聡い。小声になる程聴き取ろうとする。

多分——思う壺なのだろう。

「お三人ですと一人当たりの負担が大きゅうございます。幾ら精進潔斎されていたとしても、常日頃の行いが悪ければ却って邪気を呼び込むことにもなり兼ねないのです。まあ日頃の行いが良い方方と聞き及んでおりますから、その点心配はないとは思われますが」

大丈夫だろうなと篠村は心配そうに櫻井を見た。

大丈夫ですよと云って櫻井は息子に視線を送る。

大丈夫だなと哲哉は巫女どもに檄《げき》を飛ばした。

お任せくださいと——江端が云った。

まるで茶番である。

「命に代えても役目を果たせ。男になれ！」

哲哉はそう云った。おう、と野太い声で返事をした三人は、女の格好をしていた訳だが。

「いずれにしても、そちら様が仰ったように凶祥が出るとは限りません。それに——始めるならばもうそろそろ始めませんと、日付けが変わってしまいますが——如何致しましょう」

「やってくれ」

篠村は決断したようだった。

畏まりました——中禅寺は一瞬、悪魔のような凶相を垣間見せた。

僕にはそう見えた。

提燈の燈の所為かもしれなかった。

中禅寺は三人の持者を戸口の脇に立たせ、あなた方は決して中を覗いてはなりませんよときつく忠告してから、がらりと納屋の戸を開けた。

納屋の内部はふしだらに赤かった。

かなりの熱気が籠っている。祭壇に燈された燈明が吹き込んだ外気に揺れて、ゆらりと空間が歪んだように見えた。

おう、と声が上がった。

中央には即席の石竈がでん、と据えられている。

燠《おき》が赤赤と燃えている。中中の舞台装置である。

中禅寺は上体を揺らさない独特の歩き方で音もなく竈の前に立ち釜の具合を見た。

相当水を張ったから、時間までに沸くかどうか心配していたのだが、この火勢ならそろそろ沸騰する頃合いだろう。

中禅寺は戸口の左右に敷いた莚《むしろ》の上に二組の親子を座らせた。

天井一杯に不定型の恠《あや》しい影が蠢《うごめ》いている。

果たして何の影なのか判らない。

揺れる蠟燭《ろうそく》の数だけその影はあり、あるところは重なり、またあるところは離れて、重なったところの闇は深く、さわさわと無音の音を立てて蠕動《ぜんどう》している。凝乎《じっ》と見つめていると不安な気持ちになって来る。観点《アングル》が下がると一層不安感は募るのだろうと思う。光量が少ない上に光源が安定していない。そして赤い。そのうえ暑い。

演出効果は抜群である。

篠村は当然としても、櫻井親子は元より、あの気丈そうな美弥子まで雰囲気に呑まれている。

中禅寺は祭壇と石竈の間に立った。

なる程――全ての光源は中禅寺を際立たせるように配置されているのだ。司祭が指定の場所に立った途端に、天井に映る影は全て司祭のものになった。

僕は戸を閉めた。

結界が完成する。

ぐつぐつと釜の煮える音が聞こえる。

中禅寺は祭壇に向けて二拝し、栢手《かしわで》を打ってもう一度拝して後、備えられていた御幣《ごへい》のついた笹の葉を手にした。

「神饌《しんせん》を」

「は、はい」

供物のことである。僕は、予め用意されていた三方《さんぼう》の上に盛られた米を恭《うやうや》しく差し出した。

僕も——呑まれている。祭壇だって竈だって自分で作ったようなものである。否、あの榎木津が不真面目な態度で作ったものなのだ。有り難くも何ともない筈だ。でも——。

司祭が語り始めた。

「それでは——これより、櫻井哲哉、篠村美弥子の婚姻の吉凶を占わせて戴きます。神道にはそもそも探湯《くがたち》、誓湯《うけいゆ》と呼ばれる神事がございます。これは誓願し、熱湯に手を差し入れて物事の正否、真偽を神意に量るものとされますが、現在では僅かに残った湯立て式などにその片鱗が窺える程度で、正式な作法を伝える社《やしろ》はございません。これから行います鳴釜神事につきましても、正式な作法は伝わっておりません。備中吉備津神社で行われておりますのは、あくまで吉備津神社の作法でしかないのです。これから行いますのは、陰陽道や道教などの古文献より所持作法を拾い上げ、独自に再構成したものであることをお断りしておきます——」

釜の蓋を開ける。

湯気が赤みを帯びて焔《ほのお》のように揺れ、中禅寺の顔を隠す。

揺れる。

ぐつぐつ。

「備中吉備津の釜は、湯の沸《わ》き上がるに及びて、吉祥《よきさが》には鳴る声牛の吠ゆるが如し、凶《あ》しきは釜に音なしと申します。而《しか》して、本日行いまするは別。釜の音、外に向け轟轟《ごうごう》と鳴るは吉。内に向け隠隠《おんおん》と鳴るは凶――」

全員が息を呑んだ。

ぐらぐらと釜が煮え立ったからである。

湯が滾《たぎ》っているのは離れていても十分に分った。

かッと気合いを入れて、中禅寺は笹の葉で水面を叩く。

飛沫《しぶき》が飛び散る。

祝詞《のりと》か――祭文《さいもん》か――怪しげな呪文が滑るように出でて不思議な律動を刻み、納屋の中はあっと云う間に異界になった。焰が揺らめく。陽炎《かげろう》のように、結界の中が歪む。

笹の葉は幾度も湯玉を散らした。

どれ程時間が経ったのか。多分、一分二分と云うところなのだろう。

でも。

時間の感覚が麻痺している。

一時間も二時間も、ずっとそうしているかのような気になって来る。

異様に暑かった。
汗が吹き出る。
額を伝う。
眼に入る。
視界が暈《ぼや》ける。
歪む。
そして――。
おん。
おんおん。
おんおんおん。
おんおんおんおんおん。
「凶だ」
中禅寺が厳しい口調で云った。
「この婚姻は凶。直ちに凶の卦を祓いましょう！」
ううッ――篠村がまるで牛のように唸った。
櫻井が顔を歪ませる。
哲哉がだらしなく口を開ける。

「さあ、皆さん。早急、且つ粛《しゅく》粛《しゅく》と外に出て下さいませんか。周章《あわ》てはいけません。何があっても振り返らず、勿論この建物の中を覗いたりしてはなりませんぞ。そのまま真っ直ぐ御屋敷に戻られ、心静かにお待ちください。僕が戻るまでは口を利いてもなりませんぞ。さあ早く！」

中禅寺は緊緊《きびきび》とした動作で四人を立たせ、自ら戸を開けて戸外へ押し遣った。

そして大きな声でさあ早く——と急《せ》かした。篠村を先頭に、怪訝な顔をした美弥子、渋面を作った櫻井、そして善く事情が解っていない風の哲哉が続いた。

四人は急かされるまま、櫻井の屋敷に向けて足早に立ち去った。

中禅寺は四人が闇の彼方に消えるのを確認してから、するりと後ろを向いた。そこには三人の女装の男達が茫然として立っていた。

中禅寺は口許だけで微笑んだ——気がした。

「さあ、君達持者の出番だ。入りなさい——」

三人は云われるままに納屋に入って来た。

化粧が汗で流れていて格別見苦しくなっている。

「さあ河川敷君。君は——外にいた方が良いでしょうね」

中禅寺は僕に向けてそう云った。

「外に——ですか？」

その時どさり、と音がした。

振り向くと祭壇が崩れていて、そこに榎木津がすっくと立っていた。

三人の持者は大いに驚いたようだった。

「あ、あの人は――」

「あれは単なる作業員ですからご心配なく――」

そう云い乍《なが》ら、中禅寺は僕を外に押し出した。

そしてくるりと僕に背を向け、司祭は何故か両の手に手甲《てっこう》を嵌《は》めた。

続いて――地獄の底から聞こえて来るような凶凶《まがまが》しい声が響いた。

「さあて――これから果心居士が君達に愉しい呪いをかけてあげるよ」

その声を最後に――納屋の戸はぴしゃりと閉まった。

7

で——その後何があったかと云うと、何もなかったのである。

江端、今井、殿村の三人の持者は小一時間程で納屋から出て来たのだが、すっかり溶けた白粉が流れて斑《まだら》になっていたことを除けば、別段変わった様子もなかったのだった。

ただ三人は頻《しき》りに首を傾げていて、僕の顔を見ても何も云わず、黙って屋敷の方向に消えた。妙と云えば妙な態度だったようにも思う。

中禅寺は何だか疲れたような困ったような顔をして納屋から出て来ると、ああ面倒だ、もう御免だ、何が面白いものか、探偵の仕切りはもう沢山だと不平を云った。

それから、僕は屋敷に行っていい加減なことを云わなくちゃならないからここの後始末を頼みますよと云って、これもまたすたすたと夜の帳《とばり》に消えたのだった。

中を覗くと榎木津が一人で祭壇やら何やらを破壊していた。

探偵は僕に気づくと、石は熱いから触るんじゃないぞ国分寺《こくぶんじ》君——と云った。黒眼鏡は外していたがマスクはまだかけていたから、相当に暑いようだった。

榎木津はまだ使えそうなモノでもお構いなしに壊し、燭台など壊す必要のないモノまでも悉く粉砕して塵芥《ごみ》に変え、乱暴に麻袋に突っ込むと、トラックまで運ぶように僕に云いつけた。どうやら石だけは櫻井家で始末して貰うように頼んであるらしかった。焼け石は簡単には冷めない。僕がトラックから戻ると、納屋の中はもうもうと煙っていた。榎木津が水を掛けたらしかった。

焼け石に水だッ――と探偵は叫んだ。

と――云うような訳で後片付けは準備より遥かに早かった。

大方片付けが済んだ頃に中禅寺は戻った。中禅寺は探偵を見ると妙な笑みを浮かべて、

「恙《つつが》なく――結婚式は十日後に決まったよ」

と云った。

僕は大いに驚いた。この一大茶番劇は、縁組を破談にするための仕掛けではなかった訳である。それではいったいあれはどのような意味を持っていたのか――僕は二人の怪人を見比べた。でも――僕には上手い質問が考えつかなかった。尋きたいことは山のようにあり、その山のような疑問はそれぞれに錯綜していて、そのどれから尋くのが一番効率的なのか、僕には判断できなかったのである。

あれこれ考えているうちに榎木津はもう歩き出しており、僕は已《やむ》なくその後を追った。考えが纏まらぬうちに僕達は庭を抜け、何も尋けぬうちに裏門へと出た。

中禅寺とはそこで別れた。

僕はトラックの助手席に乗り込んでも尚、何かひとつくらいは尋いておかなければならぬと、懸命に思考を巡らせていたのだった。

運転席に座って榎木津は漸くマスクを外した。別に頬が腫れている訳でもなく、前に見た時と同じ人形のような顔だった。

探偵はひと言、

「ああ暑かった」

と云った。

それから僕の方を向いて、

「そうだ桶狭間《おけはざま》君。あの失格した男が——赤ちゃんの父親だよ」

と、素っ気なく云った。

僕はもう——究極に混乱したのだった。

失格した男——と云うのは、たぶん久我光雄のことだろう。そして赤ちゃんと云うのは、勿論——梢のことなのだろう。

久我が梢の父親だ——と、榎木津は云ったのである。

——何故だ。

何故そんなことが判るのだ。

例の特殊な能力——益田に云わせれば病気——で察知したとでも云うのだろうか。

しかし榎木津に視ることができるのは他人の記憶なのだと云う。仮令《たとえ》、久我の記憶が視えたのだとしても、それでそんなことまで判る訳がないではないか。早苗を陵辱した相手は五人いるのだ。もしその時の記憶を榎木津が視たのだとしても、哲哉を含めた五人が五人とも、同じような記憶を持っているに違いないのである。

否——。

榎木津に視えるのは視覚的な記憶——つまりは情景だけなのだと益田は説明した。つまり聴覚嗅覚や触覚は知ることができないと云うことだろう。ならば余計に何も判らない筈ではないか。

何故なら——その時納屋は真っ暗だったからである。暴行は闇の中で行われたのだ。襲われた早苗が何も見えなかったように、犯人だって何も見えてはいなかった筈なのである。それはつまり榎木津にも視えないと云うことである。

考えられることと云えば——早苗を襲ったのは実は久我一人だった——と云う結論だけである。

でも、どのみちそんなことはあり得ないことだろうし、もしそうだったとしても——。

矢張り榎木津に判る訳もないことである。

榎木津には何が視えたと云うのだ。

何で明るいんだ――。

馬鹿と云うなら一番馬鹿だ――。

慥《たし》か榎木津は久我を見てそう云ったのだ。

――何が何だか。

事件よりも犯罪よりも、探偵が一番謎である。

僕はとうとうトラックを降りるまで殆ど口が利けなかった。

吃驚《びっくり》していたし、混乱もしていた。でも僕が寡黙になった一番の理由は探偵の運転の乱暴さにあったのである。僕は――正直云って怖くて口が利けなかったのだった。頭や尻を幾度も打って、僕は下宿の傍《そば》で降ろされた。

榎木津はじゃあねと云った。

それ切りだった。

トラックは未明の街を走り去った。

それから暫くの間、僕がどれだけ悶悶《もんもん》とした日日を過ごしたかを説明することは難しい。寝ても覚めても、明けても暮れても、僕は纏《まと》まらない考えを纏めるための方法を、あの夜の出来事の意味を理解するための道筋を考え続けた。それは考えを纏めようとか、意味を理解しようとか云う建設的な思考ではなく、あくまで考えを纏めるための方法や意味を理解するための道筋を考えると云う、酷く迂遠《うえん》な思考だった訳で――。

気が狂いそうだった。

早苗も気にして一度訪ねて来てくれたのだが、僕は何も報告できなかった。

真逆《まさか》何の根拠も得られぬままに、父親は久我でした——と云う訳にも行くまい。釜鳴神事をやって犯人どもに女装させました、とも云えなかった。それで何——と云われれば、それだけです、としか答えようがない。

そんな状態で過ごしていた僕の許に益田龍一から連絡があったのは、茶番劇から数えて一週間後のことだった。

正装でおいでくださいね——益田はそう云った。

何のことか善く解らなかった。ただ招待されたことは確からしかった。三日後に例の場所で——と益田は結んだ。要領を得ないのは毎度のことである。僕がどれ程鈍感でもこれだけ続けば学習できると云うものだ。そろそろ僕は彼等のスタイルに慣れ始めていた。

兎《と》に角《かく》行こうと思った。

僕は社長を拝み倒して一番上等の背広を借り、前回トラックが停まっていた場所に向かった。何が何だか解らないものの、兎も角榎木津に会って何か問い質さなければどうにかなってしまいそうだったからだ。

しかしそこにトラックはなく、代わりに停まっていたのは黒塗りの乗用車だった。高級車の車種など判りはしないが、取り敢えず立派なことだけは判った。

車の窓からもう見慣れた顔が覗いた。

榎木津だった。

見事な正装をしていた。

見事過ぎて、正装と云うよりも
これだけ整った容姿でい乍《なが》ら、何を着ても同じように外して見えると云うのはどう云うことなのだろう。だらしのない格好が一番サマになるような気がする。しかしそこはそれ、取り敢えず似合っていないと云うこともない辺りが困るところである。

乗れ乗れと煩瑣《うるさ》いので乗り込むと、後部座席には見知らぬ青年が乗っていた。

眼と眼の間がやや狭い、橇犬《ハスキー》のような顔をした逞《たくま》しい青年だった。榎木津は、それはトリ頭と云う頻繁《ひんぱん》に道を間違える馬鹿の一種だと説明した。青年は酷《ひど》いなあ大将、と云った後、どうもトリ頭ですと自己紹介した。

トリ頭青年は、写真家の持つような、大きなジュラルミンケースを抱えていた。

そして榎木津は――高い車を矢っ張り乱暴に運転したのだった。

そして僕が連れて行かれた場所はと云えば――。

そう――。

櫻井哲哉と篠村美弥子の結婚披露宴の会場だったのである。

「うへえ」

トリ頭――とても本名とは思えないのだが――青年は、建物の前に立つなり妙な感嘆詞を発した。

櫻井家篠村家結婚披露宴会場とでかでかと記した立て看板が入口の脇に立っている。

着飾った紳士淑女が大勢行き来している。

場違いも甚《はなは》だしい。

「流石に金持ちは違うっすね大将。こりゃあ豪勢だなあ。贅《ぜい》は身を滅ぼすって奴ですかね」

それは芸だと思うが。

しかも助けるだろう。

「どれだけ偉いか知りませんがね。こんなホテルでやりますかねえ普通。いったい何人客が来るって云うんでしょうかね。会場借りるのに幾価《いくら》かかるんでしょうな?」

「知らない」

榎木津はすたすたと足早に階段を駆け上がった。

僕は身が縮む思いで肩を竦めて続いた。

場違いだ。無茶苦茶場違いだ。社長の一張羅《いっちょうら》もこんな場所ではただの襤褸《ぼろ》である。着た時は馬子にも衣装と思ったが、ここに到ってはもう、何を着たって馬子は馬子――と云う感じである。

トリ頭青年は辺り中をきょろきょろと見回して、頻《しき》りに無駄口を叩いた。

「近頃は何でも欧米並みですな。こんな、披露宴ですか？　披露宴ってのはいつ頃からやるようになったんすかね？　うちの田舎じゃ未だに祝言って奴ですよ。高砂《たかさご》やぁと。こりゃあその、式とは別にやるんでしょ」

「知らない」

——それにしても。

どうする気なのだろう。

やくざの出入り宜《よろ》しく、会場に殴り込むつもりなのだろうか。榎木津ならやりそうな気もする。

もしや青年の提《さ》げている箱の中身は武器なのではないか。近頃は外国人やら闇屋やら、拳銃を持っている不逞の族《やから》も多いと聞くし、上野辺りでは発砲事件も後を絶たない。それに、善くは知らないけれど外国の探偵と云うのは拳銃をパンパン撃つものだと云う。云われてみれば『七つの顔』の多羅尾伴内だって二丁拳銃を撃ちまくるではないか。あれだって探偵じゃないか——。

ふふふ。僕が気の済むようにするだけさ——。

脳裏に榎木津の言葉が蘇る。

胸裏には不穏な思いが去来する。

兎に角、どうしたって榎木津は脚が速い。

僕は考えを整理する間もなく、ついて行くだけで精一杯である。

ああアレが受付ですよ大将——とトリ頭青年が指差した。

「——本当にご馳走は喰えるンすか大将」

「ご、ご馳走ってトリ、そのトリ」

トリ頭とは呼べない。

青年は立ち止まって笑った。

「鳥口《とりぐち》です。鳥口守彦《もりひこ》。そりゃ披露宴ってのは宴ですからね。ご馳走はつきものでしょうね。つきものは落とさにゃ——あ、大将」

榎木津は受付の前に立っていた。

格好は矢張り妙なのだが、妙は妙なりに板についているから、見ようによっては大層な紳士である。姿勢も良い。中味を知らぬ者が見れば中中の美丈夫なのだろう。中味を知っているから変に見えるだけかもしれない。

榎木津は内ポケットから何かを出すと、実に礼儀正しく、綺麗な所作で受付の女性に示した。普通にも振る舞えるらしい。

「この度はおめでとうございます。私は榎木津幹麿《みきまろ》の代理で参りました、息子の榎木津礼二郎です」

どうやら招待状を持っていたらしい。

受付の女性は、僅かの間榎木津の顔に見蕩《みと》れてから、

「う、承っております――」

と云った。普通にしていれば女性に見蕩れられるような男なのである。それにしても知らぬと云うことは恐ろしいことである。

榎木津はにこりと笑って祝儀袋を差し出し、雑な字で記名帳に署名をした。それから僅かに振り返り、僕と鳥口を眼で示して、

「あれはこの絢爛豪華《けんらんごうか》な華燭《かしょく》の典《てん》を永久《とわ》に残すために押しかけました、カメラマンの鴨山《かもやま》君と助手の葱田《ねぎた》君です」

と云った。

河川敷に引き続き今度はネギ田だそうである。

女性は僕を見た。僕は慌てて愛想笑いをする。

「撮影させて戴くことに関しては、慥《たし》か父の方から予め連絡があったかと」

「は、はあ、そ、それも――承ってはおりますが、あの、カメラマンの方のお名前が」

名前ですか――と榎木津は大袈裟に云って、再び笑った。

「名前なんかどうでもいいのです。そんなの単なる記号に過ぎません。属性が識別できれば十分なことです。そうは思いませんか？」

お嬢さん――榎木津は顔を近づける。

ハイ思いますと女性は云った。

「それは良かった！　鴨君葱君さあ入ろうじゃないか！」

榎木津は快活にそう云って大きな扉を潜った。振り向くと受付の女性は茫然自失、心ここに在らずと云う状態のようだった。

受付で榎木津が云っていた通り、飾りつけも絢爛で食卓も豪華だった。白い布が掛けられた幾つもの円卓に、見たこともない料理が並び、華美に着飾った人人がそれを囲んでいる。凄い顔触れだった。勿論誰が誰だか判りはしない。でも中には見知ったような人物もいた。僕のような下層の者が見知っていると云うことは余程有名な人物なのだろう。

本当にここが日本なのかと思う。

目茶苦茶に負けて、そこら中焼けていたのはほんの数年前のことではなかったか。いや、焼ける前だって僕はこんな情景を想像できはしなかった。

僕にとってのご馳走と云えば、精精鯛《せいぜいたい》の尾頭《おかしら》付きであって、こんな作り物みたいな料理は想像力の限界を越えている。何でできているのかも判らなかった。

榎木津は偉そうに座った。その姿を目聡《めざと》く見つけた何人もの人間が寄って来て、探偵に丁寧に挨拶をした。榎木津は一度も頭を下げず、やあとかはいとか適当に受け答えをしていた。

「あれでねえ――」

鳥口はケースから写真機を取り出して用意をし乍《なが》ら、肩越しに榎木津を見て、如何《いか》にも残念そうに云った。

「——もう少しねえ。普通だったらねえ」

「そうですねえ。善く解りませんけども」

榎木津は過度な社交辞令に対する冷淡なあしらい方だけは慣れているようである。榎木津の父親と云うのは聞いていた以上に大物のようだった。

鳥口はすっかり用意を整えて席に着いた。

「うへえ。美味《うま》そうだ。これが今回の報酬ですからね。僕は戴きますよ。ガツガツ喰ってやる。喰うは一時の恥。喰わぬは一生の損」

「鳥口さん——」

「ああ——あなたも早く座って。ちゃんと席が用意されてるじゃないすか。もうすぐ始まりますよ」

「はあ。座るのはいいんですが」

いったい何をどうするんですと、僕は耳打ちをするようにして鳥口に尋いた。

少少恍惚《とぼ》けているとは云うものの、探偵の関係者達の中では一番話が通じそうな気がしたからだ。鳥口はやや間隔の詰まった両目を、何故か眩しそうにしばたたいた。

「あなた知らないんですか？」

「知りません」

「僕もです」

「は？」

「ただついて来てご馳走を喰えば必ずや良いことがあると」

「はあ。で、その写真機は？」

「ええまあ。カメラマンと云う設定ですから」

「違う？」

違うような違わないようなと鳥口は云った。

五十歩百歩だった。

そうこうしているうちに披露宴が始まった。

鳥口は始まるや否や物凄い勢いで目の前の料理を平らげた。ガツガツと云う音がしそうな喰いっぷりだった。僕の方はと云えば、これが全く喉を通らない。一口二口箸をつけてみたのだが、まるで味がしなかった。

そのうち僕は喰うことを止めた。

遠くの席に江端、今井、殿村の姿を確認したからである。

久我の姿は見当たらなかった。あの夜の一件で信用を失ったのかもしれない。

僕は――急に忘れていた何かを思い出した。

思い出した何かが怒りなのか悲しみなのか、今となってはもう判然としないのだが、兎に角遣り切れない思いは確実に蘇った。悠長に食事などしてはいられない。

やがて紋付き袴の哲哉と、うち掛けに角隠しの美弥子が入場し、一斉に拍手の渦が巻き起こった。

榎木津は――。

欠伸《あくび》をしていた。

心臓が高鳴った。

司会の言葉も媒酌人の言葉も何もかも、そのどくどく云う音に掻き消されて善くは聞こえなかった。哲哉を称える言葉の断片――男らしいとか、文武両道に長《た》けとか、武門の雄たるとか云う――だけが、脈と脈の隙間から耳に飛び込んで来て、僕は、極度に不愉快になった。

――男らしい。

男らしいとはどう云うことなのだ。

僕は酒があまり得手ではない。しかし酒の席でもう結構と云うとそれでも男かと詰《なじ》られた。体力にも自信がなかったけれど、へこたれると男の癖にと責められた。殴られて殴り返さないと、女のようなと嗤《わら》われた。だから僕は、無理をして屋根に登る仕事に就いたのだ。つまらないことだったが、高いところだけは平気だったからだ。

どうだ俺だって男だぞと、そう云う気持ちだったに違いない。

馬鹿みたいだ。

でも――僕は屋根からも落ちた。

意地を張ったり見栄を張ったり、痩せ我慢をしたり、暴力を振るったり女性に乱暴をしたり、威張ったり蔑《さげす》んだりすることが男らしいと礼賛されるなら、僕は男なんか辞めたい。哲哉のような人間が立派だと云うのなら、僕はクズで十分だ。

――あんな奴。

僕は頭に血が昇って、拳を握り腰を浮かせた。

ぴん、と額に何かが当たった。

豆のようなものだった。見ると榎木津が僕を注視《みつめ》ていた。どうやら料理に載っていた豆を指で弾いて僕に当てたらしかった。

「え、榎木津さん」

榎木津は――へらへらと笑った。僕の緊張はすうっと抜けた。

壇上では何やら偉そうな親爺がもごもごと意味の解らない御託《ごたく》を並べていた。鳥口はすっかり料理を喰い終ったらしく、ぱちぱちと写真を撮り始めていた。違うような違わないようなと云うだけのことはあって、一応撮影の心得はあるようだった。

その時である。

がやがやと入口の方が騒がしくなった。

何やら鉄切《かなき》り声まで聞こえる。

榎木津は頸を伸ばしてそちらを見ると、うふふふ、と笑った。

どかどかと音を立てて妙な男が這入《はい》って来た。榎木津はその姿を確認すると口の左右に皺ができる程笑顔を作って、嬉しそうに云った。

「来た来た来た来た」

「来た？」

きゃあと云う声が上がった。

会場はかなり広いから気づいた者は少なかったようだが、僕が視たところ男はただ受付で止められたのを振り切って這入って来ただけで、別に何をした訳でもないようだった。しかし——風体があまりに場に似《そぐ》わなかった所為か、入口近くの席の婦人が短く悲鳴を上げたのである。

それを契機《きっかけ》に客達が一斉に注目した。

僕には五十歳くらい——に見えた。ずんぐりとした中年の親爺である。白髪混じりの髪は短く刈られており、顎や頬にも細かい不精髭が生えている。膝の出た鼠色のズボンによれよれの、しかも花柄の開襟を着ている。お世辞にも綺麗な格好とは云えないだろう。平たく云えば、小汚い変な親爺である。

壇上の男の言葉が途切れた。

座が静まった瞬間——。

「何よ！」

闖入者はそこで漸く声を上げた。

「何見てんのよ！　何サ気取っちゃって！」

透《す》かさず両脇からホテルの従業員が駆け寄った。

変な親爺は取り押さえようとするボーイを振り解《ほど》いた。

「何よ。オカマがそんなに珍しいの！」

「お、オカマ？」

そうそう——榎木津は愉快そうに笑った。

「あのオカマの人は二丁目の金ちゃん。復讐に来たのだ」

「復讐って、じゃあ、あの、益田さんが」

「その通りだ。馬鹿オロカが見捨てて逃げたオカマの金ちゃん」

「それが——え？」

金ちゃんは腕力は結構あるらしく、降りかかる従業員の妨害を物ともせず、ずんずんと座席を抜けて新郎の前まで辿り着いた。客達はと云えばまだ殆どの者が状況を呑み込めていない様子で、一様に口を半開きにして金ちゃんの動向を窺っている。

「哲っちゃん」

「は？」

「哲っちゃん——酷い！」

「は？」

「出ましたッ——」

榎木津はそう叫んで膝を叩いて笑った。

「——凄いじゃないか金ちゃん。凄い。オカマの意地を見せろ！」

「オカマの意地って榎木津さん、殴り返したりする訳じゃあ」

「馬鹿だなあ南大門《なんだいもん》君。暴力なんてオカマの道に外れたことをオカマの人がやる訳はないだろう！　カマにはカマの道がある！」

よッカマッと榎木津は声を掛けた。

金ちゃんは振り向いて軽く手を振った。

それから——しなを作って泣き崩れた。

「酷い！　あたしと云うものがあり乍《なが》ら、あたしに黙って女なんかと結婚するなんて、酷い酷過ぎる。あの夜のことを忘れたの」

哲哉は立ち上がる。

「ば、馬鹿な、おい、こいつを、このイカレた男を早く抓《つま》み出せ！」

抓むなんて酷いじゃないのよと金ちゃんは哲哉に一層近づいた。

「あの熱い一夜を忘れたの。ねえ哲っちゃん。あなたの家の、裏の納屋で、あたしはあなたに、ああ恥ずかしい」

騒騒《ざわざわ》と波紋が広がった。

「い、いい加減なことを云うな！　み、皆さん、こんな下等な奴の言葉に耳を傾けてはいけません。こいつは変態です。社会の屑だ。害虫ですよ！　お、男の癖に——」

「あら男よ。男が好きよって云ったじゃないの」

「警察だ、警察を呼べ！」

流石に見兼ねたのか数名の客や従業員が駆け寄った。いやよ離してよ痛いじゃないのと金ちゃんは叫ぶ。おい、愚図愚図するなと哲哉が呼ぶ。取り巻きに出動を要請しているのだ。

しかし——江端今井殿村の三人は何故か席を離れなかった。好んでオカマ狩りをしていたような連中が怖じ気づいたとも思えないが、どうにも様子が変だった。

「榎木津さん！　このままじゃあの人捕まってしまいますよ！」

「ふふふふ。あそこに警察庁の長官がいるね」

「いいんですか放っておいて！」

「警察は来るけどね。来るのはもう少し後だな」

榎木津はそう云って鶏の股《もも》を齧《かじ》った。

「何よ！　オカマのどこが悪いのよ！」

大勢に押さえられた金ちゃんが絶叫した、
その途端——。

江端が立ち上がった。

「そうっすよ哲哉さん——」

目つきが——変だ。

哲哉は本当に鳩が豆鉄砲を食らったように、眼を丸くした。

「な、なんだ江端——」

「酷いっすよ。哲哉さん、俺、俺——」

続いて今井がぬっと立った。

「俺も——もう我慢できないですッ」

今井はずかずかと壇上に上り、美弥子を押し退《の》けて哲哉に抱きつこうとした。

「お、おい今井お、お前気は確かか」

「て、哲哉さん。俺は、俺はずっとあんただけを」

「ひゃああ」

哲哉は壇上から転げ落ちた。

下には殿村が待っていた。

「あんな女に渡しはしない。哲哉さんは俺達のものだ！」

「た、助けてくれッ」

江端が覆い被さる。殿村が抱きつく。

場内は——当然乍《なが》ら騒然となった。多分、今井や江端の親らしき者どもが止めに入ったのだ。乱闘である。金ちゃんがひいひい騒いだ。

慥《たし》かにこれでは警察は呼べない。闖入者ではなく来賓がこんなことをしたのであるから、表沙汰にしても恥をかくだけである。

やめろ、やめてくれと哲哉が悲鳴を上げた。

人垣で何をされているのかは見えなかったが——多分想像を絶することが行われているのだ。

鳥口は嬉嬉として写真を撮っている。

榎木津は腕を振り上げてやれカマッと叫んだ。

「ど、どうなっているのですか」

「わははははは。面白かろう。あの晩、京極に術をかけさせたのだ。カマカマ聞くとカマになるように。カマじゃないのかな？　まあ何でもいいけどさ。兎に角、あの男馬鹿に先ずは強姦される気持ちを解って戴きたいと——うわははははは面白い」

「面白いって榎木津さん——」

榎木津は立ち上がり騒ぎの方に向かった。

その時はもう、客の殆どは席を立って、壁際に避難していた。

榎木津は団子になっている連中を引き剝したり蹴飛ばしたりして金ちゃんを助け出した。

金ちゃんは榎木津を見てにっこり笑い、まあ有り難うと、裏返った声を出して喜んだ。榎木津は続いて、今井と江端と殿村を次次に殴り飛ばした。

「いい加減にしろ。これ以上続けるとあんまり面白くないじゃないか！」

そのひと言で取り敢えず座は収まった。壇の下で揉めていた大勢は輪になって引き、輪の中心に紋付きを引き剝されて半裸になった哲哉が蹲《うずくま》っていた。その横には蒼白になった櫻井十蔵がいる。

「き、君は——誰だか知らないが、取り敢えず混乱を収めてくれて有り難う。礼を云おう」

「ふん」

榎木津は威張った。

偉いと云っても相手は高高官僚である。一方榎木津は——神なのだそうであるから、これは格が違うと云うものだ。

「あんたに礼を云われる筋合いはない。僕が今助けてやったのはそこで団子虫のように丸くなっているあんたの息子の方なんだがな。あんたの息子は助けられても礼も云えない礼儀知らずなのか？」

「な、何を――無礼な」

「無礼と云う字は礼が無いと書く！　礼が無いのはその息子。見ろ。オカマだって助ければちゃんと礼を云う」

きゃあ、そうよ――金ちゃんが喜んだ。

申し訳はないけれど、気色悪い。櫻井十蔵は、茹蛸《ゆでだこ》のように赤くなった。

「う、うちの息子を愚弄《ぐろう》するのか！　き、君は何者だ！」

「探偵だ！」

「探偵だぁ？」

そう云って櫻井は不可解な顔をした。

役人面の男が透かさず駆け寄り、その勿怪顔《もっけがお》に耳打ちをした。

「な、何？　榎木津元子爵の？　この傍若無人な男が榎木津グループ会長の息子だとォ？」

おお――と一同が響動《どよめ》いた。

本当かね――櫻井が問う。

信じられないと云う顔だ。

「嘘だ！　と云いたいところだがどうやらそうらしいな。それにしたってあんな馬鹿親父の血が流れているなんて恥ずかしいことを、堂堂と人前で云わないで欲しいものだ！　僕は僕であって僕以上でも僕以下でもないから、親も兄も関係ない！」

「関係ないって君——」

「あんた、お父さん。あんたも今からそう思った方がいいぞ。披露宴の会場で男友達に犯されかけた間抜け野郎が息子だなんて恥ずかしくて人前じゃ云えないだろう。あ、もうバレているかわはははははは」

大会場を揺るがすような高笑い。

「き、君、君は何か勘違いをしてはいないか。これは何かの策略だ。皆さんも聞いてください。哲哉は断じて、その、あの、お」

「オカマ」

金ちゃんが云った。

「オ、カ、マ」

哲哉が漸く顔を上げた。

「ち、違う！」

「ぼ、僕はオカマじゃない。そんな汚らしいものじゃないぞ。お、オカマだなんて、そんな愚劣な人種と一緒にしないでくれ！」

聞くに堪えない差別発言の連発である。もうぐちゃぐちゃに乱れている。

哲哉は髪を振り乱して振り返り、伸びている三人の取り巻きと、その周りでただあたふたとしている親どもを睨みつけた。

「お、覚えていろ！　僕をこんな目に遭わせてただで済むと思っているのか！　よ、善くもこんな恥辱を――お前達、自分の立場が解っているのか！　今井、江端――お前達の前途は、その馬鹿な息子どもに踏み躙られたんだ！　お前ら馘《くび》だ。馘だよ。それから殿村！　僕に恥をかかせたらどうなるか解ってるな。お前の会社も久我のところと同じになるんだぞ！　覚えておけ」

「馬鹿かお前は」

榎木津は屈んで、哲哉の顔を覗き込み、その額をぺしゃりと叩いた。

「な、何を」

「何をじゃないぞ。お前、本当に救い難い馬鹿だなあ。お前が馘にできる訳じゃないだろ。力があるのはおとっつぁんの方じゃないか」

「お、同じことだ」

なあにが同じかこの肛門野郎と云って榎木津はすっくと立った。

「肛門野郎？　い、云うに事欠いて肛門野郎とはなんだ」

「肛門が厭なら糞オトコでもいいぞ。この馬鹿、力任せに何人もの女の子強姦し回って、オカマ見れば殴り倒して、そんな馬鹿を神が許す訳がないだろうが！　強姦するにしたって暴行するにしたって一人じゃできないんだから余計に情けない輪姦野郎だ。お前なんかに乱暴されるくらいなら肥溜めに落ちる方がまだマシだこの強姦魔！」

哲哉は口を開けて弛緩した。

壇上では篠村も口を開けている。

あちこちからひそひそ話す声が聞こえる。

い、いい加減なことを云うなと哲哉が叫んだ。

「そ、そんなこと誰が信じるか！　こ、ここに集まっている良識ある識者の方方は、そ、そんな下品な言説は信じない！」

「良識ない人は信じるだろ」

榎木津はそう云って鳥口を指差した。

「いいか、あの男を見ろ――」

哲哉が顔を上げると、鳥口はぱしりとマグネシウムを焚《た》いた。

「あの男はね、とっても下品な雑誌を編集している男だぞ。その内容たるや、もうとても口では云えないような、まあ目を覆いたくなるような物凄い雑誌だ。そうだなトリちゃん！」

鳥口はその通りと云った。

「今日の出来事はみんな記事になるよ。発表だ！」

「な――」

「良識ない人が沢山読むね」

「そ、そんな、ば、馬鹿なことは」

「馬鹿なことって——散散悪いことしておいて今更何を云うんだお前。いいか、お前が強姦した女の子はみんな世間から白い目で見られてるんだぞ。何にも悪いことしてないのに。それでも立派に生きている。それからお前が苛めたオカマなんて、ただでさえ白い目で見られているんだ。なのにお前だけ白い目で見られないなんて不公平じゃないか。いいぞ。白い目。恥ずかしいぞ。街歩けないぞ」

そ、そんなことさせるかッと哲哉は吠えた。

そうだ榎木津君——櫻井がドスを利かせた声を出す。

「私を誰だと思っている？　私だけではない、そんなことをしたら、君はあちらにいらっしゃる篠村先生まで敵に回すことになるんだぞ。そんなことができる訳がない！」

「どうして？」

「な——何だ君は。調子に乗るのもいい加減にしたまえ。何を企んでいるのか知らないが、黙っていれば聞くに堪えない誹謗中傷。幾ら榎木津元子爵のご子息と雖も、これ以上狼藉《ろうぜき》を働けば只では済みませんよ。華族制度は廃止されたのですからね。君のお父上とて、今は民間企業の長であるに過ぎない。少しばかり財力があるからと云って増長すると痛い目に遭う。お父上が困ることになるよ」

「は」

榎木津は散らばっている食器を蹴飛ばした。

「本当に心底馬鹿なんだなあんた達は。あの親父が困るだと？」

「こ、困らせたいのか。いいかね君、私はだね」

ああもう、何だこいつ等《ら》は——と云って榎木津は眉を顰《ひそ》めた。

「あの親父が困ったりしたら嬉しくて堪らないじゃないか。あんたにそんな力があるなら手助けしてやったっていいくらいだが、残念だがこれじゃ話にならない——」

それから探偵は、たっぷりと侮辱の籠った視線で哲哉を見下した。

「こいつ、この息子。どうも馬鹿過ぎると思ったら、親父からして肛門以下だった訳だ。肛門より下って、そんなに下じゃ気の利いた悪口が思いつかないじゃないか。まったく子が肛門野郎になるのも首肯《うなず》けると云うものだ。この肛門親子が！　あのな、僕が偉いのは全て僕のお蔭なのであって、親父なんか爪の先程も関係ないぞ。うちの親父が困ろうが踊りを踊ろうが僕が知ったことではないし、僕が増長するのは僕が探偵だからだ！　そんなことも解らないとは！」

「わ、解らないのは君の方だ。さあその暴漢を取り押さえろ！」

櫻井が叫んだ。

その時人垣が割れた。

十人程の背広姿の男達が立っていた。

「な、何だ君達は——」

「警察ですよ櫻井官房次官」

真ん中の強面《こわもて》が低い声で云った。

「け、警察か。よし、丁度いい。そこの狂人を逮捕しろ。今すぐだ。訳の解らんことをほざきおって、どうだ榎木津、偉そうなこと云っても、こ、国家権力に逆らえるか！　観念しろ！」

「観念するのはあなただ。櫻井さん」

刑事達の背後から善く響く声がした。

「お──お前は」

果心居士君──壇上から篠村が叫んだ。

刑事達の後ろには──漆黒の着流しを着た中禅寺が、きっと睨《にら》みを利かせていた。

「篠村先生。残念乍《なが》ら持者の質が悪かったようですね。あの晩も申し上げましたが──日頃の行いが悪かった──否《いや》、最悪だったようです。凶の卦はまるで祓われませんでした。それから櫻井さん、つい先程、久我電子工業社長が全てを告白しましたよ。長年に亘る接待賄賂《わいろ》の強要、それから──」

中禅寺は上目遣いに櫻井を見て、悪魔のように笑った。

「──もっと云いましょうか」

「よ、よせ、い、いや」

刑事がひとり、先程榎木津が警察庁長官だと云った男の方に駆けて行く。耳打ちして何か書類を見せる。長官は愕然として櫻井に視線を投げかけ、それから篠村を見上げた。

久我がそんなことを云う訳がないッ——と櫻井は力んだ。

「あ、あの腰抜けにそんな——そんなことができるか。あれは、私の云いなり——」

額に血管が浮いている。

みるみる眼が充血して来る。

おやおやそんなに力むと血管が切れますよ櫻井さん——中禅寺は一層低い声で云った。

「切り捨てられたんだから義理はないでしょう。久我さんはもう、堪忍袋の緒が切れたんです。何しろ企業活動と全く無関係なところで経営を評価され、不当な圧力をかけられた所為で、とうとう不渡りを出してしまった。息子さんが苛められ、その苛めの延長で会社潰されちゃ敵《かな》いませんよ」

「う、嘘だ。嘘だ嘘だ」

櫻井は首を振り乍《なが》ら後ずさった。

刑事の一人が手帳を開いて櫻井に向けた。

「嘘ではありません。自分は東京警視庁刑事部捜査第二課の鈴木《すずき》と云います。櫻井十蔵官房次官ご本人ですね？」

櫻井は答えなかった。

鈴木刑事は続けて書類を出して、高く掲げた。

「――本日付けで収賄容疑の逮捕執行令状が出されています。出頭をお願いしたい。尚、ご自宅及び事務所の捜索令状も同時に出されています。付け加えるなら、脱税の疑いで国税庁も調査に乗り出している。証拠湮滅《いんめつ》の惧《おそ》れもありますし、もしご同行戴けないのでしたら強制的に身柄を拘束させて戴きますが――」

刑事が数名前に出て櫻井十蔵の両脇を捕まえた。

櫻井は脱力し、引き摺られるようにして祝いの席から退場した。

中禅寺はその姿を冷ややかに見つめた後、振り向いて片眉を一寸だけ上げた。

「丁度いいぞ！　お前」

榎木津はそう云った。

「あんたにばかり浚《さら》われるのも癪《しゃく》だろう」

中禅寺は真顔のままそう云った。

篠村がやっと立ち上がった。

「か――果心居士君」

「篠村先生。僕は本当の名を中禅寺と申します。憑物落しなどと云う下賤な商売を副業にしている者です。華仙姑処女から依頼され、先生のような顧客の後始末をさせて戴いております。少少荒療治ではありましたが、善ッくご理解戴けたことと思います――」

占いは程程に——そう云って中禅寺はすたすたと出て行った。

会場は暫くがやがやとしていたが、やがて一人減り二人減って、見る間に閑散としてしまった。榎木津が警察庁長官だと云った男は壇上の篠村の許まで駆け上がり、幾度も幾度も詫びた。何故詫びなければならないのか僕には解らなかった。

哲哉は片肌を脱いで腰を落として座っている。

榎木津は笑みを浮かべ、嫌味たっぷりに云った。

「さあ。頼みのパパもこれまでだ。お前に何か残っているか」

「うう」

「うう、じゃないだろ。さあ、何か云いたいことがあるなら云ってみろ」

「うう」

「男らしいんだろうが。ほら。男バカ。云え」

「ううう」

榎木津は困ったような顔をして立ち上がった。

「全然駄目だ。苛め甲斐のない男だなあ。こいつに比べたらあの猿の方が何倍も面白い。ううう唸るだけなら釜と一緒じゃないか。竈で煮られたのかお前は。おい、犬吠埼《いぬぼうさき》君」

僕の——ことだろう。

探偵は哲哉の襟首を摑み、僕の前に引き出した。

「殴るか?」

僕は哲哉を睨んだ。

早苗の真心を踏み躙《にじ》り、早苗の純潔を奪い、早苗の前途を惨憺たるものにした張本人。憎んでも憎み切れない怨敵。僕の、僕の。

僕は拳を握った。

こいつがこいつがこいつが。

こいつが——すべての——。

哲哉は首を竦め、眼を閉じて御免なさい御免なさいと云った。

僕は——。

拳を降ろした。もうそんなに憎くなかった。

「そうかあ」

榎木津はふにゃりと笑った。

「じゃあ金ちゃん、お前殴るか?」

「あらやだ。あたしはさ、そんな野蛮なことしないわよ探偵ちゃん。それよりさあ探偵ちゃん。あんた中中素敵よ」

榎木津は金ちゃんの腹を蹴った。

「ば、馬鹿者。僕はカマと竈馬は嫌いなんだ!」

まあ残念ね、と云って金ちゃんは片目を瞑った。

もの凄く打たれ強い人のようだった。

「おいお前」

榎木津は哲哉に顔を近づける。哲哉は首を竦めた。

「お前は幸せ者だぞ。結局誰にも殴られなかったじゃないか。神に感謝するんだな！」

榎木津は勢い良く哲哉を突き放した。

それを受け止めたのは――。

美弥子だった。

美弥子は角隠しをかなぐり捨てて、一度哲哉の顔を眺めてから――。

思い切りその頰を張り飛ばした。

「ううッ」

ひと声唸って、哲哉は仰向けに倒れた。

「ふう――」

美弥子は両手をパンパンと鳴らした。

「誰も叩かないからわたくしが叩きました、いけませんでしたでしょうか？」

「いけなくないいけど――さあ。何だかなあ」

あの榎木津が――呆れている。

「これはわたくしの分ですが——本当はもう一発殴りたいところですわ。いいえ、何発殴っても殴り足りないですわ。この馬鹿男に玩《もてあそ》ばれた女性の数だけ殴ってやりたい！　殴ろうかな」

美弥子は伸びている哲哉を再度引き起こした。

「やめなさいよ」

あの榎木津が——止めた。

そうねえ——美弥子は暫く考えて、矢っ張り止《や》めたと云って哲哉を離した。哲哉は床に頭を強打して昏倒した。

「探偵さん。あなたさっき、あそこにいる犬みたいな人が下品な雑誌記者だと仰いましたわね？」

「云ったね」

「あなた、それは本当？」

鳥口はうへえ、と返事とも何ともつかぬ声を出した。

「そう。それは善くってよ。いいですか、あなた今日のことを何から何まで詳細に記事にして頂戴。それからこの馬鹿男は実名で出して。過去の悪行も克明に書いてくださる？　宜しくって？」

「は、はあ。それは構いませんが、あの」

「櫻井逮捕の瞬間も撮影されたんでしょうし、ああ勿論わたくしの名前も出して戴いて結構よ。その方が雑誌が売れますでしょう？」

「うへえ。そりゃそうですが」

何考えてるんだあんた——榎木津が不思議そうに美弥子の顔を覗き込んだ。悪いけどあなたに云われたくはなくってよ——と美弥子は返した。

「だってあんた、凄い恥かくぞ」

「もうかいてますわ」

「そりゃそうだけどさ」

「計画的に恥をかかせておいて勝手なこと云わないでくださいません？　どうせあの祈禱師の方もお仲間なんでしょう？」

「そうだけど」

「まったくもう」

美弥子は腕を捲《まく》った。

「でもわたくしはこんなこと恥とも何とも思っていなくってよ。こんなつまらないことで傷つくような安い自尊心は持ち合わせておりませんから。それにわたくしはもっと世間に白い目で見られるべきなのですわ。だってこの馬鹿男に乱暴された女性はそれだけで肩身の狭い思いをされているのでしょう？」

「してるね」

「それならわたくしだけのうのうとしているのは不公平ですもの！　わたくしは一時とは云え、そんな馬鹿男を夫にしようと決めた女なんですから。占いで決めたんじゃなくて、わたくし自身がわたくしの意志で決めたことです。責任は取るべきでしょ？」

宜しくってお父様——美弥子は篠村に向けて云った。篠村は、それはもう大きな溜め息を吐いた。

「だからお前は嫁に行けんのだ。今度こそ片付くと思うたのに」

「何を仰るのお父様。まだまだ往生しませんわ！」

美弥子は哲哉の尻を蹴飛ばした。

「格好いいわぁ」

金ちゃんが嬌声《きようせい》を上げた。

「小娘だってのにあたし惚れそうよ」

いい加減にしろカマ、と榎木津が云った。

「カマに惚れられちゃわたくしも御仕舞《おしま》いよ！」

美弥子はそう云って笑った。

8

ひと月程は大変な騒ぎだった。

新聞各紙にもでかでかと報道されたし、多くの雑誌が挙《こぞ》って取り上げた。

しかし、何より売れたのは鳥口の雑誌――『月刊實錄犯罪《じつろくはんざい》』だったようだ。媒体が媒体であるから、普通なら眉唾《まゆつば》ものの醜聞《スキャンダル》記事と判じられても仕方がないところなのだが、何しろ豊富な現場写真が功を奏したようだった。聞けば創刊以来最高の発売部数が出たと云うことだった。

眼には眼を――慥《たし》かにその通りにはなった。櫻井十蔵は失脚し、七光りを失ったうえ暴露記事まで出て、櫻井哲哉の前途は恥辱に塗れた。これからはあの男も世間の目を憚《はばか》って生きて行かねばならないだろう。

自業自得とは云え、少しだけ哀れな気はしないでもなかった。

あんなに憎んでいたのに――。

同情できるようになっている。

早苗も、もう哲哉のことを怨むのは止めたようだった。と云うより、早苗は最初から誰も怨んではいなかったのかもしれない。自殺を図ったのだって暴漢憎しと云う気持ちからではなかっただろう。寧《むし》ろ、あまりに理不尽な世間の対応に堪え兼ねての行為――と考えた方が近いのではないだろうか。

梢を産む決心をした時点で、早苗は立派に立ち直り、ひとりで世間と対峙していたのだ。彼女はその時点で決着をつけていたのだろう。

僕だけが右往左往していたようだった。

そして――。

僕が何より驚いたのは、久我光雄が本当に梢の父親になってしまったことである。この展開は読めなかった。心底驚いた。開いた口が塞がらなかった。

早苗は――先週久我と結婚した。

久我は、あの鳴釜神事の後――どうやら悩みに悩んだ挙げ句――早苗の許を訪れ、誠心誠意謝罪した上で、何と求婚したのだと云う。

久我は、父親の会社が倒産し、そのうえ父親自身が贈賄で逮捕されてしまったため折角就職した職場も解雇されてしまったのだそうだ。勿論後ろ盾だった櫻井も失脚している訳だから、所謂《いわゆる》すっからかんになってしまった訳で、そんな何もない自分で善かったら――と、頭を下げて来たのだそうである。

最初その話を聞いた時、僕はまた何か裏があるのではないかと勘繰ってもみたのだが、どうやらそうした奸計は一切ないようだった。

姉夫婦にしてみれば、それでも異存はなかったようだ。しかし早苗自身が果たしてどんな気持ちであったのか、僕にはどうしても解らなかった。

普通は、そんな話は受けないと思う。

受けたとしたなら、たぶん何らかの打算故《ゆえ》である。

でも、早苗のことだからそうした打算があった訳でもないのだろうと思う。早苗の場合は世間体やら経済力やら、そんなものは最初から切り捨てているからだ。

でも、詳しく尋くことはしなかった。

何だか野暮な気がしたからだ。

結婚が正式に決まってから、早苗は梢と久我と三人で僕に挨拶をしに来た。久我は僕に対して平身低頭詫びた。兄代わりの僕が例の件に関してかなり怒っていたと云うことを、早苗から聞いていたようだった。

僕は――。

怒りもしなければ説教もせず、では笑って許したりしたのかと云うとそうでもなく、心からの祝福の言葉を述べることもできず、腑抜けたような、実に半端な態度しか執ることができなかった。

内心で冷や冷やしていたのである。

僕があの鳴釜神事の夜の河川敷だと、判りはしないかと案じていた訳である。

そして、僕は――漸く榎木津のマスクの意味を悟った。後後工作をするためにも、面が割れていたのでは、何かと都合が悪かったのだろう。

久我は運送会社を始めるのだと云った。

並んだ早苗も、実に幸せそうだった。

結婚することばかりが幸せではないのだろうが、幸せそうな結婚は矢張り祝福してやるべきだと、僕は思った。

久我は梢のことも実の子のように――実の子かもしれないのだが――榎木津は実の子だと云ったのだが――目に入れても痛くないと云う程可愛がっているのだと云う。

だから何も尋かなかった。

これなら、久我が父親と云うことで、もう良いのかもしれない。

僕は何かと気持ちの整理をして、それから三日程休暇を取った。

何だか休みたかったのだ。

僕は先ず報告がてらに千葉の大河内宅を訪ねた。聞けば大河内は中禅寺とも旧知の仲であるらしかった。何でも高校の同窓なのだと云う。榎木津は先輩だと云うし、まあ随分と妙な連中が集まった学校だったようである。

その翌日。

僕は神保町《じんぼうちょう》の薔薇十字探偵社に行った。

しかし榎木津は留守だった。

留守番をしていた和寅——本名は安和寅吉《やすかずとらきち》と云うらしい——の話に依ると、何でもひょんなことから友人の小説家と二人で白樺湖に行く羽目になったのだそうだ。当分戻らないと云うことだった。

和寅と暫く無駄話をしてから、僕は中野の中禅寺の家に向かった。

全然気づかなかったが、中禅寺の店は京極堂と云う名前のようだった。榎木津が京極、京極と呼ぶのはその所為なのだと、僕はすっかり事件が終わってから気がついた。

矢張り細君は留守で、主は僕の顔を見ると早早《そうそう》に店を閉め、自ら茶を淹れてくれた。店まで閉めた割りに、淹れて貰った茶はやけに薄かった。

僕は早苗が結婚したことを告げた。

京極堂主人は素直に喜んでくれた。

意外に普通の人である。

僕はすこし安心して、そしてずっと疑問に思っていたことに就いて中禅寺に尋いてみることにした。

榎木津が——久我こそ父親と断定した、その根拠である。

京極堂主人は暫く庭の方を見て何やら考えていたが、やがてこう云った。

「姪御さんには云わないでくださいね——」

僕は勿論です——と云った。

「榎木津は——連中の首実検をしたでしょう。あれを云い出した時から榎木津にそうした目算があったのかどうかは知りませんけれどね——奴等は、自らが輪姦をしたその現場を望むようにして立たされていた訳ですから、意識はせずとも事件に関する記憶は喚起されていた筈だ。暗がりと雖も真の闇ではありませんからね。その時、あいつはまあ、明瞭ではないまでも、口に出すのを憚《はばか》るような映像を視たのでしょう。ところが」

「ところが？」

「一人だけ如何わしい絵が視えなかった者がいた」

「久我さん——ですか？」

「そう。その段階で彼は罰を受ける資格を失ったのですよ」

「罰を受ける資格？」

「そうです。彼の、その場所に於ける記憶は、明るかったのでしょう」

何で明るいんだ——。

慥《たし》かに榎木津はそう云っていた。

「それは——どう云うことなんですか」

「それはつまり、久我さんは早苗さんに暴行を働いてはいないと云うことを差し示しているわけです。彼は暴行に荷担はしていた、正確には荷担させられていた――のでしょうが、ただ、久我さん自身は早苗さんを襲っていないんです」

「いない？　そんな――」

久我は犯人一味ではないと云うのか。ならば益田の調査結果は誤りだったと云うことか。

そう問うと中禅寺は、益田君の調査は周到でしたと答えた。

「まあ、あの探偵助手の調査方法に就いては悪趣味極まりないとしか云いようがないのですが、調査結果に限れば充分信頼に足るものです。久我さんは早苗さんを襲った無頼漢の仲間であり、犯行現場にもいた。でも――一切手は出していない」

「え？　じゃあ久我さんはその――」

「そうなんです。多分、彼――久我さんは、懐中電燈を持たされて、戸口の外に立たされていたんです。だから彼だけは明るい景色を見ていた。彼は――見張り役です」

中禅寺はそう云った。

「見張ってただけ、と云うことですか？」

久我はそんなことは一言も云っていなかった。僕に対してもただ只管《ひたすら》に謝っただけだ。

まあ、仮令《たとえ》見張り役とは云え共犯には違いない。悪事に荷担していたことが疑い得ない事実なら、共同責任は免れないだろう。一蓮托生と潔く認めた――と云うことだろうか。

勿論そうでしょうと中禅寺は云った。

「手は出していなくとも、彼に云い逃れをするつもりなどは毛頭ないでしょうね。寧ろ誰より責任を感じ、誰よりも強く悔いている筈です」

「それは何故です？　そもそも彼が手を出していないと云う証拠でもあるんですか？」

榎木津の妙な能力とやらを拠り所にしているだけのことではないのか。

「これに就いては、実は裏が取れているんです。まず事情を鑑みるに、それ以外考えようがない。そもそも櫻井哲哉が早苗さんを襲う計画を立てた理由と云うのが――久我光雄が早苗さんに恋してしまったからだと云うのですね」

「久我が――早苗に？」

僕は驚いた。

そんなこと、考えてもみなかったことだからだ。

「そんな――そうだとしても、何故そんな」

「久我さんはね、櫻井一派の仲間内では、一段低く見られていたんですよ。学生時代から使い走りをさせられたり、事あるごとに苛められていた。で、その久我がどうやらご主人様の御屋敷のメイドに惚れてしまったようである――と。ところがそのメイドは櫻井自身に憧れている。久我は告白もできずにうじうじしている。こいつは面白い、それじゃあひとつ、久我の馬鹿を虚仮《こけ》にしてやろう――とね」

「そんなことのために？」

早苗は——。

苛めの道具にされただけなのか。

しかも、陰湿で、おぞましい苛めの。

「そりゃ酷いですよ。それじゃあ早苗も、その久我さんだって」

やり切れない。

酷いですねえ——と中禅寺は云った。

「久我さんは父親からきつく云われていた。坊ちゃんには何があっても悖《さから》うな、もしご機嫌を損ねたりしたら、大勢いる従業員一同、その家族までもが路頭に迷う——と。そこで彼は究極の選択を強いられることになったのです。彼は、惚れた女が輪姦されている小屋の外に突っ立って見張っていろと命じられた。彼は屈辱を噛み締め、涙を呑んで、罪の意識に苛《さいな》まれ乍《なが》ら——見張り役に甘んじた訳です」

懐中電燈を持って戸を閉めたのは久我——早苗もそんなことを云っていた。

馬鹿と云うなら一番馬鹿——。

榎木津はそう云っていた。

そう云う——ことか。

僕は何だか悲しくなってしまった。

「花束を早苗さんに贈ったのは久我さんなんですよ。そんなことをしたってどうにもならないことは承知していたでしょうし、捨てられることだって予想していたのでしょうが、何かせずにはいられなかった。久我さんは相当辛かったようです——」

それは——辛いだろうと思う。

「勿論、一番辛いのは、とばっちりで人生を弄《もてあそ》ばれた早苗さんなんですけどね」

中禅寺は少しだけ厳しい口調でそう云った。

「ただ、久我さんはそうしたことも十二分に諒解していた。早苗さんの受けた傷は生涯癒《い》えるものではない。何をしたって償えない、何一つ云い訳もできない。凡《すべ》ては自分の所為《せい》なのです。だからこそ——久我さんは余計に辛かったのでしょう。ただ——」

自分で選択した道ではあるんですけどね——。

中禅寺はそう云った。

「考えてみてください。云い出したのが誰であろうと、そんな乱行はさせるべきじゃないんです。止《や》めさせるのが無理であっても警察に通報することだってできた筈だ。婦女暴行事件なんですからね。これは犯罪です」

そうなのだ。彼らのしたことは——犯罪なのだ。

「それに——少なくとも、参加を拒否することだけはできた筈です」

今度は幾分残念そうに古書肆はそう云った。

「お前への嫌がらせのためにお前の想い人を強姦するから見張っていろなんて——本来そんな理不尽な話は通るものじゃない。いや、通すべきじゃないでしょう」

ないだろう。それは間違いなく。

「幾ら追い詰められていようとも、どれだけ立場が弱かろうとも、拒否できないことじゃないんだし、何としたって抵抗すべき、阻止すべきことです。方法だって幾らでもあった筈ですよ。例えば、もしも久我さんのお父さんが息子のそんな窮状を知ったとしたら、いったい何と云ったでしょうね」

「止《と》めていた——と？」

「少なくとも会社のために我慢しろ——なんてことは云いませんよ。僕は久我社長と直接会ってお話をしましたが、大変実直な方だった。知っていたなら、必ず馬鹿なことは止《や》めろ、止めさせろと息子に忠告していた筈だ」

「父親に相談していれば良かった——と云うことでしょうか」

それはそうでしょうね——と京極堂は云った。

「でも彼は相談することができなかった。彼は父親がどれだけ苦しい立場なのか、久我さんは十分に知っていたからです」

「父親も苦しんで——いた訳ですね？」

中禅寺は頷いた。

「実際、お父さんの方もかなり深刻な状況ではあったんですよ」

「経営が苦しかったのですか」

「会社の経営が破綻寸前だったことは間違いないことのようですが、問題はもっと別のところにあった訳です」

櫻井との関係ですかと問うと中禅寺はそうですねと答えた。

「櫻井は——これは父親の方ですが、久我社長に対して随分と非道な要求を繰り返ししていたようですからね。社長は息子同様義理堅いのか気が小さいのか、懸命に耐えていたらしい。しかし、犯罪行為ですからね、ご本人も相当葛藤があったようです。そこでね、まあお節介かとも思ったのですが——何だかこうなってしまうと、探偵じゃないですが、知ってしまった以上放ってもおけない。そこで——僕は久我社長に自首と告発を勧めたんです。結局会社も倒産してしまった訳だし、そうならもう櫻井なんかには何の義理もない訳です。それに、息子さんへの仕打ちを知っていたなら、あの社長はたぶんもっと早くに櫻井に反旗を翻《ひるがえ》していた筈だと、そう考えたのです」

その結果が——あの逮捕劇なのである。

「彼も、彼の父も、被害者だった——と云うことですか」

そうではありません——と中禅寺は云った。

「久我さんは矢張り加害者です。久我社長だって贈賄罪と云う罪を犯しています」

「そうですが――」

「久我さんにしても久我社長にしても、厭なものは厭だときちんと拒否していたならこんなことは起きなかったのです。色色と事情はあるにしろ、彼等の判断がこの状況を呼び寄せたことは事実です。櫻井哲哉の常軌を逸した申し付けに対してだって、もし久我さんが最初から毅然とした態度を取っていたなら、櫻井達も馬鹿な計画を遂行することを止していたでしょう。元元櫻井達は久我苛めが目的だった訳で、姪御さんを陵辱すること自体が目当てじゃなかった訳ですからね。でも――久我さんは、苦悶し乍《なが》らも我慢してしまったんです」

「ああ」

「連中は、彼の苦悶が手に取るように解ったんですよ。だから久我さんが厭だと云い出すまで苛めてやろうと、そう思ったのでしょうね。ところが久我さんは必死で耐えた。だから苛めがどんどんエスカレイトして行って、結局行き着くところまで行ってしまったと云うことなんだと思います。ですから姪御さんは――久我さんの忍耐強さ――と云うか、腑甲斐《ふがい》無《な》さのとばっちりを受けた、と云うことになる」

――そうか。

そうなのか。

だから久我は何も云わずにただ謝ったんだ。

そうなんだ。

「榎木津さんは——だから」

「あれはそんなに優しい男じゃないですよ。多分、偶然です——」

聞かない方が良かったでしょう、そう京極堂は結んだ。

僕はゆっくりと——首を振った。

百器徒然袋◎雨

第二番

瓶長《かめおさ》

薔薇《ばら》十字《じゅうじ》探偵《たんてい》の鬱憤《うつぷん》

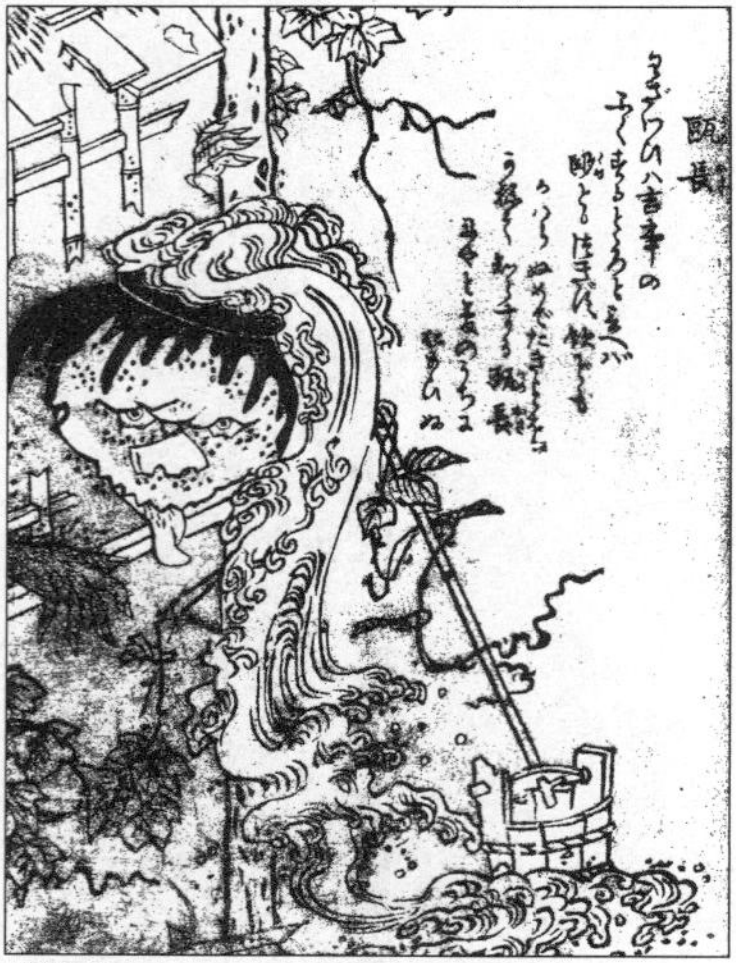

◎瓶長

わざわひハ吉事の
ふくするところと言へバ
酌《くめ》どもつきず、飲めども
かハらぬめでたきことを
かねて知らする甂長《かめおさ》にやと
夢のうちにおもひぬ

——画圖百器徒然袋／巻之下

1

探偵の榎木津礼二郎が全快したと云う報せが僕の許に届いたのは、夏もそろそろ終わろうかと云う頃のことだった。

僕は早速神保町《じんぼうちょう》の探偵事務所に向かった。

榎木津に、ひと言礼を述べるためである。

かの名探偵・榎木津礼二郎が夏前に手掛けた鳴釜《なりがま》事件——これは僕が勝手にそう呼んでいるだけなのだが——は、政財界の大物までを巻き込んだ一大醜聞事件に発展し、それこそてんやわんやの大騒ぎになった訳だが、その火付け役は何を隠そうこの僕自身だったのである。

依頼人は——僕だったのだ。勿論そんな顛末《てんまつ》が待っていようとは夢にも思っていなかったのだが。

とは云うものの、僕が探偵に依頼さえしなければ何も起こらなかった訳で、つまり世間を騒がせた責任の一端は僕にある訳である。

最終的には社会の膿《うみ》を出すような結果になったから良かったようなものの、依頼した時はこんな大騒動になるとは考えてもいなかったから、何とも複雑な心境ではあった。

事件が一段落した後、探偵料の支払いの件等も兼ねて一度挨拶には出向いているのだが、その時当の探偵は旅行に出ていて留守だったのである。

話が大きかった割りに、秘書係の和寅君から渡された請求書の額面は必要経費に毛が生えたような少額で、割り増し料金でも請求されるかと覚悟して赴いた僕は、気が抜けたような儲けたような、妙な気持ちになったものである。

聞けば、面白かったからいいと探偵が云ったのだそうである。

面白がっていたようである。

思い起こせば事件中、探偵の破天荒《はてんこう》な言動には僕も大いに振り回された訳だし、僕自身も日当を貰っても良いくらいあれこれ働かされている訳だから、それでもとんとんなのかもしれなかった。

それに善《よ》く善《よ》く考えてみると、僕が付けた火種に油を注《そそ》いだのは——しかも大量に注いだのは榎木津自身なのである。否、油を注ぐどころか、あの探偵の蛮行は、蕘《たきぎ》をくべて爆薬まで仕掛けたのに等しいようなものだった。

とは云うものの、榎木津のような男が咬まない限り、矢張《やは》りあの事件に解決の手段はなかったのだろう、とは思う。

そもそも依頼した時点で八方塞《はっぽうふさ》がりだった状況が、何はともあれ――どれだけ目茶苦茶な展開であったにしろ――見事に決着を見た訳だから、探偵さまさまと云うのも、事実ではある。

そう云う経緯もあるから、僕は一度榎木津に直接会って、礼くらいは述べておこう――と思っていたのだ。

しかし――何度連絡を入れても都合がつかず、中中面会は叶わなかった。榎木津は旅行からは戻ったものの、旅先で何やら患《わずら》ってしまったらしいのである。本当ならば、まさに鬼の霍乱《かくらん》である。ならば見舞いに行きたいとその旨《むね》告げたところ、それも断られた。どうやら探偵は旅行先でも厄介な刑事事件に巻き込まれ――巻き込まれ、ではなく巻き起こし、ではないかとも思うのだが――病を押しての事情聴取やら証言やらと何かと忙しく、あまり事務所には居ないのだと云うことだった。

天衣無縫《てんいむほう》で傍若無人《ぼうじゃくぶじん》の名探偵がいったい何をどう患い、どこで何をやらかしたのか、凡夫たる僕などには推量のしようもないことだが、いずれ大騒ぎであったことに間違いはなさそうだった。

僕は已《や》むなく、探偵の病が癒えてごたごたが落ち着いた頃に是非連絡をくれと、探偵助手の益田に頼んでおいたのだった。

電話口の益田は例によって軽薄な調子で、

最近ではつまらないとか退屈だとか云い乍《なが》ら、ろくでもないことばかりしていますからね、退屈凌《しの》ぎに甚振《いたぶ》られるのは身近にいる僕達ですから。この際、是非おいでになって揶《から》わかれてやってくださいよ——。

などと云っていた。

そのままである。そう云う男なのだ。

多分、面会したところで僕はこてんぱんに揶われるか、無視されるだけなのだろうと思う。

大体榎木津と云う男は、探偵の癖に他人の話など全く聞かないし、聞いたところで一瞬たりとも覚えてなどいないと云う、困り果てた男なのである。そのうえ判断の基準が一般から大きくハズれているのだ。そんなだから、例えば僕が通り一遍の謝辞など告げてもきっとまるで喜びはしないのだろうし、わざわざ謁見《えっけん》を願い出て、それでごく普通のお礼などしようものなら、寧《むし》ろ芸がないとか云って怒られるかもしれないのである。

否——そもそも榎木津の場合、僕のことを覚えているかどうかすら疑わしいところなのである。名探偵は依頼人のことなど最初から眼中にない様子だし、特にこれと云って目立ったところのない凡庸な僕のことなどを記憶に留めていてくれる可能性は極めて低い。何度も会い、ずっと行動を共にしていたにも拘《かかわ》らず、探偵は事件の進行している間中、否否、最後まで僕の名前を覚えてはくれなかったのだ。

今頃は事件のことも含めて綺麗さっぱり忘却していること請け合いである。

そんな扱いを受けていて、それでもなお会いに行こうとするのは、実際どうかとも思う。何だか花魁《おいらん》に袖にされればされる程付き纏《まと》うモテない若旦那のような案配《あんばい》で、甚《はなは》だ格好が悪いような気もする。

それでも僕は——神保町に向かっていた。

不可解である。

自分でも善く解らないうちに、僕はあの変人に関わりたいと、心の隅の方で思っているのだろうか。

慥《たし》かに——人格や言動や職業を横に置いておく限り、榎木津と云う男は僕等庶民の憧憬の的たる資格を持ち合わせた人物ではあるだろう。父親は元華族で財閥の長らしいし、本人も帝大を出ていると云うし、そのうえ男でも見蕩《みと》れる程の美男振りである。家柄才能容姿財力、いずれも申し分ない。本人を知らない事情通——あくまで本人を知らないと云う条件が付くのだが——の目から見るならば、榎木津礼二郎は眉目秀麗《びもくしゅうれい》で才気溢《あふ》れる血統書付き財閥の御曹司——に他ならない。

平たく考えれば、繋がりを持ったり関わったりして、得をしても損をする類《たぐい》の人物ではないだろう。

でも——。

平たくは考えられないと云うのが榎木津の榎木津たる所以《ゆえん》なのである。

金も家柄も学歴も、本人の才能でさえ、あの破壊的な性格の前には何の効力も持たないのだ。全部無効である。関わってもその手の役得は一切ないだろう。

僕は、それを十分承知のうえで、榎木津の許に赴こうとしているのである。

と、云うことは——。

これは謝意を表すなどと云う殊勝な動機から出た行動でも、上流階級とお付き合いができると云う下心から出た行動でもない、と云うことになる。

思うに、僕は単にあの非常識な男を見たいだけなのではないだろうか。

興味本位で見世物小屋を見物するような、そんな心持ちに近いのではないか。

そうでないなら——これはもう、会って酷い目に遭いたいと云う、被虐的な気持ちの発露としか思えない。

——それは厭だな。

車窓を流れる殺風景な景色を見乍《なが》ら適当な自己分析を続けていた僕が最終的に持った感想は、その一語に尽きた。僕は、決してあんな変な男に苛められて喜ぶような人間ではない。

そんなことを熟熟《つらつら》と考えているうちに、僕は目差す『薔薇《ばら》十字《じゆうじ》探偵社《たんていしや》』に辿り着いた。

古書店街の裏手に聳えるひと際モダンな石造りのビル——榎木津ビルヂング。

その三階が榎木津の探偵事務所である。持ちビルなのだ。

一階の洋品店の前を過ぎ、階段に至る扉に手を掛ける。

その時点で既に、僕はあの男の予兆を緊緊《ひしひし》と感じていた。

早早《そうそう》に察した訳である。

尋常ならぬ気配を——。

——ああ。

居る。

そう思った。

空気が躁になっている。

二階を過ぎた辺りで、僕の耳は痙攣《けいれん》するような空気の振動を感じ始める。

高笑いである。

——榎木津だ。

榎木津が笑っているのだ。薔薇十字探偵社と金文字で記された磨《す》り硝子《ガラス》の扉の前に立った段階で、その子供のような笑い声はピークに達した。

扉の取っ手を握る。開ける。

カランと鐘が鳴る。

開けた途端——。

「お前のことだこのぐぶぐぶ魔人！」

そう叫んで――榎木津礼二郎は思い切り僕を指差した。

「ぐ――ぐぶ何です？」

「あっ！」

榎木津は彫像のように整った顔の大きな眼を見開いた。

「君はいつかの何とか云う人！」

殆《ほとん》ど何も云っていないに等しいのだが、一応記憶だけはしていてくれたようである。僕がどうして良いか解らずに辟易《へきえき》しているうちに、和寅が炊事場から顔を覗かせて、おやまあいらっしゃいと云った。矢鱈《やたら》に見通しが良くなっている。前来た時は扉の前に衝立《ついたて》が置かれていたのだが、撤去してしまったらしい。

続いて、僕に背を向けて応接ソファに座っていた男が、のろりと振り返った。

奇妙な顔の男だった。

何とも表現のしようがない顔だ。

愛敬があると云えばあるし、恐い顔と云ってしまえば恐い顔でもある。まず鼻が大きい。それに目玉もまん丸で、眉も濃く唇も厚い。顎は殆どない。太ってはいないが全体にずんぐりとしていて、迫力はあるが締まりはない。何かに似ているのだが、何に似ているのかは判らなかった。

榎木津は太い眉を吊り上げて笑った。

「わはははは。そいつの顔を見たな？　見たんだな。その男は北九州の古墳から出土した土偶《どぐう》の一種でマチコさんと呼ばれる気持ち悪い馬鹿だ。御覧の通り口許に締まりがないから、長く喋っていると口の横に泡が溜まってとても汚らしいのだ。ぐぶぐぶ云うから良く見るがいい！」

そう云われてもしゃがんで見入ると云う訳にも行くまい。

僕はただ、ハアと脱力したように答えた。

それにしても――どうやら榎木津が指差したのは僕ではなく、このマチコさんと云う奇妙な男であるらしかった。

榎木津はぐぶぐぶと幼稚な擬音を繰り返し発して男を誹謗《ひぼう》した。それでも男はめげもせず、立ち上がって、

「始めまして。僕は今川雅澄《いまがわまさすみ》と云うのです。どうぞ宜しく」

と云った。榎木津は透《す》かさず、

「この人はいつかどこかで会った何とかと云う名前の人だ」

と、紹介した。

されない方がマシな紹介だった。僕は姓名を名乗り、先日榎木津さんにお世話になった者です――と云った。今川は穴熊のように鼻をひくつかせて、ああ、京極堂さんに少しだけ聞いているのです――と云った。

京極堂と云うのは、榎木津の友人である中禅寺と云う男の経営する古書店の屋号である。今川はその中禅寺のことを指してそう呼んでいるのだろう。前回の鳴釜事件に於て、僕はその中禅寺にも大いに世話になっているのだ。

あの方をご存知なのですかと問うと、今川は榎木津の云った通りの水っぽい声で、

「知っているのです」

と、答えた。人懐《ひとなつ》こい口調だ。

悪人ではなさそうだが、何だか心の裡《うち》の読めない男ではある。榎木津はそんな今川を見て、ほら泡が出てるじゃないかと小馬鹿にするように云い、それから僕を見て、

「それより門前仲町《もんぜんなかちょう》君は何の用なんだ？」

と尋いた。

僕の名前のどこをどう弄《いじ》れば門前仲町になるのか幾ら考えても解らないのだが、兎にも角にも僕に向けて放たれた言葉ではあったらしい。

僕はやや逡巡して、この間のお礼に伺おうと思っていたのですが——と答えた。榎木津は僕が全て話し切る前に、

「何だっけ」

と云った。

矢張り覚えていない。

マドロスが着るような横縞丸首の襯衣《シャツ》を着た探偵は、だらしのない姿勢で子犬が吠えるような声をあげた後、まあ何でもいいや——と云った。

「要はこの僕に臣下の礼を尽くしたいと云うことだろう。心掛けだけは評価しようじゃないか。和寅、お茶あげなさい」

もう用意してますようと秘書兼給仕は云った。

「——益田君が出掛ける前に云ってたじゃないですかい。今日ご挨拶にお見えになるからって。何も覚えちゃいない——」

和寅は僕に茶を勧め乍《なが》ら、ちゃんと承ってたんですぜ、と保護者のような口調で云った。

榎木津はふふんと鼻を鳴らした。

「黙れゴキブリ男。下僕の朝貢予定《ちようこう》など神の僕にはどうでもいいことじゃないか。それより北紋別《きたもんべつ》君。赤ちゃんは元気なんだな？」

「あ？　ええ、その」

赤ちゃんと云うのは姪《めい》の娘のことだろう。僕は丁度ここに来る前に姪の家に寄り、その赤ん坊の顔を見て来たばかりである。

そう云えば前回の事件の最中、一度だけ姪の娘を事務所《ここ》に連れて来たことがあった。榎木津は柄になく赤ん坊が好きだったらしく、大層——と云うよりやや異常な方法で——可愛がっていたのだ。

そう云うことは覚えているらしい。

――否。

僕の記憶を読んだのかもしれない。

榎木津は、他人の記憶――視覚映像に限るらしいのだが――を読み取ると云う、不可思議な能力《ちから》を持っているようなのである。

何ともはや信じ難い話ではあるのだが、前回の事件で行動を共にして、僕は半ば信じざるを得ない局面に立たされた。理屈こそ解らないのだけれど、どうやら探偵はそれに類する異能を持ってはいるようだった。

益田の話だと、その能力こそ、榎木津が探偵を生業《なりわい》として選択した理由なのだそうである。つまり、榎木津には、相談者本人にも判らない相談者自身の秘密が判る――こともある、と云う訳である。

だから榎木津は探偵であるにも拘《かかわ》らず調査も推理も裏付けも何もしないし、依頼人の話も聞かないのである。およそ探偵らしくはないのだけれど、そう云う手続きを何もせずに事件を解決して、尚且《なおかつ》苦情が出ないような商売は、僕にも探偵くらいしか思いつかない。慥《たし》かにそれが本当ならば――場合によっては非常に話が早いことになる。捜査には向かずとも、取り敢えず事件の解決には貢献できるだろう。結果オーライと云うだけのことだが。

僕はぞっとして、榎木津の鳶色《とびいろ》の瞳を窺った。

どうあれ頭の中を覗かれているのだとしたら気持ちのいいことではない。

僕が注視《みつめ》ると、榎木津は――突然鼻の下を伸ばして誰《おどけ》た。

「何で連れて来ないんだ。赤んぼはいいぞ。小さくて」

「はあ、まあそうなんでしょうが――そ、そのですね、まあ元気なんですけど――」

考え過ぎだったかもしれない。

ただ覚えていただけなのか。

「――それはそうと、榎木津さんお躰を毀《こわ》していたとか――」

ふん――僕が話題を変えると榎木津は急に踏ん反《ぞ》り返った。

「あんな愚鈍な猿男と二人で旅行したら加藤清正《かとうきよまさ》だって下痢をするぞ。しかし僕は神だからナイル川の生水を飲んでも腹は毀さないのだ。一寸眼が見えなくなっただけのことだ！」

「眼が？」

もう見えるよと探偵は快活に云った。

今川が、猿男と云うのは小説家の関口巽《せきぐちたつみ》さんのことなのです――と補足した。

残念乍《なが》らそんな小説家は知らなかった。

「関口さんは、この人に苛められるためだけに親交を結んでいるような、奇特なご仁《じん》なのです」

今川はそう云った。

「苛められる？」

「そうなのです。会えばただ酷い目に遭う、それだけです」

矢張りその手の人間——変人に甚振《いたぶ》られることに喜びを覚える人間——は存在するのである。僕は自分がそうでないことを信じ、且つそうならないように固く決心した。

榎木津は、変な顔をして何を失礼なことを云っているのだこの馬ネズミ——と今川を罵倒した。

馬鼠——普通は考えつかぬ罵倒のセンスである。

しかしこうして見ている分には今川とてその小説家と同じであるようにも思える。紹介されてからこっち、榎木津の口からは悪口雑言《あっこうぞうごん》しか聞かされていない。いったいどう云う関係なのだろう。

僕が今川の素姓を質《ただ》そうと思ったその時、探偵の机の上の電話がけたたましく鳴った。和寅は跳ね起きるように立ち上がると慌てて受話器を取り、はッと畏《かしこ》まった声をあげて榎木津に差し出した。

「あの、先生、また、その——」

榎木津は大きな眼を半眼にして、実に嫌そうな顔をした。そして差し出された受話器を受け取ると、掛け直すよとだけ云って電話を切り、さっさと奥の自分の部屋に這入《はい》ってしまった。

和寅はくくくと鼻を鳴らした。

「お父上ですよ。今日は二度目で。仕事の依頼ですかなあ」

「お父上って——例の元子爵とか云う？」

そうそう、と和寅はやけに愉しそうに頷《うなず》いて、今川の隣に腰を掛けた。そして、

「うちの先生のお父上はそれは大したお方なんですよ——」

と云った。それは本当らしい。

僕は財界には明るくないからまったく知らなかったのだが、人伝《ひとづて》に聞いたところ榎木津元子爵と云う人は華族士族が悉《ことごと》く斜陽《しゃよう》して行く中、いち早く南方に渡って生半《なまなか》ならぬ商才を発揮し、あっと云う間に巨額の財を成した傑物——なのだそうである。僕が関心の色を示すと和寅は恰《あたか》も己の自慢話をするかのように得意満面に続けた。

「私もね、昔はお屋敷に居りましたからね。それがあなた——あなた椰子蟹《やしがに》と云うのをご存知ですか」

「ヤシガニ？」

「そう、その、寄居虫《やどかり》のでかいような奴ですよ。南方に居るんですわ。それにペンキを塗って色分けしましてね、一斉にこう、カーテンに登らせるんですな。で、どれが最初に天井に行き着くか、ご家族で賭けをしたりするんですわ。そりゃあ変でしたぜ」

それは変だろう。

「あんな人はまあ、滅多に居ないですよう──」

それもまず居ないだろう。

蟹の名前が竹千代《たけちよ》に日吉丸《ひよしまる》ですぜ──と和寅は続けた。それを聞いて今川が不気味な声で笑った。僕は笑うに笑えなかった。どうやら僕が聞いていた大した男とは、大したの意味が違っていたようである。榎木津のあの性格は親譲りなのかもしれない。

「最近じゃあ亀に凝ってるようですし、御前様は好きなんですな、そう云う、虫とかけだものが」

そうなのですと今川は云う。

「──慥《たし》か元子爵は博物学に興味がおありなのだと聞いているのです。爪哇《ジャワ》に渡られたのも、趣味が高じられた結果なのだと云う話なのです。でも、それがご商売の契機《きっかけ》になったのですから、商才もおありだったのだとは思うのです」

「はあ──」

──いったいこの妙な顔の男は何者なのだろう。

話を聞くうち、僕の頭の中はその疑問で一杯になった。

榎木津の父親が変人だと云うことは十分に諒解《わか》ったたし、息子を見れば納得もできる。僕にとっては寧ろ目の前の怪人の素姓の方が問題だった。

「あの──」

「僕は古物商なのです」

察しがいい。

僕が掌を向けただけで、質問の内容を見切ったようである。

「古物——商ですか？」

「僕は、青山に待古庵《まちこあん》と云う古物売買の店を出している、骨董《こっとう》屋なのです。そう云うと、如《い》何《か》にも偉そうなのですが、由緒ある茶道具屋などではないのです。要するに古道具屋なのです。榎木津さんの軍隊時代の部下なのです」

問い質す前に榎木津との関係まで答えてくれた。

今川と云う男は見た目は如何にも魯鈍《ろどん》そうなのだが、意外と頭の回転が早いようだった。

それにしても——マチコさんとは店の名前だったたか。

「お昼過ぎに榎木津さんにすぐ来いと電話で呼ばれたので、店を閉めて飛んで来たのです。しかし、先程から昔の僕の失敗談を聞かされるばかりで、ちっとも用件を話してくれないのです」

「失敗談？」

「犬の首事件とか簡易風呂熟睡事件とか、飛行中意識失い事件とかでやすね。私も、もう何度も聞かされましたけどね、何度聞いても可笑《おか》しいですな。うちの先生の声色《こわいろ》がまた笑えるんですわ」

和寅はそう云って、また鼻を鳴らして笑った。

しかし、どれをとっても物凄い名称の事件群である。いったいどんな事件なのだろう。

今川は面目無いと云って頭を掻いた。

もしかしたら、榎木津はこの男を馬鹿にするためだけに呼んだのではないのか――僕はそう思った。

「しかし善く善く聞いてみると、どの事件も全部うちの先生が悪いような気もしますがね。犬の首事件なんてのはあれ、先生の創り話なんでやしょう?」

善く判らないのですと今川は云って、再び頭を掻いた。

「酔っていたのです。自分ではそんな残酷なことはしないと思うのですが――確認のしようがないのです」

本当に――どんな事件なのだろう。

突如ばたんと扉が開いた。

僕等は一斉に顔を向ける。

どこか怨みがましい目つきになった榎木津が立っていた。

お仕事ですかい――と和寅が尋いた。榎木津はその問いを完全に無視し、憤懣《ふんまん》遣る方ないと云った様子で、肩を怒らせてつかつかと自分の机の方に向かった。

大きな机の上には三角錐が載っており、そこには探偵の二文字が記されている。

「――ったく、あの愚か親父が――」

榎木津はぶつぶつ呟き乍《なが》ら椅子に座った。

「――何を云ってるのかまったく解らん！　どッこの言葉を使って喋っているのだ！　日本語知らんのか。ムシの言葉を喋っているとしか思えないぞ。ヌタだかイジだか知らないが僕に頼むなら僕の知っていることを云え！」

いったい何を云われたのです――と、今川が例によって真情の汲めぬ顔のまま尋いた。榎木津は不機嫌そうに顔を上げて、

「カメだカメ。カメを探せと云うことだ！」

と怒鳴った。聞くなり和寅が吹き出した。

「それって千姫《せんひめ》でやすか？」

「せ、千姫？」

僕が尋き返すと、和寅は亀ですよ亀亀――と云った。

榎木津の父親が飼っている亀は、どうも千姫と云う名前らしい。しかし榎木津は亀亀云い続けている和寅を軽蔑するように見て、

「馬鹿かお前は」

と云った。

「だって逃げたんでしょうに。聞いてますぜ――」

和寅は右手を軽く握って口に当てると、くうと笑った。

「——何度も何度も電話が掛かって来るから、てっきり仕事の依頼かと思ったら——なぁんだ、亀ですかい。残念でやすねえ。まあ、御前様はあの千姫を大層可愛がってたようですからねえ」

榎木津は憤然として、何を云っているのだ、馬鹿かお前は——ともう一度云った。

「ど、どうして馬鹿で？」

「あのな馬鹿寅。あんな野良亀を何でこの僕が探さなきゃいけないのだ！　あれはそもそも僕の馬鹿な兄が道端で拾ったものなんだぞ。しかも吹雪の日にだ！　吹雪の日に道をのこのこ歩いている亀も亀だが、その亀とばったり出会って拾う兄も兄だし、それを大事に飼う親父も親父だ！　そんなくだらない一家があっていいものか。どうしてこう、揃いも揃って僕の家族はイカレているのだ！」

榎木津にイカレていると云われるような家族達と云うのは、いったいどれ程イカレているものか——考えものだと僕は思う。

「その——亀が逃げたのですか」

今川が確認するように問うた。

「違うって」

違いませんやと和寅が云う。

「何であれ、亀に変わりはないですよ。いや、亀は三匹いたんでやすよ。総一郎《そういちろう》様が吹雪の日に拾われたのは千姫じゃなくて亀千代《かめちよ》の方ですよう。千姫と蘭丸《らんまる》は私の父親が買って来たんですよ。一匹じゃ寂しいだろうと御前様が仰《おつしや》ったんで」

お前の親父も馬鹿の一味だと榎木津は云う。

「うちの親父は主殿《しゆうどの》に忠実なだけで。いえね、父親の話だと、千姫って亀はすぐどっかに迷い込む癖《へき》があるんだそうですぜ。それを御前様が赤坂の料亭に連れて行って、それで逃げられたんだと云ってましたからね」

亀連れて料亭に行く程僕の親父が馬鹿だと云うことだ——と榎木津は吐き捨てるように云った。

それに関しては正しいと思う。

「そんな馬鹿が愛玩する迷い亀を探す謂《いわ》れは僕にはない！」

「では新しい亀を？」

「ち、が、うと云ってるじゃないか。亀カメ亀カメって、お前達は縁日の亀釣り屋か！　僕の云ってるのはカメだカメ」

「解らないのです」

本当に解らない。

かあっ——榎木津は首を竦《すく》めた。

「おい、何のために僕がお前のような不細工な動物を呼んだと思ってるんだ。僕は君のような奇妙な造作の顔を見て喜ぶような趣味はないのだ。こらマチコ。お前の商売は何だ？　亀売りか？　鼈《すっぽん》料理の板前か？」

「ああ――」

かめなのですか――と今川は納得したように云った。しかし僕は全く理解できなかった。和寅も厚めの唇を半開きにしている。今川は続けて、どんなかめなのですか、と尋いた。

「ううん。青いんだ」

「青い――甕《かめ》ですか」

今川がそう受けた段階で、僕は漸《ようや》く理解した。

カメとは、即ち水甕やら酒甕やらの甕のことなのだ。今川の商売は古物商だと云うことだし、これはまず間違いあるまい。榎木津は予《あらかじ》め某《なにがし》かの甕を探してくれと父親に依頼されており、旧知の古物商を招請した――と云うことなのだろう。

甕と亀では抑揚《イントネーション》が違うし、状況から考えるなら普通は間違いようがないところである。しかし榎木津の場合は、どうにも抑揚も強弱《アクセント》もいい加減だから判じ難かったのである。訛《なまり》がある訳ではないのだが、好き勝手に語っているようだから余計に判り難い。

和寅が漸く、ああ甕ですかい――と云った。

「しかし、青い甕だけでは何とも探しようがないのです」

今川は笑ったような泣いたような顔をした。困っているのだ。

榎木津はそんな友人に、何でもいいから焼き物の名前を云えと命令した。今川は汁気のある口調で指を折り乍《なが》ら述べた。

「常滑《とこなめ》、信楽《しがらき》、唐津《からつ》」

「違う違う」

榎木津は首を振る。

「では――備前《びぜん》、萩《はぎ》、薩摩《さつま》」

「違うって。そんな愉快な名前じゃないぞ」

「後は――丹波《たんば》、ええと、越前《えちぜん》、伊賀《いが》――珠洲《すず》、瀬戸《せと》」

「まるで違うね」

「違いますか。ううん、上野《あがの》に高取《たかとり》、京焼と云うのもあるのです」

「なんか地名みたいのばっかりだな。嘘云ってるんじゃないか？」

「う、嘘は云ってないのです。僕は榎木津さんに嘘を吐《つ》ける程の大人物ではないのです。では――そうですね、伊万里《いまり》なのですか？　例えば柿右衛門《かきえもん》とか古九谷《こくたに》とか――でも、甕ですと伊万里と云うのはどうも――甕と云うより壺なのですか？」

「ツボじゃない。カメだカメ」

「壺と甕とどう違うんです？」

和寅が尋いた。そう云われてみれば——改めて考えてみたこともないのだが——慥《たし》かに壺と甕がどう違うのかは善く判らない。

榎木津は間髪を容れずに知らないと答えた。

「先生も知らないんじゃないですかい」

「違うものは違うの」

いい加減だなあと和寅は云った。

「——どうなんですかい」

和寅は今川に振った。

「僕も善く知らないのです。口の窄《すぼ》まっているのが壺で、こう、丸く開いているのが甕、もっと開くと鉢——大まかにそう分けると思うのですが、あんまり明確ではないのです。ただ、通常は常滑や信楽のような、無釉《むゆう》とか自然釉《しぜんゆう》の——こうごつごつした甕はあるのですが、伊万里のような染付《そめつけ》絵紋入りのものは、甕と呼ばずに壺と呼ぶように思うのです。印象ですが」

「用途が違うんですかい」

「さて。僕に判るのはそれだけです」

「それだけって——骨董の先生は専門じゃないですかい」

僕は古物商なのです——と今川は間延びした云い方で云った。

「陶芸家の方や研究家の方ならもっと詳しく判るのかもしれないのですが、甕や壺は骨董としては殆《ほとん》ど人気がないのです」

そうなのか。そう云われてみればそうだろうと云う気になって来る。

所詮は日用品である。

「茶人などには愛好家もいらっしゃるようですが、とても少ないのです。一般の相場は低いので、僕などは、あまり扱う機会がないのです。甕は道具屋で買っても安いですから、好き好んで古い甕を買うような人はまずいないのです」

そんなもんですかねえと和寅は唸った。

「尤《もっと》も、この業界にも流行《はや》りや廃《すた》りがあるのです。これから人気が出れば、甕相場も高騰するかもしれないのです。ですから先を見越して安価なうちに買い渉《あさ》るような方はいらっしゃるのです」

投資でやすね——と和寅は感心した。

「あのな」

榎木津が眼を細める。

「お前達何の話をしてるんだ？　そんなことは関係ないだろう。今お前達下僕にとって一番大切なことは何だ？　カメとツボの違いを知ることなのか？　全然違う！　主《あるじ》たる僕が変人親父から聞いた甕の種類を特定することじゃないか馬鹿者！」

榎木津は下らぬことに時間を費やすなと云って威張ったが、それこそ直接聞いた榎木津が覚えていれば済んだことだと思う。

「聞いた本人が覚えてないものは判りませんや」

和寅はそう云って、ねえ――と僕に振って来たが、僕は相槌を打たなかった。

案の定榎木津はむっとして和寅を睨んだ。

「なんだと」

「何もかにも、その」

「お前達はどう踏ん張ったって一生下僕なのだから、同じ下僕なら一を聞いて十を知るような優秀な下僕になってみろ! 下僕王を目差せ。どんな境遇だろうと努力は怠るなよ。さあ、僕の親父は何と云ったか当てろ!」

榎木津はそう云った後、更に胸を張って大いに威張った。

それにしても――榎木津の話振りから推《お》し量《はか》るに、どうやら僕まで下僕の仲間入りをしてしまったようである。

今川は、口を半開きにして、眼を丸く剝いた独特の表情のまま、そうなのですか――と云った。まるで獣のように喜怒哀楽が摑めない。

「しかし――そんなことを云われても手懸かりがないのです。代表的な陶器磁器の古窯《こよう》や有名処は精精《せいぜい》今云ったようなものなのです」

「あれだけなのか」

「あれだけです」

「本当か？」

「後はもっと細かく、それぞれの窯元や作家の名前とか——その甕の形や柄で分類するかしかないのです。そうなると——」

それは違うなと榎木津は云った。

「僕の親父がそんな細かいこと知っている訳ないじゃないか。あれは馬鹿だから興味のないものには全く無関心なのだ。息子の僕が云うんだから間違いない。あの人は書道はやるが焼き物は焼けないからまるで判らないのだ。この間もイモとかイドとか云う高い茶碗で隠れて納豆を喰って僕のハハに叱られていたぞ」

「井戸《いど》の茶碗！」

今川が喜んだような顔をした。多分吃驚《びっくり》したのだろう。そりゃ高いんですかいと和寅が尋いた。今川は陸《おか》に上がった鯉のような顔で、

「名品なら三桁はくだらないのです」

と答えた。和寅は指を折って、それから尋いた。

「三桁ってのは——丸三つの後に万が付きますかい？」

「付くのです」

和寅はハアと息を漏らした。

「百万単位で納豆を喰うなんて――流石《さすが》御前様でやすねえ、人間の器が違う」

「単に馬鹿だと云うことだ。人間の器が違うんじゃなくて、器の価値を知らない人間なだけだ。あんな親父を褒めるなよゴキブリ男」

何で私がゴキブリなんですよう、と和寅が泣き声を出した。そもそも和寅と云う呼び方自体が通称なのだから何をか云わんやである。

「だっていつも台所にいるじゃないか。しかも油を売るだろう。お前なんかどうでもいいんだ。兎に角マチコ、他にないのか」

「後は――国が違うとか――例えば今のお話の井戸《いど》は朝鮮陶器なのです。これは茶人好みで、どれもまあ高価なのです」

「三桁でやすね？」

「茶人に好かれると高くなるのです。それから中国――これは国も広いですから産地も沢山ありますし、おまけに八千年から遡れるのです。年代やら土地やらで、実に多くの種類に分けられるのです。彩陶《さいとう》やら唐三彩《とうさんさい》やら、青磁《せいじ》に白磁《はくじ》――」

「それだ」

「白磁？　青磁？」

「セージ」

今川は、半開きだった口を少し開けた。

「せ、青磁なのですか？」

「セージ。何とかセージ」

「青磁と云っても色色あるのです。本来は中国の南部、浙江《せっこう》や福建《ふっけん》の磁器なのですが、後に広まって中国全域で作られるようになり、今は朝鮮日本は元より東亜細亜《ひがしアジア》全域で生産されているのです。そのうえ起源は殷周《いんしゅう》戦国時代にまで遡れるのです。それがずっと、三千数百年間、今でも作られているのです」

「それが？」

「ですから一口に青磁と云っても、時代や産地で種類は――」

「キヌ何とか」

「え」

今川が更に口を大きく開けた。殆ど全開である。

「き、砧《きぬた》青磁ですか」

「そうそうそれそれ」

榎木津は嬉しそうに頷いた。

「馬鹿父は慥《たし》かにそう云っていたのだ」

「それは――凄いものなんですか？」

僕が問うと、今川は口を開けたまま頷いた。

「き、砧青磁は、青磁の中でも最も美しい釉調《ゆうちょう》とまで謳《うた》われているものなのです。厳密に云うと、浙江の南、龍泉窯《りゅうせんよう》で南宋時代に生み出された様式と云うことになるのですが、単に一番上等な青磁、と云うような意味合いでもあるのです。豊太閤《ほうたいこう》も好んだと云う東山名物の大内筒《おおうちづつ》や山科毘沙門堂《やましなびしゃもんどう》の萬聲《ばんせい》など、優品も数多く伝わっているのです」

「高価《たか》い？」

「一寸《ちょつと》した菓子鉢《かしばち》でも五万十万」

おう、と和寅が声を上げた。

この給仕は如何にも俗物である。金額が話題に上ると敏感に反応する。一方榎木津はその辺に全く興味がないようで、一度欠伸《あくび》をした後、

「――そのキヌセージのカメだね」

と云った。

「キヌタ、なのです」

「そう変わらないじゃないか。じゃ、それを探す」

「は？」

「探す。いいな」

「い、いいなって――」

今川は動揺した。

ただ奇妙な顔の表情自体は、面を被っているように変わらなかったのだが。

「——そ、そんなものはないのです。僕も本物は、そうそう見たことがないのです」

あるんだ、ある——と嘯《うそぶ》いて、榎木津は嬉しそうに笑った。

「僕があると云ったら大体ある。探しもせんで何を云ってるのだ。それにね——そう云えばさっき、馬鹿親父がこんなことを云ってたぞ。もしそれがないとね、何でもお役人が泰王国《タイランド》との間で進めている何とか云う計画やらが白紙になるんだとか」

「タイランド？　あの、東南亜細亜の？」

「他にあるか」

「それって——」

所謂《いわゆる》国際問題じゃないのか——。

僕は唖然とした。

2

僕はその翌日、中禅寺秋彦の家に行った。

あの後榎木津は、一両日中に砧青磁の甕を見つけてこいと云って今川を追い出し、それから腹が減ったと騒ぎ出したのだったが、僕が土産に持って行って出しそびれていた最中《もなか》を出すと、半分喰っただけで突然出掛けてしまったのである。僕は結局――と云うか予想通りと云うか、何をしに来たのか判らぬままに探偵事務所を辞したのだった。

何だか消化不良を起こしたようで、甚《はなは》だ据わりの悪い気分になった。

所詮《しょせん》僕には関係のないことだったし、何がどう据わりが悪いのか善く解らなかったのだが、兎《と》に角《かく》誰かに語りたかった。

かと云って、榎木津を知らぬ者に話せはしない。

まず榎木津と云う人物に就いて説明するだけで骨が折れるし、苦労して説明したところで無駄だとも思うからである。元より、そんな非常識な男が存在することからして信じては貰えまい。

その点中禅寺なら話が早い。

榎木津とは旧知の仲なのであるから探偵の変人振りは当然熟知している筈だし、気難しそうな外見の割りには常識人——多分——なのだろうとも思う。そう云う意味で中禅寺は、僕が探偵事務所で見聞きした一部始終を打ち明けるには最適の人物だったのである。

昼休みに連絡を入れると、主人は面会を快諾してくれた。僕はその日の仕事をさくさくと終らせてから、京極堂のある中野へと向かった。

着くなり僕は夕食の持て成しを受けた。

考えてみれば、否、考えるまでもなく——見事に夕食時に当たっている。狙って来たと勘繰られても仕方がない。とは云うものの、辞したところで夕食が終るまで食事の見物をして待っている訳にも行くまい。飯を喰わせてくれと云わんばかりの時間に訪れておいて、遠慮も何もあったものではない。恐縮しつつ戴くことにした。

図図しい男だと思われはしまいかと、冷や汗をかいた。

しかし中禅寺の奥方は、無愛想な主とは打って変わって親切で甲斐甲斐《かいがい》しく、僕はより一層恐縮した。思うに、この家には僕のような闖入《ちんにゅうしゃ》者が多く来るのではないだろうか。その中には榎木津レヴェルの客も雑じっているのだろうし、客扱いには慣れているのだろう。

いい齢をして独り身の僕は、ご多分に漏れず食生活が侘《わ》びしい。

そんな僕にとって、何よりのご馳走ではあった。

「最中はいけませんよ——」

少少時代錯誤の感がある和装の古書肆《こしょし》は、食後の茶を啜《すす》り乍《なが》らそう云った。

「——あの男は水気のない菓子を親の仇のように嫌うのです。特に口の中の水分まで吸収してしまうような、クッキー最中の類《たぐい》は一個として喰えた例《ためし》がない」

「そうなのですか——」

地元の名物だったのだが。

「——怒らせてしまったでしょうか」

怒っちゃいませんよと中禅寺は真顔で云った。

「我慢して半分も喰ったんでしょう。あの男にしてみれば相当の努力ですよ。これが——例えばその、話題の関口君が持って来たものだったら、彼は即刻糾弾され、酷い目に遭っていたことでしょう」

「酷い目——ですか」

どんな目なのだろう。

何度酷い目に遭ってもまるで懲りないのですよあの男は——と中禅寺は云った。僕は三度《みたび》己に確認する。その人のようにだけは——なりたくはない。

「しかし——どうしたものかなあ」

主は茶を飲み終えると、そう云って腕を組んだ。

「と、云いますと？」

「榎木津の云う外務省の計画と云うのは泰日《タイにち》通商協定のことでしょう。発表によると間もなく調印される運びになっている――」

「それが反古《ほご》になるって云うことは大変なことなんですか？」

　まあねえ――中禅寺は顎を掻いた。

「協定が調印された暁には大量の泰米《タイまい》を安価に輸入することができるようになる――のだそうです。僕は国際情勢や政治にはそれ程興味がないから詳しいことは判らないけど――でも、曲りなりにも国家間の問題ですからね。そんな個人的な事情で反古になることなんかないと思うけどなあ」

「そう、ですよね――」

　榎木津一流の――と云うより、これは榎木津の父親の冗談なのだろう。僕がそう云うと中禅寺は少しだけ首を傾げた。

「でもね、あの父君《ちちぎみ》に限って云うなら――冗談を云うような人ではないんです。冗談だと思っていたことが実は本気だった――と云うような話なら幾らでもあるのですがね。後になってから真実と知って青くなった人間を、僕は何人も知っている。聞けばその――榎木津の父君の部下が、泰の王族に連なる高い身分の人物に対して非礼を働いた、と云う話なのでしょう？」

「はあ。何でも——青磁の甕だか壺だかをうっかり割ってしまったのだそうです。それが非常に大切にされていた珍しい品だったらしく、その方は烈火の如く怒ってしまったんだそうなんですね。お詫びに贈った代わりの壺と云うのが全然気に入らなかったらしくて、割ったものを元に返せなどと云う無理は云わないが、せめて同じものを寄越《よこ》せと——」

「青磁の甕で返せと？」

「そう云うことなんでしょうね」

「代わりに何を贈ったのだろうね」

「はあ——」

榎木津の話振りだから、その辺りの正確なことは全く判らなかった。今川の推量では、信楽焼ではないかと云うことだったが。

そう云うと、中禅寺は顎を撫でた。

「信楽かあ。信楽と青磁じゃあ随分違うからなあ」

「違うんですか？　値段が違うとか」

「値段は関係ありませんよ。青磁には慥《たし》かに高価なものが多いですが、それだってモノによる訳で、良いものなら信楽焼だって十分に高価《たか》いですからね。でも——」

壺ってのはどうなのかなあ——と中禅寺は首を捻った。

「今川さんの話だと、壺や甕はそんなに評価が高くないとか」

「まあ骨董としては不人気ですね。と云うよりも、要するに壺だ甕だは茶道具ではない訳でしょう。甕なんてものは要するに日用品で、茶道や華道とは関係ない」

「お茶やお花と関係あるんですか？」

「道具は普通、新品の方が中古より高いものです。当たり前でしょう。古さに価値を見出すのは本来特殊なケエスですよ。侘《わ》び寂《さ》びを重んじる世界では価値が出る。どうあれ大金を積んで買うのはその手の人達なんだから、買い手がいないのじゃあ高値はつきませんよ。幾ら良い出来であっても、例えば古い金隠しは誰も買わないでしょう。同じことです」

「はあ」

「それに甕あたりは新品で買ったってそう値の張る物じゃない訳ですから、所謂《いわゆる》古道具としても需要が少ないのですね。他の道具なら少少傷んでいても使い道はありますが、甕は割れてちゃ使えない訳ですしね——でも、国内の相場はこの場合あまり問題にならないでしょうね。逆はあるけれども」

「それは？」

「外国人の価値観と云うのはまた別ですからね。海外の評判が国内での流通相場に影響を及ぼすのではないか、と云う推測は成り立つ訳です。海外の有名なオークションなどで高値がつくと、国内での評価額もある程度上がるんでしょうし——」

「そう云うものですか」

「そうでしょうね。慥《たし》かに、現在壺や甕は花器や茶碗よりは珍重されていないようです。先程も云いましたが、本邦の書画骨董は茶道やら華道やら、そうしたものと寄り添う形で評価が決められて来たような一面がありますから。しかし海外に目を転じてみると、決してそんなことはない。博物学的志向やら芸術的価値判断やら、基準がそもそも違うんです。違う基準で見るなら、便器だろうが下駄だろうが立派な価値を持つのですね。事実、壺や甕だってそろそろ注目され始めてるようですし、要は優品かどうかですよ」

「贈ったのが粗悪な品だったんですかね」

「いや、榎木津元子爵ともあろう人がそんな粗悪品を他人に贈る訳がない。しかも相手は他国の要人で、そのうえお詫びの品となれば——相当の優品を贈ったに違いありません。金額的にも見合った品、否、元を上回る品を贈っている筈です」

「それじゃあ——」

きっと好みですよと中禅寺は云った。

「好み？」

「嗜好です。どっちが良い悪いの問題じゃない。青磁が大好きな人なら、信楽の良さは判らなかったのかもしれない。まあ、元子爵に云い付かって品物を贈った担当者の人間が高を括《くく》っていた——と云うようなことはあるかもしれないですがね」

「所詮、東南亜細亜人に焼き物は判るまいと？」

「そう。そんなことはないんです。日本人の中にはまだまだ戦中の植民地政策の残滓《ざんし》を引き摺ってる者が居ますからね。未だに亜細亜の盟主だとか思ってるなら驕《おご》りですよ。本邦は亜細亜の一部に過ぎないんです。文化的な差異はあっても、それは格差ではない。なのに南方と云うだけで文化程度が低いと云うような錯覚を持っている人間が居るから困るんです。青磁の生産は越南《ベトナム》なんかでも盛んですよ。泰にはスワンカローク窯《よう》と云う立派な青磁の窯《かま》がある。イスラム圏でも青磁は生産されています。基準は違うかもしれないが、善し悪しが判らない訳がないんです――」

中禅寺はそう云ってから、煙草を咥《くわ》えた。

「――いずれ気に入らなかったのでしょうね。しかし――そうすると、青磁の甕と云っても何でも良いと云う訳じゃないんだな」

「それが――砧青磁だとか」

まあ――と奥方が声を出した。

それは矢張り珍しいものなのでしょうか、と私は尋いた。

中禅寺は眉間に皺を寄せた。

「僕は古物売買を生業としてはいるものの、古本屋であって骨董は素人ですからね。しかし、砧青磁の場合、国宝級の名品もあるそうですし、モノによっては百万からするモノもあるとか。つまり、そうゴロゴロしているものじゃないんでしょう」

「そうなんですか――」

今川は大丈夫なのだろうか。

「――砧青磁と云うのはそんなに高価なものなんですか」

「まあ、砧青磁のように見える青磁、と云うだけならそんなに値は張らないでしょう。でも本物はそれなりでしょうね」

「それは――偽物と云うことですか？」

骨董には贋作《がんさく》が付き物らしい。

以前僕の叔父も誰それの掛け軸の贋作を掴まされたとか云って、大層悔しがっていたことを覚えている。中禅寺は平然として、慥《たし》かに贋作も多いようですねえ――と云った。

「青磁に見えるけど――実は違う、とか云うのがある？」

「そう云う偽物じゃあないんです。青磁は青磁なんです」

「解りませんねえ」

奥が深いのか僕が馬鹿なのか――大体それがどう云うものなのかすら、僕は知らないのだ。首を傾げている僕を見て、そこの香炉も青磁ですわ――と、茶を淹れていた奥方が微笑み乍《なが》ら云った。

そう云われてふと目を遣ると、主の背後の床の間に堆《うずたか》く積み上げられた本の上に、実に無造作に香炉が載せてあった。

つるりとした質感の薄い翠《みどり》色の香炉で、善く見ると細かい罅《ひび》のような柄《がら》が入っている。高級そうではあったが、扱いはぞんざいだ。薄い和綴本が風に飛ばないように、文鎮代わりに使っているとしか思えない。

「砧青磁って、丁度そう云う色合いですわ」

「はあ、では――これも高価なものですか」

「いいえ。五十円でお釣りが来ます」

「じゃあ偽物？」

違いますわ――と奥方は云った。

奥方は香炉を眺めつつ、にこにこ笑い乍《なが》ら、

「――その香炉、清水坂《きよみずざか》で買ったんです。何だか色合いが綺麗でしょう。青みが深くって、本当に砧青磁のような色だったので――つい買ってしまいました」

と云った。

中禅寺はそんな奥方を顎で示して、こいつは骨董は判らないらしいが、陶器は好きなんですよ――と云った。

「放っておいたら自分で焼き始めるかもしれない」

「あら善くご存知だこと――」

奥方は澄まし顔で古書肆《こしょし》を見た。

「――今度始めようと思ってるんです、陶芸」

「やるのは良いが、趣味が高じて――店を潰して窯を作るとか云い出さないでくれよ。売れる茶碗を焼くとも思えないし」

「その香炉くらいのが焼ければ、今よりはずっと儲かりますわ」

「ま、待ってくださいよ。と、云うことは――これは」

「それは立派な青磁です。ただ、古い物じゃない。それは今現在作られている青磁です。それに一寸古色《こしょく》をつけて、古そうな箱に入れ、いい加減な箱書きをすると――偽物になる」

「ああ、そう云うことですか！」

僕は漸《ようや》く呑み込んだ。

「青磁の場合、取り分け形に特徴がある訳ではないんです。勿論不出来なものは論外なんでしょうが、問題になるのはどこで、いつ作られたものか――と云うことなんです。何しろ今でも行われている技法なんですから、新作は幾つもある。鑑定の決め手は当時流行した様式、それから土、そして色艶ですね。ただ、様式は模すことができますし、昔のものと同じ色艶を再現することは容易にできるようです。だから作者に贋作を作る気がなくたって、似たようなものは幾らでもできる。技法自体は変わっていないんですから、偶《たま》さか条件が同じになれば同じようなものができてしまう訳です。箱だの仕覆《しふく》だの由緒書きだのを誰かが偽造すれば簡単に偽物になってしまう」

「なる程」

「ただ、今回の場合その手は使えませんね。外国人相手ですから、やはりモノで勝負するしかないですよ。そうなると、外見は誤魔化《ごまか》せても胎土《たいど》までは誤魔化せませんし、相手が本当に砧青磁を欲しているなら、簡単なことではないかもしれないですね」

「難しいんですか」

　ううんと古書肆は唸った。

「砧青磁と云うのは日本での呼び方です。日本人がそう名付けただけなんですね。現在はそんなに厳密な区分をせずに通っているらしいんだけれども、本来砧青磁と云うのは浙江《せっこう》の龍《りゅう》泉窯《せんよう》で南宋時代に焼かれたもののことを指すのです――」

　今川もそんなことを云っていた。

「――同じ龍泉窯でも元《げん》代に焼かれたものは天龍寺《てんりゅうじ》青磁、もっと下って明《みん》代になると七官《しちかん》青磁と呼びます。いずれも色合いが微妙に違うし、モノも違います。天龍寺青磁は大物が多いし、七官青磁は小器が多い。砧青磁は殷周時代の青銅器や玉《ぎょっき》器の形を模したものが多いようですね。だから実際に龍泉窯で焼かれたものか否かとか、焼かれた年代がどうとか云うよりも、そうした様式や色調で簡単に分けてしまったりすることもあるらしい。しかし、いずれにしろこれらの呼び方や区分は、どれも我が国でつけた呼び方であり区分なんです」

「海外では通じませんか」

「通じないと云うよりも、先方は多分そんな呼び方では区分していないでしょうから、きっと南宋時代の龍泉窯で焼かれた甕——と云うように、時代や窯を指定して要求して来たのでしょう」

「はあ」

「つまり——幾ら良くできた青磁であっても、指定した条件を満たすもの以外は全部駄目と云うことなんでしょうね。どんな条件を提示して来たのかは判りませんが、まあ先方が出して来た条件に該当する品は、我が国では砧青磁と呼ばれている品だった、と云うことなんでしょうね。そうなら、砧青磁の本物を寄越《よこ》せと云っている訳で」

なる程——それは難題だろう。

そもそもその時代、その何とか云う中国の窯で、甕なんかが焼かれていたのだろうか。砧青磁の甕なんてあるのだろうか。

僕がそう問うと、中禅寺は再び顎を摩って、

「甕——甕ねえ」

と、悠長に云った。

壺ではなくて甕なのだと榎木津は云っていた。

「甕って——壺とは違うんですかね」

同じですね——と中禅寺は云った。

「同じなんですか？」

「無理に分ける必要はないと云う意味では同じですよ。カメと云うのは要するに、土などで作られた液体容器のことですね。カメと呼ぶようになったのは中世以降ですが、これは人類が最初に作った土器ですよ。古くは斎甕《ゆか》とか甕《みか》とか罐《ほとぎ》とか、呼び方も色色とあったようですが、この甕《みか》が所謂《いわゆる》カメの原型でしょうね。酒を醸《かも》したりするのに使うものです。これは、こう、口がやや窄《すぼ》まっている」

中禅寺は両手で形を示した。

「まあ、現在では口が上の方に開いたもの——釣鐘を逆さにしたような形のものまでも、弥生土器なんかだとカメと呼ぶようですが——しかし、盛りつけや貯蔵、或《あるい》は煮炊きに使用されたものは本来はカメではない訳ですから、そうしたものは深鉢だとか、何か別の呼び方の方が良いと僕は思う。カメはですね——だから寧ろ瓶《びん》なんですよ。酒を醸すために貯めておく大きいものが瓶《かめ》、酒を人に供する小振りのものは瓶子《へいし》ですね」

徳利のようなもののことだろう。

「一方、壺の場合はですね、字義から云うと、丸い器に蓋が載っていると云う形ですね。これは貯蔵、あるいは運搬用の容器と云うことでしょう。形態で云うと、壺の場合は口が一旦窄まって、それからもう一度外に向けて開く——つまり括《くび》れ——頸《くび》がある訳ですね」

慥《たし》かに壺には頸がある。

「この括れが長いものや短いもの、中にはないものもある。長いものは瓶子の形に似ているし、無頸壺は、これは形の上ではカメと変わりがない。用途が違うだけです。壺だろうが甕だろうが、花を生ければ花瓶ですから」

それはそうである。

「但し中国の考古学では、口が広くなったもののみを壺《こ》とし、短いものや頸のないものは罐《かん》と呼びますね。残りは瓶《へい》なのかな。つまり中国ではカメと云う区分はあまり有効ではないんでしょうね。ただ、カメと違って、壺の場合は土器や陶磁器に限らない。金属製の壺、石製の壺もある。一方で青銅のカメと云うのはないのです」

「はあ。なる程――」

形態と云うよりも、用途や素材の問題が大きいのだろう。

陶器磁器の場合のみカメツボ両方ありなのだ。

「ですから、カメと云う曖昧な区分は、日本の中でだけ通用する区分な訳です。中国では明確に壺でも我が国ではカメと呼ばれるものもある。僕は泰語には明るくないですから、その要人が何と表現したのかは判りませんけど――泰にもそうした区別はないのかもしれない。ただ、土器や青銅器ではなくて青磁ですからね。口がこう、非常に細くなってる細頸口のものは、大方は壺と云うより花生《はないけ》――花瓶《かびん》ですよ。それ以外は大体瓶《びん》ですかね。だから多分、瓶と云ったのでしょうね」

「瓶ですか」

だからまあ、変わりはないんですと中禅寺は云った。

「問題はそう云うことじゃないでしょう。瓶でも壺でも同じことですよ」

「瓶や壺でなくても——砧青磁自体ないと？」

「そう。砧青磁の本物なんか、その辺の古道具屋にはありません。そう簡単に手に入るものじゃない。しかし榎木津も酷いなあ。今川君はあれで真面目な男だから、きっと探し回っているだろうなあ」

中禅寺は不思議な表情を見せた。

一見深刻に不幸な骨董屋の身を案じているようにも思えたが、どこか面白がっているように見えなくもない。深刻そうなのは常態が不機嫌そうだからであって、肚の底までは知れたものではない。

見つかりませんかねえ——と僕が云うと、中禅寺は案の定、少しだけ笑った。

「いや、それはね、見つからないと云うことはないと思いますよ。彼等には横の繋がりがありますからね。値段の折り合いや何かの問題はあるにしても、暫《しばら》く探せば何かは出て来るでしょう。しかし出て来れば済むと云うものでもないでしょう」

「偽物——ですか」

いやいや——中禅寺は手を振った。

「慥《たし》かに焼き物の鑑定は難しいんです。有名な鑑定家の鑑定書がついているからと云って安心はできない。骨董と云うのはですね、幾つかの異なる側面を持っていて、それらはそれぞれ綺麗に添い遂げるものではないのですね。そこが難しいところなのですが——」

「善く——解りません」

「そうですか——例えば、そうですね、これが考古学なら——制作年代や場所が特定されれば、それはそれでもう良い訳です。特定された結果が、即ちそのモノの価値となる訳ですから。まだまだ未熟ではありますが、科学的な鑑定法と云うのは日日進歩しています。現在でも釉《うわぐすり》や胎土を分析すれば大まかなことは判りますし、文献などと照らし合わせればかなり細かいところまで特定ができます。もう少し技術が進めば、非破壊検査でも精密な検証が可能になるでしょう。でも骨董品には、芸術的価値と云う、もうひとつの側面——価値基準があるんですね」

「年代だけでは価値が決められない——と？」

「それはそうですよ。美術品なんですから、考古学的に価値があろうがなかろうが、土器のかけらはモノとしては単なるかけらです。土くれですね。しかし美の基準と云うのは非常に曖昧なんですね。かけらでも鑑賞に耐え得るモノだと仰る向きもある。美しいかけらと云うのも、まああるのでしょう。希少価値と美的価値と云うのは、つかず離れずで、まあ、卵と鶏のようなものです——」

解るような解らないような喩《たと》えだと思う。

「加えて——骨董屋が対象にするものは全て器物、道具です。つまり使えるモノ、あるいは使っていたモノ、なんですね。本来的に骨董と云うのは通人の粋な趣味なんですよ。通人は芸術なんて野暮なものは好まない。彼等が問題にするのはあくまで仕事なんです。だから骨董の場合、道具として体《てい》を成していないとなると、どれだけ考古学的に価値があろうが、美しかろうが、それは矢張り——一寸扱いが違って来る訳で——」

「なる程」

「ところが——骨董屋は、この骨董を商品として扱っている訳ですよ。骨董屋は商売人なのであって、学者でも美の評議員でもない。売れれば土くれでも商品になると云うのが現実です。一方で売れなければ美しくても使えても古くても塵芥《ごみ》なんです。そうした様様な側面が入り組んで、総体として骨董的価値と云うものは決まって来るのですね。モノ自体には価値の格差なぞない訳ですよ。本来、本物偽物の区別なんかない。価値はモノに纏わりついてる静電気のようなもんです。骨董屋はそれを見極めなければならないんです。非常に良い仕事をしている偽物と単に古いだけの粗悪な本物、夥《おびただ》しい量が出回っている本物と世界にたった一個しかない偽物——どちらが高価なのか——」

「ははあ——」

慥《たし》かに大変そうだ。一筋縄では行かぬ難しい仕事なのだろうと思う。

鑑定者が目利きか否かで、損得勘定も大きく変わって来る訳である。値踏み次第で十円のものが一万円にも十万円にもなる訳だし、その逆もあるだろう。

何より、モノの価値を決める立場と云うのは中中に重たいものがある。僕なんかには到底務まりそうもない商売である。

僕は今川の鯉幟《こいのぼり》のような顔相を思い浮かべた。

「縦《よし》んば手に入ったところで——今川さんにその真贋を見定めるのは難しい、と云うことですか」

「それはいいんですよ」

中禅寺はそう云った。

「仮令《たとえ》今川君に見定めることができなくても、見定めてくれる人は大勢いますからね。それよりも——問題は、この話の出所が榎木津幹麿《みきまろ》元子爵だ、と云うところにあるんですよ」

「それは——どう問題になるのですか？」

何だか凄く問題だと云う気もするのだが——。

中禅寺は少し困ったような仕草で頭を掻いた。

「ですから、榎木津の親父は今川君よりもずうっと大物だ、と云うことですよ。今川君はまだまだ駆け出しの骨董商です。商売だとは云うものの情報収集能力には限界があるし、機動力もない。業者同士の横の繋がりもそれ程当てにはできない」

そう云うものだろうか。

「一方、榎木津元子爵は各界に顔が利く名士です。おまけに手下も金も腐る程持っている。骨董待古庵が十日かかって一個見つけられるかどうか判らないものでも、榎木津幹麿の財力とコネクションを以《もっ》てすれば多分一時間かそこらで十は見つかる。それは火を見るよりも明らかなんですね」

「はあ――」

ならば――何故自分で探さないのだろう。

そこですよ、と中禅寺は云った。

「多分、榎木津の親父さんは砧青磁の本物を既に幾つか見つけていますよ」

「え？」

「でも、気に入らなかったんでしょうね」

「は？」

気に入らないんですよ――と云って、中禅寺はにやりと笑った。

「先方ではなく、榎木津さんのお父上が気に入らないんですか？」

「そうなんでしょう。あの道楽元子爵はたぶん何かに引っ掛かっているんです。彼がいったい何に拘泥《こだわ》っているのかは解りませんけどね、先方の提示した条件に合致しない何かがあるのかもしれない。だから集まった瓶《かめ》が気に入らないのでしょうね。だから――難しい」

「そんな、探すのも難しいような代物を幾つも集めておいて気に入らないなんて——それは贅沢ってものじゃないですか」

それは僕等庶民の感覚なんですよと云って、中禅寺は情けない表情を見せた。

「僕等だって五円十円のものを選ぶ時は、やれ柄が気に入らないだの色が嫌だのと、愚にもつかない文句を云って選《よ》るでしょう。投げ売りだと知れば、難癖だけつけて買わなかったりする。それと同じことです」

「それはまあ——そうですが——同じになっちゃいますか」

「そうでなくては幾ら道楽元子爵でも、あんな不肖《ふしょう》の放蕩《ほうとう》息子に命令したりなんかはしません。榎木津はことある毎《ごと》に父上を馬鹿の王様のように云うが、父は父で息子を馬鹿の皇太子だと思っていますからね。全く信用していない。世界一信用し合っていない親子です」

どう云う親子なのだろう。

「仲が悪いのですか?」

「仲は良いんです。信用してないんです」

複雑なのか単純なのか。僕のような凡人には善く解らない。

「いずれにしろそれだけ信用していない相手に頼む以上、それはまあ、一か八かの賭けですよ。大穴狙い。真っ当な筋で当たっても駄目だから、思いっ切り馬鹿な筋を選択したと云う訳です。だから」

「だから？」

「どれだけはずすかが決め手――になるんでしょうねえ」

「はずす――ですか」

「ええ。榎木津のお父上が、どのくらい一般的な価値基準からとッぱずれたブツをご所望《しょもう》なのか――どのくらいとッぱずれていないと先方が承知しないとお考えなのか、そこが問題なんですよ。先方の出して来た条件も判らなければ、榎木津元子爵がその条件をどう捉えたのかも知る由のないことですから、僕等には考えも及ばないことですけどね」

何を考えているのかなぁあの人は――と、まるで他人ごとのように中禅寺は云った。それも当然だろう。本当に人ごとなのだ。

ただ、例えば榎木津との関係もそうだし、関口とか云う小説家の扱いひとつとってもそうなのだが、どうもこの人達の力関係は余人には量り難いものがあるように思う。

どうなるのでしょう――と僕は尋いた。

中禅寺は片方の眉毛を吊り上げて、怪訝な顔をした。

「どうなるのでしょうって――なるようになるでしょうね」

「それはそうなんでしょうが――その」

それでいいのだろうか。

国際問題ではないのか。僕がそう云うと、中禅寺は一層怪訝そうな顔になって、

「最初に云った通り、そんなことでどうにかなるような国際問題はないと——思いますよ」

と云った。

「でも、その条約が——」

「これは榎木津の親父の道楽ですよ。それにあの人は浮き世離れしたご仁だから、国交がどうなろうと国益が損なわれようと、大して気にしているとは思えません。あの人にとっては国家が転覆するかどうかよりキリギリスが越冬するかどうかの方が重要な懸案事項なんです。ただ、あのお父上は誠実な人ではありますから——寧《むし》ろその部下の非礼を誠心誠意詫びたいとか——そうじゃないな。その泰人《タイ》の要求が頗《すこぶ》る面白いものだったとか——そう云うのじゃないですか。だから君が心配するようなものじゃあないです。兎《と》に角《かく》——」

あなたも榎木津のような男と深く付き合うとろくなことはないですよ——と、古書肆は顔を顰《しか》めて続けた。

「はあ、まあ」

「心配だなあ」

「そうですか」

「好奇心を持つのは悪いことではないですが、馬鹿と付き合うと馬鹿な目に遭う。この場合は今川君も馬鹿です。厭なら断ればいいんですから。断らなかったんだから、結局好きでやってるんですよ。物好きは——放っておくのが良い」

断らなかったのではなく、断れなかったと云うのが正しいのではないだろうか。僕が返答に窮して逡巡していると、冷たいですわねえ——と奥方が云った。

「誰が冷たいんだ」

むっとして云い返した亭主の顔を見て、奥方は笑った。

笑われて亭主はやや憮然とする。

「何が可笑《おか》しいのだ」

「だって可笑しいじゃありませんか。何だか薄情なことを云ってますけど——他人様《ひと》のことは云えませんでしょう。この人は、自分がいつも断れないでいるものだから、そんな意地悪を云うのです。嫌だ嫌だ云う割りに、いつだって面倒ごとに首を突っ込むじゃありませんか。一番物好きなのは、実はこの人なんです」

随分なことを云うじゃあないかと云って、亭主は奥方を見た。

「何の僕が意地悪なものか。僕は大層親切だぞ。物好きじゃない、親切なのだ。親切だからこそ毎度毎度損な目を見るのじゃないか。親切過ぎて自分で自分に頭が下がるぞ。この榎木津だのあの関口だの、普通ならあんな奴等とは縁切りだ——」

奥方は一層笑った。

「おい笑うな。榎木津の齎《もたら》す災厄を熟知しているからこそ、僕はこちらに身を以って忠告しているのだろうに」

「でも」

「でもじゃあない。大体僕にはどうしようもないことだよ。そりゃあ僕が砧青磁所蔵日本一の好事家《こうずか》で、蔵一杯に砧青磁を持ってると云うなら話は別だ。当事者でなくともお役に立てるものなら相談に乗りましょうと名乗り出るくらいの度量はあるさ。だが、生憎《あいにく》我が家には本しかないんだぞ。瓶《かめ》と云えば、店の前に野晒《のざら》しにしてある古瓶くらいしかない。それにね、そもそもこちらだって、偶偶《たまたま》その場に居合わせただけの部外者なのだ。当事者は榎木津であり待古庵なんだからね。待古庵が助けてくれと云って来た訳じゃあないだろう」

「今川さんがお困りになるのは目に見えてるじゃないですか」

「それは判らないよ」

「でも今川さんが駄目なら榎木津さんはここに来るのじゃないですか」

「来たって知るものか。関口の処にでも行けと云うよ」

奥方はもう一度愉快そうに笑った。そして、

「あの――赤坂の壺屋敷」

と云った。

「え？　ああ、この間お祓いを頼みに来た？」

「あそこにならあるのじゃないですか？　砧青磁の壺――」

「壺じゃなくて瓶だ。うん――でも――」

中禅寺は一度顔を横に向け、一瞬考えるような素振りを見せた。

「――あるかもしれないな」

それはいったい何のことです――夫婦の会話について行けなくなって僕は尋いた。中禅寺は少しばかり口許を捻って、

「壺狂《マニア》がいましてね――」

と云った。

「マニア？」

「蒐集家《しゅうしゅうか》ですよ。偏執狂かな。古今東西、自分が目にした壺と云う壺、瓶と云う瓶を買い漁《あさ》って、部屋と云わず庭と云わず陳列していると云う壺の蒐集家がいるのですよ。否、正確にはいた――かな」

「亡くなった――のですか」

「亡くなりました。亡くなったのは先月の初めのことらしいですが――」

「そこに？」

「話に聞く限りは、まあ玉石混交、幾価《いくら》としない割れ瓶から目が飛び出るような貴重品まで各種取り揃えていて、それはもう、足の踏み場もない程、何百とあるんだそうですが――」

慥《たし》かにあそこの家なら砧青磁も持ってるかもなあと中禅寺は呟いた。

「そんなものまで――ありそうなんですか？」

「話半分で聞いても大したものですからねえ。何でも、戦前は有名な男だったらしいんですね。骨董の競売《せり》が立つと必ず顔を出して、壺やら瓶の類が出ると無理をしても必ず買ったと云う。まあ、先程も云ったように壺や瓶は不人気ですから、大抵は労せず入手できたようですがね。聞けば元元士族で――何でも山田長政《やまだながまさ》の縁者だとか何だとか云っていた人物のようですが――その当時は金を持ってたようですね。一部の壺は兎も角、瓶なんてのはそれこそ二東三文のものも多い訳ですが、量が量だから出費も馬鹿にならない。それに、稀には名品も出る訳です。競り合いになるとムキになって落としたんだそうですよ。その世界では名物男だったそうです」

「それじゃあ今川さんも――」

知っているだろうか。

「いや――今川君は知らないだろうなあ。彼は戦後に転職した口だから、噂ぐらいなら届いているだろうか」

「それが――お祓いとは？」

「ええ、まあね――」

中禅寺は勿論古書肆ではあるのだが、本職はこの家の近くにある小さな神社の神主なのだそうである。そして、神主でもある古書肆は――また一方で憑物落としの拝み屋をも副業にしているらしい。

人に取り憑いた悪しきモノを祓い落とすのが中禅寺の三番目の仕事なのである。

よくは知らないが、拝み屋祈禱師の類なのであろう。慥《たし》かにその手の知識は豊富に持っているようである。だが、こうして話している分には、合理的だし、迷信家とも思えない。弁は立つものの、とても祈禱師には見えないのだが――。

器物百年を経て霊を得る、などと云いますでしょう――と拝み屋は云った。

「はあ、古い道具は化けると――」

「お祓いを依頼しに来たのは、亡くなった蒐集家のお孫さんなんですよ。独身のご婦人なんですが、彼女は壺が恐い――と云うんですね」

「壺が怖い？　それはまた面妖な」

「ええ。死んだお祖父さんが乗り移っているようで、居ても立ってもいられないと云う。まあそれだけの量があれば仕方がないですよ。某《なにがし》か怪異を呼びそうな気もするでしょう。それに、処分したくてもできないんだそうでね」

「それは何故」

「遺産相続やら何やら、何かと面倒なんだそうですよ。壺を含めた家屋敷はひと財産ですからねえ。しかしお祖父さん、道楽が祟って方方《ほうぼう》に莫大な借金を残してくれたらしい。お孫さんとしては差引すっきりさせてしまいたいところだが、口煩瑣《くちうるさ》い親戚がしゃしゃり出て来て横槍を入れるので、中中話が進まない」

面倒なことである。

「そんな訳で、壺と離れられない。広い屋敷で厭厭壺と暮らしているうちに、段段おかしくなって来たと――まあこう云う訳です」

世の中には様様な悩みがあるものだ。

しかし、姑と暮らす大変さ――くらいならまだ解るが、大量の壺と暮らす恐さと云うのは、僕辺りには理解し難いものがある。

「僕は町内会の秋祭りの準備があったりして、暫く忙しいので、来週お伺いすることになってるんですが――」

「今川さんに教えて差し上げれば宜しいのに――」

奥方はそう云った。

「――先方だって壺を処分したいのでしょう」

「まあねえ。ただ――骨董屋ならもう大挙して押しかけているだろうな。物持ちが亡くなった時の業者間の情報は速いからね。売れるものならもう売れてるだろうし、売れない状態なら今頃今川君が行ったって売っちゃくれないだろう。もし誰かが買ったんだとしても、砧青磁なんかが出たなら噂がすぐに広がるから情報は今川君のところにも流れてるだろうし――もしかしたら風評や自己申告とは大いに話が違っていて、全部カスだったのかもしれない」

「それこそ判らないことじゃないんですの」

まあそうだがね——中禅寺は不承不承立ち上がると、失礼と云って座敷を出た。そしてものの一分と経たぬうちに戻って来て、居ないようだね、留守だった——と云った。

今川に電話をかけてみたのだろう。

「探してらっしゃるのよ、きっと」

「僕が——明日にでも行ってみましょうか」

僕がそう云うと、中禅寺夫妻は揃って不思議そうな顔をした。

どうしてそんなことを云ってしまったのか自分でも善く解らなかったのだが——云ってしまった以上引っ込みがつかなくなってしまった。仕方がなく僕は、待古庵や壺屋敷の所番地を聞いて、中禅寺の家を辞したのだった。

すっかり夜は更《ふ》けていた。帰路の途中、僕は中禅寺が宮司を務める神社を、夜空に聳《そび》え立つ鳥居の向こうに確認した。

3

僕はその翌日、今川雅澄の店に赴いた。

午《ひる》で仕事を切り上げ、大慌てで向かったから午後一時には着いたのだが、矢張り店は閉まっていた。

今川はきっと——たぶん当てもなく——砧青磁の瓶《かめ》を探しに出掛けているのだろう。汗をかき乍《なが》ら東奔西走している奇怪な面相の骨董商の姿を僕は想像した。

念の為に朝一番で電話した時も留守だったのだ。

不在に関しては予《あらかじ》め想定していた事態だったから、僕は用意して来た手紙を戸口に挟んで素直に帰ることにした。壺屋敷のことと、詳しくは中禅寺に尋ねるように——と記した手紙である。

手紙を挟んだ後、僕は暫《しば》し放心した。

仕事を端折《はしょ》るような努力までしてこんな処まで来て、いったい自分は何をしているのだろうと——そう思った訳である。

今川とは一昨日たった一度会っただけの関係である。当然深い親交もない。親交がないどころかどう云う人間なのか、正直云って善くは知らない。何か恩義を感じている訳でもない。だからここまでしてやる理由は何もない。それなのに僕は、何だかやけに張り切っている。

乗りかかった船——と云う程に乗りかかっている訳でもないし、行き懸りと云う程には懸かっていない。毒も喰っていないのに皿を喰い始めたような、何とも妙な案配だった。

僕はとぼとぼと見慣れぬ青山の景色を眺め乍《なが》ら、不毛な自問自答をした。

多分僕は——いい人を演じたいのだろうと思う。

何だか厭な結論だ。

でも——そうだと思う。

僕は単にいい人振っているだけなのだ。関わりの浅い今川に親切をすることで、君は中中役に立つ人だと云って欲しいのだろう。役に立たなかったとしても、せめていい人だと思われたかったのではあるまいか。

——誰に思われたいのだ？

今川なんかに褒めて貰いたいか。

それは違う。ならば——。

——探偵に——か。

はないか。

僕は——もしや榎木津に評価して貰いたいのではないか。あの、世間の常識も権力の構造も社会の枠組みも何もかも通用しない榎木津と云う男に——認めて欲しいと思っているのではないか。

——何故。

僕はきっと、前回の事件で得た人脈の中に自分の場所《ポジション》を見つけたような錯覚に陥っているのだろう。

人間関係などと云うものは、多く惰性で成り立っているものだと僕は思う。

起きていても寝ていても親は親だし、何も望まずとも就職すれば上司や部下がついて来る。苦労して自分に合う職を探したとしても上司までは選べないし、仮令《たとえ》それが上司の質で決めた職場であっても同僚や後輩までは意のままにはなるまい。それらは別別の理由でそこに居るだけのことで、謂《い》わば仕事のおまけのようなものである。同じように隣人だって選べないし、友人とても大差はない。そもそも、自分が関わりを持てる集団と云うのは限られている訳だから、選ぶとしたってその中から選ぶよりないのだ。何の理由もなく積極的にこの人間と関わりたいとか、能動的にこいつは遠ざけたいとか思うことは善く考えるととても少ないのではないか。

所詮——人はみんな、不可抗力から既にして生じている関係の枠組の中だけで、好きだ嫌いだと喚《わめ》いているだけなのだ。

そんな中で——僕は自発的に榎木津と接触したのだ。

——自発的だったのか。

それもまた、単なる勘違い——思い込みなのかもしれないとは思う。

しかし、榎木津との接触が極めてそれに近い状況下で発生したものであると云うことは、間違いないことだと思う。

前回、榎木津に探偵を依頼することに決めたのは、僕自身だ。

知人の推薦があったとは云うものの、少なくともそれに関しては誰かに強要された訳ではないし、他に選択肢がなかった訳でもないのだ。

それに、今回僕は依頼人ですらないのだから、利害関係も一切なくなっている。

今や、榎木津なんかと付き合ったところで僕にとって良いことなどはひとつもないのだ。

望むことも望まれることもなく、望まれないと云うこともなく、ただ何となくそこに居るだけの生活に甘んじていた僕にとって、何かに強いられることなく、しかも損得抜きの関係を結ぶ——などと云うことは物凄く画期的なことだと云えはしまいか。

——そんな大袈裟なことなのか。

百歩譲っても、探偵との出会いが豪《えら》く斬新なものだったことは確かだろう。加えて榎木津の、あの予測不能な傍若《ぼうじやくぶ》無人《じん》加減も影響しているに違いない。所詮人生は予定調和だと見縊《くび》っていた僕の目には、あの奇人振りは大層新奇なものとして映《み》ったのだろう。

だからこそ僕は、榎木津やら中禅寺やらが構成する場に――自分の居場所を見つけたいと願っているのではないのか。そのために、榎木津や、それに連なる者どもに認めて貰いたいと思っているのではあるまいか。そうだとすると、僕のこの不可解な行動は――。平たく云うなら探偵の気を惹《ひ》きたいが故、と云うことになる。

――そんな。

何だか気持ち悪い結論じゃないか。

僕は小さく首を振る。

聞く者によっては何だか怪しげな結論と取られても致し方ない。榎木津の容貌が下手に整っているから余計に怪しく思える。妙に勘繰られても云い訳が利かない。僕にその気はない。それは決してそう云う意味ではない。ないのだが――。

そこでふと我に返る。僕はいったい、

――誰に対して弁明しているのだ？

己の理解不能の行動に疑問を抱き、くだらない自己分析の末に自問自答して、出した結論に落胆し、挙げ句の果てに己に対して弁解までしている。これは、非常に滑稽な状況ではないか。

顔を上げる。少しばかり傾き始めた陽が眩しかった。

榎木津に玩《もてあそ》ばれているような気がし始めた。

——結局下僕なのか。

そう云うことになる。

僕は、少し落胆した。

矢張り——厭な結論ではないか。

じいじいと生き残りの蝉が鳴いている。

僕は肚の底で少し笑った。苛められて喜ぶような男にだけはなりたくはないと——そう幾度も肝に銘じていたというのに、気がつけばこの為体《ていたらく》である。これでは被虐《ひぎゃく》体質と五十歩百歩ではないか。

いずれにしても僕は今、まともな状態ではないのだ。前回無茶苦茶に巻き込まれて、少しばかり普段と違う体験をしたものだから、少少箍《たが》が緩んでしまった——と云うことか。

それだけのことだ。

そして。

僕は気がついた。

——ここは何処だ。

僕は立ち止まった。

景色に見覚えがない。青山一丁目の駅に向かっていたつもりだったのだが、来た時見たそれとは風景がまるで違っている。もしや通り越してしまったのかもしれない。

来方《こしかた》を振り返って見ても、視野に入る風景は行末《ゆくすえ》に続いていたそれとそう代わり映えがしない。

どうやら僕は、馬鹿なことを考え乍《なが》ら土地勘のない場所をうろうろと徘徊《はいかい》していたらしい。何処をどう歩いたものか、まるで道が判らない。坂を幾度か上り下りしたようにも思うが、何の指標にもならない。この辺りは坂が多い土地柄なのである。区内には百三十幾つもの坂があると聞いている。

——困った。

これでは狸惑《たぬきまど》わしである。そう云えば、この界隈はその昔、狸だの貉《むじな》だのが多く出た場所でもあるのだそうである。見回すと至るところに藪だの木陰だの微昏《うすぐら》い翳《かげ》りがある。陽はまだ高くとも油断はならぬ。本当に獣でも潜んでいそうな雰囲気ではある。

平素、考え事をしていて道に迷ったことなど一度もない。初めての体験だったから、僕は矢庭《やにわ》に当惑した。

はて僕は何処から来て、ここは何処で、この道は何処に繋がっているのか——。

これではまるで、間抜けの標本だ。

笑うに笑えない状況である。

——外れっ放しだ。

どうも榎木津に関わってからと云うもの、僕は調子が外れている。

あの正常すれすれのエキセントリックな男は、何か強力な磁場のようなものを持っているのだ。その影響下に於ては羅針盤さえ役に立たなくなるのである。

つまり、この間抜けな状況の元凶は榎木津なのである。なのに榎木津は僕の間抜けを嗤《わら》うだろう。しかし汚名を返上しようと何か行動を起こしたりすると輪をかけて間抜けな状況を引き起こす羽目《はめ》になるのだ。だからこそ僕のような平凡な男はくれぐれも用心しなければならないのだろう。深みに嵌《はま》ると抜けられなくなるのである。そして僕は思う。

その——。

関口とか云う小説家も、もしかしたら最初はこんなだったのではなかろうか——と。

ここは冷静に状況を判断しなければなるまい。このまま右往左往していたのでは榎木津の云う愚かな下僕そのものになってしまう。僕は一軒の民家に近寄り、軒を覗き込んで地番を確認した。

赤坂區表町《くおもてちょう》。

昔の住居標示である。そう云えば青山も赤坂区だったのだ。そんなに離れた場所まで来てしまった訳ではないようだ。

——赤坂か。

そう——壺屋敷の住所も赤坂だった筈である。かの好事家の屋敷は、実に今川の店から歩いて行ける範囲《エリア》にあったのだ。

僕の中で理解し難い欲動が首をもたげた。

ポケットから住所を記したメモを出す。

一《ひと》ツ木《ぎ》町《ちよう》――。

僕は、まず目の前の坂道を上り、坂の上で筵《むしろ》を広げていた花売りの老婆に道を問うた。老婆は言葉少なに道順を示してくれた。

多くを語るまでもなく、老婆は件《くだん》の屋敷を知っていたようだった。

そして僕は壺屋敷――故・山田《やまだ》与治郎《よじろう》邸に向かった。その段階で、僕は完全にツボに嵌っていたのである。

坂を下るとまた坂があった。

坂の両側には民家が軒を並べている。

それ程古い家はない。この一帯は多分、空襲で丸焼けになっているのだ。狸も貉も焼け死んでいることだろう。当然、それ程大きな木はない。なのにあちこちに翳りができるのは何故なのだろう。

教わった通りに角を曲がる。いきなり藪がある。背の高い建物などないから、見通しが良さそうなものなのに、地形の所為《せい》なのだろうか、どうも何かに視野が遮られてしまう。知らぬ土地だからか。

僕は僅かに不安になる。

迷っていた所為もあるか。

僕は老婆の示した道順を反芻《はんすう》する。

生け垣が続いている。蟬とも何とも判じ難い虫の声らしき音が、遠くでずっと鳴っている。道は乾いていた。

三本目の路地を入って暫く進むとやや広い道に出る。貧相な林に面した畦道とも山道ともつかぬ道である。東京都の中心部とは思えない。赤坂離宮《りきゅう》や青山御所が目と鼻の先にあると云うのに、この落差は何なのだろうと思う。のみならず、この街は花街やら赤坂見附の停留場やら、そうした異質な景色を違和感なく抱え込んでしまっている。その無造作なのか繊細なのか判じ難い辺りが、寧ろ東京らしさと云えるのかもしれないのだけれど。

そんなことを思う。

急に視界が啓《ひら》けた。

低い土塀が続いている。どうやら旧《ふる》いもののようだった。半ば崩れ、瓦も欠けている。戦《せん》禍《か》を免《まぬが》れたものだろう。手入れされていない低木がそちこちから道に向けて枝葉を伸ばしている。

塀に囲まれた敷地はかなり広い。

しかし塀の向こうに覗いた建物は、それ程大きなものではないようだった。ただ、粗末ではあるが、一応お屋敷の様相は呈している。敷地に対して建物が小さいのである。

否──それは錯視で、敷地の方が広過ぎるのかもしれない。印象としては田舎の大きな農家のそれに近い。開放的である。

暫く塀伝《づた》いに歩いて、僕はその開放感の正体を知った。

庭に──何もないのである。背の高いものがないから、まるで畑のように見えるのである。思い出したかのように何本か椚《くぬぎ》の木が立っているものの、間隔も疎《まば》らで手入れもされていない。このくらいの規模のお屋敷なら、庭にはこんもりと庭木が茂っており、建物自体は丸見えにならないのが普通だろう。低い塀から無防備に屋敷が窺えるから、建物自体も貧相に映るのである。

やがて僕は門に至った。

立派な門だが門扉《もんぴ》がない。左右に門柱が立っているだけである。太い柱には表札が懸かっていた。

そこが──山田家だった。

僕は、一度左右を見渡し、人影がないことを確認してから、恐る恐る門に首を差し入れて、中を覗き込んだ。

門から続く細い石畳が、屋敷の玄関まで延びている。僕はまず、その石畳に沿って視線を送った。石の継ぎ目には土埃が溜っている。屋敷の玄関は三分の一程開いていた。簾《すだれ》が懸かっている。綴《と》じた糸が切れているのか、簾は変形しており、おまけに少し傾《かし》いでいる。

――あれは忌中《きちゅう》の。

剝れかけた半紙に忌の一文字が読めた。中禅寺は慥《たし》か、この家の主は先月の初めに亡くなったと云っていた。以来ずっと吊し放しなのだろうか。

僕は――石畳の左右に目を遣る。

驚いた。

僕は上げそうになった声を呑み込んで、もう一度左右を見た。

――これは。

これは――凄い。物凄い。

僕は絶句した。何もないどころか――。

その庭は――夥《おびただ》しい数の壺で埋め尽くされていたのである。

骨董市だってこれ程壮観な絵は拝めないだろう。

足の踏み場もないとはこのことである。

塀の中には何百――否、何千と云う壺がぎっしりと、一分の隙間もなく並べられていた。

家屋と石畳を除く全ての地表が壺で覆われているのだ。壺は背の高いものでも精精二尺程だから、塀の外からは見えなかったのだろうか。否、勿論見えてはいた筈なのだ。しかしこの有様ではそれが壺だとは誰も思うまい。

実際――僕は思わなかったのだ。

何もない庭と見えたのは、こんな馬鹿げた光景が貧弱な想像力しか持ち合わせない僕には想像できなかったからに他ならない。

壺どもは多分、相当長い歳月この状態で放置されているのであろう。

それは埃やら泥やら苔《こけ》やらで、皆一様に均質で有機的な質感になっており、最早地面の延長——大地の異様な突起物と化しているのである。ただ、その無数に生えた突起物の先には、そこだけ妙に無機的な丸い穴が、矢張り無数に口を開けているのだ。

敷地全体が渾然一体《こんぜんいったい》となって、まるで巨大な海洋生物のように見えた。

何しろ圧倒的な量である。

ある一定量を越えると、個体の識別と云うのは不可能になるらしい。ここにあるのは沢山の壺と云う名のひとつの生物——いや、生物の死骸である。

僕は一度空を見上げた。

陽はかなり西に傾いている。

とは云え、まだまだ十分に明るい。

これが——濃霧に煙る彼誰刻《かわたれどき》だったり、夕闇迫る黄昏刻《たそがれどき》だったりしたならば——。

否、剰《あまつさ》え草木も眠る丑三刻《うしみつどき》、雲間から差し込む幽陽《つきあかり》に照らし出された光景だったりしたならば——。

僕はこの有様を現実と判じていなかったかもしれない。

それ程までの奇景怪観が、実に投げ遣りに、何の衒《てら》いもなく白茶けた姿を白日の下に曝《さら》している訳である。幻想性や神秘性が殺《そ》ぎ取られている分、それは一層に奇異な景観だった。

五分は眺めていただろうか。

——こんなものを。

中禅寺は祓い落とせるのだろうか。

僕は要らぬ心配をする。そして考える。

僕がここに来たところでどうなると云うのだ。

僕は骨董屋でも祈禱師でも、況《まし》て探偵でもないのだ。僕は——。

——僕は何をしに来たのだ?

考えなしの行動なのだ。

僕はくだらない自問自答の末に大間抜けな状況に陥り、半ば照れ隠しのような格好でここに来たに過ぎない。明確な目的などない。

どうしようもない。

こうして累累たる壺の大群を漠然と眺めてみたところで、それは矢張り無為である。あれが高価《たか》いだのこれが珍しいだの判る訳でもない。愚劣な感想を抱き、ただ息を吐《つ》くだけなのである。折角訪れたと云うのに、全く役に立たない。

僕は首を門から抜いて、肩を落とした。

——なんだ？

その時僕は、門柱の貼り紙に気づいた。

御用の方は裏口にお回りください——。

——裏口か。

何故かその時——僕はこんな家にも裏口があるのかと思ったのだった。

いや、どんな家だって裏口くらいはあるだろう。

長屋でもあるまいに、寂れているとは云え元元は武家屋敷なのだろうから、裏口がない訳もない。

では何故そんなことを思ったのかと云えば——。

想像ができなかったのである。

壺だらけの庭の——裏側が。

思うに、この前庭は奥の方から中庭へと続いているのだろう。多分壺だらけのまま。では手前の方はどうなっているのか。家と塀の間にも壺の行列は続いているようである。壺がこのまま塀に沿ってぐるりと周っているなら、裏庭も——壺だらけなのか。

僕は塀に沿って進んだ。暫く行くと、畦道もどきの道は少しマシな径《こみち》と交差する。当然塀は道沿いに折れる。径の向こう側には割りと新しめの黒塀の平屋が並んでいた。

裏門があった。

僕は少し足を早めた。矢張り扉などはないようだった。門と云うより、塀の切れ目のようなものだろう。

思った通り、門扉も門柱もない。ただ山田と記した粗末な板切れが塀の切れ目に掲げてあるだけだった。その表札の下には、変色した木の蓋をした大きめの水瓶が置いてある。上に柄杓《ひしゃく》が載せてあるところを見ると、これはコレクションではなく実用品なのだろう。

僕は塀の中を覗いた。

壺は——あった。

しかしそれは——厳密には壺ではなく、元壺だった。

罅《ひび》の入った壺、割れた壺、欠けた壺、壺の破片、土くれ、塵芥——足の踏み場がないことには変わりがなかったが、こちらの壺は既に壺である主張をやめたモノ達だった。表門に優品を集め、徐徐に格を下げて、裏にクズ壺を並べたのだろうか。

それとも——もしや早く朽ちたのか。前庭の時間より裏の時間の方が進み方が早いのか。

そんな妄想を抱く。

裏口付近の壺はみな砕け、多くは風化して、殆ど土と同化していた。形がすっかり失われているものもあった。表より遥かに日当たりは悪いようだが、こちら側には苔などはない。乾いている。遺跡の発掘現場のような荒涼とした雰囲気だった。日照り続きで乾燥しているのだろうか。それともそう云う地相なのだろうか。

表が生き物の死骸なら、こちらは化石と云うところだろうか。

僕はそろりと踏み込んだ。

遊びに夢中になっているうちに、いつの間にか墓地に紛れ込んでしまった子供のような気分だった。

門の中に一歩侵入《はい》っただけで、やけに空気が埃っぽい。

砂を踏むような足の裏の感触を噛み締め乍《なが》ら、僕は更に一歩を踏み入れた。

踏み下ろす先に戸惑う。半分土に埋まった壺の破片を避ける。

かけらの隙間から雑草が何本も伸びている。

裏口の戸は開いていた。

建物を覗き込む。

裡《なか》は薄昏かった。

土間。勝手。竈《かまど》。

壺の類《たぐい》は確認できなかった。

独特の香りが漂っている。

――線香の匂いか。

そうだろう。

「どちらさまでしょうか」

僕は思わずわあ、と声を上げた。

暗がりに和服の女が突っ立っていた。

それは見事に——顔色の悪い女性だった。

青白い薄い皮膚の下に土気色の肉が透けているような、何とも形容し難い不健康な顔色である。化粧気もまるでないし、髪も乱れていた。

そのうえその女は、全体的に燻《くす》んでいた。肩を落とし、襟が少し抜けている。地味な紺色の紗《しゃ》の着物に、一層地味な海老《えび》茶《ちゃ》色の帯を締めている。

身につけている品は総《すべ》て高価そうな品物のようなのだが、如何せん古いのだろう。色褪せていて精彩《せい》を欠いている。着熟《きこな》しの所為か、それとも光量に乏しい所為でそう見えるのだろうか。

——疲れている所為か。

その女は実際疲れ果てていると云う様子だった。年齢は善く判らないが、明るめの着物を着て紅でも引けば十は若くなるだろう。女は不法侵入者たる僕を見ても別段驚いた素振りも見せず、ただ一重瞼の大きな眼で力なく僕を見つめた。眼の上下に無数の皺ができている。

「あの——その、僕は、この近くの骨董商の——」

見習いの者ですと云った。女は、誠志堂《せいしどう》さんですか陵雲堂《りょううんどう》さんですか、と問うた。多分骨董商の名前なのだろう。

「それでしたら、何度おいで戴きましても——」

「違うのです。そ、その、僕はそんな大きなお店の者ではなくてですね、ええと、待古庵と云う——」

「そう仰《おつしや》られましても——どちら様でも——」

中禅寺の見込んだ通り、既に禿鷹のような骨董屋は何軒も訪れているのだろう。

そして——。

売る気はない——と云うことか。

「いや、その、お譲り戴きたいと云うような、商売の話ではないのです」

僕は咄嗟《とつさ》にそう云ってしまった。

女は筋張った頸を少し傾けた。

「それではどう云う——」

「あ、あのですね、僕は、まだ素人なもので、こちら様のですね、その、壺をですね、後学のために拝見させて貰えないかと——ええ、普段なら中中見ることも叶わない品がお揃いだとか——」

女は怪訝な顔をした。

「そんな良いものはございませんけれど——何かお聞き違いをなさっているのではありませんか。宅には目の保養になるような名品はひとつもございませんけれど——」

「は？　しかし、その」

量があるだけですわ——と、女は溜め息雑じりに云った。

「嘘だとお思いなら——そう、陵雲堂のご主人にお尋きになってみてください。ご同業ならご存知なのでしょうし。あの方は、それは何度も通われて——品定めをされているようですから」

「品定め——ですか」

「買い上げられるような品はほんの数個しかなく、しかも新しい壺が買えないくらいの値段でしか引き取れない——のだそうです」

「それは」

嘘ではないのか。

二束三文で買い叩いておいて、実は——。

「そう云う策謀をお持ちではないようです」

「はあ、そうですか」

僕あたりが考えることなど誰でも思いつくことなのだろう。

「そもそも——ここの壺を全部引き取ることは拒否されたのですから。不用品を処分する方がうんと高くつくのだそうです。つまり、この家には大量の塵芥《ごみ》が——あるだけなのです」

「ゴミ——ですか」

塵芥を御覧になっても気分が悪くなるだけでございますと、険のある調子で云って、女は僕に背を向けた。

「――お帰りください」

「あの、ちょっと」

一寸《ちょっと》――どうすると云うのか。僕は考えなしに声を掛け、掛けてから戸惑う。軽挙妄動を悔《く》いる。

「執拗《しつこ》いですわね――」

女は振り向いた。

「――あなた、本当に骨董屋さんですか？」

「え、あの」

疑われてもしようがないだろう。僕は電気配線工事の図面引きなのであって、明らかに骨董屋ではない。そもそも作業服を着ているのだから疑われない方がどうかしている。骨董どころか古道具だって判りはしない。無芸で無粋な男なのである。

「真逆《まさか》――峰岸《みねぎし》金融の方――ですか。それとも関東大黒《だいこく》組の――」

違います違いますと僕は只管《ひたすら》手を振った。

「僕は本当に――その、お宅の壺が拝見したくて参った者で、そんな凶《おそ》ろしいものじゃないです。神仏に誓って違います」

女は再び向き直り、先程よりはやや強い視線で僕の顔やら服装やらをじろじろと見回した。なる程、怪しまれなかった筈である。今まで女の目には、殆ど僕の姿が入っていなかったのだ。

「――でも――その格好は」

「僕はその、昨日まで電気工事の会社に勤めておりまして、きょ、今日から青山の待古庵にご厄介になっているんですが――」

「電気工事？」

「はあ。配線工でした。それが、一昨昨年《さきおととし》屋根から落ちて怪我をしまして、現場復帰は無理だと云うので転職を――」

それは、半分くらいは本当のことである。

「――したのはいいのですが、骨董に関しましてはまるで素人で。就いては少しでも多くモノを見ろと、師匠がですね、云うものですから――」

「少しでも多く――」

女はそこのところを繰り返した。何か引っ掛かったようだった。そして、

「――少しじゃありませんわ」

と云った。

僕は少し恐くなった。

凡《およ》そ三十秒程の沈黙があって、女はどうぞ――と云った。

僕が慌てて姓名を名乗ると、女は、

「山田スエです」

と名乗った。

土間からは見えなかったが、上がってすぐの廊下の左右には小振りの壺がずらっと並んでいた。山田スエはその真ん中をすいすいと進み、最初の障子を開けて僕をそこに通した。

四畳半程の小さな座敷で、隅には茶簞笥《ちゃだんす》と畳んだ蒲団が置かれている。

「当家にはお客様をお通しするような座敷はございませんので――ここも、本来は使用人の部屋か何かなのですが――」

どうぞお構いなくと云うと、そのつもりですと云われた。

「この部屋で――祖父は暮らしておりましたの。ずっと寝たきりでしたから、多分五年はここから出なかったのです。ここで寝起きして、ここで死にました」

今は私がこの部屋に居ります――と山田スエは云った。

他の部屋は使っていないのだろうか。

そう大きくないとは云うものの、この屋敷だって十分に広い筈である。僕の住んでいる文化住宅の三倍以上はあるだろう。それとも、独り暮らしで広さを持て余していると云うことだろうか。それにしたって、この小部屋だけで起居するのは流石《さすが》に不便だと思う。

山田スエは僕を凝乎《じっ》と見た。

「少少歩き難いとは思いますが、縁側を伝えば客間には行けるのですけれども——私は行きたくありません。どうなさいますか」

どうなさいますかと云われても困ってしまう。

「他の経路はございませんの。玄関から入るのも、無理ですし」

「はあ——」

僕が如何《いか》にも釈然としないと云う態度で答えを留保しているうちに、山田スエは顔を顰《しか》め、やがてがらりと襖を開けた。

開け放たれた襖の向こうは——。

全て壺だった。

襖も障子も何もかも外され、何間もの部屋——多分この家の全ての部屋——がぶち抜きになっているのだった。そしてそこは全て壺で満たされていた。

畳など見えはしない。勿論踏み込むこともできない。何処もかしこも、壺壺壺、壺の大群である。壮観と云うよりない。これがずっと玄関先まで続いているのだろう。表からは入れない筈だ。裏口から続く土間や水回りと、この小部屋だけが、居住空間としての本来の機能を辛うじて留めていると云う訳である。

暫く息ができなかった。

これでは慥《たし》かに——。

——おかしくもなる。

こんなところで孤《ひと》り切りで暮らしたなら——僕なら三日と保《も》たずにどうにかなってしまうだろう。

堪らない。壺で酔いそうだ。見続けていると気分が悪くなる。

僕は壺が見たいと云って乗り込んで来たにも拘らず、壺から眼を逸らした。

「あの——」

山田スエは指を差した。

「——床の間のあるところが、その昔、お客様をお通ししていた部屋です。尤ももう随分前のことですけれども——今でも一人くらいでしたら座れる場所がある筈ですが」

行かれますか——とスエは云った。

「け——」

結構ですと息も絶え絶えに云って、僕は座り込んだ。

スエはそんな僕に哀れむような視線を寄越《よこ》し、やがてお茶でも召し上がりますか——と尋いた。無性に喉が渇いていたから、僕は素直に戴きますと答えた。スエはお待ちくださいと云って、お勝手に立った。

僕は——大きく息を吐いた。

壺。壺壺。

壺で埋まった座敷。

壺の並んだ廊下。縁側。

外には壺だらけの中庭が覗いている。

その庭は最初に見た壺だらけの前庭に続いているのだ。

四方八方、どこもかしこも、壺が視界に入らぬ居場所はない。壺が見たくなければ目を瞑るよりない。目を瞑っても壺は消える訳ではない。目を開ければ必ずそこにある。しかも夥しくある。

百や二百ではない。万単位の量だろう。仮令《たとえ》どんなものでもこれだけ集めれば偉業だろうと思う。しかも、馬鹿げた偉業である。

僕は自然と壺のない方——天井の方に視線を向けた。茶箪笥の上の梁《はり》に額装した写真が飾ってある。たぶん亡くなった与治郎氏の遺影なのだろう。

紋付き姿の普通の老人にしか見えなかった。

氏は何を思ってこんな馬鹿げた——他の言葉が思いつかない程馬鹿げた偉業を成し遂げたものか。僕はもう一度溜め息を吐いた。

スエはすぐに戻った。

「それにしても——何と申しますか——」

何も云えないのだ。云うことなどない。

「――これが、その――全部価値のないものなのですか」

善く見ると、綺麗な模様が細かく描かれた豪華な壺や、如何にも古そうな立派な壺も多くある。形の変わったものも、極彩色の絵柄のものも雑じっている。

ただ、遠くのものは霞んでいて善く見えない。

多くの壺があると云うよりも、最早細かい柄のようにしか見えないのである。そのうえ埃を被ってもいるのだろう。これでは掃除もできないだろうし、仕方あるまい。奥に入るには手前の壺を除けるしかない。だが除ける場所などないのである。

スエは、無表情にそんな壺どもを眺めてぼそぼそと云った。

「祖父が死んだ直後、骨董屋さんが大勢いらっしゃいましたが、皆さん手をつけずにお帰りになりました。何でも――人によっては高価なものもあるにはあると仰るんです。でも、これではきちんとした鑑定もできませんから。苦労して取り出しても贋物である場合もあるでしょうし、それでは商売にはなりませんでしょう。ここやあの床の間から眺めるだけで、確実に商品になると断言できるものは――矢張り数える程しかないのだそうです」

「そうですか――」

屋外にあるものは全部駄目らしいですし――と云って、スエは僕に茶を勧めた。

茶碗は少し欠けていた。

「しかし――先程のお話し振りから、骨董屋が執拗《しつこ》くこちらを訪れていると云うような感触を受けたのですが、それはその、売ってくれと云うのでは」

「ああ――」

スエはぶっきらぼうな声を出した。

「――あれは逆です。買ってくれと云うんですよ」

「買ってくれ？　これ以上？」

「祖父が――生前に約束していたんですね。どんな壺でも必ず買うから、兎に角どんどん壺を仕入れてくれ――と。証文まで書いて」

「はあ――」

何とも凄い執念である。

死の床に居て尚、老人は蒐集を続けていたのだ。

「それが――漸く手に入ったから買ってくれと云うのです」

「しかし――お祖父様はお亡くなりになったのではありませんか？　それを――どうしろと」

「勿論、祖父が死んだことも承知のうえでいらっしゃるのですから、どうかしています。ただ――」

「証文――ですか？」

「ええ。尤もそんな証文が法的に効力のあるものなのかどうか、私には解りませんけれど。ただ、慥《たし》かに祖父の書き残したものではあるようでしたし、陵雲堂さんなんかには、何かとお世話になっていることもあって——そう無下《むげ》には断れなかったのです」

「断れないと——仰いますが——」

これ以上壺を増やしてどうする。

「ええ。勿論買う気なんかございません。買う気があったところで、今、この家には一銭もお金がないのです。死人の約束など守れません。そんなもの、買える訳もないし、私は買いたくもありません」

それはそうだろう。

スエは怨むように遺影を睨んだ。

「私はそう申し上げたんです。でも」

「でも——諦めないのですか？」

「陵雲堂さんは——お金がないのは承知しているが、約束は約束だからと。それはそうなんでしょう。で、この家の壺を幾つか引き取ろうと云い出した。あの人は、どうやらこの家に掘り出し物が沢山眠っていると、そう思っていたようなんですね。それを狙っていたらしいんです。そこで、何か善い品があったら譲ってくれと云う」

「買い取った代金で、また買ってくれと？」

「買い取ると云うか、それで相殺しようと──勿論、高価な品と安価な品を交換して利幅が出るように考えていたのでしょうから──そうなら相殺じゃないですわね」

「と、申しますと？」

「例えば、もしこの家に百万円の壺があったとして、それをあの人の持って来た五万円の壺と交換すると──そう云う条件でどうだと。私はどうでも善かったので、構わないと云ったんです。ところが──当てが外れたんですね」

全部駄目だった──のだ。

「全部塵芥です」

と、スエは繰り返した。

その時──。

山田さん山田さんと、柄の悪い声が響いた。

スエの顔が奇妙に歪んだ。

4

その日のうちに、僕は再び待古庵に向かった。

夕暮れになると街の様相は一変した。そこここに蟠《わだかま》っていた翳《かげ》りが増殖して街全体を覆ってしまったかのようだった。

僕は、再び道に迷うような果敢《はか》ない予感を覚え乍《なが》ら、それでいてただ漂ってさえいれば必ずそこに着くような予定調和めいた安堵感も感じつつ、殆《ほとん》ど何も考えずに歩いた。

興奮していた所為《せい》かもしれないのだが、不安を伴った軽い焦燥は、気に病みさえしなければ却って心地良いものなのである。

いずれにしても道順を気にする余裕などなかった。

僕は半ば闇雲に進んだのだった。

しかし、何故か僕は迷わなかった。

それが最短距離であるかどうかは別にして——行きつ戻りつすることもなく、僕は取り敢えず真っ直ぐに、待古庵の見える通りに出ることができたのだった。

不思議なものである。

骨董屋には明かりが漏れていた。

硝子戸を覗き込むと、カーテンの隙間から、奥の帳場で穴熊のように身を屈めて座っている主の、顎のない珍妙な横顔が窺えた。

洋燈《ランプ》の火燈りに浮き上がって一層に不気味だ。

鍵が掛かっていたので戸を軽く叩いた。

獣染みた顔が上り、丸い眼を剝く。

僕は――酷く安心した。

今川は幼児のようなだらしのない笑みを浮かべ乍《なが》ら我楽多《がらくた》の中を移動して、短い指で器用に錠前を開けた。

「今川さん――」

どうしたのです――と古物商は云った。

「――僕も丁度戻ったところなのです。たった今、あなたのくれたお手紙を読んで、京極堂さんに電話しようかと思っていたところなのです」

カーテンを開けて、まあお入りくださいと怪人は云った。僕は軒先の水瓶から柄杓で一杯水を貰って口を漱《すす》ぎ、それから店内に這入《はい》った。躰が火照《ほて》って暑かったのだ。

妙に整頓された店だった。

箪笥《たんす》やら長持やら、絵皿やら香炉やら仏像やらが間のいいような悪いような間隔できちんと並べられている。とは云え古物ではあるから、それは雑然としてもいるのだが、掃除は行き届いているようで埃などは全く見当たらなかった。

今川の性格が窺えるような気がした。

僕は指示されるまま、艶艶《つやつや》と黒光りした箱階段と薬箪笥《くすりだんす》の置かれた小上りのような座敷の縁に腰を下ろした。

丁度、壺やら花瓶やらが並んでいる棚が目についた。

僕の視線を察したのだろう。これは李朝陶器なのです——と、今川は薬罐《やかん》から茶碗に茶を注ぎ乍《なが》ら云った。

「値の張るものですか」

まあ張るのです——今川は粘《ねば》っこい口調でそう答えた。

「——僕はまだ駆け出しなものですから、名品を扱う機会もそう多くはないのですが、春先に少少ご縁がありまして、千葉のとある素封家《そほうか》から優れた品を大量に仕入れることができたのです。資金もありませんでしたから右から左に捌《さば》いたのですが、それはその時の残りなのです」

「はあ——」

綺麗な壺だった。

本当は花器なのかもしれないが、僕の目から見ればこの手の物は全部壺である。

しかし、同じ壺でも随分と違うものである。この壺もあの屋敷に収まってしまえば——圧倒的な全体の一部になってしまうのだろうか。

同種のモノを大量に蒐集すると云う行為の目差すところは、結局のところ個の個としての価値を無効化することに他ならないのかもしれない。凡庸なるモノも奇抜なるモノも、貴きモノも卑しきモノも、ある限界値を境にして——数えられないと云う段階に至って、一挙に均質なものになってしまうようである。

そんなことを思い乍《なが》ら、僕が何と切り出したものか考えているうちに、こんな時間に何かあったのですか——と、骨董屋は単刀直入に尋いて来た。意外に話が早い男である。少なくとも面倒な手続きを経ずして本題に入れる。

「ええ、まあ——それより今川さん、首尾の方は如何です——」

しかし——僕はまず様子を探ることにしたのだった。僕なんかが関わるまでもなく、事態がとっくに収束している可能性もまた、ない訳ではなかったからである。

「——見つかりましたかその、瓶《かめ》は」

ふう、と今川は鼻の辺りから声を出した。

「砧青磁を所持されている方は何人か見つけたのです。拝見させても戴きましたが、勿論お売りになる気はまるでなく、そもそも瓶ではなかったのです。それだけです」

「それだけですか――」

「それだけです」

ならば益々――山田家しかない。

「あったんです」

僕は興奮していたから、何の前置きもなくそう答えた。

「あった？　何がですか」

「ですから」

「砧青磁の瓶ですか？　もしかして――」

壺屋敷なのですか――と云って、今川は鯉幟《こいのぼり》のような顔をした。

何かに似ている。

何に似ているかは相変わらず判らない。

「そう壺屋敷ですよ。僕は今の今までその――山田さんのお宅にお邪魔していたんですが、その、あった――と云うより、ううん、ある筈だと云うことが判った――と云うのかな」

はあ、と今川は実に妙な顔を――元来妙な顔なのだが――した。

「あなた、どうして山田さんのお宅にいらしたのです？」

「それはその――」

成り行きなのだが。

「――ここまで来た序《つい》でにね。近いですし」

適当に誤魔化して答えると、骨董屋はご苦労様なのですと云って馬鹿丁寧に頭を下げた。

感謝されているのか、将《はた》また呆れられているのかさっぱり判断できない口振りだった。

そして僕は壺屋敷の有様を今川に伝えた。

庭と座敷を埋め尽くした壺壺壺壺――壺。

壺。

今川は耄《ほう》けたように顔面を弛緩《しかん》させて聞いていたが、やがて、

「万ですか」

と問うた。

「万？」

「いえ、僕も――そのお屋敷のことは業者間の噂で聞いてはいたのです。しかし、百や二百ではなくて、万単位なのですか？」

「ああ、万と云うより――無数と云った方がいいですよ」

「無数！」

今川は大きな鼻から息を漏らした。

「それは見てみたいのです。しかし――その中に青磁があったのですか？」

僕は頷いた。

「あなた、青磁がお判りになる?」

「僕には判りませんが、その——亡くなった山田与治郎さんがですね、どうしてそんな数の壺を集めたのか——その発端に砧青磁があったんです——」

この耳でスエから慥《たし》かに聞いたのである。

僕は、山田スエが僕に話したことを今川に語ることにした。

「山田家は元士族の家柄なんだそうです。まあ、かなり窮していらっしゃるのですが、未だに士族の家を名乗っているようです」

士族と云えば元武士ですよね——僕が振ると今川はそうなのですと、間延びした答え方をした。

「制度としての士族は廃止されましたが、未だに元士族を標榜する家は多いのです。ある意味で特権階級だった榎木津家のような華族と違って、士族は法律的に何の特典もない名誉称号のようなものだったので、だからこそ身分制度が撤廃された後も却って残り易かったのかもしれない——と思うのです」

「何の——特典もなかったんですか」

「戸籍に記されるだけなのです。それだけです」

今川と云う男は僕の思った通り——外見に見合わぬ聡明さを具《そな》え、かつ該博な知識を蓄えてもいるようである。

「思うに、華士族制度の制定と云うのは、幕府崩壊に伴う一過性の大量失業者対策だったのではないかと思うのです。ご一新《いっしん》で武士が大勢職を失った訳ですから、これは新政府も困るのです。管理職が失業した場合、明日からそれ鍬《くわ》を持て皿を洗えと云っても、それは中中できないことだと思うのです。そこで暫定的に保護対策を打ち出した——」

「はあ、なる程」

「しかし諸侯や公家のような高級管理職は兎も角、その辺の下級管理職にまで念入りな策を講じる余裕がなかったのだと思うのです。そこで名前だけを与えて、士族帰農商の政策などを取った訳です。しかし、実際士族の商法は失敗するものと相場が決まっていて、多くは挫折してしまったのです。それまでただ威張っていた人達なのですから、これは当然なのです。だから名ばかり残ってしまうのです」

どうも——この手の話に一家言《いっかげん》ある男のようだった。

「まあ、山田家も、その今川さんの云う下級管理職だったようですね。下級も下級、足軽か同心か、お目見《めみえ》以下の身分だったことに違いはない。ただ、この山田家には誉《ほま》れがあったんだそうで」

「誉れとは？」

「誉れです。名誉。今川さん、山田長政を知ってますよね？」

今川はまた珍妙な顔をした。

「それは――あの暹羅《シャム》の南方日本人町の頭目の山田長政のことなのですか？　日本人を率いて暹羅の王位継承に関わる謀反を平定し、その後六昆《リゴール》太守にされて交戦中に毒殺された、あの山田長政ですか？」

「そうそう、その山田長政です――」

僕は――正直に云うとそんなに詳しくは知らなかった。

そうなのか、と云う感じである。

「――山田と云う姓はその山田長政から戴いたのだそうで」

「待ってください」

骨董商は茶碗を持った手を出した。

「山田長政は商人であって武士ではないのです。慥《たし》かに暹羅に渡る前は沼津城主大久保某の駕籠舁《かごかき》だったと云われていますし、南方に於ては武勇伝も数数伝わりますが、武将ではないし侍でもないのです。子孫が居たとしても――町人の筈なのです」

「そ、そうなんですか――」

僕は侍なのかと思っていた。

「――しかし、それはそれとして――まあ聞いてください。山田家の先祖はですね、何でも伊賀の出だと云うのです」

ああ――と今川は云った。

「——あの辺り——一ツ木や、隣接する麴町《こうじまち》の一帯は、古くは伊賀者の組屋敷があった場所だと聞いているのです」

「矢張り——忍術使いですかね」

実際に猿飛佐助のような人は居ないのです——と今川は云った。

「伊賀者と云うのは、伊賀出身の地侍《じざむらい》のことなのです。伊賀には土地を統一するような権力者がいなかったので、小さな集団の小競り合いが絶えず、大きな勢力と相見《まみ》えるに当たって、結果的に夜討ちや間諜などのやや卑怯な技を持たざるを得なかった、と云うだけのことなのです。それが、所謂忍びなのです。その伊賀者が、有名な家康の伊賀越えに端を発して徳川家と結び、御広敷番《おひろしきばん》や御用明屋敷番《ごようあきやしきばん》、伊賀同心などの役職を与えられたのだと聞いているのです。仕事は概《おおむ》ね、境界警護や雑役なのです」

それですそれ——僕も慥《たし》かそんなことを聞いたのだが覚えてはいなかった。

「山田家の先祖は、その雑役をしていた」

「それで——」

どうして長政と繫がるのだ——と云う顔である。

「山田長政は、なんでも南方で偉くなって、日本と泰《タイ》王国の国交のために、諸侯や幕府の重臣に贈り物をしたんだそうですね？」

そう聞いているのですと古物商は答えた。

「長政は中中大した人物だったのです」

「はあ。その贈り物をですね、時の老中だか奉行だかに無事お運びする役目の責任者をですね、山田家の先祖が務めたんだそうですよ。まあ本当かどうか知りようもないことなんですけどね。で、その運んだ貢ぎ物――書画やら壺やらだったそうですが、それが珍しいものだったらしくって、その老中だかから、今度は将軍様に献上された」

「将軍！　上様に？」

「上様にです。勿論これはあの家に伝わる話で、本当かどうかは知りませんよ。それで上様は大層お喜びになって、品物を無事に運んで来た山田家の先祖を大いにお褒めになったと云う」

「褒めた？　将軍家がですか？」

「山田家秘伝の古文書に拠れば――そうなんだそうです。ただ生憎《あいにく》その古文書は戦災で焼けてしまったのだとか――」

奇跡的に建物の殆どは残ったものの、それでも一部は焼けたらしい。建物裏手の壺群は、その時に破壊されたものだったようだ。あの風化具合は戦禍の爪痕だったのである。

「で、禄高を増やし、以降は山田姓を名乗ることを命じたんだそうです。山田長政に因《ちな》んだ訳ですね。この辺の感覚は僕には解りませんけど。急にそんな他人の苗字戴いて嬉しいのでしょうかね」

今日からお前は山田だ——などと云われて光栄ですと名乗れるものだろうか。

「はあ——」

今川は浮環《うきわ》のように口を丸く開けて、一層解らない顔をした。

「——そんな妙なお話があるのですか。それで、山田さんは山田長政と同じ山田姓を名乗っているとと、こう云う訳なのですか？」

「真偽の程は判りませんけれどね。ただ——」

僕は話を先に進める。

「——山田家の先祖は、俸禄を増やして貰って改姓しただけじゃないんですね。持って来た貢ぎ物の中から——壺をひとつ下賜《かし》されたんだそうです」

「なる程」

「それがですね」

「それが——？」

今川は締まりのない顔を僕に向けた。

「一寸《ちょつと》待ってください。真逆《まさか》、そんな上手い話は——ないと思うのです。ないと思うのですが、あった——のでしょうか」

「それが——あった訳ですよ」

偶然とは云え、僕も驚いたのだ。

「その時下賜された宝物こそがですね、砧青磁の大瓶だ——と、山田家では伝えられているんだそうです」

「はあん——」

今川はひょこりと頸を傾げた。何か考えているようにも見える。外見上はそう変わりがないのだが、眼玉が上を向いている。

「——その時代、暹羅に龍泉窯製の青磁が流入していた可能性は大いにありますし、本邦の上流階級でそれが好まれていることを山田長政が知っていた可能性もまた十二分にあるのです。だから、それはあり得ないことではないのでしょうが——」

今川は太く濃い眉をぐにゃりと歪めた。

「——でも、僕には判じられないのです」

あっさりとしたものである。

「ええ。由来は慥《たし》かに怪しいのですよ。しかし今川さん。その伊賀者の組屋敷だかがあった場所に元下級武士の屋敷があって、そこに元士族が住んでいたことは事実なんですよ。そこに砧青磁の壺が伝わると云う云い伝えがあるのも事実なんです。尚かつその家には壺が何万とある——」

「見たのですか？」

「はあ。壺は沢山」

そうではないのです——今川は大きな鼻をひくつかせた。

「あなたはその、砧青磁の大瓶をご覧になったのですか？」

見ては——いるのだろう。

僕は一応、家中の壺の全景を見渡している。あの壺の大群の中にそれがあったのだとすれば、必ず見てはいる筈だ。しかし——どれがその壺だったのかはまるで判らない。そもそも僕は、砧青磁がどんなものなのか善く知らないのだ。中禅寺の家でそれらしい香炉をちらりと見ただけである。

今川は、今度はもぐもぐと口を動かした。

「しかしそれは、もし本物ならば相当の値打ちものなのです」

「家宝——だそうですから。家名の誉れ——なんだそうです」

ううん、今川は腕を組んだ。

「ただの砧青磁でも本物ならばそれなりに高額なのです。それが山田長政が幕府に献上した暹羅渡りの壺となると——」

「高いですか」

「はあ。しかも、それでももし下賜された折りの上様のお墨付きか箱書きでも残っていたとしたら——それは、眼が飛び出る程高いものになるのです」

「どのくらいですか？」

一寸僕には値踏みできないのです、と古物商は云った。

「榎木津さんのお父上でも——探し出せない類のものでしょうか」

「はあ——」

今川は猿のように側頭部を掻いた。

「——まあ、ないのです。普通そんなものは」

矢張りないのだ。

僕は今川の不思議な顔を見つめた。

でも——古物商は怪訝そうに続けた。

「でも、そんな高価な宝物を——しかも家宝を、そんな、二束三文の壺と一緒にして放置しておくものでしょうか」

「そうなんです——」

尤もな疑問である。

しかし、しかしそれこそが——。

「——それこそが——山田与治郎さんが狂ったように壺を集めた理由——と云うか、そもそもの壺蒐集の動機なんだそうです」

「解らないのです」

今川は人差し指で己の厚い下唇を弄《もてあそ》んだ。

「解りませんか——」

僕は山田スエの、一重瞼の昏い眼を思い出す。

「——僕も最初はピンとこなかったんですが——何と云いますかねえ。つまり、そう、木の葉は森に隠せ——と云う奴ですよ——」

「は？」

今川は唇から指を離した。

「山田与治郎さんは、どれが家宝の壺なのか判らなくするために、あのコレクションを始めたんだそうです」

そう——なのだそうだ。

今川は暫《しばら》くそのまま口を開けていたが、やがて唾液を吸り上げるような音を立て、手の甲で口の端を拭った。

「か、カムフラージュだ、と？」

「はあ。元来はそうだった——のだそうです」

「沢山沢山壺を集めれば——本物がどの壺だか判らなくなるだろうと？　そのために、そのためだけに何万と云う壺を、生涯かけて蒐集したと、そう云うことなのですか？」

「そう云うことだそうです」

何と——奇異なる動機だろうか。

今川はうにゃあと云う、瀕死の猫のような声を上げた。

「僕は、そんな妙な蒐集家《コレクター》を知らないのです。それは、所謂《いわゆる》盗難防止のため——と、理解すれば宜しいのでしょうか」

僕が頷くと、今川はもう一度奇妙な声を発した。

「ただ——最初は正に盗難対策だったらしいのですが、晩年に至ってはもう、何が目的だったのか見失っておられたようです」

そう云っていた。

つい一時間程前——山田スエは僕に、半ば呪いの言葉を吐くかのように、実に忌ま忌ましいと云う口調で、祖父山田与治郎の狂気の壺蒐集の顚末を語ったのである。

「今川さんの仰った通り、山田与治郎さんは——その、士族の商法ですか、それで失敗した口らしいですよ。聞けばお茶だか何だかの栽培をしてたらしいんですがね。始めたのは与治郎さんのお父さんだったらしいですが——その方は商才があったのでしょう。与治郎さんの代になるまでは随分と景気が良かったようで、かなり財産も作ったようなんですが、大正の後半に差しかかった頃から駄目になったようです」

与治郎氏は俗に云う殿様商売をしたようである。

スエの話だと、祖父与治郎は人当たりが悪く冷淡で、商談に限らず話の吞み込みが悪く、それでいて責任は一切取らないと云う最低の人間だった——のだそうである。

人望は全くなかったらしい。

「それでも先代の築いた財産があったから、まあ与治郎さんも何とかかんとか羽振り良くやっていたようなんです。ところがですね、蹟《つまず》きの最初は――泥棒だったらしいんですよ」

泥棒なのですか――と、今川は感心したように云った。

「そう。盗人《ぬすっと》です」

「盗人？　強盗ではなく？」

「そう。当世じゃあ殺風景な強盗流行りですが、当時は所謂盗人と云うのがまだ居たそうですね。押し込みではなくて、こそ泥ですか。その辺りの区分は善く判りませんが、要するにこっそり忍び込んで盗むと云う――」

一日ばかり留守にして、戻ってみたら家財をごっそりやられていた――のだそうである。

あんなに驚いたことも悔しかったこともないと、与治郎氏は思い出す度《たび》に口惜しそうに繰り返し繰り返し語ったそうである。肉親と雖《いえど》も信用はできぬ、人を見たら泥棒と思えと、孫のスエに対しても口癖のように云っていたとも云う。

「肉親と雖も――とは？」

「はあ。それもその筈です。どうやら犯人――と云うか、泥棒の手引きをしたのは与治郎さんの弟さんだったんだそうですよ」

与治郎氏には頼為《よりため》と云う名の弟が居たのだそうである。

この頼為氏と与治郎氏は幼い頃から犬猿の仲だったのだそうである。

子供の頃から不仲だったと云うことは、元来相性が悪かったと云うことにもなるのだろうが——兄弟の溝を決定的に広げたのは家宝の壺だったのだそうだ。

「その——家宝の壺は、代代当主となる長男だけ触ることが叶《かな》うと云う代物だったのだそうです。何とも前時代的な話ですが、まあ、明治大正の話ですから、そうしたこともあるのでしょう」

僕がそう云うと、今川はふるふると首を振り、それは現代でも十分にあり得ることなのです——と云った。

「僕の家は、先祖代代蒔絵師《まきえし》の家系なのですが、矢張り秘伝の技法は長男にしか伝えられないのです。しかもそれは口伝《くでん》なのです。僕は次男なのですが、父の存命中に兄が死に、尚且つ兄に嫡子《ちゃくし》たる男児が居ない——と云う状況が訪れない限り、僕はその技法を学ぶことができないのです」

はあ、そう云うことはあるのですねえと、僕は云った。

「僕なんか先祖の素姓どころか、曾祖父の名前さえも知りませんから、そう云う話は他人ごとなのですが——まあ、この頼為と云う人も、兄に輪を掛けて社会性のない人だったようなんですね」

「ありがちなのです」

「頼為さん、大変な借財を抱え込んで困っていたらしい。で、兄に金の無心をしたんですね。ところが与治郎さん、にべもなく断った。貸せる余り金など鐚《びた》一文ないと嘯《うそぶ》いた。弟の方は納得しませんよ。金がなくても壺があるじゃないか、と返した。家宝の壺を売るか質にでも入れて、金を作ってくれと頼んだんですね」

「無茶を云うのです」

「肉親と壺とどっちが大事なんだと迫ったんです」

「それは難しい問題なのです」

今川は無表情に答えた。

「肉親と雖《いえど》も人によるのです。場合によっては——壺の方が大事なこともあるのです」

「考えるまでもなく壺が大事だったんですよ与治郎さんは。そこで弟さんは——怪しげな筋を辿って白波《しらなみ》を雇ったんですね。合い鍵を渡して手引きしたのだそうです。それで本宅のお金から家財道具から、金目の物は一切合切盗み出した。まあ、泥棒の方はすぐにお縄になったようなんですが——」

「捕まったのですか。で、弟さんの名前を？」

「白状《はい》たんですねきっと。ま、金で雇われた訳ですからそう義理はない。お金は一文も戻らなかったようですが、物は戻ったんだそうですよ」

「なる程。それで家宝の壺も——」

「ところがですよ」

僕は講釈師のように勿体をつけた。

「ところが、泥棒は見境《みさかい》なしに、それこそ飯櫃《めしびつ》からしゃもじまでごっそりと盗み出してると云うのにですね、家宝の壺だけ盗まれずに残ってたと云うんです。手つかずだった」

「ほう。仕舞い方が上手だったのですか？　どこかに隠していた？」

「それが——決して隠してはいなかったんだそうです。でもですね、弟さんが依頼人である以上、泥棒が壺の存在を知らない訳はないじゃないですか。実際、犯人は豪く高価なモノを手に入れた、古い壺だと吹聴していて、そのお蔭で捕まったんだそうですから」

「はあ。妙な話なのです。壺は盗まれてないのでしょう？」

「そうなんですよ。そこで与治郎さんは——あることに気がついたんです。どうやら泥棒は間違ったんじゃないか——」

「間違った？」

「はい。家宝はですね、箱に入れて床の間に置いてあったんだそうです。隠しちゃいなかった。ところが泥棒はそれが家宝の壺だとは思わなかった。賊は床の間に飾ってあった花瓶か何かを見て、それを家宝だと信じたんですね」

「ああ」

今川が口角泡を飛ばして叫んだ。

「その一件が、カムフラージュ用の壺を買い集めると云う発想の根幹にあるのですか」

「そうらしいです。泥棒なんて然然《そうそう》侵入《はい》るもんじゃないですよね。確率はそんなに高くないです。僕なんかの感覚だと一度でも侵入られたら逆にもう大丈夫だと思ってしまう。ところが与治郎さんはそうは思わなかったんでしょう。与治郎さんは、用心のために家宝の身代わりとして、高価そうな壺を購入した。ところが」

「ところが？」

「その偽物は、偽物と雖も高価な品だったんだそうです。家宝に似せて選んだ所為なんでしょうね。そこで与治郎さん、今度はその偽物が惜しくなって来た。で、もうひとつだか二つ買ったんです。偽物の偽物ですよ。しかしそのくらいの量だと、まるごと全部盗まれるかもしれない。だから今度は安い壺を沢山買った。すると」

「すると？」

「安い壺も高価《たか》い壺も、モノ自体を見るなら実はそんなに変わりがないと云うことを——与治郎さんは学んだんです」

なる程と今川は唸った。

「モノの値段と云うものはモノ自体の絶対普遍的価値ではないのです。モノを取り巻く社会と、モノに接する人間が決めるお約束なのです。もしモノだけを比べてしまったら、後は使い易さとか好みとか、そうした曖昧で恣意的な判断基準しか持てなくなるのです」

「そう云う意味では、与治郎さんの基準と云うのはとても——曖昧だったんでしょうね。壺の買い入れは日に日にエスカレイトして行って、終《しま》いには手がつけられなくなった。兎に角買うんだそうです。のみならず貰うのも大歓迎だったそうです。壺はやがて住居を侵略し始め、やがて家計をも圧迫し始めた。それでは仕事も疎《おろそ》かになるでしょう。それで事業はガタガタと傾いた。そうなると一層、壺依存の度合いは強くなる」

はあ、今川は溜め息を吐いた。

「女房を質に入れても——と、善く云いますでしょう。でも与治郎さんの場合は、それも常套句ではなくって、本当に——質入れちゃったんだそうです。奥さんを売ってしまった。理由が、主人を窘《たしな》めるような、妻女にあるまじき言動をしたから——だそうです」

売ると云って売れてしまう時代だから凄い、とは思う。

「それでですね、与治郎さんの息子さん、嶌夫《しまお》さんと云うのだそうですが、まあスヱさんのお父さんですね。この嶌夫さんと云う人は、こんな親父を反面教師にして育った所為か、堅実な人だったようでしてね。この人は商事会社に勤めたらしいのです。ところが与治郎さんはこの就職を酷く嫌ったんだそうで——」

「自分の才覚で稼ぐなら兎も角も、町人の下働きをするとはどう云うことだ——と云うような話ではないのですか」

今川はそう云った。

正にそうですと応えると、自分の親戚にもそう云う人が居るのです、と骨董商は云った。

「人と云うのは——中中難しいものなのです」

珍獣のような主は、どこか哲学者めいた台詞を吐いた。

そんな訳で——与治郎は事あるごとに息子一家と対立したのだと云う。

対立の理由は幾らでもあった。壺を巡るあらゆる諸相は、悉く親と子を諍《いさか》いに導く火種となったのである。

そして——昭和十三年。

山田家は再び奇禍《きか》に見舞われた。

山田嶌夫が、強盗に刺殺されてしまった——のである。

「ま、また——泥棒が侵入《はい》ったのですか」

「入ったんです。ただ——盗むにしても壺ばかりでしょう。その頃はまだ家の三分の一程度しか侵蝕してなかったようなんですけど、家計は火の車だったから現金もない。そのうえ今度は——」

「泥棒ではなく強盗だったのですか？」

「そうそう。時代が下った所為——でもないのでしょうが、今度は刃物を持った押し込みですよ。与治郎さんはただ必死で壺を護っていたそうで、一人立ち向かった嶌夫さんが犯人と揉み合って刺され、亡くなってしまったんです——」

犯人は何も盗らずに逃走し、結局捕まらなかったそうである。

与治郎は再び弟の頼為を疑ったのだと云う。

「頼為氏はその頃、それはもう相当に落魄《おちぶ》れていたようで、喰うや喰わずと云う有り様だったらしい。本来仲が悪かったうえに、以前借金を断られたりした経緯《いきさつ》もあり、勿論前回の泥棒騒動の蟠《わだかま》りもある。頼為氏は、そもそも自分が落魄れたのは兄貴の所為だと思い込んでいた。まあ、逆恨みのようなものですが」

「と云うか、逆恨みなのです。一度前例がある以上、疑われても仕方がないのです」

「そうなんですけどね。まあ、結局は濡れ衣だったようなんですが――あらぬ疑いを掛けられたもんで、頼為さん、更に激しく兄を怨んだんだそうです」

容疑が晴れて後も蟠りは解けず、兄弟の間には大きな禍根が残ったのだと云う。

頼為氏は毎日のように本家を訪れては大声で罵り、家の前に汚物をまき散らしたりして嫌がらせの限りを尽くしたのだそうである。

「与治郎さんにしてみればそんな弟が益々疎《うと》ましくなってしまった。家宝を継承すべき長男も失い、すっかり疑心暗鬼の塊になってしまったんだそうで――」

嶌夫の妻――スエの母は、夫を失った悲しみもさること乍《なが》ら、そんな与治郎との暮らしに骨の髄まで疲れ果て、終《つい》には病の床に伏せってしまったのだそうである。

壮絶なのです――と今川は云った。

「そうなんですよ。強盗に侵入られたと云うのはまあ災難ではあるんですけどね。元は――壺一個のことでしょう。壺ひとつで家庭崩壊ですよ。与治郎さんは病気で家事ができなくなった嫁を役立たずと詰《なじ》り、最早この世の中で信じられるものは壺しかないと、一層壺に執心してしまったんだそうです」

与治郎が骨董業界で有名になったのは、どうやらその頃のことらしい。半ば自棄《やけ》くそになって、与治郎は壺を買い漁ったのだそうである。他のものには目もくれず、逆に壺であればどんな欠け壺でも買った。そこに目をつけて売りつけに来る業者も後を絶たなかったようで、そんな場合も与治郎は無理をしてでも必ず買ったと云う。

「生活は――どうしていたのです？」

「茶畑を切り売りしてたらしいですね。後は借金。与治郎さんのお父さんの信用もあったし、押し込みで長男を殺されたことに対する同情もあって、まあ融資してくれる人も居たようです。返すあてなんかはなかったんでしょうけど――」

「それ以来ずっと？」

ずっと――借金生活は続けられたようである。やがて頼為氏は呪詛の言葉を吐き乍《なが》ら悶死し、スエの母も持ち直すことなく大戦前に死んだ。

スエと、老いた与治郎と――。

そして壺との生活が始まった。

「スエさんは、その頃まだ二十歳そこそこだったそうなんですけどね。お針子の内職をして懸命に働いたんだそうですよ。でも稼げども稼げども、全部壺に化ける。借財はみるみる膨れ上がって、利息すらも返せはしない。家は壺に占領され、住む場所すらなくなってしまった。やがて大戦が始まった――」

そうした生活は、銃後にあっても大きな変化を見せなかったそうである。

ただ、与治郎は長年の奇行が祟ったのか、躰がすっかり利かなくなり、寝たり起きたりの暮らしになってしまったのだと云う。

スエの負担は益々増した。どれだけ尽くしても老人は孫に感謝することなく、また孫の助言を聞き入れることも一切なかったそうである。戦時下では流石《さすが》に壺集めも難しくなっていたようだが、それでも老人は壺壺と日がな一日壺のことだけを気にして、酷いときにはスエを激しく打ち据えて暴れたのだと云う。

スエは、祖父を激しく嫌悪した。

空襲警報が鳴る度に――。

スエは、家に爆弾が落ちることを祈ったのだそうだ。厭な厭な祖父と、肉親を厭《いと》う厭な自分と、辛い暮らしと。忌まわしい思い出が詰まった壺と――己も含めた何もかもが、轟音と共に瞬時に粉砕されたなら、どれだけ胸のすくことか――。

しかし――辺り一面が、東京の殆どが焦土と化して尚、山田家だけは残った。

赤坂界隈は赤坂離宮と檜町《ひのきちょう》の一部を除いて殆どが焼失してしまったようなのだが、どう云う訳か壺屋敷だけは裏手が少少焼けただけで、大きな被害もなくそっくり残ってしまったのだった。

皮肉なことである。

「後は——推して知るべしですよ。患いついて寝た切りになった与治郎さんが先月亡くなるまで、スエさんは浮いた話のひとつもなくただ淡淡と、壺と祖父のために働いた。壺に捧げた人生です」

あたしには——。

あたしのための人生はなかったんですと、スエは暗い眼をしてそう云った。

スエは現在三十二歳だそうである。しかしどう見ても四十以上に見える。父親が殺されてから実に十五年近く、スエは壺と祖父に奉仕することだけを強いられ、今日まで生きて来たのである。

「借金の額は相当大きくなっているようです。何でも、方方でしていた借金を何とか云う業者が纏めてくれたんだそうですが」

「債務を一本化したのですか」

「そうですね。ところが、それがまた悪質な業者だったらしく、借金総額は更に増してしまったそうなんです」

ありがちな話なのです——と今川は云った。

「しかし、聞く限りその家には——壺以外何もないのです。今更振っても揺すっても何も出ないと思うのですが——」

矢張り家宝の壺が目当てなのでしょうかと今川は尋いた。

「それは——ない訳でもないようです。半信半疑らしいですね。そんなモノがあるかどうか金貸しは疑っているようです。だから寧《むし》ろ屋敷——と云うより土地が目当てじゃなかったかと思います」

「土地なのですか」

「僕は善く判らないんですが——この近辺はやがて一等地になるような、そうした気配があるんだそうですね」

さて、と今川は云った。

「溜池《ためいけ》がなくなって、外堀が埋め立てられてから、赤坂近辺は随分と変わってしまったようなのです。劇場やら花柳界やらは戦前からも繁盛しているのですが、戦後は事務所やら会社やら食堂やらが沢山できて、繁華街も一新しましたから、景観もかなり変わったのです。何だかごちゃごちゃして善く解らない街になったように思うのですが——最近ではこの青山辺りも開発されていますから、慥《たし》かにそう云うことはあるかもしれないのです」

そうでしょう——と僕は頷く。

「あそこの土地を狙っている連中は他にも居るんですよ。関東大黒組と云うやくざなんですが——どうやら壺屋敷を潰して料亭か何かを建てようと計画してるらしいんですね。で、土地を売ってくれと執拗にやって来る。それは執拗《しつこ》い。借金取りより酷い」

僕は——大きく溜め息を吐いた。

先程も戸は叩く塀は蹴飛ばすの、それは物凄い見幕だったのだ。

丁度その場に居合わせた僕は、やくざどもが引き上げるまで出るに出られず、結局スエの身の上話を聞く羽目になったのである。

今川が怪訝な顔をした。

「お金を貸している訳でもないのにそんなことをするのですか」

「そうなんですよ。まあ、連中の理屈と云うのはこうです。お前の家にはとても返せない額の借金がある——貸した金貸しは大層困っているぞ——金を借りて返さないのは人間の屑である——正義と秩序を守るためにも早く返済をするように——と、頼まれてもいないのに脅すんですな。脅したって一銭も出ないのは百も承知ですよ。脅すにいいだけ脅しておいて、ついては大黒組が話をつけてやろうじゃないか——と、今度は賺《すか》す訳です」

「お節介なのです」

「話をつけると云っても、要するに土地家屋を買い叩いて奪い、一方で金貸しを脅かして、それで儲けようと云う算段ですよ。どう思います？」

今川は子供のような表情でぽかんとしていた。何も思うところがないのか、それとも顔に出ないだけなのだろうか。

「その女性は――土地を売るのは嫌なのですか？」

今川は急に水っぽい声を発した。

「嫌――なんでしょうね」

何を解り切ったことを尋くのだろう――と、僕は思った。生れ育った家屋敷を手放すに当たっては、誰だって抵抗を覚えるだろう。拒むのは当然だと思う。今川は相変わらずの顔で、

「米軍に爆撃されればいいとまで思った、消えてなくなってしまえと呪った程の、良い思い出がひとつもない憎い屋敷なのでしょう。それでも人手に渡すのは――嫌なのですね？」

と云った。

「それは――」

それは――考えてみればそうなのだ。

空襲警報が鳴る度に――。

消えてなくなれと思ったのだろうに。

「――あ、相手がやくざや闇の金融業者だからじゃないですか。連中が真っ当な商売をするとはとうてい思えませんよ。どうせ適正な値じゃ買わないんだろうし――」

家屋敷盗られて身包み剥され、それで放り出されたのでは堪らないでしょう——と僕が云うと、今川は、今だって剥されるものは何もないではありませんか——と云った。

「今も苦しいのですから、そこで無一文になっても、借金がちゃらにになる方がまだ良いように思うのですが——それは、他人ごとだからそう思えることなのでしょうか——」

そう云われれば——そうである。

「——それに、そう云う連中は無視することだってできるのです。もしあの辺りの土地が、本当にいずれ高騰するものなのであれば、普通の不動産屋だって喜んで扱ってくれる筈なのです。正式に真っ当な業者に処分を依頼してしまえば、非合法な連中がつけ入る隙はないのです。それに、そうした正規の手続きを踏んで売却すれば、多少時間はかかるかもしれないですが、損をしたりせずに現金化ができるのではないのですか？　その家にどのくらい借金があるのかは存じ上げないのですが、借金を返済する方法はあると思うのですが」

それもそうなのだろう。

「それに——」

今川は前屈みになった。

そして小声で、

「——その女性はどうしてその家宝の壺を売らないのですか？」

と、云った。

「お聞きしている限り、どこか不自然に思えるのです。その女性は、慥《たし》か壺が嫌いだと云う話だったのではないですか？　その家宝の壺がもし本物の山田長政の壺だったなら――売却すれば相当の金額になる筈なのです。それでかなりの額を返せるとも思うのです。そのご婦人が土地を売らない理由も、壺を売らない理由も、何だか解らないのです」

――壺や土地を売れない理由。

今川さん――と呼び掛け、僕も前屈みになった。

「実は、何でもスエさんには異母兄弟がいるんだそうです――」

異母兄弟――流石《さすが》の今川も驚きを顔に表した。

「それは、殺されたと云うお父上の――隠し子なのですか？」

「その辺は何とも聞き難かったので、敢えて質さなかったんですが――どうもそうらしいんですよ。その人が相続権を主張して、遺産の分配を申し出ているとか」

「遺産と云っても借金――負の遺産ではないのですか」

「はあ。その人の云い分は、土地も屋敷も要らないが、家宝の壺だけは代代長男に伝えられるものなのだから、壺だけは自分が貰う権利があるんだ、と主張しているとか――」

「何だか無茶なのです」

今川は呆れたようにそう云った。

「無茶ですか？」

「そう思うのです。どうもあっちこっち都合良く――と云うか、その女性にとっては都合が悪いのでしょうが、何もかもが上手く行かない方向にでき過ぎているように思うのです。骨董屋と云い金融業者と云いやくざと云い、その隠し子と云い、なんだか示し合わせたように配置されているのです」

まあ――そう云われればそうなのだが、実際そうなのだから仕方がないだろうと思う。

「大体その家宝の壺と云うのは――今どこにあるのですか？」

今川は核心に触れる質問をした。

「本当にその膨大なコレクションの中に埋もれているのですか？」

そう――らしいのだが。でも。

「それが問題なんですよ。スエさんには判らないんだそうです。持ち出したり毀したりはしていない筈だから必ずある筈なのに、もうどれだか判らない。それだけじゃなくて――そうだ。今川さん、陵雲堂さんと云う骨董商をご存知ですか？」

今川はない顎を引いて頷いた。

「狸穴《まみあな》にある大きな茶道具屋さんなのです。僕の従兄弟《いとこ》がこの店の前身である骨董今川を開店した際にも、何かと世話になったと聞いているのです。中中の鑑定眼を持った達人なのですが――」

今川は語尾を濁した。何かあるのか。

「その、陵雲堂のご主人がですね、あの家の壺を鑑定して——と云っても、手に取っては見られないのでざっと眺めただけらしいのですが、それで、そんな立派なものはここにはひとつもない——と仰ったとか」

「遠目で見ただけでは判らないのです」

鑑定には神経を遣うのですと骨董屋は重ねて云った。

「あの陵雲堂さんが手にも取らずに即断するとは思えないのです」

「しかしですね、二束三文で丸ごと買い取るのも嫌だ——と、仰ったとか。屑の壺を処分する方が高くつくとか」

今川は腕を組んだ。

「そのお屋敷の壺の状態を見てみなければ何とも判らないことではあるのですが——実は昨日今日と、僕はあれこれ伝《つて》を辿って砧青磁を探し回って、それで解ったことがひとつだけあるのです。それは、壺や瓶の評価が、これから後、間違いなく上がるだろう——と云うことなのです」

「上がりますか？」

「上がるのです。今、安く手に入れておけば、やがて大きな利幅を生む商品なのです」

「そうなのですか」

そうなのですと骨董屋は云った。

「陵雲堂さんと云う方は、まあ評判の——お世話になっている同業者のことを悪く云いたくはないのですが——評判の守銭奴《しゅせんど》なのです。見識もあり、経験も豊富な目利きでもあるのですが、それだけにあの方の一挙手一投足が商品の相場を左右するのです。あの方の一声で、十円の書が十万円になることもあるのです。そんなですから、それで——随分とお儲けになっていらっしゃるようなのです。そんなお方が——幾ら保存状態が悪いからと云って、そんな大量の壺を簡単に見逃すでしょうか——」

「裏が——あると？」

解らないのですと今川は素直に云った。

「いずれにしても今川さん——適当な砧青磁の壺が手に入らない以上、行ってみる価値はあるのじゃないですか」

僕は焚き付けるようなことを云った。

今川は奇妙な顔を歪ませて煩悶した。

その顔は矢張り何かに——似ていた。

5

その翌日、僕は三度《みたび》待古庵への道程を辿った。

丁度土曜で仕事も半ドンだから、二人連れ立って壺屋敷に行ってみよう、と云うことになったのである。

どうしてそんなことになったのか、実は善く解らない。

子細を今川に報せてしまった以上、僕の出番なんかはもうない訳だし、好んで関わる意味も理由も僕の方にはなかった訳だから、自分から云い出した訳ではないと思うのだが、かと云って今川に乞われた訳でもないと思う。

今川とて素人の助力が必要な筈はないのだ。だから成り行きに任せるように、ただ何となくそうなってしまったと云うしかあるまい。

自分は船に乗りかかっていないと頑《かたく》なに思い続けていたものの、僕はすっかり船に乗っかってしまっていて、どうにも引っ込みがつかなくなってしまった——と云うのが正直なところだろうか。

それから、僕は山田スエの前で待古庵の新参と云う偽りの身分を名乗り、結局最後までその嘘を貫いてしまった訳だから、今川と連れ立って訪れれば、その嘘も糊塗《こと》できるだろうと云う――そんな思いもあったかもしれない。

青山通りにはどう云う訳か馬に乗った警官が行き来していた。

何だか奇異な光景だった。今更、何だって馬になんか乗っているのだろうか。騎馬警官は時代錯誤と云うよりも、寧《むし》ろ異国の警官のように僕の目には映った。僕はとても浮ついていたように思う。自分が何をしているのか何をしようとしているのか、あまり深く考えずに僕は歩を進めた。

待古庵には――中禅寺が居た。

今川が連絡したのだろう。僕は寝込みを襲われたような気分になった。相変わらず和装の古書肆《こしょし》はやや陰険な目つきで僕を見ると、

「ああ――」

と、落胆したような声を発した。

「あれだけ忠告したと云うのに、君はこんなところで何をしているのですか」

「何をって、そのですね」

何をしているのだろう。

自分でも善く解らないのである。

困ったものだなあ——と云って中禅寺は顔を上に向けた。

「馬鹿とつき合うとどんどん馬鹿になると——そう一昨日苦言を呈したつもりだったのですが、聞いていなかったのですか。君は——そんなに馬鹿になりたいのですか」

何も返す言葉はなかった。

見れば古書肆は大層不機嫌な顔をしている。

つき合ってはいけない馬鹿の一人——今川は、矢張り内面の汲めぬ珍妙な顔で僕を招き入れ、例によって小上りのような座敷に通すと、京極堂さんはいつも大抵怒っているのです、と云った。

「こちらは、僕のことを慮《おもんぱか》って行動されたのです。僕に免じて責めないでやって欲しいのです」

「君のことを慮ってねえ」

中禅寺は——怪しんでいる。

油断のならない古書肆は僕の目を見て云った。

「好きでやっているなら、もうこれ切りにしてくださいよ」

「も、勿論です。そんな——」

僕は、心の内を見透かされるような気がして首を竦めた。考えようによっては、この中禅寺と云う男は榎木津よりも始末に悪い男なのかもしれない。

榎木津には精精過去のことしか判らぬが、中禅寺は人の浅はかな思いを読む。

「あの山田さんは、本来僕の客《クライアント》なんですよ。勝手に接触されては仕事がしづらくなるじゃないですか。憑物を甘く見てはいけません。場合によっては取り返しのつかなくなることだってあるのです。まあ——今回に限って云うなら、君が色色と聞き出してくれたお蔭で少しだけ仕事がし易くなった訳だから、結果的には良かったとも云える訳だけれども、これはあくまで結果論であって、いつもこう上手く行くとは限らないのです。それにしても——」

中禅寺は麻の着物の懐から腕を出して、顎を摩《さす》った。

「——さて、どうしたものかなあ」

拝み屋は何度か顎を摩って眉を顰《ひそ》めた。

「何が——どうしたものか、なんです？」

「だから——どうやって落とすかですよ。方針が決まらない。あの人は——どうやら隠し事をしているようですし」

「隠し事？」

山田スエが隠し事をしているとは、僕には思えなかった。

「君が彼女から聞いた話を、僕は今川君からかなり詳しく聞いたんですが、そこから類推するに、少なくとも彼女は僕に対して——多くの事実を敢えて話さなかったきらいがあるんです。包み隠さず情報を公開してくれなくては、僕の仕事は遣り悪《にく》いんですよ」

中禅寺は片眉を吊り上げた。

「何か証言が食い違っているのですか？」

「食い違っていると云うよりも、矢張り隠されているんです。例えば、彼女の父親は――押し込みに刺殺されたのだそうですね」

僕は頷いた。

「昨夜話を聞いてすぐに裏を取ってみたのですが、慥《たし》かに山田嶌夫氏は昭和十三年の九月に殺害されている。事件は未解決です」

流石《さすが》に仕事が早いのですと今川は云った。

「ところが――彼女は僕に、父は大昔に死んだとは云いましたが、殺されたとは一言も云わなかった」

「それは――」

それは関係がないから云わなかっただけではないのか。壺のお祓いとは直接的に関わらないことだと思う。

そうかもしれませんね――と中禅寺は云った。

「――それから山田さんは異母兄弟の存在も僕に隠していました。僕に対しては単に口煩《くちうるさ》い親戚と表現した。これは今日の午前中に当たって貰ったのですが、どうやら麻布に住んでいる木原正三《きはらしょうぞう》と云う名の二十六歳になる男性がその人らしい」

「探り当てたのですか――」

古本屋の方が探偵よりも余程探偵の素質があるようだ。今川は再び感心して、流石に手際が良いのです、と云った。中禅寺は、ナニ司《つかさ》君の持っている情報筋に依頼したのだよ、と答えた。どんな情報網を持っているのか、知れたものではない。

「何故そんなことを調べるのです？　お祓いに必要なのですか」

「多分――必要なんです。僕はその異母兄弟の年齢が知りたかったのですよ。山田嶌夫氏がスエさんのお母さんといつ結婚されたのかは知りませんが、スエさんは現在三十二歳ですからね。一方正三さんは二十代だ。つまり――正三さんは結婚前にできた隠し子ではないと云うことになりますか」

「その人は浮気の落とし胤《だね》――或《あるい》はお妾《めかけ》さんの子供さんと云うことですか。でも中禅寺さん。そんなことが関係あるんですか？」

いずれ下世話な話だ。壺とは無関係である。他人の恥部を探るようで気持ちのいい話ではない。

「――中禅寺さんは壺の霊障だかを祓うのがお仕事でしょう。一方今川さんは家宝の壺――それが本当に青磁の壺ならですけど――その壺を手に入れるのが眼目ですよね。十五年も前に亡くなった人の死因や浮気を暴いてどうなると云うのです？」

そうですねえ――と、中禅寺は何とも面倒臭そうな顔をした。

「その砧青磁ですけどね。彼女はその家宝の瓶《かめ》に就いても曖昧にしか話さなかったのです。僕はその家宝の瓶がそんな大層な来歴を持つものだとも、況《まし》て砧青磁だとも聞いていないんですよ」

「え？　そうなんですか？　ああ、それはそうですよね――」

それを知っていたなら一昨日中禅寺はあんな割り切れない態度を取っていなかっただろう。古書肆が僕に告げたのは、壺屋敷にならあってもおかしくない――程度の情報でしかなかったのだ。

「山田さんは中禅寺さんに、それに就いてどんな風に話したんです？」

「祖父は――家宝の瓶を大切にするあまり壺に魅入られ、それが契機《きっかけ》になって壺集めを始めた――と云うような云い方でしたね。これは慥《たし》かに嘘でこそないのだが――受ける印象は随分違います」

それも話す必要がないと判断したのではないだろうか。彼女は膨大な壺に祖父の妄念が取り憑いているようで怖いと云って、中禅寺にお祓いを依頼して来たのではないのか。青磁であろうが家宝であろうが、それは多くの中のひとつに過ぎない。お祓いするに当たってできるだけ多くの壺の種類やら来歴やらを知る必要がある――と云うなら話は別だが、家宝を除く殆《ほとん》どの壺は来歴不明なのだろうし、この場合家宝だからと云ってわざわざ知らしめる必要はないだろう――とも思う。

僕がそう云うと中禅寺は一層恐い顔をした。

「山田さんは壺が怖い訳ではないんですよ。あの家にある、その夥しい量の壺――つまりお祖父さんのコレクションが、延《ひ》いてはそのコレクションをしたお祖父さんの妄念こそが怖いと訴えて来たんです。君の聞いた話を信用するなら――与治郎さんは、その家宝の瓶を盗まれないようにするために壺を集め始めたと云うことになる訳ですよね？」

「そう仰っていましたが」

「先祖伝来の家宝の瓶があって、それを泥棒から護るために無数の壺を買い集める――なんてことが果たして一般的に善くあることだと思いますか？　普通はない。あったとしたら、それはかなり特殊な動機ですよ。与治郎さんが本当にそんな動機を以て蒐集を始めたのだとすれば、それこそが彼の妄念の根幹を成すものと云えるでしょう。山田さんは――その肝心なところを僕に隠したんです」

「それは――」

そう云われればその通りかもしれない。

「――でも、隠す意味が解りません。何を隠したかったのか」

「さて。でも、山田さんがお祖父さんの動機そのものを隠したかったと云う線は考え難いでしょうね。この場合、寧《むし》ろ与治郎さんのコレクションの異常性を強調しても良さそうなものでしょう」

それもそうだろう。

「そうした場合、その動機は格好のネタになる。だから——考えられるとすれば、その家宝が高価なものであることを知られたくなかったとか——」

「はあ？　そうなりますかね？」

「蒐集の動機を明かせば——そこまでして護りたいのだから高価なものなのだろうと——知れてしまうじゃないですか」

なる程——しかし。

「何故です？　どうしてそんな」

解りませんと中禅寺は云った。

「もしかしたら——高価なものか否かなんてことは無関係で、それが砧青磁だと云うことこそを悟られたくなかったのかもしれない」

「しかし彼女は僕には砧青磁と打ち明けているんですよ」

別段隠している様子も見受けられなかった。

「君にしか云っていないと云う——可能性はあるでしょう」

「え？」

そんなことがあるだろうか。

僕は無責任な部外者である。

「だって僕は——僕は」

山田スエにしてみれば往来を行く通行人と変わりがないのだ。

古書肆は無表情に云った。

「君が真実《ほんとう》に無関係な通行人ならば利害関係も発生しない訳でしょう。ただ通り過ぎるだけならば二度と会うこともないのです。思うに君は、面会するに当たり、山田スエさんを謀《たばか》ったのでしょう？」

見抜かれている。

僕は身分を偽った。

そのうえ、打ち解けて後も最後まで真実のことを云わなかった——否、云えなかったのだ。しかし、わざと騙した訳ではない。綻《ほころ》びを繕《つくろ》っただけなのだ。

同じことなのだろうけれど。

同じことですよ——と中禅寺は云った。

矢張り見抜かれている。

「君の素姓を彼女は知らない。況てや君と僕との関係は彼女の与《あずか》り知らぬことなんですからね。よもやふらりと訪れた実直そうな青年が、自分の依頼している憑物落としの拝み屋と面識のある男だなんてことは——彼女は夢にも考えていない筈です。君はいったい——自分を何だと云って彼女に面会を求めたのです？」

「はあ。こちら——待古庵さんの、新入りの弟子だと云いました。作業服を着ていたもので、その何とも云い訳ができなくて——」

僕が殊勝な態度でそう答えると、中禅寺は顔を顰《しか》めて、そう云う嘘はいかんですよ——と云った。

僕は少少呆れた気持ちになる。前回の事件の最中、榎木津と共に嘘八百並べ立てて騙し捲《まく》っていたのはいったいどこの誰だったと云うのだろう。

「何だか不服そうな顔ですねえ——」

中禅寺は眼を細めて、意地悪そうに僕を見た。

「いいですか、僕は場当たり的に嘘を吐くと後始末が大変だ、と忠告しているんです。後後有効に機能する嘘——考えられた嘘の場合は、嘘も方便と呼ばれる。嘘と云わずに作戦と云うのです。加えてそれが何かの役に立ったのなら、嘘も真実になるんです。逆に、すぐ露見するような嘘は身を滅ぼすだけなんですよ。生涯吐き通せたなら嘘も真実になるんでてしまうような嘘は——一番始末が悪いんです」

申し訳ない——と僕は頭を下げた。

本当に苦し紛れの偽りだったのだ。

「何か魂胆があるのでしょうか——」

店の奥から羊羹《ようかん》を運んで来た今川は、皿を配り乍《なが》らそう云った。

「――その山田さんが、例えば京極堂さんを担ぎ出して何か良からぬことを企んでいるとか、そう云うことはないのですか？」

「それはまずないだろうね――」

中禅寺は楊枝《ようじ》で羊羹を突き刺し乍《なが》らそう答えた。

「――あの女性、山田スエさんが、本当に何かに怯えていることは間違いない事実ですよ。否、九分九厘彼女は壺を怖がっている。それに僕のことも杉浦美江《すぎうらみえ》さんから聞いたと云っていたからね」

あああの、と云って、今川はぽんと手を叩いた。

「――女性運動家の」

その人は今川も知る人物のようである。

「そう。山田さんは、与治郎さんが亡くなる少し前に、美江さんから仕立て物の仕事を請け負っていたんだね。彼女はずっと家を空けていただろう」

はいはいと今川は頷いた。

「何でも、古い家財を処分して出直そうと云うことで暫《しばら》く振りに家に戻ったんだそうだ。で、家具なんかはどう仕様もないのだが、放っておいた昔の着物なんかは、結構数もあるし、仕立て直して売ろうと云うことにした」

「なる程。それでその山田さんに」

「そうなんだな。だから結構沢山仕立て仕事を頼んだんだそうだ。それが仕上がったのが与治郎さんが亡くなった後で、納品の際に色色と話し込んだ。その際に美江さんが僕の情報をスエさんに与えたのだね。与治郎さんの死も、美江さんが僕を紹介することも、山田さんには予測し得ないことだからね。訪問時の態度から鑑《かんが》みても、良からぬことを企んでいるような様子は窺えなかった」

そう云ってから、中禅寺は羊羹を美味そうに喰った。

今川は今度は茶を淹れ乍《なが》ら、杉浦さんはどうしているのでしょう——と、懐かしそうに云った。

過去に関わりのあった人物なのだろうか。

「美江さんは今、仕出し弁当屋で働いていますよ。あんな事件があったと云うのに身許を隠すこともなく正正堂堂と、相変わらず果敢に働いています。僕は昨日——丁度今川君が電話をくれる直前に、彼女と会ったのですがね」

相変わらず抜け目がないのです——と今川は云った。

そして云ってから失言でしたと云って慌てた。

「ぼ、僕はぬかりないと云うつもりだったのです。それだけです。他意はないのです」

中禅寺は苦苦しく笑い、君の本性を垣間見たような気がするよ今川君——と云った。

今川はうにゃあと奇声を発して、熊の子のように右手を上げた。

「苛めないでください」

「まあ、山田さんは美江さんに、壺に霊か何かが宿っていて、夜な夜な恨み言を云う——と云うようなことを訴えたらしいが——あの人は祟りや幽霊なんか鼻毛の先程も信じちゃいないからね。それで僕を紹介したんだそうだが——」

祟りや幽霊を信じていないから拝み屋を紹介すると云うのは矛盾しているようにも思う。

普通は逆ではないだろうか。

「美江さんも山田さんに就いては相当心配していたようだったね。かなり神経をやられている様子だったと云っていた。うちに来た時も、まあかなり窶《やつ》れてはいたからね」

僕の目にもそう映ったのだ。山田スエは哀れな程に疲れ果てていた。

「だからね——」

いずれにしても謀略が介入する隙はないよと拝み屋は云った。

「それでは——何故隠すのです？」

「僕に話さなかった部分と云うのはね、多分彼女自身が眼を瞑りたい患部なのだろう。それこそが——彼女の心の闇なのだ」

中禅寺はそう云った。

——心の闇。

僕は——山田スエの生気の抜けた陰鬱な瞳を思い出す。

彼女の心の闇は——。

祖父の思い出ではないのか。そうならば、それは即ち壺そのものなのではないのか。あの壺こそが彼女の闇——なのではないのか。父親の死と異母兄弟の存在と家宝の壺の格式との間に、いったいどんな闇が横たわっていると云うのだろうか。

「彼女は——どうして僕には、話したのでしょう。その——」

闇の部分を。

「それは君が——」

通り過ぎて行くだけの他人だったからですよ——と、中禅寺はさっきと同じことを、今度は拝み屋の顔をして答えた。

我慢できません——。

私は祖父が大嫌いです——。

ですからこの家の壺も大嫌いです——。

みんな壊れて消えてしまえばいいと、幾度思ったことか——。

慥《たし》かに——初対面の人間に話すような事柄ではあるまい。そんな真情を吐露するのに、僕程相応《ふさわ》しくない男はいない。それはつまり僕程相応しい男はいない——と云うことでもあったのだろう。こいつは二度と自分の前に現れない男なのだと、そう思ったのに違いない。

中禅寺は何かを思い直したように咳払いをした。

「しかし奇遇なものだね今川君。かの家宝は選《よ》りに選って砧青磁、しかも瓶と来た。偶然とは云え君も知らぬ振りはできないだろう」

「できないのです――」

今川は羊羹を頰張り、茶で流し込んでからそう答えた。

「――しかも暹羅《シャム》から渡って来たものとなると、因縁浅からず思ってしまうのは仕方がないことなのです。もしそれが本物で、手に入れることができて、榎木津さんのお父上のお目に叶えば――その瓶は数百年を経て泰《タイ》王国に里帰りすることになるのです」

なる程、そう云うことになるか。

中禅寺は嫌悪感丸出しに、そうだよなあ――と、云った。

「――でも、そうすると、どうやら今回の僕の仕事は、あの馬鹿探偵の仕事と重なってしまうことになるのじゃないか」

「その通り――なのです」

「それは――何だか気が重いなあ。あいつは出て来ないだろうね。あれが仕切ると無茶苦茶になるからなあ」

それは僕も善く知っている。

僕には判らないのですと云って、今川は奇妙な顔を歪ませた。それから中禅寺の仏頂面を見て、どうするのです――と尋いた。

「そうだなあ――この人が僕の知り合いだと知れてしまっては山田さんは僕を疑うだろうし、疑われては落とせない。君は――この店に就職したと嘘を吐《つ》いたのだったね？」

「も、申し訳ありません」

僕は再び謝った。スエの中で僕は未だに骨董待古庵の新入社員と云うことになっているのだろう。

「取り敢えず当面その嘘は吐き通してくれ」

「は」

「幸い今川君は面が割れていないから――」

古書肆は横目で古物商を見た。

それから暫く考え込んで云った。

「――今川君。君は、ざっと――その壺の大群を見れば――ある程度の識別はできるかね？」

今川は首を傾けた。

「自信がないのです」

情けないなぁと云って、中禅寺は片眉を吊り上げる。

「――もうそろそろ自分の目筋に自信をつけたらどうなんだね」

「はあ。それは僕もそう思うのです。ただ、矢張りその、何と云いますか――」

「僕は何も正確な鑑定ができるかどうかなんて期待しちゃいないんだ。君がそれ程の目利きではないことは承知している。ただ、今回は贋物だろうが本物だろうが関係ない。どれが何なのか判断できればいいんだ。君も青磁くらいは判るだろう」

それくらいは判るのですと今川は云った。中禅寺は羊羹を喰い終わってから茶を一気に飲み、それじゃあ一緒に来てくれと云った。

「今川君は僕の助手と云うことにしよう。ただ黙って座っていればいいから。そうすると問題は——」

中禅寺は僕を見た。

「君は——同行しない方がいいでしょうねえ」

間違いなくバレる。どうするかなあ、帰れと云っても聞かないのでしょうしね——とぶつぶつ呟いた後、意地悪な拝み屋は、

「——ああ、君は榎木津のところに行ってくれませんか」

と云ったのだった。

6

そう云う訳で、僕は急遽神保町に向かうことになった。

僕に課せられた使命は、次の三つの事柄を榎木津に伝えると云う一見簡単なことだった。

先ず——壺屋敷の存在とそれを取り巻く諸事情を簡潔且つ明瞭且つ正確に探偵に伝えること。

次に——もしそこから砧青磁の瓶《かめ》が出て来た場合買取価格の上限は幾価《いくら》なのか確認すること。

最後に——壺屋敷に就いては中禅寺の仕事が進行中なので、くれぐれも勝手な行動を取らないように榎木津に対し厳命すること。

普通の感覚で考えるなら、いずれも難しいことではない——ように思える。

流石《さすが》に子供の遣いでは無理だろうが、一般の社会人なら不可能な内容ではあるまい。

特に最後の件に就いては、どんな手を使ってでもそうしてくれと、中禅寺はただでさえ恐い顔を一層恐くして云った。

あまり凶相だったので僕はつい諒解しましたと答えてしまったのだが——告白するなら、僕は命じられた三つの要件に就いて、どれひとつとってもまともに遂行できる自信がなかったのである。つまり、子供の遣い以下——である。

先ず、あの榎木津が人の話を順序立てて聞くとは思えなかった。僕が幾ら真面目に語ったところで、全く耳に入れないか、どうせ訳の解らない茶茶を入れて巫山戯《ふざけ》るか、そのどちらかである。それは容易に想像できることだった。

次に——壺の買取価格に就いて決定権を持っているのは榎木津ではなく榎木津の父である。ならば息子に尋いて貰うしかあるまい。

この場合、話が通じる可能性は著しく低い——と僕は思う。

榎木津一人を咬ませるだけで、間に五十人くらいの人間を介した伝言と同じくらいに初期情報は劣化してしまうのである。それは間違いない。おまけに伝える相手である榎木津元子爵は息子に輪をかけた変人であるらしい。更には、榎木津親子の関係と云うのも、どうも一般人には理解し難いものであるらしいのだ。数日前、榎木津の父が電話で発した青磁の瓶と云うメッセージを探り当てるために、僕等下僕がどれだけ苦労したことか。あの場に今川が居なかったら今でも何のことだか判っていなかったことはまず間違いない。

そして何より難しいのが——榎木津の動きを封じろと云う最後の命令である。そんなことが一般人である僕なんかにできる訳がないのだ。米軍だって無理だろう。

僕は暗澹《あんたん》たる気持ちになった。

きっとあの躁病探偵は、僕が必死で止めるにも拘らず、高笑いで現場に出張って行き、とんでもないことを仕出かすのに違いないではないか。

——悪魔だ。

あの榎木津の整った顔が僕の脳裏で悪魔のように笑っている。

そして僕は——失態を詰《なじ》られ、責任を問われて、あの怒ると物凄く恐い拝み屋に、しこたま説教を食らう羽目になるのだろう。

——そっちも悪魔だ。

僕は、知らず知らずのうちに悪魔どもの餌食になっていることに気づく。しかも僕は半ば望んで罠に飛び込んでいるではないか。

——関口——何とか云ったか。

この期《ご》に及び、僕はその哀れな小説家にとても親近感を覚えた。

カランと鐘を鳴らして、僕は探偵事務所に這入った。

「馬鹿か手前《てめえ》は！」

物凄い怒号が響いた。

僕は挨拶をするどころか自分で開けた扉に背中をくっつけてへばり付いてしまった。罵声は続いた。

「そんな寝言を警察にひと言でも云ってみやがれ馬鹿野郎！　ただじゃおかねえぞ、このへなちょこ野郎がッ！」

奥から和寅がすっ飛んで来て僕の肩を捕まえ、壁に押し付けた。

「い。今はまずい」

「ま、まずいって」

「聞こえねえのかこの淡《うす》らボケッ！」

どかん、と云う音がした。

見れば胸板の厚い、がたいの確乎《しつか》りした獰猛《どうもう》そうな男が、応接のテーブルを蹴ったのだった。柄の悪い男である。厳《いか》つい顔。悪い目つき。髪を短く刈り込んで、半袖から覗く二の腕は丸太のように太かった。

——やくざだ。

やくざに違いない。

どこから見ても堅気には見えない。昨日山田家に訪れたちんぴらなど足許にも及ばない迫力である。やくざにしても、きっと幹部か何かなのだろう。榎木津はやくざに借金でもしたのだろうか。それとも良からぬこと——賭博にでも手を出したのか。それにしても大変なところに来合わせてしまったものである。

僕は——縮み上がった。

やくざは太い眉毛をこれ以上上がらない程に吊り上げ、鼻と眉間にこれ以上寄らぬ程皺を寄せて、この上なく凶暴な面相を作ると、榎木津をきっと睨みつけ、ドスの利いた濁声《だみごえ》を張り上げた。

「返事をしやがれこの馬鹿探偵がッ！　寝惚《ねぼ》けてやがると土手ッ腹に風穴開けて紐通すぞコラ！」

僕は——和寅越しに恐る恐る探偵の様子を見た。いかな榎木津と雖《いえど》もこんな凶暴そうな暴徒には敵《かな》うまい。殴られただけで即死してしまいそうである。どうやら拳銃も持っているようだ。

しかして僕には、仮令《たとえ》相手が誰であれ、降参する榎木津と云う絵柄は想像できなかった。

榎木津は——。

平然として煙草をふかしていた。

「煩瑣《うるさ》いなあ。何なんだお前。あのな、身の程知らずはどっちなんだよ。この縦横奥行き同寸人間。お前なんかは頭の上が平らだから手を使わないでも逆立ちが簡単だろうがこの行燈《あんどん》男！　さっきから聞いていればガアガアと家鴨《アヒル》みたいに鳴いてばかりだ。怒鳴れば偉いかと思っているようだが、それなら魚河岸の魚屋なんか結構偉いぞ！」

「わッからねえ——」

やくざは絞り出すようにそう云って、額を叩いてから椅子に座った。

「手前の頭の中は膿んでるんじゃねえのかよ。どうして法律は手前みたいなクソ馬鹿野郎を野放しにしてるんだオイ！」

お前のような位の低い人間には所詮なァんにも解らないのだ——と声高らかに云って、榎木津は煙草を揉み消した。

「それよりどうなんだ！　そんなにお前の居る野蛮な組織は無能なのか？　そうならそんなものは解体した方が世間のためだ。そんな阿呆な組織を運営するために、いったいどれだけの血税が投入されていると思っているのだ！」

「得手勝手《えてかって》なこと吐《ぬ》かすのもいい加減にしやがれよコラ。いいか善く聞け。警察はな、手前等親子のような国辱的な馬鹿のお遊びにつき合う程暇《ひま》持て余してねえんだよ。俺達は日夜休む暇なく善良な国民のために奉仕しなけりゃならねェんだ。解ったかこのタコ野郎」

「け——」

警察——と僕が呟くと、和寅は見ちゃいけませんぜ、と云った。

「目を合わせるととばっちりを食いますから」

「し、しかし和寅さん、い、今、警察と——」

「いいから黙って」

和寅は僕を台所の方に引っ張って行った。

そこには眼にかかる程長い前髪を乱した探偵助手の益田が身を屈め、息を潜めていた。

益田は僕を見ると、眉毛を八の字にして、ああどうも——と云った。

「ま、益田さん。これはいったい——」

「カメですよ」

「砧青磁の？」

僕が問い掛けた瞬間、再び男が罵声を発した。

「何だか知らねェが急いで来いとか云いやがるから来てみれば、何だ？　カメだァ？　おいコラ巫山戯《ふざけ》るのもいい加減にしろ。何で警察がカメ探さなくちゃいけねえんだ！」

「何を当たり前のことを云ってるのかね君は！　国民がモノをなくしたら無償でせっせと探してくれると云うのが警察屋さんの営業方針じゃないのか？　遺失物届けとか云う品目がお品書きに書いてあるだろうに！　云われたら何でも探せ。どうせそれくらいしか役に立たないのだろうがこの野蛮人間！」

警察と蕎麦屋を一緒にするんじゃねェと云って男は凄んだ。

どうやらこのやくざ男は私服の警察官だったようである。話の内容から察するに、榎木津は警察に瓶探しを依頼したのだろうか。

「カメ探しなんてのはそれこそ社会の落後者たる手前等探偵の仕事じゃねえかよ。手前の手下の馬鹿だか愚かだか云う調子のいい小僧にでも探させればいいじゃねェか！」

馬鹿オロカと云うのはこの事務所内での益田の通称である。

益田は僕を見上げて自分の鼻を指さし、

「調子のいい小僧でぇす」

と云った。

榎木津はハアッと息を漏らした。

「お前の云うのはあの馬鹿オロカのことだな！　あれは駄目だ。あの馬鹿は人妻に横恋慕して人生棒に振るような馬鹿で愚かなタイプだから、とてもカメは探せない！　カマにカメは無理だ！」

「僕ァ、まだカマとか云われてるですわ――」

益田はもう一度僕の方を見て、そう云った。

「――意外に執《しつ》ッ拗《こ》いんですよあのオジさん」

オジさんとは――多分榎木津のことである。益田は鳴釜事件の最中にマスカマと云う、もう評しようのない呼称を拝命したのである。馬鹿オロカは所詮馬鹿オロカだと榎木津が叫んだ。そりゃあ手前の手下らしいじゃねえかよ――と男は云った。

「馬鹿の下には馬鹿しかつかねえと云う見本だな。三十半ばなんだから、手前もいい加減に己を知れよ礼二郎。じゃあ何か？　あの前髪の長ェ幇間《たいこもち》野郎は、何だ、そのカメを探しはしたのか？」

「探したのだ」

どはは、と云うような調子の声で男は笑った。

「いい歳ぶっこいた大人がカメ探して街中を歩いたってェのか？　お笑いだなおい。あいつの間抜け面が目に浮かぶぞこの野郎」

益田は三度《みたび》顔を上げて、

「間抜け面です」

と云った。

「いったいこれはどう云う展開なんです益田さん。僕には事情がまるで呑み込めないんですが——カメと云うのはあの瓶じゃ」

「千姫ですよ千姫」

和寅が小声で云った。

「千姫って——亀の方ですか？」

「最初から亀と云ってるじゃないですか」

「僕の時は瓶だったんですよ。ねえ和寅さん」

「だから亀ですよ。僕は昨日、ここ数日続けていた浮気調査を終えてですね、事務所に戻るや否やの亀探しです。やってられません」

益田は榎木津が完全に放棄している探偵らしい仕事を独りでこつこつ消化しているようである。和寅は口に手を当てて、

「一日で見つけるように命令されたんですよう。ところが見つからなかったんで、うちの先生は業を煮やして――」

警察を呼んだんです――と云って和寅は鼻を鳴らし、厳《いかめ》しい男を指し示した。

なる程、榎木津はわざわざ刑事を呼びつけて亀の捜索願を出したのだ。それでは警察も怒る筈である。

「――あの旦那ァうちの先生の幼馴染みで。会う度に喧嘩してるんですぜ。するのは構わないんですけど、とばっちりを食って色色なものが壊れるんですわ。まったく益田君が千姫保護に成功してりゃあこんなことには――」

和寅は益田を蔑《さげす》むように見た。益田は長い前髪を掻き上げて、僕はそれでも核心に迫ったんだぁ――と少し大きな声を上げた。

刑事が振り向いた。

「何だ。ボケども居るんじゃねえかよ。昼間のお化けでもあるめェに、居るなら居るで挨拶ぐらいしたらどうなんでェ。ほんとに手前の身内は礼儀を知らねェな――ん」

刑事の細い眼はどうやら僕を認めた。

「お前さん新顔だな。ボケが一匹増えたのか」

「その人はいつだったか僕から何か大変な恩を受けたと云う、何やらけったいな名前の人だ！」

何の説明もしてねえじゃねェかこの間抜け——と刑事は云った。

「人の名前を覚えろよこのカス男。お前みたいな軽薄なスカ野郎に恩を売られたんじゃやたまらねェじゃねェかコラ。それより何だよ、お前さん、探偵じゃねェのかい。老婆心乍《なが》ら忠告しとくがな、ナニ勘違いしたか知らねェが、こんな馬鹿どもと接触すると凄い勢いで頭が悪くなるぞ——」

刑事は中禅寺と同じことを云った。

すると——矢張り本当なのかもしれない。僕が名乗って挨拶すると、刑事は、

「俺は麻布《あざぶ》署捜査一係の木場《きば》ってもんだ。宜しくやってくれ」

と乱暴に云った。

麻布と云えば青山や赤坂のすぐ近くである。

「こんな役に立たない角材の切り口男と宜しくしてやる必要は、まったくないぞ五所川原《ごしょがわら》君。そんなことより君は何の用なんだ！」

僕が口籠っていると、榎木津は半眼になって僕の方を見て、

「おお。あったのかカメ！」

と云った。そして続けて、

「カメカメカメばかりだ！」

と叫んだ。

僕が何の説明もしないうちに全部判ってしまったようである。益田は驚いたように、居たんですか千姫——と叫んだ。

「そうじゃないって馬鹿オロカ。お前のような偏執狂男は浮気調査の依頼人の人妻と不義密通でもしてればいいし、そこを屈強な亭主に見つけられ、重ねて四つにでも斬られて死んでしまえばいいのだ。斬られろカマオロカ。いいか、この人のはカメではなくてカメだカメ」

同じじゃねえか、と木場刑事が云った。

「——おいコラ益田。こいつは本当に馬鹿になったか？」

「さあ。この人は知り合った時からずっとこうですよ。そんなことより榎木津さん。僕は亀をかなりいい線まで追い詰めたんですよ。あまり無能呼ばわりしないでくださいよ」

そのカメのことはいいよ——と榎木津は嫌そうに云った。

「——所詮あの馬鹿親父のカメだからな」

こちらのカメだってお父上のご依頼じゃないですかい、と和寅が云った。だからそっちもどうでもいいんだけどな——と榎木津は云った。

ややこしくて僕まで判らなくなって来た。

「聞いてくださいよ木場さん——」

益田は木場刑事の横に座ると、榎木津を完全に無視して、己の受けた災難を刑事に向けて滔滔《とうとう》と語り始めた。

「その亀ァ——千姫と云う名前の銭亀《ぜにがめ》なんですけどね。一日で捕獲しろったッて、それ、こんな小さい亀ですよ。それに行方不明ッてもですね、部屋の中で居なくなったんなら兎《と》も角《かく》、外ですからね。しかも人の出入りの激しい飲食店での失踪です。ソンなん探しようがないじゃないですか」

「ねェな」

刑事は強面《こわもて》のまま、益田を小馬鹿にするように云った。

「お前さん、路みち亀の名前呼んで歩いたのか？　気が狂《ふ》れてるな」

「呼びゃしませんってば。犬や猫なら呼べば出て来ますけど、何たって相手は亀ですからね、亀。こりゃ名前なんて覚えやしないし、呼んでも来やしないですよ。それにその千姫は、和寅さんのお父さんの証言に依れば矢鱈《やたら》とすばしこい亀なんだそうですよ。お屋敷でもすぐに逃げ出して、気がつくと風呂桶だの水瓶に入っちゃうんだそうで」

「亀は鈍《のろ》いもんと、神代の頃から相場が決まってるンじゃねェのかい。唱歌でもあるじゃねえか。何でそんなに鈍いんだとかよ——」

刑事は尻のポケットから扇子を抜いてばたばた扇いだ。

「——あの歌ァ嘘か？　亀ってなァ、世界のうちで一番歩みが鈍ェものだろうがよ」

特別に素早い亀なんですなと、和寅が神妙な顔で云った。

しかしそんな亀がいるものだろうか。イカレている。

飼い主がイカレているからだ——と、榎木津が大声で云った。

「イカレてるのは手前も一緒じゃねェか礼二郎。そんな薄気味悪い亀探すのに刑事呼びつけるのはイカレてねえのかよ」

「だってお前左遷されたじゃないか。管轄だろう」

「俺は麻布署だコラ。亀が逃げたなァ赤坂の料亭なんだろうが。なら管轄は赤坂署じゃねェかよ。餓鬼だって判るぞ、そのくらいの理屈は。だいたい近けりゃ皆一緒か。丼《どんぶり》勘定《かんじょう》な野郎だぜ」

「そこですッ」

益田は声を張り上げた。

「僕はその料亭——梅之家《うめのや》と云うんですがね。そこに貼り付いて聞き込んで、そりゃ綿密な捜査をしたんですよ。それで最終的に千姫を最後に目撃した仲居にまで行き着いた」

優秀だな——と木場は云った。

ほぼ同時に榎木津が、無能だな——と云った。

「何で無能なんだよコラ」

「捜査とかするのは愚か者だけだ」

「愚か者は手前だ。おい益田。それでどうした」

はい、と益田は笑みを浮かべた。

「その仲居はですね、料理を運ぶ途中で、帳場をのろのろ移動中の亀を発見、そりゃ吃驚《びっくり》したんだそうで。でもお膳持ってますし、どうもできない。で、運び終って戻って来てですね、サアあの亀は夢か幻か、と探したんですね。でもって、帳場の横の芸者さんが支度なんかする部屋に侵入する途中の亀の尻尾を確認したんだそうです。急いで行って見たものの、もう亀の姿は影も形もなかったと——」

素早いですからねえと和寅が相槌を打つ。

「——私の父親も捕まえられなかった程で」

「そんなこたァどうでもいい。それでどうした？」

「そこで——」

益田は益々張り切った。

多分、彼の苦労は今までまったく報われなかったのだろう。榎木津はそんな苦労話には毛程も興味がないのだ。だからこの話はきっと、僕や木場と云う聴衆を得て、漸《よう》く日の目を見る体験談なのである。

「——そこで亀の消息は絶たれている。しかし僕は考えたんです。僕はその日、その時間にお座敷がかかっていた芸者を調べ上げ、その全員に当たった。そこで消えているなら——彼女たちの荷物に潜り込んだ可能性がある訳じゃないですか。千姫は」

「千姫なあ。馬鹿だな手前の家族は」

ああ馬鹿だよ——榎木津は机に突っ伏して、つまらなさそうに相槌を打った。それに関してだけは妙に素直だ。

「そこで僕ァ、明智《あけち》小五郎《こごろう》ばりの活躍をしましてですね、遂にひとりの芸者に行き着いたんです。京花姐《きょうかねえ》さんと云うんですがね。これがまた、仇《あだ》っぽくて小股の切れ上がった佳《い》い女でしてね。この京花姐さんが、お座敷終えて一度置き屋に戻って、で、自宅に引き上げて、裏木戸をこうす、と開けるとですね——」

勿体《もったい》つけるんじゃねえと木場が云った。

「はあ、そのぽたり、と音がしたと云う。ふと目を遣ると、地面の上をですね、こう、のそ、のそ、のそと」

凄い——と僕は素直に感心した。この益田と云う青年は元刑事なのだと云う。この男は前回の事件でも並並ならぬ行動力を発揮したのだが、どうもその才能は陰惨な刑事事件より、この手の珍妙な事件の方に向いているように思う。

「なる程な。水ッ端《ぱた》でもあるめェし、まあ、町中で道ィ這ってる亀にお目に掛かるこたぁ然《そ》う然《そ》うねェからな。そりゃその千姫だろ」

木場が納得したようにそう云うと、榎木津は自慢気に、僕の兄は出会っているぞ——と云った。

「——しかも吹雪の日にだ！」

「黙れ変態一族。あのな、手前ン家《ち》は基準にならねェんだよ、あらゆる意味で。それで何だ、どうしたんだよ」

そこまででした——と云って、益田はがっくりと項垂《うなだ》れた。前髪が垂れて芝居懸かって見える。何でもこの前髪はこうした時の演出効果を考慮して伸ばされているらしい。

「僕はその辺一帯を、地べたに顔をくっつけて、まるで犬ころのように嗅ぎ回って探したんですが——蛙ならいたんですけど、亀は——」

どの辺りだその芸者の家は——と木場は尋いた。

先程から聞いている限り、この強面《こわもて》の刑事は、何だかんだ云って亀の行方が気になっているようである。

「はあ。赤坂の一ツ木町ですよ」

「一ツ木町？」

僕は声を上げてしまった。

——それは。

それは、例の壺屋敷がある町の名前ではないか。

僕が二の句を継ぐ前に、木場はとても無愛想に、一寸待て——と云った。

「——一ツ木町の京花と云ったな。そりゃあ——陵雲堂の囲ってる女じゃねえかな」

「りょ、陵雲堂？」

僕はまた声を上げてしまった。

「何だよ」

木場は訝《いぶか》しそうな顔で僕を見て、結局は無視して続けた。

「陵雲堂ってのはよ、麻布署の二係が今月の頭から詐欺容疑で内偵してるでっけェ茶道具屋でな。贋作販売やら偽鑑定やらで、あくどく荒稼ぎしてる嫌疑がかかってるんだ。おい、こりゃ内緒だぞ――」

木場はそこまで云ってしまってから、指を一本口に当てた。

「――これがどうして狸親爺でな。中中尻尾ォ出さねえ。噂ァあるが、証拠がまるで出ねえのよ。そいつが赤坂に芸者囲ってるって話があってな。それが京花とか云う名前だったと思うぞ。去年だかに、家を建ててやったとか云う話を聞いたがな。そこに何か隠してるんじゃないかと――今、探ってるところだよ」

そりゃ奇遇ですねえ、じゃあそうなんでしょと、益田は深く考えた様子もなく簡単に云った。

「そう云えばあのお宅は新しかったなあ。こう、粋な黒塀に、そう見越しの松ですよ。云われてみれば典型的な妾宅《しょうたく》ですなあ」

「ま、待ってください」

僕はとうとう割って入った。

「益田さん。その家の、通りを挟んだ向い側にですね——」

「ああ。あの変梃《へんてこ》な屋敷？　壺のいっぱいある？」

「それは——」

「それは同じところだ談合坂《だんごうざか》君！」

榎木津が突然起き上がり、僕を指差して叫んだ。

「カメはカメを呼ぶ！」

それは——榎木津の云う通り山田家だろう。

ではあの、裏口の真向かいの黒い塀の家が——。

——陵雲堂の妾の家なのか。

「何のことだよ間抜け。おいあんた、あんたこの馬鹿の云ってることが解るのか？　解るなら教えてくれ。こいつの意味不明の譫言《うわごと》を聞くと俺は胃が痛くなって来るんだ」

「はあ、そのですね」

木場に問われて——僕は漸く中禅寺に云い付かった用件の一つを果たすことになったのだった。僕は、壺屋敷の存在とそれを取り巻く諸事情を簡潔且つ明瞭且つ正確に——勿論できるだけではあるのだが——語った。

「何だかややこしい話じゃないですかい——」

話を聞き終えた後、和寅はひと頻《しき》り考えた末にそう云った。

「その——御前様の探している瓶があるらしい家のお向かいが御前様の探している亀が最後に目撃された場所で、その瓶の家に壺を売りつけようとしている悪徳骨董屋が囲っている女がその亀の家の住人だと云うんですかい？」

「余計解り難いじゃねえかこのボケ寅。何を云ってるのかさっぱり解らねェぞこら。いいかあんた」

刑事は僕を睨んだ。

「お聞きの通りだ。云った通りだろうが。この寅吉はな、この大馬鹿に長く仕えてやがるからすっかり頭が煤《すす》けちまったんだ。こうなっちゃもうお終いだぞ。これとつき合うと五分で頭悪くなるんだぞ。五分だ」

「ひ、酷いなあ木場の旦那。だって亀の女が瓶のお向かいで——」

口を閉ざせよ馬鹿寅——と刑事は云った。

「あのな、そりゃ単なる偶然だ。難しく考える必要はねェよ。世の中には思いの外《ほか》馬鹿が多いからな。馬鹿が動けば馬鹿に当たるって、ただそれだけのことだ。それで、何だ、あの獣みてえな骨董屋と京極が——その家に行ってるってのか？」

僕は頷く。

行って何をするってんだ——と刑事は問う。

勿論僕は何も答えられない。

「憑物落としか？　壺に付き物なのは憑物じゃなくて漬物だ。壺漬けでも喰いてえ気分だなおい。馬鹿に呼ばれて来てみれば、馬鹿の親から馬鹿の子分から軒並み馬鹿ばかりで馬鹿らしくって遣ってられねえ。おい礼二郎、酒はねぇのか？」

木場刑事は徐《おもむろ》に立ち上がって酒を探し始めた。

話を切り上げるつもりなのだろう。刑事にも半ドンはあるのだろうかなどと、僕は考える。

榎木津は不機嫌そうに刑事の様子を眺めて、偶《たま》にはお前が持って来いよと不平を云った。

刑事は貧乏なんだ酒なんか一滴たりとも買えねェよと、木場は一層毒突いた。

「どうせ貰い物が余ってるんだろうが。おい寅吉、ぼやぼやするなよ。放っておくと酒が酢になるぞ」

和寅がへいへいと云い乍《なが》ら立ち上がったその時、

カランと鐘が鳴った。

振り向くと。

戸口には和服の男が立っていた。

「中禅寺さん――」

いったいどうしたと云うのだろう。中禅寺はここに来る予定にはなっていなかった筈だ。

夜に待古庵で落ち合う約束だったのだ。背後には今川の顔も窺える。

丁度戸口のまん前に立っていた木場は、容貌に似つかわしくない高い声で、

「おい珍しいな。何だ、もう壺は落ちたのかい」

と尋いた。

中禅寺はまるで汚いものでも見るかのような視線で不愉快そうに木場を見ると、

「何で旦那が居るんだ？　悪いが、少しだけでいいから酒を飲むのを後回しにしてくれないか。あんたが飲むと煩瑣《うるさ》いから――」

と、云った。それから中禅寺は益田にも和寅にも一瞥もくれず、僕の顔だけちらりと見て、榎木津の前に進んだ。

「事態は急を要する。話は解ってるのか」

「何のことだ――」

榎木津は小馬鹿にしたような視線で古書肆を見上げた。そして、

「ふうん」

と鼻を鳴らした。

中禅寺はまったく動かない。

「中禅寺さん！」

僕は腰を浮かす。

「何があったのです！　その――砧青磁はあったのですか」

「まだ判らない。ただ青磁らしき焼き物は座敷の方でも十五点程確認することができた。この今川君の、極めていい加減な鑑定を信じるならば、砧青磁に似たものもその中に三点程はあるようだ。ま、本物かどうかは判らないし、他にもまだあるかもしれないんだがね。それより——あんたの父上は幾価《いくら》出す？」

榎木津は知らないよ——と云った。

「元子爵に尋いてくれないかな」

「面倒だね。何でそんな——ん？　その乱暴者が暴れるからか。なら僕が行って成敗してやってもいいぞ。片手で済む」

「遠慮するよ」

「簡単なのに」

「簡単にし過ぎるから遠慮すると云っている。それよりもあんたの父上が欲しているモノが手に入るかもしれないんだ。買い値が知りたいんだよ」

「どうしてお前達はそう面倒臭い遣り方しかできないんだろうな。面倒愛好会なのかお前達は。何だ、幾価ならいいんだ」

「一千万円——出せるか」

いっせんまん——と、室内に居た榎木津と中禅寺を除く全員が、異口同音にそう叫んだ。

「一千万って——」

「おい一寸《ちよつと》待て古本屋！　その壺はそんなに高価《たけ》ェのかよ！　馬ッ鹿馬鹿しいぜこの野郎。そんな値段があるかよ。おいそこの古物屋！　どうなんだよ。手前は何だってそんなところに突っ立っていやがるんだこら！　手前はただでさえ気持ち悪い面《つら》なんだから颯颯《さっさ》と這入《へえ》って来い！」

木場に怒鳴られて今川は項《うなじ》を掻きながら這入って来た。

そして舌足らずの口調で、

「壺は——本物であったとしてもそんなにはしないのです。どうやら箱書きも由緒書きも存在しないようですし、精精三十万——良くて五十万に手が届くかどうかだと思うのです」

と云った。

「じゃあその一千万ってのは何だよ京極」

「借金の——額ですよ。山田与治郎さんの遺した」

「借金だァ？　笑わせるなよこの野郎。聞けばその爺ィは死ぬまで寝た切りだったそうじゃねえか。寝た切りの爺ィがどこをどう間違ったらそんな銭を遣えるってんだよ？」

「色色なところで様様に間違ってしまったんですよ与治郎さんは。そうしたら、そんなには遣っていないのに、そんな額に化けてしまったんだ。どうです榎さん？　その金額は——論外ですか」

榎木津は驚きもせず、また興味もないようでただフン、と云った。

尋くまでもないことだろうと思う。

榎木津元子爵がどれだけ富貴《ふうき》なお方なのだとしても——その金額では話になるまい。法外な金額だ。僕の月給の実に一千倍以上の額である。これでは榎木津でなくともフンくらいしか発する言葉はないだろう。

しかし——。

それは与治郎の借金の額であって壺の金額ではないのだと云う。つまり本来等号で結ばれるべきものではないのだ。どれだけ壺が欲しかろうとも借金の肩代わりをする謂《いわ》れはないだろう。

ただ、思えば中禅寺は最初から買い取り金額の上限を知りたがっていたのだ。額面は兎も角、こうした事態が発生することをある程度予想していたのかもしれない。そうだとしても幾ら何でもこの金額は非常識だろう。流石の中禅寺も予測できていなかったに違いない。

それにしても、急を要するとはどう云う意味なのだろう。いったい山田家で何があったと云うのだろうか——。

「や——山田さんに何かあったのですか?」

僕は問い質した。中禅寺は平然と答えた。

「まあ——彼女のことは大体のところ判ったんだがね——丁度僕等が帰ろうとしたところに木原正三さんがやって来てね」

「ああ。隠し子の方ですね。それで――」

「兎に角壺を渡せ渡さないと押し問答だ。僕達は取り敢えず引き上げようとしたんだが、入れ違いに峰岸金融――これは山田家の債権を一本化した業者なんだが、それが取り立てにやって来たものだから、もう大騒ぎになってね――片や壺を渡せ、片や金を返せだ――」

「京極堂さんが見るに見兼ねてその場を収めようとしかけたところに、今度は関東大黒組がぞろぞろと現れたのです。それは怖かったのです」

大黒組か――と木場が云った。

「その大黒組が――こう云う提案をしたのだ。自分達が欲しいのはこの土地である――それから正三さんが欲しいのは壺で、峰岸が欲しいのは金だ。欲しいものはそれぞれ別別である。これは争うことではない――」

どう云うことだと木場が問うた。

「うん。筋は通っているのだがね。先ず大黒組が山田さんの家屋敷と家財道具一式、それから壺全部、つまり全財産を峰岸金融の持っている債権と同額で買い取ると云うのだよ。その金は右から左に峰岸金融に流れる。土地やら何やらは大黒組の手中に落ちる訳だが、家宝の壺だけは正三さんに渡す――但しこれは鑑定不能だから、正三さんが気に入った奴をひとつだけ持って行くことを許すと――」

「それじゃあスエさんはどうなるんです？」

「どうもならない。裸一貫で追い出されるだけだ」

「それは酷いですよ中禅寺さん。生活はどうするのです」

中禅寺は鋭い眼で僕を見据えた。

「人間欲さえ出さなければ、別に何もなくても生きては行けるよ。あの女性《ひと》は手に立派な職を持っている訳だし、今だってその日暮らしなんだからね。当面の住居がなくなると云うだけのことだよ。でも、無一文になったって住むところくらいはどうにでもなるさ。食うに困っているのは僕等だって一緒だ。問題は——」

「憑物と壺——なのです」

今川がそう云った。

「やくざの提案を吞むのは癪なのですが、相手がやくざだと云う、その点だけに目を瞑れば悪い話ではないと思うのです。寧《むし》ろ簡単で良い話なのです。しかしその契約が成立してしまったら——その段階でもう砧青磁の瓶は僕達の手には入らなくなってしまうのです」

「買うと云っても駄目なんですか？」

益田が尋いた。

「要するに——財産の全てが買い上げられる訳だから、何もかもが一旦その大黒組の所有するところとなる訳ですよね？　なら金さえ出せば売ってくれるんじゃないですか。やくざなんだし」

「そうは行かないのです。大黒組は兎も角、それでは正三さんが黙っていないのです。そもそも大黒組は、売るなら買い値でしか売らないと云っているのです」

「買い値って——総額ってことっすか？」

「そう。総額だ。切り売りはできない——だとさ。正三さんには権利があるから、家宝の瓶ひとつだけは持ち出しを許可するが、後は駄目だと云われた。塵ひと粒でもバラ売りはしない、買い取りたいならまるごと買い値で買えと」

「それで借金総額の——一千万円ッすか？　無茶ですよ無茶。大体そんな大金がこの世に存在するんですか？　そこの土地が何坪あるのか知りませんけどね、この辺だって一坪一万円くらいですよ」

どれだけ広いったって千坪はないでしょうと益田は云った。

「壺なら何万とあるのです」

「巫山戯ないでくださいよ今川さん。ただでさえ冗談みたいな顔してるんだから今川さんは。大体、その壺ですよ。壺買った借金が一千万円にもなるもんですか？」

何万個もあればなるでしょうやと和寅が云った。

「ならないっすよ。一個百円としても十万個要るんですよ。多いったって十万個はないでしょう。絶対ないッ」

益田はどうしたことかぷっつりと切れてしまったようだった。

「だ、大体個人にそんな国の予算みたいな高額の金をですね、そもそも融資しないでしょうよ。人並み以上に稼いでる人だって返済できる訳がないじゃないですか。しかも禁治産者みたいな病気のご老人に貸しますか。僕は段段肚が立って来ましたよ——」

益田は前髪を揺らした。

「それにそのやくざ。そんな馬鹿みたいな金払っても手に入るのは古家アリの土地と、塵芥《ごみ》みたいな壺だけじゃないすか。何を考えてるんですか極道の癖に。損ですよ。大損じゃないすか。信じられないですよ。そんな大金出したら跡地に何建てたって回収するのに百年かかりますよ。そもそも、そんな現金やくざなんかに用意できる訳ないですよ！」

「大黒組は——出すと云っているのです」

それは嘘ですよきっと——益田は大声で云った。

「——嘘に決まってますよ。僕はこれでも元刑事です。そんな潤沢な資金源をもったやくざは存在しない。そんだけの金が運用できるんなら、やくざ廃業しますよ。銀座にビルが幾つも建ちますからね。ねえ木場さん」

まァいねェだろよと木場刑事は云った。

「それ以前に、そもそもが嘘っぽい話だけどな」

ほら矢《や》っ張《ぱ》り嘘だと益田が勝ち誇ったように云った。

そうは云っても——今川が表情ひとつ変えずに淡淡と答える。

「嘘なのかもしれないのですが——一千万と云う夢のようなお金を払って何もかも買い取ることができなければ——瓶は手に入らないのです」

和寅がはいと手を挙げた。学生のようだ。

「その隠し子の人は——売っちゃくれないんですかい？」

「ああ——和寅さんの云う通りっすよ。やくざから買うんじゃなくて、相続した後にその隠し子から買えばいいじゃないですか。なら三十万くらいなんでしょ？　それなら一千万の三十分の一じゃないですか。それなら出せるでしょうし、それだけ出せば絶対売ってくれますって。この世知辛《せちがら》いご時世、壺なんか持ってたって何の役にも立たないですからね。米か金かでしょうに」

「それはですね——」

「米も金も無駄だな」

そう云ったのは木場だった。

「木原正三だろ？　ヤミ正だ。そりゃお前、闇屋だよ闇屋。麻布署の管内《うち》でよ、高値でヤミ米捌《さば》いてるワルよ。下手な金持ちより金回りはずっといいぜ。米だってお前、売る程持ってらあ」

麻布署の管轄の小悪党か——と中禅寺が云った。

「司君が知っている筈だ」

「おう。だからその話は——何か臭《くせ》ェぞ。いや絶対嘘臭ェ。関東大黒組が、あのヤミ正を知らねェ訳《わき》ゃあねえんだ。縄張りが嚙んでやがるんだから。それに——その大黒組だがな、そいつらぁ一風変わったやくざでな。勿論普通のやくざ連中がやるような悪さは一通りするようなんだがな——どうも特殊な資金源があるらしいんだよ」

「え？　じゃあホントに金持ちなんですか？」

益田が泣くような声を出した。

「いや、一千万右から左に動かせるようなこたァねェよ。安心しろ小僧。だがな、大黒組の連中はよ、金回りだけは良いんだ。あんな小せえ所帯であンなに儲かる訳もねえのよ。善く判らねえ儲け方をしてやがるに違《ちげ》ェねェんだ。まあ、そこはこの調子のいい小僧の云う通り一千万ポンと払えるまでは儲けてねェだろうがな」

「なる程ね——」

中禅寺は何か考えているようだった。

「——峰岸金融に就いてはどうです？　麹町は管轄違いですか」

そりゃあ聞かねえなと刑事は云った。

拝み屋は眉間に皺を刻んだ。

「なる程ね」

「何がなる程だ」

「いや——旦那に酒盛りを後回しにして貰って良かったと、今そう思っているところですよ」

「相変わらず回り苦呶《くで》ェ男だな手前も。そのことならな、もうそろそろこの口にお神酒《みき》を入れねえと、暴れが入るんじゃねェかと、そう思っていたところだこの間抜け。素面《しらふ》で暴れたら俺ァ怖ェぞ」

酔って暴れたって怖いじゃないですかいと和寅が云った。

「黙れよ。それより何だ、何か見抜いたのか」

「まあね。正直云って僕も、砧青磁のことを横に置いておくなら——今川君の云う通り、やくざの甘言に乗っかるのが一番いいと——そう思っていたんだがね」

だからよ、と木場は云う。

「俺はその砧なんとかのこたァ判らねェがな、今云った通り、その話は面子《メンツ》からして胡散《うさん》臭ェぞ」

「そう、まあ九分九厘詐欺ですよ。益田君の云う通り、あの家の壺は精精八千個から一万個だ。全部合わせても買い値の総額は百万か、ぼられていても二百万くらいだろう。十五年間の生活費を全額借金で賄《まかな》ったとしても、まあ二百万程度か。これでは元元与治郎さんが持っていた資産で足りてしまう」

「借金の必要がないと？」

「ないことはないんだろうが――多過ぎることは間違いない。でもね、法的に不備のない巨額の借用証書だけは確乎《しっか》りと現存している訳だし、それに関して云えば返済の目処《めど》は永遠に立たないんです。で、一歩引いて考えてみるとね。これが本当に詐欺であったとしても、詐取されて困るようなものを山田スエさんは持っていないんだ。さっきも云ったけれど、今更何を取られたって彼女の生活が今と大きく変わる訳ではないんですよ。だからそれでもいいかと、僕はそう思っていた」

家宝はどうなるのです、と今川が問うた。

「これは最初《はな》からなかったことと諦めて貰うよりない。榎木津の父君には悪いけれども、そんな品物は他にはまずないのだ。だから、それさえ諦めるなら水面下でどれだけ莫大な金が動こうと関係ないことだからね。山田さんにしても、借金のかたに家を追い出されると云うだけのことで、それくらいのことなら善くあることじゃないか。ただ――」

どうもまだ裏があるようだなあ――と云って、中禅寺は探偵の机に凭《もた》れた。

「いずれにしてもこのままでは――山田スエさんの憑物は落ちないのだよ。僕は奴等に壺を盗られてしまう前に――仕事をしなければならない」

ばん。

大きな音が響いた。榎木津が机を叩いたのだ。中禅寺は反動で前に出た。全員がずっと黙っていた白面の探偵に注目した。

「ば――」

榎木津は立ち上がった。

「――馬ッ鹿かお前たちはッ！　何だってそうややこしくややこしく考えるのだ。いったい誰に気を遣っているんだ？　やくざか？　闇屋か？　高利貸しか？　そんな連中は粉砕すればいいだけじゃないかッ。悪者に敬意を払う必要はないし、鐚一文払うこともない。悪者は祓ってしまえばいいのだ。祓うのはお前の仕事だ馬鹿本屋！」

「あんた――また仕切る気なのか？」

中禅寺が情けない声でそう問うた。僕が仕切らずに誰が仕切るんだ愚か者――と怒鳴って、榎木津は部屋の中央に出た。

「僕は白樺湖から帰って以来ずっと鬱憤が溜まってるんだ！　阿呆な親父は阿呆な依頼をして来るし、下僕は役に立たないし、おまけに本屋は慎重だ。こんなに面白くないことはない！」

どうするんだよおい――と木場が尋く。

「やっつけるのだ。勧榎木津懲悪だ！」

どこの言葉だよと木場が云った。

7

その翌日——僕は今川と一緒に狸穴《まみあな》の陵雲堂に行った。

前回同様、榎木津や中禅寺がいったい何を企んでいるのか、僕にはまったく判らなかった。

昨夕榎木津が攻撃宣言をした後、木場や中禅寺は各各《おのおの》の持ち場を無言のうちに諒解したらしく、大した打ち合わせもないままに散ったのだった。

思うに、木場もまた公僕であり乍《なが》ら、あの怪しげな連中の仲間だったのであろう。前回の益田の言葉を借りれば薔薇十字団の一味と云うことになるだろうか。尤も中禅寺はそんな団体に加入した覚えはないそうなのだが——傍《はた》から見ている分には中心人物と云ってもいいくらいだと思う。

僕はと云えば、ただ今川について行けばいいと云われただけである。今朝になってその中心人物から連絡があったのだ。日曜だったから断ることもできなかった。

扱いで云うなら矢張り下僕の方に近い。

陵雲堂は立派な店構えの古物商だった。

待古庵が精精古道具屋に茶器花器が添えられていると云う印象だったのに対し、こちらは完全に書画と、それから高級な茶道具の専門店と云う感じだった。高等な趣味人が集う店なのだろう。

予《あらかじ》め今川が話してくれていたようで、僕達はすんなりと奥に通された。高級そうな調度が整った応接室には、悪趣味な翡翠《ひすい》や瑪瑙《めのう》の飾り物が置かれていて、やけに目立っていた。

茶を出されて十分程待たされた。

その間にそそくさと段取りを問うと今川は、僕も善く解らないのです、と答えた。

緊張した。

やがて紋付き袴に葉巻を咥《くわ》えた、吉田茂《よしだしげる》を紅茶で煮染《にし》めたような顔の男が、実に偉そうな素振りで這入《はい》って来た。

それが――陵雲堂こと雲井孫吉《くもいまごきち》だった。雲井は今川を見るとほっほっほと鄙俗《いやら》しい声で笑った。

「どうだ。景気はいいか」

「善くないのです。所詮僕は喰うや喰わずの古道具屋なのです」

「何を不景気なこと云うとるんだ。お前の従兄弟が旗師《はたし》だった頃は儂《わし》でも吃驚《びっくり》するようなモン持って来よったもんだぞ」

「あれは自宅の蔵から持ち出していたのです。それだけです」

けッと雲井は舌を打った。

「どうもお前さん行儀良くッていけない。お前さんも商売人の端くれなら、欲のないこたぁ云わんこっちゃ。福が逃げるで。そんなだから女もできん。茶屋遊びのひとつもできんでこの業界は務まりゃせんがね」

ほほほほほッと雲井は笑った。

全体的には豪快なのに、どこか女形のような女女《なよなよ》しさがある。身態《みなり》も素振りも上品そうなのだが、端端に下品が顔を出す。複雑な男である。

で、何の用かな――と雲井は尋いた。

何の用なのか僕は知らない。

今川は慇懃《いんぎん》に答えた。

「実は――この男は、僕の店が先日中途採用した新人で、壺田亀三郎《つぼたかめさぶろう》と云う者なのです」

「つ――壺田？」

出任せもいいところである。今川もまた榎木津や中禅寺の同類なのだ。

僕は仕方がなく、壺田と云いますと挨拶した。しかしどうして僕だけいつも偽名なのだろう。これも身から出た錆と云う奴か。雲井は葉巻を咥えたまま、あそう、と云った。

「で？」

「この男は先月まで電気の配線工だったのです。古物売買は素人なのです。何も判らないのです」

「ほう。そらまた殺伐とした商売だったもんだな。兄さん、何でまたこの世界に入る気になったん？」

「は――」

そんな急に振られても。

「――その、び、美の奥の深さに」

何を云っているのだ僕は。

雲井はひと際《きわ》大声で笑った。

「美ィ？　聞いたか今川。美とか云いくさったぞ。配線工の割りには線の細いこと語りよるな。愉快愉快。そう云う青臭いこと云うてるうちが花だ。今川、お前それでこの兄ちゃんを連れて来て、儂にどうせいと云うんだ？」

「商売を教えてやって欲しいのです」

「そんなん教えられるかい。お前にだって教えないわ。そう云うもんは教わるもんじゃあねえだろう。盗むもんだ」

「ですから盗ませてやって欲しいのです」

「なんだと？」

「この壺井を——」

「壺井？　壺田じゃないのか」

「もとい。壺田です。壺田なのです。この、壺田を一日あなたの傍に侍《はべ》らせて、じっくりと観察させてやってくれませんでしょうか。一流の目利きと共に一流の品に囲まれて一日過ごせば、この野暮な男も少しはこの世界の片鱗《へんりん》が窺えるのではないかと、そう思うのです。それだけです」

「一流——ねえ」

雲井は何とも云えぬ——嬉しそうな顔をした。

「これはお礼なのです——」

今川は風呂敷包みを差し出した。

雲井はぞんざいに受け取るとぞんざいに結び目を解き、箱に一瞥をくれてから蓋を半分開けた。

「ああ。李朝《りちょう》の茶碗かい。どうしたこれ？」

「例の——織作《おりさく》コレクションなのです」

ああそうかいと云って雲井は蓋を閉めた。

「まあいいだろ。この男を一日同行させればいいんだな。諒解《わか》った。それにしても今川、変なこと考えるなお前も」

「この男は理屈ばかりで実践が伴わないのです。美学だの芸術だの浮ついたことばかり云うのですが、現実を知らないのです。でも、僕も偉そうな口が利ける程大した者ではないのです。ですから僕の商売を見せているだけでは、これは古道具屋と変わりないのです。それが商売の全てだと思われても困るのです」

「なる程な。お前の店じゃあ権謀術数《けんぼうじゅっすう》も海千山千の掛引《かけひき》もないわなあ。お前もお前で、通人かちゅうと意外と俗人だしな。骨董とは如何《いか》なるものか、雰囲気だけでも判るかもしれんわい。よっしゃ引き受けた。じゃあ忙しいから今川、お前は帰れ。儂はこれから——」

雲井はそこで言葉を切り、僕を見て一瞬顔を曇らせた。

「——おい今川。こいつ、本当に何処へでも連れて行かなきゃいけないか？　儂にはほら色色と商売上の秘密もあるんだ」

「信じて戴きたいのです」

「まあ、死んだ雅幸《まさゆき》との縁もあるし、その雅幸の従兄弟のお前を信用しない訳じゃないけどねえ——こいつは信用できるとは限らないだろ」

「この男は口だけは固いのです。子供の頃から口が固いので有名で、採用したのも口が固かったからなのです。ですから裏も表も——じっくりと見せてやって欲しいのです。それだけです」

けッと雲井は舌を鳴らし、解った解った解ったから帰れ——と云った。

今川は動物のように頭を下げて——。

本当に立ち上がった。帰る気なのだ。心臓が高鳴った。

僕は——どうすればいいと云うのだ。

「い、今川さん——あの」

今川は一度立ち去りかけて、ああと声を上げ振り返った。

「そうだ。思い出したのです」

雲井は何だよ——と云った。

「陵雲堂さん、慥《たし》か先日亡くなった一ッ木町の山田与治郎さんとは古くからお取り引きがあったのではありませんか？」

雲井は不意を突かれたような顔をした。

「山田——まあ——あったが。それが何か？」

「いいえ。与治郎さんが生前、善く陵雲堂さんの話題を口にしていたことを今急に思い出したのです。それで——」

「与治郎さんがって——お前、あの爺さんと取り引きあったのか」

ええ、と今川は——嘘を吐いた。

「本当か？」

雲井は咥えていた葉巻を口から離した。

「今年に入ってからのことですから半年程になるのです――」

今川はまるで内面の読めない例の顔のまま嘘を重ねた。動揺も狼狽も喜怒哀楽も顔に出ないと云うのは、こう云う場合は得である。

「――幾つか壺をお売りしたのです。壺なんかは仕入れても他では売れないのです。買って戴いて助かったのです」

「助かったって――あの爺さん金なんか持ってなかっただろ」

「壺は安いのです。しかし借金はなさっていたようなのです」

「しゃ、借金は――そりゃしてただろうがな――お前、あの家ン裡《なか》に這入ったのか？」

「裡と云うと内部のことなのですか。勿論這入ったのです。中中大した景観だったのです」

僕は――壺屋敷のあの凄じい様相を思い出した。

そう云えば今川も、昨日あの家を訪れているのである。ならば今漏らした感想だけは真実だろう。

「それで――」

雲井は何故か――食いついて来た。

今川はあくまで淡淡としている。外見に変化はない。

「それでと云われましても――そうそう、昨日、与治郎さんに金を貸していたとか云うやくざが僕の店に来たのです」

「なにぃ？　お前の店って、骨董今川——いや待古庵か。待古庵に来たってえのか？　それでどうしたよ。おい、座れ今川」

雲井は白地《あからさま》に驚きの素振りを見せ、横に退《よ》けると今川を手招きした。今川は云われるまま、雲井の横にちょこんと座った。それにしても何を云い出すのだろう。これは——何かの罠なのだろうか。

雲井は大きな顔を今川に近付けた。

「やくざって——お前それ、何処のやくざだよ。大変じゃないか。真逆《まさか》お前に金返せと云って来た訳じゃないんだろ？」

「そうではないのです。それがあのお爺さん、今更他の業者が貸してくれないもので、そんな怖い人達に引っ掛かったようで、今年に入ってからは結構借りていたらしいのです」

「今年だ？　今年に入ってもまだ借金してたってのか？　何を買ったんだ？　今川お前——何か高価《たか》いモノ売ったのか？」

僕は高価なモノは売らないのです——と今川は云った。

「——安い壺や花生《はないけ》ですが。ただ量が結構あったので、割りと高額にはなったのです。織作コレクションを引き取る足しにしたのですが」

「壺って——お前んとこから？　爺さん未だにそんな沢山壺買ってたのか？　増えてたのか、あそこの壺は——」

見た目気づかなかったがなあと云って雲井は首を傾げた。

「しかし――善く貸したな。貸しても回収なんかできないだろうに」

「そうなのです。土地と家を担保にしているようなのですが」

「と――」

雲井は慌てた――ようだった。

「土地――って、そんなのは無効だよ。それは嘘だ今川。だって、あの爺さんはそりゃあ巨額の借財を抱えてたんだぞ。た、慥《たし》か抵当権の優先順位は先に貸した方に――」

「さあ――そんなことまで僕は知らないのです。ただ、そのやくざの人は、愈々《いよいよ》債権回収に乗り出すから、就いては壺の値踏みをしてくれないか、と云って来たのです」

「ま、待てよ今川。あそこにはまともな品はない。お前も見たんだろう。あの馬鹿馬鹿しい壺。真逆お前、見て判らないなんて云わないだろうな。ないだろう。なかっただろ何も。壺しかないんだぞ。茶器も掛け物もないんだ。そんなのは鑑定するだけ無駄だ。断ったのか？」

「まだ、返事をしていないのです」

「断れ。関わるなやくざなんかと」

「断りたいのですが、怖いのです」

平気だよ、必ず断れよ――と雲井は念を押した。

「お前のためだって今川。やくざと関係してもろくなことァない。いいか。でも——そのやくざってのは何処の組だ？」

「陵雲堂さんこそ、何故そんなことを知りたがるのです？」

今川は——実に愛敬のある顔をしてそう尋いた。

僕は直感的に、今川は笑っているのだと思った。しかし雲井には——同じ奇妙な顔にしか見えていないだろう。実際具体的な変化は殆どない。

雲井は今川の迫力ある顔面に圧《お》されるようにしてやや身を後ろに引いた。

「そ、そりゃあお前、儂はあの爺さんとは戦前からの長い付き合いだったからねえ。儂も随分品物売ったし——お前の云う通り、壺なんか買うのはあの爺さんくらいだったからさ。それに、先代の持ってた書画なんかもみんな儂が処分してやったんだ。縁がある訳よな——」

何だか言い訳染みている。

「ほら、あそこ慥《たし》か娘さんが居るだろ。あの愛想のない不嫁後家《いかずごけ》——」

「スエさんなのですか？　お孫さんなのです」

「そうだ孫だ孫。あれは愛想もないし、そんな、やくざなんかが来たりしたら可哀想だろうよ。だからさ、何とか力になってやろうと思うじゃないかよ。それ——どこの組だ？」

「はあ。慥か——桜田《さくらだ》組の——木場とか」

今川は真顔でそう云った。

僕は——緊張していたにも拘らず——笑いそうになってしまった。それにしても桜田組はないだろう。

しかし雲井は真に受けている。

こんな変な顔の男が嘘を云う訳はないと思っているのだろう。

雲井は上擦った声で桜田組ィ——と繰り返した後、別口か——と呟いた。

「何口です？」

「何でもないよ。しかし——聞かない組だな」

「戦後頭角を現して来た新興暴力団なのです。古式床《ゆか》しきやくざの方と違って、米国式で仁義も蜂の頭もないと云う、恐ろしい人達なのです。僕も怖かったのですが——まあ、ご心配の通り、放っておけばスエさんの身も危ないかもしれないのです。僕もそう思ったので、陵雲堂さんに云ってみただけです。それだけです」

今川は立ち上がった。

「もう宜しいですか。お忙しいところ、どうも要らぬことを云ってしまって、申し訳なかったのです。失礼するのです——」

今川はそう云って、屈伸運動のように深く頭を垂れ、本当に去ってしまった。

僕は——。

僕は雲井を怖《お》ず怖《お》ずと見た。

雲井は何故か汗をかいていて、懐から手拭いを出して額を拭い、暫《しばら》くは落ち着かぬ様子で長椅子に座っていたが、やがて僕が居残っていることに気づいた。

「あッ。ええと慥《たし》か——」

壺田ですと僕は答えた。

「ツッ、壺田な。あのな壺田君。今、待古庵が、今川が云っていたのは本当のことか？」

「ほ、本当と云いますと？」

だから山田ン家《ち》の話だよと雲井は云った。

「あ、ええ、ほ、ほ、本当です——」

ここは何か——何か適当なことを云わなくてはなるまい。

「——ぼ、僕も山田さんのお宅には——そう、一昨日にお伺いしてですね、何と云いますかその、後学のためにですね、お、お嬢さんにお願いしてですね、そのつ、壺を見せて貰いましたが——つ、壺しかなくて——」

そこまで喋って僕は気づいた。

これは——この仕掛けは、僕の吐《つ》いた拙《まず》い嘘の後始末なのだ。いつの間にか、僕の出任せと現実の溝が埋まっている。このまま陵雲堂と一緒に山田家に出向いたとしても、僕はスエの前で新たな嘘を重ねる必要がなくなるのである。

と、云うことは——。

雲井は今日中に壺屋敷を訪れる——と云う読みなのだろうか。僕の役目は、雲井にべったり貼り付いてその一挙手一投足を監視することにあるのだろうか。

——何故この男を。

まるで参考になりませんでした、と僕は結んだ。

「で」

「で？」

「本当に店にやくざが来たのか」

雲井はそう尋いて来た。

「き、来ました。その、木場とか云うごつい男が来て——物凄く乱暴な男でした。こう、顔が真四角で腕なんかもう太くって——机なんか叩いて凄い見幕でした。そう、拳銃も持っていた。ええと、警察にひと言でも喋ったら、土手ッ腹に風穴開けて紐通すぞ、とか」

「け、拳銃まで持ってたのかよ。そりゃ今川も怖がるわ。本物のやくざだぁな。何だよ。そうか畜生——おい、君、一寸来なさい。浮世絵見せてやるから——」

雲井はそう云って立ち上がり、応接室を出た。

「今川ンところは絵がないだろ。あいつは苦手なんだ絵。うちは書画が中心だからな。元は茶器なんだけどね。骨董なんて云うと偉そうな響きだが、要は古道具屋だ——」

そして隣の部屋に入る。

ずらりと掛け軸が並んでいる。

「――しかし道具売ってるうちは儲からないんだ。道具ってのは使うために買うだろ。だから古物は新品より安く売るだろ。高いモノ買うのは茶人だな。絵なんてなあ好事家が買う。こりゃ趣味だ。無駄だよ。通人が好むモノは高価でも売れる。連中は茶碗や絵を買ってる訳じゃないんだな――」

雲井は喋り続け乍《なが》ら、中央の硝子のテーブルの上に浮世絵のようなものを並べ始めた。

「――連中は骨董を買うんじゃないのよ。連中が買うと骨董になるんだな。だから儂らは、連中が喜ぶモノを考える。流行やら価値やらを作って古道具にくっつけてやるのが儂等の仕事だ。解るか」

そうしてモノを買う人は、価値のある絵を買うのではなく、絵についた価値を買う――と云うことなのだろう。

考えてみれば、それがどんなに優れた絵であっても、紙切れに絵の具が塗ってあることに変わりはない訳だから、原価で云うならどんな絵も高が知れているのだ。加算するとしても、後は制作に費やされた人件費である。人件費の場合は、これは人数と時間で計算するしかない訳だけれども、絵なんかの場合――僕には判らないのだが――例えば線一本引くのに何日もかかるようなこともあるのだろうし、時間がかかったから上手くできるとも限らないのだろう。

だから、そうした明白な計算で値段を算出してはいけない、と云うところにこそ、そうしたものの価値は生れると云うことで――平たく云うなら、矢張り云い値、と云うことになるのだろう。

雲井は何故か妙に急いで絵を並べた。

「見てみ。こりゃ浮世絵と云う――浮世絵くらい知ってるか。まあ昔の刷り物――版画だな。これはお前、今で云うなら印刷だからな。こんなもの、儂の若い頃は襖の腰張りだの障子の破れ塞ぎだのに使っておったものよ。何たって何枚でも同じものがある訳だものな。紙屑だ。紙屑なら馬鹿高い値段になりようもない――と思うだろ？」

「はあ」

「そう思ったら大間違いだ。明治三十年頃、英国で値がついてな。それから後は、もう値が吹いてしまった。こりゃあもう、今ではお前さんの云う美術品だ。価値がついておる。そうして見りゃまあ――美しいだろ。高価な芸術品だよ」

美人画――と云うやつだろう。綺麗と云えば綺麗だが、所詮僕には判る筈もない。図面引きの目から見るなら、線が綺麗だとか、細かいところの処理が上手だとか、精精そんなところに感心するくらいである。雲井は一度僕の顔を見てこう云った。

「一方で浮世絵には、肉筆画ちゅうのもあるのよ。これは一点ものな。これは世界に一点しか存在しないからなあ。さぞや高価かと思いきや――こりゃそんなに高く売れない」

「そうなんですか」

「何故かちゅうとな、これはもうふた昔程前——戦前のことだが、大掛かりな入札があってなあ。肉筆画が沢山《たくさん》出たことがあってな。その頃は注目されてたんだな。版画に飽きて来た頃さ。で、立派な目録ができてな、某大学の文学博士なんかが大絶賛の辞を寄せたりしたんだが、蓋ァ開けりゃあ全部贋作でござんすよ。それをスッパ抜かれて、当然入札はパアだ。そのうえ新聞なんかでな、推薦した博士がコキ下ろされた。ま、肉筆は一点ものだから贋作が作り易いんだな。出来が善ければ博士だって騙される。そんな訳で——以降肉筆は鑑定し難くなっちまった。間違って鑑定したら美術研究学者の権威失墜だから」

そんなものなのだろうか。

「鑑定書がつかないから——モノが良くても、本物でも売れないのですか?」

そうじゃないんだと雲井は云う。

「高く売れないんだよ。モノに変わりはないからさ、モノが好きな奴は買うよ。でも、モノが好きな奴しか買わなくなっちまった訳だよ。そうなると値が乗せられないんだな。値の乗せられない品は売れねえのさ。さっきも云ったように、高い金出して買う連中の多くはモノじゃなくて価値を買うんだよ。そこいら辺を呑み込めよ」

呑み込めと云われても呑み込む対象が何だか判らない。

陵雲堂はにやりと笑った。

「肉筆はさ、偽物かもしれないと云う泥被っちまった訳よ。実際、浮世絵の場合はな、版画だって贋作多いんだぜ。しかも鑑定は肉筆に輪を掛けて難しいんだよ」

「え？　それでは何故――」

僕は素直に疑問を持つ。

差がないではないか。

「だからさ。明治の終わり頃、ソレ浮世絵が売れるぞぉ、と、なった頃だよ。その頃はお前、版木《はんぎ》なんかまだ残ってたりする訳だよ。売れるなら刷れさ。なきゃ彫れだよ。沢山作った。これは偽物じゃないんだよ。新しい本物だよな。そう云う感覚だった訳だ。だって、浮世絵は版画なんだから、絵草子屋にしてみれば古いか新しいかの差があるだけで、本物も偽物もねえだろうよ――」

青磁――と同じか。

「――ただ、その辺で昨日刷りました、じゃ価値が出ないだろ。だから天日に干して、煙で燻《いぶ》して、それから箆《へら》でこそぐんだな。叩いたり揉んだりするといい具合に古色が出る。云っておくが贋作拵《こしら》えてるンじゃないんだぞ。その方が客が喜ぶからしてるんだよ。金を出すってことは喜んでるってことだからよ。干して燻して価値をつけたんだよ。そんなのが五万とあるんだから。鑑定は難しいさ」

「しかしそれじゃあ――版画だって」

「だからよ。肉筆は——これからって時に新聞騒がして問題になってるだろ。版画の方は問題になる前に流行りが沈静化した訳よ。味噌がつかなかった訳だ。だから、その後は偽物もそう作られなくなったしな。今じゃ明治モノは明治モノで、それと知れてもそれなりの値だよ。解るか——」

雲井は蛙を潰したような顔をした。

「——価値は作るもんだ。乗せて塗ったくってくっつけるものだ。モノ自体に価値がある訳じゃない。モノはモノだよ」

僕はハア、と云って浮世絵に視線を落とした。

「それだって——半分は偽物だぞ。今年刷られたものだよ」

「え！」

どれも同じにしか見えない。

「判らないだろ。暫く眺めて考えな——」

雲井はそう云うと、僕に背を向けて部屋の隅の電話機のところまで移動した。

僕は——勿論浮世絵の真贋《しんがん》が判るようになりたい訳でも、骨董の真髄やら商売のコツが知りたい訳でもなかったから、雲井が受話器を取るのを確認した後顔を背け、浮世絵を見る振りをし乍《なが》ら背中全部を耳にして——雲井の動向を窺った。

ああ儂だ——と雲井は小声で云った。

「――おい。お前、お前なんだよ――何ですかじゃないだろう。うん。いや、そうじゃないよ。お前ほら、債務。全部纏《まと》めたって――いや、纏まってないんだよ。見逃してるんだって。え？　調べましたじゃないんだよ、間抜け。そう――そうだよ。それが小口じゃないんだって。お前、どうせ小口しかないと思って見落としたんじゃないのか？　そう。結構な額さ。しかも、それが質《たち》の悪そうなところなんだよ。え？　違うよ。やくざだよ。筋モノ。嘘？　嘘じゃないって。調べろよ。桜田組だ。さ、く、ら、田圃《たんぼ》の田――」

――桜田組。

さっきの話だ。

今川が仕掛けた罠に早速雲井が嵌ったと云うことか。

――相手は誰だ。

「――そう。知らない？　いや儂も――新興だそうだ。馬鹿。お前は勉強しろよ。知ってるけよ。お前だって命に関わるぞ。何でも土地家屋抵当《ていとう》に入ってると主張してるとか――大丈夫？　大丈夫じゃないよ。そう云う理屈が通じるならやくざじゃないだろうさ。お前のところだって同じじゃないかよ。債権幾価《いくら》で買ったんだよ。半額以下なんだろ？　その時お前、大黒組使ったじゃないかよ峰岸――」

――峰岸？

峰岸金融――か。

雲井が電話で話している相手は、山田家の借金を一本化したと云う悪徳金融業者に違いない。僕は緊張のあまり首が攣《つ》りそうになる。聞き耳を立てていることを悟られないよう、軽く咳払いをしてから、僕は前屈みになった。

一応日本髪を結った女が描かれた錦絵が目に映ってはいるが、何も見えていない。

「――何だよ。いや、俺の方からはそれだけだよ。金額は判らないがな。いや、そりゃ無理だって。やくざをやくざで脅してどうするよ。警察でも来てみろ。だからよ、金額を調べて全額支払えよ。知らないよ。精精十から五十の間だろ。何ィ？　それじゃ儲けがない？　知るか。お前の儲けはお前が確保しろよ。話に乗ったのはお前だろうが。金主《きんしゅ》見落としたのもお前だろ。責任取れよ――」

金貸しと骨董屋はグルだ。

しかし十から五十で儲けがなくなると云うのはどう云うことだろう。一千万の儲けになるのではないのか。

それより契約は――と雲井は一層小声で云った。

「――とっとと契約しちまえば話は早いだろ。何だと？　知らなかったから払いますと云えば角は立たないよ。え？　何だとォ？」

雲井は少し大きな声を出した。

続いて聴き取れない程の小声になった。

「何だそのお払いってのは？　え？　カメが鈍《のろ》い？　何だって。瓶の呪い？　呪いが解けるまで契約待ってくれってて――何なんだ。あの女、そんな寝惚けたこと云ってるのか？　待てないと云え待てないと。大黒の若いの入れろ。突っ込めよ。え？　祈禱師が居るゥ？」

――中禅寺だ。

中禅寺が乗り込んでいるのだ。

「ヤミ正は？　ヤミ正は何してんだよ。一緒にお祓いだ？　巫山戯るな――」

大黒組とヤミ正――みんなグルなのか。

兎に角お前も――と、骨董屋がひと際大きな声を出した時、こつこつと扉を叩く音がした。雲井は慌てて、後で掛けると云い、受話器を置いた。

僕はそっと振り返る。雲井は信楽焼の狸のような顔をして、

「ど、どうだ壺田。違いが解ったか――」

と云った。

完全な照れ隠し――と云うか、誤魔化しの態勢である。

僕がさあサッパリ――と云った途端に、もう一度扉は叩かれた。なんだ――と雲井は大声を出した。

「あの、例のお客様が――」

扉の向こうで、多分使用人の声がした。

「あ――解ったすぐに行く――」

雲井は大いに慌てて部屋から飛び出そうとして僕に気づき、ああお前が居たのだなと云って、今度は達磨《だるま》のように赤くなった。

「ううん――ややこしい時に」

構わん、ついて来いと雲井は云った。

「ただ大事なお客様だからな。粗相のないように、そうだ、ずっと黙っていろ」

「あの、この浮世絵は――」

そんなモノは放り出しといてもいいんだよ、と骨董屋は投げ遣りに云った。

「全部偽物だ。いいからさっさと来い――」

雲井は扉を開け、すたすたと部屋を出て行った。僕は慌ててその偉そうなんだか偉くなさそうなんだか判らない親父の後を追った。

雲井が向かったのは一番奥の部屋――だった。

扉の前には和服の若い娘が数人屯《たむろ》していたが、主の姿を見ると慌てて礼をし、逃げるように去って行った。雲井は訝《いぶか》しそうにそれを眺めてから扉の前で身嗜みを整え、寂しくなった髪の毛をぺてりと撫でつけて、一度ごほんと咳払いをしてから、

「身分違いだからな。くれぐれも失礼のないようにな――」

と念を押して、扉をノックした。

「どうもどうも、まことに失礼致しました。手前が雲井孫吉で御座います。お待たせ致しまして、は、失礼致しまする」

雲井は扉の外でそう云うと、何だか馬鹿馬鹿しい程丁寧な足運びで中に這入った。

僕も下を向き、静静《しずしず》と入室する。

「――何で御座いますな、その一言仰って戴ければ手前の方から足を運びましたものを、ご足労戴きまして恐縮で御座いますなあ。お父君もその、ご健勝でいらっしゃいますようで」

「馬鹿は丈夫なんです」

「え？」

聞き覚えのある声と内容――。

僕が顔を上げようとすると雲井は僕の頭を押さえつけて無理矢理に低頭させた。

「あ――この若いのは少少事情が御座いましてここに居りますが、気にしないでやってくださいませんか。温順《おとな》しくしておりますから――これはですな、その」

「そんなモノはまるで気になりません！　踊りを踊ったり太鼓を叩いたりし始めたら迷惑ですが、それはそれで面白いから良いでしょう。それより早く話をしましょう。時は金なりと云う名言をご存じないのですか！」

「えの」

榎木津――。

頭を下げたまま目だけで無理矢理確認すると、立派な革張の椅子に悠然と座っている見慣れた名探偵の姿があった。

「それより君の店の売り子だか下女だかの女性がさっきからちらちらこの部屋を覗いている、そっちの方が僕には問題です！　そんなに気になるのならここに来て僕の横にでも膝の上にでも座るがいいと伝えてください！　落ち着かない」

さっきの娘達のことだろう。

悔しいことに榎木津は、黙ってさえいれば映画俳優張りにモテるのである。店の女子社員がいきなり訪れた美男にさんざめいているのだろう。

雲井はあらあらと狼狽した。対応が難しいのだろう。そのうち榎木津は待ち切れなくなったらしく、突《つ》っ慳貪《けんどん》に喋り出した。

「この僕がわざわざ買いに来たのです。さっさと売ってください」

「あ――あの、例の砧青磁の花瓶《かへい》でございますな。あれは苦労致しましたよう。何しろ小振り乍《なが》らも戦禍を免れた名品でして、出は織田家ですからねえ。お父上からご依頼が御座いましたのが――一週間前で御座いましたから、それでもたった一日で見つけたんで――」

「火星も土星も、そんなのは要らないんです」

「は？」

「そんなもの要らないと、うちの馬鹿父が申し上げたんでしょう。聞いてませんか？」

「え――ええ。お電話で特徴を申し上げましたら、すぐに要らないとお返事が――てっきり他でもう御入手なさったのかと――そのことではないので？」

「そのことに決まっているじゃないですか」

そうでしょうそっちの人――榎木津はそこで僕に振った。まるで初対面のような口振りだが、演技ではなく、本当に僕のことを忘れている可能性もあるから怖い。僕はへえ、とかふう、とか答えた。

「火星だか水星だか僕は知らないが、大体あなたは僕の馬鹿父がカメだカメだと云ってるのに、そんなものを探してどうする気なのです？　親父はカメが欲しいのであってカメ以外のものは幾ら良いものだって買いはしない。仮令《たとえ》土星でも買いません。あれは焼き物知らずの習字専門です」

「習字？　ああ、書の方はいつもお求め戴いておりますが――そうでしたか。砧青磁とお聞きしたものですからつい――しかし砧青磁の瓶《かめ》とは――」

「あの山田さ」

僕が発言しようとするのを雲井は手を翳《かざ》して阻止した。

「そんな瓶は生憎《あいにく》ないですなあ。見たことがない」

「でもあの壷屋敷の」

「も、申し訳ない。こいつ、素人なものでねえ」

「あのなあ――」

榎木津は前屈みになった。雲井も前に出た。僕もつられる。

「――その人が素人だろうがビロードだろうが僕には何の関係もないのだ。あんたはうちの親父にカメを探せと云われたんだろ」

「そ、そうですが」

「そうじゃないか。僕がここに来たのは、あんたの客の中にそのカメを持ってる男が居るらしいという情報が親父の耳に入ったからだ。あるのを知っていて出さないとはどう云うことだ、きっと高価なものだから出し惜しみをしているに違いない、いいや榎木津幹麿には買えないだろうと嘗めて見縊《みくび》っているに違いないと、馬鹿で短気な僕の親父はカンカンに怒ってしまった。それはもう怒っていたぞ。耳まで真っ赤だ。それで息子の僕が代理で嫌嫌やって来たと、そう云う訳だ解ったか！」

「そ、そ、そんな滅相《めっそう》もない。ご、御前様を見縊るなんて、そんな恐ろしいことを――それは、な、何かの間違いで」

「でも山田さ」

「い、いいからお前は黙っていなさいッ。ああ失礼。実はその、砧青磁の瓶を家宝に持つと自称している家があるにはあるのです。こいつが申しておりますのはその家のことなんですが――嘘なんですよ」

「嘘？　嘘って――」

あくまでしらばくれるつもりか。

それ程までにあの家の壺のことを隠したいのだろうか。しかし――。

どうも雲井の様子は、嘘を吐いていると云うよりも取り繕っていると云う感じである。雲井は少し充血した眼で僕を見るとでかい顔を寄せて必死で説明した。

「お前も見たんだろ壺田。ないんだよ。ないんだそんなものは。どこにもない。儂は玄人だぞ。幾らなんだってそんなモノがあれば判る。どれだけ壺が並んでたって見分けくらいつくわい。ないの。少なくとも儂が出入りし始めたここ何十年、一度も見てない。壺は死ぬ程あるが、全部偽物だ。本物は一つもない」

「本当なんですか」

「だってないんだよ。探したんだから。あの爺さんはあると云ってたがな。お前、こちらの方を誰だと思う？　元華族の榎木津子爵様の御曹司だぞ――」

善く知っている。

「榎木津子爵様は当店《うち》の上客なんだから。儂が嘘云う訳ないだろう。あそこの壺が本物だったら、儂はあの女縛りあげても貰って来て献上するよ。ないんだって本当に。ややこしくなるから黙ってろ」

「しかしそれらしいのが――」

「執《しつ》ッ拗《こ》いなお前。それらしいのはあったが、あれは偽物だ。爺さんが壺集め始めた頃に誠志堂が売りつけたもんだと云っていた」

ない——本当なのか。

本当なのかもしれない。骨董屋とやくざと金貸しが寄って集《たか》って、どんな悪巧《わるだく》みが行われているのか僕には見当もつかないけれど、少なくとも砧青磁の壺は——ないのかもしれない。

「偽物——なんですか？　あの中には青磁も慥《たし》か十五点程——」

今川が昨夕そう云っていたと思う。聞いて覚えていただけである。

「あれはだから儂や誠志堂が売った、ただの青磁やら青磁に似た質感の壺なんだよ。全部最近の作品だ。別に箱に細工したりしてないから贋作じゃないが、偽家宝なんだよ。二束三文の品だ」

「それがいい」

「え？」

「それがいいと云っている」

榎木津はそう云った。

「それって何です？　真逆、その偽物を？」

「解らない男だな。それと云ったらそれ！」

榎木津は陵雲堂の頭の上を指差した。

前屈みになっていた陵雲堂は尻餅をつくようにのけ反った。

「そそ、それと云われても」

「だからその壺だらけの中のそれ」

——榎木津には見えているのか。

「し、しかし今申しました通りそれは二束三文の品でございまして、似てはいますが本物の砧青磁ではございませんから、に、偽物と云うことに——」

「偽物とか本物とか、そう云うのは関係ないのだ。僕の親父はそのキヌタセージのカメが欲しいんだ。だからそれを売ってくれと云ってるんじゃないか。幾価《いくら》だね？」

「い、いくらって——」

「よし」

榎木津は立ち上がった。

「百二十三万円出そうじゃないか」

「ひ。百二十——」

豪《えら》く半端な額である。出鱈目《でたらめ》だ。何を基準に決めたものなのか。今川の話だと、それは本物でも三十万から五十万だそうである。偽物ならば精精五十円とか百円なのではあるまいか。一方、与治郎の借金の額なら一千万なのである。

陵雲堂は一時放心し、やがて最高に鄙俗《いやら》しい顔をした。

「お——お売りしましょう！　それで宜しいのでしたらもう、すぐにでもお渡し致しましょう！　いやあ——流石は榎木津財閥の長。凄いなあ——」

「僕はチョウではない」

「あ、ええと、それでは——その、いつお納めさせて戴けば——」

「今」

「は？」

「今持って帰る！」

「今って——今ですか」

「今でない今があるか。今と云ったら今。あんた矢ッ張り時は金なりと云う格言を知らないんだな。時が金なんだから、遅れたら一時間につき一万円買い値を下げてやる！　わははははどんどん安くなる」

榎木津は懐から現金の束を出して——。

雲井の頭を一二度ぺたぺたと叩いた。

何だか酷い男である。

絶対に友達になりたくない。

「わ——解りましたッ」

雲井が手を出して金を引き取ろうとすると榎木津は急に札束を引いた。

「駄目。カメと引き替え。できないならこの話はナシ」

「お――っとっと」

辛うじて転ぶことだけは免れたものの、手を差し伸べたまま妙な格好で獲物を取り上げられてしまった陵雲堂は、バランスを取り乍《なが》ら大声で、お、お車を用意しろ――と怒鳴った。

はあいと声がした。

「こ、これから参ります。榎木津様、ご一緒――願えますか」

なる程――これで舞台は壺屋敷へ――と云う展開になるのだ。

そう云う仕組みなのだと、僕は漸く気がついた。

8

そうして僕は、榎木津と一緒に雲井の悪趣味な高級自家用車に乗って、赤坂の壺屋敷へと向かった。

これから何がどう展開するのかまったく解らなかったけれど、たった一つ解ったことがある。榎木津と一緒に行動していると高級車に乗れる——と云うことである。前回の鳴釜事件の時も、僕は高級な自家用車に乗せて貰った。生涯二度と乗ることはないだろうと思っていたのだが、今回もまた乗れた訳である。ただ、前回は榎木津自身の地獄のような運転だったのだが、流石《さすが》に骨董屋お抱えの運転手は安全運転だった。

僕の予想に反して車内での榎木津は静かだった。寝ていたのかもしれない。

もうひとつ予想に反したことは、車が僕の見覚えのない道を進んだと云うことだった。妙な径《こみち》に入ることもなく、車は割と大きな通りだけを通って、やがて見事な和風庭園のある邸宅の敷地内へと入って——止まった。

——壺屋敷ではないのか。

見覚えがない。あの屋敷も見えない。

「ここは——手前の、まあ別宅のようなもので御座いまして」

降りる前から陵雲堂は説明を始めた。

「壺のある家っつうのはですな、まあその、お坊ちゃまのような——おっと失礼。榎木津様のような高貴なお方の行くような場所では御座いませんのでなあ。小汚い足の踏み場もない荒《あばら》家《や》だ——」

——ああ。

僕は納得した。

ここは壺屋敷の裏側の、あの黒塀の家の——表側なのだ。

「まあどうぞ、むさ苦しゅうは御座いましょうが、こちらで少少お待ちくださいませ。なぁに、ちょいと裏のことで御座いますから、ものの五分で、おい——おタネ——」

運転手が扉を開ける。榎木津が降りるや否や、建物から襷掛けの小娘が出て来た。おかっぱ頭の下働きらしい小娘は、どうにもだらしのない声を上げて陵雲堂やら運転手やらを眺め回した。

「あンれ——旦那様。どうしたんでございますかいね。突如《いきなり》来られても困りますよぅ。京花様ぁ今居ねえだよ。今晩はお座敷がかかっておるだに。大事なお客様だで、もう出掛けられただが——」

そこで小娘は榎木津の存在に気づいた。

「――こ――」

小娘は一瞬榎木津を見て言葉を詰まらせ、

「――この、生《なま》っ白《ちろ》い男はどこのどなただ？」

と云った。

美貌の帝王も形なしである。

どんな娘でも眩眩《くらくら》くると云う訳ではないようだ。

「ば、馬鹿者、く、口を慎《つつし》め。こ、こちらはお前のような下賤な者が直接口を利けるようなお方じゃないのだぞ。こ、こちらは――」

雲井は大いに周章した。

「中中善い髪型だッ」

「へ？」

「僕は目の上直線が好きなのだ。君はとてもいい髪型だッ」

榎木津はそう威勢良く云って小娘を真正面から見た。目の上直線と云うのは、要するにおかっぱ頭のことなのだろう。おタネは、やだよう、おらァまだ嫁に行く気はねェだと云って身をくねらせた。

榎木津は精悍《せいかん》な顔つきで娘の頭部を注視《みつ》め、

「飴湯《あめゆ》が飲みたい」

と云った。一同はぽかんとしてしまった。

飴湯が飲みたいと榎木津はもう一度繰り返し云った。

勿論雲井にではなくおタネとか云う小娘に――である。おタネは口に手を当ててひひと笑った。

「やぁだ、この人、童子《わらし》みたいな人でねェか。しッかし丁度いいですよぅ。今飴湯の支度してたところだから。すぐ飲めるよぅ」

「あ、飴湯の用意って――おいおタネ。京花は今留守なんだろ。お前独りきりの筈じゃないか。何だってそんな準備してるんだ――」

吝嗇《けち》臭いこと云うでねえよう、と云っておタネは雲井を叩いた。

その瞬間。

あッ――と叫ぶや否や榎木津はおタネの手をぎゅっと摑んだ。

「そうか。この指で抓《つま》んで――」

榎木津はそう云った後、言葉を止めて、

「――生姜《しょうが》を入れてくれないか君」

と云った。おタネは再び倩兮《けらけら》と笑って、本当に子供だよう、と云った。何が何だか僕にはサッパリ解らなかった。

妾宅《そこ》は——大層立派な家だった。

多分その京花とか云う芸者と、この少少調子の外れたお夕ネと云う下働きの二人が暮らしているのだろうが、二人で暮らすには少少広過ぎの感がある。

調度と云い造作と云い、矢鱈《やたら》に凝っているようでもあり、どうも賓客を迎え入れるために何もかもが整えられていると云う感じである。妾宅と云うよりも接待用に使われている家に妾を住まわせた——と云うのが正解なのではあるまいか。

家は、少し土台が上げられているのか、それとも斜面に建っているのか、客間から望む松の木の植わった庭の向こうはかなり視界が啓けた感じで、古びた瓦屋根——多分壺屋敷の屋根——がちらりと覗いている。

案の定——あれが問題の家ですと雲井は云った。

榎木津は見てもいないようである。

「何とも薄汚い古家だが——」

雲井は嫌悪感が溢れ出んばかりの厭な表情で、壺屋敷を眺めた。

「ここには榎木津様のような賓客も多くお招きするのでございますが——どうにもあれが目障りでしてな。贅を尽くして持て成しても、あれのお蔭で興醒めなのです。あのボロ屋さえなければ視界が開けてそれは良い眺めになる——ま、それはそれ、気にせんでください」

まったく気にしていない。

と、云うより御曹司はまったく聞いていない。

「ともあれ、あそこにご所望の品がありますもんでしてな。御覧の通り道挟んだすぐ裏ですからな。ああ――」

声が聞こえた。どけとか失せろとか云う野卑な罵声である。勿論道を挟んだ向かい――壺屋敷からの声である。

「――何だか騒がしいなあ。ま、今すぐに行って、ひょいと取って参りますから、どうぞここで――その、飴湯でも飲み乍《なが》らお待ちくださいませ。さあ壺田。行くぞ――」

僕は座る暇もない。榎木津はぶかぶかの座布団にどっかりと座って、飴の前にお茶が飲みたいなどと喚いている。雲井は縁側から庭に降りて、そのまま裏木戸の方に向かった。僕は大慌てで玄関に戻り、靴を取って再び客間に向かい、雲井の後を追った。

前を通り過ぎた時、榎木津は奇天烈《きてれつ》な声で、甘ぁい――と、叫んだ。

――何なんだこの男は。

僕はなんだか虚しい気持ちになる。

黒塀の裏木戸を開けると、そこは見覚えのある通りだった。筋向かいには崩れ掛けた土塀に囲われた山田邸が見えた。雲井が顔を顰めて立っていた。

「矢張り――騒いでおるな」

――関東大黒組だろうか。

例の塀の切れ目まで進むと、塀の中には一昨日来たやくざどもを含む五人のちんぴらが居た。人数が増えている。ちんぴらは壺のかけらを蹴ったり壁を叩いたりして凄んでいた。

痩せぎすの頭髪に油を塗りたくった男が吠えた。

「おいおいおい。嘗めるんじゃねえよ。あのな、俺様を何処の誰だと思ってやがるんだ？　関東大黒組の細野《ほその》って云やあ一寸は鳴らしたお兄さんだぞ。それを何だ？　さっきから温順《おとな》しく待ってりゃ何時間待たせるんだこのボケ野郎——」

頭も眉毛も剃りあげた男が怒鳴る。

「あのな、俺達やな、案山子《かかし》でもポストでもねえんだよおい！」

割れ壺を蹴る。壺は粉粉に砕けた。

「おい返事ィしやがれ。ワシ等ァ遊んでる訳じゃねえんだよ。こちら様のボケ爺ィの借金肩代わりして差し上げようと、親切で、奉仕の気持ちでこちら様にお伺いしてるんだ。解らねエのかおい！」

「煩瑣《うるさ》い！」

突如、もの凄く響く声がした。

裏口の戸が開いていた。

微昏《ほのぐら》く埃臭い壺屋敷の土間——。

そこに——中禅寺が居た。

漆黒の着流しに羅《うすもの》の真っ白な羽織。羽織には黒黒と五芒星《ごぼうせい》が染めつけられている。手には手甲。赤い鼻緒の黒下駄——何とも時代外れの格好だ。憑物落としの装束なのだろう。

「いったい何度云ったら理解するのだ君達は。僕の仕事が終わるまでは、ここから一歩たりとも入ってはならぬと、つい一時間前に云ったばかりではありませんか。もう忘れたのかね！」

「だ、か、ら、そのお仕事とやらはいつ終わるんだと尋いてるんだよこの野郎。つい一時間前ってこいつ、一時間も経ってるんじゃねえか！」

「正確にはまだ五十三分三十秒——あ、三十五秒だな。一時間は経っていない」

中禅寺は懐中時計を出して平然と答えた。

黙れ黙れ黙れとやくざは地団駄を踏んだ。

「て、てめえ——大体こそこそと何をしてやがるンだ！」

「だから憑物落としだ」

「何だァあの男は——」

雲井は何だか情けない表情になってよろりと土塀に手を掛けた。まあ——事情を知らない者が突然この場面に遭遇したなら普通はこうなるのだろう。何しろ中禅寺の格好《スタイル》と来たら、慥《たし》かに鬼気迫るものこそあるのだが、どう見ても文明開化を迎えていないとしか思えないものなのである。

「――いったい裡《なか》で何をしてるんだ？　ああ、そう云えば峰岸が電話でお祓いだとか何だとか云ってたが――」

おいおい君達――と雲井は声を掛けた。

やくざ達は一斉に振り返り、そこに居るのが陵雲堂だと確認するや、各各眼で軽く挨拶をして――それから臭《くさ》い演技をした。

「何だ何だお前はよう、邪魔立てすると痛い目に遭うぜえ」

「儂は狸穴の茶道具屋で陵雲堂と申す者だが――君達は？」

関東大黒組だあ――と、禿頭の男が云う。

どこから見ても茶番である。

「そうか、君達がこちらの山田さんの借金を肩代わりしてくれるとか云う、親切な方方ですか。で、そちらさんは――」

中禅寺はにやりと笑った。

「憑物落としの拝み屋ですよ」

「解らんな。拝み屋とは――何だね？」

「山田スエさんからご依頼がありましてね。当家に集まった壺に溜まりに溜まった忌まわしき過去の塵埃《ちりあくた》を――祓い清めておるところです」

「掃除している――と云うことかな」

「そう云うことです」

それはご苦労なことだと云い乍《なが》ら、陵雲堂はやくざを手で押し退けて戸口に向かい、中禅寺と対峙した。

「悪いがね、拝み屋君。儂は一寸スエさんに話があるんだがな。とても急ぐのだ。中に入れてくれないかな」

「できませんな」

間髪を容れずの即答である。

「な、何故だね？」

「この中には悪しきものが渦巻いております。軽はずみに入られて何か良からぬ障りがあっても──僕には責任が取れない」

「何を馬鹿馬鹿しい──」

入るぞ──と云って陵雲堂は中禅寺を除《の》けようとした。中禅寺はこの世のものとは思えない程の凶相で骨董屋を睨んだ。

「入るな──と警告しています」

「う──」

──恐い。

中禅寺はかなり恐い。

「あなたはモノが集積すること、そして時間が堆積することの意味を知りませんね。良いですか陵雲堂さん。聞けばあなたは高名な骨董商なのでしょう。古物を扱う方だ。良い機会だからお教えしておきましょう。器物と云うものは――百年経つと霊異を為すのですよ」

「そ、そんな、ひ、ひか」

「非科学的な――と仰いますか」

「当たり前だ。そんな御伽噺《おとぎばなし》でもあるまいに、も、モノはモノだ」

「ふん。モノはモノであり、化けも化かしもしないと――そう思っていらっしゃるのですね？　それではお尋きしましょう。この壺は幾価《いくら》です？」

中禅寺は手にした小振りの壺を陵雲堂に差し出した。多分彼が家の中から持って来たものだろう。

「こ――これは君」

「値踏み――できますか」

「そりゃあ――精精三十円の」

「精精三十円。この壺は三十円なんですか」

「な、何が云いたい」

「三十円。札なら紙三枚――三十円と云えば掛け蕎麦一杯ですよ。あなたはこの土の塊と紙幣と掛け蕎麦を等価だと、そう仰ったのですよ」

「それが――何だ」

「捏《こ》ねて成型して塗って焼いて――人が手を加えなければこの壺はただの土くれです。土が蕎麦と等価になる――これが化けると云うことですよ。意味のないものに意味を与える、そして意味と意味とを連鎖させてありもしない価値を生み出す――これが呪いです。この土には壺と云う呪いがかけられた。そしてあなたは今、この壺に三十円と云う呪いをかけた。作られた時の原価はまた違っていたのでしょうし、売られた時にはまた別の値がついていた筈だ。こうして幾歳《いくとせ》も幾歳もモノとしての歴史歳月を積み重ねて行くと、この壺にかけられた呪いはどんどんと溜まって行くことになるのです。呪《しゅ》が集積して行く。つまり最早この土くれは、ただの土くれではなくなってしまった訳だ。だから、粉粉に破壊でもしてしまわない限りは――」

中禅寺は凶相を陵雲堂のでかい顔に寄せた。

「――十二分に祟るんです」

「た、祟る？」

「そう。あなたのように、要らぬ価値をつけたり取ったりする無謀なご仁も多く居ますからね。祟る。この上なく祟る。何なら――」

中禅寺は三十円の壺を古物商の顔前に翳《かざ》した。

「――呪いでもかけてあげましょうか」

ば、馬鹿――と小さく叫んで雲井は拝み屋から離れた。

「そんな壺がここには一万個もあるんだ。どれが怨んでいるのか探すだけでも大変なんです。少しだけ黙っていて貰いたい」

相当恐い。

冷静に考えれば別に脅迫している訳でも何でもない。ごく当たり前のことを語っているだけなのに、中禅寺が云うと心底恐ろしいような気がして来るから、そこがまた恐い。

だが守銭奴雲井は――一旦汗を拭いて、それでもまだ喰い下がった。何しろ榎木津の持っている百二十何万だかがかかっているのだ。しかもその金は時が過ぎると共に目減りして行く約束なのである。

「し、しかしこちらも急ぐんだ。その、座敷にある青磁の瓶――客間に幾つかあるから、それだけでも渡してはくれないか」

そうしろよ――と大黒組が叫んだ。

「――煩瑣《うるせ》ェからさっさと渡してやれよ！　おい拝み屋さんよ、そのくらいいいじゃねえかよ。数が減りゃお祓いも早く済むってもんだろうが。嘗めた口ばかり利いてやがると只じゃおかねえぞ」

「おや――」

中禅寺はまるで怯《ひる》まずに、冷ややかな眼でやくざを見据えた。

「君達はさっき、こちらの骨董屋さんに対して、誰だてめえは——と云いましたね。つまり初対面と云うことになる——」

あたりめえじゃねえかと痩せたやくざが熱《いき》り立った。

「怪訝《おか》しいなあ」

「何がおかしいんだよ」

「怪訝しいじゃないですか。僕は現段階での土地家屋その他総ての持ち主である山田さんに正式に依頼されてここに来ている者ですよ。しかもこの家の主な財産である壺にかかった呪いを解いて、綺麗な状態にして君達に渡してやろうと努力しているんだ。謂わば正当な協力者です。その僕にそんな罵言を吐く癖に、突然闖入して来た初対面の骨董屋に対してそんな親切にするのは怪訝しいじゃないですか」

「お、拝み屋なんて——胡散臭《うさんくせ》ェんだよ」

「おやおや。この人だって十分胡散臭いですよ。自分でそう名乗っているだけで、身分を保証するものは何もないんですよ——」

——意地悪だ。

僕はそう思った。矢張りこの中禅寺と云う男はかなり意地悪なのだ。

悪党相手とは云え、このねちっこい責め方はどうだ。

「——何故簡単に信じるんです？」

「それはよう、その――」

「それに君達――君達は慥《たし》か丁度一時間――いや、一時間と一分五十秒前に、僕にこう云ったじゃないですか。この、塀で囲まれた中のモノは家も土地も家財も全部、何もかもこの大黒組が買い上げることになってるんだ――だから欠け壺は疎《おろ》か塵一つでも持ち出したら叩き殺すぞ――と」

「い、云ったがどうした」

「昨日もそんなことを云っていた。塵だろうが芥《あくた》だろうが全部額面のうちなんだと。そうですね？　そうなんですね？」

「そうだって云ってるじゃねえか。手前、耳ァねえのかよ」

「耳があるから云っている。これはかなり怪訝しな話ですよ。だって――その骨董屋さんは君達の所有する筈になっているこの家から、モノを持ち出そうとしてるんですよ。しかも塵なんかじゃない、思いっきり高価そうな壺を選んで持ち出させてくれと、こう仰ってるのですよ。いいんですか、持ち出しても？」

「よ――良くないけどよ」

「全然良くない。僕がやくざだったら、必ずこう云うでしょう――」

中禅寺は一歩前に出て陵雲堂の顔を覗き込んだ。

「巫山戯《ふざけ》た口利きやがると叩き殺すぞこの野郎！」

「わあ――」

陵雲堂は尻餅を衝《つ》いた。物凄い迫力だ。

「――ま、待ってくれ。な、中のスヱさんと話をさせてくれ。わ、儂は怪しい者じゃないんだって。あのな、き、君達、君達にも断っておく。儂が持ち出そうと云うのは、そんな高価な壺じゃないんだよ。精精五十円とか百円の――もう一寸するか。まあその程度の品だ。嘘じゃない。評価額は君達に支払うから。な」

「それまた怪訝しいなあ――」

中禅寺はしゃがんで、再び陵雲堂の顔を覗く。

「家宝の壺なら――箱がなくても三十万はくだらないんでしょう」

「そ、そんな壺は存在しない！　なかったんだよ。わ、儂は何度も見たんだから。あったらとっくに持ち出して――い、いや、そう云うことではなくてだな、ここには偽物しかないから、だから」

「偽物を持ち出すんですか？　妙だなあ。スヱさんは、陵雲堂さんは頼んでも壺は買ってくれないんだとかぼやいていたけれども――」

「だ、だから二束三文なんだって。全部屑。屑なんですよ」

「もういいよ煩瑣ェな。そんな屑なら勝手に持ってけよ――いいな？」

大黒組の禿頭が大声で云った。

他のやくざがおう、と答えた。

「ほう――」

中禅寺はまるで死に神のような陰険な目つきでやくざどもを眺め回した。

愉《たの》しんでいる。

「そうすると、君達大黒組は契約を履行できなくなることになるが――それでも宜しいのですか？　今、座敷で家宝の壺を選んでいる木原正三さんはいったいどうなるんです？　あの人はここにある全ての壺の中から自分が家宝と決めたものだけを持ち出して良いと云うことになっている筈だ。慥《たし》かそう云う契約でしたね。この陵雲堂さんが持ってっちゃったらそれはできなくなる。何しろ家宝は青磁の壺で、この人が持って行くのも青磁の壺だ」

「だ、だからよう、偽物だってこの人が――」

「そうなんだ、偽物なんだよ」

「ああそうか。偽物かあ。しかしそれなら君達は偽物と知っていて正三さんに選ばせてることになる。それはそれで――どうかと思いますがね。それは一種の詐欺になるんじゃないんですかね。もしそのことを正三さんが知ったら――矢張りこの契約は成り立ちませんよ。彼は家宝の壺を貰えると云う条件で君達の申し入れを受け入れたのでしょう？　最初から壺が偽物と確定しているのなら、彼はまた別の要求をして来る筈――ですが――」

中禅寺は一同を睨み回した。

「――どうも、彼はそんな要求はしない。する筈がないと――君達は予め知っているようだなあ。ねえ陵雲堂さん」

「な、何で儂に尋くんだ。儂はその件には――」

雲井がしどろもどろになったその時である。壺屋敷の表門の方から、一人の中年男が何か云い乍《なが》ら駆けて来た。男は息急《いきせ》き切って飛び込んで来ると、僕を押し退けて大黒組の連中に告げた。

「ああ――お前達、な、何をもたもたしてるんだ。まだ中に入ってないのか？　早くしないと、た、大変だぞ――ああ！」

そこで漸《ようや》く男は雲井に気づいた。

「く、雲井先生じゃないですか。何でここに？　何をなさって？」

この馬鹿者が――と云って雲井は苦苦しい顔をした。

中禅寺は一層不気味に笑った。

「これはこれは。あなたは慥《たし》か峰岸金融の峰岸さんでしたな。こちらの先生とはお知り合いのようですねえ。それに昨日とは随分様子が違うなあ。大黒組の皆さんとも豪《えら》くお親しいようだが」

お、お前は昨日の祈禱師――と云ってから峰岸は辺りを見回し、漸く異変に気づいたようだった。

「あの」

「あのじゃない。どうしたんだ」

峰岸の胸倉を摑み寄せるようにして雲井は立ち上がった。

「あの、い、今、そこまで、その、人相の悪い男どもがですね」

「し、しまった! 桜田組か」

忘れてた——と云って雲井は蒼白になった。

そりゃあ何ですかと大黒組が尋く。もうすっかりバレている。

「ば、馬鹿ッ。お前達のご同業だ。何でも仁義も人情もない強暴な新興やくざだと云うことだ。ここの爺ィが——金借りてたんだ」

ええっ——と、やくざどもは響動《どよめ》いた。

僕はちらりと中禅寺を見た。中禅寺は——。

顔を背けて肩を揺らしている。笑っているのだ。きっと腹を抱え大声で笑いたいのを必死で堪えているのだろう。やくざと金貸しと骨董屋は——只管《ひたすら》狼狽している。

やがて塀の陰から——木場が現れた。

木場の後ろには目つきの悪い男が三人程並んでいた。

大黒組が一応凄んだ。

「お、おい何だ。お前——何の用だよ」

「お前ェ？　何だその口の利き方はよ」

木場の背後の男がドスの利いた低い声でそう云った。木場は男を手で制して、一人で塀の中に入って来た。

「お、おい誰が入っていいと云った」

「何だと？　ナニを寝惚けたこと吐《ぬ》かしてやがるんだ。手前《てめえ》――このシマで仕事してて、この俺を知らねェなんて吐かすんじゃやねえだろうなコラ」

木場は強暴な目つきと濁声で静かに凄んだ。そして大黒組の禿頭の男にその真四角な顔をぐいと突き出した。

「どうなんだよ。おい」

「ど、どうって」

「この木場修《しゅう》太郎《たろう》を知らないのかと尋いてるんだよ聞こえねえのかこのタコ野郎がッ！」

木場は禿頭を怒鳴りつけた。

き――木場――木場さん、あなたが木場さんと、陵雲堂が悲鳴を上げた。

「何だよ。俺を知ってやがるのかよ。あのな、俺は今日は仕事で来てるんだよ。邪魔だてすると――只じゃおかねえぞ。おいコラどうなんだ。返事しろ！」

「い、幾価《いくら》なんです――」

峰岸が飛び出した。

「その、や、や、山田さんの、そちら様への借財額は――」

如何程《いかほど》と問われて、木場は細い眼を一層に細くした。

「手前は誰だよ」

「わ、私は麹町で町金融をしております――」

手前が峰岸か――と木場は凄んだ。

「ご、ご存知なんですか」

「あのな、俺達を誰だと思っている？　この俺が、何も知らねェでただのこのこ乗り込んで来たと思ってるのかよこの野郎！」

「何もって、その」

「そのゥじゃねェんだよこの兵六玉《ひょうろくだま》。何なんだよその態度は。頭撃ち抜くぞこの野郎。面倒臭ェから正直に云おうか。耳の穴カッぽじって善く聞きやがれ。俺達の狙いはな、手前等の資金源なんだよ。大黒組さんよ――」

それから手前のな――木場は陵雲堂を見据えて拳を握った。

「し、資金源って――贋さ」

やくざのひとりが云いかける。

馬鹿馬鹿馬鹿と雲井が慌てた。

「滅多なこと云うな。それこそ只じゃおかんぞ――」

雲井は中禅寺と、それから僕を横目で見た。それから僕から視線を外さずに、木場の側にすうと寄った。揉み手をしている。

「あのですね、木場さん。ええと、ここではその——少少憚《はばか》ることも御座いますものですから、その——向かいの家にですね」

「別宅か。手前が囲ってる芸者の——」

「何でもご存知ですな！　でも、あれは囲ってると申しますよりですな、接客用の女で御座いまして、その、旦那がご所望でしたら今夜——勿論旦那でしたら花代は戴きません。これが良い女で——」

「売春もしてンのか手前ンとこは。だが女で誤魔化そうったって駄目だ」

木場は、背広の裡ポケットに右手を差し入れた。

「そうじゃない、そうじゃないんです——と、雲井は矢鱈と慌てて、木場の太い腕を押さえた。

拳銃を出すと——思い込んでいるのだ。

「こ、こ、ここだけの話ですが——刷り物はあの別宅で刷ってるんですわ。焼き物に古色をつけるのもあそこの庭ですから——何たって、右隣があの中山春峯《なかやましゅんぽう》、左隣は辻五郎《つじごろう》の住居ですよ」

「そりゃ、あの模写絵師の春峯と、贋作陶芸家の辻のことか？」

うひひひ、と雲井は笑った。

木場は鋭い眼光で睨みつける。

「へ？　ああ、こ、この大黒組は手前の子飼いの団体で御座いますから、処遇の方は、何とでもその——ええ、そちら様の条件次第では——協力関係をですな、ですからここのところは穏便に」

「何の協力関係だ」

「はあ、その、嫌だなあ恍惚《とぼ》けて」

「恍惚けてねえよ」

「は——？　ですから資金源の——贋作」

木場は左手を上げて背後の三人に向け云った。

「今供述が取れたぞ。二係の仕事だ。行け——」

三人の男達は諒解と答えて颯爽《さっそう》と走り抜け、僕が潜って来た向かいの黒塀の裏木戸の中に消えた。

木場は続けてポケットに入れっ放しだった右手をすっと抜いた。その手の先には——拳銃ではなく、慥《たし》かに桜の代紋がくっついた——黒い手帳が掲げられていた。

「東京警視庁麻布警察署刑事課捜査一係の木場修太郎だ」

「あ——」

あわわわわ——と声にならない声を上げて、陵雲堂は泳ぐように逃げ出した。峰岸が後を追う。やくざどもも慌てて右往左往し乍《なが》ら後に続く。木場はしかしそれを追わずに、中禅寺の方を見て、

「手ッ前——京極、いったい奴等に何を吹き込んだんだよコラ。何もしねえうちに勝手に自白されたんじゃ拍子抜けするじゃねえかこの馬鹿野郎——」

と毒突いた。仕込みは榎木津——と、中禅寺は答えた。

その時——空気が振動した。

「わはははははッ」

どかん、ばきんと何かを折るような音がして、塀の切れ目からやくざが二人飛んで来た。続いて三人が転げるように戻って来た。そして最後に、陵雲堂の襟首と峰岸の胸倉《むなぐら》を摑んだ——天下の薔薇十字探偵榎木津礼二郎が毅然として裏門の前に立ちはだかった。

「我慢に我慢を重ねていた甲斐があったぞ。ここは面白い！」

榎木津は陵雲堂を、思い切り木場の方に衝き飛ばした。

「そのやくざ人間とタヌキ爺ィは熨斗《のし》をつけてお前にあげようじゃないか逮捕大好き男！顔が四角いことを祝ったご祝儀だ。それから——お前にはこれだ銭大好き親爺！」

榎木津は峰岸を地面に体落としで叩きつけると、内ポケットから例の札束を摑み出して、その顔面に思い切りぶッつけた。

「どうだ！　百二十三万円だ。解ったかこの嘘吐き男！」

うはあ、と息を漏らして峰岸は沈没した。榎木津は門の横にある水瓶の蓋を取り、柄杓で水を汲んでがぶがぶと飲んだ。

「ああ飴が甘かった。ん？　カメだ」

榎木津はぺっ、と水を吐き出した。

「カメじゃないか」

瓶である。

「まあいいか。残りは——」

漬物落としだけだなッと叫ぶや否や——榎木津は転がっていたやくざ二人の首根っこを捕まえてずんずんと中禅寺の立っている方に向かった。

「おい京極。今回は僕がやるぞ！」

「あ——やるってあんた」

「ふん。お前は遅いんだ」

「そうは云うけどな——数が異常に多いんだよ」

「わははははカメの呪いと云っても鈍いのはカメだけでいいぞ！」

くッだらねェ——と木場が呟いた。

よしてくれよと云い乍《なが》ら、中禅寺は何とか暴走探偵を喰い止めようとした。

だが、こうなってしまっては幾ら拝み屋と雖も制止は無理だろう。榎木津はあっと云う間に中禅寺の横を擦り抜けて、薄昏い壺屋敷の中に――やくざまで連れて――侵入してしまったのだった。

「あんたにどの壺が、それなのか、判るとでも云うのか！」

中禅寺は裏口からそう叫んだ。

しかし暗がりの中からは、僕は神だぞ――と云う軽やかな返事が返って来ただけだった。

僕は――思わず駆け寄って裡《なか》の様子を窺った。中禅寺は後を追おうとする僕を制してから目頭を押さえて、よせ――と云った。

「どの壺がそれなのかって――家宝の壺のことですか？」

「そうじゃないんだが――あ」

何秒もしないうちに――中禅寺は眉を顰《ひそ》めた。

到底この世のものとは思えないような絶叫が聞こえた。やくざの声だろう。続いて家が揺れた。断続的に悍《おぞ》ましい悲鳴が鳴り響く。中で――いったい何が行われているのか。僕は中禅寺を見た。拝み屋は戸口を睨んだまま髪の毛を掻き毟って、刑事に問うた。

「まずいなあ。こう云う場合は――どうなんですか旦那？」

「どうって――あいつは大馬鹿だが手加減は知ってるから殺しゃあしねェだろうがなあ。でも、お前さん入って止めろよ京極」

厭だなあ、でも仕事だし——などとぶつぶつ云い乍《なが》ら、中禅寺は裏口から裡に這入った。

同時に悲鳴が徐徐に遠ざかった——と、思ったら、今度は物凄く大きな破壊音が響いた。

「あ——ありゃ表玄関突き破りやがったな。何してるんだあの阿呆はよ。野蛮にも程があるじゃねェかよ——」

そう云い乍ら、木場が中禅寺に続いて屋内に消えた。

見れば陵雲堂と峰岸はいつの間にか捕縄で両手を括られ、木に繋がれている。残っていた三人のやくざはこてんぱんにやられて、顔を腫らしたまま気を失っている。

こちらは木場の仕業に違いない。

このやられようを見る限り、木場だって榎木津並みに酷い——と思う。

素っ頓狂な悲鳴はあちこちから——多分前庭の方からも——聞こえた。そのうち声は聞こえなくなったが、代わりに榎木津の高笑いが聞こえて来た。悪魔は声高らかに、実に愉快そうに笑っている。

僕は——。

こっそりと戸口を覗いた。

昏い。しかしすぐに眼は慣れた。土間。竈。前と変わりはない。

音が止んだ。

僕は家の裡に這入った。

土間の様子には変わりがなかったが、善く見ると上《あが》り框《かまち》に並んだ壺は全て粉粉に粉砕されていた。

妙に静かだった。

僕は上がり込む。

ここまで来て何が起きたか確認しないでいたのでは一生後悔するだろう。

廊下の壺も――破壊されていた。

僕はあの小部屋の襖を開けた。

そこには――山田スエと、腹でも毀したような顔をした木場が突っ立っていた。

それから蹲《うずくま》った男がひとり――多分、木原正三だろう。

三人は三人とも同じ方向を向いてただ唖然としている。

スエは茫然自失を絵に描いたような顔をしていた。

僕になど気づきもしない。

僕は三人が顔を向けている方向に視線を投じた。

襖は開け放たれていた。

そして、その向こうは――。

広漠たる砂漠――のように見えた。

「こ、これは――」

壺が――。

壺が壺が壺が――。

あの部屋中を埋め尽くしていた壺が――。

完膚なきまでに、綺麗さっぱり、まるで見事に。

――破壊されていた。

僕は――亡くなった母の告別式を思い出した。

焼き上がったお骨を骨壺に入れる時――矢張りこのように平らに壊したっけな――僕はそんなことを考えていたのだった。

榎木津は――たぶん連れて這入った二人のやくざを武器にして、この家の壺と云う壺を一個残らず、悉《ことごと》く破壊したのだろう。

まったく――何と云う男だろうか。

後先考えないにも程があると云うものだ。

何が神だ。これが神なら破壊神である。最早どれが家宝か吟味するどころの話ではない。これでは本物も偽物も家宝もダミーもない。もう何もかも一巻の終わりである。

破壊され尽くした瀬戸物の、何処までも続いているかの如くに見える破片の荒野のその真ん中に――中禅寺が立っていた。

「ちゅ――中禅寺さん」

僕が呼ぶと、中禅寺は片眉を吊り上げた。

「ああ。物凄い荒事だ――下駄を履かなくちゃ歩けやしない」

そうぼやいた後――多分自分の仕事を無茶苦茶にされたのであろう拝み屋は、暫く下を向いて床の間周辺の破片を物色していたが、やがて、ああ、あった――と小さく叫んだ。

その途端に――スエが怯《び》気《く》りと反応した。

拝み屋はそんなスエに静かな視線を送った。

「まあ――こうなってみると、結果的にはこの方が早かったようですね。スエさん。あなたが恐がっていたのは――これですね」

中禅寺は、何か赤黒い棒のようなものを掲げた。

「ああ――ああそれは、それはそれは」

それは――と云い乍《なが》ら、スエは空を摑むような動作をして駆け寄ろうとした。

「駄目です。来ちゃいけない！」

中禅寺の言葉を受けて透《す》かさず木場がスエを抱き留めた。

「こんなところを素足で歩いたら足が血だらけになりますよ。いいですか、スエさん。これは――もう、こうします」

中禅寺はその棒をぽきりと折った。

「あ――」

その瞬間。

スエの重たい一重瞼の眼から、すうと何かが抜けたような――気がした。

勿論気の所為《せい》である。

中禅寺の眼差しはそんなスエを捉えている。

「もう――大丈夫ですよスエさん。これはもう只の塵芥《じんかい》です。土くれです。それだけじゃあない。あなたのために集められた壺も、あなたが集めた壺も――もう、全部塵芥になってしまった。元の土に還ったのです。もうすべての呪いは無効だ。これで優しかったお祖父さんと一緒に――妖怪瓶長《かめおさ》も昇天したようですよ――」

中禅寺は優しい声でそう云った。

スエは木場の腕を抜けると、膝を落とし、ペタリと座り込んで――。

おいおいと泣いた。

「な――何ですって？　それはどう云う――」

僕の問いには答えず、中禅寺は次に木原正三にその視線を向けると、こう云った。

「正三さん――あなたも馬鹿な男の口車に乗ったものです。この家に家宝はない。それに今更復讐でもないでしょう。あなたの復讐は、そこのスエさんが疾《と》うの昔に終わらせているんですから――」

正三も蹲ったまま――はらはらと泣いた。

そこはもう、壺屋敷ではなかった。
しかし静寂はすぐに破られた。
「カメは万年と云うが嘘だ！」
呆れる程場違いな声音《こわね》である。
見れば、見通しの善くなった玄関に、榎木津が立ちはだかっていた。
ほんの十分だったぞ——榎木津はそう云い放つと大いに声を響かせて笑った。

9

一週間後の日曜日——僕は、中禅寺の許に向かった。

新聞で、日《にっ》タイ通商協定調印——の記事を見かけたからである。

勿論それは契機《きっかけ》に過ぎず、かの瓶長事件の真相を知りたかったと云うのが本当のところである。

正直に告白するなら——僕はまるで事件の骨格が呑み込めていなかった。

新聞には大掛かりな古美術品の贋作製造売買組織が摘発された——と報じられていたし、事実陵雲堂も峰岸も逮捕されて、関東大黒組も、あの黒塀の家の両隣の住人とやらも摘発されたようだったが、それらの事柄が山田与治郎氏とどう関わるのか、僕には全く解らなかったのである。

報道には山田のやの字も出て来なかったし、既に世間の興味の矛先は——あの妾宅を装った接待宿に招かれて骨抜きにされ偽の鑑定書を書いた大学教授やら、接待攻勢を受けて贋作を高額で買わされた高名な人物やらに向けられていたのだった。

本来であれば探偵社に向かうのが筋だとは思う。

だが榎木津に尋いたところで何も教えてはくれないだろうし、教えてくれたとしたって彼の言葉は理解できないだろう。そもそもあの探偵は真相を知らない可能性もあるし、知っていても忘れてしまっている惧れもある。この場合、解説者に適任なのはどうしたって中禅寺なのである。

古書店の軒には骨休めと記された札が下がっていた。

休みなのだろう。

母屋に向かうと主が玄関の掃除をしていた。

挨拶をすると中禅寺は掃除を止めて、僕を座敷に招き入れた。

中禅寺はやけに濃い茶を出してくれた。

何でも奥方は誰それと連れ立って洋画の『禁じられた遊び』を見に行ったのだそうだ。

かの持て成しを少しだけ期待していた僕は、ほんの少し落胆して苦い茶を飲んだ。

「あの――この度の一件ですが――」

どうなっているのでしょうと、僕はかなり頭の悪そうな尋き方をした。

他に質《ただ》しようもない。

「まあ全てはあの雲井と云う古狸の悪巧みですよ」

中禅寺はそう云った。

「陵雲堂は——高級茶道具商です。与治郎さんのお父さんは、武家の嗜みと称して茶道を好んだんだそうです。ま、武家と云っても雑役同心か何かですからね。上の者を見習った、と云うことなんでしょうし、まあ家宝の影響もあったのでしょうが——いずれ付き合いはその頃からあったようなんです。しかし、どうも趣味人と云うには程遠いご仁だったようで、茶の湯から端を発して、結局茶園の経営者になってしまった」

茶道から茶園経営とは——それは慥《たし》かに似て非なるものである。

「ええ。慥かに同じ茶とは云うものの、かなり外れてますが——ところがこれは、スエさんも云っていた通り、武家の商法であるにも拘らずかなり上手く行っていたんですね。かなり繁盛していたらしい。これ、どう思います？」

「どうとは？」

「趣味人になり切れない趣味人——ただ事業は成功していて家計は裕福だ——この手の人物は陵雲堂のような族《やから》にとっては格好のカモなんですよ。何しろ目利きではないが好事家ではあり、価値は判らないのにお金だけは持っている訳ですから。で、雲井は何やかやと売りつけていたようです。二束三文の品を——高額でね」

「はあ——」

「目をつけられたんですよ——」

中禅寺はそう云った。

「雲井があんなに大きくなったのも、殆ど山田家のお蔭と云っても良いくらいなんだ――と僕は思います。雲井は山田家から搾《しぼ》れるだけ搾ったんですよ。家計が傾いたのは与治郎さんが無能だった所為《せい》じゃないんです。雲井にしゃぶられたからだったんです。与治郎さんは、だから先代が隠居した後、書画骨董を全部始末してしまった。買い取ったのも――雲井です。しかし今度は逆ですよ。自分が売ったものは十分の一以下、他から買った高価な品も二束三文で引き取った。与治郎さんは骨董には無関心だったから、相場も何も知りません。兎に角現金に替えて、替えられればそれで良いと思っていたようです。でも、そんな杜撰《ずさん》な悪巧みはやがて露見する。与治郎さんにそれとなく陵雲堂の奸計を教示したのは、誠志堂と云う古物商です」

「誠志堂――と云うのはじゃあ善意の人で？」

そうとは云い切れませんけどね――と、中禅寺は云った。

「誠志堂さんは間違いなく家宝の壺を狙っていたんです。このままでは家宝の壺が陵雲堂の手に渡ってしまう――と思ったのでしょうね。与治郎さんはその忠告を聞いて、これは危ないと思ったんですな。陵雲堂は危ない。云いなりになると損をする。しかし誠志堂だって同じ穴の貉《むじな》じゃないのか。そんな時に――泥棒騒ぎが起きた。そして与治郎さんは悟ったんですよ」

「何を――です？」

「こんな壺は盗もうとすれば簡単に盗める——と云うことをです。彼は闇雲に泥棒を怖れていた訳じゃないんです。欲に凝り固まった雲井を警戒していたんだ。そこで——まず誠志堂からダミーの壺を買った。陵雲堂からも買った。勿論偽物を所望した」

「陵雲堂には誠志堂の、誠志堂には陵雲堂の持って来た壺の方が本物だと、そう思わせたかった——と云うことですか？」

中禅寺は頷いた。

「カムフラージュと云う発想の根幹はそこにあるんです。家宝を狙っている両者それぞれに、似てるけど安い偽物を用意させて買えば、自分の売ったものでない方が本物だと思うだろう——とね。秀逸な発想ですが、与治郎さんも所詮は素人です。連中が横の繋がりを持っていると云うことを完全に失念していた。奴等は手を組み、奇手を弄しては与治郎さんに壺を売りつけ始めたんですよ。当時壺なんて買う奴は誰一人居なかったんですからね。与治郎さんは——已《やむ》を得ず買っていた」

「已を得ず？　奇手ってのは何です？」

「搦《から》め手——ですよ。陵雲堂が搦めたのは与治郎さん自身ではなく息子さんの嶌夫さんだったんです。雲井は嶌夫さんを騙したんですよ。嶌夫さんと云うのは——女性関係にだらしのない人だったらしいですね。与治郎さんも息子の女癖の悪さに頭を痛めていたらしい。陵雲堂はそこに目をつけた。嶌夫さんに性悪な女を宛《あ》てがったんですよ」

「はあ」

「そして貢がせた。女は陵雲堂に雇われている訳だから、貢いだ金もそのまま雲井の懐に這入る仕組みです。嶌夫さんは勤め人ですからね。やがて金は尽きる。嶌夫さんは当然──家宝を売ることを考えるようになる」

「なる程。しかし──」

「そう。与治郎さんの眼が光っていますから、中中上手くは行きません。そこで今度は恩を売る──」

「どう云う恩です？」

「表向き恩を売るような格好で近づいて、結局のところはより深い穴に落っことすんですよ。まあ金貸しの常套かもしれませんが、悪辣ですよね」

「借金──ですか」

「そう。狸親爺はしたり顔で嶌夫さんに近づいて親切な金貸しを紹介した。その時嶌夫さんに金を貸したのは峰岸質店──今の峰岸金融ですよ」

そんな昔から登場人物は揃っていたのか。

「何だかんだ云っても借りたものは返さなくちゃならないんです。結局嶌夫さんは借金で首が回らなくなる。与治郎さんの奥さんは、息子の後始末のために奉公に出て、与治郎さんは畑を売った──」

起きている事象は同じなのに、嶌夫の行状ひとつでスヱの話から受けた第一印象とはまるで様相が違ってしまう。

「峰岸と云うのは――どう云う人なんですか？」

「峰岸は元は陵雲堂の弟子なんですよ。古物商から質屋、そして金貸しへと転身したんですね。即ち、雲井の商売の後ろ暗い部分を担当させられていた訳ですよ。関東大黒組と云うのは峰岸と深く関わる弱小やくざです。その昔は香具師《やし》なんかを大勢抱えた伝統ある組だったようですが、大正期以降はまるで景気が悪くなって――昭和に入って熾烈《しれつ》な縄張り争いに疲弊してしまい、妙なものに手を出したんですね」

「美術品の贋作――ですか？」

「そう。新聞に拠れば余罪は沢山あるそうです。かなり大規模な展開をしていたらしいですね。海外にも売り捌いていたようだし」

「それが――その連中がえぇと――そのですな」

質問が未だに纏められない。

中禅寺は笑った。

「単純な話なんですがね――まあ、ここまでが今回の事件の、所謂《いわゆる》お膳立ですよ――」

中禅寺はそう云って縁側を眺めた。

猫が丸くなっていた。

「今回の事件はですね、山田家から長年に亘って財を毟《むし》り取って来た陵雲堂が、ここに至って終《つい》に取るものがなくなり、与治郎さんも亡くなってしまったので、最後の最後にあの山田家の土地家屋を掠め取ってやろう——と云う企みだったんです。雲井は与治郎さんが死ぬ間際まで壺を売りつけたりしてたようですが、五円十円の儲けじゃするだけ損でしょう。ですからね——」

中禅寺は少しだけ眉を動かした。

それだけではないのだろう。雲井は、あの壺屋敷が妾宅の座敷からの景観を損なうと云って、いたく気に入らない様子だったのだ。

潰してしまいたいと云う気もあったのだろう。

で、どう云う仕掛けだったんです——と、僕は尋いた。

「まず——借金があることは間違いない。しかしスエさんは借金の全体像をまったく把握していなかったようです。ただ取り立てがあると確かめもせずに謝ったり支払ったりしていたんだそうですよ。そこで峰岸が山田家の借金の総額を調べ上げ、債権者から債権を半額で買い上げた。簡単なことだったようです。本来返して貰える当てのない金、しかも当人は死亡している訳ですから、半分でも回収できれば御の字でしょう。でね、さる筋で調べて貰ったところ——峰岸が各債権者に支払った総額は——六十一万五千円でした」

「え？　だって一千万——」

「勿論一千万円と云うのは嘘っぱちです──」

「でも──騙すにしたってもう少し現実的な額にしてもよさそうなものですよ」

普通なら──そこまで行くと騙されない。

「そう。幾らなんだってそんな額の借金はあり得ませんよ。嶌夫さんの生前の借金に加えて、彼の死後十五年間の累計なんでしょうが、それにしたって山田さん家《ち》が何か贅沢をしていた訳でもないのですから。しかし──これは、まあ美術品を扱う陵雲堂ならではの水増し感覚ですよ。蔵から出て来たただの茶碗が、百円にも百万円にもなる業界ですからね。それに、下手に現実的な額を提示すると、返されてしまう怖れがあるでしょう」

「どうやって──返すんです？」

「スエさんが決心をして土地家屋を始末してしまえば──結構な額にはなる。でも、一千万円ではどう足掻《あが》いても個人では返せません」

「なる程──」

そう云うことだったのか。

慥《たし》かに土地を売っても利子すら返せない額の借金ならば最初から売ろうとは思わないだろう。それにしても──酷《むご》い仕掛けだと思う。

「──しかし、それにしたって一千万と思いきや、実は六十万じゃあ」

「ただ、それは半額ですから、実際はその倍──百二十三万円が、借金の総額です」

「それって——」

それは榎木津が雲井の頭を叩き、峰岸に叩きつけた札束の金額である。

「——じゃあ榎木津さんは——」

まあ急がないで——と中禅寺は云った。

「これで、大体の図式は解ったでしょう。ただ、それでも一つだけ陵雲堂には懸念があったんです。それが——家宝の壺です」

「それは——でも、なかった訳でしょう？」

中禅寺はにやにやし乍《なが》ら顎を摩った。

「まあ——雲井は随分長い期間、数え切れない程あの家に出入りしていた訳ですが、本物の家宝は一度も見ていなかった——ようですね。他の壺は自分や同業者が売ったものですから、殆どどれもネタは割れている訳です。しかし、与治郎さんはかなり早い時期から用心していた訳ですからね。もしかしたら何処かに隠してあるのかもしれない。それを出されてしまったら——」

「しまったら？」

「今川君は、箱書きや由緒書きがなくても三十から五十、揃っていれば計り知れない額になると——そんなことを云ってたでしょう。もし箱や書類が残っていたら——」

「借金を返されてしまうと」

「かもしれない——ですがね。それにそんなモノが真実《ほんとう》に実在するなら、人手に渡すのは如何にも惜しい。そうでしょう？」

それはそうだろう。

「陵雲堂にしてみれば商売ですしね。喉から手が出る程欲しい訳です。それであれこれ手を替え品を替えてカマを掛けたが、どうもスエさんは何も知らないらしい。ざっと見ただけでは発見できない。確認できる壺は全部自分達の売りつけた壺だった。しかし、もし他の骨董業者が入って先に発見でもしてしまったら、取り返しのつかないことになる訳ですよ。そこで陵雲堂は、先《ま》ずこの家の壺は全然価値のないものなんだと繰り返しスエさんに云った。そして——次に木原正三さんを担ぎ出した」

「隠し子——ですか」

「そうです。木原さんは陵雲堂の宛てがった女と、嶌夫さんとの間にできた子供です。雲井は、ぐれて好き放題やっているヤミ正こと木原正三を呼び出して、こう持ちかけた。お前の母親を嬲《なぶ》りモノにして捨てたお前の父は——山田嶌夫だ、お前は山田家の家宝を譲り受ける権利がある——家宝の壺は十万円はするんだぞ——」

「十万円？　安いですね」

「壺で十万円は高いんですよ。君までもすっかり感覚が麻痺していますね。壺なんか普通は何十円でしょう」

「ああ——そうですね」

まったくその通りだ。

「だから正三にとっては十万円でも美味《おい》しい話ですよ。棚ぼたですからね。加えて、母の怨念と云うのが効いたんですよ。実際には木原のお母さんは、嶌夫さんが亡くなった後にあっさりとお払い箱になってしまい、その結果病気で亡くなっている訳ですから。ま、殺したのは陵雲堂——と云う見方もできる訳ですが——」

返す返すも酷《ひど》い男である。

「いずれにしても正三が本物の壺を見つけた場合、これは最低でも三十万くらいの価値がある訳ですから、十万で買い取れば絶対利益は出せる訳ですね」

「ああ、なる程」

「一方正三は最初からそんなものだと思っているから怒りはしない。端《はな》から十万もするんだぞと云い含められている訳ですからね。見つからなかった場合はナシでいい訳です。妙な壺を持って来たとしても、これは偽物だと——突っ撥ねることができる」

「これは上手い——犯罪なのですか？」

まあ、ことが上手く運びさえすれば、陵雲堂は一銭も出さずに土地家屋、それに家宝を手にすることができるのである。出資するのは峰岸の六十一万五千円と、正三に支払う十万円だけなのだ。

なる程——それなら峰岸が五十万支払ったら儲けがないと云っていたのも首肯《うなず》ける。峰岸自体は先に六十万から支払っていて、儲けの割り当ても出資額と同額くらいのものだったのだろう。

下手ですよ——と中禅寺は云った。

「もう少し手っ取り早い方法があった筈だ。スエさんなんかは正直者ですから、嵌めようと思ってかかれば幾らだって騙されますよ。しかし雲井にはそれができなかったんです」

「何故——です？」

「雲井はスエさんの前では最後まで善人振っていたようです。与治郎さんも一時は疑っていたものの、あまりに付き合いが長くなったので晩年は半ば心を許していたのではないかと思う。雲井はそうした人達の前で、自分の浅ましい本性を見せることに躊躇《ためらい》があったんでしょう」

きっと善人振って良い格好がしたかったんでしょうね——と中禅寺は云った。

「悪役は全部手下に押し付けていたんですよ。だから嘘を塗るのに仕掛けが大きくなる。どうして小心者じゃあないですか」

あんな男でもそう思うものだろうか。

中禅寺は紙巻を口に咥えた。

「人は——解らないものですよ」

「そうだ——解らないと云えばですね、あの壺はスエさんが集めたんだと——中禅寺さんはそう仰ってませんでしたか？」

聞いていたんですか——と中禅寺は少し厭な顔をした。

僕が教えてくれと執拗《しつこ》くせがむと、誰にも云わないでくださいよ——と中禅寺は苦吮《くど》い程に念を押した。

「十五年前の昨日——嶌夫さんを殺害したのは、当時十七歳だった嶌夫さんの娘、スエさん、だったんですよ」

「え？」

僕は耳を疑う。

「嶌夫さんは体面上会社勤めだけはきちんとするものの、放蕩の挙げ句酔って戻って母に乱暴を働く、湯水のように金を遣い、おまけに外に女まで作っている——そう云う人だったようです。スエさんは肚に据え兼ねていたそうですよ。その日——嶌夫さんは久し振りに帰って来て妻を殴り、祖父を蹴り上げて、金を寄越せと大暴れしたらしい。それで、母親が内職でスエさんのために貯めておいてくれたお金を見つけて持ち出したんだそうですよ」

「へえ——それは」

まったく以て聞いてみなくては解らないものである。中禅寺が隠し子の生れた時期に拘泥《こだわ》っていたのも、こう云うことがあるからなのか。

「スエさんはもう見兼ねて、あの庭で――まだ地面があった頃のことですが――祖母から護身用に貰った懐剣で――父を刺した」

僕は――スエの昏い瞳を思い出す。

心の――闇。

「幸い――与治郎さんもお母さんも、庭の惨事に気づかなかった。家の中が大変なことになっていたから、真逆《まさか》庭で――そんなことが起きていようとは思わなかったのでしょう」

僕は何だかとても辛い気持ちになる。

何故だか解らないけれど。

「返り血もあまり浴びなかったそうですよ。スエさんはこっそり玄関から家の中に戻り、血塗れの凶器を――その頃はまだ千に満たなかった――壺の中に隠したんです」

するると、あの時中禅寺が壺の破片の中から拾い上げたあの赤黒い棒は――。

――錆びた凶器だったのか。

あれは、あれは――。あれは、父親を殺した証しだったか。

しかし――中禅寺は続けた。

「しかし、すぐに屍体は発見されて、大騒ぎになった。警察がやって来るまでの間に、与治郎さんはそれを泥棒の仕業と云うことにすると、スエさんと、スエさんのお母さんに告げたのだそうです」

「知って——いたのでしょうか」

「知って——いたのでしょうね。スエさんが凶器を隠すところを見たのかもしれない。でも与治郎さんは死ぬまでそのことを一言も語らなかったんだそうです。あの世に持って行ってしまった」

秘密。

秘密を知る者。

秘密を知る者とのふたり切りの暮らし。

「以来——スエさんは壺を恐がるようになったのです。そこには悪いモノが入っている。父殺しの証拠が納められているのです。見つかれば犯罪が露見する——凶器を隠し直すと云う発想はなかったようです。そもそもどの壺に入れたのか判らなくなってしまったのだそうです」

「そんな——しかし探せば」

「お母さんは何も知らない筈だし、与治郎さんも何も云わないのですから——もしかしたら知らないのかもしれない。尋く訳にも行かないし、寧《むし》ろ壺の中を探したりしたら余計に怪しまれるでしょう。与治郎さんはずっと家にいるんですからね。それは与治郎さんの方にしても同じことです。下手に壺には触れない。探すこともできない。スエさんがどれだけ恐がっても、処分もできないんです」

スエさんも辛いけれど与治郎さんも辛いところです——と云って中禅寺は漸《ようや》く、咥えていた煙草に火を点けた。

「そんなスエさんを僅かでも安心させることができるであろう、与治郎さんに考え得る唯一の方法が、壺の数を増やすこと——だったのですね。与治郎さんはそれしか思いつかなかったんですよ。翻《ひるがえ》って、スエさんの方もまた同じ気持ちだった筈です。壺が恐いと思えば思う程——彼女は壺を増やしたくなった。一個増えるごとに、一個当たりの呪詛が薄れるような気がしていたんでしょう。庭を壺で埋めたのも、血に染まった地面を覆ってしまいたかったのだと思いますよ」

「それでは——戦後になってから壺を買っていたのは——」

「スエさん自身でしょう。与治郎さんは——かなり衰弱していらしたようですからね」

そうか。

心の闇は——壺の中にあったのか。

「それで——あの女性《ひと》は家を売りたがらなかったのですか。殺人の証拠が——発見される可能性があった訳ですね」

「別に犯罪者になるならないと云うレヴェルの問題ではなかったのでしょうが——彼女は大嫌いなものがなくては生きていけないと云う暮らしを——長い間続けて来たんです。だからこそ、彼女は壺や土地を人手に渡すことはできなかったのですよ」

空襲警報が鳴る度に——。

爆弾が落ちればいいと願った癖に。

手放せなかったのか。

スエにしてみれば、全部一遍に破壊してしまうより他に救われる道はなかったのだろう。

そう——。

丁度、榎木津がそうしたように。

「今日が——時効成立の日なんですよ」

中禅寺はそう云った。

「時効——なんですか」

僕は知っていて黙っていた訳だけれども——拝み屋は不思議な表情を見せた。

「勿論、法律は遵守《じゅんしゅ》するべきだと思います。法に照らすなら彼女は殺人罪、しかも実父殺しと云う重罪だ。告発されて然《しか》るべきでしょう。僕も本来はそう思う。ただ——」

「ただ？」

「この十五年の間、彼女が十分に苦しんだことは間違いないでしょう。罪と云うのは——裁かれてしまった方がずっと楽なものなのです」

「そう云うものでしょうか」

それはそうですよ——と中禅寺は云った。

「法律と云うのも決まり事な訳ですからね、これは一種の呪術です。壺に値段をつけるのと変わりがない。無価値なモノに価値をくっつけるだけが値踏みじゃないんです。値踏みには、そうと定めるまでは無限に可能性のあるモノの価値を、十円なら十円と纏めてしまうと云う作用もある。犯罪も同じです。行為自体には意味はないんです。それに犯罪と云う値踏みをするだけのことでしょう。それは時に懲罰を伴う訳ですが、裏を返せば、下手をすると無限に続き兼ねない自責の念を、懲役何年罰金幾価《いくら》と云う目に見える形で纏めてくれると云う作用もあるんです。形なきものに形を与え、名前を与えて落とすと云う、これは憑物落としの作法です――」

でも、彼女はもう法でも裁けなくなってしまったんです――と、古書肆は縁側を眺め乍《なが》ら云った。

猫がうん、と伸びた。

「ただ陵雲堂一味が検挙されたのは幸いでした。榎木津が大馬鹿だったお蔭で壺も綺麗になくなってしまったし、木原正三もどうした訳かすっかり心を入れ替えたようです。今後は闇屋を廃業し異母姉ともども真面目に働くと殊勝なことを云っていた――」

それに就いては――僕はあの時、屋敷の中で中禅寺が何か、、、したのではないかと踏んでいる。僕が見た正三は悪びれた様子など微塵もなかった。僕が這入った段階で既に彼は蹲《うずくま》っていたのだから。

僕は中禅寺をちらりと見た。

中禅寺はにやりと笑った。

「まあ借金もなくなったし、土地も屋敷も取られずに済んだし、やや荒技でしたが憑物落としも終わったし――今お話ししたような細かいことは忘れて、禧《めでた》し禧しとしましょう」

「ああ――」

借金――百二十三万円。

「そう云えば、あのお金――あれは？」

真逆榎木津が立て替えたのだろうか。

「え？　あれは君、砧青磁の瓶の代金ですよ。榎木津の父親が山田さんに支払った、と云うことです。右から左に峰岸に渡りましたが、まあ悪人相手とは云え金銭問題だけはきちんとしておかないと――」

「しかしですね、その、何と云うか」

「金額ですか。あれはですね、元子爵に直接問い質したところ、高が瓶だからいいとこ百万だろう――と云う。瓶じゃなかったら幾価出すつもりだったのか、まったく肚が立つような経済感覚ですが、呆れ序《つい》でに後一声と粘って、百二十万まで値上げして貰った訳です」

「しかし――だってその――」

壺は榎木津が全部破壊してしまったではないか。

僕がそう云いかけると、中禅寺は大いに笑った。

「まだ三万円足りないと？　残り三万は亀の預かり賃ですよ」

「カメ？　カメって亀——千姫ですか？」

「そうそう。実はですね、家宝の瓶は無事だったんです」

「ぶ、無事？」

しかし、あの家の壺は完全に破壊されていた筈だ。僕は一通り見て回ったのだ。天井裏や床下にでも隠していたのだろうか。中禅寺はにやにやし乍《なが》ら続けた。

「で、その中に亀までいたと云う——洒落《しゃれ》のような話なんです」

「え？　瓶の中に——亀が？」

巫山戯《ふざけ》ている。

どう云うことだろう。

そ——そんな馬鹿な。

「益田君の調査に依れば、千姫は京花さんの荷物に潜り込み、あの妾宅の裏木戸のところで落下した。京花さんは裏口から出入りしていたようですね」

そこまでは僕も聞いている。

「それで、落下した千姫があの径《こみち》を這っているところをですね、下女のお夕ネさんが発見した。千姫は乾いていて、もう瀕死だったそうです。で、お夕ネさん可哀想だと抓《つま》んで——」

「抓んで？」

「ええ。ただ妾宅に連れ帰る訳にも行かず、ふと見ると——ほら、山田さんの家の裏門の前に置いてあったでしょう。水瓶が」

「ああ。あの柄杓の載っかった——え？」

「あの水瓶の中にぽちゃん」

「そ、それじゃあ、え？　あ、あの水瓶が——あれが」

——あれが砧青磁の大瓶！

そんな無防備な——。

家宝を日用品として使っていたと云うのか？

しかも、路肩に出しっ放しにして？

雨曝しにまでして？

そんなこと——。

南宋時代に中国の有名な窯で焼かれ、その後暹羅《シャム》に渡って、山田長政の手で国交のために幕府に献上され、将軍のお目に適った後に山田家に下賜されたと云う——凡夫には到底計り知れない来歴を持った珍品、砧青磁の大瓶が、美術館やら床の間やらの相応しい場所に収まることなく、何十年も道端に置かれ水瓶になっていた——と云うことか。

それこそ本来の使い方ですよ——と中禅寺は云った。

「うまいところに隠したものです。与治郎さんと云う人は中中大胆なご仁だったんでしょうね。家の中にさえ入れず、往来に放置しておくとは大したものだ。何年もの間、それこそ大勢が見ていると云うのに、誰一人気づかなかった。骨董屋だって何人も出入りしているんですからね。捨て目の利かない奴等ばかりだったようですね」

「本当に——あの瓶が、その瓶だったのですか」

信じられない。僕だって見ているのだ。

「今川君の話だと、間違いなく本物の砧青磁だろうと云うことですよ。ただ、保存状態は悪いし箱も何もないから百二十万円の値打ちはないだろうと云ってましたけどね。それでも榎木津の父上は大喜びですよ」

「そうなんですか？」

「何でも先方の泰人《タイ》は、水瓶を割られて困っていたらしいんです。どんな立派なモノを貰っても、水瓶に使えなくては意味がない、不便で困ると、そう云う話だったらしいですね」

それで——壺ではなくて瓶だと繰り返し云っていたのか。

「榎木津さんは——あれが家宝だと気づいたのですかね？　それで——あれだけは残しておいたのでしょうか」

「単に壊し損ねたんでしょ。がさつだから」

中禅寺は横を向いて答えた。

――そうだろうか。

この指で抓んで――。

榎木津はお夕ネの指を見てそう云ったのだ。あの時探偵には何かが見えたのだろうか。

いや――悪党を引っ張って来た時に榎木津はあの瓶から水を飲んでいるのだ。その時に亀を発見した可能性はある。もしかしたら榎木津があの瓶だけ割らなかったのも、家宝云云《うんぬん》などまるで関係なく――千姫を保護するためだったのかもしれない。

「数奇な運命を辿った青磁の瓶は無事に暹羅に里帰りを果たした訳です。しかし、これだけ長い間本来の使い方で使われた器物も珍しいでしょう。今後も水瓶として使われるんだから、瓶冥利に尽きると云うことでしょうね。これぞ――瓶長《かめおさ》です」

通商協定が無事結ばれたのが果たしてその瓶長の所為《せい》なのかどうかは知りませんけどねと、中禅寺は結んだ。

僕はそこで漸く――笑った。

百器徒然袋◎雨

第三番

山颪《やまおろし》

薔薇《ばら》十字《じゅうじ》探偵《たんてい》の憤慨《ふんがい》

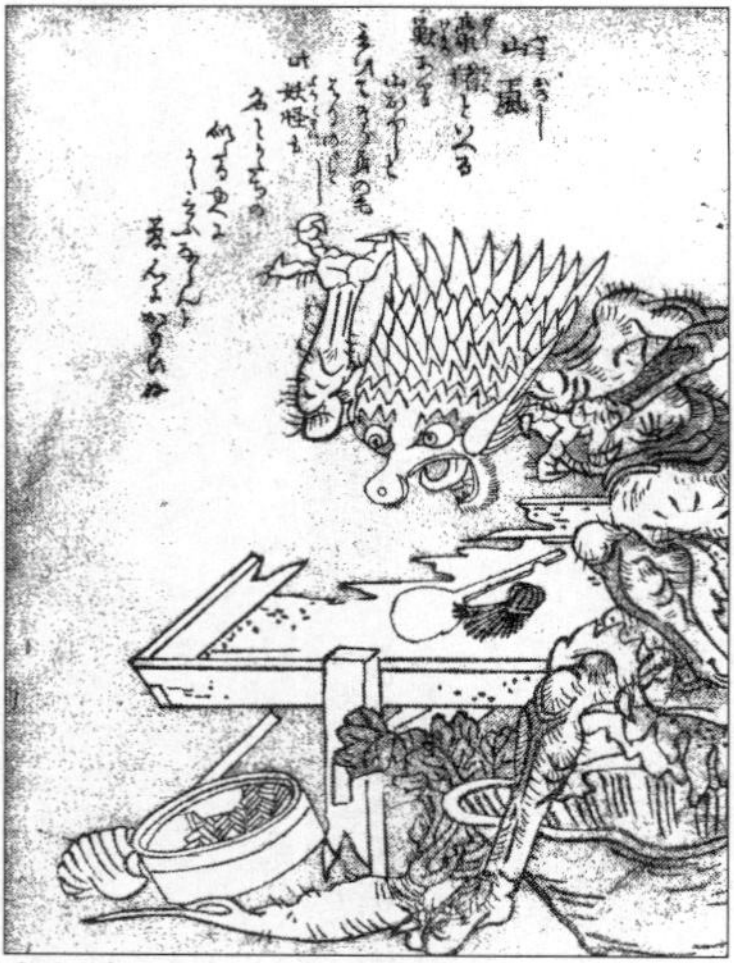
◎山颪

豪猪《がうちよ》といへる獣《けもの》あり
山あらしと言ひて
そう身の毛はりめぐらし
此妖怪《ようくわい》も名とかたちの
似たるゆへにかく言ふならんと
夢心におもひぬ

——画圖百器徒然袋／巻之下

1

「一味ってなァ何だね」

近藤《こんどう》は強《こわ》い髭《ひげ》を摩《さす》ってそう云った。

「おかしいじゃないか」

「おかしいって――何が？」

僕は近藤の質問の意図が呑み込めず、胡乱《うろん》に尋き返した。

近藤は襟《えり》のところが少し汚れた褞袍《どてら》を羽織り直すようにして、だって変だろうサ――と云った。

「変かな？」

「だってお前、一味と云うのは普通は余り良いニュアンスでは使用しない言葉だぞ。警察一味とか正義の味方一味なんて云い方をすることはないだろう。一味と云った場合は、大抵は盗賊だとか犯罪組織だとか、そう云うものだ」

「そうだな」

「要するに何何一味と云うような呼称は、悪人の集団に対して用いる言葉なんだよ。その人達は悪人なのか？」

「悪人じゃないだろうな」

自信はないのだけれど。

じゃあおかしいよと断定的に云って近藤は煙草盆を引き寄せ、眉間《みけん》に皺を寄せて煙管《きせる》を吸いつけた。

「それじゃあ探偵一味と云う云い方は妙だろうさ」

「じゃあ何と云うんだ」

「探偵社の人達——とかよ。それでいいだろう」

「探偵社の社員は二人だけなんだ。それも見習いと給仕兼秘書だからな。本物の探偵は一人しかいないんだよ。後は色色だ」

「じゃあ——例えば探偵とその仲間達とか、探偵の友人達とか、何か云い方があるだろうよ」

「仲間に——友人、ねえ」

どうもしっくり来ない。

連中は仲間と云うような温《ぬる》い間柄ではない。仕事上のつき合いがある訳でもない。

要するに有象無象《うぞうむぞう》の集まりである。

友達は友達なのだろうが、だからと云って馴れ合っているようなところは見受けられないし、群れているとか連《つる》んでいると云う感じでもない。寧《むし》ろ詰《なじ》り合い、嬲《なぶ》り合うような関係でもあり、どうにもこうにも喩《たと》えようがない。

薔薇十《ばらじゅうじ》字探偵を巡る連中のことである。

彼らは取り分け犯罪性を帯びた行いを為す訳でもないし、勿論《もちろん》悪事を働く訳でもないと思うのだが、こと彼らに関して云うならば、どう考えたって一味と云うよりないように思う。

ふうん——と煙を吐き出し序《つい》でに近藤は鼻を鳴らす。

「善《よ》く解らんが——するとその何とか云うややこしい名前の探偵とか云う男がその連中の頭目と云うことになるのか？」

「頭目？」

「一味と云うからにはどうしたって中心人物が必要だろうぜ。河内山《こうちやま》一味とか雲霧《くもきり》一味とか、お前も講談くらい聞くだろ」

「お前程好きじゃないよ」

しかし——慥《たし》かにそれは云えるかもしれない。

真実《ほんとう》のところは兎《と》も角《かく》も、あの探偵に云わせれば自分に関わる者は普《あまね》く彼の下僕なのだそうである。

僕も——その下僕の一人であるらしい。

「下僕ねえ」

近藤は前にも増して理解し難《がた》いと云う表情を見せた。

「最近聞かない言葉だよなあ」

「尤《もっと》も彼は頭目などと云う野卑な肩書きは嫌うと思うけれどね。肩書きはあくまで探偵、探偵は神に等しい称号なのだそうだ」

「はあ」

探偵——榎木津礼二郎は善く自分を神に喩える。恐ろしく不遜な男なのである。

「随分噂と違うなあ。俺が聞いたところに依れば大層優秀な私立探偵だと云う話だったけどなあ。それから、そうだ、快刀乱麻《かいとうらんま》を断つ活躍だ——と何かに書いてあったが」

「まあ快刀乱麻を断つような男ではあるんだ。乱麻どころか鉛《なまり》だって粘土だって斬ってしまいそうな勢いだ」

「そりゃ凄いな。だがな、お前の云うことを鵜呑《うのみ》にすれば、そりゃ矢ッ張り危ないぜ。神を自称するのは大抵イカレてる奴と相場が決まっている。もしや弱った人じゃないのか？　松沢病院の葦原《あしわら》将軍みたいなものじゃないのか？」

「いや、流石《さすが》にそうじゃないとは思うんだが——紙一重かなあ」

「何でそんなのとつき合いがあるんだお前？」

近藤は煙管を咥《くわ》えたまま太短い腕を組んだ。

流石講談やら小説やら活動写真やら、兎に角時代劇を愛好する男だけあって、まるで石川《いしかわ》五右衛門《ごえもん》である。

「そもそも――そいつがどんな男であってもな、お前みたいな一介の電気工事の図面引きがそいつとつき合いがあるってのは、俺には納得できないな」

「信じないのか」

「信じ難いと云っているだけだ。接点がないだろうよ。昔で云えば隠密廻《おんみつまわ》り同心と大工が知り合いだと云うようなものだ」

「一心太助《いっしんたすけ》と大久保彦左衛門《おおくぼひこざえもん》とか、あるだろう」

「あれは特殊な例だよ」

「僕のも特殊な例なんだよ」

最初、僕は探偵の依頼人だったのだ。それがいつの間にかあれこれ協力する羽目になって、気がつくと下僕扱いである。結局僕は探偵と一緒に二つの事件を解決――と云うより粉砕か――したのである。

初夏の鳴釜《なりがま》事件と前回の瓶長《かめおさ》事件である。

近藤は眼を丸くして一層怪訝《けげん》な顔をした。

「お前の云ってるのはあの――通産官僚の汚職脱税事件と茶道具屋の書画骨董贋作《こっとうがんさく》事件のことか？」

世間的にはそう呼ばれている。

「あれはお前、探偵が解決するような事件じゃないだろう。トリックを暴《あば》いて犯人を指摘して終わり、と云うようなものじゃないぜ。だって片や贈収賄汚職に、片や贋作詐欺だぞ」

「探偵と云うのは——そんな三文小説に出て来るような商売じゃないよ。尤《もっと》も僕は小説の方も善く知らんがな」

「本物は地道に調査して証拠固めをして——と云うことか？」

まあそう云うもんかもしれないな——と近藤は云ったが、僕が云ったのはそう云う意味ではない。

榎木津は小説に出てくる探偵のように推理したり解決したりしない——と云う意味である。更に云うなら、彼は近藤云うところの本物の探偵のように調査したり暴露したりもしないのだ。彼は気に入らないものを粉砕すると云う、ただそれだけの人なのである。

——解らないだろうな。

説明は難しい。案の定近藤はこう云った。

「まあ、実際の私立探偵が地味な商売だってことは解るよ。交際相手の素行調査やら取引先の経営状態の調査やら、そう云うのが殆《ほとん》どなんだろうよ。そんな、殺人事件の捜査なんてする機会は然然《そうそう》ないんだろうさ。しかし、お前の云うようなそんな怪しげな一味がそんな地道な仕事をするのか？」

――そうじゃないのだ。

榎木津は、そう云う仕事こそしないのである。

何しろ榎木津と云う男は、他人が過去に体験した情景を映像として盗み見てしまうと云う特技――特異体質か――を持っていると云う、非常識な男らしいのである。その体質こそが彼が探偵たる所以《ゆえん》であり、彼が捜査や推理をしない理由でもある。

本当なら何ともはや言語道断な探偵法ではあるのだが――勿論《もちろん》本当かどうかは判らない。どう見えるのかも解らない。想像もできない。

しかし榎木津が、彼自身は知りようのない筈の依頼人や関係者の秘密を知ってしまうことはどうやら事実のようだし、それに関して云うなら何か仕掛けや小細工があるとは思えなかった。

榎木津は事前に調査しておくとか、資料を読み込んで当りをつけておくとか、そう云うことはしないし、できない男なのだ。榎木津はちまちまと小技を利《き》かせるようなことを嫌うのである。

とまれ結論が見えるなら経過は全部無駄になる訳で、だから榎木津は経過を報告しなければならないような素行調査だの、対象自体がその場にいない人捜しだのは大嫌いなのである。興味もないだろうし、そもそもしたくたってできない。先《ま》ずそう云う性格なのだ。彼に解ることは結果だけなのである。

「いいよ。複雑なんだよ」

僕は説明を放棄した。

話したって信じては貰えない。

正気を疑われるのが関の山である。

「兎に角——お前の云うその変な事件を解決した探偵と云うのを僕は知っているんだよ。それでいいじゃないか」

「だからそれが信じられんと云うとるんだ俺は。そのイカレた野郎が『元華族探偵連続殺人事件を颯爽《さっそう》解決』の、探偵だってのか？」

「あのな、華族出身の職業探偵がゴロゴロいるなら、それこそ紹介してくれよ。でもな近藤、お前の読んだその三流雑誌の記事ってのには、きっと多分に誤記があると思うぞ。繰り返すが、解決したのは探偵じゃなくて探偵一味だと思う。あの人が単独でそんな複雑奇妙な事件を扱う訳がないから——」

大磯《おおいそ》海岸で起きたと云う奇妙な事件を、その榎木津礼二郎が解決したらしいと云う噂を聞いたのは、そろそろ風が冷たくなって来た頃のことだった。

どんな事件かは詳しく知らない。例に因って説明の難しいややこしい事件だったことは想像に難くない。新聞などに断片的に載った情報から察するに、何やら奇ッ怪な殺人事件ではあったようである。

その事件を解決したのが、元華族にして財閥の御曹司、容姿端麗頭脳明晰な職業探偵である——と云うのである。

大変に悔しいことなのだが、その美辞麗句はあの非常識な男に全て当《あ》て嵌《はま》るのだった。そんな特上幕《まく》の内《うち》弁当のような来歴の人間は、世間中探し回ったって榎木津くらいしかいないだろう。

「一味なあ——じゃあ尋くが、その一味と云うのはどんな奴等なんだ？」

「全貌は知らないよ。博識な古本屋だとかカストリ雑誌のカメラマンだとか、やくざみたいな刑事だとか骨董屋だとか——それから、ついてない小説書きだとかさ」

「ついてない——小説書き？」

僕は会ったことがないのだが、どうも天に見放されてしまったかのような運のない男が榎木津の下僕の中にひとりいるらしいのである。大将である榎木津は元より、手下小者に到るまで、探偵一味で彼のことを褒める者は一人もいない。そうはなりたくないものだと、僕なんかは常常思う。

「まあ色色だよ。それより何だよ近藤。いつになったら出来上がるんだよ。僕だって本業の合間を縫って手伝いに来てるんだからさ、さっさと出してくれよ。遅くなるのは御免だぜ」

「実はまだできていないのだ」

近藤はぶっきらぼうに云った。

近藤は隣に住んでいる僕の幼馴染みで、紙芝居を描くのが仕事である。

これが結構な激務のようで、始終働いていなくては商売にならないらしい。

図面引きを生業《なりわい》としている僕は、それでも少しは絵心があるから、半ドンの日や休日に色塗りやら何やらを手伝わされている訳である。

「できてないって——そりゃ下絵も何もないと云うことか？」

「下絵どころか筋がない」

「筋——もないのか？　じゃあこうして待っていたって手伝えやしないじゃないか。それならどうして僕を呼んだのだ？」

「だからこそお前を呼んだんだよ。あのな、この間まで描いてた『剣豪神谷文十郎《かみやもんじゆうろう》』な、あれ評判が良くないんだな。『妖怪白不動《しらふどう》の巻』は良かったんだが、『血闘嘆きの祠《ほこら》の巻』は駄目だ。十五巻で打ち切りになった」

「そりゃあ近藤、お前が悪いよ。所詮は子供向けの紙芝居なのに、女郎斬り殺したりするからだよ。憔《たし》か嘆きの祠ってのは母子モノにしてくれと頼まれたんじゃなかったのか？　お涙頂戴の母子モノになんで岡場所が出て来るんだよ」

展開もさること乍《なが》ら、近藤の描きあげた作品は、まるで伊藤晴雨《いとうせいう》の責め絵か月岡芳年《つきおかよしとし》の無残絵のような絵柄だったから、僕は随分よせよせと云ったのである。

斬新さを狙ったんだよ——近藤はそう云った。

「斬新なら良い訳じゃないよ」

「いいモノは子供にも解る」

「解らなかったんだよ」

「ありゃ弁士が悪い」

「弁士は悪くないよ。大体弁士のおっちゃんだって困るぜ。いいか、目の前にずらっと洟垂《はなた》らしたお子が並んでてだ。水飴嘗《みずあめな》めてると思えよ。その仇気《あどけ》ない顔を見てだ、ああれえ、お殿様ァ、ご無体な、おやめくださいぃとか、云えるかよ」

「それが仕事じゃないか」

「そんなのは紙芝居屋さんの仕事じゃないよ。熱弁を奮えば奮う程、お子達は嫌がる。逃げる。泣く。商売上がったりだ。普通はもっと痛快なんだよ。痛快」

痛快だと思うがなあ——と、近藤は首を捻《ひね》る。

「ちゃんと悪は滅ぶぞ」

「その悪の設定が複雑怪奇なんだ。そもそもお前が凝《こ》り過ぎるんじゃないか。構図に拘泥《こだわ》ったり考証してみたり、遣《や》り過ぎだよ。幼い子供に難しい筋立ては不要だろうよ。紙芝居なんだから。ただ単に痛快愉快な勧善懲《かんぜんちょうあく》悪モノを描けよ。ただ剣戟《チャンバラ》があって主役が危機一髪になって、そこで続く——って奴を描けば延延と描けるだろう」

それでは俺の気が済まん——と近藤は云った。

「時代劇と云うのはもっと奥が深くッて面白いものだ。俺は餓鬼の頃、大人が見るような歌舞伎やら講談やらを観て聴いて、ちゃんと理解できたぞ。感動してわくわくして憤《いきどお》ってすっとして、それで虜《とりこ》になったんだ。そう云うモノに触れる機会を与えないと子供が馬鹿になる。兵隊が戦争してる話ばかり聞かせて育てた子供はどうなった？　何の疑いもなく兵隊ごっこしてただろ。お前の云う仇気ない童《わらべ》どもが、撃ちてし止まんと行進してたんだぞ。それこそ異常じゃあないか。おんなじものばっかり見せるから、戦争なんて馬鹿げたモノだと云う当たり前の感覚が失われてしまったんだぞ。怖いじゃないか」

それとこれとは関係ないだろと僕は云う。

「それに時代モノだって平気で人を斬るじゃないか」

「意味が違うよ。戦争と一緒にするな。悲しさとか正しさとか虚しさとか、時代モノには人生の機微があるんだよ。夢もある。いずれにしても餓鬼の頃、何をどれだけ見聞きするかと云うことがどれだけ大事かと云うことだ。絵だってそうだよ。子供相手だからって適当には描けない。感受性が発展途上の子供にこそ、本物を見せるべきじゃないか」

「解るけどさ——」

近藤は日本画家を志望していたのだ。しかしこの時代、画家の卵など喰って行けぬのは当たり前である。

「——それで失業したんじゃ、お前、絵も描けなくなるぞ」

「失業した訳じゃないよ」

「だって打ち切りだろ？　近藤、お前さ、映画の看板描きだって新聞の割り付けだって何箇月と保《も》たなかったんだろう？　朝から晩まで絵が描ける、一巻十枚描いて二百円だと喜んでいたのは誰だよ。つまらない意地を張ってその天職を失うことはないと云っているんだよ。これだけ流行《はや》れば描き手だって頭打ちなんだろうに。テレヴィジョン放送も始まったんだし、浮か浮かしてはいられまい」

「だからこそ次作に命運がかかっているんじゃないか。今度は絵元から、探偵モノを頼まれたんだよ」

「探偵モノ？」

「まあ活劇モノだよ。ちょいと捻りの利いた奴を頼むと云われているんだ。何かな、こう摩《ま》訶《か》不思議な犯罪が起きて、それをこう、バンバンと解決するようなのを描いてくれと――しかしなあ、俺は探偵小説は読まない」

「知ってるよ」

「そこで、雑誌だの新聞だのを気にし乍《なが》ら見ていたら――出ていたんだな。大磯海岸の奇ッ怪な事件がさ。しかも探偵が解決したと云うじゃないか。ただ詳細が解らない。余計なことはずらずら書き連ねてあるが、どんな事件でどう解決したのか、総体がさっぱり摑めないんだな。で――お前に尋いてみたらその探偵本人を知っていると云うじゃないか」

「だから呼んだのか」

「だから呼んだのだ」

近藤は鉢巻きのように頭に巻いていた手拭いをはずして丸めると卓袱台《ちゃぶだい》の上に置いた。

「事件のあらましを聞いて来てくれないか」

「参考にならんと思うぞ」

絶対にならない。

「そんなことは判らないだろ。その人がどんな性格の男であろうとも、実際に殺人事件の現場に立ち会ってはいるんだろうし、何や彼やと経験はあるんだろ？」

まあなあ——と僕は割り切れない返事をした。

榎木津は今年に入ってからも様様な事件に関わっている。

箱根山の連続僧侶殺人事件を皮切りに、勝浦の連続目潰し魔事件、連続絞殺魔事件、伊豆の新興宗教騒動やら白樺湖畔の連続新婦殺人事件まで、僕の関わった二つの事件など霞《かす》んでしまうような大事件の目白押しである。しかし——それをあの男が解決したとは、どうしても僕には思えない。榎木津はいつも解決ではなく、無闇《むやみ》に攪乱《かくらん》して破壊するだけなのだ。その、大磯の事件とやらだって、きっとそうに違いないのである。

「今さっき説明しただろ。その男はな、常識では理解できないんだ。何が何でも常識で割り切ろうとすると、単なる馬鹿と云うことになってしまう」

「馬鹿なのか」

「うん。馬鹿——ではあるんだが、ただの馬鹿ではないよ。云うなればだな——神のような馬鹿だ」

それこそ解らないよ——と、近藤は云った。

「物凄く馬鹿だと云う意味か？」

「ううん、決してそうではないんだが——答え難《にく》いなあ。並の馬鹿でないことは確実なんだが。ただな近藤、そうだ。あの探偵には僕らのような下下《しもじも》の言葉は通じないんだよ。縦《よ》んば通じたとしたって、僕にはあの人が何を考えているのかも、何を云ってるんだかも善く解らないんだ」

榎木津は他人の話を全く耳に入れない。おまけに他人に通じるようには話してくれない。そのうえ、下僕は折に触れて罵倒され甚振《いたぶ》られる運命にある。

無茶苦茶だなあと近藤は云った。

「天衣無縫《てんいむほう》と云うか傍若《ぼうじゃくぶ》無人《じん》と云うかね」

「まあ、その男が奇人だろうが変人だろうがそんなことは関係ないのだ。詳細と云うか、概略が解ればいいんだから」

「そんなこと知ってどうするんだよ」

「どうするって——紙芝居のネタにするんだよ」

「あのなあ」

僕は髭だらけの友人の顔を覗き込んだ。

「実際に起きた殺人事件が紙芝居のネタになるのか？　ならないよ。殺人事件なんて多かれ少なかれ陰惨なものだ。殺された者もその遺族も、殺した者にとっても、そりゃ悲劇だよ悲劇。深刻なものだろう。どう扱ったってしこりが残る。百歩譲ってネタにできたとしたってだ、こりゃしちゃいかんものだと思うぞ」

「何故だ」

「道義的にしちゃあいかんと云ってるんだ。解らんのか。そんなもの描いたんじゃあ、まるでお前の描く紙芝居に出て来る悪徳瓦《かわら》版屋《ばんや》が刷っている江戸《えど》萬評判《よろずひようばん》じゃないか。繰り返すけどな、事件は娯楽のネタじゃない。しかも殺人だ。人の命が奪われた事件だ。それを面白可笑《おか》しく論《あげつら》ってだな、それだけでも不謹慎なのに、剰《あまつさ》え紙芝居にしてお子様に見せると云うのはどうなんだ？　それは人として許されないことだと思うぞ」

「探偵小説は売れているじゃないか」

「あれは露悪趣味な連中が読むだけのものだろう。探偵小説と云うのは、要は犯罪小説のことなんだろう？　犯罪を扱ってる以上は反社会的なものだろうよ。だって、天井裏からこっそり覗く変質者とか、ご婦人の座る椅子に入って喜ぶ変質者とか、そう云うのだろ？　変態趣味じゃないか。間違ったって子供は読まんだろうさ。違うか？」

俺も読まないから善く知らないよ――近藤は無愛想に云った。

「読めよ。実際の事件より参考になるぞ」

「俺は変態が描きたい訳でもないし、実際の事件を描きたい訳でもないんだって。特に探偵小説は関係ないよ。趣味に合わんし、何だか嘘臭いじゃあないかよ。でもな、どっちにしたって何か取材はしないとさ。俺はその手のことはまるで詳しくないからな。何を扱うんだって現実感《リアリティ》が大事だろうさ」

「大事じゃないと思うぞ」

「何でだ。絵空事は描けないよ。それじゃ筋も作れない」

「絵空事で十分だ――と云うより、絵空事の方がいいんだよ。執拗《しつこ》いようだが紙芝居の客は幼気《いたいけ》な子供なんだよ。児童だ。童だ。水飴を買ってくれる幼子だけがお前の生活を保障してくれるんだ。なのにお前は身売りした女郎を苛《いじ》め殺す郭《くるわ》の主人を描いた。だから干された。それで今度は実際に起きた殺人事件か？　慥《たし》か去年、日本子どもを守る会とかができたんだろ？　紙芝居コンクールだって主催は教育委員会だったそうじゃないか。そんな公序良俗に反するネタを扱ってちゃ追放されるぞ」

　馬鹿にするなよ――と云って近藤は、何故か平筆《ひらふで》の太いやつを右耳に挟んだ。

「だから俺だってそのまんま描きゃしないって。ただイメエジが摑めないと云っているんだ。俺は俺の作品が描きたいんだよ」

近藤は腕を組む。益々《ますます》盗賊っぽい。

「紙芝居ってのはな、他人に複写されて全国に出回るんだ。俺だって師匠の色塗り修業の後は模写仕事だった。その所為《せい》か、真似したと云う感覚はない。みんな同じネタを繰り返し描く。受ければすぐに別の者が似たような話を描く。似てるなんてものじゃない。主役の顔が一寸《ちよつと》違うとか、名前が一寸違うとか、その程度の差だよ。それでも怒る者はいないし恥じる者もいない。それはな、当たり前のことだからだ。受けるネタは紙芝居描き全員、紙芝居界全体の財産だからな。でもな」

「解ってるよ。ええと、何だ、独創性《オリジナリティ》とか云う奴だろ？　僕には善く解らないけどな」

近藤は熊のような顔を顰《しか》めた。

「正直云って、俺だって黄金バットだとか少年ターザン描いた方が儲かるし楽だぜ。考えることないからよ。でもな、どう云う訳か絵元の先生は俺にそれを期待してないんだな。新しいモノを描けと云ってくれるんだよ」

近藤は真剣だった。

しかし――。

僕は困ってしまう。

こんなに喰い下がられるなら、榎木津と知り合いだなどと云わなければ良かった。

決して自慢できることではない筈なのだが、何故か近藤には自慢したかったのである。

「しかしなあ。取材なんかできないよ」

「難しいこたぁあるまい。別に、その探偵か？　その探偵本人の談話なんか必要ないんだよ。要は概要が解ればいいんだから。その、何だ、一味か？　一味がいるんだろ？　その連中に尋けばいいだろう。頼むよ」

「一味ねえ」

それは誰を捕まえても榎木津よりは多少マシなのだけれど、それでもどれも五十歩百歩と云うところである。

それに、報道されないならされないだけの理由が必ずある筈で、仮令《たとえ》榎木津一味と雖《いえど》もそんな新聞にも載らないような事件の詳細なんぞを、僕のようなまるっきりの部外者に漏らしはすまい。興味本位で尋くのだし、事件の概要すら話してくれるものかどうか――。

しかし、頼むよ恩に着ると近藤が何度も頭を下げるので、何だか無下《むげ》に断ることもできなくなってしまい、僕はつい、解ったと云ってしまった。

本当につい云ってしまったのだ。

その途端近藤はそうか矢張り持つべきものは友だお前は何物にも代え難き親友だと歯の浮くようなことをべらべらと並べて、これまたどう云う訳だか干し大根を一束くれた。

大根をやるから颯颯《さっさ》と行け――と云わんばかりである。

取り敢えず当てにするなと云い残して辞去した。

しかし、帰ると云っても僕の家は隣家なのだから、部屋を違えるようなものである。ドアを開けると我が家のドアが見える。さようならとただいまの間に殆《ほとん》ど断絶はない訳である。

僕は自分の家と近藤の家の狭間《はざま》に立って、空を見上げた。

取り敢えず良い天気である。

赤瓦葺《ぶ》きの屋根。

所謂《いわゆる》文化住宅である。

文化住宅と云えば聞こえは良いが、結局安普請《やすぶしん》には違いない。

築三十年も経てば文化の香りも飛ぶと云うものである。寧《むし》ろ文化的でないと云う気さえする。老朽化しているからか、手入れしないからか、あちこち傷んでいる所為もある。

尤《もっと》もこうした文化住宅は、建てられた当初から評判が悪かったのだと聞いている。

名前だけは洒落《しゃれ》ていて如何《いか》にも便利そうな感じがするのだけれど、住んでみると別に便利なこともない。それ程機能的でもない。どこも文化的じゃない。

それもその筈で、文化住宅の文化とは、和洋折衷と云うような意味しか持たないらしいのである。文化包丁や文化鍋と同じなのだ。この場合、双方の長所を合わせたモノと考えれば一種の発明になるのだろうが、物事には遍く短所もある訳で、短所の合併となると戴けない。長短併せたところで相殺されてしまうようにも思う。

慥《たし》かに和洋折衷の建物と云うのも良いような悪いようなものではあるのだ。

椅子とテーブルで暮す人間にとって畳の部屋など使い道がないのだろうし、布団を敷いて寝る人間に洋室は無駄である。大勢の家族で暮すには使い勝手が悪いし、一人で暮すには贅沢な程広い。結局半端なのである。

同じ造作同じ間取りの家が密集して建っていると云うのも気分の良いものではない。

僕あたりがそう思うのだ。この家が建てられたのは大正時代のことなのだから、そうした感覚は更に強かっただろうと思う。

見た目は多少小洒落《こじゃれ》ているものの、縁側もないような家など趣《おもむき》に欠けると云う評価がなされたのだろうか。まあ、縁側なんかは要らないようにも思うのだが、なければ淋しいものである。その上、歳月を重ねた今日では、見た目も小汚くなってしまっている。

良いとこなしだ。

いずれにしてもここに越して来るまで住んでいた根太《ねだ》の腐った長屋よりは、遥かにマシではあるのだが――。

そんなことを思い乍《なが》ら、僕は我が家の扉を開けた。

色塗りを手伝うと、近藤は一枚につき五円から十円の手間賃をくれる。どのくらい塗ったかで適当に査定される訳だ。失敗した時は引かれる。僕は素人だが、半日手伝うとそれでも三枚や四枚は手掛けることになるから、結構な小遣い稼ぎになる。今日もそれを当てにしていたのだが、大根では肩透かしである。

大根は大根で有り難くないこともないのだが、当てが外れたことは事実である。

——さて。

どうしようか——と僕は思案に暮れた。

大根を台所の貯蔵棚に収納し乍《なが》ら、僕は榎木津の下僕達の顔を次次と思い浮かべた。

何だか明瞭《はっきり》しない。

この風景には馴染まない記憶なのだ。

日常とは全く縁のない連中なのである。

それでも彼等は決して架空のモノではない。僕の日常に割り込んで来た実在の人物達なのである。それなのに彼等との思い出は、近藤の描く紙芝居なんかよりもずっと現実感に乏しいと来ているから、これまた困りものである。

凡庸な小市民である僕にとっては、隅から隅まで荒唐無稽で、それこそ絵空事のような体験だったと云うことだろう。

椅子に座って溜め息を吐いた。

土曜の午後である。

近藤の手伝いがないのなら、やることもない。

——話を聞くとしたら誰が適任だろうか。

矢張り気になる。

僕は、無理矢理に記憶を掘り起こした。

あの――探偵助手は矢鱈《やたら》と調子がいいし、話を脚色する癖がある。給仕兼秘書は野次馬だから話が下世話になるだろう。刑事は怖いからとても尋けないし、カメラマンは恍惚《とぼ》けていて駄洒落ばかり云うに決まっている。

――いや。

そう云う問題ではない。

その大礒の事件とやらに、彼等のうちの誰と誰が関わっているのか、僕はまるで知らないのである。

きちんとした組織ではないのだから関わる人選も適当なものなのだろう。

と――云うよりも、要請されて関わることも望んで関わることも本来は少ないのかもしれない。少ないと云うより、それはないのだ。

この僕が良い例である。

結局その場にいた者が不可抗力で巻き込まれる――と云うのが正しいのだろう。

ならば――。

――違うか。

違うのだ。

僕は自分で自分が可笑《おか》しくなって、一人きりだと云うのに笑みまで浮かべてしまった。

考えてみれば、僕は彼等榎木津一味の連絡先を総《すべ》て知っている訳ではないのだ。選択の余地はないのである。

神保町にある榎木津の事務所以外で僕が知っているところと云えば、青山の古物屋と、それから中野の古書店の、僅《わず》か二箇所だけなのである。

ならば選択肢はその三つしかないのだ。

迷うまでのこともないのである。

——しかし。

取り敢えず直接榎木津のところに行くのは避けるとしても——。

大磯の事件に関して云えば、古物屋は関係ないような気がした。

あの——人の良さそうな、珍妙な顔をした男は、偶偶《たまたま》この前僕が関わった事件が骨董絡《がら》みだったから担ぎ出されただけなのではなかったか。それに、あの動物染みた奇妙な面相はどう見ても海岸に似合うものではない。それは立派な偏見なのだが、海に行くような人種とは到底思えなかった。

——ならば。

古書店。

京極堂。

——適任かもしれない。

そう思った。

中野にある古書店京極堂の主《あるじ》は、他人の話を一切聞かない榎木津とはまるで正反対の人物で、一を聞いて十を悟り、おまけにひとつ説明すればいいところを、十も二十も説明してくれるような、親切なのか迷惑なのか判らない男なのである。

それもただ説明がだらだら長いのではなく、無駄なくそつなく、理路整然としていてつけ入る隙がないと云う——そう云う意味では実《まこと》に扱いづらい人物ではあるのだが——少なくとも何を云っているのか解らないとか、理不尽に振り回されるとか、理由もなく下僕扱いされるとか云うようなことはない。

しかも一味の中で唯一榎木津と対等の位置にいる男であるように——僕には思えた。

事実上榎木津の暴走を巧みに操縦して、取り敢えず世間との折り合いをつけることができるのは彼だけだろう。一味の暗躍には必要不可欠な人物なのである。

古物屋以上に海岸は似合わないようだけれど——。

取り敢えず——僕は腰を上げた。

2

そして僕は——大いに驚いたのだ。

中野駅の改札を出ると、そこにいつも通りの和服姿の京極堂主人——中禅寺秋彦が立っていたからである。

幾ら勘が良いと云っても、真逆《まさか》僕が来るのを予知して待ち構えていた訳でもあるまい。そうは思ったものの、何やら怪しげな陰陽《おんみょう》の術を使うと云うような噂もある男だから油断は禁物である。

兎《と》に角《かく》駆け寄って挨拶をすると、中禅寺は豪《えら》く驚いたようだった。

驚いた以上は——待ち構えていた訳ではないようだった。

「ど——どうもお久し振りです。それより中禅寺さん、何故ここに?」

余り奇遇な気がしたものだから、僕は挨拶もそこそこに、開口一番そう問い質《ただ》してしまった。

中禅寺は冷ややかな視線で僕を見据えた。

「あのね、僕は中野に住んでいるのだから中野駅にいても別段怪訝《おか》しいことはあるまい。それより、君の方こそ何故ここにいるのです？　何か仕事で来ている——と云う訳でもないようですね」

察しの良いことである。

僕が答えるに答えられずにいると、中禅寺は眉間《みけん》に皺を寄せて、宜《よろ》しくないなあ——と云った。

「な、何が宜しくないのですか」

「何がって——君は慥《たし》か中野に僕以外知り合いはいない筈でしょう。それでいて仕事で来たのでないとするなら、それは唯一の知り合いである僕のところに来たと云うことになる。しかし——その様子では本を買いに来た訳でも、況《まし》てやお祓《はら》いを頼みに来た様子でもない。違いますね」

「はあ——それは」

「ならば榎木津絡み——と云うことになる。君と僕との接点はあの男だけなのだからね。すると——そうか。なる程、時機《タイミング》から考えて大磯の殺人事件のこと——ですね？」

中禅寺はそう云った。

益々察しの良いことである。開いた口が塞がらないとはこのことである。

「な、何故それを」

「探偵仕事の依頼なら直接あいつのところに行くでしょう。それに、僕は昨晩榎木津と電話で話していて、先方の状況は把握している。その状況から量《はか》るに君が榎木津に頼まれて僕のところに来たとも考え難い。一方榎木津は最近妙な雑誌などに善《よ》く出ている。これは少なからずあいつと関わり合いを持った君としては知りたいところでしょうね。でも榎木津を知っている君は、あの男に直接談話を求めることがどれだけ無駄かも承知している。だから僕のところに話を尋きに来た――」

ずばり、その通りである。

中禅寺は片眉を吊り上げると、君も懲《こ》りない男だな、物好きにも程がありますよ、と云った。僕は慌てて云い訳をした。

「そのですね、僕の友人で紙芝居作家がいまして、こいつが探偵モノを描くと云うのです。それでですね、実際の――」

「実際の殺人事件を紙芝居に仕立てて子供達に見せるとでも云うのですか？」

「そ――そうじゃないのです。そ、その友人はですね、ええと、凝り性でして、作家性と云うのですか、独自性と云うんですか、そうしたものに拘泥《こうでい》する質《たち》でですね、何事にも、ええと――リアリズムが必要だから、とか」

ふうん――と、中禅寺は感心したような馬鹿にしたような返事をした。それから徐《おもむろ》に横に視線を送って、電柱に凭《もた》れかかっていた風采の上がらない男に向けてこう云った。

「聞いたかね？　お子様相手の紙芝居描きでさえそうして日夜精進して作家性に磨きをかけているのだ。君も少しは見習って取材のひとつもしたらどうなんだ？　毎日毎日喰っちゃ悩み寝ちゃ唸《うな》りしてたって、出るのは欠伸《あくび》ばかりだぞ」

男はうう、と曇《くぐも》った声を発した。

「丁度良い。紹介しよう――」

中禅寺はそう云ってその男の袖を摑み、僕の前に引き出した。男はまるでお白州《しらす》に引き出される罪人のような具合に、少し蹣跚《よろけ》乍《なが》ら出て来た。中禅寺はその男に僕のことを簡単に説明した後、僕の方を見て、

「これが僕の知人――噂の関口巽《せきぐちたつみ》先生ですよ――」

と云った。

「あなたが――」

男は猫背のまま首を突き出すようにして、少し斜めになって礼をした。笑っていると云うより怯《おび》えているようだった。

「あの――関口――と、云います」

榎木津に連《つら》なる者共に悉《ことごと》く誹《そし》られ愚弄され続けている下僕の中の下僕――。

世界中の不幸を一身に背負ってしまった男――。

不運の小説家関口巽――。

何と云って良いものやら解らずに、僕は胡乱《うろん》な挨拶をした。しかし相手は、輪をかけて胡乱な挨拶をし返して来た。中禅寺は意地の悪そうな顔で僕と関口を見比べて、にやにやと笑った。

何が可笑《おか》しいのか。矢鱈《やたら》気になる。

中禅寺はひと頻り笑ってから、

「何だか獣の見合いにでも立ち会っているようだなあ。それより君、そうした話を尋くならね、この男の方が適任だ。この男は大磯の事件にも最初から立ち会っているし、白樺湖の事件では、あの名探偵の片腕となっての大活躍だ。何しろ一度は殺人の容疑で収監《しゅうかん》されたこともあるくらいだからね。筋金入りの反社会的人間だ」

と云った。

「よせよ京極堂――」

関口は額《ひたい》に皺を寄せて、心底困ったような顔をした。

「――この人が本気にするじゃあないか」

「いいだろう。本当のことだろうに。それに、君はそのうち、ワトスン博士宜しく自分の関わった事件を探偵小説に仕立ててみようか――なんて云っていたじゃないか。筋を考えなくて楽だとか」

「冗談だよ」

「強《あなが》ち冗談とも思えなかったがな。君は正直そうでいて嘘吐《つ》きだし小心者の癖に結構卑怯者だから、結局安易な道を選択するじゃあないか。まあそれも悪いことではないさ。しかし小説化するつもりなら、今のうちに誰かに語っておくなり書き留めておくなりした方がいいぞ。いい機会じゃあないか」

「そうかな」

「ほら本気だ。ただ榎木津は何も覚えてないし君だって蚯蚓《みみず》程度の記憶力しかない男なんだから、何もかも忘れてしまうぞ——と僕は警告しているんだ。彼にすっかり話して覚えて貰っておきたまえ」

君が覚えているだろうよ——と関口は云った。

「覚えていたとしたって君なんかに教えてやるものか。君——」

中禅寺は二人の会話に口を挟めずにいた僕を呼んだ。

「——この男はね、今朝《けさ》喰ったものを思い出すのに三日かかるような男なんだ。その上、思い出したところでその三日の間に喰ったものと今朝喰ったものとの記憶が混じってしまって、結局間違ってしまったりする。間違いに気づくと嘘を吐いて誤魔化《ごまか》したりもする。騙そうと云う悪意こそないのだが、その場を取り繕《つくろ》うので精一杯で、結局適当なことを云う。そんなので良ければ——事情はこいつから聞いてくれないか」

そんなでは困る。

要するに——事件のことは語らない、だから尋くなと云うことを中禅寺は暗に示しているのだろう。しかし、この場合関口自身にそんなことは厭だと否定して貰わないと話が終わらない。僕の方からそんな様子じゃ結構ですとは云い難い。

しかし、これだけ他人から悪《あ》し様《ざま》に云われても一切否定しないと云うのも、これまたどうしたものだろう。悪罵はすべて本当のことだと云うのだろうか。

僕は複雑な想いに駆られて小説家の表情を窺った。

関口は情けない顔で眼を伏せていた。

二の句が継げない。掛ける言葉もない。

評判通りの——否、それ以上の人物である。

「そ、それより中禅寺さん、あの——お二人揃って何故ここに？」

僕は結局話題を変えた。

中禅寺は懐手《ふところで》のまま煙草を咥《くわ》えて、珍客が来るものでね——と云った。

「出迎えですよ。もうすぐ着く筈なんだが——」

中禅寺がそう云った途端に、改札口からぞろぞろと人が出て来た。ホームに電車が入って来たのだろう。

「ああ、いたぞ京極堂」

関口が示した方向を見ると——。

立派な身なりの年配の僧侶と、網代笠《あじろがさ》を被った、雲を突くような大男の若い僧が連れ立って改札を抜けるところだった。

年配の僧侶は青黒い、捉えどころのない顔を綻《ほころ》ばせてすいすいと人ごみを抜け、中禅寺の前で止まった。

「これはこれは中禅寺殿。いやはや、お懐かしい。まだひと歳《とせ》も経ってはおらぬと云うに、随分と昔のことのように感じますぞ。その折りは大変お世話になり申した――」

年配の僧は非常に丁寧な動作で頭を下げた。

年齢は中禅寺などよりかなり上だろう。加えて身分――僧侶の場合は階級と云うのだろうか――も高そうである。簡単に云うなら偉そうに見える人物である。中禅寺と云う男はこんな坊さんにまで礼を尽くされるような男なのだろうか。

「頭をお上げ下さい常信《じようしん》様。御坊のような立派な禅匠に頭を下げられると僕が困ってしまいます」

「何を仰《おつしや》るか。拙僧はあの日より尊公を第二の師と仰いでおる。おお、関口殿、関口殿もお変わりないかな」

僧は続いて関口にも挨拶をした。全く以《もつ》て正体の摑めない連中である。

関口は、どこか含羞《はにか》むような不可解な仕草を見せて、そうでもないですが――と曰《いわ》くありげな返答をした。

「関口君の場合は相変わらず波瀾万丈《はらんばんじょう》の人生です。それより常信様もお元気そうで何よりです。今はお山に——おや」

中禅寺はそこで背後の大きな僧に目を遣った。

常信と呼ばれた僧は自《おの》が後背《うしろ》をちらりと見て、

「ああ、左様であった——この者も、今は名を鉄信《てっしん》と改め申してな、拙僧の行者《あんじゃ》を致しております。鉄信、覚えておろう。こなた様はあの時の中禅寺殿であるぞ——」

と云った。

鉄信と呼ばれた大きな僧は笠を取り、黙ったまま会釈《えしゃく》をした。中禅寺は笑って、そうですか元気そうで何よりだ——と云った。大きな僧は無表情なままだったが、微《かす》かに視線が和《やわ》らいだように思えた。笑っているようには見えないまでも、敵意は感じられない。

「それより、聞き及びますところに依れば常信様はお山に——入られたのですか」

中禅寺が問うと、常信は何度か頷《うなず》いた。

「おお、英生《えいしょう》を兄弟子に任せましてな、この鉄信と二人で入山させて戴きました。何、あれだけ俗世から離れておりますとな、一寸《ちょいと》した今浦島《いまうらしま》の気分でございましてな、どうせ世の中から取り残されておるのならと一念発起したのです。しかし、拙僧は暫到《ざんとう》から遣り直すつもりで願文《がんもん》まで用意して入山入堂を願い出たのですが——この薹《とう》の立った坊主に、本山は中中初心に返ることを許してくれませんでな」

「それは已《やむ》を得ないでしょう」

「そうなのです。作務《さむ》と云うより役割職務が振られますわ。まあ、如何様《いかよう》な仕事と雖《いえど》も修行のうちではあるのですが――今は全国を回らされておる」

「や、山と云うのは――」

関口がおどおどとした声を発する。常信は大いに笑って、箱根山ではございません、越後の方でございます――と答えた。

――箱根。

なる程、この二人の僧は二月に起きた箱根山連続僧侶殺人事件の関係者なのだろう。僕は改めて二人の僧侶の顔を交互に見比べた。

年配の僧はやや右肩が下がってはいるものの威風堂堂とした姿勢の、それでいてどこか捉えどころのない面構えの男だった。大男の方は額が迫《せ》り出した異相である。弁慶《べんけい》のようだと思った。

「それで――常信様、本日はその、お時間の方はどのように――」

中禅寺が急に声の調子を落として問うた。

「ああ、夕刻までに本日お世話になります世田谷の寺に参らねばなりませぬ。世の中と添った宗旨を貫こうと致しますと何かと雑事が多くなりましてな。そんな訳で、そう時間はないのですが――」

「なる程そうですか。拙宅まではここから三四十分はかかります。関口君の家の方がまだ近いな。時間がお取り戴けないのでしたら、そちらに参りましょう。それでいいね、関口君」

「まあ——折角おいで戴いたのにこんなところで立ち話と云う訳にも行かないし、それは構わないけれど——」

関口はそこで言葉を切って、困ったような顔をした。慥《たし》かにこの面子《メンツ》では喫茶店に入る訳にも行かないだろう。着流しの男に坊主が二人、それに挙動不審の男が一人——怪し過ぎる。

関口がもごもごと口籠っているので、業を煮やしたのだろう。中禅寺は厭な顔をして、部屋でも汚いのか——と、問うた。

「いや、それは雪絵《ゆきえ》が掃除くらいしていると思うけれど——」

「不都合があるかね」

「こちらは——どう」

関口は語尾を濁して僕を見た。

中禅寺はああ、君も居たのかと云った。

「中禅寺殿、こちらの方は——」

常信が青黒い顔を向ける。僕は俄《にわ》かに緊張した。

「ぼ、僕はその、その、中禅寺さんのご友人の探偵さんの——」

依頼人です、と云おうとしたのだが、云い切る前に中禅寺が顔を顰《しか》めたので、慌てて言葉を呑み込んでしまった。

「ほう。榎木津殿の縁者の方か」

常信は——やけに明るい顔をした。榎木津を知っているのだ。

ちらと中禅寺を垣間見《かいまみ》ると——古書肆は僕を睨《にら》んでいる。もしかしたら僕は、云ってはいけないことを云ってしまったのだろうか。

中禅寺は一層渋面を作って僕を見てから、まあそう云うことですね、と空空しいことを云って、恰《あたか》も忘れていたかのように——忘れていた訳はないのだが——常信の前に僕を引き出し、

「この人は——ええと、まあ榎木津の手下の一人ですかね」

と、無茶苦茶な紹介の仕方をした。

「おお、そうですか。それは都合が良い。是非拙僧の話を聞いて戴きたいものです。しかし中禅寺殿、聞けば探偵殿のところは本日、何やら大変なお取り込みだとか——」

「ええ、まあそうなんです。少少愉快な勘違いがありましてね——」

中禅寺は意味ありげに言葉を切った。薔薇十字探偵社は取り込んでいるらしい。そう云う意味で中野を選択したことは正解だったのだろうが、
でも——。

何だか厭な予感がした。

「しかし中禅寺殿、探偵社の方がいらしてくださるのなら、拙僧の方はわざわざお二人にこうしてお時間をとって戴く必要はなかったのだが——何とも申し訳ない」

「何を仰います。ご存知かとも思いますが僕の店は流行《はや》っていませんし、関口に到ってはもう失業者の方が忙しいくらいです。御坊にもお会いしたかったですし、何の気兼ねも要りません。それにこの人は手下と云っても正式な部下ではなく、まあ云うなれば——あの探偵の被害者ですから——」

そう云って中禅寺は僕を再び見た。やれやれ、と云うような顔である。説明も概《おおむ》ね合っていると云うところが悲しい。

「さあ、参りましょう——」

中禅寺は僕の表情を読み取るかのように眺めてから、すたすたと歩き始めた。常信と鉄信がその後に続く。僕は戸惑い、それから関口の横につけた。

「あのう——宜しいんですか？」

僕がそう尋くと関口は切なそうな顔をして、

「君も——来ない訳には行かなくなってしまいましたね」

と、哀れむような口調で云った。

僕は——かの不運の大王に同情されてしまったのだった。

中野は燻《くす》んだ街だった。

中禅寺と常信は何やら小難しい話をし乍《なが》ら前を歩いている。鉄信は黙黙とその後に従っている。僕は関口と肩を並べて、少し離れて歩いた。

関口は、明らかに年下である僕に対しても敬語を使って丁寧に口を利いた。しかし口を余り開けずに喋る所為《せい》か、姿勢が悪い所為なのか、発音も不明瞭だし声量も不安定で、語尾が尻窄《しりすぼ》みになる。どうにも聴き取り悪《にく》くて、僕は何度も尋き返した。

愛想は悪くない。しかし要領は悪そうだった。

僕は榎木津との不本意な関わりをできるだけ簡略に説明した。

「あいつらと一緒に居ると、普通にしている者の方が愚かしく感じられるんです。普通な程馬鹿に見えて来るんですよ——」

関口はそう云った。

僕の話を聞いた上での感想と云うより、己の身を振り返っての述懐のように聞こえた。また、それは暗に自分は普通なんだ——と主張しているようにも受け取れた。

そうとばかりは云えないように思えたけれど。

関口と中禅寺は旧制高校の同級なのだそうだ。僕に榎木津を紹介した張本人——大河内もまた彼等の同級生である。何とも困った連中が揃ったものだと思う。加えて榎木津はその一級先輩なのだから、在学中はどんな様子だったものか。

他人《ひと》ごと乍《なが》ら思い遣られると云う感じである。僕がそれらしいことを云うと、関口は声を出さずに笑って、

「何年経っても——変わりませんよ、あの連中は」

と云った。

発言の真意は摑めなかった。

関口は頰の辺りは笑っていたが、その瞳はどこか虚《うつ》ろで、どこか陰鬱《いんうつ》だった。

大通りから少し広めの坂道を登って、質屋の傍《わき》の径《こみち》に入る。じめじめとした径を暫《しばら》く行くと、かなり変形した古い竹編みの塀に突き当たる。そこを右に曲がる。

すると腰までしかない板塀に囲まれた小さな平家《ひらや》が目に入る。

そこが関口の家だった。

家が視界に入ると関口は僕に一礼してから小走りに前の一団を抜けて、慌てて家の中に駆け込んだ。慥《たし》かに落ち着きがない。別にそこまで慌てることはないと思う。

やがて家の中から割烹着《かっぽうぎ》姿の痩せた女性が出て来た。たぶん関口の奥方なのだろう。要領の悪い亭主とは異なり、大層落ち着いて見えた。でも、ほんの少しだけ寂しげな女《ひと》だと思った。

奥方は中禅寺に会釈した後、二人の僧侶や僕の姿を見て少少驚いた様子だったが、中禅寺が何か云うと、笑い乍《なが》ら手を振って、とんでもない、と云うようなことを云った。

それからようこそいらっしゃいました、関口の家内でございます——と云って常信や僕に向け挨拶をし、突然訪れた奇妙な訪問者を快く迎え入れてくれた。

部屋に入ると関口が座布団を用意していた。

中禅寺は奥方と打ち合わせをしてからさくさくと仕切って常信と鉄信を座らせ、僕にも座るように云った。程なくして奥方が茶を運んで来た。

関口は、結局最後まで中腰でうろうろしていただけである。

「関口君、いいから早く座りたまえよ。話が始まらないだろう」

「え」

常信も苦笑している。

関口が座ると常信は改めて頭を下げ、丁寧に挨拶をした。

「今の拙僧がありますのも皆様のお蔭。これればかりは幾ら礼を云っても尽きぬこと——ああ、承知しております。このご恩を返すは拙僧が志《こころざし》を完《まっと》うすることと心得ております。時に——本日ご連絡を差し上げたのは他でもない——」

常信は顔を上げた。

「どうも腑に落ちないことがございましてな」

「ほう」

中禅寺が合いの手を入れた。

「前置きなく始めさせて戴きます。実は——武蔵野の南村《みなみむら》と云うところに、禅寺がございまして」

「南村——と云うと、神奈川との県境辺りでしたか」

町田《まちだ》の辺りかな——と関口が云った。

「そうですな。町田町の隣です。そこに、大正《たいしょう》山根念寺《さんこんねんじ》と申します禅寺がございます。歴史は古いのでございますが、小さな草庵《そうあん》でございました」

過去形である。今は違うと云うことか。

「根念寺?」

中禅寺が妙な声を上げる。

「ご存知ですかな」

「いえ、取り敢えず続きをお聞きしましょう」

「左様ですかな。まあ話を先に進めさせて戴きますとな、その根念寺の跡取りの古井《ふるい》亮沢《りょうたく》と申しますのが拙僧の——一般の方に解り易く申しますなら、同期の僧侶なのでございますな。拙僧は昭和元年に学生を辞めまして得度《とくど》を受け、出家致したのでございますが、その際に一緒に入山しました暫到は三人ばかりおりましてな、そのうちの一人は仙台の寺で住職をしております。もう一人が、その亮沢でございます」

僕は若い三人の僧侶の姿を思い浮かべる。

「拙僧は寺付きの坊主ではございませんでしたから、本山に五年、その後別の寺に五年おりまして、それから箱根に遣わされた訳でございますが——実家が寺院の僧は三年程修行してそれぞれの寺に戻ったようでございます」

「その亮沢さんも？」

「はい。昭和六年には根念寺に戻っております。その後も書簡をやり取りしたり、年に何度かは会ったりもしておりました」

「なる程」

「ところがご存知の通り、昭和十年に拙僧は箱根の山に入り、それ以降十八年の間、完全に世俗と切れておりました。下界との交流は一切なかった。勿論その間は亮沢とも連絡を取っておりません」

「十八年間——もですか」

僕は思わず声を上げてしまった。

「そう。十八年です。かの達磨《だるま》大師でさえ面壁《めんぺき》九年でございますから、これは決して短くはない時間ですな。ただ空白——とは思いたくない。拙僧にとっては貴重な体験でございました。ともあれ先程も申しました通り」

「今浦島——ですか——」

関口が云った。

「――随分、変わっていますか」

「変わっておりましたなあ。街の有様も文化の有様も、それは見事に変わっておりました。間に戦争を挟んでおる所為もあるのでございましょうがな、まあ、見るもの聞くもの、まるで違っておりまして。驚いてばかりおる。慣れるのに半年かかりましたからな。まあ、それはそれとしましてな、その亮沢には、箱根に行く直前に拙僧から手紙を出しておりましてな、その返事を貰ったはいいが――そのままになっておった。気になっておったのです」

「なる程」

「丁度、十日程前でございますか。拙僧は上京することが決まっておりましたから、十八年振りに亮沢に連絡を入れてみたのです」

どうやって連絡をとられたのです――と中禅寺が尋いた。

「電話を――致しました。調べてみるとなんと、根念寺は電話を引いておったのです。ところが――これがまるで話が通じない」

「通じないとはどう云うことです」

関口が尋いた。意外と発言するのだな――と僕は感じた。

「それが――」

常信は言葉を探しているようだった。

「――何と申しますか」

「亮沢さんはいらしたのですか」

中禅寺が尋いた。

「はあ、亮沢と云う人はいたようなのですが——」

「いらしたのですか——それでは——」

そう云ってから中禅寺は顎を摩《さす》って、

「しかし常信和尚、その亮沢さんは、あなたのことは知らないと仰った——のですね」

と云った。

「おい待てよ京極堂。知らないってのは何だ。真逆忘れたとでも云うのかね？　いや、流石《さすが》にそんなことはあるまい——」

関口が食い下がった。

慥《たし》かに常信の言葉に嘘がないのなら、その亮沢なる僧侶が常信のことを知らないなどと云うのは怪訝《おか》しいだろう。

十八年と云えば短い時間ではないのだろうが、それでも完全に忘却してしまうには短過ぎる。この場合関口の反応の方が正常だ——僕はそう思ったのだが——関口は続いて妙なことを口走った。

「——それとも真逆、記憶を改竄《かいざん》されたとか、操作されたとでも云うのか？」

中禅寺は本当に厭そうな顔をして違う違うと云った。

「そんな荒唐無稽なことが然《そ》う然《そ》うある訳がないじゃないか。あのね、関口君。君はそうやって何でも自分を基準にして考えるのを止したまえよ。自分が物忘れが激しいからって誰もがそうだと思っているんじゃないか。それよりどうなんです常信様、亮沢さんと云う方はあなたを――」

「知らぬ――ようでした――」

常信はそう云った。

「まあ、その、その辺りが何とも――」

「瞭然《はっきり》としない？」

「拙僧は直接本人と話した訳ではないのです。電話に出た者に――亮沢はそのような方は知らぬと申しておりますと、とけんもほろろに云われましてな、結局、取次いでは貰えなかった」

「本人は出なかったのですか」

「ああ――電話に出たのは多分若い僧であろうと思うのですが、その時は――本人が横にいて、知らぬと云えと指示を出しているように思うたのですな。しかし――どうやら」

「違ったのですか？」

違ったのですが、そこが何とも――と云って常信は首を捻った。

その時に余程妙な感じを受けたのだろう。

「慥《たし》かにそう思うたのだが――」

なる程ねえ、と中禅寺は頷く。

「何だよ京極堂。どうして君はいつもそう思わせ振りなんだ」

「思わせ振りじゃないよ。君がせっかちなだけだよ関口君。彼を見てみたまえ。ちゃんと黙って聞いているじゃないか。情報と云うものは出揃った段階で吟味するものだ。欠損した情報からは結論は導き出せない。出せるのは推論だけだ。論理的であっても証拠を欠いているうちは仮説に過ぎないし、仮説の段階で推論を披瀝《ひれき》したところで建設的な展開は望めないのだ。彼はそれを弁《わきま》えているから黙って聞いているんじゃないか」

中禅寺はわざわざ僕を示してそう云った。

これでもう、僕には余計な質問は許されなくなってしまった。まったく以て遣《や》り難《にく》いこと甚《はなは》だしい。

常信は苦笑し乍《なが》ら、

「しかし中禅寺殿――尊公が何故にそう思われたのか、それは拙僧もお尋きしたいところだが――」

と云った。

「申し訳ありません常信様。あなたが説明にお困りの様子だったのでつい口を挟んでしまいました。後程ご説明致しますから、まず常信様のお話を続けてくださいませんか」

「尊公の遣り方ですなあ」

常信はそう云った。

「まあ、中禅寺殿の仰った通り、拙僧が名前を名乗っただけでは亮沢に取次いでは貰えなんだのです。まあ、あの、電話と申しますものは利器のようでいて、実にこの、抵牾《もどか》しき道具でございますなあ。恰《あたか》も塀を挟みて問答をするが如きです。言葉のみにて伝うるもの汲《く》めるものと申さば、これ、実に心許なきものでございますからな。そこで、まあ拙僧も少少混乱致しましてな、もしや忘れられたか、とも思いましてな、二十八年前に一緒に入山した僧だが——と、説明を加えたのですな。すると今度は少し待ってくれと云われた」

「待て——と」

「はい。拙僧は当然横に亮沢がいるものと諒解しておりましたから、その旨《むね》を告げてくれるのだと、そう思うておったのです。ところが暫くすると——ご住職の亮順《りようじゆん》様と仰る方がお出になられた。この方は亮沢のお父上ですな。拙僧も二十年以上前に二度程お会いしております——」

「お父上と云うと相当お齢ですね？」

「はあ、当時既に五十路に差しかかっていらっしゃいましたから、現在はもう七十の坂を越えていらっしゃるでしょうな。この方が、亮沢は亡くなったと申されて」

「亡くなった？　先程は知らないとか云う話だったのでは？」

関口は懲りずに口を挟む。

この手の展開には僕より慣れている。

「そうなのです。最初に取次ぎをお願い致しました時は、そのようなことはまるで仰《おお》せではなかったですからな」

そもそも知らぬと云っているると答えているのである。死んでいたのでは知るも知らぬも云えまい。

「と――申しますより、拙僧の身許が確かであったなら、今にも替わって戴けそうな気配ではあったのです。だいたい亮沢が亡くなっているのなら、最初の段階でそのように申す筈だと、その時もそう思いましたな。酷く妙であった」

「お亡くなりになった原因は何だと？」

「戦死だ――と仰せでしたな。拙僧には召集令状は届かなんだが、慥《たし》かに多くの僧が兵役に取られ、命を落としたことは事実です。当時亮沢は四十代ですから――考えられないこともない。そこでまあ、最初電話口に出た者は拙僧の身分を怪しんだ結果、あのような口調になられたものかと――そう思い直したのです。何年も前に死んだ者に突如《いきなり》電話がかかって来たら、それは疑いますでしょう」

「しかし、それなら、それこそもっと別の応対をするのではないですか？　そうでしょう」

関口は僕をちらと見た。

僕もそう思う。思うが、実際に聞いた訳ではないのだから何も断言はできない。

「いや——戦死と云うなら亡くなってから八九年は経っておるのでしょう。何しろ拙僧は十八年間龍宮城におったような者ですから、そこは引け目があったのです。亮沢を知る者の中で彼の死を知らなんだは拙僧だけであったかと——こう思った」

なる程——と云って、中禅寺は懐手になった。

「ところがです」

常信は真に奇妙な表情をした。

「古井亮沢は生きている——と、申す者に出合いましてな」

「ほほう」

「その——それが拙僧の知る亮沢かどうかは判らんのです。同名異人かもしれぬ。だが、少なくとも南村の根念寺で、最近亮沢と名乗る僧に会った——と仰せになるお方が——現れたのです」

何ともはや奇ッ怪な話である。

「それは——檀家の方ですか」

中禅寺は懐手のままそう云った。常信は驚いたようだった。

「ご明察ですな。拙僧は一昨日まで鎌倉の末寺《まつじ》におったのですが、その寺の、檀家総代の方です」

「それはかなりの——名士ですね。政治家か——芸術家か」

「仰る通り、日本画の大家の方です。画壇ではそこそこ知られた名士であられるとか——しかし中禅寺殿、どうしてそれを——」

「そうだよ京極堂。そろそろ種明かしをしろ」

関口が不服そうに云った。

「解ったよ。解ったからそうせっつかんでくれ。その前に常信様、幾つかお尋きしたいことがあるのですが——その亮沢さんと云う方ですが、修行中はどのような御坊でいらっしゃいました？」

「亮沢ですか」

常信は暫く左肩を上げる独特の姿勢で考えていたが、やがて、真面目な男でございましたな——と云った。

「中禅寺殿に斯様《かよう》なことを申しあげるのは釈迦に説法のような気も致しますが、まあ禅寺の修行と申しますのは過酷なものでございましてな。特に暫到のそれは厳しゅうございます。入山したばかりの雲水《うんすい》の中には逃げ出すような不出来な者も多多おりますし、作務《さむ》を怠けたり修行を抜けて山を降りたりする不心得者も稀におる。しかし亮沢に限っては、そう云うことはなかったですな」

「きちんと修行されていたと」

「勉強も熱心でした。地味な性格だったのでしょうかな。そう目立つようなこともなかったが――拙僧とは馬が合いました。当時拙僧は何かと論争好きな小生意気な雲水で、善《よ》く議論などしたものだが――あの男は善く学んでおりましたな」

「典座《てんぞ》になられたことは？」

「はあ――本山では――一通りの作務は致しますからな」

「賄《まかな》いの経験もあったのですか？」

「禅僧なら誰でも致します故――」

「裏を返せばその程度――と云うことですね」

中禅寺は懐から腕を出して組み直した。

「その亮沢さんのお父様――亮順様ですか、その方はどのような方ですか。もしや――書画骨董など美術品の蒐集《しゅうしゅうか》家だったと云うようなことは――ございませんか？」

「まったく――尊公はどう云うお人なのか――」

常信は呆れたような顔になり、僕や関口を順に眺めた。

中禅寺の予測が的中したのだろう。

「――いや、あのお方とは二度しかお会いしておりませんがな、人の良い老師と云う風体《ふうてい》の、禅者と申しますより通人と云った方が良いようなご仁でしてな、まあ中中強《したた》かな禅匠でございましたな。仰せの通り、それはまあ、沢山の名品をお持ちでした」

「書画——ですか」

「書画には限っておらなんだ。善し悪しの判断は別にして、禅寺と云えば書画骨董がつきもの——と云う向きもありますでしょう。しかし、あの方は書道華道茶道に通じておりまして、粋な面もお持ちでいらしたようですからな。墨跡《ぼくせき》なども勿論多く所持されておりましてな、具足《ぐそく》やら花器やら茶道具なども沢山揃えられていた。茶室なども設《しつ》らえられておりまして、善く茶会などを催されていたようです」

「ほう。茶会ですか」

「禅の茶、所謂《いわゆる》、侘茶《わびちゃ》でございますな。檀家信徒に拘らず、地元の方方を集めては振る舞っていたと聞いています。拙僧も一服立てて戴いたが——当時は善く解らなんだ。今は、解ります」

「解る——と仰いますと、その——」

関口が問うた。

取り敢えず、どんな目に遭っても参加する姿勢だけは持っているようだ。

僕は再び感心した。

「まあその——」

常信は暫く考えた。

思うに言葉にし難いことなのだろう。

「亮順様は、そうした催しで世間と結んでいたのだ、と云うことでございますか。修行僧はともすると社会と切れてしまう。出家と申しますくらいですからな、世俗とは隔絶しておって当たり前だし、修行するのは個人ですからな。求道《ぐどう》を極めようとするならば檀家信徒を顧みる暇はなくなりましょう。拙僧も若い頃はそう思うておった。葬式仏教を軽蔑しましてな。信徒獲得に奔走する教団など笑止とな。ま、箱根の山で孤高の禅を強《し》いられて、結果そうした在り方にも拙僧は疑団《ぎだん》を抱いた訳だが——当時はな。まだ青臭い小僧でありました」

「快く思われていなかった——のですね。それは亮沢さんも？」

亮沢も善い顔はしておりませんでしたな——と常信は云った。

「茶会もそうでしたが、特に美術品の蒐集が気に入らぬようでありましたな。品に拘泥《こうでい》するのは愚の骨頂、茶は飲み花は生け書は書くべきもの、飾って眺め、剰《あまつさ》え価値を金銭に置き換えてしまうなど以《もっ》ての外《ほか》と、亮沢はそう申しておったが——まあ考え方は色色ございます。茶の湯の元となる喫茶法《きっさほう》を本邦に齎《もたら》したのはかの栄西《ようさい》禅師でございますし、茶道の祖、村田《むらた》珠光《じゅこう》も一休《いっきゅう》禅師の門下です。利休《りきゅう》の説いた和敬清寂《わけいせいじゃく》も、禅の精神を映したものです。具足に飾っておった花を瓶に生けることを広めたのも禅寺ですから、華道もまた禅に根を持つもの。庭も墨跡も禅僧とは切り離せませんな。しかしそうしたものを芸術としてしまったのでは、禅の心は切れてしまうと——それはまあ、正しいでしょうな。しかし亮沢は必要以上に嫌悪しておりました」

そうですか――と中禅寺は一層深刻な顔をした。

「二十年前――その根念寺に僧は何名おられたのでしょうか」

「はあ、亮順様と亮沢、それに――拙僧の記憶では若い僧が一人だけ――だったかと」

「大黒殿《だいこく》は？」

「亮沢の母御は随分前に亡くなられたと聞いておりました」

まずいなあ、と中禅寺は呟いた。

「おい。一人で解るなよ。何なんだよ」

関口が執拗に尋いた。当然だろう。僕だって尋きたい。

「常信様――」

中禅寺は関口を無視して突如《いきなり》声を発した。

「多分――亮沢和尚は亡くなっています。しかも戦死ではない――と云う可能性もある」

「そうですか。しかし、その根拠は？」

根拠――ですかと中禅寺は言葉を濁した。

「根拠は――そうですねえ。それは――矢張り榎木津に頼むしかないですかねえ」

中禅寺はそう云った。

3

それでどうしてお二人で——と探偵助手の益田は云った。

「中禅寺さんはどうしたんです？」

「あいつがこんな子供の使いみたいな面倒なことを買って出る訳がないだろう。遠方から常信さんがおいでになったから、どうにかこうにか駅までは迎えに出たけれど、普段は厠《かわや》に行くのだって面倒だと云うような出無精な男だぞ。君だって知ってるじゃないか」

関口は不服そうにそう云った。

若造の益田あたりを相手している分にはそれでも少しは威勢が良くなるようである。益田は長い前髪を揺らしてケケケと笑った。

「じゃあその子供の使いを仰《おお》せつかっているお二人はどうなるんですよ。子供なんですか。子供には見えないですよ。いつも思うんですがね、どうして断らないんです？」

「僕は——その」

別の用事があるのだとは、どうしても云えなかった。

一方関口は例によって曇《くぐも》った声で、

「だって僕等が来なければ常信和尚の用件が伝えられないじゃないか。電話で依頼って訳には行かないだろう。榎木津本人が出たなら何も聞いちゃくれないだろうに」

と云った。

まあそれはそうなのである。

益田は常信さんか、懐かしいなあなどと云って、それから尖《とが》った顎を二度程撫でた。

「それにしても——妙な取り合わせですね」

「禅寺と美食かい？」

「それもそうですが——それよりお二人ですよ」

僕と関口は顔を見合わせた。益田はその様子を見て、もう一度意地悪そうに笑った。

「どっちか一人で用は足りるじゃないですか。それに本来二人とも無関係でしょ？　いつ仲良くなったんです」

「昨日知り合ったんだ。いいじゃないかそんなことは」

本当のところを云えば、僕が関口に事情を話し、頼み込んで連れて来て貰ったのである。

この件は本来榎木津に一任されるべきものであったらしい。まあ不思議な話ではあるのだが、祟《たた》り因縁の関係するものではないから拝み屋の出番などないし、通常の感覚なら探偵に依頼する内容だろう。

ところが昨日は榎木津の都合がつかず、また常信の方はあの時間しか空いていなかったから、已《やむ》を得ず中禅寺と関口が代わりに用件を聞くと云うことになったらしいのである。僕があの場にいたのは不測の事態に過ぎなかったのだ。

しかし関口は僕が同伴した理由に就いては何も云わなかった。何か腹積もりでもあるのか、それとも説明が面倒なのか、忘れてしまったのか、僕には判断できなかった。

益田は一層にやにやし乍《なが》ら、だって、まるで二大スタアの共演じゃないですかぁ――と云った。

「どう云う意味だい」

本当にどう云う意味だろう。僕はこの人――関口と同等の扱いと云う意味なのだろうか。

「だって。この場合どっちに振ったらいいのか迷ってしまいますよ」

益田は軽口を叩く。

関口はうんざりした様子で、

「振るって何をだ。まったく君は、もっと真面目な男だと思っていたが、見損なったよ。段段雇い主に似て来るようだ。しかも悪いところばかり」

と云った。

「それは多少自覚してますけどね」

「けど何だね」

「お二人こそ——何と云うか、同病相憐れむと云いますか、まあご愁傷様です」

益田は頭を下げた。本当に——どう云う意味だ。

しかし僕が忸怩《じくじ》たる思いであれこれ考えているうちに、でも妙な話ですねぇ——と、益田はあっさりと話題を変えてしまった。関口もそれ程気にした様子はなく、妙だろうと、すぐに切り替えた。

僕よりずっと慣れている。

もしかしたら僕の方が位は下なのかもしれない。

「常信さんは知らなかったんですかね」

「それは知らないだろう。あんなところに十八年もいたんだよ。それに僕も真逆《まさか》その寺が今、美食家の間でも評判の薬石茶寮《やくせきさりよう》だとは気がつかなかった。京極堂は相変わらず抜け目がないから即座に呑み込んだようだが、普通は結びつけないだろう。それに常信さんの口振りからは、草深い田舎の貧乏庵くらいの印象しか思い起こせなかったからね」

「するとその、常信和尚の同期生だか昔馴染みだかと云う人が、今美食家どもの唇を奪ってやまないと云う布施山人《ふせさんじん》だと」

「いや、布施山人はその人の父親の方なんじゃないかな。僕の聞いたところによると、布施山人と云う人は結構なご高齢だそうだし——」

薬石茶寮——それが根念寺の現在の呼称なのだそうだ。

茶寮——と云うからには寺ではない。料亭のようなものである。

しかし根念寺が廃寺になって、その跡地に料亭が建ったのかと云うと、それは少少違うようだった。薬石茶寮は根念寺の境内にあるのだそうで、つまり寺の施設なのだそうである。

僕には善《よ》く解らなかった。

ただ名前だけは聞いたことがあった。とは云え、聞いたことがあると云う程度で、知っていると云える程ではない。しかし関口辺りは詳しく知っているようだったし、帰ってから尋いてみると近藤も殊《こと》の外《ほか》善く知っていた。

薬石茶寮は普通では手に入らない高級な食材を超一流の料理人に思いきり贅沢《ぜいたく》に料理させ、とびきりの環境で優雅に食べさせてくれると云う、会員制の高級料亭——のようなものなのだそうである。勿論《もちろん》値段も目玉が飛び出る程高価《たか》いのだそうだ。僕等庶民が何十年働いても、先付《さきづけ》ひとつ食べられないだろうと近藤は云った。

三度の食事も満ち足りずに喘いでいる者がゴロゴロしていると云うこの時代に——また大変なところがあったものである。

どうやら、その昔北大路《きたおおじ》魯《ろ》山人《さんじん》が山王台《さんのうだい》に造ったと云う星岡《ほしがおか》茶寮《さりょう》にヒントを得たもののようだ——と、近藤は説明してくれた。

そちらの方も僕は勿論詳しくは知らなかったのだが、魯山人と云う変わった男のことと、星岡茶寮の原型となった美食倶楽部の名前くらいは取り敢えず耳にしていた。

大正の終わり頃にできた究極の食道楽組織である。

しかし星岡茶寮が食材の厳選や大胆な調理法、器や盛りつけの重視など、単に贅を尽くした食の追求にその凡《すべ》てを注ぎ込んでいたのに対し、この薬石茶寮はその名の通り——と云われても僕には解らなかったのだが——禅の心をその中心に置いたものなのだそうである。

中禅寺の説明に依れば、薬石とは禅寺で云う夕食のことなのだそうだ。

禅の修行に於て食事と云うのは大変重要な位置を占めているのだそうで、賄いに携わる典《てん》座《ぞ》と呼ばれる僧もそれは重要な役割として認識されているのだそうである。

慥《たし》かに精進料理だの懐石料理だの、寺に関わる料理は多い。

京都の普《ふ》茶《ちゃ》料理と云うのも万《まん》福《ぷく》寺《じ》が発祥だと云うことである。宗派は違うらしいが万福寺とて禅寺には違いない。禅寺と料理と云うのはそれ程かけ離れたものではないようである。

そもそも素材に対する考え方や調理法など和食料理の根幹は禅の食から来ているのだ——そうである。

そう云われても、寺で飯を喰っている情景となると、僕などは通夜くらいしか思い浮かばない。想像力が枯渇している。

しかし、近藤の話に依ると、薬石茶寮は抹香臭い精進料理ばかりを出す店ではない——ようだった。その辺の宗教的な解釈はどうなっているのか全く解らないのだけれど、魚も、時には獣肉さえも皿に載るのだと云う。

カツレツもあるビフテキもある昭和のご時世に、獣の肉は喰わぬなどと云う者も少ないのだろうが、こと僧侶聖職にある者に限って云うならば戒律を守っている者の方が多いのではないか——とは近藤の談である。それは僕もそう思う。隠れて黙って喰うような族《やから》はいるやもしれぬが、堂堂と寺の中で料理するとなると如何《いかが》なものかと思ってしまう。

その辺りのことは関口が一応説明してくれた。

薬石茶寮が出す料理と云うのは、一に懐石、二に薬膳、三に江戸料理なのだそうである。

懐石と云うのは、これはそのまま世間一般で云われている懐石料理のことなのだそうで、所謂《いわゆる》生臭モノは一切使わない。精進料理である。

薬膳と云うのは、生薬や漢方薬など、薬効のある食材を使った効能料理のことだそうで、そもそもは中国料理のようである。これは薬効があるものならば何でも使用するらしいが、肉料理魚料理と云う感じではないらしい。

問題は江戸料理である。

江戸料理とは果たして何かと云うと——これは江戸期に行われていた調理法を古文書などを頼りに復活させる試み——なのだそうである。そうした調理法を記した料理指南書の類《たぐい》は殊の外多く残っているらしいが、中には絶えてしまった技法も多く、薬石茶寮ではそれを忠実に復元して客に提供するのだと云うのである。そして——。

江戸初期、日本人は獣肉を善く喰っていたらしいのだ。

畜生の肉を喰らうのは毛唐だけ――と云うのはどうやら江戸も後半の常識だったらしい。そう云われてみれば、昔話にさえ狸汁《たぬきじる》が登場する。本当のところはどうなのか知らないけれど、猪鍋《ししなべ》やら鹿料理やら馬刺しやら、如何《いか》にも古くからありそうな獣肉料理は多い。

そう云う訳で――薬石茶寮は獣肉も出す――のだそうだ。

そんな禅寺があるだろうか。

勿論、そこ――根念寺は、今もまだ寺として残ってはいるのだが、殆《ほとん》ど機能はしておらず、宗旨的には無所属――どう呼ぶのが正しいのか僕は知らないのだけれど――なのだそうである。寺院同士の本末関係は完全に切れているらしい。つまり根念寺は、寺院ではあるけれども本山とは無関係の別の宗派の寺――と云う扱いになってしまったのだろう。それ故に、最近本山に復帰した常信和尚は知り得なかった訳である。

本末関係が解消されたのは戦後まもなくのことだと云う。

どうやらその頃からそうした高級食事会は隠密裡に催されていたらしい。茶寮自体ができたのは五年前、昭和二十三年のことだそうである。

それにしても昭和二十三年と云えば酷い時代だった筈だ。そんな時代に、善くそんなモノが創《つく》れたものだと、熟熟《つくづく》そう思う。僕なんかはもう、その日暮らしどころか餓死寸前だったのだ。それでも僕は復員してすぐに職にありつけたからまだ善かったが、近藤などは本当に栄養失調で死にかけた程だ。

貧乏人は今だって喰うや喰わずだし、金持ちはどんな時代だって腹一杯喰ってるよ——と、近藤はそう云った。その通りだろう。薬石茶寮の会員はそれはもう、日本でも指折りの名士達と——後は外国人なのだそうである。外国人絡みだからこそあんな時代にそんな贅沢なモノが創れたのだろうと——関口は云った。

亮沢は生きていると常信に告げた鎌倉の日本画家と云うのも、勿論その茶寮の会員だった訳である。大きな寺院の檀家総代を務めるだけあって中中の大物だったらしい。

そこに——居たのだ。

古井亮沢と名乗る男が——。

「まあ——そのお寺、根念寺ですか、それはそのまま残ってるんでしょ？　それに薬石茶寮だって禅と無関係じゃない。だったら、住職が道楽で始めたと考えるのが一番素直ですよ。薬石茶寮を創った布施山人と云う男は——古井亮沢本人か、その父親の古井亮順に違いないですよ。こりゃ悩むことはないでしょう」

「常信さんは悩んでいる訳じゃないよ。そこが料理屋になっていようが旅館になっていようがそれは関係ない。要は亮沢さんがさ」

死んでいるのか。

生きているのか。

そう云うことだろう。

生きていたなら何故亮沢の父親は嘘を吐いたのか。死んでいたなら——茶寮にいた男は誰なのか。

中禅寺さんは何と云っているんです——と益田は尋いた。

「おいおい益田君。君は、あいつがこの段階で結論を披瀝《ひれき》すると思うのかい？」

「思いませんよ。僕ァ別に、結論を尋いてる訳じゃないっすよ。何と云っていたかと尋いているんです。あ、関口さん忘れちゃったんでしょ。いいですよ。もう一人尋く人がいますから——」

益田は僕を見た。

「え？　僕ですか？　僕はその——」

亮沢さんは亡くなっていると思う——。

殺害された——と考えるのが妥当かな——。

中禅寺は常信達が帰った後、再び瞭然《はっきり》とそう云ったのだ。

中禅寺は既に結論を出しているのである。

しかしそれに就いて僕と関口は取り敢えず口止めをされているのだ。それは勿論、根拠を欠いた結論だからなのだろう。何故なら中禅寺は続けて、こう云ったからである。

その根拠を——榎木津に見つけて貰うと云うことになるだろうな——。

——どう云うことだ？

慥《たし》かに常信は榎木津に探偵を依頼しようとしていたようだった。勿論、古井亮沢の生死を確認して欲しいと云う依頼である。

しかし。

この場合榎木津に何ができると云うのだろう。榎木津の、他人の記憶を視《み》ると云う能力が本物だったとして、それが今回のケエスに有効な能力だとは思えない。榎木津が真実何かが視える男だったとしても、いったい誰の何を視ればいいと云うのだろう。それで得られる結論は——既に導き出されているのではないのか？

それとも。

中禅寺の導き出した結論が正しいかどうか、榎木津の幻視に判断を委《ゆだ》ねようとでも云うのだろうか。そんなものが何の証拠能力も持ち得ないと云うことくらい、中禅寺辺りは誰よりも善く知っているだろうに。

僕がもごもごと誤魔化しているうちに、それより榎さんはいったいどうしたんだね——と関口が尋いてくれた。一応助け船のつもりだったのだろうが、少し遅いと思った。

「ああ」

益田は薄い唇を横に広げて、にッ、と笑った。

「榎木津さんはですね——蝟《はりねずみ》捜しです」

「ハリネズミ？」

う。

「違うよ益田君——」

いきなりお勝手から安和寅吉が顔を出した。

さっきまで珈琲《コーヒー》の豆を挽《ひ》いている音が聞こえていたから、多分珈琲を淹《い》れていたのだろ

寅吉はこの薔薇十字探偵社の給仕兼秘書である。ただ、本人は兼任ではなくただの秘書だと認識しているらしい。

何が違うんですか和寅さんと益田が応えた。

和寅と云うのは寅吉の愛称である。姓名を詰めたものだろうと思われる。

因《ちな》みに益田は、この事務所内では馬鹿オロカ、或《あるい》はカマオロカと云う屈辱的な呼称で呼ばれている。関口はセキ、またはサルなのだそうで、僕に到っては本名は疎《おろ》か、一度として同じ名前で呼ばれたことがない。

和寅は盆に珈琲カップを四つ載せて応接の方に歩み寄り乍《なが》ら、

「蛸じゃない山嵐《やまあらし》だ。君は動物学の知識がないな」

と云った。

「同じじゃないんですか？」

「違うよ。全然違う」

和寅はそこでくくッと鼻で笑って、違いますよねえ小説家の先生、と云った。

「蝟ってのは名前の通り針のある鼠で、山嵐ってのが猪《いのしし》の小さい奴じゃないですかい。ねえ、そうでしょ」

イノシシィ——益田が頓狂《とんきょう》な声を上げた。

「猪って、そんな馬鹿な。猪はありゃ豚の親類でしょうに。本当ですか関口さん？」

「いや——山嵐は慥《たし》かに豪猪と表記するよ。でもそりゃ形が似てるからそう書くだけで、あれは齧歯類《げっしるい》だよ。ヤマアラシ科とキノボリヤマアラシ科の二種類だね。蝟の方は——ありゃ食虫目ハリネズミ亜科だったと思うよ」

「じゃあ鼠は？」

「鼠は齧歯目ネズミ亜目だから、どちらかと云うと山嵐の方に近いかな。猪は偶蹄《ぐうてい》目だから、それこそ全然違うよ」

一応物知りなのだ。僕は少し関口を見直した。

益田はホラ全然違うと偉そうに云ったが、和寅も違うんじゃないかと憎憎しく云った。

二人とも間違っているのだからどちらも威張ることはできないと思うが。和寅は珈琲を配り乍《なが》ら、でもハリネズミはネズミなんだからネズミだよなあ、などとブツブツ云って、やがて益田の隣のソファに落ち着いた。

「兎《と》に角《かく》——うちの先生が捜してるのは山嵐であって蝟じゃない。そんなことも解らんで善く探偵助手が勤まるな君は」

「そんなの同じようなもんですよ。ウシガエルとイボガエルくらいの差じゃないですか」

もう少し違うと思うがなあ、と関口は拘泥《こだわ》った。

それこそどうでもいいことのように思うが。

「まあその山嵐をですね、捜しに行きましたよあの人は。笑っちゃうじゃないですか、榎木津礼二郎山嵐を捜す。わははははは間抜けですよ間抜け」

益田は嘲笑した。本当に部下なのだろうか。笑いに明確な悪意が籠っている。

「何でまた山嵐なんだ？」

それがですね——益田は前髪を掻き上げた。

「——聞いてるでしょ。この間、ほら、亀。亀捜したじゃないですか」

「ああ——」

それは、僕の記憶にも新しい。例の瓶長事件の時のことである。榎木津の父親——榎木津元子爵が可愛がっていた亀が行方不明になり、息子である榎木津がその捜索を依頼されたのである。

「——慥《たし》か千姫でしたか？」

そう千姫千姫と益田はまたひと頻《しき》り笑った。

「あれが見つかったのが悪かった」

「悪かったとはどう云う？」

「ははは。それがですね、あんな銭亀、あれ、こんなちっちゃい亀ですよ。それをですね、家の中で捜すなら兎も角、あれは屋外だったでしょ。しかも見失ったのは人の出入りの多い、あんな変なところじゃないですか。それを僕等は見つけちゃった。それでお父上は大層喜んだんですよ。ね、和寅さん」

「そう。祝賀会を開いたと云う話でしたな」

「そうそう。千姫帰還パーティですよ。それで、流石《さすが》は我が榎木津探偵のお父上ですね。それを各界の著名人に吹聴したんです」

「吹聴?」

各界——と云う辺りが空恐ろしい。誰に云ったのだろう。

「まあ財界の大物には知れ渡りですよ。それでなくても我が薔薇十字探偵社の顧客は柴田財閥や羽田製鐵《はたせいてつ》と云った超大物ばかりですからね。それにこの間の——由良《ゆら》伯爵家の事件がありましたでしょ」

僕の知らない事件ばかりだ。

榎木津と云う男は、もしや結構活躍しているのだろうか。

「んな訳で——話が伝わるのは速かったんですね。しかも拗《ね》じ曲がって伝達しまして」

そう云えば昨日中禅寺が勘違いがあってドタバタだとか云っていたように思う。

「どう曲がったのです」

僕がそう尋くと、探偵助手は再びたっぷりと悪意を籠めて笑った。

「大笑いです。ドーブツ専門。わははは。我が薔薇十字探偵社は、迷い動物専門の探偵と勘違いされた節《ふし》がありまして」

「迷い動物って——迷い猫とか迷い犬とかかい？」

関口は鼻から抜けたような声を出して、それから僕の方を見た。

「あの榎木津が？」

眉が下がっている。その気持ちは解る。

どう云う訳か榎木津は、その中味に似《そぐ》わず人一倍見栄えのする長身の美男子である。そのうえ大抵威張っている。その傍若無人の美男が、長い躰《からだ》を折り曲げて猫やら犬を捜している情景は——滑稽以外の何ものでもないだろう。

大笑いである。

「それは愉快なことだなあ」

「愉快？　爆笑ですよ。大笑いです。しかもですよ、依頼して来るのはどなたもかなり偉い人ですよ。お蔭様でこの和寅さんは、相当お偉いさんの依頼をですね、軒並み断らなくちゃいけなくなった」

散散《さんざん》ですよう——と、和寅は珈琲を啜《すす》り乍《なが》ら云った。

「それが——山嵐で？」

そんなけったいなモノを飼っている偉い人がいるのだろうか。

いるんですよ物好きはと益田は云った。

「南方趣味と云うんですか？　庭に棕櫚《しゅろ》だの蘇鉄《そてつ》だの植えてジャングルみたいにするの、戦前の金持ちの間に流行《はや》ったでしょう。ありゃ当時の政府の植民地政策の一環だったような話も聞きますが、まあその延長で、博物学に興味持ったりする——まあ好事家《こうずか》の金持ちってのはいたようでしてね。榎木津元子爵もその口ですよ」

そう云う話は前回も聞いた。

「榎木津さんのお父上って人は、聞けば虫が好きで、そりゃあ好きで、それが高じて南方に渡りましてね、その結果財をなしたと云う傑物でしてね、今でも自転車乗って蟋《こおろぎ》なんか採りに行くらしいですから本物ですよ——」

「その、元、子爵様——なんですよね？」

しかも財閥の長、と益田は調子良く云った。

僕は財閥の長である元子爵様が自転車に乗っている姿を想像することができないし、昆虫採集している姿なんか余計に想像できない。そもそも旧華族と云うのがどんな服装をしているのかが判らない。そんな人でも虫採りの際は虫採り網を持ち虫籠を提げて、麦藁帽子でも被るのだろうか。

そう云うご仁は他にもいらっしゃる訳ですねえと益田は何故か残念そうに云った。

「これがまたひとりや二人じゃない。そう云う元華族やら財界の一部の同好の士が集まってですね、博物倶楽部と云うのを作っているんだそうですよ。そのメンバーってのは、まあ鰐《わに》やら蛇やら飼っている。その中の一人ですよ」

「山嵐を飼っていたんですか？」

僕は、実を云うとその動物の姿形を善く覚えていない。

知らない訳ではないが、接接《まじまじ》と見たことなどないし、慥《たし》かに蝟《はりねずみ》と明確な差異はない。脳裏に浮かぶのは刺《とげ》だか針だかが全身に植わっているような実に曖昧な姿で、善く考えてみるとそれではまるで妖怪である。

しかし山嵐自体はかなり古くから日本に住んでいたんだそうだよ——と関口は云った。

「こりゃ京極堂からの受け売りなんだが、『和漢三才圖會《わかんさんさいずえ》』なんかにもちゃんと出ているのだそうだ。三才図会の注釈には、これは外国から来たもので、毛が珍しいから観賞用に飼っているのだ——と記されているそうだね。昔から飼っていたのだな」

「そうなんですか？　ま、そうなんだとしても、今飼っている人間は少ないですよね」

少ないだろうねと関口は云った。

僕もそう思う。

「飼っていたのは藤堂公丸《とうどうきみまる》さんと云う元貴族院議員のお爺さんですよ。知ってますか？」

僕は知らなかった。

関口は何も答えなかったが、きっと知らないのだろう。

「こりゃ元伯爵ですよ。この人は物持ちでして、ヤレ家康縁《ゆかり》の香炉だとかソレ利休の花入《はないれ》だとか、歌麿《うたまろ》の浮世絵だとか一休さんの墨跡だとか、書画骨董を鬼のように持っていた。これが、この間ごっそり盗まれたんです」

「盗まれた？」

「泥棒ですよ。泥棒。白浪《しらなみ》五人男の日本駄右衛門《にっぽんだえもん》みたいな奴です。蔵全部やられたんだそうですが、被害総額は天文学的な数字だそうで──」

それは──新聞で読んだ気がする。

「慥《たし》か──大きなお寺だとか旧家に忍び込んでは美術品を専門に荒らし回る破蔵師《はぞうし》集団の仕業ではないかとか──」

そうそう善く知ってますねと益田は感心した。

「関東を中心にして荒稼ぎしている美術品の窃盗団が存在するようですね。ほら、戦後のどさくさで美術品も蜂の頭もなくなっちゃったでしょ。管理とか保護とか云ってる余裕なんかなかったですからね。背に腹は替えられずに売り捌《さば》いちゃう族《やから》もいたし、かなり高価な品が泥棒市に並んだりした。古い仏像より目の前の芋の方が価値が上がっちゃった訳でしょ。でも──そう云う時代は一過性のものだと見越した連中がいたんですよ」

「やがて値が張るようになると？」

「そうそう。そう思って掻き集めたんですね。非合法に。寺宝やら本尊やら秘仏やら。旧家の蔵なんかには、今じゃ高価な浮世絵なんかが、まるで古新聞並の扱いにされてたりしますからね。それで味を占めたんだと思いますが――」

ボロい訳だな――関口が羨ましそうに云った。

「そんなにボロくないですよ。書画骨董は、盗んでも捌くのが大変なんですよ。自分で持って喜んでるだけならいいけど、売らにゃ金にはなりません。でも、売るったってこの間の茶道具屋みたいなのに売ると足がつくでしょう」

「つきますか」

「つきますよ。バレバレですよ。まだ宝石の方が楽ですよ。宝石は加工できるでしょ。石だけはずすとか。それに闇ブローカーもいますからね。でも美術品の場合はまんま持ち主が変わる訳で、正規のルートで買っても盗品だったらこりゃ拙《まず》いと云うことになる。出所っての は突き詰めれば判っちゃうんですよ」

「他人に見せなきゃいいだろ」

「そうは行きませんよ」

益田はそこで珈琲を飲み干した。

そして、それまでソファの後ろに置いておいたらしい馬用の鞭《むち》を手に取って、自分の膝をぱちんと叩いた。

「何だそれは」

「これは護身用の鞭です。先日大磯で手に入れましてね。気に入ってるんですが——ま、これはどうでも良いんですが。いいですか。泥棒は盗品を古物商なりに売って現金化する訳でしょ。で、買ったブローカーがまた誰かに売る訳ですよ。売り値は買取額に上乗せする訳だから、物凄い高価になる訳です。そんな値段で買うンですからね、そんなの買う連中ってのは、概《おおむ》ね自慢したくて買う訳だし、手に入れたら黙ってませんね。だからすぐバレる。海外にでも持ち出して処分しない限りは、中中難しいですよ。ですから——もしかしたら海外に流出させるシンジケートでもあるのかなあ」

益田は元警察官なのである。

そうしたことには詳しいのだろう。

「で——まあ、そうした難点はあるものの、この泥棒は手口だけはそこそこ巧妙だったようで、藤堂さんは全く気がつかなかったようですね。朝になって蔵を開けて、それで吃驚《びっくり》ですよ。ところがですよ。この泥棒さん、何を血迷ったか——」

益田は鞭でぺん、とソファを叩いた。

まるで講釈師である。

「——書画骨董と一緒に、藤堂さんが飼っていた山嵐まで盗んで行ったと——こう云う訳なんですよ」

「山嵐ねえ」

何で——そんなモノを盗むのだ？

「ナマ物——と云うか生物を盗む泥棒なんているんですか？」

僕が問うと、益田はいたんですから仕様がないと云った。

「ほら、牛泥棒とか鶏泥棒とかそう云うのはいるでしょ。生き物だって盗まれますよ」

それは家畜だと関口が云った。

「山嵐は家畜じゃないじゃないか」

「家畜じゃなくて家族なんですよ。藤堂さん曰《いわ》く、我楽多《がらくた》は金に替えられるが、あのトゲヲちゃんだけは何物にも替えがたいと——」

「トゲヲちゃん？」

「名前ですよ名前」

「元貴族院議員がトゲヲちゃん？」

「ちゃんはつけてなかったですが、溺愛《できあい》してたようですね。もう猫ッ可愛がりですよ山嵐。榎木津さん曰く、頭の中がトゲだらけだ、禿《はげ》だかトゲだかはっきりしろ——と。禿げてるんです藤堂さん」

禿だろうが白髪だろうがそんなことはどうでもいいんだよと関口は云った。

「で、榎木津はその山嵐を捜しに行ったのかい？」

「行ったんですよう」

和寅はそう云って、また鼻で笑った。

関口は疎らに濃い眉をぐにゃりと曲げた。

「はあ——どう云う風の吹き回しだろう。あの帝王学を修めた傍若無人の探偵が御自ら小動物を捜しに行ったと云うのか？　で、下僕たる君達二人は事務所で優雅に珈琲を飲んでいる訳か？」

「関口さんに云われたかァないっすねェ——」

益田は鞭を撓《たわ》ませてそう云った。

「——でもまあそう云うことです」

「父上の圧力か？」

「いや、こりゃ——実を云うとお父上の筋じゃないんです。あのオカマ事件の時の篠村《しのむら》代議士からの筋なんですよ」

「ああ——」

僕の関わった事件である。

「榎木津はその人に義理でもあるのかい？」

関口が尋いた。

関口はその件には関わっていない。

義理なんかありませんよと益田は云った。

「――あの人が義理を重んじるような人間だと思いますか？　自分は誰よりも偉いと思ってる人間が他人に恩義を感じる訳ないっすよ。奉仕されるのは当然のことですからね。義理なんか感じる訳がない。感謝はされるもの、お礼は云われるものと、そう思ってる。あの人はですね、山嵐が見たいんですよ」

「見たい？」

そこで益田は立ち上がり、鞭を振るって榎木津の物真似をした。

「おお何という間抜けなケモノ！　ヤマアラシと云うのはトゲがあるんだな！　トゲが尖っていてすごく見たいじゃないかッ――と、まあこんな具合で」

関口は溜め息を吐いた。

「馬鹿だな」

「馬鹿です」

「で、珍しく捜査に出たのか。無謀だなあ。榎木津は捜査を毛嫌いしていたじゃないか。警官を軽蔑していただろ。普段なら君達下僕にさっさと捜して来いと怒鳴って終わりじゃあないのか？」

「ところが関口さん。本件にうってつけの下僕がおりましてね」

「何だ。従者がついているのか。誰だね？」

「河原崎《かわらざき》と云う警官です。ほら、この間の伊豆の事件で——ああ、関口さんは知りませんよね。その一件は触れられたくない？」

「ほっといてくれ」

関口はむくれた。相当酷い目に遭ったのだろう。

益田はその様子を加虐的な視線で眺めてケケケと笑い乍《なが》ら、鞭を振った。

「これがまた物好きな警官で、青木《あおき》君と一緒に暴走して査問会議にかけられてですね、目黒署の捜査二係から八王子の稲荷坂《いなりざか》派出所勤務に降格転任です。これが榎木津さんのシンパでしてね」

「しかし現職の警官がどうやって探偵の従者なんかを務めるんだ」

「ですから。藤堂さんのお屋敷は八王子にあるんですよ。美術品盗難事件は彼の管轄内で発生した事件なんですよ」

「そうなのか——」

僕が思っていたよりも、榎木津の下僕達は遥かに広範囲に亘って存在しているようである。

「——しかし、そりゃ職権濫用なんじゃないのか。どう見たって警察官服務規程に違反する行為だろうに」

浪花節《なにわぶし》な男なんです河原崎君は——と益田は云った。

「何度か一緒に飲みましたけどね。まるで講談に出て来る勤皇の志士みたいな男でして。榎木津心酔度が異様に高い。正義のためなら職務は二の次」

近藤と話が合いそうな男である。

何が正義だと関口は困ったように云って、それから僕の方を情けない視線で見た。

「じゃあ——榎木津は当分動かせないなあ。どうします？」

「どうしますと云われても——」

僕にはどうしようもない。

それに責任も——ないと思う。

僕が当たってみましょうか——と、益田が云った。

「常信さんは探偵料支払ってくれるんですよね？　なら料金分、薬石茶寮に就いて調べてみますけど——それともお二人で調べます？」

それは——御免だ。

4

いったいどう云う風に理解すればいいのか僕には解らなかった。

ただ、作為的な物体であると云うことだけは善く解った。自然物ではない。明らかに人造物である。しかし塵芥《ごみ》や我楽多《がらくた》ではない。壊れてもいないし、汚れてもいない。ただ、役には立たない。使い道のない道具のようなものである。道具と云うより家具だろうか。

でかい。

でかいから、更に無用感が増して感じられる。

その上、金属である。重そうだ。

使い道は全くない。

無用だ。

洒落《しやれ》た言葉は善く知らないけれど、モニュメントとかオブジェとか云うものなのだろう。

壊れた武器や金属片などが縦横無尽に溶接されていて、武骨な形に組み上げてある。

十個以上はあるだろうか。

それが——柵の周りに点点と並んでいる。

柵で囲まれた敷地内には生《い》け簀《す》のようなものがあり、数名の遣る気のない中年男性が釣り糸を垂れている。

釣り堀——なのだろう。

誰が吹き鳴らすものか、先程から笛の音律《しらべ》が聞こえている。

音色は和風だが、旋律はジャズ風である。何と云う曲かは判らない。哀切なようで、それでいてどこか飄飄《ひょうひょう》とした演奏である。

僕は、まるで石のように微動だにしない釣り人を眺《なが》め乍ら、ただぼうと突っ立っている。

関口と榎木津の事務所を訪れてから、丁度一週間後の日曜日である。

笛の音が突然止んだ。

やがて——囲いの中の粗末な小屋から、奇妙な風体の男が現れた。

細面に切れ長の眼。短く刈り込んで蝟《はりねずみ》のように立たせた髪の毛。口髭。無国籍な意匠《デザイン》の襯衣《シャツ》を着て緩《ゆる》めのズボンを穿《は》いている。

身長は結構高いが、猫背なので大きくは感じられない。かなり小柄な関口と並んでいても、それ程差があるようには見えない。威圧感のない男なのだ。

——まるで枯れ枝のような男だ。

僕の印象はまさにその一語に尽きた。

男は、関口に導かれるようにしてひょこひょこと僕の方に近寄って来た。

「ああ、お待たせしました」

関口は生真面目そうに、しかし不明瞭な発音でそう云った。

どうもどこか投げ遣りなのだが、その癖必死そうにも見える。不思議な男だと思う。

要領の悪いのを正当化しようと云う気持ちと、申し訳なく思う気持ちが綯《な》い交《ま》ぜになっているのかもしれない。関口は男を僕に紹介した。

「ええと、伊佐間《いさま》君です」

「どうも伊佐間です」

そう云われても善く解らない訳で、つまりここはただ挨拶するよりない。だから僕は何の工夫もなくどうも——と挨拶をした。外から見ている分には関口と変わりないだろう。場が保《も》たない。関口はそれを察してもごもごと説明を始めた。

「伊佐間君は——榎木津の軍隊時代の部下で、この釣り堀の管理人をしている人なんですけど——その」

「管理人と云うか——釣り堀の親爺ね」

朴訥《ぼくとつ》な男である。

僕は伊佐間越しに釣り堀の様子を窺った。

客はまるで動かない。しかして眠っている訳でもない。

果たしてこの遊戯のどこが面白いのか、僕には全く解らなかった。

釣り堀自体は半端に小さい。もう一回り大きくてもいいと思う。

「ここね、実は生け簀だったですよ」

伊佐間は云った。

「あっちに旅館があるでしょ。あれ実家。あそこ、元割烹《かっぽう》旅館だったんだけど、これはそこの生け簀だったんですよ」

「はあ――」

小さい筈である。しかしこんな場所で商売になるのだろうか。

「うん――」

伊佐間は何か察したらしい。

「――うちは代代旅籠《はたご》だったのですよ。私の曾祖父《ひいじい》さんが食通で、道楽の挙げ句に料理に凝って、それで無理矢理割烹旅館にしちゃって、一寸《ちょっと》は繁盛したけど戦禍で焼けて、なァんにもなくなっちゃって、生け簀だけ残っちゃったですよ」

それがこれ――と伊佐間は云った。

「この柵の周りの作品は全部伊佐間君が作ったものですよ」

関口が何故か自慢気に云った。

作品――だったのだ。

「どうする？」

伊佐間が尋いた。

「旅館の方で休む？　益田君が来るんでしょ？」

そう——僕と関口は益田の調査報告をここ——町田町で受けることになったのである。

薬石茶寮のある南村は隣村である。

僕はここでいいけれど、君は——と、関口が尋ねて来た。それ程寒くもないし、ここでいいと答えると、伊佐間はじゃあ小屋に行きましょうと云った。

伊佐間が後ろを通り過ぎても、釣り人達は動く様子がない。釣り堀の客の項《うなじ》を眺《なが》め乍ら、僕達は監視小屋まで進んだ。

「今日は——混んでるの」

「これで」

「そう」

実に短い会話だ。

小屋は狭かった。

釣具や餌などを売っているようだが、値段も何も出ていない。硝子戸を開けると伊佐間がいつも座っているのだろう、毛糸の座布団が載っかった椅子が一脚、土間にぽつんと置いてある。三畳程の座敷があることはあるが、様様な釣具や箱などで半分は埋まっている。

椅子の横には台のようなものが置いてあり、その上には何種類もの笛が載せてある。

先程の演奏は、この小屋の番人自身によるものだったらしい。

伊佐間は妙ににこにこし乍《なが》ら椅子に収まった。

思うにこの男、雨が降ろうが風が吹こうがここに嵌《はま》って、日がな一日笛を吹き鳴らし乍ら動かない客を眺めているのだろう。

客がいない日は――。

――溶接か。

作品とやらを作っているに違いない。

案山子《かかし》のように動かない客が三人。それで混んでいると云うのだから、お世辞にも流行《はや》っているとは云い難い。でも――これはこれで――幸福なのかもしれないなと僕は思った。

関口は半ば呆《ほう》けたような顔で上り框《かまち》に腰をおろして、伊佐間君も大変だなあ――と云った。この状況で何が大変なのだろう。さっぱり解らない。

しかし伊佐間は詠《うた》うような調子で、

「うん」

と云った。

「それより関君、今日は何？　また何か巻き込まれた」

まあね――と関口は善く解らない返事をした。

「そっちのあなたも？」

巻き込まれたのか――と尋きたいのだろう。

巻き込まれたのか首を突っ込んだのか微妙なところである。

ええ、まあ、と答えた。

結局同じなのだ。

と云うか、受け答え自体関口と大差ない。

「今日はまた何でここに？」

「ああ」

どうも会話が間怠《まだる》っこしい。

しかし僕が加わっても大差はない。惚《ぼ》けばかりで突っ込みがいない。

この近くの高級料亭の調査でね――と関口は答えた。

精精その程度の説明しかできないだろう。高級料亭と云うか――寺なのだが、そこに行き着くまでの事情を話せば長くなる。

「それって薬石？」

伊佐間が尋いた。

限りなく言葉が短い男である。薬石茶寮の茶寮を省《はぶ》いているのだとしたら慥《たし》かにご明察なのだが、そんな短い名称まで省くことはないと思う。

「知ってる？」

「善く」

「善く知ってるんですか？」

思わず尋いてしまった。じれったくなったのだ。

「うん――ここを使ってるし」

「使ってるって――どう云うことです？　真逆《まさか》、薬石茶寮と取り引きがあると云うことですか？　この生け簀――釣り堀と？」

「そう」

どうも気が抜ける。

「ここの魚を仕入れるんですか？」

ちゃうちゃうと伊佐間は手を振った。

「養殖モノは使わないみたい。それに、うちの魚は瀕死《ひんし》だし」

「瀕死――ですか？」

死んじゃいないけど活きは悪いのと、釣り堀の親爺は自《おの》が釣り堀の魚を愚弄した。

「――活きのいい魚と云うのは皆死んでるのにね」

云われてみればその通りで、店頭に並んでいる魚は皆死んでいる訳だが――伊佐間が云うと何だか妙な具合に聞こえる。

「あそこ——全国各地から新鮮な食材取り寄せてるでしょ。夜行の貨物とかトラックとかに生け簀積んで、そん中に獲れたての魚を生きたまま入れて運んで来るのね。何でも運搬中ずっと人がついてて、とっ替えひっ替え、寝ずの番で水取り替えて来るんだそうで——」

「それで——ここに？」

僕は狭い堀の水面を見た。水は綺麗そうである。

掃除だけは好きなのだろうか。小屋の中も雑然としてはいるが、汚れてはいない。

でも釣り人達は相変わらず硬直していた。

「この生け簀——釣り堀に入れるんですか？」

「そう。場合によっては早く着いちゃう時とか、お客さんの到着が遅れちゃう時とかあるみたいで。そン時は暫《しばら》くここに入れておく。ここは、これでもこの近辺では一番でかい生け簀だったから、重宝されてるんですわ。一回幾価《いくら》と手間賃くれるですよ。海のお魚は無理だけど、鮎とかね」

「鮎ですか」

「天然モノは元気いいよ。ぴっちぴち」

丹波《たんば》の方からとか持って来るから——やけにのんびりとそう云って、伊佐間は切れ長の眼を細めた。

「——美味《おい》しい」

「た、食べたんですか？」

「余ったらくれるし。釣り堀に鮎は変だから食べます。長く飼ってると養殖の味になっちゃうし——ああ、偶《たま》に鼈《すっぽん》とか持って来ることもある。鼈は結構長く預かってます。檻みたいのに入れて沈めとくのね。あそこ、金払いは良いよ。余程高級な客が来てるんじゃない？　羽振りは矢鱈《やたら》といいみたい」

「その——そうしたおつき合いはいつ頃から？」

「うん」

考えているようだった。

「そうね。ここを釣り堀にするかしないかの頃からかな。忘れたけど。その頃できたんでしょあそこ」

それまではお寺だったんですと関口が云った。

「寺？　ああ、寺だねえ。寺で魚出すの？」

こっちが尋きたい。

「そこの責任者のような人は来るんですか？」

「責任者って——板前とかなら善く」

「板前ですか——」

亮沢と名乗る男は来ないものか——とも思ったのだが、そう都合良くことは運ぶまい。

伊佐間は素《す》ッ恍惚《とぼ》けた顔で、

「あそこはですね、料理人も食材と同じように一流の名人を運んで来るみたい。料理に合わせて料亭とか割烹料理屋とか、色ンなところから招請するんじゃないかな。客分らしい偉そうな料理人とかが、偶《たま》にネタの具合見に来るから」

ははあ——僕はただ感心したのだが、関口は何か考えついたようだった。

「それは突然に来るのかな」

「うん？」

「それとも事前に依頼があるのかな」

「うん。先《ま》ず料理長から連絡があって——お使いの人が来るんだけど、で、運搬係が到着した段階で、仕入れの責任者が来るね」

「責任者って——布施山人？」

「それは総支配人みたいな人でしょ。オーナーなのかな。いずれにしてもそれは相当の年寄りだよ。その人は来ない。慥《たし》か、人前に一切出ないんだと聞いてるよ。会員が食事をする前だか後だかに一度挨拶だかお祈りだかをするだけで、後はずっと庵《いおり》に籠ってるらしいよ。何してるのか知らないけど。だから会員の人しか顔知らないんだって——」

ああ、坊さんなんだったら籠って修行してるのかな——と、伊佐間は気がついたように云った。

「捌《さば》いた魚の供養してるとかね。魚に戒名つけてたりして」

生臭い癖に信心深いってのは変だねと釣り堀屋は云って、勝手に納得した。

「その――連絡をして来る料理長と云うのは？」

「うん？　賄《まかな》い方の責任者は、慥《たし》か――古井さんと云う人で、この人も人前に出ないようだよ」

「古井？　古井何です」

僕が質《ただ》すと伊佐間は、さあ――と首を傾げた。

「下の名前は知らない。でも、その人も――そう、五十くらいの人だと思うけどね」

常信の年齢から考えて、その五十くらいの賄い方責任者――料理長が古井亮沢なのだ、と考えた方が良さそうである。そうすると矢張り布施山人は亮沢の父親の亮順――と云うことになるのだろうか。

しかし、父子揃って人前に出ないと云うのも妙な話ではある。

「ここに来ンのは仕入れの責任者で古井さんの片腕の――椛島《かばしま》さんとか云う人。結構怖い顔のおじさんで――四十五六かなあ」

「椛島ですか――」

知ったところでどうと云うことはない。

関口が大きな溜め息を吐いた。

関口はどうも最近小説が書けないらしい。

事情は知らないが、関口は夏前にかなり酷い目に遭って、それ以来筆が止まってしまったのだそうである。スランプ——と云うことだろう。しかし他の者に云わせれば、関口は万年スランプなのであり、結局その一件を書けない理由にして怠けているだけだ——と云うのが真相だそうである。

それに就いては本人も自覚があるようだった。

どんな目に遭ったとしてもそれ程現実感がないんですよ——。

関口は、そう僕に云った。

それは関口が幾度となく非現実的な災難に見舞われていると云う意味か。それとも関口の日常から現実感が抜け落ちてしまったと云う意味なのか。僕には判別がつかなかった。

関口はこうも云った。

生きていると実感できるのは、寧《むし》ろ苦しんだり悔やんだりしている時で——。

何も考えなければ生きていても死んでいてもそんなに変わりはないと思うし——。

それは、昔からそうなんですよ——。

そして関口は、更に自嘲気味にこう云ったのである。

だから、何かに巻き込まれたりして右往左往している時が一番安心だと——。

そう思うこともありますよ——。

自分の意志とは無関係に行動することになりますし——。

要するに責任を取りたくないと云うことなんでしょうね——。

つまりそれが、世間の彼への悪罵雑言に対する、彼なりの云い訳なのである。殆《ほとん》ど認めていると云うか、開き直っていると云うか、それでもその言葉は何となく人ごとではなかった。

僕は、倦《う》み疲れた小説家の横顔を眺める。

いい加減に剃った髭が疎《まば》らに残っている。

ちゃぽん、と水音がした。

「釣れた」

伊佐間はそう云った。

その時、硝子戸越しに、釣り堀の門を抜けて小走りに近寄って来る、見覚えのある男の姿が視野に入った。

「あ。益田さん——」

それは益田龍一だった。

益田は神妙な顔で釣り人の間を抜けて小屋の前まで来ると、前髪を揺らして威勢良く硝子戸を開けた。

「どうも。いいですか？　入ります」

元気そう——と伊佐間は云った。

「お蔭様で。ああ——何だか覇気のない取り合わせですねえ。辛気臭いなあ。通夜みたいじゃないですか。過疎の村の寄り合いとか」

「どうでもいいから何か判ったのなら早く報告したまえよ。僕達はここに無報酬で来ているんだからね」

関口が不服そうに云う。不服そうなのだが、どうも語尾が気弱だ。

好きで来てるってことじゃないですかと益田は云って、後ろ手で硝子戸を閉めた。

「別に直接常信和尚に報告したっていいんですよ。僕としては」

益田は意地悪そうに笑う。

矢張り少少加虐的《サディスティック》な笑みである。君は京極堂にも似て来たような気がするなあと関口は云った。

「まあそう焦らないでくださいよ。草餅を買って来ました。喰ってください。ええと——」

益田は紙の包みを伊佐間に渡した。伊佐間はがさがさとそれを開けて、餅——とひと言云ってから抓《つま》んで僕と関口にくれた。

「だから餅だって云ってるじゃないですか。早く喰わないと固くなりますよ。ええと、面白いことが幾つか判りました。まず——戸籍上、古井亮沢は生きています」

「そうか」

「戦死したと云う記録はないですね。慥《たし》かに徴兵はされてまして、南方戦線に送られてはいるようなんですけど、二十二年の暮れにちゃんと復員しています。親父の亮順もまだ健在ですね。死亡届が出された形跡はないです」

「つまり常信さんが電話した際に、父親である亮順が息子の生死に関する虚偽の申告をしていることはほぼ確実——と云うことだね」

その通り——と益田は云った。

「これは怪しいですよ。これがですね、亮沢さんが花も羞《はじ》らう乙女で、常信さんがそれを虎視眈眈と狙うやくざな若者——とか云うのなら、かかって来た電話を父親が受けて、嘘吐いて取次がないと云うようなこともあるかもしれませんがね。五十の坊さんが五十の坊さんに電話してですよ、七十の父親が電話口に出てですよ、嘘まで吐いて取次がないってのは、こりゃ不気味ですよ。異常です。しかも云うに事欠いて死んだとか云いますか？」

「うん」

伊佐間が同意した。

「不気味でしょ？　で、当然僕は薬石茶寮を調べてみた」

「調べたって——行ったのか君は」

行きましたとも——と益田は胸を張った。一人だけ立っているから、まるで漫談家の公演会のようである。

「行ったからこそ、ここで待ち合わせすることにしたんじゃないですか。理由がなくちゃ僕だってこんなとこまで来ませんし、こんなとこまでお二人を喚《よ》びゃしませんよ」

「こんなとこ?」

「失礼。こんな良いところ。住所は違いますけどね、近いんすよ、ここと根念寺は。裏道通れば十二三分です。あの丘越えれば裏門ですからね。丘を越えて行こう、と云う奴です」

「幾ら近いと云ったって——直接行ってどうするんだね」

「僕は直撃が芸風なんですよ。刑事だった頃は色色としがらみがあったもんで、中中どうして好き勝手にゃできませんでしたけどね。今は探偵ですから気楽なもんです。軽挙妄動、当たって砕けろが僕の信条です」

困ったもんだなあと関口は云った。

「榎木津の悪影響だな」

「仰《おっしゃ》る通り。考えなし」

「で——どうなったんだ。当たって砕けたのか」

玉砕ですと益田は云った。

「雑誌記者を装いましてね、豪華な料理の取材を申し込んだんですけどね。あそこのガードは鉄壁ですよ。典座《てんぞ》の亮沢さんは——ああ禅寺風の呼び方してるんですよ。つまり板長、料理長ですな。この人は会員以外、人前には絶対に姿を現さない。で、厨房も見せない」

「台所も？」

「そう。料理人は裏方に徹するべきで、一切表に出るべきではないと云うんですな。どんなに美味《おい》しい料理でも、作る過程の苦労を見せるのはフェアじゃない——と云う訳ですよ。苦労したからって美味《うま》いかどうかは判らない。過程と結果は別のものであると。食材と料理人、料理と客は常に一期一会《いちごいちえ》の関係であるべきで、皿に盛られた料理と対面する時に先入観を持って貰いたくないと云う——」

「そんなものかな」

「そりゃまあ解らないじゃないですよ。繊細な料理は矢ッ張り美女が作ったと思いたいですし。おっさんが毛の生えた太い指で汗かいて料理しても、美女がしゃなりしゃなりと片手間に料理しても出来が良ければ味に変わりはないっすからね。食った、美味かった、作ったのはおっさんだった——じゃ興醒めでしょ。どうせ喰うなら美女がいい」

「そんな話はいいんだよ。それより親父の方はどうなんだ」

「親父——ああ、主人の方。貫主《かんじゅ》の布施山人——何でこんな名前なのか僕には解りませんがね。これも外に出ないですね。すっかり籠っちゃってんです。修行と——研究三昧《ざんまい》」

「研究？」

「料理の研究ですよ。大昔の料理の本だかを沢山仕入れて、その復元に没頭しているのだそうです」

「寺で魚喰うの」

伊佐間が尋いた。

「そこなんですよ。精進料理ってのは、生臭を喰わないちゅう意味じゃないんだそうです。精進とは雑念を払い行いを謹んで物事に没頭し、誠心誠意励むこと――なんだそうで、精進料理とはそう云う心持ちで食材に向き合うことなんだとか。応対してくれた坊さんが教えてくれました」

「坊さん？」

「ああ、あそこの人達は皆作務衣《さむえ》を着て頭を丸めてるんですよ。箱根を思い出しましたね。ただ、僧侶なのかどうかは判りません。単なる制服なのかもしれませんし。その坊主――応対してくれた人の話だと、道元《どうげん》禅師からしてお料理の本を書いているんだとか。僕は中禅寺さんじゃないから聞いても何のことだか解りませんでしたけどね」

「それで？」

「勿論《もちろん》面会は叶いませんでした。お会いして写真でも撮れれば話は早いと思ったんですがね。一応鳥口君からライカ借りて来たんですけど――」

慥《たし》かに、常信和尚が直接その人の姿を見てしまえば、それで大方決着がつくことではある。本人だったなら戸籍通り亮沢は生きていたことになり、亮順は嘘を吐いたことになる。

本人でなければ――。

——贋者と云うことか。

何も撮れませんでしたねと益田は云った。

「つまりこう云うことなんだな。君は特攻隊のように勇ましく飛び込んで、煙に巻かれてただ帰って来た——そうだろ」

「そうじゃないですよ関口さん。僕だって最初ッから、そんな簡単に巧く行くなんて思ってなかったですよ。まあ時には瓢簞《ひょうたん》から駒ってこともあるから念の為ですよ。念の為。僕ァ寧ろ、周辺調査の方に眼目を置いていたんです」

「周辺調査って何だね」

「ですからね、檀家とかあった訳でしょその昔は。お寺だったんですから。その頃つき合いのあった近所の人とかだっている筈じゃないですか」

「話を聞いたのかね？」

「地味な聴き込みは刑事時代からのお家芸です。帳面持ってなくても躰の動きが刑事的になってますからね、大抵は話してくれますよ」

「それじゃ身分詐称じゃないか」

「僕は身分を名乗ってないですからね、詐称は一切してないですよ。それに状況がヤバくなったら速攻で逃げますし、すぐに謝るようにしてますから。平気です。で、そのご近所の話なんですが——これが矢張り少し妙なんですよ」

「妙とは？」

「亮沢さんが復員して来るまでは、あの寺は普通の寺だった——と云うんですよね」

「普通の寺と云っても色色だろ」

「ですから。年寄りの住職と小坊主がひとり居て、盆やら葬式やらにはお経を誦《よ》んでですね、有り難い法話を垂れてですね——普通の寺ですよ」

「料理は？」

「戦後になってから定期的に精進料理の賞味会を開いていたと云うことです。でも、こりゃ今みたいな豪華料理の贅沢三昧じゃなくてですね、ご近所の檀家衆を集めて、法話とセットで行ってたと云うんですね。素朴な大根料理が基本だったようで、有り難い坊さんのお話を聞き、大根を齧《かじ》って粥《かゆ》を喰うと云うような質素なものだった。広く禅の心を広げたいと云う趣旨の、そう云う会だったようですね」

そう云えば常信は、亮順和尚は定期的に茶会を開いていたと云うようなことを云っていた。関口も覚えていたらしく、それを益田に告げた。

益田は小刻みに尖った顎を揺らしてそうそう、と云った。

「戦前は茶会だったそうなんですが、ほら、菓子も茶もなくなっちゃった訳ですよ。銃後は何にもなかったでしょうに。戦争に負けてからァもっと何にもなくなりましたからね。それで茶会から、自作の大根料理に切り替えた」

「自作」

伊佐間が云った。

質問しているのか、ただ反復しているのか判別がつかない。

益田は質問と取ったようで、そう、自作ですと答えた。

「自給自足ですよ。みンな作ってたじゃないですか南瓜《かぼちゃ》とか。何が何でも南瓜を作れと、貼り紙がしてあったでしょうに。亮順和尚も畑仕事やってたんですよ。今はどこか別の場所に立派な農園とか水田とかまで持ってるらしいですがね、その当時は寺の周りや、あの丘の斜面なんかに段段畑こさえて、和尚さんと小僧さんがざくざくとやって、芋だの胡瓜《きゅうり》だの作ってたんですよ、細細と。ほら――」

益田は遠方に覗く丘を指差した。

「あそこね、ここからじゃ見えませんけど、あっち側の、東側の斜面には在りし日の畑の面影がある。今はもう草茫茫《ぼうぼう》ですがね。雑草が育って育って、もう腰丈ですから。茶寮ができてからこっちパッタリと手入れをやめちゃったって感じですね。雑草が段段になっていて中中の奇景ですよ」

見て来たのかいと関口は問うた。

「まあ――僕はあの丘を越えて来たもんで」

「道すがらなのか？」

「いいえ。結構本路からは逸れてて、奥まった辺りですけどね。村の人達が云うには、以前は鍬持った和尚が毎日通ってたと云うもんで。いや——その昔、村の寄り合いかなんかに使ってたお堂か何かがぽつんとあるんです。そこも今は使ってないんだそうですが、そのお堂を中心に和尚が開墾したんだそうです。そりゃあ見事な大根畑だったそうですよ。結構いい野菜が採れたんですね。で、ほら、敗戦後はこの辺だって喰うや喰わずだったでしょうからね。だから村人への施しと云う目的もあったんでしょうね」

「飢えた檀家に食事を？」

「はあ。お寺ってのはほら、何かと人が集まりますでしょ。そこでこう、自作の野菜を施す訳ですよ。ただですね、和尚さん以前から陶芸品には凝ってたらしくて、器だけは豪華だったみたいですけどね」

常信が云っていた。

亮順は美術品の蒐集《しゅうしゅう》家だったようである。

「ま、施しを受けていたのは殆ど戦争に行ってない老人達ですね。お年寄りは寄り合い好きですから喜んでたようですがね、爺ちゃん婆ちゃんですから、殆どみんな死んじゃったようなんですが——何人かは残ってました。何でも戦争に負けて、みんな貧しくて、気も萎《な》えているだろうが、食事だけは優雅な気持ちでしてくれと——そう云うようなことを仰っていたとか。中味はただの大根おろしでも、器が良けりゃその気にはなりますでしょ」

なる程なぁ——と関口は云った。

近所の老人達を集めて、檀那寺の住職が手作りの野菜を使った質素な手料理を値打ちものの食器に盛って振る舞う——何も悪いことはない。

どこか懐かしい、良い光景ではないか。

慥《たし》かに、その昔は地域社会の結びつきの中心に寺なり神社なりがあったのである。僕の地元だって、その昔は善く町内会の連中が寺院に集まっては何やら行事の相談をしていたものである。

しかし——。

「——現在の薬石茶寮のあり方とは少し違うような気がするなあ」

関口が口を尖らせて云った。

「同じと云えば同じかもしれませんけどね。時代が変わって世の中が裕福になって来たから、施しの内容もそれに応じて豪華になったとか——」

「だってお金」

伊佐間が云った。

そう。金を取るのと施しでは大きく違う。

一銭でも金を取ってしまえば、それはもう施しではない。薬石茶寮は話に聞く限りは目の玉が飛び出る程高価な料金をとるのである。

そうですねえと益田は云った。

「ご近所の人は皆、あそこの和尚は——和尚と云うのは亮順さんの方なんですけど、隠居したか、亡くなったんだ——と思っていたようですよ」

「亮沢さんじゃなくて亮順さんの方が？」

「ええ。本人は一切外に出ないんですから、こりゃ仕様がありませんよ。何もかも、つき合い全部やめちゃったんですから」

「怪しまれるだろう」

「ところがそうでもなかった」

「何故」

「その心はですね、亮沢さんが復員して来て、それで急に、がらっと寺の様子が変わったから——なんですね。こりゃ戻って来た息子の方針だと、ご近所は皆そう考えた」

「息子の方針？」

寺で方針とは、また何だろうか。

「要するに薬石茶寮は息子が創ったんだと、近所の人は揃ってそう思っていたようなんです。本当に創ったのは親父の方なんですが、そんなこと地元の人は知りません。布施山人の薬石茶寮が知れ渡っているのは一部上流階級だけです。そこから噂が漏れて伝わって有名になった訳ですが——」

まあ、そうなのだろう。

「地元の人にしてみれば、そんな雲の上の話と裏のお寺を結びつけたりしないんですよ。だから下下《しもじも》の者に布施山人だの薬石茶寮なんて名前は浸透していない。あそこは今だにただの根念寺で、しかも跡取りの亮沢が妙な商売を始めたもので法事だの何だのをやめてしまった生臭寺だと、こう云う認識をしてた訳です」

そう云うことはあるかもしれない。

そもそも僕からして薬石茶寮に就いては名前しか知らなかったのだ。現実的《リアル》なものとして認識してはいなかったのである。

どんな目に遭ったとしてもそれ程現実感がないんですよ――。

まさに関口の云う通りである。これだけ話を聞いていても僕にはそれが実在のものだと云う認識がない。亮沢も亮順も顔のないのっぺらぼうである。高級な食材も贅沢な料理も、僕には想像すらできない絵空事である。

それは判ったが――関口は餅を喰い終った指を嘗《な》めて、益田に向き直った。

「――それで何が判ったんだ」

「判りゃあしませんが推測はできますよ。亮順亮沢父子は――贋者ですよ」

「贋者って――どう云うことです？」

関口はそれ程驚かなかったようだが、僕は大いに驚いた。

「だから贋者ですよ。入れ替わってるんですよ。例えば復員して来た亮沢さんは別人だったとかね。でもって亮順さんを殺すなりして後釜を据えて、それで薬石茶寮を開いたとか」

「何で」

「え?」

「何で」

伊佐間が素朴な問いを発した。

「そりゃだから——何ででしょうね?」

益田は首を捻った。

入れ替わる意味が善く解らない。殺す意味もないように思う。

でも、本当に入れ替わっていたのなら、常信への応対の奇妙さは説明できる。

亮沢が贋者なら——本物の亮沢を知る者との接触は総《すべ》て断っていたと考えざるを得ない。

薬石茶寮は一見《いちげん》さんはお断りだそうだし、ならば馴れ馴れしい態度の電話には警戒をするだろう。それが昔の知り合いだと云うことになれば、更に拙《まず》い。ボロが出るから本人を電話口に出したりはできない。死んだと告げるのが一番良いだろう。

そうは云っても——。

——だからどうして。

そこまでだった。

何だか情けない。下僕は何人集まっても所詮下僕でしかないと云う感じである。僕はどんよりとした気分になる。空の上から大口を開けた榎木津が、例の高笑いをし乍《なが》ら僕等四人を見下しているような、そんな気分になった。

常信さんに報告できるような調査内容なのかそれは——と関口が云う。

「殆ど進展がないじゃないか」

「でも——色色と判ったでしょ」

「肝心のことは何も判ってないよ。見ろ。却《かえ》って場の空気が澱《よど》んでるじゃないか」

慥《たし》かにどんよりはしているが一番澱んでいるのは関口なのである。益田の性格では澱みようがない。伊佐間が茶でも淹《い》れましょうか、と云ったので取り敢えずその話題はそれまでになった。

しかしこれでお開きと云う雰囲気でもなかったから、結局伊佐間の淹れてくれた番茶を啜《すす》り乍ら僕等は世間話をする羽目になった。

長閑《のどか》なものである。

話題は専《もっぱ》ら榎木津に対する中傷めいたものばかりであった。つき合いが長い程、被害も大きいらしかった。

「ところで」

どうしてここに——と、ずっと聞き役だった僕に伊佐間が振った。

「そうですよねえ」

益田が続ける。

「関口さんは仕方ないですよ。でもあなたの方は別に積極的に関わる必要なんか全然ない訳でしょ。もしかすると——下僕志願者ですか」

僕はとんでもないと否定し、関口はどうして僕は仕方がないんだと抗議した。益田はその双方を無視して強引に話を続けた。

「あの、本日榎木津さんと行動を共にしていると思《おぼ》しき河原崎さんね、あの人なんかもう、完全に依願下僕ですからね。あの手の人間が増えると、それでなくても増長しているあの人が更に増長しちゃうでしょ。困るんですよね——」

そう云う益田自身はどうなのだろう。

何でも益田は、わざわざ榎木津に弟子入りするために神奈川の警察を辞めて上京したと云う変わり種だと云うことである。それが真実《ほんとう》ならば、誰よりも先ず益田自身が第一志願下僕と云うことになると思うのだが。

「河原崎さんなんか、漢《おとこ》が漢に惚れた——とか云っちゃうんですから、もう始末が悪い訳ですよ。僕はほら、オカマ事件の後だったこともあって、別の意味で取っちゃって——随分慌てましたよ」

そう云う意味ではなかった訳だな、と関口が問うた。

「違ったようですね。河原崎さんは殊《こと》の外《ほか》女好きだと云うことが判明しましたから。いやァ違ってて良かった。で――あなたはどうなんです？　矢張りしもべにでも？」

「ぼ、僕は――」

僕には事情があるのです――と答えた。

「事情？」

「紙芝居――だったかな」

関口はどうやら覚えていてくれたようである。そんなに物忘れが酷い訳ではないようだ。

「紙芝居のネタにするんでしたよね、榎木津を？」

「別に榎木津さんをネタにすると云う訳じゃないんですが――」

結構忘れているようだ。

僕はもう一度事情を話すことにした。近藤のこともそれなりに説明した。正確に伝えないとどう曲解されるか知れたものではない。

「ああ――剣豪神谷文十郎なら知ってますよ」

聞き終わるなり益田が云った。

「浮気調査の張り込み中に、公園の茂みの中で屈んで観たんですよ。三四日ベタで張ってましたから。腰痛くなっちゃいましたけどね。途中までだけど面白かったですよ。絵も上手かったし」

「近藤が喜びますよ――」

欣喜《きんき》雀躍《じゃくやく》、益田に握手を求めるに違いない。

「ただ、あれ、いいところで終わってしまったからなあ。紙芝居は大抵そうですけどね。先が知りたいですよ。慥《たし》か――そうそう、江戸を騒がす怪盗兜蟹《かぶとがに》一味の差し向けた殺し屋に尼さんが惨殺されて、それを目撃した文十郎の許婚《いいなずけ》が屍体もろとも山に生き埋めにされると云う――」

「それ――紙芝居なの」

伊佐間が尋いた。

当然の質問である。

そんな残虐な紙芝居はない。あってはならない。

しかし近藤は、袈裟掛けに斬られた尼僧と、荒縄で括《くく》られて猿轡《さるぐつわ》を嵌められた武家の娘が土中に埋められつつある場面を――渾身《こんしん》の筆で描き上げたのだった。

「あの娘さんは助かったのかなぁ。中中色っぽい顔つきの絵だったけど。苦悶の表情が悩ましくって」

本当に紙芝居――と再び伊佐間が尋いた。

「死にます」

僕は答えた。

こう云う場合、普通は助かるのだ。

危機一髪で終わるのは連続ものの常套なのだろうが、それで矢っ張り死にました——と云う続きではどうにもならないと思う。

悲惨過ぎる。

しかし近藤の弁に依ると、必ず助かると云うのではハラハラもドキドキもない、と云うのである。

場合によっては助からないこともあるのだと云うことを知らしめてやってこそ、助かった時にああ今回は大丈夫だったのだと云う面白さが出る——と云う理屈である。あの熊のような顔で、予定調和的展開に一矢《いっし》報いてやるのだとか云って息巻いていた近藤を、僕は今でも善く覚えている。

「あの許婚は生き埋めにされて本当に死んじゃうんですよ。で、それを発見した文十郎が悲しみの真情を吐露《とろ》するだけ——と云うのがその次の巻。これは人気出ませんね。本来は母娘モノだった筈なんですよ。殺された尼さんは文十郎の生き別れになったお母さんだったと云う設定なんですが——」

「悲惨な話だなあ」

「紙芝居でしょ？」

伊佐間は納得が行かないようだった。

残念乍《なが》ら紙芝居なんですと僕は答えた。

「そんなモノを描いているから干されるんですよ。生き埋めの場面なんか——映画より写実的でしたからね。お子さんは泣きますよ。夢に見て魘《うな》されるかもしらん」

心に傷だねと伊佐間が云った。

まあ、心の傷にもなるだろう。僕は、その残酷な一枚をありありと思い浮かべることができる。何しろ、その絵の空の部分は——僕が塗ったのである。

その後、拷問を受ける岡場所女郎やら刑場の晒し首やらが登場するに到って、『剣豪神谷文十郎・血闘嘆きの祠』は打ち切りになったのである。

僕は溜め息を吐いた。

僕が榎木津の下僕志願者と勘違いされる羽目になったのも、凡《すべ》てはあの生き埋めの絵に端を発することであるような気がして来たからである。

君も色色大変だねえと関口が云った。

また——同情されてしまった。

関口に云われると本当に大変なんだと云う気がして来る。

「うん？」

そこで伊佐間が立ち上がった。

「あれ——榎さんじゃない？」

「真逆。何で榎木津がこんなところにいるんだ」

関口が立ち上がって、硝子戸に顔を近づけた。

「そうっすよ。今頃、探偵閣下は八王子近辺で小動物を——」

そう云って振り返った益田は、あッと大きな声を上げた。

「あれはッ」

「榎さんでしょう」

伊佐間はそう云ってガラガラと硝子戸を開けた。

戸が開いた途端に——。

遠くから、あッ馬鹿がいるッ——と云う強烈な叫び声が聞こえた。間違いないようだった。僕も立ち上がり、戸口に向かった。

釣り堀の入口に仁王立ち。

しかもこちらを指差している。

遠目にも判る程に整った顔立ち。

大きな鳶《とび》色の瞳に、黒黒とした眉。

麗人の視野には釣り糸を垂れている者の姿など一切入らなかったようである。

探偵は声を上げて一直線にこちらに向け走って来た。

流石《さすが》の釣り人もこれには驚いたようである。

「わははははは。馬鹿だ馬鹿だ。こんなところに馬鹿がいるとは思わなかった。しかもこんなに沢山いるじゃないか！　ん？　そうか、ここは馬鹿の家なのか。なぁんだ、知らず知らずのうちにこんなところまで来てしまっていたぞ！　道理で爺臭いと思った。生きていたのかこの老人河童《かっぱ》男！　老衰の具合はどうだい」

伊佐間はうんざりした顔で、うん——と云った。

要するにこの人も下僕だったのだ。

「え、榎木津さんその」

「そうだ！　僕だ。お前達の崇《あが》め敬《うやま》う榎木津礼二郎だ！　おい。この馬鹿オロカ。お前はこんな老衰男の家で何をしてるんだ！　釣りか？　釣りだな？　釣りなんだな！」

「そりゃ仕事で」

「仕事？　大方魚でも釣っていたんじゃないのか。ん——何だか変な家だなあ。寺か。あ、サルだ！」

榎木津は半眼になって益田の顔を眺めた後、関口に気がついてその肩を摑み、それは激しく揺すった。

「——サルサル。ん？　それは坊主。サル坊主。わはははは。何だか馬鹿だなあお前たちは。あ、あんたはいつかの何とか云う人！

結局何も覚えていない。

そのうえ、もう何を云っているのか、破壊的に意味が解らなくなっている。この男、会う度《たび》に反応が馬鹿っぽくなっているような気がする。

これで日常生活が成り立つものだろうか。

僕が態度を決め兼ねていると、榎木津は眼を細めて、大体何だその生き埋めは——と云った。

「え？」

ぞっとした。

それは近藤の絵ではないのか。

見えたのか。僕の——記憶が。

——真実なのか？

そうとしか——。

僕が何も云えずに狼狽《うろたえ》ているうちに——榎木津は子供のように笑った。

「ふふふ」

「は？」

「君はサルと知り合ったな！　そうかぁ。どうだ、この男、馬鹿でしょう。だが、人だと思うから馬鹿に見えるのだ。サルだと思えばこれは物凄いことだぞ。喋る天才ザル！　下手だが字も書ける！」

「ううう」

関口は一層に揺すられた。困っている。もう対処のしようがない。

矢張り——この男はこう云う男なのだ。結局口から出任せに適当なことを云い捲《まく》っているだけではないのか。先程の言葉だって、偶然に違いないと云う気がして来た。

そう思うとぞっとなどして損をした気分である。

榎木津が一向に攻撃を止《や》めないので、已《やむ》を得ず関口を助けようとした僕がその肩に手を掛けた瞬間。

釣り人に再び動揺が走った。

「どけ。どけどけ、お上の御用だ！」

見れば時代錯誤な台詞を臆面《おくめん》もなく叫び乍《なが》ら口髭を生やした年齢不詳の制服巡査が警棒を十手《じって》のように翳《かざ》して乱入して来たのだった。

巡査は軍人のような口調で云った。

「如何《いかが》なさいました榎木津先生！　どうなさったんですかッ。ここが悪の巣窟で——おおお。益田さん。それから嗚呼《ああ》、あなたは関口先生！」

「おい！　ボロ松！　ここは僕の下僕の経営している爺臭い釣り堀屋であって盗賊の巣窟ではない。それからこれは髪の毛がつんつんしているがヤマアラシではなくてこの小屋に住んでいる瀕死の老人だ。それからこっちはいつかの何とか云う人で、謂《い》わば僕の信者だ！」

「同じ宗派ですな」

そう云って警官は姿勢を正し、敬礼した。

「自分は八王子署稲荷坂派出所勤務の河原崎松蔵《まつぞう》巡査であります」

僕は仕方がなく自己紹介した。

伊佐間は、住んでる訳じゃないんですけどねえ——と妙な云い訳をした。

「ねえ河原崎さん。あなた今勤務中じゃないんですか？　交番離れてこんな管轄違いに来ていいんですか。もし休暇とか云うなら制服で出歩くのは拙《まず》いでしょうに」

益田が咎めると、河原崎は最敬礼し、

「これは職務であります」

と云った。それから、浅黒い顔を榎木津に向けて、

「すると——榎木津先生。この方面ではないんでありましょうか」

と問うた。

「いや——」

榎木津は急に精悍《せいかん》な顔つきになった。

「あの——丘。あれは間違いなくて——それから」

それから榎木津は益田を見た。

そして、その彫刻のように整った顔を自《おの》が下僕に近づけた。

この男の顔を真っ向切って目《ま》の当たりにしてしまうと、大抵の者はたじろいでしまう筈だ。男でもどきりとするだろう。僕等周りの人間は、もしや榎木津のこの上なく馬鹿っぽい振る舞いに、寧ろ救われているのかもしれない。

「それはどこだ」

「それって」

「だからそれだ。その変な家」

「変な家？」

「そうそのお坊さんが住んでいる家だ！」

「お坊さん——ってその」

——矢張り——記憶を？

榎木津は益田の記憶を視ているのか？

ならばそれは——。

「根念寺——薬石茶寮のことじゃないんですか」

僕がそう云うと、榎木津は急に気の抜けた声で、

「コンネン？」

と云って益田から視線をはずした。

益田はへなり、となった。

「そこはコンネンと云うのか？」

「いや、ですから、だから――」

それがどうしたと云うんだ榎さん――関口が助けてくれた。

「根念寺が何だって云うんだい。そこは――」

「あ」

関口の言葉は伊佐間の極めて短い発声によって遮られた。

伊佐間は釣り堀の入口の方を見ていた。

また誰か来たのだろうか。今やこの釣り堀の中は客よりも妙な連中の数の方が多くなっている。

囲いの門のところには、麻の作務衣《さむえ》姿の男が立っていた。頭には手拭いを巻き、手には竹の籠を持っている。目つきの厳しい、どことなく苦行僧を思わせる風貌の男だった。

「椛島さん」

「か、椛島って――薬石茶寮の？」

伊佐間はひょこひょこと客の間を縫って椛島の近くまで行った。椛島はしかし、伊佐間には一瞥もくれずにこちらの方に気を向けている。

「ども。また御用ですか？」

椛島は漸《ようや》く伊佐間をちらと見て、

「ご主人――お取り込み中かな？」

と渋みの利いた低い声で云った。

「あ、いや別に」

「しかし警官が――」

椛島は河原崎を鋭い視線で見据えた。

「あ、あれは友達」

「警官の？　ご主人、警察関係にもご友人がいらっしゃるんですか」

「え。と云うより、友達の友達。あの――ええ僕の軍隊時代の上官の、榎木津――」

「榎木津？」

椛島は伊佐間の言葉を遮り、視線を漂わせた。榎木津を捜しているのだろう。

榎木津さんの友達が警官で――と伊佐間は不毛な説明を続けたが、椛島がこちらに注意を向けていることは明らかであった。僕は何故かその視線と己の視線を合わせることを嫌って、背を屈め益田の陰に隠れるようにした。

関口も下を向いている。いずれ似たような心境なのだろう。

椛島の視線はぴたりと探偵で止まった。

「榎木津――さんと云うと」

「あ、あの、私の」

「あの榎木津グループと関係がおありで」

「ああ。会長の息子」

「会長――と云うと――ご主人は榎木津幹麿元子爵のご子息とお知り合いなんですか」

椛島はやや気色《けしき》ばんで――そう見えただけなのだろうが――榎木津を凝視した。

「それよりも――また使いますか？」

「あ、今晩食材が届くんです。明日の午《ひる》までお預かり戴けませんか――しかし」

「あ――ええ。私はいいですけど」

伊佐間はちらりとこちらを見た。

あの方が榎木津様で――と椛島は云った。

僕は何故かどきりとして、榎木津の方を見た。榎木津はまるで本当の作り物のように固まっていた。

椛島を見ているのだ。

いや――。

椛島の見たものを視ているのか。

「また生き埋めだ――」

榎木津はそう呟いてから、つかつかと椛島に近づいた。

――生き埋め？

何を云っているのだろう。それは近藤の紙芝居じゃないのか？

椛島は暫《しば》し茫然として、それからほんの少しだけ慌てたようだった。

榎木津は椛島のすぐ傍《そば》まで近づくと、

「あんたは——穴掘りが好きなのか」

と尋いた。

「あ、穴？　あの、それは何のことで——」

慌てて当然である。

「穴だ穴。ええと——」

変な小屋だな——と榎木津は云った。

そこで河原崎が忠犬のように走って行き、榎木津の背後につけた。護衛のつもりだろう。

椛島は血気盛んな警官の姿を探偵越しにちらちらと見乍《なが》ら、それでも不自然な顔を作って榎木津に笑いかけた。無理矢理に愛想を振っているような感じである。

「そ、それより、あ——あなた様は、あの榎木津グループの会長様のご子息様でいらっしゃるとか——」

「そんなことはどうでもいいの」

「しかし——榎木津元子爵様には当茶寮からも度度ご案内をさせて戴いておりまして、貫主布施山人も是非一度お越し戴きたいと——」

椛島はそこで河原崎を気にした。

その途端。

「ん？　何だ」

「な、何でしょうか」

「尖っているぞ！　ヤマアラシだなッ！」

榎木津はそう云った。

5

「つまりこう云うことかね河原崎君——」

中禅寺は煙草をくゆらせ乍《なが》ら云った。

「美術品窃盗団の一味の一人は——既に警察が確保していると」

その通りであります——と、河原崎巡査は畏《かしこ》まって答えた。

「——被疑者は迫正通《さこまさみち》、横浜在住の三十八歳。窃盗の前科があります。犯行の直前に現場付近で迫を目撃した者がおりまして、神奈川県本部に協力を要請致しまして、下宿に戻ったところを確保して戴きました。今のところ完全黙秘です。ただ窃盗団の一味であることはまず間違いないかと思われます」

「何故そう云い切れる」

「藤堂宅の蔵に迫の指紋が残っておりました」

京極堂の座敷である。関口と益田、そして河原崎が座卓を挟み、中禅寺と向き合うようにして並んで座っている。

僕は少し離れた場所に座って成り行きを見守っている。

榎木津は——畳でぐうぐう寝ていた。熟睡である。

中禅寺は眠りこける探偵に一瞥をくれて、

「その男を榎木津に見せたのか」

と、尋いた。

「見て戴きました」

「被疑者と民間人を面会させるってのは、どうなんだろう——」

関口が尋いた。

「——違法行為じゃないのかな？」

「自分は——視て戴いただけであります。別に面会させてはおりません」

「どう云う意味だい？」

「榎木津先生に留置場の見学をして戴いただけでありまして」

「見学ねえ——」

榎木津は何を視たのだろう。

「それで——その後榎木津にくっついて町田まで行ったのかね」

「そうであります」

河原崎は軍人のように答えた。

つまりこう云うことだろう。

榎木津は、その迫と云う被疑者の道行きの記憶を視たのではないか。

八王子からどこを通ってどう移動したのか、その途中途中の景色を榎木津は視て、覚えたのだろう。その景色を辿って——榎木津と河原崎は町田まで来たのである。

すると——。

そこはコンネンと云うのか——。

根念寺——薬石茶寮が一枚嚙んでいる——と云うことか？

どうなっている？

中禅寺はふうむ、と妙な声を出して煙草を揉み消した。

「さて——どうするかなあ」

「どうするんでありますか」

「河原崎君。別にそんなに緊張しなくてもいいんだよ」

「しかし中禅寺先生は榎木津先生のお友達で薔薇十字団の中心人物ではありませんかッ」

「僕はね、そんな下品な団に入った覚えはない」

中禅寺はそう云った。

「兎《と》に角《かく》——手を打たなくちゃならんかなあ」

「手を打つってどう云うことだよ。僕にはさっぱり解らないよ」

関口は不服そうである。僕もさっぱり解らなかった。

「何だよ。今回は簡単だよ。謎なんて何にもない」

「謎だらけだよ」

「君が解らないだけだ」

「僕も解らんですよ中禅寺さん」

益田が音《ね》を上げた。

「どうなっとるですか」

「ま、証拠は何もないんだけどね。君も弟子なんだから、偶《たま》には榎木津を信じてやりたまえよ」

「信じるのは構いませんけど、このオジさんの云ってることがまず解らないですからね。信じようがないですよ。生き埋めだとか尖ってるとか、ヤマアラシがいったいどうしたって云うんです？」

「だから——薬石茶寮に山嵐がいると、榎木津はそう云っているんだよ。それで解るだろうに」

「どうして料理屋に山嵐がいるんです」

呑み込みが悪いなあ——と云って中禅寺は顎を掻いた。

「益田君、君は関口に似て来たんじゃないか？」

「関口さんには榎木津さんやら中禅寺さんに似て来たと云われましたけどね。でもそこまで云うことはないんじゃないですか」

どう云う意味だと関口は云った。

「君は——解るだろう」

「え?」

中禅寺は前触れなく僕に振った。

「平たく考えれば——薬石茶寮の中に美術品窃盗団がいる——と云うことになってしまいますが」

ご明察だ、と中禅寺は云った。

「ご明察だと? そりゃ無茶だろうよ京極堂。何だってあんな超高級料亭が美術品窃盗団と結びつくんだ? 真逆《まさか》——布施山人が蒐集してるとか云い出すんじゃないだろうな」

そう云えば——布施山人こと古井亮順は結構な美術品の蒐集家なのだと云うことである。

そう云うことならあり得るかもしれない。常軌を逸した蒐集家と云うのはいる。しかし。

違うよそうじゃないよ——と中禅寺は云った。

「亮順さんの蒐集物は散逸してしまったようだ。もう、ひとつも残っていないと思うよ」

「でも——茶寮ができるまで、和尚は近所の爺婆集めて、その高価な器で飯を喰わせていたとか——」

「だから、それは茶寮ができるまで——のことなんだろう」

そうなんですけど——と、益田は妙な顔をした。

「関東一円に美術品窃盗団が横行し始めたのはいったいいつ頃のことなのかな？　益田君」

「はあ。芸術品やら美術品やら、そうしたものの価値が暴落した頃に——連中はブツを集め始めたようですからね。まあ戦後の混乱期におっ始《ぱじ》めたと云うことなんでしょうね。ただ、最初は窃盗団って云うようなきちんとしたものじゃなかったんだと思いますよ。騙し取ったり掠《かす》め取ったり——時代が時代でしたから、こっそり忍び込んで盗むなんて上品なことはしなかったでしょう。実際に泥棒らしい被害が出始めるのが——」

「五年前くらいなんだろ」

「そう——ですかね。そんな感じですかね」

「古井亮沢が復員したのは六年前。そして薬石茶寮ができたのは」

「五年前——ですか」

これを見たまえ——と中禅寺はカタログのようなものを出した。

「これは四年前——海外で行われたさる古美術オークションの目録だ。ここに幾つか日本の書画骨董、墨跡などが載っているんだが、これが——どうやら軒並み亮順さんのコレクションらしい」

「はあ？」

「盗まれた——と云うことか？」

「さあね。別に盗難の被害届は出ていないようだな。それに、このカタログは四年前のものだからね。少なくともここに載っている品はそれ以前に流出している勘定になる。海外のカタログだからね。今日の明日と云う訳には行かない。もし盗まれたものなのだとすると、時期的には美術品窃盗団が横行し始める少し前——と云うことになるね。しかし亮順さんが自分で売り捌《さば》いたとは思えないな。そんな戦後の混乱期に田舎の坊さんが美術品を海外に持ち出したりできるか？」

まあできないだろうなと関口は云った。

「すると——どうなるんだ？」

「だから——まあこれは可能性でしかないし、選択肢がそれしかないと云う訳ではないのだが、他の条件を考慮するなら、ここは品物を盗んだのじゃなく寺ごと乗っ取ったんだと考えるのが順当かな」

なる程ッ——と、河原崎が膝を叩いた。

「——矢張り入れ替わっておった訳ですな。全く非道な連中だッ」

河原崎は指の関節を鳴らした。

「そうか。あんなボロ寺を乗っ取っても何の得もないと思ってたですがね——そうか、亮順さんのコレクション狙い——だったのですか。そう云う理由があったか——」

極悪ですね極悪——と河原崎は憤《いきどお》った。

中禅寺は呆れた素振りでその年齢不詳の顔を眺めて、頼むからそう興奮しないでくれたまえ河原崎君——と云った。

「くれぐれも暴走しないでくれよ。そう云う血の気の多い馬鹿警官は一人居れば沢山で、それはもう十分に間に合っている」

失礼しましたと河原崎は再び畏《かしこ》まった。

「連中は略取した亮順さんのコレクションを何らかのルートを使って海外に売り捌いたんだろうね。そうして得た資金を元手にあの薬石茶寮を創って——そこを拠点にして美術品の窃盗売買組織を稼働させ始めた——のだろうな。格好の隠《かく》れ簑《みの》だ。各界の要人を顧客にして正正堂堂と泥棒やっているのだとしたら、大した玉だね」

「しかし京極堂——そのカタログに載ってる品が亮順さんのコレクションだと、いったいどうして判ったんだ？」

「海外の目録は豪華な造りのものが多くて——こうやって写真付きだったりするんだな。だからこの手の目録を大量に集めてね、昨日世田谷の寺まで持って行って、常信和尚に鑑定して貰ったんだよ。あの人は戦前に二度ばかり亮順さんに会って、コレクションを自慢されているからね。見覚えのあるものはないかと思ったんだが——」

中禅寺はカタログを開いて見せた。

「この井戸の茶碗ね。これで茶を飲まされたと云うんだな常信さんは。これは少し癖のある形だし色も独特だから、かなり鮮烈に覚えていたんだそうだ。でね、記憶と云うものはひとつ思い出すと連鎖して呼び覚まされる傾向がある。これも、これも、この花生《はないけ》も見覚えがあると云う。この義堂周信《ぎどうしゅうしん》の書なんか、茶室に掛かっていたと云う。そうは云うものの遠い記憶だ。どこまで当てになるかは判らないんだが——決め手はこの仏像だ」

中禅寺は仏像の写真を指差した。

一同が覗き込む。

「これは?」

「これは地蔵菩薩だな。結構大きなものだよ。相当に値もついただろうな」

「このお地蔵さんが根念寺にあったものなのか? 常信さんが覚えてた?」

「あったものどころか。これ、根念寺の本尊だったのだそうだ」

「ほ、本尊!」

「本尊——売っちゃったのかい」

「誰が売ったのかは知らないが——売ったんだな。地蔵菩薩がご本尊と云うのは——例がない訳じゃないのだが——そう一般的でもない。まず珍しい部類だよ。常信さんは僧侶だからね。茶碗は兎も角、本尊は明確に覚えていた——」

それは覚えていそうである。

「何でもね、根念寺の本堂には地蔵菩薩像がもう一体安置されていたのだそうだよ。もう一体の方は比較的制作年代が下るのだそうだ。それに比べてご本尊は年代物なんだと——骨董好きの亮順和尚は自慢気に語ったのだそうだよ。現在ならば国宝級と云っていたところだろうな。亮順和尚は常信さんに二体のお地蔵さんを見比べさせて、差がお判りか——などと云ったのだそうだよ。ご本尊を値踏みするなど不遜な気がした——と仰《おっしゃ》っていた。だから善《よ》く覚えていたんだね」

「なる程なあ。じゃあ今、根念寺の本尊の座は空席なのかな。それじゃあ寺院としての結構がとれんだろう。格好がつかない」

関口は何かを想像しているのだろう。天井の方を向いてそう云った。

中禅寺は馬鹿だな、安い方が残ってるんだろうよ——と云った。

「——もう一体はこれには載っていないんだよ」

「ああ、そうか——元元ひとつ多かったのか」

「そうだよ。流石に本尊ナシじゃあどうかと思ったのか、それとも本当に大した品じゃなかったのか判らないけれども、一体は残したようだね。いずれにしても——だ。これらの品はね、だからまず間違いなく根念寺から出た品物なんだろう。苦労して目録を持って行った甲斐があったよ。それにしても重たくって厭になった。関口君にでも残って貰って、持って貰えば良かったよ」

関口の談に依れば、中禅寺は肉体労働をしないと云う志を立てているのだそうだ。重い物も一切持たないのだと云う。しかし何故か書籍の重さだけは感じないのだとも聞くから、困ったものである。

相変わらず用意周到ですね——と河原崎が感心するように云った。

関口は不服そうにしている。

何となく納得が行かない——ようである。

「すると——あの料亭を作った意味ってのはどうなるんです？　最初は品物目当てに乗り込んだんだとしてですよ、現在あの茶寮はその、単なる隠れ簑ってことになるんですか？」

益田は首を傾げた。

隠れ簑と云うだけじゃないだろうね——と中禅寺は云った。

「あそこはね、多分——オークション会場だ」

「オークション？」

「盗品の競《せ》りしてるってことですか？」

「そう。一席設けるごとに——そこここに盗品を飾りつけ、盗品に料理を盛りつけて、客に出すのさ。それで品定めをさせて——値をつけて貰うんだよ。客はそれを買う」

「そんなことって——それは考え難いよ、京極堂」

関口は喰い下がった。

「そんな馬鹿な話はない。如何《いか》にも子供騙しじゃないか。そんな茶番は聞いたことがないって。通用しないよ。そうだろう、益田君。慥《たし》か美術品の場合、盗品は足がつき易いと——君はそう云っていたじゃないか。そんな堂堂と、しかも著名人や名士相手に売りつけたりして大丈夫なものか？　それこそすぐに御用だろう」

益田は長い前髪を垂らして暫《しばら》く考えていたが、やがて、

「いや、関口さん。そりゃあ——却《かえ》ってあり得ることかもしれないですよ。それ、そこを訪れる客の全部が盗品の客——って意味じゃないですよね中禅寺さん——」

と尋いた。

中禅寺は頷《うなず》いた。

「勿論殆《ほとん》どは只の客だろう。つまりその一般客こそがカムフラージュなんだな。だからこそ薬石茶寮は一流の客筋をつけたがるんだ。偉ければ偉い程、有名ならば有名な程、目眩しには都合がいいのだな」

「つまり——それは、そうした一般客ではない客、例えば外国人の客などを中心に売り捌いた、と云う意味だと考えていいんですね？」

「そう云うことだね」

「外国人——か」

関口はぐっとトーンダウンした。

「そうだ。外国人だ」

中禅寺は眉間に皺を寄せた。

「敗戦後、この国の美術品は物凄い勢いで海外に流出している。他国の学者達も本邦の文化を博物学的な研究対象から一歩踏み込んだ形で捉え直し始めたようだし、東洋趣味に気触《かぶ》れた好事家《こうずか》なんかも増え始めているようだ。日本人より日本通——なんて蒐集家が欧米にはいたりする。いずれ浮世絵にしても陶芸にしても、本邦の美術品を高く評価するのは——まあ外国人だったりする訳だ。そして、悲しいかな、海外で評価されないと価値を認めないような風潮がこの国にはあるんだな——」

海外での評価が書画骨董の国内相場に影響すると云う話は前回の瓶長事件の時にも聞いた覚えがある。

「——一方で、戦後の日本は貧しかったからね。美術品骨董品なんかに高い金を出す者が国内に大勢いたとは考え難い」

貧しかったのは下下《しもじも》だろうと関口が云った。

「どんな時代だって裕福な連中ってのは一定数いただろう」

盗品と承知で大金叩《はた》いて骨董買う上流階級も少なかったろうよと中禅寺は答えた。

「ところが——窃盗団の商売は成り立っているんだな。非合法な真似までして採算が合う以上、流通経路が確保されていたとしか考えようがないし、買っていたなら外国人だろうな」

それは――そうだろうな、と関口は云った。

「そして開業時の薬石茶寮を支えていたのも、間違いなく外国人客だった筈だ。何しろ薬石茶寮は占領下で営業を開始しているんだからね。その当時日本は国中が貧乏だったんだ。喰うものなんか何もなかった。何だって配給制で誰もが飢えていた時代に、幾ら金持ち相手と限定した秘密倶楽部だったとしたって、そんな高級食材だけを扱って商売が成り立つ訳がない。と――云うよりも、通常の飲食店だって営業が許可されない時代だよ。闇で営業しようったって中中維持できるものじゃないぞ。背後に何かあったとしか思えないだろ？」

「まあなあ」

「こう云っちゃ悪いが、近所の老人集めて大根振る舞って喜ばせていた好好爺《こうこうや》の亮順和尚が外国人と親しかったとも思えないだろう。なのに薬石茶寮の最初の客は――近所の老人達じゃなく、外国人だったんだよ」

「ううん――それは」

関口は考え込んでしまった。益田は神妙な顔になっている。

「日本人会員達は全部ダミーだと――そう云うことになるんですかね？」

「現在のことは判らないよ。日本人もかなり潤って来たからね。大金を持ってる悪い奴だっているだろうしね。もしかしたら買ってる連中もいるかもしれないがね」

「そうするとどう云うことになるんです？」

「どうもこうもないよ。何ひとつ証拠はないのだけれど、亮沢さんも亮順さんも、その生前の痕跡を全く消してしまっている。伝わって来る親子二人の僧や根念寺に纏《まつ》わる逸話と、現在の薬石茶寮の在り方はまるで噛み合わない。僕は実際には二人のことを殆ど何も知らないけれど、彼等が生きていて、何らかの変節の末に薬石茶寮に関わっているとは——どうしても思えない」

「二人は殺されておると云うのですな」

河原崎が拳を握る。関口は如何《いか》にも困ったと云う顔で好戦的な警官を眺めてから、不信の籠った目で中禅寺を見た。

「京極堂。どうも腑に落ちないんだがな。そんなの何の証拠もないし、僕は納得できないよ。その——流出した亮順さんのコレクションだって他にもっと納得できるような解答があるのじゃないか？」

「それを切に望むところだな」

「誤魔化すなよ。大体な、その外国の目録を用意した迅速さは尋常じゃないぞ。予め用意していたとしか思えない。この前の常信さんに対する物云いも妙だったしな。君は——最初から疑っていたのか？」

「疑っていたよ」

中禅寺は実にあっさりと、そう云った。

「何故だよ。変じゃないか。少なくとも常信さんの話の内容から美術品窃盗団を導き出すことは不可能だろう。ねえ君――」

関口は僕に同意を求めた。

「まあ――それは無理だと思いますけど」

「ならどうやってあたりをつけたのだ？　何の根拠もなく、薬石茶寮が泥棒の拠点だなどと云う妄想を抱く人間は日本中捜したって君くらいだぞ。なのに君は最初から亮沢さんは亡くなっているようなことを云っていたじゃないか」

「云ったな」

「その根拠を示せよ」

「相変わらずそう云うどうでもいいことを全部話さなくっちゃ納得しないんだなあ、君と云う男は――」

当たり前じゃないかと関口は云った。

「気になるだろうに」

まあ、気になることは事実だが。

「僕は常信さんの話を聞く以前から――既に薬石茶寮に対する疑念を持っていたんだよ。だから話の中に根念寺と云う名前が出た段階で、すぐに、おや、と思ったのさ」

「どうして疑ってたんだ」

「注文が——あったからだよ」

「何の？」

「勿論書籍さ。僕のうちは古書店なんだから、野菜や魚の注文がある訳ないだろう。薫紫亭《くんしてい》のご主人から回って来た話だったのだがね。江戸時代の料理本を大量に集めている者がいて、高値で引き取るそうだから入荷したら連絡して欲しいと云う話でね。あそこは和書専門だが、文芸中心だからね。うちは何でもありだろう」

「その依頼人が——布施山人だったと云うのか？」

中禅寺は頷いた。

しかし布施山人はそうした江戸の料理本の研究に没頭しているのだそうだし、それを復元するのが店の売りにもなっているそうだから、文献を欲しがるのは当然のことである。別段怪しむまでには到るまい。関口は腕を組み、訝《いぶか》しそうな顔で古書肆を睨《にら》んだ。

「じゃあ布施山人に参考書を提供していたのは君なのか？」

「そう云う訳じゃないよ。僕だけが売ってた訳じゃない。掻き集めるように買ってたようだからな。その手の本が入ったら欲しがっている人間がいるから報せてくれ——と、云われていただけだ。その頃は丁度『和漢精進新料理抄《わかんしょうじんしんりょうりしょう》』だの『料理綱目調味抄《りょうりこうもくちょうみしょう》』なんかが入ってたし、百珍《ひゃくちん》物は善く入るので結構回したりもしたが」

「百珍モノと云うのは——慥《たし》か『豆腐百珍《とうふひゃくちん》』とか、そう云うのだったね？」

「そうだね。しかし関口君にしては善く知っていたな。『豆腐百珍』のヒットにあやかろうと『甘藷《いも》百珍』だの『鯛《たい》百珍料理祕密箱』だの『大根一式料理祕密箱』だの、続続と刊行された類書を百珍物と呼ぶのだが――そうか、君は食生活は貧しいし味音痴の癖に妙に食道楽振っているから、その手の蘊蓄《うんちく》はお手の物なんだな」

「おい。どんな時にもひと言悪口を云わなければ気が済まないのか君は」

「悪口ではなく事実だ。まあそんなことはいいんだが――そのうち布施山人はね、並のものを大方集めてしまったらしく、今度は書名を指定して探索し始めたんだな。『江戸／流行／料理通』と云う豪華本が欲しい、などと云う御触れが出るんだな。まあこれは京伝《きょうでん》やら馬琴《ばきん》やら一九《いっく》やらといった人気作家の読み本を中心に出版していた和泉屋《いずみや》が、江戸一番の料理屋八百善《やおぜん》の――」

「そんなことこそどうでもいいんだよ京極堂」

関口は憮然としている。

「解ったよ。まあ、そうしたかなりの稀覯本《きこうぼん》でも簡単にほいほい買うんでね、この業界じゃ一寸《ちょっと》話題になっていたのだな。それがね、ある日――『典座《てんぞ》教訓《きょうくん》』と『赴粥飯法《ふしゅくはんぼう》』が探索本として出された。これは料理の本ではあるが、江戸期の料理指南書ではなくて寧《むし》ろ禅の本だからね。僕のところにお鉢が回って来たんだ」

「それがどうした？」

「探索人が酷く欲しがっている、何としても手に入れたいそうだ——と云うんだな。でもこれはね、どう考えたって怪訝《おか》しいんだよ。だって薬石茶寮は禅寺で、布施山人は禅僧の筈だろう。『典座教訓』も『赴粥飯法』も、どちらも道元《どうげん》禅師が著したものだよ」

「だから——何だよ」

「布施山人が亮順和尚なら、この二冊を読んでいないと云うのは絶対に怪訝しいよ。自分の宗派の開祖が記した本なんだよ。他の宗教で云えば聖典にあたるようなものだ。しかも亮順和尚は自分で精進料理なんか作って振る舞っていたんだから、前から料理に興味があった訳だろう。禅と食事、禅の中の食を考える上で、この二冊は基本中の基本文献だろう。『四季《しき》漬物鹽嘉言《つけものしおかげん》』だの『料理《りようり》伊呂波《いろは》庖丁《ほうちよう》』だのを読んでいるのに、今更捜すって云うのは怪訝しい」

「読んでいたけれど持っていなかった——とか云うことだってあるだろう。再読したくなったとか」

それはないのだ——と中禅寺は云った。

「これはね、そりゃ原書はないよ。しかし写本はあるし活字本も出ている。だから比較的手に入り易い筈の本だ。にも拘らず布施山人は、これを大変な稀覯本だと思い込んでいたようだ。同じ宗派でそれを知らない筈はないんだ。加えて、僕は電話で『てんざきょうくん』を捜して欲しいと云われたのだ」

「読みが違っていたのか？」

「そう。禅僧で典座をてんざと読む者はいない。仲介してくれた人間が読み方を間違ったのかと思ったが、慥《たし》かにそう云ったと云う。もしや別の本かと思ったから、僕は直接電話で尋いてみた。出たのは亮沢と名乗る男で、間違いなくてんざと発音した。その時僕は亮沢さんが常信和尚の修行仲間だなんてことは知らないからね、多分禅の知識がない料理人なんだろうと考えて、読み方を教えてやったんだよ。ところが――」

「その亮沢さんは勉強熱心な禅僧だと云うことが判明した――と」

益田が考え込む。

「――即ちこれは別人だ――と考えた――と云う訳ですね？」

「そう。別人だと云うなら人が入れ替わっていることになる。入れ替わったのならそれは何故か――と考えた。その前日、僕は榎木津から美術品窃盗団の話を聞いていたんだが、慥かに関口君の云う通り、最初は結びつけて考えたりはしなかった。しかしね。鍵は――山嵐だった」

「ヤマアラシが――どうして鍵なんです？」

「何故山嵐は盗まれたか――ということだよ」

そう。そんなものが売れるとも思えない。

「山嵐を山嵐以外の価値――例えば金に換えられるのは――多分、薬石茶寮だけだよ」

中禅寺はそう云った。

「どうやったら金になるんだ？」

「薬石茶寮は薬膳を出すのだろう？」

目玉料理です――と益田が答えた。

「――盗品云云《うんぬん》は別にして、この薬膳と云うのは一部の金持ち連中にウケてるようです。色色な症状に効き目がある。事前に自分の疾病《しっぺい》や何かを連絡しておいて、特製献立《スペシャル》を作って貰う――って云うのがですね――」

「流行《はや》っているのか」

「と云いますか、それで噂になった――と云うのが正確な云い方だと思いますね。まあ、精力回復料理だの回春膳だの、シモの効き目を期待する向きが多いようですが――これまで会員以外には知られていなかった薬石茶寮が俄《にわ》かに注目され、表立って語り種《ぐさ》になり始めたのは、その薬膳のコースができた所為《せい》だと――」

なる程な――中禅寺は何度か頷いた。

「つまり――料亭の方も商売として軌道に乗せようとしている訳だな。時代も変わったし、表の稼業が確乎《しっか》りしてた方がやり易いと云うことかな」

「おい待ってくれよ京極堂――」

関口は額に皺を寄せ、眉尻を下げた。

「――食べるんじゃないだろうな――山嵐」

ふふふ――中禅寺は笑った。

「山嵐のような食材は中中手に入るものじゃないんだよ。だから――つい盗んでしまったのだろうな」

「く、喰うんですか？」

「おい京極堂。山嵐を喰うなんて話はとんと聞かないぞ。喰えそうにもないし」

「まあね――」

中禅寺はぐいと躰を反らして、己の背後の床の間から一本の巻物を手に取り、座卓の上で広げた。

「こ――これは」

「そう。これはこの間の伊豆の騒ぎの後、光保《みつやす》さんから買い受けた、妖怪が描かれた絵巻物だよ。これに――ほら出ているだろ。山あらし――」

寝ている一名を除いて全員が覗き込んだ。

刺だらけの怪物のような絵が描いてあった。

山嵐と云うよりも河豚《ふぐ》の一種――針千本に似ていた。

「これだと妖怪の一種だな。これは喰えない」

「当たり前じゃないか」

「しかし一方で『和漢三才圖會』は『本草綱目《ほんぞうこうもく》』を引いてこう述べる。豪猪《ごうちょ》は深山の中におり、多くは群れを成して穀物を害する。形は猪に似て、項《うなじ》から背にかけて棘鬣《はりのりょう》がある。その長さは一尺に近く、粗くて簪のようである。また刺《とげ》は笄《こうがい》や帽刺《ずきんさし》にも似ており根元は白く端は黒い。怒ると激しく動き、棘鬣が矢のように人を射る——矢のように射ると云うのは大袈裟だが、これは何かの比喩かもしれないね。後は概《おおむ》ね正確に、生物としての山嵐を描写しているね。珍しい動物と妖怪の間にはそう壁がないと云うことだな」

まあ大体そんなものだったろうとは思うのだが、僕も山嵐の正確な形など覚えていない。

「ところが、この後、三才図会にはトゲは簪《かんざし》にするとか皮を履《くつ》にするとか両性具有だとか云う記述が続くんだな。肉は毒だとある。これはデマだね」

「毒なんじゃないか」

「ところがね、それは大昔の話で——近代漢方ではこれは貴重な材料なんだな。肉は豪猪肉と云って腸の薬、胃は豪猪胆と云って水腫《すいしゅ》や黄疸《おうだん》、呼吸調整やら発熱やら痙攣《けいれん》の特効薬、刺は豪猪毛刺と云って心臓の痛みや血行障碍《しょうがい》の薬になる」

「はあ——山嵐がねえ」

「尤《もっと》もこれは近代漢方の成果だからね。最近大陸に渡っていた者でなくては中中知りようがないことなんだが——」

大陸に渡っていた——人間。

「いずれにしても山嵐を有効に利用できるのは漢方医療か、それを応用した薬膳料理くらいだと思うがな。真逆、三才図会に倣《なら》って簪なんか作りゃしないだろう」

「それはそうなんだろうがなあ――」

で、どうするんだと関口が尋いた。

「何の証拠もないぞ」

「乗り込みましょう」

河原崎がどん、と座卓を叩いた。

「――乗り込めば山嵐がいるッ！」

益田が狼狽する。流石《さすが》は元同業者である。

「駄目ですよ。そんなので捜索令状が取れる訳がないですよ。乗り込んで発見できなかったらどうするんです。間違いでしたじゃ済まないでしょ。あんな小動物はどうにでも処分できますって。乗り込んで証拠が出なきゃ、もし本星《ほんぼし》だったとしたってその段階でもう捜査できなくなりますよ」

「ですから――乗り込んで締め上げて、自白させるンですわ」

河原崎は指の関節を鳴らした。

「河原崎さん、暴力警察だなあ。もっと民間人に愛されるよう努力せにゃいかんですよ。警官は公務員なんだから。力に頼ってちゃ何も解決せんです」

「しかし益田君。そうは云っても、我我民間人には何もできんだろうに。主人も料理長も人前に出て来ないんだし、厨房にすら入れないんだろ？　国家権力に介入して貰わなくっちゃ進展はないぞ」

「だって関口さん。窃盗は兎も角、殺人に到っては状況証拠すらないんですよ。もし窃盗の方で引っ張れたって、これじゃあどうしようもないっすよ。そんな、人間が入れ替わってるなんて非常識な事態は中中想定できないですし、もし入れ替わってたとしたって開き直られちゃったら本人でないことを証明することは難しいですよ。別件で引っ張って立件するとかしなくちゃ、元も子もない」

「しかし益田さん。山嵐がですな」

「だから。山嵐なんてものは」

「そうだ！　ヤマアーラシ！」

いきなり――叫び声がした。

「ヤマアラシはトゲが尖っているから偉い！」

奇声は座卓の下から聞こえた。

中禅寺は鼻の上に皺を寄せて、嫌悪感を丸出しにした。

「寝惚けているな」

「誰が寝惚けているものかッ」

むくり——と榎木津が起き上がった。頰に畳の跡がくっきりとついている。熟睡していたのだろう。瞼も腫《は》れている。

「善く寝たからすっきりだ！　それにしても馬鹿は何人集まっても馬鹿だな！　そんなのちょちょいのちょいだ！」

「何ですかそれは。どうするって云うんです？」

「どうする？　なァにを寝惚けたこと云ってるのだ馬鹿オロカ！　悪は滅びる。僕は栄える。それがこの宇宙の仕組みだろうに。この期《ご》に及んで何をぐちゃぐちゃ云っているんだ。あいつらは人殺しだぞ。生き埋めしてるからな。しかも二人もだぞ」

「何で判るんですか」

「おい。僕を誰だと思っているんだ」

「ううん——どうするんです中禅寺さん」

益田が泣き顔になった。

「僕はどうする気もないが」

中禅寺はあっさり答えた。

「ど、どうする気もないって——これだけ振っておいて、そりゃないですよ。ねえ、関口さん、何とか云ってくださいよォ」

「うん。京極堂、君はこのままでいいと云うのか」

「おい。証拠がないとか民間人には何もできないとか、喧喧囂囂《けんけんごうごう》云ってたのはどこの誰だよ。君達の云う通りだよ。まともにやるなら地道に行くしかないだろうな。乗り込むなんて以《もっ》ての外《ほか》だ。運良く山嵐でも見つかれば別だがね。僕はまあ、その旨《むね》を常信和尚に報せるよ。それだけだ」

「後は？」

後は探偵の仕事じゃないかと中禅寺は云った。

「は？」

益田がぽかんと口を開けた。

「驚くことはないだろうに。さっきまでそこに長長と横たわっていた君のご主人様の仕事だと云っているんだよ益田君。あのね、僕は別にお金を貰ってこんなことをしてる訳じゃないんだぞ。何かする義務も責任も何もないんだからね。親切でしている。それに比べてこの探偵には、藤堂元貴族院議員に常信和尚と、依頼人が二人もいるのだよ。二件が一件に纏まれば一石二鳥じゃないか。お金も二重取りだ」

そのとウりだッ——と榎木津は云った。

「焚き付けないでくださいよ中禅寺さん」

益田が懇願するように云う。

「焚き付けている訳ではない。後は君達の裁量で何とかしろと云っている」

「君達ってなんすか。この面子《メンツ》じゃ——社員は僕ひとりなんすよ」

自分もおりますと河原崎が云った。榎木津は顔を顰める。

「馬鹿かお前達！」

「まあ——馬鹿なんだと思いますよ。薔薇十字探偵社の社員なんだから」

「社員？　そんないいものか？　いいとこ奴隷だ。昔で云えば奴婢《ぬひ》だぞ。そんなものに仕切れる訳がないだろう！」

「おい榎さん——」

中禅寺は更に渋面を作った。

「——仕切るのは勝手だが、僕は厭だぞ」

「お前ひとりに楽させるものか」

僕は無関係だろうと中禅寺は云った。そんなことを云うなら殆ど全員が無関係である。

益田は勝ち誇ったように、

「ほら、いずれ我が身に降りかかるんですから。口を慎んでくださいよ中禅寺さん。どうするんです」

と云った。

「それは君達下僕が確乎《しっか》りしていないからじゃないか。君達で用が足りるなら僕まで声は掛からないんだよ。どうにかして欲しいのはこっちだ」

「しかし——どうするんですか」

「何度も云うがなこの馬鹿オロカ。僕を誰だと思っているのだ？　おいそこのボロ松。僕は誰だ？」

「神であります」

河原崎は真顔で答えた。どうかしている。

「お前は見どころがあるぞトド松。それに比べてお前達はオロカここに極まれりだ。お前達の入った風呂はオロカエキスが出汁《だし》で出てるから入れないな。わははははは。僕は大変いいモノを視ているんだぞ！　これを仕切らずにどうすると云うのだ！」

「いいモノ？」

中禅寺が訝《いぶか》しそうな顔をする。

「——あんた何を視たんだ？　ああ、その椛島とか云う男は共犯か」

「察しがいいぞ京極。生き埋めだ生き埋め」

「だからその生き埋めと云うのは何なんですか」

益田が苦苦しく云った。

生き埋め——榎木津が何を拠り所としてその言葉に辿り着いたのか僕には解らない。しかし、他のことなら兎も角も——何しろ生き埋めである。生き埋めなどと云う状況は然然《そうそう》あるものではない。現実には落盤事故あたりしか想定できない。

だから今回の一件には関係ないと思う。

僅かでも関係があるとするなら——どう考えたって、それは近藤が描いた紙芝居の一場面でしかない。他の関連性は僕には見出せない。ならば榎木津は——矢張り僕の頭の中を覗いたと云うことになるのだろうか。

——そうなら何故拘泥《こだわ》る?

榎木津は益田の問いになど答える気はまったくないようだった。何しろ榎木津が次に発した言葉は、変な小屋だ——だったのだから。

「——変な小屋だよ君達」

「変な小屋ってなんですよ。もう、榎木津さん、日増しに理解できなくなるなあ」

「それは日増しにお前の下僕度が高くなっていると云うことだバカオロカ。あのなあ、生き埋めと云うのはまだ生きている人を生きたまま土に埋めると云うことで、変な小屋と云うのは襤褸《ぼろ》くて変形した小振りの建物のことだ。日本語知らないのかお前」

ですから——益田は泣き顔になって、中禅寺に助勢を乞うような視線を送った。中禅寺はつらっとした顔をして、

「益田君。亮順和尚が開墾した畑と云うのは誰の所有する土地なのか判るかね——」

と、これまたとんちんかんなことを尋いた。

益田は落胆したらしく、酷く憂鬱そうに答えた。

「あの丘陵の一帯は旧幕時代根念寺の寺領だったんですよ。ご一新《いっしん》の際に、殆ど国に取られちゃったんですが——あの畑のある場所にはお堂があったんで残ったんですね。寺の土地ですよ」

そうかなる程な——と、中禅寺は云った。

「何がなる程なんすか」

「その丘の麓《ふもと》の方はどうなっている？」

「どうなっているって——そりゃ、人が住んでますよ。あの辺りも人口が増えて来ましたからね。移り住む人もいるようだから分譲もされてるんじゃないですか。だから中禅寺さん、それがどうしたって云うんですか。言葉が通じると云うだけで榎木津さんと変わりませんよそれじゃあ——」

しかし中禅寺はそうかそうかと納得した。

何がなんだか解らない。

同類なのだ。榎木津と。

僕は漸《ようや》くそこに気がついた。表出のしかたに差異があるだけで、矢張りこの二人は同類なのである。

益田はもう限界のようだった。

哀れな探偵助手は自分の味方を捜すように一同をぐるりと見回した。

うだった。

勿論四面楚歌《もちろんしめんそか》である。益田は僕と関口を見比べて、その結果関口の方に照準を合わせたよ
「な、何を納得してるんですか。もう、何か云ってやってくださいよ関口さん」

関口は——ぐうと唸った。

「わははは聞いたか。ぐうと云ったぞ。腹でも空いたのかこの役立たず。それにしたってそんな猿男に助勢を求めるとはお前も落魄《おちぶ》れたものだな大バカオロカ。それにしても——こら関」

「何ですか。厭ですよ」

「フン。何を怯《おび》えているのだ。君はそんなに料理が怖いのか」

「どう云う意味ですか」

「お前、京極の話だと珈琲《コーヒー》と醬油の区別がつかないくらいの立派な味音痴らしいな。しかしそれなら何を喰っても美味《うま》いだろう。心配は要らないぞ！」

「そりゃどう云う意味で——」

そこで言葉を切り、関口はあッと小さく叫んだ。

「ま、真逆榎さん、あんた薬石茶寮に——」

「矢張り打ち入るのですか！」

河原崎が目を輝かせた。

「や、やめましょうよ榎木津さん。僕はこれでも元刑事ですよ。ぜ、前科者になんかなりたかァないですよ」

「何云ってんだお前」

榎木津は半眼になって益田を見た。

「だってそんな非合法にですね」

「どこが非合法なんだ？」

「そりゃ幾ら怪しいからって民間人が徒党を組んで乗り込んだりしたらですね——」

榎木津は一層眼を細めた。

馬鹿にしている。

「食い物屋に民間人は入れないのか？　徒党を組むと飯は喰えないのか？　客が店屋に乗り込むと前科がつくのか馬鹿オロカ」

「は？」

益田は細い眼を丸くした。

「それじゃあ——食べに？」

「当ッたり前じゃないかぁ。飯屋なんだろうが。飯屋に行って飯喰わないでどうする！　喰えば会えるんだろうに。なら喰えば良いのだ」

「しかしあそこは高価《たか》いし、一見《いちげん》さんは——」

「だから僕を誰だと思っていると云っている」

「あ――」

行けるのだろう。榎木津なら。元華族、財閥の御曹司。しかも取引先は皆一流――しかも
椛島の話だと榎木津家には招待状まで出されているのである。

「おお、そこの君！」

榎木津は僕を指差した。

「君は大根を持っているなッ――」

驚く僕を尻目に榎木津は愉快そうに云った。

「そうだ。それで行こう！」

何で行こうというのだ。

6

そうしてまた——例の通り訳の解らない仕掛けが始まった。探偵一味は大した打ち合わせもないままに散った。

当然、僕にも妙な役が振られた。

その場に居合わせたのが——運の尽きである。

僕に振られた役割は——干し大根を持って町田のいさま屋に行くこと——である。何が何だか全く解らない。何故干し大根なのか。

僕が近藤から干し大根を貰ったことは誰も知らない筈である。

榎木津が例の能力で察知した——のだとすると、それは偶偶《たまたま》僕が干し大根を手にしたからそうなっただけ——と云うことになる。

干し大根でなくてはならない理由などないに等しい。適当なものだ。もし別の理由で干し大根が選ばれたのだとすると、これは物凄い偶然と云うことになる。

どっちにしたって釈然としなかった。

決行は一週間後の日曜日と云うことになった。

別に僕の休日に合わせて日曜が選ばれた訳ではない。何でも薬石茶寮の予約は最低一週間前に入れるのが決まりなのだそうだ。

近藤に話すと大層面白がった。

一緒に行きたいなどと云い出したから、僕は必死で止めた。

これ以上、徒《いたずら》に探偵の下僕を増やすこともないだろうと、そう考えたのである。関われば必ずや傅《かしず》くことになる。そうなればもう、自分の意志では後に引けないのだ。

日曜日の朝早く――。

僕は近藤から貰った干し大根の束を持って町田の釣り堀いさま屋に向かった。

町田町は、朝も早いと云うのに何だか騒がしかった。制服姿の警官の姿もちらほら見かける。これも探偵一味の仕組んだことなのか。それとも偶然か。しかし、仮令《たとえ》一味の構成員に警官や刑事が混じっているからと云って、彼等に警察組織を自由に動かせる訳もない。ならば偶然だろう。

伊佐間手製のあの奇妙な作品が見えて来た。

着いたのは七時前だったから客は一人しかいなかった。いや、そんな時間にもう一人はいたと云うべきだろうか。

何でも客が来れば開けると、そう云う仕組みになっているらしい。

番人は前回と同じように笛を吹いていた。ケイナと云う、南米辺りの笛なのだそうだ。伊佐間は和笛から洋笛から土笛の類《たぐい》まで、笛なら何でも吹けるのだそうである。

僕は伊佐間に何か段取りに就いて聞いていないかを尋いた。うん——と答えてから、伊佐間はこう語った。

「あのね、二三日のうちに椛島さんが来るだろうから、来たら大根の自慢をしておくように云われて」

「大根自慢？」

「うん、中禅寺君に云われた。本当に来たから自慢した。したした。この近所で特別に栽培したとびきり美味い大根があるんだと、嘘八百」

伊佐間は朴訥《ぼくとつ》だし、多くを語らない性質らしいから、嘘も露見し難いだろう。ウンとかホウでは嘘か真実《まこと》か判りはしない。

暫《しばら》く沈黙が続いた。

「何をするの？」

逆に尋かれてしまった。話せば長い。話さなければ解るまい。

「ああ——」

僕は無言だったのだが、伊佐間は何か察したようだった。

「——椛島さん悪いことしてたの」

「はあ、まあ」

「うん」

冬の鳥が啼いている。

「で――」

「は？」

「誰が行くの？」

「どこに――ですか？」

「食べに」

察しているようだった。でも圧倒的に言葉が足りない。それでも通じるのはどう云うことだろう。

「榎さんと中禅寺君？　それから関君？」

「さあ――僕は何も聞いてなくて。ただその、大根を――ああ、これどうします？　これがいったい何になるのでしょう」

「はて。ああいい干し大根だねえ」

伊佐間は感心した。

「ここに誰か来るのでしょうか――」

「さあ」

「僕はどうすればいいのでしょう」

「うん」

僕は遠目ではあるが、椛島には一度顔を見られている。榎木津も益田も、そして関口も同様である。しかもあの時は制服姿の河原崎がいたのだ。怪しまれたり警戒されたりしないものだろうか。

そんなことを思って視線を泳がせる。

二人連れの警察官が釣り堀の前を横切った。

矢張り——何か事件があったのだろう。僕が伊佐間に問おうとしたその時、視野の端に作務衣《さむえ》が入って来た。椛島だ。

椛島は鋭い目つきで通り過ぎた警官を睨みつけ、暫く門のところで止まっていたが、やがて二度三度辺りを見回して門を抜けた。警官の姿が見えなくなったからだろう。

「来たね」

伊佐間が立ち上がった。

椛島は矢張り竹の籠を手にして、頭に手拭いを巻いている。

動作が機敏である。足取りも隙がない。中中の手練《てだれ》と云った感じである。椛島が硝子戸に手をかける前に伊佐間ががらりと戸を開けた。隙だらけのようだが、この枯れ枝のような男も中中のモノなのかもしれない。椛島は低い声で短く云った。

「伊佐間さん――ご相談が」

「魚？」

「いえ――」

椛島の視線は既に僕の大根に注がれている。

「実は今日のお客様が大変な通人でして――大根を基本にした精進料理をご所望《しょもう》だったのですが――文政《ぶんせい》時代や元禄《げんろく》時代のさる文献に沿って厳密に頼む、との仰《おお》せなのです。長尻《ながしり》、秋早生《あきわせ》、黒葉《くろば》と練馬《ねりま》大根は各種揃えたのですが、どうも京の干し大根が要るらしい。それが判明したのが昨日で、とても間に合わない。そこで伊佐間さんがこの前――」

椛島は僕の手許の干し大根を再び注視した。

なる程、そう云う仕組みか。

「あ――あれ？」

伊佐間は恍惚《とぼ》けまくっている。

「お分け戴けませんか」

「これは駄目――でも」

伊佐間は僕を見た。

「この人は、この大根を丹精込めて作っている近隣の農夫の下金君《おろしがね》」

「おろしがね？」

——って誰だ？

「そう。だから今頼めば後で届けてくれると思うけど——いいよね、下金君。まだ沢山あるでしょ」

「あ——あ、ハイ、そのまあ——」

どうして僕はいつも偽名なのだ。

「何時までに要ります？」

「お昼にお出しするものですから——できるだけ早く欲しいのですが——あの、ご主人、いや伊佐間さん、ここにあるこれは——」

「これは駄目。でもこの人この近くだから。あの丘の下のところね。麓」

「丘？」

「だからここよりもお宅に近いの。そうでしょ下金君」

「あ——ま、まあ」

それにしたって今度はオロシガネである。全く、つけるにしてももう少しマシな名はないものか。常に口から出任せの適当な名前ばかりである。この連中は口裏でも合わせているのか。

「そうですか。それでは宜しくお願い致します」

椛島は頭を下げた。

「何本でも云い値で引き取らせて戴きます。おいで戴いた際は裏門からお入りください。本堂の横が庫裏《くり》になっておりまして、そこが厨房でございます。くれぐれも——接待用の庵《いおり》には近寄らないようにお願い致します」

「あの、お客様は何時に——」

十一時にはお入りになります——と云って椛島は去った。

「すぐに行かない方がいいンじゃない」

伊佐間は髭を摩《さす》ってそう云った。

それから釣り竿を出して、

「少し釣って行く？」

と云った。

僕が辞退すると伊佐間は、ああ忘れてた、と云って、尻のポケットから折り畳んだ紙を出した。

「ええと、これはですね、榎さんからの命令」

「命令？」

そんな大事なことを忘れないで欲しい。もし伊佐間が忘れっ放しでいたりしたなら、それも僕の所為《せい》にされるのだろうし、そんなことにでもなったらどんなお仕置きをされるか、判ったものではない。

僕は恭《うやうや》しくおし戴いた。

下僕がすっかり身についている。

紙にはひょろひょろした味のある文字が記されていた。

伊佐間の字なのだろう。

「ええとね、何か尋かれたらそこに書いてあることを云うこと。何度尋かれても、何度でも云うこと。そう云う命令ね」

「何ですって?」

紙にはこう記されていた。

——南村と町田町の境の天神山。その東斜面の山頂から半里ばかり下った庚申堂《こうしんどう》の裏手一帯。松の木と梅の木に挟まれた場所。一箇所だけ土が肥えていて、良く育つ——。

「これ——どう云う意味なんです?」

知らない——と伊佐間は云った。

全く意味不明である。

いったい何を尋かれると云うのだろう。

僕は——結局、ただ懸命に暗記した。物事を暗記しようと努力をするなど、いったい何年振りのことだろうか。

伊佐間の笛を聞いて、二時間程過ごした。

客は全く動かず、また数も一向に増えなかった。

「そろそろ行く？」

「ああ――」

「案内するね」

伊佐間は鍔《つば》のない奇妙な帽子を被った。

「案内するって――ここは？」

「うん」

伊佐間は硝子戸を開けて、ひょこひょこと釣り人の横に行き、躰を屈めて耳元に何か云った。客はいきなり片手を上げて、オウ解ったぜェと大声で云った。伊佐間は立ち上がり、僕を手招きした。

客に店番をさせる気なのだろう。

僕は大根の束を持ち、やおら薬石茶寮へと向かった。

丘を越えると早いんだけど、今日は迂回して行くよと、伊佐間は云った。何故迂回するのかは教えてくれなかった。

どのくらい歩いただろう。

庵が見えて来た。

「あれ――が裏門」

渋い。僕は侘《わ》びや寂《さ》びなど解らないが、何だか物凄く渋いと思った。伊佐間は恍惚けた顔で門を眺めて、こんなンただ古いだけじゃないねえ——と云った。そう云われればそうなのだが。

門を潜って境内に入る。

花頭窓《かとうまど》の建物を過ぎる。

「あ、来てる来てる」

多分——表門の前なのだろう。黒塗りの高級自家用車が停車しているのが窺えた。運転席には益田が乗っているようだった。前髪が覗いている。

波形の欄間《らんま》の建物に差し掛かったところで二人の作務衣の男が駆け寄って来た。伊佐間は僕を指差してひと言——。

「大根」

と云った。

桟唐戸《さんからど》を開けて椛島が出て来た。

「あ——お待ちしておりました。下金さん、さあこちらへ——」

「じゃあ僕はこれで」

「え？」

伊佐間が帰ろうとしたので、僕は慌てた。

「ああ——それが干し大根かな」

もう一人男が出て来た。

濃い顔の男だった。

浅黒い顔がてらてらしている。

まるで味醂《みりん》干《ぼ》しのような男だった。

「ああ。私がこの厨房の責任者、典座《てんぞ》の古井です」

味醂干しはそう云った。

「あ、あの——」

「おお。これだこれだ。待っておりましたぞ。お客様はもういらっしゃっております。本日のお客様は大切なお方ですから——長くお待たせしたりする訳には行かないのです。さあこちらに——」

「でも、あ——」

伊佐間は一度ににやりと笑って、それから腹の辺りで小さく手を振って、帰ってしまった。

一見いい人のように見えるのだが——伊佐間とて矢張《やは》り榎木津の一味であることに変わりはない。

「下金さん。おろしがねさん」

「おろし——え？　あ、はい」

遣り難いこと極まりない。

そして僕は二週間前に近藤から貰った大根を持って、部外者の立ち入りが固く禁じられている禁断の厨房に足を踏み入れたのだった。

物凄い——熱気だった。

白い作務衣姿の男達が黙黙と働いている。

それでもそこは、必要以上に整然としているように見えた。厨房と云うより工房と云う感じがする。巨大な俎《まないた》やら大鍋やらが整然と並び、壁には何種類もの包丁が掛けられている。

竈《かまど》が三つ。ぐらぐらと煮え立つ大釜。もうもうと水蒸気が上がっている。古井亮沢は歩き乍《なが》らちらちらと料理人達の仕事に目配りをして、あれこれ注文をつけている。

「驚かれましたか。総《すべ》ての料理は料理長が責任を持ちます。吟味は大変厳しいものです」

椛島が云った。

隅には沢山の種類の野菜が山のように積まれていた。盥《たらい》の中には多分、海老などの海産物が入っているのだろう。とても数名の客に出す量ではない。

「あの、今日のお客様は何名様で——」

「三名様です。私どもは一日一組様しかお迎え致しません」

「三人——ですか。しかしこの食材は——」

多過ぎる。

「この中から選びに選んで、最良の部分を使用するのです」

「の、残りは——」

このままの状態で保存しても、青菜などは萎《しな》びてしまうだろうし、魚介類は傷んでしまうだろう。

「保存できないものは総て廃棄します。食材は毎日新鮮なものを仕入れますから——ああ、山人様」

「え？」

野菜の陰にもっと濃い老人が立っていた。

老人は僧衣を纏っているが剃髪《ていはつ》はしていない。白髪を禿《かむろ》に切り揃えており、同じく真っ白な長い眉毛が眼にかかっている。細かい皺に覆われた皮膚はやはりてらてらしていた。

「何をしておるのだ椛島。早《はよ》うせい。榎木津様はもういらしておるのだぞ。干し大根は——ん、あんたは？」

矍鑠《かくしゃく》としている。僕が予想していた山人像とは、かなり違っている。威厳のようなものは全くない。ただ、小物でないことだけは慥《たし》かである。異様な気配を持っている。ただ者ではない。

「こちらがこの大根を作られている下金さんです」

椛島が畏《かしこ》まって伝えた。

老人はひょいと身を屈め、僕の提《さ》げている大根を値踏みするように、具《つぶさ》に観察した。

「ふうん。どれ──これは──」

老人は不可思議な表情を見せた。そして、

「これは本当にこの近所で栽培したものかね」

と、僕に尋いた。

「ええ──まあ、その」

──しまった。

さっきの科白《せりふ》はここで云うべきなのか。そう思ったが遅かった。暗記した筈なのに思い出せない。

そのうちに布施山人は納得してしまった。

「ふうん。この辺りでもこの手のモンが採れるのかの。干してないのも見てみたいな。使い勝手が良いようなら、定期的に仕入れさせて貰おう。関西から運ぶよりええ。で、幾価《いくら》だな？」

「あ、あの、僕は商売で作っている訳では」

「タダか。タダは良い。なら金は出さんぞ」

普通そう云う風に云うだろうか。

言葉が継げない。

それに、何を尋かれても紙に書いた通り云えと命令されていたことを、僕はもう忘れている。これでは——まるで役立たずである。僕のヘマで計画が破綻《はたん》してしまったのでは——どんな悪罵《あくば》を浴びせられるか知れたものではない。

「あ、あの、お、お金は要りませんので、その代わり本日のお料理を——その後学のために拝見させては貰えませんでしょうか」

僕は苦し紛れにそう云った。ここで帰ってしまってはいけないのだ。このままでは僕の役割は果たせていないことになる。折角《せっかく》暗記までしたあの言葉を発する機会が訪れるまで、帰れはしない。

「料理を見たい？」

脂ぎった老人は小鼻をひくひくとさせた。

「そ、それは、あの、ぼ、僕のような者には一生かかっても口にできないようなお料理でしょうから、その——見るだけで構いませんのです。め、目の保養に——」

何とかお願いできないでしょうか——と、僕は懇願した。必死である。

不思議と怖くはなかった。

善《よ》く考えると不思議である。もしかしたらこの連中は窃盗団で、しかも人まで殺している悪党である可能性さえあるのだ。そんな悪漢の巣窟に単身乗り込んで、頭目と思《おぼ》しき男と向かい合っていると云うのに——怖くない自分が解らない。

のだ。

——現実感がないのか。なる程、関口の気持ちが善く解った。何をしても現実感がないと云うのはこう云う状態なのだ。

——僕は何をしているのだ?

そう思うと、怖いと云うより妙に可笑《おか》しかった。

布施山人は癖のある顔を歪めた。亮沢が何か怒鳴っている。椛島は隙のない動作で僕の顔を覗き込んで、それから老人に向け時間がありません——と云った。

気がつくと僕は大根を抱えていたのである。料理を見せてくれるまでは渡さないぞ——と云う態度と受け取ったのだろう。

「解った。椛島、お前この人について客間の次の間に控えておれ。そこにおれば運び込む料理が見られるじゃろ。ええか、あんた、くれぐれも云うておくがな、建物の中をうろうろせんでくれ。通常はこの厨房に入ることも禁じておるのだからな」

老人はそう云って、鼈甲飴《べっこうあめ》のような質感の目玉で僕を睨むと、そのまま積まれた野菜の陰に消えた。そちらには、貯蔵庫のような用途で使われている部屋があるらしかった。

椛島はその後ろ姿に一礼して、それから僕に手を差し出した。

「大根を——」

あ、ハイと返事をして、僕は大慌てで大根を椛島に渡した。椛島はそれを作務衣の料理人に渡してから、どうぞこちらに——と云った。

昏い廊下を通って、本堂に出た。

本尊も、仏具もちゃんとある。

料理屋ではない。寺なのだ。

「今日のお客様は——偉い方なのですか？」

僕は——解り切ったことを尋いた。

「はい。この薬石茶寮の会員の方方は——皆様相当に地位身分のお高い、社会的な影響力を持った方達ばかりです。ここは会員同士の情報交換や、時には商談などに利用されたりも致します。ですから政財界の有力者を新しく会員にお迎えすることは、大変に意味のあることでございまして——」

「政財界の大物——なんですか」

正確にはそのご子息です——と、椛島は云った。

ご子息——ではあるのだろう。

「椛島さんは——お料理はされないのですか」

「私は仕入れ専門ですから——」

こちらへどうぞ——と、椛島は丁寧に僕を導き入れた。

細い渡り廊下で結ばれている離れのようだった。

廊下の先に三畳程の畳敷きの間があった。椛島はそこに座った。

僕も並んで座る。漸《ようや》く——緊張感が湧いて来た。襖がある。その向こうが客を通す部屋なのだろう。僕が座っているすぐ横の京壁には丸い窓が穿《うが》たれており、竹の桟が嵌っている。そこから隣の部屋を覗くことができる。

僕は——そっと覗いた。

上座には完全に弛緩《しかん》した榎木津がだらしなく座っている。

その横には和服の中禅寺が相変わらずの仏頂面で控えている。

末席には猫背の関口が、落ち着きのない座り方で畏まっていた。

——政財界の大物ねえ。

三人とも大物ではあるのだろうが。

すたすたと——廊下を歩く音がした。

顰《しか》め面《つら》の味醂干し——亮沢が、渡り廊下を渡って来るところだった。背後から顔の上に恭しく膳を掲げた作務衣の男が三人続いている。

亮沢は僕の前を過ぎる時に一瞥をくれた。余り明るくなかったので表情までは読み取れなかったが、それでも僕は下を向いた。

亮沢は正座して襖をすうと開け、深深と辞儀をしてからすっと入室して襖を閉めた。

「ようこそいらっしゃいました。この度《たび》は薬石茶寮にお越し戴きまして、真《まこと》に有り難うございます。私は典座の古井亮沢と申します——」

僕は笑いそうになって、必死で堪《こら》えた。その典座なる役職の正しい読み方を教授した男が、客席の真ん中に座っているのである。

「食と申しますのは凡《すべ》ての基本でございます。今日のこの時、一期《いちご》一会《いちえ》の」

「お腹が空いた」

「い、一期一会の」

「お腹ぺこぺこのぺこちゃんだ！」

——何だそりゃあ。

僕は思わず手で顔を覆った。

まるで自分のことのように恥ずかしい。

何と云う場違いで幼稚で馬鹿な反応だろうか。

榎木津と云う男はいったいどう云う神経の持ち主なのだろう。

「さあ！　あんたの挨拶なんかどうでもいいからご飯。ご飯だ。ご飯を食べよう。食べ食べよう！」

——何じゃそれは。

わざとやっているのだとしても恥ずかしい。

あの人はあれでもう三十半ばなのだ。

賓客が余りにも煩瑣《うるさ》いので亮沢は挨拶をやめたようだった。庵主の布施山人はお食事が済みましたらご挨拶に参ります——と、それだけ云って、パンパンと手を打った。姿勢良く僕の前に控えていた男達が膳を持って入室した。折角目の前に料理があったのに、僕には善く見る暇がなかった。

「先付でございます」

「凍り蒟蒻《こんにやく》と黒皮茸、それに木の芽ですな。下に胡麻味噌が敷いてございます」

「美味《おい》しくないね」

にべもない。遠目には美味《うま》そうに見えるが。

しかし中禅寺は美味そうに喰っている。関口は汗をかき乍《なが》ら四苦八苦している。

流石《さすが》の亮沢もこの探偵の暴言には驚いたのだろう。口を開けてから言葉が出るまでにかなり間があった。

「お——お気に召しませんかな」

「ぼそぼそしている。プディングの方が美味いよ」

「はあ——」

「駄目。これは駄目。はい次」

榎木津がそう云ったので、作務衣の男がすっと膳を下げた。

中禅寺はもう喰い終っている。しかし関口はまだ手をつけたばかりである。

「ああ――」

下げられてしまう。

即座に次の膳が運ばれて来た。

「猪口《ちょく》は――ご指名のございました『諸國名産大根料理祕傳抄』の中から――」

「これはまだいいぞ――」

榎木津は既に喰っている。と云うか、次次にぱくぱくと口に放り込んでおり、趣《おもむき》も何もあったものではない。

「――能書きはこの北大路君に後で聞くから語らなくていいよ。この人は何でも答えてくれるから便利なのだ。うん――でも、これは飽きる味だ。もうすぐ飽きるぞ。もう飽きた。駄目。はい次」

榎木津は半分も食べずにそう云った。

北大路こと中禅寺は綺麗に食べ終っているが、関口はまだ箸をつけたばかりのところである。

その後、八寸《はっすん》、小吸い物と進んだが榎木津の口に合うものはないようだった。僕にはどれも、まるで目を見張るような立派な料理に見えたのだが、探偵は駄目だ不味《まず》いの一点張りだった。

どうも――榎木津は畏まって喰うことがそもそも苦手なようだった。

と――云うより、食事が下手なのだ。

溢《こぼ》したり転がしたり、まるで子供である。

「ああ、この店は美味いと聞いたからわざわざこうして来てみたのに当てが外れたねえ。どうしてこう美味いものを知ってる人間が少ないのだろう！」

榎木津はわざとらしくそう云った。

「左様でございますなあ。お坊ちゃま、この程度の仕事ではお父上にはご紹介し兼ねますなあ――」

中禅寺までそんなことを云っている。ひとりだけ美味そうに全部喰っている癖に、である。

「お父上――榎木津会長ですか？」

「そうです。御前様から聞き及びますところによりますと、こちらからは再三再四招待状が届いているのだとか――そうですねお坊ちゃま」

「そのとウりだ！」

妙な発音である。亮沢は額《ひたい》の汗を拭った。

「はあ、当茶寮の会員の方方の中にも榎木津元子爵様を是非会員に――と、ご推薦になる方が多いものですから、その――」

「だから僕が来たのだ！　はい次！」

榎木津は味噌汁をお代わりする田舎者のような仕草で、まだ料理の残っている高価そうな器を下げさせた。

「美味しくないぞ。全然」

これでは単なる破落戸《ごろつき》である。

「ああ美味しくない。見ろ！　そこの猿渡《さるわたり》君なんかあンまりにも不味いので死にそうになってるじゃないか！」

慥《たし》かに関口は青い顔をして汗だくになっている。もう言葉も出ないようである。箸も持っているだけで、食べようとしない。

「どうしたんですか猿渡先生！」

中禅寺がわざとらしく話しかけている。

どうやら関口はこの場では猿渡先生と云う名前らしい。何の先生なのか。いったいどんな設定なのか知る由もないが、これは迫真の演技である。ううとかぐうとか云っている。

流石に亮沢も見兼ねたらしく、お客様お休みになりますか——と云った。

「——別室にお床を展《の》べさせますが」

関口はもう玉の汗である。苦しそうに手を伸ばして掌を亮沢に向けている。結構ですと遠慮しているのか助けを求めているのか、善く判らない。

「うう、あ、あの」

中禅寺が関口の膝に手をおいた。

「ううッ」

「大丈夫ですか猿渡先生。お坊ちゃま、これは」

膝を揺する。関口が痙攣《けいれん》する。

「うううッ」

「構うものか。この人達が美味しいモノさえ出してくれればこんな病《やまい》はすぐに治るのだ。さア、さっさと持って来る！」

「しょ、少少お待ちを――」

亮沢は立ち上がった。

「亮沢さん！」

中禅寺が止めた。

「お坊ちゃまはそう仰《おつしや》るが――猿渡先生のこの様子を見る限りどうもいけない。これは――呼吸が乱れているし、気の巡りが悪くなっているようです。あまり良い状態ではありません。何か手を講じなければ――そうだ、慥《たし》かこちらは薬膳も扱われておるのでしょう。何か特効薬はございませんか？」

「と、特効薬――あ、少少お待ちください、あの」

　亮沢は襖を開けた。何とも云えない顔つきになっている。亮沢は控えていた椛島に顔を寄せて、

「山人をお呼びしてくれ。それから、豪――」

　そこで亮沢は僕の顔を見て、咳払いをした。

「あのな、黒焼きだ。あの――食材の。ほら、この間確保したあれだ。解るな」

「畏まりました」

　椛島は僕をちらと見て、このままここに――と云い、素早く立ち上がって厨房の方に向かった。亮沢は僕を見下して次の膳が届くのを待っている。かなり悔しそうな顔だった。

　やがて――血相を変えた布施山人と共に、新たな膳が運ばれて来た。山人は脂ぎった顔に脂汗を滲ませ、足早に渡り廊下を渡って来ると、僕の前で止まって、

「何じゃこの大根は――」

と小声で云った後、亮沢の方を見て、顎をしゃくって中に入るように促《うなが》した。亮沢は苦虫でも噛んだような顔で襖を開けた。

「遅い！　遅いじゃないか」

　傍若無人の榎木津が叫ぶ。

「これはこれは榎木津様、私めが当茶寮の主《あるじ》でございまして、布施山人と申します。この度はようこそおいで戴きました。何か――お気に召しませんようでござりますな」

「だから——僕は挨拶を聞いてもお腹は一杯にならないと云っているのです。しのごの云わずにさっさとその料理を出す」

「は、し、しかしですな、この料理は——」

布施山人は口籠っている。料理の出来が良くないのだろう。僕の持って来た大根は、どうやらそれ程の品ではなかったようである。

それもその筈である。考えてみれば、それは近藤から貰ってすぐに貯蔵棚に仕舞って以降、今朝《けさ》まで放っておいたものなのである。幾ら干し大根とは云うものの、あまりに酷い扱いだと思う。

山人は大根を注視《みつめ》て、これはその——といい訳めいた物云いを始めた。何しろ他の料理が全部駄目だと云われている最中《さなか》なのだし、無理もないだろう。

「どうでもいいからその料理を出す。ほら、猿渡先生も食べたがっているじゃないか！」

関口は相変わらず玉の汗で、青い顔のまま座っている。食べたがっているようには見えない。

亮沢は已《やむ》を得ずと云う態度で配膳を指示した。

三人の前に運ばれた僕の大根はそれでも見栄えだけは良く盛りつけられているようだった。器がいいと何でも良く見えるものである。

「さあ、戴きまぁすだ！」

　榎木津は勢い良く大根を口に運んだ。

　亮沢は口をへの字にして下を向き、布施山人は眉間に皺を寄せ、眼を閉じて座っている。僕も――どう云う訳かドキドキした。不味《まず》いとか酷《ひど》いとか、どうせそう云う話になるのだろうし。

　暫く無言で、大根を齧《かじ》る音だけが座敷に響いていた。

「ンまい」

「は？」

「これは美味いぞ」

「そ、そうですか？」

　亮沢と山人は――僕からは善く見えなかったのだけれど――多分、酷く間抜けな顔をした筈だ。榎木津の声を聞いた途端に肩ががくりと落ちたのだから、相当気が抜けたのに違いない。

「おお。こう云う料理を出しなさい。これでいいのだ。これなら猿渡先生もご満足だな、北大路君」

「慥《たし》かに――これは元禄時代の大根料理の味わいを見事に再現していますね。矢張りお坊ちゃまは舌が肥えていらっしゃるなあ――」

　中禅寺も尤《もっと》もらしいことを云った。

「いや、流石は薬石茶寮。あれだけの文献から、ここまでの料理を再現されるとは、まさに驚きです。行間を想像力で埋めるにしてもこうした作品を作りあげるには卓越したセンスが必要ですからね。この料理はまさに称賛に価する。何より——うん、素材に負うところも大きいようですが」

「あ、有り難うございます。し——しかし」

本当に美味いのか——と云いたいような口振りである。

「しかし何だね？」

「そのですなあ、なあ亮沢」

「はあ——その、何と申しますか」

「実を申しますと、急なご所望でしたもので、揃えました大根がそれ程良い品ではなかったもので——」

「そんなことはないぞ。僕はこう見えても今まで数え切れない程多くの大根を喰って来たんだぞ。もう、大根と云う大根は凡て僕の口に入っているのだ。その僕がだな、こんな美味い大根は初めて喰ったと云っているのだ。これは良い大根だ。一体どこで仕入れたのか知りたいくらいだ。なあ、北大路君」

「まったくです。これ程の大根には中中お目にかかれるものではない。これは——何処《いずこ》の産ですか。少なくとも関東の大根ではありませんね？」

「へ？　と、ところがそれはこの地元の産でございまして――」

「またそのような戯言《ざれごと》を仰る。余人は兎《と》も角《かく》、この北大路の舌は誤魔化せませんぞ。これは関東近郊で採れた大根ではない。あなただってそう思われるでしょう、猿渡先生――」

「あ――うう」

関口は手で額の汗を拭った。

本当に辛そうである。

「いやいや、北大路先生の見識の広さには恐れ入るところでございますが――」

布施山人は横目で僕の方を見た。

「――こればかりは本当なのでございます。私めも最初は信じられなんだが――」

「信じられませんね」

「本当でございます」

「しかし、ただ本当だ本当だと云われても、こればかりは俄《にわ》かには信じ難い。それがもし本当なのであれば、これは食通である私の負けだ。ならば通人を気取ることも止めなければなりませんな」

「そう仰られましてもこればかりは本当で」

「ほう。云い切りましたね。これは面白い――」

中禅寺は不敵な面《おもて》を布施山人に向けた。

「この大根が——本当にこの辺りで収穫されたものと判明した暁には——そう、この北大路自らが榎木津様のお父上、榎木津元子爵にこの茶寮の会員になることを責任持って進言することと致しましょう。お坊ちゃま。如何《いかが》です？」

榎木津は気の抜けた声でいいよと云った。

「お坊ちゃまの諒解も戴きました。さて、貫主殿、どうやって証明される」

「じ、実は、その大根を作りました本人がそこに控えております。そこまでお疑いなのでしたら、ここに呼んでもようございますが——」

「ほう。それはそれは。是非お呼びください」

「畏まりました。宜しいのですな——」

布施山人は亮沢に目配せした。亮沢は立ち上がって襖を開けた。

「下金さん。宜しいかな」

おろしがね——。

それは僕だ。

僕はそろそろと立ち上がって——多分普通なら絶対に足を踏み入れることのできない座敷の敷居を跨《また》いだ。

見慣れた三人の男が座っている。

白髪の禿頭《かむろ》が振り向いて、僕を見上げた。

「ああ、先程はどうも失礼しましたな。こちらのお客様が、あなたの大根をいたくお気に召したそうでしてな――」

「はあ、どうも」

別に云うことはない。

「正直に申し上げますと、私はこの皿は不出来ではないかと心配しておったのだ。見た目は立派な京大根のようだったが、どうも中が傷んでおってな。調理場の方も苦心したものだから、仕上がりが――」

「あんた」

榎木津が怖い顔をした。

「さっきから聞いていればこの大根のことを貶《けな》してばかりじゃないか。怨みでもあるのか大根に。美味《うま》いんだから――食べてみなさい」

榎木津は残った大根を布施山人に突き出した。

「さあ食べなさいよ」

「はあ」

「あんた達は、自分で喰えんようなものを客に出すのか？」

め、滅相もない――そう云って亮沢と布施山人は大根を抓《つま》んでポリポリと喰った。

「どうだウンマいだろう。どうなんだ。美味《おい》しかったら素直に美味しいと云う！」

二人は、ああ本当に美味しいなあ——と、上の空で云った。

空空しいとはこのことである。

きっと——そんなに美味しくないのだろう。僕等貧乏人と違って、この二人などは舌が肥えているのだろうから、これは仕方があるまい。

何しろ、近藤の大根なのだし。

しかし、榎木津は本当に美味だと感じているのだろうか。本音を尋いてみたいところである。

「あなたがこの大根を作られたのですか？」

突如、中禅寺が真顔で尋いて来た。

僕はかなり驚いた。この男の場合、芝居が上手過ぎて嘘か真実《まこと》か判らなくなるのである。

僕は取り敢えずええ、まあ——と答えた。

「どこで——作られたと？」

——これか。

暗記だ。

僕は思い出す。

「あの、ええと——み、南村と町田町の境の、天神山——で」

「え？　そこの——丘か？」

亮沢が振り向いた。

丘の方角を見ている。見える筈はないのに。

布施山人はほら御覧なさい、などと云っている。

中禅寺はふんと鼻を鳴らして、天神山のどの辺りです——と重ねて尋いて来た。

「はい、ええと——その、東斜面の山頂から半里ばかり下った庚申堂の裏手一帯——で」

「庚申堂の——裏手？」

「何ィ」

今度は布施山人が振り向いた。

「それは——」

「そりゃ本当か？」

「はあ。あの——ま——松の木と梅の木に挟まれた場所——ですよ。そのですね、一箇所だけ土が肥えていて、良く育つ——」

途端に、げえ、と云って亮沢が飛び退いた。布施山人も蒼白になって、がくがくと立ち上がった。

「何だ。何がげえだ！」

「し、失礼、そ、その——」

「何が失礼だ、この馬鹿者ッ！」

榎木津はすっくと立ち上がった。

そして関口の膳の上に殆《ほとん》ど手つかずで残っていた大根の皿を手に取ると、布施山人の鼻面にそれを押しつけた。

「さあ！　命令だ。この美味しい大根をもっと食べなさい！」

「い、いや、そ——それは」

「何がそれは——だ。何だか妙なことを思い出しているなあんた。ふうん。そうか、その梅の巨木の下の——ああ、大きな石の横だな。そこでこの大根はできたのだ！　その場所にこれはにょろにょろ生えたんだ。栄養がいいんだなあきっと。だからこんなに美味しいのだ。さあ食べなさい。ほっぺたが落ちるぞ！」

「い、いやだ」

「なァにが厭だだ！　この愚か者！　選《え》り好みをするな勿体《もったい》無い！　躾《しつけ》がなってない子供かあんたは。いいか善く聞け。喰うや喰わずの貧乏人はどんなところに生えたモノだって喰うのだ！　下に何が埋まっていようとも、何を肥やしにして育っていようとも、それを喰わなきゃ死ぬと思えば何でも喰うぞこの間抜け！　好き嫌いをしてはいけない！」

「で、でも——」

「でもじゃないッ。何故喰えないんだ。僕の勧める大根が喰えないのかッ！」

「榎さんそれじゃ酔っ払いの親爺だよ」

中禅寺が立ち上がった。

「布施山人さん。それから古井亮沢さん。あなた達がそれを食べたくないと云う気持ちは僕にはとても善く解る。何故なら——その場所は今朝程、警官に掘り返されている——からなんでしょう。だから——そんなにお避けになるんでしょう？」

「ほ、掘り返したぁ？」

「そうですよ。朝早くから警官達がこの近辺を随分と行き来しておりましたでしょう。お坊ちゃま、こちらのお二人はそのことをご存じだったから拒否されてるんです。そんなに勧めちゃ可哀想ですよ。気持ち悪いでしょう」

「そ、そうですよ。あ、あそこには——いやはや、そんな、屍体があった場所でできた大根なんて——あ、し、知らなかったもので、その」

「亮沢さん——」

中禅寺が厳しい声を発した。

「——今、何と仰いました？」

「は？」

「そこに——何が埋まっていたと？」

「だから屍体——」

「どうしてご存じなんです？」

「ですから何が埋まっていたか何故ご存知なのか伺っています。警察はまだ何も発表してはいませんよ。地元の人も掘っていることしか知らない筈だ」

老人とその息子は——明らかに硬直した。

「あそこには——屍体が埋まっていたのですか？」

「それはですね——その」

わははははと悪魔のように榎木津が笑った。

「そんなことは関係ないぞ北オージ君。さっきも云った通りだ。仮令《たとえ》何を栄養にして育っていようとそんなことは僕の知ったことではない！　屍体なんて腐ってしまえば養分のある土じゃないか。それ吸って育ったんだからさぞや栄養のいい大根だろう。さあ、あんた達はこの料理を僕に喰えと云って出したんだ。客に出しておいて店の主人が喰えないなどと云う法はないぞ。ほら食べなさい！」

榎木津は大根を布施山人の口許にぐいと押しつけた。老人は暫く黙って耐え乍《なが》ら——それでもまだ喰おうか喰うまいか若干の躊躇はしていたようだが、やがて口を押さえて、飛び退くように榎木津から離れた。亮沢もその横に並ぶ。

「何だ！」

榎木津は身構えた。

「な、何を？」

「お前達、それが客に対して取る態度か！」

まだ客振っている。

「あ、あ――」

言葉が出ないようだった。この場合、山人達には受けがないのだ。バレているのかいないのか判らないから往生際《おうじょうぎわ》の見極めようがないのだろう。演技を続けるのも変だし、開き直るのも妙だ。しかし、何がどうなっているのかは解らないが、この慌て振りは誰が見たって自白しているのと変わりない。

そこで――。

中禅寺は懐から一枚の写真を出した。

「ご覧なさい。これは古井亮順と古井亮沢父子の写真です。古い馴染みのさる僧侶が、一枚だけ持っていたものだ。十八年前、最後に貰った手紙に――入っていたものだそうです。あなた達は――誰です」

「ああ――その――」

「もうすっかりバレてますよ」

中禅寺はそう云って、にやりと笑った。

わあ、と叫ぶや否や、二人の悪漢は猛然と踵《きびす》を返して襖に手を掛けた。

その瞬間――。

襖が勝手にがらりと開いた。

廊下には皿を手にした椛島が立っていた。

「あの、刺の黒焼きを——お持ちしました」

「ば、馬鹿者ッ！」

布施山人が叫んだ。

「い、今そんなものをなんだって！」

「いや——こ、これは山嵐の刺——え？」

椛島は驚いたようだった。

それは驚くだろう。何しろ客二人がすっくと立ち上がっていて、主人達は逃げようとしているのである。後の者は床であたふたするばかり。

どう見たって非常識な一席である。

「あッ！　貴様、トゲを刈ったな！」

榎木津が大声で怒鳴った。

「この馬鹿者！　この僕がどれだけ尖ったトゲを見たかったか解るか！」

榎木津が足を踏み出す前に、山人が逃げろ、と叫び、三人の悪党は脱兎の如く駆け出した。榎木津は大股一歩で入口まで辿り着くと、その後を追った。そして探偵は、部屋を飛び出すとたぶん三歩で渡り廊下を渡り切ったのだ。

大変な勢いである。

逃げきれる訳がない。

中禅寺は榎木津の消えた廊下の先を眺めて、大きく息を吐いた。

「まったく、あの男の仕切りはいつもこうだからな。乱暴せんと気が済まないのか。がさつな男だ」

「こ、これはいったい――」

どう云う仕掛けになってるんですか――と僕が尋くと、中禅寺はそんなことより面白そうだから見届けて来ましょう――と云った。

「見届ける?」

「遅れると活劇が終わってしまう」

中禅寺はすたすたと渡り廊下を渡った。

後を追おうとした僕は――忘れられているある人物を思い出した。

振り向くと案の定関口が床で苦しんでいる。いいんですか関口さんは――と尋くと中禅寺は顧みもせず、

「いいんです」

と答えた。

厨房は――大騒ぎだった。

右へ左へ逃げ惑う調理人の中を、亮沢の首根っこを捕まえた探偵が大股で駆け回っていた。悪魔から逃れようとする布施山人と椛島を追いかけているのである。

亮沢は半ば引き摺られるようにして、やめてやめてと叫んでいる。

「やめるか馬鹿者！　こんなに野菜を無駄にして、いいと思ってるのか！　食べ物は大事にしろッ」

榎木津はそう怒鳴ってから、亮沢を大量の野菜屑の籠に一本背負いで叩き込んだ。

「お、おい椛島、何とかしろ！」

大釜の背後に隠れた山人が悲鳴を上げる。

「これはお前の仕事だ。そんな黒焼き捨ててほら、この、こ、この男を——始末しろ！」

竈の横に避難していた椛島は皿を放って立ち上がった。

手には——逆手に柳刃《やなぎば》が握られている。

「ふんッ」

榎木津は得意の仁王立ちで——威張った。

「上等だ。この僕に刃を向けるとはこの身の程知らずめ。残念だが僕は探偵だから生き埋めにはならないし敗北もしないのだ！」

——大丈夫なのか。

僕は固唾《かたず》を呑んだ。

幾ら榎木津でも凶器を持った人間に面と向かって敵《かな》うのだろうか。

しかも――糀島は強そうだった。竹籠よりも包丁の方が余程似合う。

榎木津は微動だにしない。糀島はじりじりと間合いを狭めている。中禅寺は――。

――どこだ？

中禅寺は怯える料理人や散乱した調理器具を巧みに避け乍《なが》ら、すいすいと厨房の中を歩いていた。真横で悪漢と探偵の生死を賭けた闘いが行われていると云うのに――和装の男は手に鼠捕りの檻のようなものを提げて、何事もなかったかのように平然と厨房の中を移動している。

やがて中禅寺は出口に到り、平然とその戸を開けた。

そこには――河原崎が待っていた。

中禅寺は手にした檻を警官の鼻先にぶら提げて見せた。

「河原崎君。これが証拠の山嵐。刺《とげ》はないがね」

「諒解致しましたッ。それ、それッ」

号令と共に数名の警官が傾《なだ》れ込んで来た。

それと同時に。

糀島が無駄のない機敏な動きで榎木津に斬りかかった。榎木津はまったく慌てず、僅かな動きですっと躱《かわ》すと、柳刃を構えた腕をとり、ぐいと捩じり上げた。

「僕を誰だと思っている」

椛島が眼を剝く。

「僕はね」

探偵だッ——榎木津は声高らかにそう宣言して包丁を蹴り飛ばした。

包丁は布施山人の鼻先を掠《かす》め、物凄い勢いで壁に突き刺さった。

老人はひゃあと悲鳴を上げて後ろに反ったが、その拍子に大釜に突き当たった。大釜はぐらりと揺れて、辺りに熱湯がぶちまけられた。

布施山人は再び悲鳴を上げて飛び上がった。

熱湯の飛沫《しぶき》を浴びた料理人どもが逃げ惑う。

警官達がそれを追う。

布施山人は熱い熱いといい乍《なが》らも警官に向けて、お前達令状はあるのか、こんなことをしていいと思ってるのかと喚《わめ》き続けた。

そこに到って——当初整然としていた筈の厨房は、大混乱も極まれりと云う相を呈したのである。修羅場と云うのはこのことである。

榎木津は、お前はエビだ——と云い乍ら椛島を海老の入っていた盥《たらい》に叩きつけてから壇の上に登った。

得意の仁王立ちである。

「わはははは荒唐無稽と云うのはこう云うことを云うのだ。深刻なばかりが現実ではないぞ馬鹿者ども！　これも現実だと思い知るがいい！」

榎木津は大声でそう云って、ひと頻《しき》り大笑いした後で、弱い、弱過ぎる、お前達それでも立派な泥棒か――と叫んだ。

そして、

「弱過ぎてつまらないからこうだッ」

と、云うなり、探偵は壇上から飛び降りると、奇声を上げ乍《なが》ら貯蔵庫らしき部屋の扉を蹴り破った。

その中には――。

無数の美術品が収められていた。

7

南村と町田町の境、天神山と呼ばれる丘陵の東斜面にある、朽ちた庚申堂の後ろ側の空き地から、男性のものと思われる白骨屍体が二体、発掘された。

衣服など、身許を確認できるようなものは何ひとつ出て来なかったが、ただひとつ――大根などをおろすおろし金が一緒に埋まっていたそうである。

近隣の老人達の証言に拠ると、それは古井亮順の持ち物だったと云う。大根が好物だった亮順和尚は、そのおろし金をいつも使っていたのだと、戦後の食事会に参加していた老人達は口を揃えて証言したそうである。

布施山人と古井亮沢を名乗る男、そして椛島は僕の目の前で緊急逮捕された。

容疑は勿論窃盗である。

椛島が黒焼きを作るために山嵐を入れた檻を出して、すぐに仕舞わないでおいたのが運の尽き――だったようである。山嵐の刺は気を巡らせる特効薬なのだそうで、要するに中禅寺の罠に嵌ったと云うことなのだろう。

椛島にしても真逆斯様《まさかかよう》な事態になろうとは夢にも思わなかったのだろうから、刺を刈るために出された山嵐は厨房に出し放しになっていたのだった。中禅寺はそれを平然と持ち出し、入口で待機していた河原崎に渡した訳である。

助勢を引き連れて辛抱強く張っていた河原崎は、その珍獣の姿を確認して決意を固め、屋内に踏み込んだのだそうだ。捜索令状も逮捕執行令状も取れていなかったようだが、山嵐なぞそう何匹もいるものではないし、しかも確認されている一匹には盗難届が出されていたのである。動かぬ証拠が出てしまった以上は仕方がないと判断したのだそうである。

中禅寺が扉を開けた丁度その時、椛島が包丁を構えていた——と云うのも間の悪い話ではあった。

それでは踏み込まれても文句は云えない。

河原崎は更に本部に応援を要請し、薬石茶寮一味は速攻で一網打尽にされたのである。一味の逮捕を知って、先に検挙されていた迫が全面自供をし、事件は一挙に全面解決に到ったのであった。

警察はその後、榎木津が蹴破った厨房の貯蔵庫を捜索し、大量の盗品を発見、押収した。

まったく以《もっ》て何と云っていいか判らない。

いつも乍《なが》ら、無茶苦茶な仕掛けである。感想がない。

榎木津はしかし、あまり納得が行かないようだった。

理由は簡単である。思ったより暴れられなかったのである。榎木津の肚積もりでは、盗賊一味が次次と襲いかかって来て丁丁発止《ちょうちょうはっし》の大立ち回り、得意の蹴りと拳で五六人は叩きのめす——ことになっていたらしいのだ。そのためにまるで苛めるかのようにして布施山人に大根を喰わせようとしたのだそうである。絶対に怒ると思ったのだと、探偵は不服そうに云った。

布施山人を名乗っていた男は、本名を木俣源伍《きまたげんご》と云う。

木俣は、戦前から仏像などの古美術に並並ならぬ執着を持っており、採算を度外視して盗みまくっていたような男らしい。

窃盗での逮捕歴もあり、開戦直後には強盗傷害で指名手配になっていたと云う。但し極悪非道と云うには程遠い、妙に洒脱な面を持った親分肌の男で、小悪党などには慕われていたのだそうである。

亮沢を名乗っていたのは源伍の息子で、本名は木俣総司《そうじ》。父親譲りの小悪党で、こちらも逮捕歴がある。

海外への美術品売買のルート確保は主にこの総司が受け持っていたらしい。

総司は戦争中、亮沢と同じ方面の部隊に配属されており、同じ復員船で引き揚げて来たのだと云う。復員船の中で総司は亮沢の父親が美術品の蒐集家であることを知り、復員するなり父親とともに根念寺に押し入ったのだそうだ。

　これは後で判明したことなのだが、実際に亮順、亮沢の二人を殺害したのは椛島だったと云うことである。遺体が確認されてすっかり観念し、椛島は素直に自供したのだと後に河原崎は語った。

　榎木津の云った通り――二人は生き埋めだったそうである。気絶させ、そのまま埋めたのだと云うから酷い話である。

　椛島次郎《じろう》は元板前で、戦前木俣源伍に一度命を助けられているのだそうだ。それ以来忠誠を誓っていたのだと云う。また、椛島は若い頃大陸に渡っていたことがあったようで、どうやら薬石茶寮の表の顔を設計したのはこの椛島だったようである。古井父子を亡き者にし、寺を乗っ取り、そして――。

　そして木俣父子は名前と経歴を捨てたのだ。

　古井父子とともに、犯罪者木俣父子の過去は、天神山の東斜面に埋められたのである。

　そこに埋まっていたのは、死骸だけではなかった訳である。

　しかし過去を捨て、名前まで捨てたにも拘らず、彼等は悪行だけは捨てられなかった。

　窃盗団の大きな仕掛けは中禅寺が看破した通りのものだったようだ。

　あの座敷に盗品を飾り、客を装って訪れるブローカーにプレゼンテーションする。ブローカーはそこで値踏みをして、美術品込みの金額で料理を喰うのである。代金は食事代として支払われ、品物はその場で渡される――。

値段が吊り上がるのは当たり前である。

その異様に高い売値の不自然さを補うため、食材自体も高価なものを使うようになり、料理も高級なものになって行ったのだそうだ。

ただ、このままでは如何《いか》にも怪しいと——木俣は考えたのだそうである。怪しまれないためには一般客を取るのが一番なのだが、如何せんまともに当たっては営業許可は下りないし、その値段では一般の客は取れない。

そこで会員制の秘密倶楽部と云う発想が生れた。一流の名士が客筋につけば、お上も口を出し難くなる——政財界の大物が通う超高級料亭の主人が、指名手配の強盗だとは誰も思うまい——と、そう考えた訳である。

破天荒なのか堅実なのか判断に苦しむところである。

でも、その目論見《もくろみ》は概ねその通りになったと云えるだろう。

但し——。

そこにも計算外の展開はあったようだ。

木俣源伍も木俣総司も、本気で料理の勉強を始めてしまった——と云うところである。

それは、一流の人間の舌を満足させることが何よりの隠れ簑になるのだと固く信じた結果ではあったのかもしれない。しかし、それにしても二人の努力はどうやら本物だったようである。

薬石茶寮の料理は、本当に美味《うま》かったのだと、会員達は口を揃えて云ったのだそうだ。悪事を働かずとも、十分やって行けただろうに——と、惜しむ声は多かったと云う。

それに関して云うならば、止めるに止められなかったと云うのが本音だったらしい。美術品を海外に流すために手を結んだ海外のシンジケートが、木俣一味の更生を許してはくれなかったのである。

表向きは高級料亭——裏の顔は窃盗団——木俣一味はここ数年を実に巧みに乗り切ったのだった。

だが、悪事と云うのは長続きしないものである。

入れ替わりを実行するに当たって、木俣一味のリサーチは徹底していたようである。檀家や親類、本山など、古井父子の関わっていたと思われる、ありとあらゆる人間関係を、木俣一味は念入りに断《た》って行ったようだ。各所に点在していた写真なども盗むなりして総《すべ》て処分したそうである。

しかし——。

真逆、古井亮沢の昔馴染みが箱根山に十八年も籠っていたとは、流石の木俣も考えていなかったようである。千丈の堤《つつみ》も蟻《あり》の一穴《いっけつ》から——桑田《くわた》常信の抱いた細《ささ》やかな疑念は、そうして入念な犯罪を突き崩すに到った訳である。

と——。

僕は近藤に、今回の事件のあらましを説明した。

近藤が殆《ほとん》ど口を開けたまま聞いていたことは云うまでもない。

勿論《もちろん》犯罪者の立てた計画よりも、探偵の仕掛けた攻撃の方が余程荒唐無稽だったからに他ならない。あんな無茶苦茶はないと思う。

何の証拠もなかった癖に。

行き当たりバッタリもいいところだと思う。

「しかし——その屍体の埋まっていた場所な、それはどうして判ったんだ？」

近藤は首を傾げて僕に問うた。

「——だってよ、それが判らなきゃ、その計画はないだろ。何か根拠があったのかな」

「判ったところで、その場所で採れた大根だと偽って喰わせるなんてことを考えるか普通」

「まあそうだな。そりゃ悪趣味極まりないが——それにしたって」

「まあ——探偵の異能——と云いたいところだが、僕には解らないよ」

「ううん。しかしその古本屋か？　その男は相当慎重な男のようだが、そんなあやふやなことでそこに屍体が埋まってると云う確信が持てたのかな？　話を聞いている分には、そんないい加減な、辻占《つじうら》の予言のような話を信じて大博打を打つようなタイプとは思えないが」

「その通りだろうな。中禅寺さんにはたぶん、推量があったんだろう」

「どう云う推量だ」

「十分使える土地を荒れ放題にして遊ばせておくのは不自然だと思ったのだ――と云っていた。屍体が出た庚申堂近辺は寺の土地なんだ。勾配こそあるが土壌も日当たりも悪くない。実際本物の亮順和尚はその土地で野菜を作っていたんだ。ところが食材は新鮮第一と云っておき乍《なが》ら――あんなに近いのにまったく手をつけない」

「なる程」

「それでいてわざわざ少し離れたところに土地を買って農園をやらせているんだから、これは変だと。そこは掘れない訳があるに違いない――と、こう云うことだったようだ」

「なる程なる程」

近藤は納得した。しかし、僕は本当は納得していない。

埋めた場所は兎《と》も角《かく》、それでは何故生き埋めと知れたのかが解らないからである。

それに就いては、榎木津が例の能力で椛島の記憶を見た――と取るのが一番解り易いが、それに就いては何とも云えない。慥《たし》かに椛島の頭を覗いたのだとしか考えられない――ような気もする。しかし、僕はどこかで、その能力を信じていない。

だから解らないとしか云いようがない。

「慥かに推量は解った。それでもその、確証にはなるまい。その古本屋は確証もなく動く人間とは思えないんだがな」

それはそうなのだが――その辺も中禅寺は流石に抜け目がないのである。

あの日。

中禅寺は朝早くから地元の警察と一緒に現場発掘に立ち会っていたらしい。

屍体が出たことをきちんと確認してから、あの男は作戦に臨んでいるのである。榎木津の方は判らないけれど、少なくとも中禅寺だけはあの時——ただ一人だけ——そこに屍体があることに就いて確証を持っていたことになる。

本当に抜け目がない男なのだ。

「中禅寺さんの話だとね、薬石と云うのは禅寺で云う夕食のことらしいんだがな。その昔、禅僧は一日一食だったんだそうだな。夕食はなかった。それでね、冬なんか寒いし、まあ腹も減るわな。そんな時に温めた石を懐に入れて、飢えや寒さを凌《しの》いだんだそうだ。この石は飢えや寒さを凌ぐ薬だ——と云うので、薬石と呼んだのだそうだよ。これが懐石料理の語源だそうでね」

「はあ。薬石茶寮たァ大違いだな」

「そうだろ。そうした言葉の来歴を無視したことが連中の何よりの敗因だと——まあ、かの古書肆《こしょし》は語っていたな」

そんなものかねえ——と近藤は云った。

「そうそう。そう云えばその小説家。それはどうなんだ？　そりゃその、具合が悪い演技をしてたのか？　山嵐を食卓に出させるために」

「関口さんか？　あの人は」

何も知らされてなかった――らしい。僕と同じである。

「ただついて来て飯を喰えば良いと云うような話だったそうだ」

「でも――迫真の演技だったのだろ？」

「あれは――足が痺《しび》れたんだな」

「は？」

そうなのだ。関口は足が痺れて苦しんでいたらしいのだ。

「聞くところによると関口さんは五分と正座ができないのだそうだ。すぐ足が痺れる。しかして小心者だから、畏《かしこ》まった席で胡坐《あぐら》などかけないし、困るとすぐに言葉に詰まって汗をかく、榎木津さんも中禅寺さんも、そうした習性を善《よ》く知っていたのだな――」

思い起こせば中禅寺などは、わざと足を触ったりしていたのだ。

いや、触っただけではない。膝を揺すったりもしていた。

河原崎の言葉を借りるなら、極悪である。酷い。

酷いじゃないか、それでも友達なのか――と近藤は云った。

「解っただろう。あの人達は友達じゃない。一味なんだよ。探偵なんかあの後随分憤慨して、関口さんを苛めていたしな」

「その人を苛めてどうなるんだ」

「どうもならないさ。腹癒《はらい》せと云う奴だろう」

本当に酷いなあと近藤は熊のような顔を歪ませた。

「何度も云ってるじゃないか。酷いんだよ。まあ、色色気に入らないことがあったからなんだろうがな。関口さんはいい迷惑だよ」

「気に入らないって、暴れ損ねたからか？　聞いてる分には荒木《あらき》又《また》右衛《え》門《もん》並の十分な活劇だと思うがな」

「まあなあ。それもあるんだが――それより狂乱の大活劇が終わってね、榎木津さんは喜び勇んで山嵐を見に行った訳さ。しかしその時、かの山嵐のトゲは綺麗に刈り取られていたと云う訳だ。全部――黒焼きにされていたんだよ」

「それで怒ったのか？」

「かなり見たかったようだからね。トゲが――」

「トゲか！」

近藤は頭を抱えた。

「参考になったか？」

近藤は一声唸った。

そして、これからはお前の云う通り心を入れ替えて荒唐無稽な紙芝居を描くよ本島《もとしま》――と云った。

（雨――了）

初出一覧

鳴釜　薔薇十字探偵の憂鬱

小説現代1998年12月増刊号メフィスト掲載

瓶長　薔薇十字探偵の鬱憤

小説現代1999年５月増刊号メフィスト掲載

山颪　薔薇十字探偵の憤慨

小説現代1999年９月増刊号メフィスト掲載

※収録にあたり加筆・修正がなされています。

参考文献

日本古典文学大系・上田秋成集　岩波書店

新訂増補国史大系・延喜式　吉川弘文館

日本随筆大成・遠碧軒記／関秘録　吉川弘文館

古事類苑　吉川弘文館

酉陽雑俎　平凡社（東洋文庫）

参考資料

異性装と御釜　　西山克　日本文学45―７掲載

※この作品は作者の虚構に基づく完全なフィクションであり、登場する団体、職名、氏名その他において万一符合するものがあっても、創作上の偶然であることをお断りしておきます。なお、官職名等は意図的に架空のものに変更してあります。

解説——榎木津礼二郎を演じて

阿部寛

映画『姑獲鳥の夏』に出てみないかというお話をいただいたときの気持ちは、

「ついにきたか！」

というものでした。

じつはそれまでにも何度か、京極夏彦さんの作品に出演するチャンスはあったのです。しかしスケジュールの都合がつかなかったりで実現には至らず、心残りに思っていました。そこにあの衝撃のデビュー作映像化のお話です。もう、喜んでお引き受けしました。

ある役を演ずるばあい、脚本だけで勝負するやり方もありますが、ぼくはどちらかというと原作を徹底的に読み込んでみるタイプです。いったいどういう人物なのかを示す具体的な描写やエピソードが多いほど、役づくりはしやすい気がしますから。

しかし、京極さんの作品は分厚い！　開くのにはちょっと勇気がいりました。

ところが、ひとたびページをめくればストーリーにグイグイ引き込まれてゆく……（このことは京極作品のファンならみなさん経験ずみのことでしょう)。しかも登場人物それぞれの個性がじつにしっかりと書き込んであります。なかでも、ぼくが演ずることになった榎木津礼二郎は、知れば知るほど、噛めば噛むほど味がでてくるキャラクターでした。

小説『姑獲鳥の夏』での榎木津登場の場面はこうです(分冊文庫版一一一〜一一三ページ。もっとも、残念ながらこの部分《シーン》は映画にはありませんけれど)。

・学生時代、はじめて関口巽と顔を合わせたときにいった言葉は「——君は猿に似ているね」だったという

・事務所に関口が訪ねていくと、もうじき依頼人が来るというのにまだ寝ている

・明け方まで刑事の木場修太郎と飲み明かし、扇風機に足を突っ込んで壊してしまったという

・関口が起こしに部屋に入ると、榎木津は起きていて、なんと服選びのために二時間も考えあぐねている

寝室のドアを軽くノックすると、中から赤ん坊とも獣とも付かない声で返事らしきものがあったので、私は取り敢えず部屋の中に入った。榎木津は寝台の上に胡坐《あぐら》をかいて、目の前に山と積まれた衣類を眺《なが》めていた。

「エノさん、起きているのかい?」

「起きているとも！」

　榎木津は衣類の山から目を離さずにそういった。

　改めて見ると、彼は女ものの緋色《ひいろ》の襦袢《じゅばん》を肩から引っ掛けている以外は下穿《したば》き一枚しか身に着けておらず、まるで遊廓《ゆうかく》に遊ぶ旗本の次男坊のような風体《ふうてい》である。

（中略）

「とにかく榎《えの》さん、僕も話があるんですがね。その遊廓の大石内蔵助《おおいしくらのすけ》みたいな格好は何とかなりませんか」

（中略）

「関君、君も解っちゃあいないねえ。その日に何を着るかがそんなに簡単に決まるんだったら、僕は勤めを辞めたりしてないよ」

「じゃあ榎さんは今何を着るかで迷っているんですか？」

「もう二時間くらい考えているんだが、どうにも駄目だ。君のような小説家なんてのは開襟《かいきん》を着ていようが浴衣《ゆかた》を着ていようが、見ようによっては小説家らしく見えないこともない。しかし僕は探偵だ。一目でそれと知れるには人知れぬ苦労を要するのだ」

　全く呆《あき》れた男である。たぶん彼は真剣なのだ。

　私は何だか緊張感が解《と》けたような馬鹿馬鹿しい気分になってしまった。

「探偵が一目で探偵と知れたら探偵が出来ないじゃないですか。解らないなあ。本当に探偵らしい格好をしたいのなら、かのシャアロック・ホームズの姿でも真似て、鳥打ち帽にパイプでも咥《くわ》えればいい」

「ああ、それはいい」

どうも榎木津は本気に取ったらしく、鳥打ち帽子を求めて衣類の山を探り出した。

「生憎《あいにく》お誂《あつら》えのヤツはないなあ」

榎木津はこちらを向きすらしない。

これを読んだとき、ぼくは、

「この役をやりたい！」

と心から思いました。しかも榎木津がこのあとの久遠寺医院行きのときも、サイドカーに乗って米軍のパイロットのようないでたちで現われて、関口に「……とても探偵には見えない。どう見ても航空隊である。これが昨日のように二時間もかけて決めた探偵らしい衣装だとすると、彼の判断基準は滅茶苦茶である」と評されているくだりまで読みすすんで、ますますやる気が出てきました。

〝二時間も服選びに時間をかけるファッションへのこだわり〟という切り口から役づくりの方向が見えてきたのです。

撮影前に、実相寺昭雄監督にも相談したのですが、監督は一言、

「原作から受けた印象のままでやってください」

それで、榎木津が一目で探偵に見える衣裳を探してもらい、このほかにも原作にあって、映画では削られている榎木津らしいエピソードを、さりげなく出すように心がけたわけです。

＊

世間では「阿部寛は〝濃い〟役を好む」との印象があるようです。たしかにこれまで演じてきた奥田英朗さんの『空中ブランコ』のトンデモ精神科医・伊良部一郎や『トリック』の物理学者・上田次郎、最近では『ドラゴン桜』の弁護士・桜木建二など、どれもクセのあるキャラクターです。

しかし、同じ〝濃い〟役でも、たとえば伊良部と榎木津では微妙に違うのです。伊良部は精神科医ですから、すべては相手しだいというところがあります。また、「とにかく患者を楽にしてあげたい」という気持ちが根底にあります。その一心でなんでもやってしまうわけです。どんなパフォーマンスもいとわない。

役者の立場からすれば、これは自分で考えて役をつくっていけるということです。アドリブの許される、どんなこともできる役です（もちろん原作を破壊してはいけませんが）。

一方、榎木津の役柄は、

・華族の次男坊である
・他人の記憶が見えるという、不思議な能力を持つ
・日本人離れした容貌である

などの大枠が決まっています。伊良部と比較すると、原作による制約がちょっと強いと言っていいかもしれません。

ですから「やりすぎちゃいけないいな」と感じました。やりすぎることで個性が薄くなってはもったいない。これだけ小説にディテールが書き込んであるのだから、そのままやればいいんじゃないかとも思いましたし、むしろこの一定の縛りのなかでどこまで遊べるかにトライしてやろうという気にもさせられました。

なんでもありの役、一定の制約のなかで遊んでつくっていける役。両方を演じられて役者冥利につきます。

今回、京極夏彦原作で、実相寺組と仕事をするという、とても得がたい経験をしたわけですが、たとえていうと京極さんの原作というすばらしく手入れのゆきとどいたフィールドで、名監督の下、思いっきり気持ちよくプレーした感じです。

＊

はじめて京極さんにお会いしたときの印象は、

「雰囲気のある人だなあ」

というものでした。噂どおりに和服をお召しになり、黒い革手袋姿。一見、気難しそうにも見えるのですが、お話しするとじつに気さくで冗談もよく飛ばす……。

『姑獲鳥の夏』公開初日の舞台あいさつが終わった後の懇親会の席でのことです。ぼくはそれに見覚えがありました。どうみても映画『必殺！　三味線屋勇次』（一九九九年、松竹）で主演の中条きよしさんが使っていたものです。この作品でぼくは、中条さん演ずる仕事人勇次とコンビを組む弥助という男の役でした。上方から流れてきた髪結いで、匕首《あいくち》を武器に悪を倒す。

しかしなぜ、「南無阿彌陀佛」手袋を京極さんが持っているのか？

担当編集者の方にたずねてみると、なんと京極さんが、どういうルートを通じてかはわかりませんが、中条さん使用のものと同じ手袋を入手していたらしいこと、そして、ぼくが『文庫版　百器徒然袋―雨』の解説を引き受けたときいて感謝の気持ちをこめて嵌めてこられたことを教えてくれました。大の時代劇ファンでもある京極さんはそれにぼくが気づくかどうかを試していたのかもしれません。

どうです、この遊び心と余裕。博学であれだけ難しい作品をものしながら、やさしいというのか、かわいいというのか一言では言い表わせない心づかいをいただき、とても嬉しく思いました。

これから『魍魎の匣』『狂骨の夢』と京極堂シリーズが映画化されていくかは、まだわかりませんし、榎木津が大活躍するこの『百器徒然袋』が映像になるかはまったくの未知数ではありますが、榎木津礼二郎は、ぼくにとってムチャクチャ面白い役であり、これからとても大事な役になるだろうとの予感をもっています。

（あべ・ひろし／俳優）

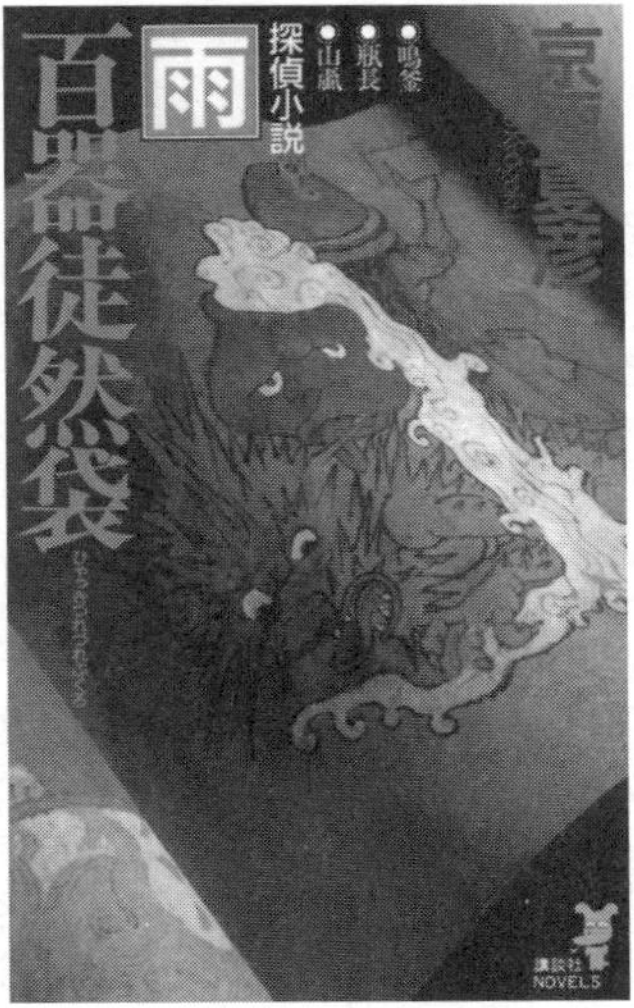

（デザイン／辰巳四郎）

●本作品は一九九九年十一月に講談社ノベルスとして刊行されたものです。文庫版として出版するにあたり、本文レイアウトに合わせて加筆訂正がなされていますが、ストーリーなどは変わっておりません。

公式ホームページ「大極宮」
http://www.osawa-office.co.jp/

|著者|京極夏彦　1963年北海道生まれ。'94年『姑獲鳥の夏』でデビュー。'96年『魍魎の匣』で日本推理作家協会賞受賞。この二作を含む「百鬼夜行シリーズ」で人気を博す。'97年『嗤う伊右衛門』で泉鏡花文学賞、2003年『覘き小平次』で山本周五郎賞、'04年『後巷説百物語』で直木賞、'11年『西巷説百物語』で柴田錬三郎賞を受賞。'16年遠野文化賞受賞。

文庫版《ぶんこばん》　百器《ひやっき》徒然袋《つれづれぶくろ》—雨《あめ》

京極夏彦《きょうごくなつひこ》

2005年9月15日第1刷発行
2022年3月30日第21刷発行

発行者——鈴木章一
発行所——株式会社　講談社
東京都文京区音羽2-12-21　〒112-8001
電話　出版（03）5395-3510
　　　販売（03）5395-5817
　　　業務（03）5395-3615

Printed in Japan

講談社文庫
定価はカバーに
表示してあります

KODANSHA

デザイン—菊地信義
製版———凸版印刷株式会社
印刷———豊国印刷株式会社
製本———加藤製本株式会社

ISBN4-06-275180-1

講談社文庫刊行の辞

二十一世紀の到来を目睫に望みながら、われわれはいま、人類史上かつて例を見ない巨大な転換期をむかえようとしている。

世界も、日本も、激動の予兆に対する期待とおののきを内に蔵して、未知の時代に歩み入ろうとしている。このときにあたり、創業の人野間清治の「ナショナル・エデュケイター」への志を現代に甦らせようと意図して、われわれはここに古今の文芸作品はいうまでもなく、ひろく人文・社会・自然の諸科学から東西の名著を網羅する、新しい綜合文庫の発刊を決意した。

激動の転換期はまた断絶の時代である。われわれは戦後二十五年間の出版文化のありかたへの深い反省をこめて、この断絶の時代にあえて人間的な持続を求めようとする。いたずらに浮薄な商業主義のあだ花を追い求めることなく、長期にわたって良書に生命をあたえようとつとめるところにしか、今後の出版文化の真の繁栄はあり得ないと信じるからである。

同時にわれわれはこの綜合文庫の刊行を通じて、人文・社会・自然の諸科学が、結局人間の学にほかならないことを立証しようと願っている。かつて知識とは、「汝自身を知る」ことにつきていた。現代社会の瑣末な情報の氾濫のなかから、力強い知識の源泉を掘り起し、技術文明のただなかに、生きた人間の姿を復活させること。それこそわれわれの切なる希求である。

われわれは権威に盲従せず、俗流に媚びることなく、渾然一体となって日本の「草の根」をかたちづくる若く新しい世代の人々に、心をこめてこの新しい綜合文庫をおくり届けたい。それは知識の泉であるとともに感受性のふるさとであり、もっとも有機的に組織され、社会に開かれた万人のための大学をめざしている。大方の支援と協力を衷心より切望してやまない。

一九七一年七月

野間省一

講談社文庫　目録

カレー沢　薫　もっと負ける技術〈カレー沢薫の日常と退廃〉
カレー沢　薫　非リア王
神楽坂　淳　うちの旦那が甘ちゃんで
神楽坂　淳　うちの旦那が甘ちゃんで 2
神楽坂　淳　うちの旦那が甘ちゃんで 3
神楽坂　淳　うちの旦那が甘ちゃんで 4
神楽坂　淳　うちの旦那が甘ちゃんで 5
神楽坂　淳　うちの旦那が甘ちゃんで 6
神楽坂　淳　うちの旦那が甘ちゃんで 7
神楽坂　淳　うちの旦那が甘ちゃんで 8
神楽坂　淳　うちの旦那が甘ちゃんで 9
神楽坂　淳　うちの旦那が甘ちゃんで 10
神楽坂　淳　帰蝶さまがヤバい 1
神楽坂　淳　帰蝶さまがヤバい 2
神楽坂　淳　ありんす国の料理人 1
神楽坂　淳　あやかし長屋〈嫁は猫又〉
加藤元浩　捕まえたもん勝ち！〈七夕菊乃の捜査報告書〉
加藤元浩　量子人間《クオンタムマン》からの手紙〈捕まえたもん勝ち！〉
加藤元浩　奇科学島の記憶〈捕まえたもん勝ち！〉

梶永正史　銃の啼《な》き声〈潔癖刑事・田島慎吾〉
梶永正史　潔癖刑事　仮面の哄笑《こうしょう》
川内有緒　晴れたら空に骨まいて
神永　学　悪魔と呼ばれた男
神永　学　青の呪い〈心霊探偵八雲〉
神津凛子　スイート・マイホーム
岸本英夫　死を見つめる心〈ガンとたたかった十年間〉
北方謙三　汚名の広場
北方謙三　試みの地平線〈伝説復活編〉
北方謙三　抱影
菊地秀行　魔界医師メフィスト〈怪屋敷〉
桐野夏生　新装版　顔に降りかかる雨
桐野夏生　新装版　天使に見捨てられた夜
桐野夏生　新装版　ローズガーデン
桐野夏生　ＯＵＴ（上）（下）
桐野夏生　ダーク（上）（下）
桐野夏生　猿の見る夢
京極夏彦　文庫版　姑獲鳥《うぶめ》の夏
京極夏彦　文庫版　魍魎《もうりょう》の匣《はこ》

京極夏彦　文庫版　狂骨《きょうこつ》の夢《ゆめ》
京極夏彦　文庫版　鉄鼠《てっそ》の檻《おり》
京極夏彦　文庫版　絡新婦《じょろうぐも》の理《ことわり》
京極夏彦　文庫版　塗仏《ぬりぼとけ》の宴《うたげ》—宴の支度
京極夏彦　文庫版　塗仏の宴—宴の始末
京極夏彦　文庫版　百鬼夜行—陰
京極夏彦　文庫版　百器徒然袋—雨
京極夏彦　文庫版　百器徒然袋—風
京極夏彦　文庫版　今昔続百鬼—雲
京極夏彦　文庫版　陰摩羅鬼《おんもらき》の瑕《きず》
京極夏彦　文庫版　邪魅《じゃみ》の雫
京極夏彦　文庫版　今昔百鬼拾遺—月
京極夏彦　文庫版　死ねばいいのに
京極夏彦　文庫版　ルー＝ガルー〈忌避すべき狼〉
京極夏彦　文庫版　ルー＝ガルー2〈インクブス×スクブス　相容れぬ夢魔〉
京極夏彦　分冊文庫版　姑獲鳥《うぶめ》の夏（上）（下）
京極夏彦　分冊文庫版　魍魎《もうりょう》の匣《はこ》（上）（中）（下）
京極夏彦　分冊文庫版　狂骨《きょうこつ》の夢《ゆめ》（上）（中）（下）
京極夏彦　分冊文庫版　鉄鼠《てっそ》の檻《おり》　全四巻

京極夏彦　分冊文庫版 絡新婦《じょろうぐも》の理《ことわり》 全四巻
京極夏彦　分冊文庫版 塗仏《ぬりぼとけ》の宴《うたげ》 宴の支度《したく》 (上)(中)(下)
京極夏彦　分冊文庫版 塗仏《ぬりぼとけ》の宴《うたげ》 宴の始末《しまつ》 (上)(中)(下)
京極夏彦　分冊文庫版 陰摩羅鬼《おんもらき》の瑕《きず》 (上)(中)(下)
京極夏彦　分冊文庫版 邪魅《じゃみ》の雫 (上)(中)(下)
京極夏彦　分冊文庫版 ルー＝ガルー〈忌避すべき狼〉 (上)(下)
京極夏彦　分冊文庫版 ルー＝ガルー2〈インクブス×スクブス 相容れぬ夢魔〉 (上)(下)
北森　鴻　親不孝通りラプソディー
北森　鴻　花の下にて春死なむ〈香菜里屋シリーズ1〈新装版〉〉
北森　鴻　桜　　宵〈香菜里屋シリーズ2〈新装版〉〉
北森　鴻　螢　　坂〈香菜里屋シリーズ3〈新装版〉〉
北森　鴻　香菜里屋を知っていますか〈香菜里屋シリーズ4〈新装版〉〉
北村　薫　野球の国のアリス
北村　薫　盤上の敵〈新装版〉
木内一裕　藁の楯
木内一裕　水の中の犬
木内一裕　アウト＆アウト
木内一裕　キッド
木内一裕　デッドボール

木内一裕　神様の贈り物
木内一裕　喧　嘩　猿
木内一裕　バードドッグ
木内一裕　不愉快犯
木内一裕　嘘ですけど、なにか？
木内一裕　ドッグレース
木内一裕　飛べないカラス
北山猛邦　『クロック城』殺人事件
北山猛邦　『瑠璃城』殺人事件
北山猛邦　『アリス・ミラー城』殺人事件
北山猛邦　『ギロチン城』殺人事件
北山猛邦　私たちが星座を盗んだ理由
北山猛邦　さかさま少女のためのピアノソナタ
北　康利　白洲次郎 占領を背負った男 (上)(下)
北　康利　福沢諭吉 国を支えて国を頼らず (上)(下)
貴志祐介　新世界より (上)(中)(下)
北原みのり　木嶋佳苗100日裁判傍聴記〈佐藤優対談収録完全版〉
岸本佐知子 編訳　変《ヘン》愛《アイ》小説集
岸本佐知子 編　変愛小説集 日本作家編

木原浩勝　文庫版 現世《うつしよ》怪談(一) 主人の帰り
木原浩勝　文庫版 現世怪談(二) 白刃の盾
木原浩勝　増補改訂版 もう一つの「バルス」〈―宮崎駿と『天空の城ラピュタ』の時代―〉
喜国雅彦 国樹由香　メフィストの漫画
喜国雅彦 国樹由香　本格力〈本棚探偵のミステリ・ブックガイド〉
清武英利　石つぶて〈警視庁 二課刑事の残したもの〉
清武英利　しんがり〈山一證券 最後の12人〉
清武英利　トッカイ〈不良債権特別回収部〉
喜多喜久　ビギナーズ・ラボ
黒岩重吾　新装版 古代史への旅
栗本　薫　新装版 紘《いと》の聖域
栗本　薫　新装版 ぼくらの時代
黒柳徹子　窓ぎわのトットちゃん 新組版
倉知　淳　新装版 星降り山荘の殺人
倉知　淳　シュークリーム・パニック
熊谷達也　浜の甚兵衛
倉阪鬼一郎　大江戸秘脚便
倉阪鬼一郎　娘飛脚を救え〈大江戸秘脚便〉
倉阪鬼一郎　開運十社巡り〈大江戸秘脚便〉

講談社文庫　目録

五味太郎　大人問題
鴻上尚史　あなたの魅力を演出するちょっとしたヒント
鴻上尚史　鴻上尚史の俳優入門
鴻上尚史　青空に飛ぶ
小泉武夫　納豆の快楽
近藤史人　藤田嗣治「異邦人」の生涯
小前　亮　趙《ちょう》匡《きょう》胤《いん》〈宋の太祖〉
小前　亮　賢帝と逆臣と〈康熙《こうき》帝《てい》と三藩の乱〉
小前　亮　始皇帝の永遠〈天下一統〉
小前　亮　劉《りゅう》裕《ゆう》〈豪剣の皇帝〉
香月日輪　妖怪アパートの幽雅な日常①
香月日輪　妖怪アパートの幽雅な日常②
香月日輪　妖怪アパートの幽雅な日常③
香月日輪　妖怪アパートの幽雅な日常④
香月日輪　妖怪アパートの幽雅な日常⑤
香月日輪　妖怪アパートの幽雅な日常⑥
香月日輪　妖怪アパートの幽雅な日常⑦
香月日輪　妖怪アパートの幽雅な日常⑧
香月日輪　妖怪アパートの幽雅な日常⑨
香月日輪　妖怪アパートの幽雅な日常⑩
香月日輪　妖怪アパートの幽雅な食卓〈るり子さんのお料理日記〉
香月日輪　妖怪アパートの幽雅な人々〈妖アパミニガイド〉
香月日輪　妖怪アパートの幽雅な日常〈ラスベガス外伝〉
香月日輪　大江戸妖怪かわら版①〈異界より落ち来る者あり〉
香月日輪　大江戸妖怪かわら版②〈異界より落ち来る者あり 其之二〉
香月日輪　大江戸妖怪かわら版③〈封印の娘〉
香月日輪　大江戸妖怪かわら版④〈天空の竜宮城〉
香月日輪　大江戸妖怪かわら版⑤〈雀、大浪花に行く〉
香月日輪　大江戸妖怪かわら版⑥〈魔狼、月に吠える〉
香月日輪　大江戸妖怪かわら版⑦〈大江戸散歩〉
香月日輪　地獄堂霊界通信①
香月日輪　地獄堂霊界通信②
香月日輪　地獄堂霊界通信③
香月日輪　地獄堂霊界通信④
香月日輪　地獄堂霊界通信⑤
香月日輪　地獄堂霊界通信⑥
香月日輪　地獄堂霊界通信⑦
香月日輪　地獄堂霊界通信⑧
香月日輪　ファンム・アレース①
香月日輪　ファンム・アレース②
香月日輪　ファンム・アレース③
香月日輪　ファンム・アレース④
香月日輪　ファンム・アレース⑤(上)(下)
近衛龍春　加藤清正
木《この》原《はら》音《なり》瀬《せ》　箱の中〈豊臣家に捧げた生涯〉
木原音瀬　美しいこと
木原音瀬　秘密
木原音瀬　嫌な奴
木原音瀬　罪の名前
近藤史恵　私の命はあなたの命より軽い
小泉　凡　怪談四代記〈八雲のいたずら〉
小松エメル　夢の燈《ほ》影《かげ》〈新選組無名録〉
小松エメル　総司の夢
原作 小島 環 あなしん／脚本 おかざきさとこ　小説 春待つ僕ら
呉　勝浩　道徳の時間
呉　勝浩　ロスト
呉　勝浩　蜃気楼の犬

2021年12月15日現在